CW01316497

PARTES DE GUERRA

PARTES DE GUERRA

Antología de Ignacio Martínez de Pisón

«La lengua de las mariposas», © Manuel Rivas; «Julio del 36», © Ramiro Pinilla, 2009. Publicado por acuerdo con Tusquets Editores, S.A., Barcelona 2009; «El final», © Herederos de Fernando Quiñones; «El maestro», © Ana María Matute; «El primer americano de Obaba», © Bernardo Atxaga; «La gesta de los caballistas», © Herederos de Manuel Chaves Nogales; «La lección», © Ramón J. Sender Trust; «La emisora», © Juan Antonio Olmedo; «El primo Rafael», © Herederos de Jesús Fernández Santos; «Ellos», © Xosé Luis Méndez Ferrín, © Ronsel, s.l., 2008; «Morirás lejos...», © Herederos de María Teresa León; «La seda rota», © Andrés Trapiello; «Los deseos, la noche», © Juan Eduardo Zúñiga; «¡Masacre, masacre!», © Herederos de Manuel Chaves Nogales; «Las calles azules», («Els carrers blaus»), © Institut d'Estudis Catalans; «Patio de armas», © Herederos de Ignacio Aldecoa; «El hombre de la casa», © Antonio Pereira; «El cojo», © Herederos de Max Aub, 2008; «El refugio», © Miguel Delibes, 1964; «El sargento Ángel», © Herederos de Arturo Barea, 2008; «Las muchachas de Brunete», © Herederos de Edgar Neville; «Jesús Galarraza», © Manuel Talens; «Cristo nace hacia las nueve», © Herederos de Rafael García Serrano; «Las minas de Teruel», («Les mines de Terol»), © Pere Calders; «Donde se trazan las parejas...», © Herederos de Francisco García Pavón; «El final de una guerra», © Herederos de Jesús Fernández Santos; «Carne de chocolate», Juan García Hortelano, © Herederos de Juan García Hortelano, 2008; «La charca», © Herederos de Luis López Anglada; «El tajo», © Francisco Ayala; «El tanque de Iturri», © Herederos de Lino Novás Calvo; «La ley», © Herederos de Max Aub, 2008; «Pan francés», («Pa francès»), © Herederos de C.A Jordana, 2008; «Combustión interna», © Tomás Segovia; «Ruinas, el trayecto: Guerda Taro», © Juan Eduardo Zúñiga; «Campo de los almendros», © Jorge Campos

© selección, edición y notas, Ignacio Martínez de Pisón, 2009
© prólogo, Ignacio Martínez de Pisón, 2009
© de esta edición: RBA Libros, S.A., 2009
Pérez Galdós, 36 - 08012 Barcelona
rba-libros@rba.es / www.rbalibros.com

Tercera edición: marzo 2009

Reservados todos los derechos.
Ninguna parte de esta publicación
puede ser reproducida, almacenada
o transmitida por ningún medio
sin permiso del editor.

Ref.: OAFI300
isbn: 978-85-9867-396-8
depósito legal: B-15.364-2009
Composición: Víctor Igual, S.L.
Impreso por Novagràfik (Barcelona)

ÍNDICE

Prólogo	9
Manuel Rivas, La lengua de las mariposas	13
Ramiro Pinilla, Julio del 36	24
Fernando Quiñones, El final	35
Ana María Matute, El maestro	41
Bernardo Atxaga, El primer americano de Obaba	54
Manuel Chaves Nogales, La gesta de los caballistas	87
Ramón J. Sender, La lección	106
Juan Antonio Olmedo, La emisora	112
Jesús Fernández Santos, El primo Rafael	120
Xosé Luís Méndez Ferrín, Ellos	154
María Teresa León, Morirás lejos...	165
Andrés Trapiello, La seda rota	181
Juan Eduardo Zúñiga, Los deseos, la noche	204
Manuel Chaves Nogales, ¡Masacre, masacre!	213
Mercè Rodoreda, Las calles azules	234
Ignacio Aldecoa, Patio de armas	241
Antonio Pereira, El hombre de la casa	256
Max Aub, El cojo	260
Miguel Delibes, El refugio	278
Arturo Barea, El sargento Ángel	283
Edgar Neville, Las muchachas de Brunete	292
Manuel Talens, Jesús Galarraza	322
Rafael García Serrano, Cristo nace hacia las nueve	328

Pere Calders, Las minas de Teruel — 335
Francisco García Pavón, Donde se trazan las parejas de José Requinto y Nicolás Nicolavich con la Sagrario y la Pepa, respectivamente, mozas ambas de la puerta del Segura, provincia de Jaén — 346
Jesús Fernández Santos, El final de una guerra — 360
Juan García Hortelano, Carne de chocolate — 366
Luis López Anglada, La charca — 377
Francisco Ayala, El Tajo — 385
Lino Novás Calvo, El tanque de Iturri — 410
Max Aub, La ley — 419
C.A. Jordana, Pan francés — 428
Tomás Segovia, Combustión interna — 443
Juan Eduardo Zúñiga, Ruinas, el trayecto: Guerda Taro — 451
Jorge Campos, Campo de los almendros — 476

Noticia de los autores y los textos — 483

Agradecimientos — 493

PRÓLOGO

En fecha tan temprana como diciembre de 1937 apareció publicada la novela *La esperanza* de André Malraux, y apenas había pasado un año de la finalización del conflicto cuando llegó a los lectores norteamericanos *Por quién doblan las campanas* de Ernest Hemingway. Así, a través de dos de sus más ilustres escritores, las principales lenguas de cultura del planeta certificaban no sólo la universalidad de la guerra española de 1936 sino también su enorme potencial literario. Malraux y Hemingway vivieron muy de cerca la contienda y participaron muy activamente en ella, y en sus respectivos libros invención y experiencia autobiográfica se presentan tan estrechamente unidas que con frecuencia ambos son interpretados como *romans à clé*. Una cosa está clara: todos o casi todos los escritores extranjeros (y fueron multitud) que viajaron a aquella España dividida y desangrada la incorporaron más pronto que tarde a su quehacer literario. Venían, conocían las penurias de la retaguardia, se asomaban al frente y muy poco después tenían ya listo su reportaje o su cuento o su novela. Desde luego, para un escritor hay pocos materiales que inspiren tanto como una guerra civil. Pero a lo promisorio del tema había que añadir un elemento de carácter moral o político: la urgencia por contribuir a la victoria de uno de los bandos desde el lado de la propaganda. Ese afán propagandístico explica en parte las prisas de Malraux por publicar su novela (y por adaptarla enseguida al cine en escenarios reales del conflicto): el escritor francés no sólo aspiraba a escribir una gran novela, sino también a reclamar por medio de ella la atención de las potencias europeas sobre el difícil trance que atravesaba la República española. Tres años después, el objetivo de la novela de Hemingway es ya distinto: derrotada la democracia española por el ejército franquista con la impagable ayuda de los regímenes de Hitler y Mussolini, lo que Hemingway buscaba era alertar contra el fascismo internacional a una sociedad como la norteamericana, que por aquellas fechas se negaba todavía a acudir en defensa de las democracias europeas.

Puede decirse que la primera literatura surgida al socaire de la guerra civil aspiraba a recrear y dar testimonio de lo ocurrido, cuando no a intervenir directamente en la realidad histórica. Esta afirmación vale por igual para los escritores extranjeros y los españoles. En 1937, el sevillano Manuel Chaves Nogales, decepcionado por la orientación que el conflicto había impuesto al funcionamiento de la República, publicó en Chile el volumen de cuentos *A sangre y fuego*, en el que las responsabilidades de los desmanes quedaban repartidas entre los matarifes del franquismo y los de las organizaciones revolucionarias. Un propósito de índole moral, la búsqueda de la rectitud, ilumina todos y cada uno de esos magníficos cuentos. Pero esa misma rectitud otros escritores contemporáneos a Chaves Nogales la hallaron o creyeron hallarla en la subordinación de su talento a una causa superior, fuera ésta la de la defensa de la democracia y el combate contra el fascismo o la de la lucha contra el comunismo y los enemigos de la civilización cristiana. En las páginas que siguen, el lector de este libro encontrará varios relatos concebidos desde el compromiso explícito con uno u otro bando, y no está de más recordar que los autores de algunos de esos relatos colaboraron muy activamente en labores de propaganda: Arturo Barea y María Teresa León para la España republicana, Edgar Neville para la nacional. Sin duda, en el fragor de la contienda fueron muchos los escritores que se adaptaron a la situación de emergencia y alteraron su sistema de prioridades: contribuir a la victoria bélica, aunque fuera con algo tan modesto como una narración o un poema, estaría siempre por encima de cualquier otra consideración. En ese aspecto, como hemos visto, no existían demasiadas diferencias entre sus proyectos literarios y los de Malraux o Hemingway. ¿Literatura?, ¿propaganda?, ¿literatura a la vez que propaganda? El paso del tiempo acaba poniendo las cosas en su sitio, y al final suele haber un momento en el que los árboles dejan entrever el bosque. La buena literatura nacida al calor de la propaganda ha terminado desprendiéndose de la ganga, y lo que ahora importa no son las altas motivaciones que inspiraron a sus autores sino el compromiso de éstos con la verdad, aunque sea con una verdad de naturaleza literaria. O, mejor dicho, lo que importa es eso y lo de siempre: la precisión expresiva, la construcción de personajes de carne y hueso, la hondura del conflicto abordado, la sutileza en la creación de atmósferas, la fluidez narrativa...

Refiriéndose a la narrativa surgida de la guerra civil italiana (la guerra partisana de 1943 a 1945), Italo Calvino sugirió que podía toda ella ser leída como un macrotexto unitario: un libro de mil padres, capaz de hablar en nombre de todos los que habían participado en la lucha. Con la literatura que sobre la guerra civil española escribieron quienes intervinieron en ella podría hacerse algo similar. El material de partida es bueno y abundante, porque han sido muchos los escritores que han acertado a convertir sus experiencias de esos tres años en gran literatura. ¿Por qué, entonces, no probar a componer con los relatos escritos por unos y por otros una suerte de novela colectiva sobre la guerra civil? ¿Y por qué limitar el proyecto a las generaciones de escritores que vivieron el conflicto desde dentro y no ampliarlo también a aquellas que, por razones cronológicas, sólo han podido percibir sus ecos y consecuencias? Han pasado más de setenta años desde el comienzo de la contienda, y lo que está claro es que sobre ella han escrito literatos de todas las generaciones: los que intervinieron en ella, los que la padecieron en la niñez o la adolescencia, los hijos de éstos o de aquéllos, los nietos... Tanto unos como otros podrían con idéntica legitimidad participar en esa hipotética novela coral, y ésta no sólo ampliaría su perspectiva histórica sino también la diversidad de sus enfoques literarios, dado que la documentación y la *inventio* por fuerza habrían de servir de contrapunto a una narrativa del testimonio y la memoria.

De lo dicho hasta ahora puede el lector deducir que no se encuentra ante una antología en sentido estricto. Sí, estos treinta y cinco relatos están con toda seguridad entre los mejores que se han escrito acerca de la guerra civil. De hecho, algunos de ellos («El cojo» de Max Aub y «Patio de armas» de Ignacio Aldecoa) ya aparecieron juntos en la única (y, por fuerza, incompleta) antología que hasta ahora existía de cuentos sobre la guerra (*Historias del 36*, 1974). Pero lo que este antólogo ha intentado no ha sido reunir un ramillete de buenos relatos sino *contar* la guerra civil, o al menos una gran parte de ella, a través de las historias escritas por algunos de nuestros mejores narradores.

De ahí el orden cronológico, que propone un recorrido desde poco antes del 18 de julio de 1936 hasta poco después del 1 de abril de 1939. De ahí también cierta aspiración a la globalidad: en este volumen encontrará el lector relatos escritos originalmente en español pero también en catalán, gallego y vasco, relatos escritos por hombres y por mujeres, de derechas y de izquierdas, de autores que pertenecen al *mainstream* y autores que no, relatos ambientados en la España nacional y en la republicana, en el frente y en la retaguardia, en el campo y en la ciudad, en el norte y en el sur... Por supuesto, entre los criterios de selección, el principal ha sido el de la excelencia literaria, pero también he buscado que cada una de las historias contribuyera al carácter sinfónico del conjunto: entre los relatos de un libro se establece siempre algún tipo de diálogo, y formaba parte de mi responsabilidad que ese diálogo fuera lo más fluido y armonioso posible. Puede ser (aunque espero que no) que en este coro falte alguna voz, en esta orquesta algún instrumento. De lo que no me cabe duda es de que no sobra ninguno. Ante la publicación de un nuevo libro, pocas veces me he sentido tan seguro de su calidad. Pero reconozco haber jugado con ventaja: un simple vistazo a la nómina de los autores basta para confirmarlo. Entre esos nombres hay bastantes que resultarán familiares al lector. Los que no lo sean o no lo sean tanto no desmerecen en absoluto al lado de los otros. Para mí, al menos, todos estos relatos son igual de buenos y, sobre todo, igual de necesarios.

IGNACIO MARTÍNEZ DE PISÓN

MANUEL RIVAS

LA LENGUA DE LAS MARIPOSAS

—¿Qué hay, Pardal? Espero que por fin este año podamos ver la lengua de las mariposas.

El maestro aguardaba desde hacía tiempo que les enviasen un microscopio a los de la Instrucción Pública. Tanto nos hablaba de cómo se agrandaban las cosas menudas e invisibles por aquel aparato que los niños llegábamos a verlas de verdad, como si sus palabras entusiastas tuviesen el efecto de poderosas lentes.

—La lengua de la mariposa es una trompa enroscada como un muelle de reloj. Si hay una flor que la atrae, la desenrolla y la mete en el cáliz para chupar. Cuando lleváis el dedo humedecido a un tarro de azúcar, ¿a que sentís ya el dulce en la boca como si la yema fuese la punta de la lengua? Pues así es la lengua de la mariposa.

Y entonces todos teníamos envidia de las mariposas. Qué maravilla. Ir por el mundo volando, con esos trajes de fiesta, y parar en flores como tabernas con barriles llenos de almíbar.

Yo quería mucho a aquel maestro. Al principio, mis padres no podían creerlo. Quiero decir que no podían entender cómo yo quería a mi maestro. Cuando era un pequeñajo, la escuela era una amenaza terrible. Una palabra que se blandía en el aire como una vara de mimbre.

—¡Ya verás cuando vayas a la escuela!

Dos de mis tíos, como muchos otros jóvenes, habían emigrado a América para no ir de quintos a la guerra de Marruecos. Pues bien, yo también soñaba con ir a América para no ir a la escuela. De hecho, había historias de niños que huían al monte para evitar aquel suplicio.

Aparecían a los dos o tres días, ateridos y sin habla, como desertores del Barranco del Lobo.

Yo iba para seis años y todos me llamaban Pardal. Otros niños de mi edad ya trabajaban. Pero mi padre era sastre y no tenía tierras ni ganado. Prefería verme lejos que no enredando en el pequeño taller de costura. Así pasaba gran parte del día correteando por la Alameda, y fue Cordeiro, el recogedor de basura y hojas secas, el que me puso el apodo: «Pareces un pardal».

Creo que nunca he corrido tanto como aquel verano anterior a mi ingreso en la escuela. Corría como un loco y a veces sobrepasaba el límite de la Alameda y seguía lejos, con la mirada puesta en la cima del monte Sinaí, con la ilusión de que algún día me saldrían alas y podría llegar a Buenos Aires. Pero jamás sobrepasé aquella montaña mágica.

—¡Ya verás cuando vayas a la escuela!

Mi padre contaba como un tormento, como si le arrancaran las amígdalas con la mano, la forma en que el maestro les arrancaba la jeada del habla, para que no dijesen ajua ni jato ni jracias. «Todas las mañanas teníamos que decir la frase *Los pájaros de Guadalajara tienen la garganta llena de trigo*. ¡Muchos palos llevamos por culpa de Juadalagara!» Si de verdad me quería meter miedo, lo consiguió. La noche de la víspera no dormí. Encogido en la cama, escuchaba el reloj de pared en la sala con la angustia de un condenado. El día llegó con una claridad de delantal de carnicero. No mentiría si les hubiese dicho a mis padres que estaba enfermo.

El miedo, como un ratón, me roía las entrañas.

Y me meé. No me meé en la cama, sino en la escuela.

Lo recuerdo muy bien. Han pasado tantos años y aún siento una humedad cálida y vergonzosa resbalando por las piernas. Estaba sentado en el último pupitre, medio agachado con la esperanza de que nadie reparase en mi presencia, hasta que pudiese salir y echar a volar por la Alameda.

—A ver, usted, ¡póngase de pie!

El destino siempre avisa. Levanté los ojos y vi con espanto que aquella orden iba por mí. Aquel maestro feo como un bicho me señalaba con la regla. Era pequeña, de madera, pero a mí me pareció la lanza de Abd el Krim.

—¿Cuál es su nombre?

—Pardal.

Todos los niños rieron a carcajadas. Sentí como si me golpeasen con latas en las orejas.

—¿Pardal?

No me acordaba de nada. Ni de mi nombre. Todo lo que yo había sido hasta entonces había desaparecido de mi cabeza. Mis padres eran dos figuras borrosas que se desvanecían en la memoria. Miré hacia el ventanal, buscando con angustia los árboles de la Alameda.

Y fue entonces cuando me meé.

Cuando los otros chavales se dieron cuenta, las carcajadas aumentaron y resonaban como latigazos.

Huí. Eché a correr como un locuelo con alas. Corría, corría como sólo se corre en sueños cuando viene detrás de uno el Hombre del Saco. Yo estaba convencido de que eso era lo que hacía el maestro. Venir tras de mí. Podía sentir su aliento en el cuello, y el de todos los niños, como jauría de perros a la caza de un zorro. Pero cuando llegué a la altura del palco de la música y miré hacia atrás, vi que nadie me había seguido, que estaba a solas con mi miedo, empapado de sudor y meos. El palco estaba vacío. Nadie parecía fijarse en mí, pero yo tenía la sensación de que todo el pueblo disimulaba, de que docenas de ojos censuradores me espiaban tras las ventanas y de que las lenguas murmuradoras no tardarían en llevarles la noticia a mis padres. Mis piernas decidieron por mí. Caminaron hacia el Sinaí con una determinación desconocida hasta entonces. Esta vez llegaría hasta Coruña y embarcaría de polizón en uno de esos barcos que van a Buenos Aires.

Desde la cima del Sinaí no se veía el mar, sino otro monte aún más grande, con peñascos recortados como torres de una fortaleza inaccesible. Ahora recuerdo con una mezcla de asombro y melancolía lo que logré hacer aquel día. Yo solo, en la cima, sentado en la silla de piedra, bajo las estrellas, mientras que en el valle se movían como luciérnagas los que con candil andaban en mi busca. Mi nombre cruzaba la noche a lomos de los aullidos de los perros. No estaba impresionado. Era como si hubiese cruzado la línea del miedo. Por eso no lloré ni me resistí cuando apareció junto a mí la sombra recia de Cordeiro. Me envolvió con su chaquetón y me cogió en brazos.

—Tranquilo, Pardal, ya pasó todo.

Aquella noche dormí como un santo, bien arrimado a mi madre. Nadie me había reñido. Mi padre se había quedado en la cocina, fumando en silencio, con los codos sobre el mantel de hule, las colillas amontonadas en el cenicero de concha de vieira, tal como había sucedido cuando se murió la abuela.

Tenía la sensación de que mi madre no me había soltado la mano durante toda la noche. Así me llevó, cogido como quien lleva un serón, en mi regreso a la escuela. Y en esta ocasión, con el corazón sereno, pude fijarme por vez primera en el maestro. Tenía la cara de un sapo.

El sapo sonreía. Me pellizcó la mejilla con cariño. «Me gusta ese nombre, Pardal.» Y aquel pellizco me hirió como un dulce de café. Pero lo más increíble fue cuando, en medio de un silencio absoluto, me llevó de la mano hacia su mesa y me sentó en su silla. Él permaneció de pie, cogió un libro y dijo:

—Tenemos un nuevo compañero. Es una alegría para todos y vamos a recibirlo con un aplauso.

Pensé que me iba a mear de nuevo por los pantalones, pero sólo noté una humedad en los ojos.

—Bien, y ahora vamos a empezar un poema. ¿A quién le toca? ¿Romualdo? Venga, Romualdo, acércate. Ya sabes, despacito y en voz bien alta.

A Romualdo los pantalones cortos le quedaban ridículos. Tenía las piernas muy largas y oscuras, con las rodillas llenas de heridas.

Una tarde parda y fría...

—Un momento, Romualdo, ¿qué es lo que vas a leer?

—Una poesía, señor.

—¿Y cómo se titula?

—*Recuerdo infantil*. Su autor es don Antonio Machado.

—Muy bien, Romualdo, adelante. Con calma y en voz alta. Fíjate en la puntuación.

El llamado Romualdo, a quien yo conocía de acarrear sacos de piñas como niño que era de Altamira, carraspeó como un viejo fumador de picadura y leyó con una voz increíble, espléndida, que parecía salida de la radio de Manolo Suárez, el indiano de Montevideo.

Una tarde parda y fría
de invierno. Los colegiales
estudian. Monotonía
de lluvia tras los cristales.

*Es la clase. En un cartel
se representa a Caín
fugitivo y muerto Abel,
junto a una mancha carmín...*

—Muy bien. ¿Qué significa *monotonía de lluvia*, Romualdo? —preguntó el maestro.
—Que llueve sobre mojado, don Gregorio.

—¿Rezaste? —me preguntó mamá, mientras planchaba la ropa que papá había cosido durante el día. En la cocina, la olla de la cena despedía un aroma amargo de nabiza.
—Pues sí —dije yo no muy seguro—. Una cosa que hablaba de Caín y Abel.
—Eso está bien —dijo mamá—, no sé por qué dicen que el nuevo maestro es un ateo.
—¿Qué es un ateo?
—Alguien que dice que Dios no existe. —Mamá hizo un gesto de desagrado y pasó la plancha con energía por las arrugas de un pantalón.
—¿Papá es un ateo?
Mamá apoyó la plancha y me miró fijamente.
—¿Cómo va a ser papá un ateo? ¿Cómo se te ocurre preguntar esa bobada?
Yo había oído muchas veces a mi padre blasfemar contra Dios. Lo hacían todos los hombres. Cuando algo iba mal, escupían en el suelo y decían esa cosa tremenda contra Dios. Decían las dos cosas: me cago en Dios, me cago en el demonio. Me parecía que sólo las mujeres creían realmente en Dios.
—¿Y el demonio? ¿Existe el demonio?
—¡Por supuesto!
El hervor hacía bailar la tapa de la cacerola. De aquella boca mutante salían vaharadas de vapor y gargajos de espuma y verdura. Una mariposa nocturna revoloteaba por el techo alrededor de la bombilla que colgaba del cable trenzado. Mamá estaba enfurruñada como cada vez que tenía que planchar. La cara se le tensaba cuando marcaba la raya de las perneras. Pero ahora hablaba en un tono suave y algo triste, como si se refiriese a un desvalido.

—El demonio era un ángel, pero se hizo malo.

La mariposa chocó con la bombilla, que se bamboleó ligeramente y desordenó las sombras.

—Hoy el maestro ha dicho que las mariposas también tienen lengua, una lengua finita y muy larga, que llevan enrollada como el muelle de un reloj. Nos la va a enseñar con un aparato que le tienen que enviar de Madrid. ¿A que parece mentira eso de que las mariposas tengan lengua?

—Si él lo dice, es cierto. Hay muchas cosas que parecen mentira y son verdad. ¿Te ha gustado la escuela?

—Mucho. Y no pega. El maestro no pega.

No, el maestro don Gregorio no pegaba. Al contrario, casi siempre sonreía con su cara de sapo. Cuando dos se peleaban durante el recreo, él los llamaba, «parecéis carneros», y hacía que se estrecharan la mano. Después los sentaba en el mismo pupitre. Así fue como conocí a mi mejor amigo, Dombodán, grande, bondadoso y torpe. Había otro chaval, Eladio, que tenía un lunar en la mejilla, al que le hubiera zurrado con gusto, pero nunca lo hice por miedo a que el maestro me mandase darle la mano y que me cambiase del lado de Dombodán. La forma que don Gregorio tenía de mostrarse muy enfadado era el silencio.

—Si vosotros no os calláis, tendré que callarme yo.

Y se dirigía hacia el ventanal, con la mirada ausente, perdida en el Sinaí. Era un silencio prolongado, descorazonador, como si nos hubiese dejado abandonados en un extraño país. Pronto me di cuenta de que el silencio del maestro era el peor castigo imaginable. Porque todo lo que él tocaba era un cuento fascinante. El cuento podía comenzar con una hoja de papel, después de pasar por el Amazonas y la sístole y diástole del corazón. Todo conectaba, todo tenía sentido. La hierba, la lana, la oveja, mi frío. Cuando el maestro se dirigía hacia el mapamundi, nos quedábamos atentos como si se iluminase la pantalla del cine Rex. Sentíamos el miedo de los indios cuando escucharon por vez primera el relinchar de los caballos y el estampido del arcabuz. Íbamos a lomos de los elefantes de Aníbal de Cartago por las nieves de los Alpes, camino de Roma. Luchábamos con palos y piedras en Ponte Sampaio contra las tropas de Napoleón. Pero no todo eran guerras. Fabricábamos hoces y rejas de arado en las herrerías del Incio. Escribíamos cancioneros de amor en la Provenza y en el mar de Vigo. Construíamos el Pórtico de la Gloria. Plantábamos las patatas que habían venido de América. Y a América emigramos cuando llegó la peste de la patata.

—Las patatas vinieron de América —le dije a mi madre a la hora de comer, cuando me puso el plato delante.

—¡Qué iban a venir de América! Siempre ha habido patatas —sentenció ella.

—No, antes se comían castañas. Y también vino de América el maíz. —Era la primera vez que tenía clara la sensación de que gracias al maestro yo sabía cosas importantes de nuestro mundo que ellos, mis padres, desconocían.

Pero los momentos más fascinantes de la escuela eran cuando el maestro hablaba de los bichos. Las arañas de agua inventaban el submarino. Las hormigas cuidaban de un ganado que daba leche y azúcar y cultivaban setas. Había un pájaro en Australia que pintaba su nido de colores con una especie de óleo que fabricaba con pigmentos vegetales. Nunca me olvidaré. Se llamaba el tilonorrinco. El macho colocaba una orquídea en el nuevo nido para atraer a la hembra.

Tal era mi interés que me convertí en el suministrador de bichos de don Gregorio y él me acogió como el mejor discípulo. Había sábados y festivos que pasaba por mi casa e íbamos juntos de excursión. Recorríamos las orillas del río, las gándaras, el bosque y subíamos al monte Sinaí. Cada uno de esos viajes era para mí como una ruta del descubrimiento. Volvíamos siempre con un tesoro. Una mantis. Un caballito del diablo. Un ciervo volante. Y cada vez una mariposa distinta, aunque yo sólo recuerdo el nombre de una a la que el maestro llamó Iris, y que brillaba hermosísima posada en el barro o el estiércol.

Al regreso, cantábamos por los caminos como dos viejos compañeros. Los lunes, en la escuela, el maestro decía:

—Y ahora vamos a hablar de los bichos de Pardal.

Para mis padres, estas atenciones del maestro eran un honor. Aquellos días de excursión, mi madre preparaba la merienda para los dos:

—No hace falta, señora, yo ya voy comido —insistía don Gregorio. Pero a la vuelta decía—: Gracias, señora, exquisita la merienda.

—Estoy segura de que pasa necesidades —decía mi madre por la noche.

—Los maestros no ganan lo que tendrían que ganar —sentenciaba, con sentida solemnidad, mi padre—. Ellos son las luces de la República.

—¡La República, la República! ¡Ya veremos adónde va a parar la República!

Mi padre era republicano. Mi madre, no. Quiero decir que mi madre era de misa diaria y los republicanos aparecían como enemigos de la Iglesia. Procuraban no discutir cuando yo estaba delante, pero a veces los sorprendía.

—¿Qué tienes tú contra Azaña? Eso es cosa del cura, que os anda calentando la cabeza.

—Yo voy a misa a rezar —decía mi madre.

—Tú sí, pero el cura no.

Un día que don Gregorio vino a recogerme para ir a buscar mariposas, mi padre le dijo que, si no tenía inconveniente, le gustaría tomarle las medidas para un traje.

—¿Un traje?

—Don Gregorio, no lo tome a mal. Quisiera tener una atención con usted. Y yo lo que sé hacer son trajes.

El maestro miró alrededor con desconcierto.

—Es mi oficio —dijo mi padre con una sonrisa.

—Respeto mucho los oficios —dijo por fin el maestro.

Don Gregorio llevó puesto aquel traje durante un año, y lo llevaba también aquel día de julio de 1936, cuando se cruzó conmigo en la Alameda, camino del ayuntamiento.

—¿Qué hay, Pardal? A ver si este año por fin podemos verle la lengua a las mariposas.

Algo extraño estaba sucediendo. Todo el mundo parecía tener prisa, pero no se movía. Los que miraban hacia delante, se daban la vuelta. Los que miraban para la derecha, giraban hacia la izquierda. Cordeiro, el recogedor de basura y hojas secas, estaba sentado en un banco, cerca del palco de la música. Yo nunca había visto a Cordeiro sentado en un banco. Miró hacia arriba, con la mano de visera. Cuando Cordeiro miraba así y callaban los pájaros, era que se avecinaba una tormenta.

Oí el estruendo de una moto solitaria. Era un guardia con una bandera sujeta en el asiento de atrás. Pasó delante del ayuntamiento y miró para los hombres que conversaban inquietos en el porche. Gritó: «¡Arriba España!». Y arrancó de nuevo la moto dejando atrás una estela de explosiones.

Las madres empezaron a llamar a sus hijos. En casa, parecía que la abuela se hubiese muerto otra vez. Mi padre amontonaba colillas en el cenicero y mi madre lloraba y hacía cosas sin sentido, como abrir el grifo de agua y lavar los platos limpios y guardar los sucios.

Llamaron a la puerta y mis padres miraron el pomo con desazón. Era Amelia, la vecina, que trabajaba en casa de Suárez, el indiano.

—¿Sabéis lo que está pasando? En Coruña, los militares han declarado el estado de guerra. Están disparando contra el Gobierno Civil.

—¡Santo Cielo! —se persignó mi madre.

—Y aquí —continuó Amelia en voz baja, como si las paredes oyesen— dicen que el alcalde llamó al capitán de carabineros, pero que éste mandó decir que estaba enfermo.

Al día siguiente no me dejaron salir a la calle. Yo miraba por la ventana y todos los que pasaban me parecían sombras encogidas, como si de repente hubiese llegado el invierno y el viento arrastrase a los gorriones de la Alameda como hojas secas.

Llegaron tropas de la capital y ocuparon el ayuntamiento. Mamá salió para ir a misa, y volvió pálida y entristecida, como si hubiese envejecido en media hora.

—Están pasando cosas terribles, Ramón —oí que le decía, entre sollozos, a mi padre. También él había envejecido. Peor aún. Parecía que hubiese perdido toda voluntad. Se había desfondado en un sillón y no se movía. No hablaba. No quería comer.

—Hay que quemar las cosas que te comprometan, Ramón. Los periódicos, los libros. Todo.

Fue mi madre la que tomó la iniciativa durante aquellos días. Una mañana hizo que mi padre se arreglara bien y lo llevó con ella a misa. Cuando regresaron, me dijo: «Venga, Moncho, vas a venir con nosotros a la Alameda». Me trajo la ropa de fiesta y mientras me ayudaba a anudar la corbata, me dijo con voz muy grave: «Recuerda esto, Moncho. Papá no era republicano. Papá no era amigo del alcalde. Papá no hablaba mal de los curas. Y otra cosa muy importante, Moncho. Papá no le regaló un traje al maestro».

—Sí que se lo regaló.

—No, Moncho. No se lo regaló. ¿Has entendido bien? ¡No se lo regaló!

—No, mamá, no se lo regaló.

Había mucha gente en la Alameda, toda con ropa de domingo. También habían bajado algunos grupos de las aldeas, mujeres enlutadas, paisanos viejos con chaleco y sombrero, niños con aire asustado, precedidos por algunos hombres con camisa azul y pistola al cinto. Dos filas de soldados abrían un pasillo desde la escalinata del ayuntamiento hasta unos camiones con remolque entoldado, como los que se usaban para transportar el ganado en la feria grande. Pero en la Alameda no había el bullicio de las ferias, sino un silencio grave, de Semana Santa. La gente no se saludaba. Ni siquiera parecían reconocerse los unos a los otros. Toda la atención estaba puesta en la fachada del ayuntamiento.

Un guardia entreabrió la puerta y recorrió el gentío con la mirada. Luego abrió del todo e hizo un gesto con el brazo. De la boca oscura del edificio, escoltados por otros guardias, salieron los detenidos. Iban atados de pies y manos, en silente cordada. De algunos no sabía el nombre, pero conocía todos aquellos rostros. El alcalde, los de los sindicatos, el bibliotecario del ateneo Resplandor Obrero, Charli, el vocalista de la Orquesta Sol y Vida, el cantero al que llamaban Hércules, padre de Dombodán... Y al final de la cordada, chepudo y feo como un sapo, el maestro.

Se escucharon algunas órdenes y gritos aislados que resonaron en la Alameda como petardos. Poco a poco, de la multitud fue saliendo un murmullo que acabó imitando aquellos insultos.

—¡Traidores! ¡Criminales! ¡Rojos!

—Grita tú también, Ramón, por lo que más quieras, ¡grita! —Mi madre llevaba a papá cogido del brazo, como si lo sujetase con todas sus fuerzas para que no desfalleciera—. ¡Que vean que gritas, Ramón, que vean que gritas!

Y entonces oí cómo mi padre decía: «¡Traidores!» con un hilo de voz. Y luego, cada vez más fuerte, «¡Criminales! ¡Rojos!». Soltó del brazo a mi madre y se acercó más a la fila de los soldados, con la mirada enfurecida hacia el maestro. «¡Asesino! ¡Anarquista! ¡Comeniños!»

Ahora mamá trataba de retenerlo y le tiró de la chaqueta discretamente. Pero él estaba fuera de sí. «¡Cabrón! ¡Hijo de mala madre!» Nunca le había oído llamar eso a nadie, ni siquiera al árbitro en el campo de fútbol. «Su madre no tiene la culpa, ¿eh, Moncho?, recuerda eso.» Pero ahora se volvía hacia mí enloquecido y me empujaba con la mirada, los ojos llenos de lágrimas y sangre. «¡Grítale tú también, Monchiño, grítale tú también!»

Cuando los camiones arrancaron, cargados de presos, yo fui uno de los niños que corrieron detrás, tirando piedras. Buscaba con desesperación el rostro del maestro para llamarle traidor y criminal. Pero el convoy era ya una nube de polvo a lo lejos y yo, en el medio de la Alameda, con los puños cerrados, sólo fui capaz de murmurar con rabia:

—¡Sapo! ¡Tilonorrinco! ¡Iris!

RAMIRO PINILLA

JULIO DEL 36

Para los Altube la guerra comenzó a las cinco de la tarde, cuando Marcos entró en la cocina diciendo que se lanzaba al monte con la escopeta y que le envolvieran un bocadillo.

—Estamos en veda —le advirtió Asier.

Por el silencio que le ciñó supo que la familia estaba pensando en otra cosa. Al abuelo se le quedó en el aire el chorizo de la merienda. La abuela y la madre paralizaron sus quehaceres.

—¿Qué pasa por ahí? —preguntó, abrumada.

Marcos entró en su dormitorio y regresó con la caja que a Asier siempre le parecía para el cadáver de un niño plano, y emitiendo entre dientes el silbido opaco que reservaba para los buenos momentos. Por los cristales del ventanuco se filtraba un sol compacto. Asier observó que la madre secaba sus manos en el delantal con una calma falsa, y le oyó repetir la pregunta. Absorto en el levantamiento de la tapa, Marcos siguió sin oírla.

—Vivimos fuera del mundo, como los salvajes, por no tener una radio en casa —añadió la madre lanzando una mirada de recriminación a los ancianos.

—El púlpito es la mejor radio —dijo el abuelo—. Ya nos han dicho lo que ha dicho el cura.

—Unas veces don Eulogio recibe las noticias de Dios y otras de la radio. Tiene una en su mesilla, como todo el mundo.

Asier recordó entonces las palabras de la vecina que llamó a la puerta casi al mediodía. «Se han rebelado los militares», había anunciado con una sonrisa incolora. En la cocina sólo se encontraban la abuela y él. La abuela no interrumpió su picadura de calabaza para los cerdos. «Mejor si se pondrían todos a trabajar», dijo. Asier aguardó a ver si la noticia era tan importante como para que la abuela marchara a la cuadra a comunicársela al abuelo, a la madre y a Marcos. No se movió. No habló hasta la comida: «Ha venido Josefa, la de Jáuregui, a decir que el cura ha dicho que se han rebelado los militares». Asier miró al abuelo. Su comentario no le sacó de dudas: «Los militares siempre se están rebelando». A sus noventa años seguía siendo un hombre monumental que no podía coger con sus manazas objetos frágiles porque los rompía. Marcos balanceó su cabeza encima del plato de porrusalda, pero Asier estuvo seguro de que sólo pensaba en el nuevo domingo perdido para la caza por culpa de la veda. La madre lanzó un suspiro cotidiano de fin de comida: «Que nos dejen en paz de líos. Ya tenemos bastante con las pendejadas naturales de la vida».

De modo que tuvieron que llegar las cinco de la tarde para que la guerra entrara en la cocina.

—¿Qué pasa por ahí? —preguntó la madre por tercera vez.

Marcos estaba desarmando la escopeta con un ronroneo de felicidad parecido al de los gatos. Movía los dedos con tanto amor que Asier no podía dejar de mirarlos. El abuelo instaló el nombre de Marcos en el ambiente como un ultimátum, obligándole a despertar de su ensueño. Descubrió a la madre por encima del bloque de sol que dividía el aposento, y entonces oyó sus tres preguntas.

—La gente se ha echado a la calle —reveló—. Voy a apuntarme de voluntario en el Batzoki.

—Por qué —musitó ella.

—Porque van todos.

La madre le replicó que se quedara donde estaba, que él no entendía de esas cosas. «Las guerras deben hacerlas los bocazas», manifestó.

Reintegrado a las piezas de su arma, Marcos le respondió por un impulso anterior. Asier le vio marcar una sonrisa lejana: «Nadie ha hablado de guerra».

—Las huelo a distancia —dijo la madre.

—No ha conocido ninguna.

—Precisamente por eso.

A Marcos se le veía cada vez más remoto.

—Estas cosas se suelen acabar en cuanto empiezan —murmuró.

—Las guerras que empiezan no se acaban nunca —dijo el abuelo.

Asier palpó el instante preciso en que su hermano se hundió del todo en la escopeta. Era un hombre de huesos largos y puntiagudos que amenazaban rasgar su envoltura. Tenía una habilidad especial para articular la materia, y a veces la madre precipitaba el descalabro de grifos y cerraduras para verle feliz reparándolos. Cuando el tractor aplastó los pies de Asier él le fabricó una silla de ruedas de una mecedora, y para la fase actual le había labrado unas muletas primorosas. Desde la infancia se venía preparando sus propios artilugios de caza. Pero cuando compró la escopeta con ahorros de tres años se descubrió que más que matar animales le fascinaba el ingenio encerrado en los mecanismos. La desguazaba y la armaba con misticismo y perdía horas enteras contemplando el mundo por su mira o disparando el gatillo en el vacío junto a su oreja para emborracharse con el *clinc d*el metal. A veces cargaba hasta un bosque con Asier y éste le veía asombrarse ante la pieza abatida a cada disparo, pues si Marcos cazaba era porque tenía al pajarito por una prolongación natural de la escopeta. «Al hombre que inventó las armas de fuego le harán santo», se le oyó decir un día.

La abuela se levantó con un castañeo de huesos.

—Voy a prepararme —suspiró—. Hoy habrá de todo menos rosario.

La réplica que estalló en la cocina pareció un cortafrío que barrenara la atmósfera.

—No, quédese. Yo soy la madre de este loco, pero usted es su abuela.

Asier sintió que le tensaban la piel de la espalda. La madre había hilvanado las palabras con cables de acero.

—Esta noche le echaremos un sermón —dijo la abuela.

—Esta noche ya no dormirá en su casa sino en su guerra —sentenció la madre.

La abuela vaciló dentro de sus alpargatas de esparto. Era una mujer grande y remansada que durante toda la vida había tenido las cosas en su sitio. Ahora no comprendía el desbarajuste de aquel domingo que amaneció intacto y acababa resquebrajado.

—Quiero oír yo misma a don Eulogio —señaló finalmente.

—El cura sólo puede decir lo que ya ha dicho la radio —exclamó la madre—. Dios no envía mensajes sobre las guerras.

Asier pasaba la vista de una a otra, pero de pronto ni la mirada aturdida de la abuela ni la fulgurante de la madre le atrajeron tanto como el quehacer de Marcos. Iba extendiendo las piezas de la escopeta sobre un paño verde de jugar al mus. Había realizado tantas veces la misma operación que las espaciaba con un ajuste artístico. Asier observó cómo las acariciaba con los dedos y con el aire de su silbido.

—Y usted qué dice —añadió la madre dirigiéndose al abuelo.

El abuelo había dado por concluida la merienda. Asier lo vio aprendiéndose los dibujos de las baldosas del suelo.

—Que os calléis las dos —dijo—. Las guerras las hacen los hombres.

Asier pensó que se debatían en un terreno inexistente. Estuvo a punto de llamarles la atención sobre la indiferencia de Marcos para que se convencieran de que desorbitaban las cosas. La madre pareció adivinar su pensamiento.

—Ahí le tenéis —dijo—. La familia llorando sangre y el niño destripando su juguete.

Marcos desprendió la última pieza y se quedó contemplando su mosaico. Asier percibió la felicidad que traspasaba sus prendas. El abuelo buscó sobre la banqueta un nuevo acomodo para su humanidad.

—A mis años ya no se sabe cómo marcha el mundo —dijo—. Si Marcos quiere ir a la guerra, él sabrá por qué.

—Él no entiende de esas cosas —protestó la madre con un charquito en cada ojo.

—Nadie entiende las guerras —dijo el abuelo.

—Y menos mis hijos.

—Mis nietos no son más lerdos que los demás —dijo el abuelo.

Entonces Asier vio a la madre agarrarse las manos y clavar en Marcos una mirada penosa. Era como siempre le solía mirar, sólo que esta vez la mirada salía de una cara de viuda y además Asier temió que la expusiera con palabras. La madre había salido a la rama más pequeña de los hermanos y tenía un engañoso rostro de mujer fina, pero su cuerpo era tan sólido que aguantaba en la huerta como los hombres.

—Marcos es un ángel de Dios —murmuró mordiéndose los labios.

—Los ángeles también fueron a la guerra —dijo el abuelo.

La abuela se estuvo persignando hasta cuando recordó que aquello estaba en el Catecismo. A Asier le entraron tentaciones de empezar a muletazos con todos para que se callaran. Un momento antes Marcos se había puesto a engrasar las piezas con una escobilla. Mojaba los pelos en un bote, los levantaba para que escurrieran y luego tapizaba el metal con una costra brillante. Debajo de las piezas había puesto trozos de papel para no aceptar el paño de mus. Asier tenía de la guerra un concepto puramente cinematográfico. Jamás había logrado encajar los combates de trincheras, la revuelta de Pancho Villa o las matanzas de chinos en el cotidiano escenario de las higueras. Ahora, la palabra guerra también perdía su sentido ante aquel Marcos embebido en el ritual que siempre precedía a la caza de pajaritos.

Durante varios minutos no sonó una voz en la cocina. La madre se movió para colocarse al costado del hijo y así dejó de obstruir el poste de sol, que se estrelló contra la espalda de Marcos y puso un cerco de oro en su cabeza. La abuela interrumpió su huida al rosario.

—Creo que Dios nos quiere decir algo —susurró con pavor señalando el pelo del nieto.

—No empiece con sus sinsumbaquerías —exclamó la madre con los nervios a flor de piel—. Váyase al rosario y entregue al chico a los militares.

—Ya no puedo —declaró la abuela. Pero la mirada de la hija le impidió poner en palabras sus razones. Se exilió como un desperdicio en la banqueta de su rincón.

Asier vio a la madre morderse los labios por no saber cómo empezar a salvar la vida de su hijo. Conocía qué clase de amor le profesaba, pero entonces lo tocó con las manos. Marcos dejó reposar la escobilla y admiró su obra por encima de la brisa de su silbido. La madre se agotó en el esfuerzo de aparentar serenidad.

—Tú no sales a la guerra —le anunció.

Tuvo que repetírselo pegada a su oído. Marcos volvió la cabeza para mirarla desde un mundo perdido. Ella lo agarró con desesperación del cuello de la camisa.

—Miradle —exclamó—. Ni siquiera sabe que esta vez no va a matar pajaritos sino prójimos.

Marcos le retiró las manos con pulcritud.

—Me va a saltar las piezas —dijo.

A la madre se le salieron los ojos de las órbitas.

—¿No lo veis? La guerra sólo es para él unas vacaciones sin veda para disparar su tubo. Lo conozco como si lo hubiera parido.

De dos zancadas se plantó ante el abuelo. Asier notó que los pies le empezaban a doler después de tres meses.

—Déme la razón. Pregúntele: tampoco sabe hacia dónde debe disparar.

El abuelo se puso en pie lentamente. Asier lo vio dominando con su altura toda la cocina. La madre fue a hablar pero se cruzó con su expresión.

—Hacia dónde debes disparar —preguntó el abuelo clavando en el cuello del nieto una mirada profunda.

Marcos había empezado a acoplar las piezas. Las trataba con precisión matemática, de un solo movimiento, como en una cópula conyugal. Asier quedó pasmado de cómo podía evadirse de la presión del abuelo. Éste marcó un silencio total en la cocina y así le llegó a Marcos la pregunta que seguía flotando para él en el ambiente. Dejó sus manos en descanso sobre la mesa y contempló al abuelo con ojos destilados.

—Yo dispararé para donde disparen todos —dijo.

El abuelo abandonó la cocina con una majestad dura. Asier oyó sus pasos de ida y de vuelta en el portalón y le vio de regreso cerrando algo en el puño. Vertió media heredad sobre los materiales del paño de mus.

—Tú dispararás para salvar la tierra —dijo el abuelo.

Contemplando el estropicio, a Marcos le brotaron dos surcos en la cara. El rincón de la abuela se llenó del susurro temeroso de su rosario. El abuelo comenzó a retirar terrones con los dedos con una meticulosidad que a Asier se le metió en el cuerpo con estruendo. Sin una protesta, Marcos se incorporó a la limpieza, y enseguida se les unió la madre. Asier los adivinó impregnados de la emoción del abuelo.

Ejecutaron el trabajo sólo con las manos y al final la carne y las prendas quedaron unificadas bajo una costra de huerta.

—La tierra nunca mancha —dijo el abuelo.

Él mismo inició el montaje del arma. Revueltas en la gleba las piezas aparecían sobre el paño como los residuos de una riada. La tierra había formado con la grasa una crema espesa. Con el alma colgada en el vacío Marcos se las fue entregando una a una, traspasado por la prohibición del abuelo de no desembarrar más que los metales interiores. No reconoció el instrumento que depositaron en sus manos.

—No debió hacerle eso al chico —dijo la madre.

—Ahora es una escopeta de Dios —dijo el abuelo—. Todas las cosas de Dios son de tierra.

La madre se retiró al fogón para llorar de espaldas.

—Sólo eran santas las guerras de otros tiempos —dijo suavemente.

Asier la vio tan aplastada que se le agudizó el dolor de los pies. El abuelo arrebató el arma al nieto y le pidió munición. Marcos abrió una caja de membrillo y retiró un cartucho de una formación apretada. Las manazas del abuelo fueron incapaces de operar con un accesorio tan pequeño y le devolvió las dos cosas. Recuperó la escopeta cuando estuvo cargada. Bajo su capa de barro el arma era un objeto indescifrable. El abuelo abrió la ventana y apoyó el cañón en el marco. El disparo no sonó a cosa de caza sino de conflagración.

—La causa de la tierra sigue siendo santa —dijo el abuelo—. Dios sólo hace milagros cuando los necesita.

La madre se enderezó y comenzó a pelar patatas para la tortilla. Mirando su espalda sucumbida, Asier tenía que acordarse de respirar. Creyó que el dolor de los pies le iba a reventar la tela de las alpargatas. La abuela emitía su rosario con un ahínco morboso. En la cocina todo parecía arreglado, excepto para la madre.

—Para qué reza, para que su nieto vaya a la guerra o para que se quede —preguntó ásperamente, sin mover el cuerpo.

—Llevo treinta años sin saber para qué hago las cosas —replicó la abuela con una calma abrupta.

Marcos contempló su escopeta en manos del abuelo con la cara multiplicada de surcos.

—Ha quedado para la chatarra —protestó con amargura.

—Disparó una vez y disparará todas —aseguró el abuelo.

—Dios no hace milagros tan seguidos.

—Nosotros haremos el segundo.

La abuela elevó el tono de su letanía y la madre se volvió para descubrir en los ojos del abuelo el fulgor de otros tiempos.

—Somos una familia de herejes —dijo sin dejar de pelar—. Lo que pasa es que a los hombres les gustan las guerras.

Marcos se apresuró a bajar del camarote una colcha barrenada por la polilla. Entre el abuelo y él restregaron la escopeta hasta arrancarle la armadura de barro. Asier adivinó que a Marcos le entraba la esperanza de que aún podía ser feliz en el mundo. Se apropió del arma y ultimó el fregado con una gamuza hasta devolverle los reflejos. Luego se la aplicó a la mejilla para recibir el calor del metal y disparó varias veces en hueco para oír el concierto de los materiales. Finalmente se volvió al abuelo con el semblante fresco.

—La tierra no mancha —admitió.

—Pero mata —exclamó la madre desplomando los brazos sobre las peladuras—. Nadie nos la va a quitar. Los militares no son gente de campo.

Marcos se reintegró a su asiento y procedió a un engrase total del exterior.

—Los que triunfan siempre roban más de lo que se creía —replicó el abuelo.

—Pues que Marcos haga guardia en los límites de «Altubena» y dispare contra los forasteros que se acerquen —dijo la madre—. De este modo combatirá cerca de la familia.

—En mis tiempos las guerras eran así de simples, pero ya no —dijo el abuelo con nostalgia.

Asier veía a la madre aferrada a aquella discusión por no tener que regresar a la tortilla de su derrota. Sintió los huesos descascarillarse dentro de sus pies y un dolor de carne estriada. La vio girar y encararse como una leona con la humanidad.

—Olvídese de la tierra —exclamó—. No quiera engañarse pensando que Marcos va a luchar por ella. Ya no se hacen guerras por la tierra de labranza. Al mundo le han cambiado el pellejo.

El abuelo se sumió en un silencio cargado. En la mirada que dirigió a su hija desde lo alto Asier descubrió el asombro de haberla engendrado.

—Usted mismo acaba de decir que las guerras ya no son simples —insistió la madre—. Pero no sospecha los trapicheos que encierran. Ahora los hombres se matan por lo que pone un libro.

—La tierra siempre será lo primero —dijo el abuelo sin mover los labios.

—Usted no puede saber qué libro ha empezado esta guerra porque no sabe leer.

—La tierra siempre será lo primero —machacó el abuelo con ferocidad oculta—. Los libros se hacen con papeles de los árboles.

—Marcos morirá por una cosa que ya no existe.

—La tierra siempre acaba acogiéndonos.

La madre se replegó sobre sí misma.

—Ahora también se quema a los muertos —dijo.

Por unos instantes Asier notó que el mundo se tambaleaba. El abuelo tardó en asimilar aquello que oía por primera vez porque su hija no había querido entristecerlo. Pero Asier pronto le adivinó los tendones duros de nuevo bajo las ropas. La claridad de ideas del abuelo provenía de que pensaba sin palabras porque no sabía escribir. Se volvió a Marcos para decirle:

—Ahora también tendrás que ir a la guerra para que no nos quemen de muertos.

La madre se quitó el delantal sin ningún dramatismo y lo colgó de la barra del fogón.

—Yo no hago tortillas para enviar a mis hijos al matadero.

Asier la vio desaparecer con unos brazos que no parecían los suyos. El dolor de los pies se le hizo sonoro sabiéndola impotente para desenredar aquel problema que caía fuera de su cocina. El abuelo habló a su mujer sin volver el rostro.

—Ahora rézale el rosario a la tortilla.

La abuela se puso en pie al tercer intento con un crujido interior. Empezó a pelar en el mismo punto de la patata en que había quedado su hija. Marcos contempló desde varios ángulos su arma engrasada y reanudó el silbido subterráneo. Luego Asier vio cómo la forraba con papel de grasa y la envainaba en una funda de lona. Salió a vestirse con el cuerpo sin peso.

Regresó cuando la abuela acababa de concluir una tortilla de oro. Llevaba el mismo chaquetón basto, los mismos pantalones de pana y las mismas botas ásperas y la misma sonrisa floreada de las mañanas de caza. La abuela empanó la tortilla, la envolvió en papel de estraza y metió el paquete en un bolsillo del chaquetón. «Con esto y un poco que te den tendrás hasta la vuelta», le dijo. El abuelo sacó del arcón su boina de ir a la feria y se la puso a Marcos en lugar de la que llevaba.

Tampoco encontraron a la madre en el portalón. Marcos se ajustó el cinto rebozado de cartuchos manteniendo la escopeta bajo el brazo, y salvó la esquina del muro para mirar a la mar.

—Mañana tendremos aún mejor visibilidad —anunció con un placer tierno.

—Para qué —preguntó la madre desde las profundidades del caserío.

Surgió del pasillo con una bufanda en las manos y se la enroscó a Marcos al cuello.

—Estamos en verano —protestó él.

—En las guerras siempre hace frío —dijo la madre.

Cuando sus manos se quedaron sin bufanda Asier la adivinó perdida. Le leyó detrás de la frente que necesitaba hacer algo por el hijo y no sabía qué. Se desplomó sobre sus hombros una vejez de cien años. El sol estaba a un palmo sobre el horizonte de la mar. Las sombras de las cosas presentaban una melancolía tan larga que el día parecía un cementerio. Marcos elevó a los cielos una mirada de halcón y Asier comprendió que la madre agradecía el nuevo reto.

—Quítate de la cara esos ojos de asesino —exclamó—. Lo que vas a matar no está en las alturas sino a ras de tierra.

Marcos se volvió a mirarla con una sonrisa inocente. Las siguientes palabras le salieron a la madre del alma:

—Idiota. Te matarán y seguirás creyendo que te han picado los pajaritos.

Entonces Asier vio a Marcos realizar algo insólito en la familia: tomó a la madre de los hombros y la besó en el pelo.

—Bueno —le dijo—, no se ponga así que hoy es domingo.

Ella se enterneció, permitiendo que los ojos se le llenaran de humedad. La abuela se acercó a Marcos y le metió un escapulario por la cabeza. De un firme empujón el abuelo rescató al nieto de las mujeres. Con su arma y su aire de aventura, estrellando los deslavados rayos del atardecer, Marcos le pareció a Asier un héroe de las películas. Llegó a preguntarse si la madre no estaría entorpeciendo una escena gloriosa. De sus ropas se desprendía un olor a monte y cuando lo vio detenerse ante él se sintió un despojo. En ese momento le empezó a ceder el suplicio de los pies. Marcos sumergió los dedos en su pelo rubio y lo revolvió.

—No vayas solo a las trampas del cañaveral —le sonrió—. Yo volveré en un par de días.

La madre pareció renacer de sus propias cenizas. Fue como si de pronto hubiera descubierto que detrás del beso tenía un hijo desmandado.

—Sí, hoy es domingo, pero para algunos mañana será lunes sin fábrica y con la veda abierta para disparar.

Entre los tirones del abuelo, Marcos logró abrir un resquicio para volverse.

—Qué caras —dijo—. Parece que me voy a la guerra.

El abuelo no se lo llevó por el sendero sino por uno de los pasillos de la heredad del maíz. Asier los vio avanzar con pisadas macizas sobre la tierra blanda. Maniobró con sus muletas para acercarse al límite de la plantación. El abuelo se detuvo para agacharse y manchar su dedo de tierra. Trazó una cruz de cobre en la frente de Marcos. Su voz no perdió sonoridad en el espacio abierto.

—No mates a más militares que los justos.

Las últimas palabras correspondieron a Marcos. Llegaron a Asier filtradas por la atmósfera de cristal, saltando aladas sobre las crestas de los maíces.

—A la vuelta le diré si va mejor el perdigón de patos o el de avefrías.

FERNANDO QUIÑONES

EL FINAL

«No habrá un juicio de fuego, sino un advenimiento de agua.»

ÁNGELES MENDIETA

No más abrir los ojos le preocupa y la malhumora un poco haberse dormido estando de servicio (la segunda jefa ya se lo reprendió entre bromas y veras la única vez que le había pasado, cosa de un año antes) y, mientras sus mejillas carnosas y sus grandes pechos jóvenes se distancian de las clavijas y los cables sobre los que el sueño la fue inclinando, agradece lo mismo que le extraña: no ver a nadie. Ni la compañera de guardia está en su puesto, así que el ligero mareo y el malestar de haberse despertado de un respingo y sobresaltada, como de una palmada en la espalda, podrá irse sin molestias ni agobios, sin tener de momento que hablar o dar explicaciones.

Ve que ya es día claro y tarda en darse cuenta de que tampoco oye a nada ni a nadie, cuando la noche ha sido lo que ha sido: los moros con sus fusiles, abajo, por el locutorio y por toda la Calle Ancha; la agitación y los tiroteos distantes, alternados con un silencio mortal; las gorras militares goteando sudor sobre gestos inquietos y voces mandonas que allí y encima de ellas, amontonándose a veces en torno al cuadro de controles, despachaban y recibían preguntas, respuestas, órdenes cifradas, consignas casi siempre incomprensibles, cachos de conversación en los que la ansiedad se disfrazaba de un humor valeroso, ostentado («Oye, ¿ahí qué tenéis?» «Pues dos cañones, y uno medio cagao» «Nosotros ni eso. El teléfono y va que arde»); la llegada a la Telefónica del General en persona, allá a las dos o las tres de la noche, entre un revuelo de carreras y taconazos; la rápida y tranquila autoridad de la segunda jefa, más que nunca en su papel de madre-maestra y con otro alzamiento por su cuenta, el de su frente alta y heroica, convencida de estar ganando ella media guerra; el aviso machacón, entre los hombres de uniforme, de que muchísimo cuidado con las casapuertas a medio cerrar y con las azoteas y las torres, desde donde se les dispara por sorpresa y a placer.

Y ahora, nada. Nadie.

Tiene la sensación segura de haber dormido largamente, y se pregunta que, aunque la jefa la dejara, cómo pudo ella descansar sin echarse, entre todo ese jaleo, y que dónde andará la gente, las llamadas. Se ajusta el cuello plisado y bosteza con toda libertad, estirando los brazos en un lento desperezo; Juli su compañera, la jefa, los oficiales, no tardarán en volver. Mejor que no lo hayan hecho antes, pero ya va siendo bueno que lo hagan —Juli por lo menos— porque ahora la urge la punzada de la orina y le sabe mal dejar enteramente abandonado el servicio. Espera un minuto, mientras acaba de despabilarse. Luego, proponiéndose seguir prestando oídos a cualquier señal de comunicación, tira por el estrecho corredor a la derecha de los controles y, para escuchar mejor, no cierra del todo sino que entorna la puerta del retrete, pensando en acabar cuanto antes puesto que, debajo de la taza sanitaria, un hondo alboroto de aguas subiendo y bajando, quizás un trastorno de la cañería, le va a impedir oír cualquier otra cosa de fuera. Mientras está sentada, ese ruido va a más y, de pronto, siente un contacto frío en las nalgas y los muslos, y se levanta y vuelve bruscamente, justo a tiempo de ver desplomarse el agua limpia y sin espuma que ha llenado la taza, que por dos o tres dedos no ha rebosado el borde y se va ahora con un rumoroso gorgoteo y sin tiempo para arremolinarse, como de un raro tirón. «Esto está atrancado o algo le pasa, en cuanto vea a la jefa se lo digo.»

Vuelve a su puesto. Tras las puertas del monumental balcón entreabierto, con balaustrada y columnas de mármol genovés, el sol todavía tierno da ya un día brillante, quizás algo más fresco que los últimos, ojalá. Pero todo sigue sin moverse, no oye ella pasos ni voces, no hay llamadas. Se esfuerza por pensar que, más o menos, siempre fue así, es lo normal a estas horas. Aunque tampoco puede írsele de la cabeza lo de la noche y los seis días pasados, desde que la guerra estalló, con la mala pata de Luisa León fuera, de permiso, y Antonia malucha y en su casa, y todo ese montón de trabajo y aperreos y miedo sobre ella y sobre Juli, arreglándose para dormir con unas cabezadas en el diván subido por los mecánicos desde el locutorio y, para comer, con las dos escapadas diarias de su madre que, desde el oscuro zaquizamí de la calle Patrocinio donde vivían solas, le llevaba la tartera con lo que más le gustaba, croquetas de carne del puchero o pescadilla en sobreusa o tortilla de papas poco hecha, y, anteanoche, unos emparedados de la confitería Viena, traídos de la esquina por la segunda jefa.

Sin ningún cansancio ahora, permanece un momento erguida en la luz tibia. Hacía poco más de una semana que atinieblaron el cielo y asustaron las calles los humos de la quema de «La Innovación». Y luego, todo lo demás. De golpe. El no saberse bien qué pasaba, las manifestaciones, el café dale que te pego, la llegada con los moros de los que el director, la jefa y su madre llaman los nacionales, las armas, el apellido del militar insurrecto, las guardias continuas, sin moverse de allí. Y recuerda algo, tal vez lo último que vio antes de quedarse dormida: la cara plana, necesitada de un afeitado, de un comandante de Jerez ya de edad, con el ansia contenida en la voz pero no en los ojos grandes, azules y castigados de bolsas, el hombre que desde la hora de almorzar no se había despegado de ellas ni de los controles y cuyas bromitas y dicharachos de la tarde se convirtieron por la noche en una agobiada ininterrupción de mensajes, interrogantes, instrucciones a la segunda jefa por si se recibe tal clave, por si llama de Sevilla el coronel Tal, que tendría que llamar, «Debes estar cansadísima, ¿no, reina? Pero vamos a ganar, tú lo verás», le había dicho a Juli ese comandante en una pausa, rozándole apenas los cabellos con la mano.

La cafetera sigue junto al infiernillo en la antigua repisa de caoba labrada, superviviente a las obras de reacondicionamiento del caserón, y el doble silencio de dentro y fuera parece adensarse en torno a esa cafetera y a los vasos sucios, tapados por los coladores de manguito. Por encima de los cristales opacos de la balconada, atisba distraída el palacio de enfrente, su viejo color rosa realzando los mármoles de adorno, grandes argollas, cabezas de animales, ricos conjuntos polvorientos de hojas, flores, frutos. Al sentarse y levantar los auriculares para ponérselos, la callazón le despunta en una leve angustia que crece de improviso hasta hacerla ponerse otra vez de pie, llamar a media voz y luego más alta, «¿Doña Lola? ¿Juli?», acercarse luego al borde de la escalera repitiendo sus nombres hacia abajo, ya casi a voz en grito.

Y, al volver a su silla, el miedo la atraca sin aviso, un escalofrío en la cara que baja y se hace torpor en la cintura y en las piernas. «No, no, esto es muy raro, rarísimo, me voy ahora mismo a mi casa con mi madre. Como no estén abajo, me voy. Tienen que estar.» Aborda los dos tramos de escalera con una ligereza contenida, los ojos en los pies y en los escalones, retrasando mirar abajo. Al pisar el amplio locutorio desierto, el silencio se le agranda. Y el pánico. «¿Pero nadie?... y además irse así... así... sin subir ni a avisarme.» En una de las bancas de espera para el público, una mantilla de bebé pende hasta las losas del suelo y, al otro lado de las grandes puertas a la calle, abiertas de par en par, un gato gris embalado, cola henchida y orejas atrás en un agresivo terror, chirría con las uñas al frenar en la acera, gira en redondo y cabecea. Como en busca de una dirección de huida que no encuentra. Plañe en corto y ronco, trota por las baldosas hacia el «Ideal Room». Ella («¿y ese animalito?») aviva el paso hasta las puertas, procurando mantenerse serena. El gato vuelve ahora por mitad de la calle. Sin mirarla y sin correr ya, maullando en una larga, desolada quejumbre. Pero la telefonista apenas se fija en él. Otras cosas llaman su atención.

Primero cree sentir y apagarse un instante —lejos, dos, tres calles más allá— el vozarrón descompuesto de un hombre. Y ve que, junto al cerrado estanco fronterizo, el sonriente futbolista de tamaño natural que anuncia el papel de fumar marca «Gol» y está a punto de descargarle al balón el pie derecho, muestra en la frente un agujero que agrieta el cristal casi hasta el suelo, donde yace una pistola bien bruñida. Luego, a treinta o a cuarenta pasos, en el cruce con la calle Sagasta y en mitad de la calzada, distingue un sombrero duro de paja con la cinta negra y, algo distanciada, a su izquierda, una maleta abierta de la que desbordan prendas de mujer. Trata de serenarse una vez más apretando las manos y los labios. «Es que en una guerra tiene... digo yo... tendrá que pasar cualquier cosa.» Recuerda ahora su bolsito: se lo ha dejado arriba, con las prisas. «No tenía nada y otras veces también me lo he dejado, no, para qué, yo ya no subo.» Baja el escalón a la acera y levanta la cabeza. Entonces es cuando ve los pájaros.

No son muchos. No habrá más de un centenar por toda la calle. Están en cortos grupos discontinuos sobre las barandas de los balcones, en los pretiles y remates de las azoteas, por los cables eléctricos, en la misma calzada alguno. Varios de los más cercanos adelantan y tuercen la cabeza para mirarla. Otros se despulgan o se atusan. Ninguno grita o grazna. Contemplan la calle y esperan. La Calle Ancha, la doble hilera señorial de casas del dieciocho y del diecinueve, proporcionadas y limpias en la tranquila claridad, hecha arrecife o muralla del mar por los pájaros. Las menudas gaviotas de cabeza negra, los bastos gurripatos, los salineros archibebes, chorlitejos, garzas, esperando hasta donde alcanza la vista entre las esquinas de San Miguel a San José, entrando poco a poco y sin ruido por el fondo de la calle doscientos metros más allá, desde el gran espacio abierto de la Plaza de San Antonio, tan llena como la calle hace unas horas —un rato— de banderas, tropas, camionetas, himnos. De modo que ella siente como un vacío en el pubis y enfriársele el vello de la nuca porque no puede, ya no puede seguir achacándole todo aquello a la hora, y ni siquiera a la guerra. Aunque todavía trate de hacerlo. «A lo mejor es... es que ahora es cuando se va a armar... se arma la gorda aquí... Si no es que están ya todos peleándose y matándose por ahí lejos, fuera, en la playa grande, en Puerta Tierra... Me voy con mi madre.»

Da cuatro pasos y un clamor a su espalda la sacude de pies a cabeza: desde su jaula junto al cierro chilla, abandonado, el loro real de los Pedroni. Por la portada neoclásica del Banco paredaño a la Telefónica, la vasta sala de columnas, las oficinas, las ventanillas, aparecen vacías aunque el reloj inglés del Casino antiguo, que ella avista al pasar, señala las nueve y veinticinco. Y algo más allá, junto al bordillo de la acera, boquea al sol y brinca débilmente un pez al que ya ojean dos pájaros, una mojarra pequeña, allí donde unos metros de calle parecen encharcados, o recién regados sin ton ni son. Y ahora sí. Ahora, mientras aligera el andar, ella se prepara a esperar y a temer lo que sea, a ver lo que sea. Menos lo que ve. Lo que, empinándose y entornando los ojos, ve de lleno y por fin allá al fondo, en San Antonio: las olas, el mar sereno, soleado, entrando a la Plaza en abanicos lentos desde la calle del Veedor, olas niñas ya rotas, tres, cuatro dedos de agua acariciando el suelo en arco, retirándose para volver con espaciados, combos ribetes de espumillas como los de la playa de La Caleta, casi lamiendo la entrada de la Calle Ancha, avanzando sin tumulto, cuarta a cuarta, con un fresco rumoreo que es aquello que ella estaba oyendo, sí, lo que escuchaba ya desde el locutorio sin ponerle atención pero que ahora la hace empinarse sobre los tacones, entornar los ojos, mirar: el mar que vuelve a por lo suyo, a por la ciudad toda metida en él y suya, suya desde siempre, a llevarse cuanto le había ido dando, «y mi madre sola allí en casa, a ver si puedo llegar por Sagasta... aquello creo que está algo más en alto que esto, está más en alto».

A punto de doblar Sagasta, mira otra vez al fondo donde un festón de espuma entra ya lánguidamente por la Calle Ancha casi hasta la es-

39

quina de San José, se agota, retrocede a la Plaza en el momento en que un distante estruendo clava en la acera a la mujer, un desordenado fragor que retumba tras ella por la otra punta de Ancha y que no va a resistirse a ver, que la echa ya a gimotear y luego a gritar, a gritar como un animal mientras vuelve sobre sus pasos y corre hasta donde la calle, abriéndose en Y, desciende en cuesta por Novena y por José del Toro desde cuyo fondo, allí abajo, sube ya el gran estrépito, el final, el tronar desatado de la marea atlántica rompiendo en golpes poderosos, reventando lunas de escaparates con muebles zarandeados por el oleaje, asaltando rejas y patios, arrastrando por la calle angosta cortinones revueltos, veladores, plantas, sillas y árboles pequeños, cuerpos rígidos, un bote de remos sin nadie, cajas y papeles, tablones y ropas, un coche de caballos volcado, indistinguibles bultos resonantes que, en el cruce con Columela, embisten a otros arrastrados por el aguaje con que el mar avanza por la transversal, desde el muelle de Poniente.

Junto a los pies de la mujer, y de un husillo del alcantarillado con el Hércules y los leones de la ciudad, brota ahora un agua limpia, lisa, que baña un poco la calzada y se retira como sorbida de un tirón, sin tiempo para arremolinarse. Pero ella apenas si la ve. Mira abajo de la calle José del Toro. Se vuelve en la acera, indecisa, sola, sin gritar ya.

Buscando una dirección de huida que no encuentra.

ANA MARÍA MATUTE

EL MAESTRO

I

Desde su pequeña ventana veía el tejado del Palacio, verdeante de líquenes; uno de los dos escudos de piedra, y el balcón que a veces abría la mujer de Gracián, el guarda, para ventilar las habitaciones. Por aquel balcón abierto, solía divisar un gran cuadro oscuro, que, poco a poco, a fuerza de mirarlo, fue desvelando como una aparición. El cuadro le fascinó años atrás; casi podría decir que le deslumbró desde su resplandeciente sombra. Luego, al cabo de los años, desaparecieron fascinación y deslumbramiento: sólo quedó la costumbre. Algo fijo e ineludible, algo que se tenía que mirar y remirar, cada vez que la guardesa abría los batientes del balcón. En aquel cuadro había un hombre, con la mano levantada. Su tez pálida, sus ojos negros y sus largos cabellos fueron descubiertos poco a poco por su mirada ávida tiempo atrás. Ahora, ya se lo sabía de memoria. La mano levantada del hombre del cuadro no amenazaba, ni apaciguaba. Más bien, diríase que clamaba por algo. Que clamaba, de un modo pasivo, insistente. Un clamor largo, de antes y de después, un oscuro clamor que le estremecía. A veces, soñó con él. Nunca había entrado en el Palacio, porque Gracián era un ser malcarado y de difícil acceso. Prefería no pedirle ningún favor. Pero le hubiera gustado ver el cuadro de cerca.

A veces, bajaba al río, y miraba el correr del agua. Y esta sensación, sin saber por qué, tenía algún punto de contacto con la que le proporcionaba la vista de aquel cuadro, dentro de aquella habitación. Era cuando empezaba el frío, al filo del otoño, que solía bajar al fondo del barranco, más bien alejado del pueblo, para mirar el correr del río, entre los juncos y la retama amarilla.

Vivía al final de la llamada Calle de los Pobres. Sus bienes consistían en un baúl negro, reforzado de hierro, con algunos libros y un poco de ropa. Tenía una corbata anudada a los barrotes de hierro negro de la cama. En un principio —hacía mucho tiempo—, se la ponía los domingos, para ir a misa. Aquello parecía ocurrido en un tiempo remoto. Ahora, la corbata seguía allí, como un pingajo, atada a los pies de la cama. Como el perro a los pies del hermano de Beau Geste: aquel que quería repetir la muerte de los guerreros vikingos... (Ah, cuando él leía *Beau Geste*, qué mundo podrido. «Madrina, ¿puedo leer este libro?» Entraba de puntillas en la biblioteca de la Gran Madrina. La Gran Madrina era huesuda; su dinero, magnánimo. Él era el protegido, favorecido, agradecidísimo hijo de la lavandera.) «El paje», pensaba ahora, calzándose las botas, con los ojos medio cerrados, hinchados aún los párpados por la resaca, mirando el significativo pingajo a los pies de la cama. Todo ya, caducado, ahorcado definitivamente, como la mugrienta corbata.

Cuando llegó al pueblo era joven, y muy bueno. Por lo menos, así lo oía decir a las viejas:

—El maestro nuevo, qué cosa más buena. Tan peinado siempre, y con sus zapatitos todo el santo día. ¡Qué lujos, madre! Pero claro, lo hace con buena intención.

Ahora no. Ahora, tenía mala leyenda. Sabía que habían pedido otro maestro, a ver si lo cambiaban. Pero tenían que jorobarse con él, porque a aquel cochino rincón del mundo no iba nadie, como no fuera de castigo, o de incauto lleno de fe y «buena intención». Ni siquiera el Duque iba; allí se pudría y desmoronaba el Palacio, con su gran cuadro dentro, con la mano levantada, clamando. Él llegó allí, hacía veintitantos años, lleno de credulidad. Creía que había venido al mundo para la abnegación y la eficacia, por ejemplo. Para redimir alguna cosa, acaso. Para defender alguna causa perdida, quizá. En lugar de la corbata anudada a los barrotes, tenía su diploma en la pared, sobre el baúl.

Ahora, tenía mala leyenda. Pero a veces subía la colina, corriendo como un loco, para oír el viento. Se acordaba entonces de cuando era chico y escuchaba, con un escalofrío, el lejano silbido de los trenes.

Aquella mañana llovía, y entraba por el ventanuco un pedazo de cielo gris. «Si entrara el viento...» El viento bajaba al río para huir también. Y él seguía en tanto hollando la tierra, de acá para allá, con sus botas de suelas agujereadas. A veces marcaba rayas en la pared. ¿Qué eran? ¿Horas? ¿Días? ¿Copas? ¿Malos pensamientos? «No se sabe cómo se cambia. Nadie sabe cómo cambia, ni cómo crece, ni cómo envejece, ni cómo se transforma en otro ser distante. Tan lento es el cambio, como el gotear del agua en la roca que acaba agujereándola.» El tiempo, el maldito, cochino tiempo, le había vuelto así.

—¿Cómo así? ¿Qué hay de malo? —risoteó. Se levantaba tarde, y no se tomaba molestia por nada ni nadie. No se tomaba ningún trabajo, tampoco, con la escuela ni los chicos. Zurrarles, eso sí. Había un placer en ello, sustituto, acaso, de otros inalcanzables placeres.

Ya no leía el periódico. La política, los acontecimientos, el tiempo en que vivía, en suma, le tenían sin cuidado. Antes no. Antes, fue un exaltado defensor de los hombres.

—¿Qué hombres?

Acaso, de hombres como él mismo ahora. Pero no, él no se reconocía ninguna dignidad. Aunque la dignidad era una palabra tan hueca como todas las demás. Cuando bebía anís —el vino no le gustaba, no podía con el vino—, el mundo cambiaba alrededor. Alrededor, por lo menos, ya que no dentro de uno mismo. Nubes blancas por las que se avanzaba algodonosamente, pisando fantasmas de chicuelos muertos: niños que sólo tenían de niños la estatura. «Llegué aquí creyendo encontrar niños: sólo había larvas de hombres, malignas larvas, cansadas y desengañadas antes del uso de razón.»

Iba camino de la taberna, y habló en voz alta:

—¿Uso de razón? ¿Qué razón? Ja, ja, ja.

Aquel «ja, ja» suyo era proferido despaciosamente, sin inflexión alguna de alegría, sin timbre alguno. Por cosas como aquélla, las viejas que lo veían pasar meneaban la cabeza, mirándole de través, y decían:

—¡Loco, chota! —ovilladas en sus negruras malolientes. Eran las mismas viejas que lo llamaban bueno. No, eran otras, iguales a aquellas que ahora estarían ya pudriéndose, con la tierra entre los dientes.

Ni el mal olor, que tanto le ofendiera en un tiempo, notaba ahora.

—¿Me ofendía? ¿Ofensas? ¿Qué cosa son las ofensas...?

Torció la esquina de la calle. Un tropel de muchachos descalzos le inundó, como un golpe de agua. Eran muy pequeños, de cinco o seis años, y casi le hicieron caer. Muy a menudo le esperaban al filo de las esquinas, para empujarle. Luego corrían, riéndose y llamándole nombres que él no entendía. Seguía lloviznando y el lodo de la calle manchaba sus piernecillas secas como estacas, resbalaba por sus manos delgadas, que se llevaban a la boca para ocultar la risa.

Tambaleándose, les insultó, y continuó su camino; a desayunarse con la primera copa del día.

Desde la puerta abierta de la taberna, se veían los toros, sueltos en el prado. El agua hacía brillar sus lomos negros, como caparazones de enormes escarabajos. Cuarto crecientes blancos embestían, al parecer, el cielo plomizo. La tierra enrojecía bajo la lluvia, más allá de la hierba. Pronto llegaría el mes del gran calor, que abrasaría todas las briznas, todo frescor verde. Los toros levantarían el polvo bajo las patas, embestirían al sol. Así era siempre. El pastor estaba tendido sobre el muro de piedras, como una rana. No comprendía cómo podía permanecer allí tendido, sin perder el equilibrio, inmóvil. Parecía una piedra más.

La taberna olía muy frescamente a vino. Le asqueaba aquel olor. El tabernero le sirvió el anís y una rosquilla de las llamadas «paciencias», sin decir nada. Conocía sus costumbres. Fue mojando su «paciencia», poco a poco, en el anís, y mordisqueándola como un ratón.

—Don Valeriano —dijo de pronto el tabernero—, ¿qué me dice usté de tó esto?

Le tendía el periódico. Pero él le dio un manotazo, como quien espanta un tropel de moscas. Como moscas eran, para él, antes tan aficionado a ellas, las letras impresas.

Encima de la puerta, sobre la cal, descubrió un murciélago. Parecía pegado, con sus alas abiertas.

—¡Chico! —llamó al niño, que fregaba los vasos en un balde. Un niño con el ojo derecho totalmente blanco, como una pequeña y fascinante luna. Sus manos duras, de chatos dedos, llenos de verrugas, estaban empapadas de crueldad. Levantó la cabeza, sonriendo, y secó el sudor de su frente con el antebrazo. El agua jabonosa le resbalaba hacia el codo.

—Chico, ahí tienes al diablo.

El chico trepó sobre la mesa. Al poco, bajó con el murciélago entre las puntas de los dedos, pendiente como un pañuelo, de un extremo a otro de las alas.

Antes de darle martirio, como a un condenado, le hicieron fumar un poco. Una chupada el chico, otra él, otra el murciélago.

Así, pasó un buen rato de la mañana, hasta que se fue a comer la bazofia que preparaba Mariana, su patrona. Estaban en vacaciones.

2

El gran mes estaba ya mediado. El verano, el polvo, las moscas, la sed, galopaban rápidamente hacia ellos.

Llegaron del pueblo vecino; y los del pueblo, fueron al pueblo siguiente. Así, se repartieron en cadena.

Él estaba tendido en la cama, y, a lo primero, no se enteró de nada. Eran las tres de la tarde, en duermevela. Oía el zumbido de los mosquitos sobre el agua de la cisterna. Los sabía brillando bajo el sol, como un enjambre de polvo plateado. Oyó entonces los primeros gritos, luego el espeso silencio. Permaneció quieto, sintiendo el calor en todos los poros de la piel. Sus largas piernas velludas y blancas le producían asco. Tenía el cuerpo marchito y húmedo de los que huyen del sol. Le horrorizaba el sol, que a aquella hora reinaba implacable sobre las piedras. Oía el mugir de los toros, sus cascos que huían en tropel, calle arriba. Algo ocurría. Se metió rápidamente los pantalones y salió, descalzo, a la habitación de al lado. Mariana acababa de fregar el suelo, y sus plantas iban dejando huellas como de papel secante, en los rojos ladrillos. Sobre la ventana permanecía echada la vieja persiana verde que él mismo compró y obligó a colocar, para protegerse de la odiada luz. Por las rendijas entraba una ceguera viva, reverberante. Una ceguera de cal y fuego unidos, un resplandor mortal. Se tapó la cara con las manos, se palpó las mejillas blandas y cubiertas de púas, las cuencas de los ojos, los párpados. Aun así le llegaba la luz, como un vahído, la sentía en las mismas yemas de los dedos, filtrarse a través de todos los resquicios. El sudor le empapó la frente, los brazos y el cuello. Sentía el sudor pegándole la ropa al vientre, a los muslos. El mugido de los toros se alejaba, y por la Calle de los Pobres trepaban unas pisadas, se acercaban; y allí, bajo la ventana, resonó el grito, estridente como el sol:

—¡Ay de mí, ay de mí, ay de mí...!

Bruscamente, levantó la persiana. Era como un sueño: o mejor, aún, como el despertar de un largo y raro sueño. Todo el sol se adueñó de sus ojos. Adivinó, más que vio, a la mujer del alcalde, corriendo calle abajo. Entonces le vino, como un golpe, el recuerdo del periódico del tabernero. Se sintió vacío, todo él convertido en una gran expectación.

—Mariana —llamó, quedamente. Entonces la vio. Estaba allí, en un rincón, temblorosa, con la cara raramente blanca.

—Ha estallado... —dijo Mariana.

—¿Qué? ¿Qué ha estallado...?

—La revolución...

—¿Y esa mujer que va gritando? ¿Qué le pasa?

—Le andan buscando al marido... Van con hoces, a por él...

—Ah, conque ¿se ha escondido ese cabrón?

¿Por qué insultaba al alcalde? Estaba de repente lleno de ira. Porque los mugidos de los toros mansurrones, flacos, negros y brillantes que embestían el cielo bajo de la tarde estaban ahora en él; y de pronto estaba despierto, despierto como sobre un gran lecho revuelto, su sucio catre alquilado; sobre toda la sucia tierra que pisaba. Y ni siquiera sabía cómo había cambiado, cómo estaba convertido en un pingajo, igual que la corbata, mal anudada y raída, a los pies del lecho. Había cambiado poco a poco, desde el día en que vino, bien peinado y con zapatitos de la mañana a la noche, yendo de un lado a otro de la aldea, explicando que la tierra parecía perseguir eterna y equivocadamente al sol, intentando explicar que la tierra era redonda y algo achatada por los polos, que éramos sólo una partícula de polvo girando y girando sin sentido en torno a otras bolas de polvo y polvo, como los mosquitos de plata sobre la cisterna. Intentando decir que, igual como nosotros mirábamos a los mosquitos sobre el agua en su rara persecución de uno a otro, nos mirarían a nosotros infinidad de bolas de polvo; intentando decir que todo era una orgía de polvo y fuego. Ah, y las Matemáticas, y el Tiempo. Y los hombres, los niños, los perros, estaban dentro de su piedad, y ahora, ni piedad para él sentía, ni cabía en tanto polvo. Ya no oía el mugido de los toros. No es en un día, ni en el día a día, que cambia el corazón. Es partícula a partícula de polvo, que van sepultándose la ambición, el deseo, el desinterés, el interés, el egoísmo; el amor, al fin. ¿Alguna vez fue un niño que iba de puntillas a la Gran Madrina, para pedirle *Beau Geste*? ¿Qué son los bellos gestos? (Como era inteligente y estudioso, la Gran Madrina le pagó los estudios. Le pagó los estudios y le regateó los zapatos, la comida, los trajes: le negó las diversiones, las horas de ocio, el sueño, el amor. Luego...) Pero no hay luego. La vida es un dilatadísimo segundo donde cabe el gran hastío, donde el tiempo no es sino una acumulación de vacíos y silencios; y las espaldas de los muchachos son como débiles alones de un pájaro caído; y no cabe el peso de la tierra, del hambre, de la soledad: no cabe la larga sed de la tierra en la espalda de un niño.

Ahora, sin saber cómo, llegó la ira.

3

Vinieron en una camioneta requisada al almacenista de granos. Algunos traían armas: un fusil, una escopeta de caza, una vieja pistola. Los más, horcas, guadañas, hoces, cuchillos, hachas. Todas las pacíficas herramientas vueltas de pronto cara al hambre y a la humillación. Contra la sed y la mansedumbre de acumulados años; de golpe, afiladas y siniestras. Enseguida, como ratas escondidas, salieron a la luz El Chato, El Rubio y los tres hijos pequeños de la Berenguela. Se unieron a ellos, y como ellos, la guadaña y la horca, la hoz, relucieron, como de oro, al sol.

No encontraron ni al alcalde, ni al cura.

—La madre del médico les ayudó a escapar, dentro de un carro de paja —dijeron dos de aquellas mujeres que iban a arar con el hijo atado a la espalda.

El Palacio del Duque seguía cerrado, como siempre. Al guarda Gracián le tajaron la garganta con una hoz, y pasaron sobre él. Quedó tendido, a la puerta de grandes clavos en forma de rosa, como de bruces sobre su propio silencio. La sangre se coagulaba al sol, bajo la gula de las moscas. Se había levantado un vientecillo raro, que enfriaba el sudor. Todos en el pueblo tenían curiosidad por conocer por dentro el Palacio. El Duque fue allí tan sólo una vez, de cacería; y Gracián no dejaba entrar a nadie, ni siquiera a echar una ojeada.

Desde la ventana de Mariana se divisaba parte del Palacio. La persiana estaba al fin levantada, sin miedo al sol. De improviso se encaraba con el sol, con la conciencia de su carne blanca y blanda, de todas sus arrugas, sus ojeras, el negro y húmedo vello. El sol le inundaba cruelmente, con un dolor vivo y desazonado. Miraba fijamente el Palacio. Tras los tejadillos arcillosos de la Calle de los Pobres, se alzaban los tejados verdosos, los escudos de piedra quemados por heces de golondrinas, el balcón del cuadro, con sus barrotes de hierro. Estaba quieto en la ventana, como una estatua de sal; y mientras, los hombres armados subían por la Calle de los Pobres, y le vieron. Oyó sus pisadas en la escalera, y ni siquiera se volvió, hasta que le llamaron.

El cabecilla vivía tres pueblos más arriba. Le conocía de haberlo visto a veces en el mercado. Era oficial de guarnicionero. Se llamaba Gregorio, y exhibía dos granadas en el cinturón, y el único fusil. Seguramente se lo habría quitado a alguno de los guardias civiles que mataron al amanecer.

Le señaló y preguntó:

—¿Y ése?

—¿Ése?... ¡Vete tú a saber! —respondió el Chato, encogiéndose de hombros. De pronto, recordó al Chato, cuando era pequeño. Al Chato le había dicho, cargado de buena fe, en aquel tiempo: «El sol y la tierra...» ¡Bah! Ahí estaban sus mismos ojos, separados y fijos, llenos de sufriente desconfianza.

Avanzó hacia ellos, sintiendo el suelo en las plantas desnudas de los pies, el suelo ya caliente y aún resbaloso por el agua. Les miró, con la misma dolorida valentía que al sol, y dijo, golpeándose el pecho:

—¿Yo? ¿Quieres saber, verdad, cómo respiro yo?

Y como revienta el pus largamente larvado, pareció reventar su misma lengua:

—¿Yo? Si quieres saber cómo respiro, has de saberlo: respiro hambre y miseria. Hambre y miseria, y sed, y humillación, y toda la injusticia de la tierra. Así respiro, todo eso. Me quema ya aquí dentro, de tanto respirarlo... ¿Oyes, cabezota? ¡Hambre y miseria toda la vida! Dándolo todo a cambio de esto...

Abrió la puertecilla de su alcoba y apareció la cama de hierro negra, la sábana sucia y revuelta, el colchón de pajas. El baúl, la pared desconchada, la triste bombilla colgando de un cordón lleno de moscas.

—Para esto: para ese catre maloliente, un plato de esa mesa, al mediodía, y otro plato a la noche, toda mi vida... ¿Veis ese baúl? Está lleno de ciencia. La ciencia que me tragué, a cambio de mi dignidad... Eso es. A cambio de mi dignidad, toda esa ciencia. Y ahora... esto.

Gregorio le miraba atentamente, con la boca abierta. Y el Chato explicó, encogiendo los hombros:

—Es que es el maestro...

—Ah, bueno —dijo Gregorio, como aliviado de algo. Dejó el fusil sobre la mesa, y se sirvió vino. Se limpió los labios con el revés de la mano, y dijo:

—Conque eres de letras... Bueno, pues necesito gente como tú.

—Y yo —contestó con una voz sorda, apenas oída—. Y yo, también: gente como tú.

4

Fueron a por todos aquellos que, sin él mismo saberlo, sin sospecharlo tan sólo, llevaba grabados en la negrura de su gran sed, de todo su fracaso. Él fue el que encontró el escondite del cura, el del alcalde. Él sabía en qué pajar estarían, en qué rincón. Una lucidez afilada le empujaba allí donde los otros no podían imaginar.

—¿Y qué no sabrá éste...? —se sorprendía el Chato.

También se lo preguntó Gregorio, a la noche:

—¿Cuántas cosas sabes, gachó...?

Llegó de pronto una sorda paz sobre la aldea. Sólo recordaban la ira, los incendios de la iglesia y del pajar del alcalde. Ellos estaban, por fin, allí dentro, en el Salón Amarillo, con el gran balcón abierto sobre la noche. Allí, sobre la mesa, los vinos y las copas del Duque. Y la palidez del cielo de julio, rosándose detrás de los tejados, por la parte de la iglesia. No se oía por ningún lado el mugido de los toros. Habían sido dispersados, y el pastor estaba abajo, bebiendo con el Chato y los hijos de la Berenguela. Los otros seguían su ronda, casa por casa. Una gran hoguera, frente a la puerta del Palacio, devoraba cuadros y objetos, Santos y Santas, libros y ropas.

Él hablaba con Gregorio, aunque Gregorio no le entendiese. Gregorio le miraba muy fijo entre sorbo y sorbo. Le miraba y le escuchaba, con un esfuerzo por comprender. ¡Hacía tanto tiempo que no hablaba con nadie!

—Me recogieron de niño, me pagaron los estudios... A cambio de vivir como un esclavo, ¿oyes? De servirle a la vieja de juguete, de hacer de mí un miserable muñeco, para la puerca vieja...

Le venía ahora con una náusea el recuerdo de la piel apergaminada de la Gran Madrina; su caserón parecido al Palacio, con el mismo olor a moho y húmedo polvo. Le venían con una náusea sus caricias pegajosas, su aliento alcohólico, las perlas sobre el arrugado escote...

—Ah, conque se cobró, ¿eh? Te tenía a ti de... —dijo Gregorio, con una risa oscura, guiñando el ojo derecho.
—Era el precio. ¿Sabes, Gregorio? ¿Comprendes lo que te digo? Pero salí de aquello, para mejorarlo todo, para que a ningún muchacho le ocurriera lo que me estaba ocurriendo a mí. Me fui de sus manos, y salí a luchar solo, con una fe..., con una fe...

Le venían otra vez sus ideas, frescas y nuevas. Su deseo de venganza; pero una venganza sin violencia, una razonada y constructiva venganza:

—Para que a ningún muchacho le ocurriera... Pero aquí, ¿qué pasó? No lo sé. No lo sé, Gregorio.

Y de improviso le llegó un gran cansancio:
—Estoy podrido como un muerto.

Había llegado, sin embargo, un día, una hora. El polvo, el fuego, girando y girando en torno al polvo y al fuego. Allá abajo ardían los libros y los santos del Duque. Y allí, sobre ellos, en la pared, estaba el gran cuadro fascinante. Levantó los ojos hacia él, una vez más. El cuadro parecía llenarlo todo. «Tal vez, si yo hubiera tenido un cuadro así... o lo hubiera pintado... quizá las cosas hubieran sido de otro modo», se dijo.

—Ahora, todas las cosas van a cambiar —dijo Gregorio—. ¿No bebes?

Tenía sed. No solía beber vino, pero ahora era distinto. Todo era distinto, de pronto. «Acaso le tenía yo miedo al vino...»

En aquel momento subió el Chato, y dijo:
—A ése le toca ahora —y señaló el cuadro.
—No, a ése no —dijo.
—¡Arrea! ¿Por qué?
—Porque no.

El Chato se le acercó:
—¿Pero eres tú de iglesia, acaso...? ¡Pues no la pisabas!
—No soy de iglesia, pero a ése no lo toques.

Gregorio se levantó, curioso. Se inclinó sobre la plaquita dorada del marco, deletreando torpemente. Y de improviso soltó la risa:
—¿No quieres que lo toque porque pone aquí: EL MAESTRO?

Sin saber cómo, le venía a la memoria una Cruz grande que sacaban cuando la sequía, tambaleándose sobre los campos. Un hombre llagado y lleno de sangre, y los cánticos de las viejas: «Dulce Maestro, Ten Piedad...». Era horrible, con su sangre y sus llagas. Pero no era por eso.

No, aunque allí pusiera —que bien lo sabía él, desde el tiempo en que lo miraba por la ventana— aunque allí dijera: EL MAESTRO.

Se estremeció, como cuando bajaba al río, con el viento. Y el hombre del cuadro estaba allí, también; tan inmensa, tan grandemente solo, con su mano levantada. Su cara pálida y delgada, los largos cabellos negros, los ojos oscuros que miraban siempre, siempre, se pusiera uno donde se pusiera...

—¿Porque eres tú también el maestro? —reía Gregorio, sirviéndose más vino del Duque. Él pensó: «¿Maestro? ¿Maestro de qué?».

Y entonces los vio, a los dos. Estaban los dos, El Chato y Gregorio, mirándole como las larvas de hombre, allí en la escuela húmeda. Con aquellos mismos ojos, cuando él decía: «La tierra gira alrededor del sol...». Ah, las burlas. Los incrédulos ojos campesinos, la gran inutilidad de las palabras. NECESITO GENTE COMO TÚ. Había estado soñando un día entero, un día entero.

—Dame anís... ¿No hay, acaso?

No, no había. Sólo vino. El Chato sacó el cuchillo y rasgó el cuadro de arriba abajo.

Tan tranquilo como cuando decía, sin un asomo de alegría: «Ja, ja, ja»; igual de tranquilo echó mano al fusil de Gregorio y le descerrajó a El Chato un tiro en el vientre. El Chato abrió la boca y, muy despacio, cayó de rodillas, mirándole, mirándole. Como una víbora, Gregorio saltó. Le detuvo, encañonándole. Y, de nuevo, aquellos ojos se le enfrentaban: los unos, moribundos, los otros, inundados de asombro, de ira, de miedo. Y gritó:

—¿No entendéis? ¿Es que no entendéis nada?

Gregorio hizo un gesto: tal vez quiso echar mano de una de aquellas dos granadas que exhibía puerilmente. (Como los muchachos con sus botes con lagartijas, renacuajos, endrinas; como los muchachos que no entienden, y están precozmente cansados, y nada quieren saber del sol y la tierra, de las estrellas y la niebla, del tiempo, de las matemáticas; como los muchachos que martirizan al diablo en los murciélagos, y arrojan piedras al maestro, escondidos en los zarzales; como los muchachos que ponen trampas, y hacen caer, y se burlan, y se ríen, y gimen bajo la vara; y queman el tiempo, la vida, el hombre todo, la esperanza...) Como ellos, allí estaban de nuevo frente a él los ojos de clavo, la mirada de negro asombro, salida de otro grande e interminable asombro que él no podía desvelar. Y dijo:

—Y toma tú, también, y dame las gracias.

Disparó contra Gregorio una, dos, tres veces. Arrojó el fusil, bajó la escalera y por la puerta de atrás, salió al campo. En medio de un grito solitario, escapó, huyó, huyó. Como había deseado huir, desde hacía casi veinticinco años.

5

Dos días anduvo por el monte, como un lobo, comiendo zarzamoras y madroños, ocultándose en las cuevas de los murciélagos, cerca del barranco. Desde allí oía mugir de nuevo a los toros, chapoteando en el agua y las piedras. Los toros huidos, temerosos del incendio de la iglesia, desorientados.

Al tercer día vio llegar los camiones. Eran los contrarios, los nuevos. La revolución que anunció Mariana había sido sofocada por estos otros.

Bajó despacio, con todo el sol en los ojos. Traía la barba crecida, el olor de la muerte pegado a las narices. Apenas entró en la plaza, frente al Palacio, les vio, con sus guerreras y sus altas botas, con sus negras pistolas. Aquellas viejas que en un tiempo dijeron: «Qué bien peinado, y con zapatitos», las que decían: «¡Loco, chota!», le señalaron también, ahora. Habían sacado, arrastrados por los pies, como sacos de patatas, los cuerpos ya tumefactos del alcalde y el cura. Y los dedos oscuros y sarmentosos de las viejas le señalaban, junto a los tres hijos pequeños de la Berenguela:

—¡Asesinos! ¡Asesinos!

Tal como estaba, con su barba crecida y su camisa abierta sobre el pecho, lo detuvieron.

—Dejadme coger una cosa —pidió. Le dejaron ir a casa de Mariana, encañonado por una pistola. Subió al catre, desanudó la corbata de los barrotes, y se la puso. Cuando arrancó el camión, con las manos atadas a la espalda, él llevaba los ojos cerrados.

Al borde del río, alinearon a los tres hijos de la Berenguela. A él, el último. El aire estaba tibio, oloroso. El más pequeño de los hijos de la Berenguela, recién cumplidos los dieciséis años, le gritó:

—¡Traidor!

(En algún lado estaba un hombre con la mano levantada, clamando.

Un hombre con la mano levantada, rasgado de arriba abajo por el torpe cuchillo de un niño, de una larva incompleta; un grano de polvo persiguiendo una bola de polvo, una bola de polvo persiguiendo una bola de fuego.) El viento caliente de julio se llevó el eco de los disparos. Rodó terraplén abajo, hacia el agua. Y supo, de pronto, que siempre, siempre, a falta de otro amor, amaba el río, con sus juncos y su retama amarilla, con sus guijarros redondos, con sus álamos. El río donde chapoteaban, algo más arriba, los toros asustados y mansurrones, mugiendo aún. Supo que lo amaba, y que por eso bajaba a él y se ponía a mirarlo, a mirarlo, ciertas tardes de su vida, cuando empezaba el frío.

BERNARDO ATXAGA

EL PRIMER AMERICANO DE OBABA

En la época en que regresó de Alaska e hizo construir el hotel, don Pedro era un hombre muy gordo que tenía fama de pesarse todos los días en una báscula moderna que había traído de Francia. «Por lo visto, es lo primero que hace cada mañana —comentaba la gente de Obaba, poco familiarizada con costumbres como aquélla—. Después de pesarse, coge un lápiz y escribe en la pared lo que indica la báscula.» Los comentarios no andaban errados. Cuando en 1936 estalló la guerra civil, los soldados que registraron el hotel hallaron su cuarto de baño lleno de números que giraban alrededor del ciento veinte: 121; 119,40; 122,70... En algunos puntos, las cifras se amontonaban hasta formar manchas grises en la pared.

Don Pedro no vigilaba su peso por motivos de salud, aunque sabía que con diez o quince kilos menos se le aliviarían las dificultades respiratorias que a veces solía padecer. Tampoco le empujaba a ello la preocupación por su apariencia física, puesto que en aquellos años anteriores a la guerra —1933, 1934— la sombra de la tuberculosis no animaba, sino todo lo contrario, a envidiar la delgadez. En realidad, se trataba de un divertimento. En las tertulias que celebraban todas las semanas en la cafetería o en el mirador del hotel, él solía introducir, en los primeros compases de la conversación, una referencia a lo que había adelgazado o engordado, y sus palabras tenían la virtud de alegrar el ambiente de la tertulia. «Esta última semana llevo perdidos ya doscientos cuarenta gramos», o «he engordado un kilo y cuatrocientos», precisaba don Pedro, y los amigos que se reunían con él, sobre todo los tres maestros de Obaba, daban rienda suelta a sus risas y a sus bromas.

En algunas ocasiones, a fin de que la repetición no resultara fastidiosa, se olvidaba del peso y escogía como tema el sombrero J. B. Hotson de color gris que había traído de América. El eje de la narración era, en este caso, la gran habilidad que tenía el sombrero para eludir a su dueño y desaparecer. «¿Sabéis dónde me lo he encontrado esta mañana? —exclamaba don Pedro—. Pues, en el horno del pan. ¿Cómo puede ser tan friolero un sombrero fabricado en Canadá?» Era un tipo de humor que gustaba mucho a sus amigos. Casi todos, en Obaba y en toda la comarca, solían referirse a él llamándole «don Pedro» o «el americano»; pero había personas que, con peor talante, preferían darle un tercer nombre: *el oso*. No por su corpulencia o por nada que tuviera que ver con su aspecto físico —era redondo y de formas suaves a la manera de Oliver Hardy, el actor cómico—, sino por mera calumnia, para dar pábulo a una de las versiones sobre la muerte de su hermano, la más ruin de todas. La cuestión era que su hermano, que siempre le había acompañado en la búsqueda de plata, había muerto en un bosque de Alaska víctima de un oso que «le atacó mientras andaba de caza», según informó el propio don Pedro a los pocos parientes que entonces tenía en Obaba, y que aquellos maliciosos se empeñaron en tergiversar lo sucedido, diciendo: «En aquel bosque no hubo más oso que él. Mató a su hermano para no tener que compartir la mina de plata que explotaban entre los dos. Por eso es dueño del hotel, y por eso se pasea en ese automóvil tan grande». El automóvil, un Chevrolet beige y marrón, era el único que en aquellos años existía en Obaba. Causaba más impresión que el mismo hotel.

No habría podido inventarse una calumnia más burda que la de aquel asesinato. En primer lugar, porque don Pedro se encontraba en Vancouver el día de la desgracia, renovando unos documentos relacionados con la mina; pero sobre todo porque, detalles policiales aparte, los dos hermanos se querían mucho: porque eran Abel y Abel; de ninguna manera Caín y Abel. Desgraciadamente, como bien dice la Biblia, la calumnia es golosina para los oídos, y lo que los maliciosos de Obaba habían puesto en circulación no tardó en propagarse.

Fueron los más católicos, los que más atención hubiesen debido prestar a la Biblia, quienes más empeño pusieron en difundir la calumnia. Odiaban a don Pedro porque nunca entraba en la iglesia y porque, según creían, su tema de conversación preferido era el sexo. «Sus historias —contaban— siempre son *verdes*. Cuanto más sucias, mejor.»

En una época en que los tradicionalistas corrían a encerrar el gallo en cuanto llegaba el día de Viernes Santo, aquel comportamiento suponía una falta casi tan grave como dar muerte a un hermano.

«¿Dónde han andado algunos de este pueblo, en América o en Sodoma?», clamó el Viernes Santo del año 1935 un predicador al que llamaban fray Víctor. Era un hombre joven, atlético, famoso en toda la región por la virulencia de sus sermones. Cuando se enfadaba —siempre que subía al púlpito provisto de *malos informes*—, la vena del cuello se le hinchaba de forma apreciable incluso para los fieles que lo miraban desde los bancos y los reclinatorios. Estaba loco, aunque no del todo. Su locura se agravaría hasta el extremo el año siguiente, con la guerra civil.

Uno de los maestros que acudía a las tertulias, Bernardino, era aficionado a escribir poesías. El día que don Pedro cumplió sesenta años recitó para él, tras el banquete, un largo ditirambo en el que aludía a la difamación de que era objeto: «Te llaman oso, y guardas, ciertamente, semejanza con él, pues no es raro que de tu boca mane miel». Quería decir que sus palabras eran hermosas y nada agresivas. «No es buena la dulzura excesiva, don Pedro», le advirtió aquel día, igual que siempre, otro de los maestros, Mauricio. A veces convenía ponerse a malas. ¿Por qué no los enviaba ante el juez? Debía hacerlo, había que plantar cara a los calumniadores.

Don Pedro no hacía caso. Contestaba con una broma, o cambiaba de asunto y hablaba a sus amigos de su vida en América. Nombraba, entonces, lugares que había frecuentado —Alice Arm, Prince Rupert, Vancouver, Seattle...—, y les contaba alguna anécdota curiosa, una cualquiera de las muchas que le habían sucedido en aquel continente: «Resulta que un día, por culpa de una gran huelga que hubo en Seattle, diez o doce amigos de aquí, que éramos inseparables, nos encontramos sin un céntimo. Ni siquiera teníamos para comer. Al final decidimos ir a un restaurante chino de King's Street. El tipo de comida no nos gustaba mucho, pero, como no podíamos pagar, nos interesaba que los empleados del restaurante fuesen pequeños y mansos...».

Los nombres de los lugares, las gentes y los objetos que surgían del recuerdo de don Pedro tintineaban como campanillas en los oídos de cuantos se acercaban a las tertulias del hotel Alaska. Eran, la mayoría de ellos, personas con estudios, con fe en el progreso. Les venía bien que alguien les recordara que existían otros países en el mundo, que no todas las tierras eran como la que divisaban desde el mirador del hotel, tan verde por fuera, tan oscura por dentro: una negra provincia sometida a una religión igualmente negra.

Del grupo de contertulios, eran los maestros los que más apreciaban el tintineo de aquellos nombres lejanos. Bernardino llegó incluso a escribir una poesía, *América*, que, al igual que la que compusiera Unamuno nombrando los pueblos de España, enumeraba una tras otra las ciudades americanas que había conocido don Pedro: «Seattle, Vancouver, Old Manett, New Manett; Alice Arm, Prince Rupert, Nairen Harbour...». Necesitaban soñar con lo lejano, porque en lo cercano, en Obaba, vivían con estrechez, con «malos informes». En los sermones de Semana Santa, fray Víctor siempre les dirigía alguna invectiva: «¡Y qué decir de esas escuelas que corrompen el alma de nuestros niños!», gritaba, y la lista de acusaciones resultaba interminable. En la raíz de todo ello estaba la opción elegida por los maestros en las elecciones de 1934. Los tres habían votado a favor de la República. «¿Qué hacéis aquí? —les reprochaba don Pedro cuando los maestros dejaban oír alguna queja—. ¡Todavía sois jóvenes! ¡Haced las maletas y marchaos! Os daré cartas de recomendación para que las presentéis ante los notables de Vancouver.» Los maestros negaban con la cabeza. No eran tan audaces como él. Además, estaban casados. Y sus esposas eran mujeres de Obaba, de las que acudían puntualmente a los oficios de la iglesia. Don Pedro comprendía a sus amigos, y seguía con sus historias, sus nombres: Seattle, Vancouver, Old Manett, New Manett...

Pasó el tiempo, y lo que empezó como un juego, una manera más de entretener a los amigos, tomó para don Pedro un rumbo inesperado. Los lugares, las gentes y los objetos de su pasado empezaron a ganar volumen y precisión, a crecer en su espíritu; aunque no justamente aquellos que cabía esperar, los que, como la mina de plata o los mineros que habían trabajado con él, más relacionados estaban con las anécdotas que contaba a sus amigos, sino lugares, gentes y objetos que acudían a su memoria al azar, caprichosamente. Se acordaba así, una y otra vez del trozo de ámbar que encontró en un bosque próximo a Old Manett, con una abeja atrapada dentro. O de la mirada que le dirigió la hija del jefe indio Jolinshua, de Winnipeg. O de los tímidos osos negros que se acercaban al fuego que habían encendido para preparar el té, en Alice Arm. Porque ésa era la verdad, que los osos eran tímidos e inocentes como corderos de Dios; no atacaban a nadie a no ser que estuvieran heridos.

Los osos. Tan inofensivos, tan inocentes. Tan hermosos. Pero don Pedro no quería acordarse de ellos, porque de ese recuerdo saltaba al de su hermano, y al de las circunstancias que rodearon su muerte, mucho más tristes que las que él había dado a entender. Porque a su hermano no lo había matado un oso, aun cuando el animal se había abalanzado sobre él después de recibir seis tiros. En realidad, ni siquiera lo había herido. Pero, desgraciadamente —se lo explicó el doctor Corgean cuando él volvió de Vancouver—, el encontronazo causó a su hermano una terrible impresión —*the incident left a strong impression on him*—; tanta, que había perdido la cabeza. Al final, una noche, se había escapado del hospital y se había tirado a las frías aguas de un lago. «Si me permite, voy a darle un consejo de amigo —le dijo el doctor Corgean—. Tiene que vigilarse. Puede que también usted sea propenso». «¿Propenso a qué?» «*To commit suicide*.» Él intentó explicarle al doctor Corgean que nunca había habido en su familia aquella supuesta propensión al suicidio, pero el doctor le interrumpió con un gesto: «Usted verá, yo le he dado mi opinión». Él guardó silencio, y no protestó más.

Comprendió un día, cuando los lugares del pasado empezaron a crecer en su espíritu, que quizás hubiera un rastro de verdad en lo que le había dicho el doctor Corgean. En ocasiones, a solas en su habitación, sentía de pronto una gran tristeza, y sus ojos se llenaban de lágrimas. En una conversación íntima, don Pedro confesó a Bernardino los motivos de su inquietud: «Cuando embarqué en América rumbo a Obaba, pensé que dejaba atrás el destierro y volvía a casa. Sin embargo, ahora no estoy seguro. A veces me digo si no estaría haciendo lo contrario. Quizás América sea mi verdadero país, y ahora viva en el destierro». Para una persona que, como él, había vuelto a su pueblo natal un poco antes de cumplir los sesenta años, la duda tenía visos angustiosos.

Una noche de verano oyó cantar a los sapos. Estaba sentado en el mirador del hotel fumando el último cigarro puro del día, cuando tuvo la impresión de que podía entender lo que decían; como si se encontrara en un *fantasy-theatre* de Vancouver, y no ante los montes de Obaba. *Winnipeg*, decían los sapos. *Win-ni-peg-win-nipeg-win-ni-peg*. Entrada la noche, con más estrellas en el cielo, más templado el viento sur, más oscuros los bosques cercanos al hotel, don Pedro comprendió: los nombres lejanos, y los recuerdos asociados a ellos, estaban actuando con él igual que el ámbar con la abeja. Si no les hacía frente, acabarían por asfixiarle.

Los sapos seguían cantando en los bosques de Obaba, con más delicadeza y encanto que nunca: *Win-ni-peg-win-ni-peg-win-ni-peg*, repetían. Eran como campanillas, pero de sonido triste. En adelante, no les daría pie. No volvería a hablar de su vida en Canadá.

Los contertulios de los sábados advirtieron que don Pedro trataba ahora otros asuntos, pero atribuyeron el cambio a la situación política, que, en aquel año de 1936, tras las elecciones, era mala, cada vez peor. En las conversaciones del mirador sonaban ahora, en lugar de los nombres lejanos y desconocidos de América, los de los políticos de la época: Alcalá Zamora, Prieto, Maura, Aguirre, Azaña, Largo Caballero. Cuando, al atardecer de un día caluroso de mediados de julio, los sapos rompieron a cantar, don Pedro se sentó con su cigarro puro en el banco del mirador y escuchó con aprensión. ¿Qué decían después de aquella temporada sin recuerdos? *Win-ni-peg! Win-ni-peg! Win-ni-peg!*, le contestaron los sapos con terquedad. A don Pedro el canto le pareció más apremiante que nunca, y se retiró a su apartamento del hotel con pensamientos sombríos.

Unos días después —el 18 de julio—, la báscula del cuarto de baño marcó 117,2, el peso más bajo desde hacía mucho tiempo, y pensó, mientras escribía el número en la pared, que el sábado siguiente retomaría la broma. Se sentaría en el mirador ante sus amigos, y les diría: «¡117,2! ¡He perdido tres kilos! Si sigo así tendré que hacerme ropa nueva». Acababa de tomar la decisión, cuando desde el mirador le llegaron unos gritos que le hicieron asomarse a la ventana. Era don Miguel, uno de los maestros. Había subido hasta el hotel en bicicleta, pero estaba pálido. «¡Don Pedro, el Ejército se ha alzado en armas!», gritó. Al principio, no comprendió el verdadero alcance de la frase. «¡Hay guerra en España, don Pedro!», volvió a gritar don Miguel. «¡Qué vamos a hacer ahora!», exclamó él entonces. Estaba desconcertado. «Tenemos que marcharnos cuanto antes. Los republicanos estamos en peligro.» «¿Aquí también, don Miguel?» El maestro señaló una colina al fondo del valle: «Los facciosos se encuentran ahí mismo. Un batallón entero avanza hacia aquí desde Navarra».

A lo largo de su vida, don Pedro se había visto en muchas situaciones difíciles. En una ocasión, camino de Prince Rupert con un compañero asturiano, había estado a punto de morir congelado en medio de una ventisca, y nunca olvidaría el feliz momento en que divisaron una cabaña en la nieve, ni lo que encontraron al entrar: un montón de hombres sentados alrededor de una estufa y escuchando con atención a un anciano que les leía la Biblia. Pero aquel 18 de julio de 1936, después de que el maestro desapareciera con su bicicleta, un temor desconocido se apoderó de él. En los páramos próximos a Prince Rupert llevaba en la mente una cabaña, un refugio cálido y lleno de compañeros —justo lo que acabó encontrando—, y aquella imagen equivalía al mundo entero, o más exactamente, a todo lo bueno del mundo. En cambio, las imágenes que le venían ahora a la cabeza eran producto del miedo, en especial una de ellas: la del banquete que se celebró en el hotel después de que los republicanos ganaran las elecciones; *un banquete ofrecido y pagado por él*, según se encargó de recordarle su voz interior. Ese hecho trivial lo situaba claramente en uno de los bandos.

Había momentos en que examinaba su situación, y le parecía fácil huir a Bilbao; pero, a principios de agosto, el frente se aproximó a Obaba, y unos tramos del camino se volvieron peligrosos. Además, la radio de las fuerzas contrarias a la República no se cansaba de repetir que todos los que huyeran de sus lugares de residencia serían considerados criminales y fusilados en el acto. Al final, tanto él como los maestros Bernardino y Mauricio decidieron quedarse. «Nosotros no hemos hecho daño a nadie. No nos pasará nada», dijo Bernardino cuando se reunieron para discutir el asunto. En cuanto a don Miguel, más destacado que los demás en los asuntos políticos, se mantuvo en su idea. Se arriesgaría, intentaría llegar a Bilbao. Su mujer debía de encontrarse ya allí. «Tenemos familia en la ciudad, y dispondremos de una casa como es debido», informó a sus amigos. Don Pedro le dio una palmada en la espalda: «¿Lo veis? ¡Un hombre ha de casarse! ¡No como yo! Yo no tendría adónde ir aun en el caso de llegar con bien a Bilbao». «¿Quiere venir a nuestra casa, don Pedro? —le propuso Bernardino—. A nuestro pequeño César lo tenemos en Zaragoza en casa de mi hermana, y nos sobra una habitación.» Él respondió con vehemencia: «El minero no ha de abandonar la mina, Bernardino». Quiso añadir una broma: «No ha de abandonar la mina, y menos aún la báscula». Le faltó ánimo, y se calló.

Fueron días largos. Don Pedro se acostaba agotado. Se ponía a pensar, con los ojos cerrados, y se decía: «Esto parece una broma pesada».

Y es que la guerra iba radicalmente en contra de todo lo que había previsto en América. Desde la distancia, él había soñado con una tierra acogedora de pequeños ríos y montes de color verde, igual a la que había conocido de niño. En su lugar, se le ofrecía el estruendo de los cañones y el runrún de los aviones alemanes que venían a bombardear Bilbao.

Don Pedro deseaba un milagro mayor que el del mismo Josué: detener el Sol y la Luna, y hacerles además retroceder. Que volviera el 17 de julio. O si no el 18. Porque también el 18, el día en que estalló la guerra, le habría servido. Se habría ido a Francia. ¡Estaba tan cerca, Francia! Incluso a pie, cruzar la frontera era cuestión de pocas horas. Se arrepentía de no haber tomado el camino de la frontera inmediatamente después de que don Miguel le trajera la noticia.

Lo primero que hacían las fuerzas enemigas de la República en cuanto *liberaban* un pueblo era traer un sacerdote para que celebrara misa en la iglesia, como si temieran que el demonio se hubiera hecho fuerte en ella durante el mandato de los republicanos. También en Obaba quisieron actuar así, una vez que consiguieron entrar en el ayuntamiento y hacer el cambio de bandera. Sucedió, sin embargo, que el batallón de integristas navarros llegó el 10 de agosto a las once de la mañana, y que pocas horas antes unos milicianos que venían huyendo habían abatido a tiros, en el mismo soportal del ayuntamiento, al anciano cura del pueblo y al campesino destinado a ser el nuevo alcalde. El capitán Degrela, a cuyo cargo estaba el batallón, decidió retrasar el acto religioso y tomar represalias. Veinticuatro horas más tarde, otros siete hombres, escogidos por los fascistas del pueblo, yacían en el mismo soportal.

«Parece usted un hombre poco temeroso de Dios», dijo el capitán Degrela al joven que iba al frente de los fascistas de Obaba. Lo había visto rematar con su propia arma a dos de los fusilados. «Sólo le temo a Él», contestó el joven. «¿Con quién está usted? ¿Con los falangistas?», le preguntó el militar, viendo que llevaba el pelo ondulado fijado con gomina y peinado hacia atrás. «Estoy a favor del Ejército, eso es todo.» La forma de hablar del joven denotaba cierta cultura, y el capitán Degrela supuso que habría pasado por el seminario, la única «escuela superior» a la que tenían acceso los muchachos de los pueblos.

«No me gustan las lisonjas. Si respetara al Ejército, vestiría uniforme de soldado», le dijo secamente. «Si no hubiera nacido en una casa pobre de Obaba, quizá fuera mejor militar que usted», replicó el joven sosteniéndole la mirada.

El capitán permaneció un momento en silencio, con las manos en la espalda. «¿Cómo se llama usted?», preguntó luego al joven. «Marcelino.» Supo más tarde que en el pueblo le llamaban Berlino, porque había visitado aquella capital después de haber visto un reportaje sobre el Partido Nacional Socialista alemán en el cinematógrafo. «Está bien, Marcelino. Ahora tiene que hacerme un favor. Traiga un sacerdote de donde sea. Hay que celebrar misa en la iglesia.» «Ahí tiene uno», contestó Marcelino señalando a fray Víctor. Vestido con sotana, con la pistola en el cinto, fray Víctor se movía a gritos entre los fusilados: «¡Aquí no están todos!». «Le llaman fray Víctor», informó Marcelino. «Tráigamelo», dijo el capitán.

El cura estaba acalorado, su sotana olía a sudor. «Fray Víctor —le dijo el capitán con calma—. No quiero verle con pistola. Ya sé que hay militares que lo consienten, pero no es mi caso. Los curas en la iglesia, y los soldados en las trincheras. Así lo quiere Dios, estoy convencido. Haga el favor de entregar el arma a Marcelino, y vaya luego a celebrar misa.» Fray Víctor le contestó de forma desabrida: «Iré más tranquilo si me asegura que van a terminar lo que han empezado». El joven Marcelino le cogió la pistola del cinto. «¿Qué quiere usted decir?», le preguntó el capitán. «¡Aquí no están todos! ¡Aquí faltan los peores!», chilló el cura. Luego pronunció el nombre de don Pedro. «Es masón, por si le interesa saberlo.» «¿Conoce usted a ese tal don Pedro?», preguntó el capitán a Marcelino. El joven asintió. «Procure que sea una hermosa misa», pidió el capitán a fray Víctor. Fue la forma de decirle adiós.

«Tengo un amigo que es acordeonista —explicó Marcelino al capitán—. Se defiende bastante bien con el órgano. Le puedo avisar, si quiere». «¿Quién es ese don Pedro?», preguntó el capitán sin prestar atención a la sugerencia. «Un señor muy gordo que pasó unos cuantos años en América. En el pueblo se comenta que todas las mañanas apunta su peso en la pared del cuarto de baño», contestó Marcelino. «¿Marica?» «No me extrañaría.» «¿Está usted de acuerdo con lo que ha dicho el cura?» «Dio su voto a los republicanos, de eso no hay ninguna duda. Cuando ganaron las municipales, lo festejaron en su hotel.

Todos ésos estuvieron allí.» El joven Marcelino miraba hacia los fusilados. Un grupo de soldados estaba introduciendo los cadáveres en una camioneta. «Está usted muy bien informado. Le felicito.» Por primera vez desde que se inició la conversación, el joven Marcelino sonrió. Agradecía el cumplido del militar. «Ya le he dicho a usted que tengo un amigo que toca el acordeón. Fue él quien puso la música en esa fiesta.» «Así que, si no le he entendido mal, ese americano marica es propietario de un hotel», prosiguió el capitán. «Recién construido, muy bueno. A tres kilómetros del pueblo, en la ladera de ese monte. No sé decirle cuántas habitaciones tiene pero no menos de treinta. Y una cafetería. Le ha puesto el nombre de Hotel Alaska.» «Y si es marica, supongo que no tendrá familia, ¿verdad?» «No, que se sepa.»

Había ahora dos mujeres en el soportal, provistas de baldes de agua y trapos para limpiar las manchas de sangre que habían quedado en el suelo. «¡Esas mujeres!», gritó el capitán. «Nosotras no hemos hecho nada, señor!», exclamó una de ellas hincándose de rodillas. «¿Quién os ha dicho que vengáis? Aquí no hay que limpiar nada.» Pensaba arengar a todos los muchachos de Obaba para animarles a que se alistaran en su batallón. Pisar la sangre derramada por siete hombres del pueblo sería un buen bautizo para los nuevos soldados.

Don Pedro se reunía todos los días en el hotel con los dos maestros que habían decidido permanecer en el pueblo, y cuando llegaba el momento de la despedida procuraba discretamente hacer que se quedaran un rato más con él. «¿De verdad que no quieren otro café?» Bernardino y Mauricio respondían que no debían retrasarse, y emprendían el descenso hacia el pueblo siguiendo los senderos del bosque. En la carretera, cada curva podía esconder una patrulla. Y las patrullas siempre hacían preguntas.

Se iban sus amigos y don Pedro se sentía desamparado, especialmente los días que siguieron al primer despliegue de las tropas, cuando los empleados del hotel, incluidos los de más edad —«¿Qué hacemos aquí sin clientes, don Pedro?»—, decidieron abandonar sus puestos. Vacías las habitaciones, la cocina, la sala de estar, la cafetería, el mirador; vacíos asimismo los montes —ni los sapos se dejaban oír—, su espíritu se veía transportado más allá de la soledad, como si el Hotel Alaska no fuera ahora sino la antesala de algún otro lugar. ¿Del reino de la muerte? Tal vez. Don Pedro intentó valerse de su buen humor para tranquilizarse, y se dijo que las reflexiones sobre la muerte las iba a dejar para cuando cumpliera ochenta años; pero fue inútil. Le acababa de llegar la noticia de los fusilados en el soportal del ayuntamiento. Cuando el viento sur sacudía las contraventanas, se le figuraba que era la misma Muerte, llamando a su puerta.

El 15 de agosto, día de la Virgen, don Pedro pensó que habrían llevado a todos los soldados a la iglesia, y decidió bajar al pueblo. Quería examinar la situación de cerca; encontrarse con personas que conocía por haber realizado algún trabajo en el hotel, y de las que sospechaba que simpatizaban con los fascistas, y ver cómo lo acogían. Pero, cuando iba por el mirador en busca de su automóvil, se vio de pronto frente a una patrulla de soldados que le apuntaban con sus armas: unos con la rodilla en tierra, los de atrás de pie, como en un fusilamiento. Por sus boinas rojas, supo que eran *requetés;* no exactamente fascistas, sino integristas religiosos. El que hacía de jefe, un hombre de tez morena de unos cincuenta años, avanzó hacia él y le habló con desprecio: «¿Qué? ¿Cuánto ha marcado hoy la báscula?». «117 kilos», respondió don Pedro como si la pregunta no tuviera nada de particular. Se oyeron risitas entre los soldados. Comparados con el jefe, parecían adolescentes. «El mismo peso que el cerdo que matamos el otro día. Pero el cerdo todo lo tiene bueno, no como usted.» El hombre de tez morena le metió la punta de la pistola en el costado y le dio un empujón. «¡Como me imaginaba! ¡Huele a perfume!», añadió. Se repitieron las risas entre los soldados. «Dos de vosotros quedaos conmigo. Los demás, a registrar el hotel», ordenó.

Había oído decir a don Miguel que el batallón de integristas navarros estaba compuesto por campesinos ignorantes cuyo principal afán al conquistar un pueblo era arramblar con los espejos y los muebles de las casas; pero los que entraron en el hotel sólo cogieron el arma que guardaba en su habitación, un rifle Winchester de seis tiros que había comprado en Winnipeg. «¿De dónde ha sacado esto?», le preguntó el hombre de tez morena examinando el arma. Era un rifle precioso, con incrustaciones de nácar; a su lado, las armas que portaban los soldados parecían antiguallas. «Lo traje de América.» «Voy a probarlo.» El hombre de tez morena caminó hasta el pretil del mirador, y fijó la vista en los árboles del bosque, ladera abajo. Buscaba un pájaro. «Ahí tiene usted un tordo, don Jaime. Un poco más acá que los árboles, en la pradera», le indicó uno de los soldados. El hombre se llevó el rifle a la mejilla, y apretó el gatillo. No hubo nada. El arma no tenía balas. «Nos ha salido bromista este bujarrón. Sabía que estaba sin cargar pero ha preferido no decir nada para dejarme en ridículo ante mis hombres.» Se lanzó hacia don Pedro y le golpeó con la culata en el costado. Un golpe tremendo, que movió sus 117 kilos y le hizo tambalearse. El sombrero J. B. Hotson de color gris rodó hasta los pies de los soldados.

El culatazo le atravesó todo el cuerpo y le llegó al alma. Entonces, como Lázaro el día de su resurrección en Betania, oyó una voz que le decía: «¡Sal de ahí, Pedro! Has estado encerrado en la tumba a la que te empujaron el miedo y las dudas, pero es hora ya de despertar». A las palabras les siguieron las imágenes, y se vio en Winnipeg tomando café con el jefe indio Jolinshua; se vio en las profundidades de la mina de Alice Arm, examinando una veta de la variedad de plata roja que los mineros llamaban *ruglar silver*; se vio en Prince Rupert, después de caminar durante todo un día perdido en la nieve. Pensó: «No me voy a acobardar ante estos asesinos». Era su decisión.

«Tenga el sombrero», le dijo un soldado joven, entregándoselo. «Me alegra ver que no todos sois iguales», contestó don Pedro, después de darle las gracias. «¿Cómo somos los demás, pues?» El hombre de tez morena, don Jaime, seguía con el Winchester en la mano. «Puesto que son ustedes tan católicos, leerán a menudo la Biblia», dijo don Pedro mirándole. Estaba seguro de lo contrario. En nada se parecía aquella gente a los protestantes que había conocido en Canadá, que abrían el libro sagrado hasta para entretenerse. «Yo sí, desde luego», dijo don Jaime. «Sabrá entonces lo que se dice de la gente como usted en la Biblia. *Son como bestias inmundas*, así dice la Biblia.» El rifle cayó al suelo, y en la mano del hombre de tez morena apareció una pistola. «¡Don Jaime! —gritó el joven soldado que había recogido el sombrero—, acuérdese de las órdenes. El capitán ha dicho que al americano lo llevemos vivo». Como una auténtica bestia inmunda, don Jaime empezó a maldecir y a revolverse. «¡A la camioneta! —ordenó al final, jadeante—. Será que este marica tiene mucha información, por eso lo querrán con vida —se acercó a don Pedro y le señaló con el dedo—. Pero ya tendremos ocasión de encontrarnos a solas. No le quepa duda.»

«¿En qué parte de América estuvo usted?», le preguntó, camino del aparcamiento, el joven soldado que le trataba con amabilidad. Era alto y fuerte, con aspecto de leñador. «Donde más tiempo pasé fue en la zona de Canadá», contestó don Pedro. «¿Es buen sitio? Tengo un tío por aquellas tierras, y siempre me está diciendo que me reúna con él. A lo mejor me animo cuando acabe la guerra.» «¿Dónde está su tío?» «En Vancouver Island.» Pronunció el nombre tal como se escribe. «Es un sitio formidable. Y la gente es más caritativa que aquí.» «Entonces me lo pensaré.» Estaban ya junto a una camioneta. El joven pidió ayuda a un compañero, y entre los dos lo subieron a la caja.

En la planta baja del ayuntamiento, entre el soportal y la taberna, había una pieza de una sola ventana a la que la gente del pueblo llamaba «la cárcel» y que, «desde que los ladrones desaparecieron de Obaba», servía como almacén de alimentos y bebidas. Encerrado allí, a oscuras —la única ventana se encontraba cegada con unas tablas—, don Pedro se recostó sobre unos odres de vino y se preguntó qué hacer, cómo aprovechar el tiempo que le quedaba. «Reflexiona acerca de tu paso por el mundo. Es lo que todos hacen en sus horas finales», le aconsejó su voz interior.

Como tantas otras veces, don Pedro intentó concentrarse en los nombres lejanos: Seattle, Vancouver, Old Manett, New Manett; Alice Arm, Prince Rupert, Nairen Harbour... Pero los nombres se perdieron en el vacío y no fue capaz de recordar un solo fragmento de su vida. Se sintió como un animal grande y tonto, y decidió, por despabilarse, por mantener la cabeza ocupada, hacer el inventario de todos los comestibles que había en el almacén. Al principio se limitó a reconocer los productos por el olfato y a memorizarlos; luego, como quiso la suerte que encontrara una libreta con un pequeño lápiz —¡y qué alegría ante el hallazgo!, ¡como si su salvación hubiese dependido de ello!—, pasó a anotar los datos en sus páginas.

Estaba terminando el inventario, examinando unas conservas, cuando se abrió la puerta y el almacén se llenó de luz. Sus ojos se acostumbraron pronto a la claridad, y reconoció al hombre de tez morena al que llamaban don Jaime. Venía acompañado de un grupo de soldados. «Me lo imaginaba, son sardinas», dijo don Pedro, mostrando una de las latas de conserva. Se quedó de pronto sin fuerzas, y se sentó sobre una caja. «No es hora de sentarse», le advirtió don Jaime con voz ronca. Se le veía cansado. «Estoy preparado», respondió don Pedro, poniéndose en pie y vistiéndose el sombrero. «Es hora de morir», le apuntó su voz interior. Quiso de nuevo pensar en su vida, en sus padres, en su hermano, en los amigos que había hecho en América. Pero su cabeza se obstinaba tontamente en recordar el inventario que acababa de realizar: *cinco odres de aceite, otros cinco de vino, dieciséis cajas de galletas, tres latas de atún de diez kilos cada una...*

Salieron al soportal, e inmediatamente lo pusieron de cara a la pared. Pudo ver, sin embargo, que la plaza y las calles del pueblo estaban desiertas, y que el sol se retiraba al otro lado de las montañas. El 15 de agosto tocaba a su fin. «El día de tu muerte», le dijo su voz interior. Se le acercó un soldado. «¿Quiere us ted pasar por el retrete antes de que venga la camioneta?», le preguntó. Era el joven que tenía un tío en Vancouver. «Buena idea», contestó él. «No pierda el ánimo, señor —le dijo el soldado, mientras lo guiaba a la taberna de los bajos del ayuntamiento—. Ya lo ha oído esta mañana, el capitán lo quiere vivo. Es buena señal».

Al entrar en el retrete, don Pedro se dio una palmada en la mejilla. Los datos del inventario —*cinco odres de aceite, otros cinco de vino, dieciséis cajas de galletas...*— seguían zumbando en su cabeza. No podía librarse de ellos. Ni siquiera con la palmada lo consiguió.

«Don Jaime está agotado, ¿verdad?», le dijo al soldado cuando volvían al soportal. «Ha perdido la pistola, y está nervioso. Al capitán Degrela no le gustan esas cosas —explicó el soldado con una media sonrisa—. Además, hoy hemos tenido mucho trabajo. Ya no es joven, y andar todo el día de aquí para allá cansa mucho.» Aquellas palabras le hicieron recapacitar. Sospechaba el carácter de las idas y venidas de aquel joven y de sus compañeros, y su situación le pareció rara. Lo habían mantenido aislado, no había visto a nadie en todo el día. ¿Dónde metían a los otros detenidos? ¿Los llevaban directamente al bosque?...

La camioneta, la misma de aquella mañana, esperaba con el motor encendido. «¿Qué habéis estado haciendo tanto tiempo? ¿Dándole a lo de atrás?» Don Jaime quería gritar, pero su garganta no se lo permitía. Los soldados rieron con disimulo, no sólo por el comentario. Era evidente que la pérdida de la pistola había debilitado su autoridad. «A don Jaime se le ha puesto voz de vieja», se burló por lo bajo un soldado con pinta de borrachín. «¡A ver si terminamos de una vez!», dijo don Jaime introduciéndose en la cabina de la camioneta. El soldado joven pidió ayuda a un compañero y, al igual que aquella mañana, alzaron a don Pedro a pulso y lo dejaron en la caja del vehículo. Luego subieron ellos mismos y el resto de los soldados.

Salieron en dirección a la carretera principal. «Dice usted que Vancouver Island es bonito», comentó el soldado. «*Ailand*, no *Island*. *Vancuva ailand*.» «Eso es lo que más miedo me da: la lengua —dijo el soldado sonriendo—. Por eso no me he animado hasta ahora. Si no, ya estaría allí.» «Siempre se aprende en la medida en que uno lo necesita. Tú también aprenderás», le respondió don Pedro.

Era una hermosa tarde de verano. Soplaba el viento sur, y los restos de luz que había dejado la puesta de sol suavizaban el cielo; uno de los lados, con nubes muy ligeras y claros azules, recordaba un cubrecama infantil. Don Pedro aspiró el aire. Por primera vez desde aquella mañana, veía algo, una escena de su vida; veía a sus padres junto a una cuna, y a su hermano dormido dentro de ella. ¿Cómo imaginar la suerte de aquel bebé? ¿Cómo imaginar que encontraría la muerte en un lago situado al otro lado del mundo, a nueve mil kilómetros de distancia? Sintió que perdía pie, que se mareaba; que tenía ganas de llorar.

«¿Cómo se dice "chica" en la lengua de allí?», preguntó el soldado. «¡De eso no va a tener ni idea, a ése pregúntale por los chicos!», intervino el que tenía aspecto de borrachín. «¿Por qué no te callas?», dijo otro. «*Girl*», respondió don Pedro. «¿*Girl*? ¿Sin más?», se sorprendió el soldado. La camioneta estuvo a punto de detenerse, y luego enfiló hacia el monte. «¿Adónde vamos? ¿Al hotel?», preguntó don Pedro. «Eso parece», le dijo el soldado. No le informó de que, desde aquella misma mañana, el cuartel del capitán Degrela se ubicaba allí.

Se encontraban en la terraza de la cafetería del hotel, el capitán sentado ante una mesa junto a un joven con aspecto de falangista, y él enfrente, de pie. Anochecía, y las luces estaban apagadas. No se veía bien. «¡Quítese inmediatamente el sombrero! ¡A ver si muestra usted más respeto por el capitán!», le ordenó don Jaime, que estaba a su lado. Él obedeció. «Dígame, don Pedro, ¿qué pena merece el que mata a su hermano?», le preguntó el capitán Degrela sin mediar saludo. Iba a contestar, pero don Jaime se adelantó: «Antes de retirarme, señor, quiero informarle de que he perdido la pistola, y de que me tiene a su disposición». «No estaba hablando con usted, don Jaime —dijo el capitán con voz apenas audible. Se volvió hacia don Pedro—: Yo se lo diré. Merece la muerte.»

El corazón le latía con fuerza. Aun al amparo de la oscuridad, aun conociendo el lugar —¡su casa!—, huir le parecía imposible. «¿Qué hace usted en mi hotel? Eso es lo primero que me tiene que explicar», exigió. «No se ponga usted bravo, don Pedro. Ahora el hotel ha pasado a manos del Ejército Nacional Español.» «Yo no he hecho nada, y su obligación es ponerme en libertad», protestó don Pedro. «Eso pretendo», dijo el capitán levantándose de su silla. Pasó por delante de don Jaime sin dignarse a mirarle y dio una vuelta alrededor de la mesa.

Los ojos de don Pedro se iban acostumbrando a la oscuridad. Calculó que el capitán tendría unos treinta y cinco años. En cuanto al joven con aspecto de falangista, no debía de sobrepasar los veinticinco. Pensó que aquella cara ya la había visto antes. «Usted, don Pedro, es un hombre de mundo. Confío en que podamos entendernos rápidamente —dijo el capitán—. Como sabe, estamos viviendo el inicio de un gran movimiento político. Nos proponemos extender a todo el mundo lo que sucedió en Alemania y en Italia, lo que ahora mismo está sucediendo aquí. Eso significa que esta guerra acabará, pero nuestra revolución seguirá adelante.»

Don Pedro consiguió al fin acordarse del nombre del joven sentado a la mesa. Le llamaban Berlino. Había oído contar que pasó algún tiempo en el seminario y que salió de allí convertido en gran admirador de Hitler. Tenia trato con una chica francesa que había trabajado como repostera en la cocina del hotel. «Así pues, le será fácil entender nuestra oferta —prosiguió el capitán—. Usted nos venderá el hotel por una cantidad que nosotros hemos fijado ya. Como comprobará pronto, el precio no es tan malo, dadas las circunstancias. En cualquier caso, el hotel nos hace falta. Como dirían sus amigos comunistas, necesitamos cuarteles de invierno.» El joven al que llamaban Berlino puso una carpeta encima de la mesa. «Siéntese y examine el contrato —dijo el capitán—. Queremos hacer las cosas como es debido.» «Está demasiado oscuro», dijo don Pedro. «Eso tiene fácil arreglo.» El capitán Degrela miró por primera vez a don Jaime. «Traiga una linterna», ordenó. Don Jaime se alejó apresuradamente, a pasitos cortos. De pronto, parecía un camarero.

El documento llevaba fecha de abril de aquel año, como si fuera anterior al inicio de la guerra. Además, el comprador era el mismo capitán Degrela. No se trataba, pues, de una requisa; el hotel no pasaría a ser propiedad del Ejército, sino de un sujeto particular: Carlos Degrela Villabaso. «Si estuviera en Canadá, no pondría mi nombre en este contrato —dijo don Pedro—. Pero entiendo que la situación es especial, y si hay que firmar, firmaré.» Dejó el sombrero sobre la mesa y cogió la pluma estilográfica que le ofrecía el joven falangista. «De todas maneras, y teniendo en cuenta lo particular del caso, quiero hacerles una propuesta —añadió don Pedro—. Dejaré el hotel en sus manos sin recibir a cambio ni una moneda, será una donación. Aparte, podría hacerles alguna aportación económica. Si les parece bien, claro.» Saltaba a la vista, no hacía falta linterna para verlo: si deseaba equilibrar el peso de la muerte y salir con vida, tenía que poner todo cuanto pudiera en el otro platillo de la balanza.

El militar se llevó la mano a la mejilla y se la frotó, como queriendo comprobar cuánto le había crecido la barba. No sabía cómo interpretar lo que acababa de oír. «Tengo una cantidad de dinero en bancos extranjeros —aclaró don Pedro—. En dólares, en francos y en libras esterlinas. Si permiten que me marche a Francia, destinaré parte de mis bienes a su revolución. Pero, por supuesto, para eso necesito ayuda. Háganme un salvoconducto, y llévenme al otro lado de la frontera. Yo cumpliré mi palabra.» El capitán vaciló. «¿Qué opina usted?», preguntó a Berlino. «¿De cuánto dinero estamos hablando?», preguntó éste. «Diez mil dólares.» Berlino se tomó un rato para hacer el cálculo. «¡Es mucho!», exclamó luego con admiración. Era más de lo que hubiese podido ganar su novia trabajando de repostera durante toda su vida. Se dirigió al capitán: «Si a usted le parece bien, yo mismo le puedo acompañar a Francia». «Ya veremos. Tengo que pensarlo. En cualquier caso, que firme el contrato.» El capitán se levantó de la mesa. «Cuando termine, lleve a don Pedro a su habitación —ordenó a don Jaime—. Y luego, haga el favor de buscar su pistola. No se vaya a dormir hasta que la haya encontrado. Es una deshonra que una persona que ejerce el mando cometa semejante negligencia.» Don Jaime permaneció cuadrado hasta que el capitán entró en la cafetería. «¡Eche una firma aquí! ¡Y otra aquí!», ordenó Berlino a don Pedro.

Encontró su habitación completamente revuelta, con toda la ropa de los armarios esparcida por el suelo. Sin detenerse a mirar, don Pedro buscó refugio en el baño: el espejo tenía una raja y la báscula estaba boca abajo en un rincón, como si alguien la hubiera lanzado hasta allí de un puntapié, pero, por lo demás, los jabones se hallaban en su sitio, así como las sales y los champús que solía traer de Biarritz. Abrió el grifo: el agua corrió como siempre.

Antes de bañarse, dio la vuelta a la báscula y se subió a ella: el aparato marcó 115,30 kilos. Su peso más bajo desde hacía años. Casi dos kilos menos que aquella misma mañana. Se dio cuenta entonces de que llevaba todo el día en ayunas, y pensó que debía procurarse algo para comer. Sin embargo, más que hambre, lo que sentía eran ganas de fumar, y cuando se puso a rebuscar en su habitación y consiguió encontrar, no sólo una caja de galletas, sino también la tabaquera donde guardaba sus cigarros puros, creyó que ese pequeño éxito podía ser un buen augurio, y se metió en la bañera con mejor ánimo.

Media hora después estaba en la ventana fumándose un cigarro. Era una noche clara, de mucha luna, y las sombras de los soldados que rondaban por los alrededores del hotel se distinguían perfectamente. Pero todo estaba en silencio, y parecía que hasta los automóviles aparcados en el mirador se habían retirado a descansar. Don Pedro se fijó en su Chevrolet beige y marrón, y le dio pena que lo tuvieran retenido. Luego, para librarse de aquel sentimiento, alzó los ojos hacia el valle de Obaba.

«Bebo el valle con mis ojos», oyó en su interior. Era la voz del maestro Bernardino. Aquel amigo suyo había escrito un poema que empezaba de esa manera: «Bebo el valle con mis ojos, en el ocaso de un día dorado de verano, y mi sed no se sacia...». ¿Qué habría sido de él? ¿Y de Mauricio? «Colinas y montañas, y esas blancas casas, que en la distancia nos recuerdan un rebaño desperdigado...» ¿Habrían conseguido esconderse? ¿Habrían mostrado más prudencia que él durante aquellas horas nefastas? Mauricio no le preocupaba tanto, porque era una persona de edad, y muy sólida; Bernardino, en cambio, a pesar de su inteligencia, era un hombre desvalido. Incluso en la vida ordinaria se veía en apuros: los niños de la escuela le gastaban bromas pesadas aprovechándose de su repugnancia por los castigos. Y si en la vida ordinaria era así, ¿cómo se las apañaría ahora que los asesinos se movían a sus anchas? ¡*Agnus Dei*! Como un cordero entre los lobos.

La punta roja del puro que estaba fumando se avivaba o se amortiguaba a merced de la brisa que llegaba hasta la ventana. Y el mismo compás seguían sus pensamientos: se avivaban y se amortiguaban, alternativamente. Pero no le llevaban a ninguna parte. ¿Qué pensó Jesús en el huerto de Getsemaní? No podía saberlo. Era una tontería preguntarse aquello. Pero se lo preguntaba, el vaivén de sus pensamientos era ajeno a su voluntad. A una pregunta le seguía una respuesta, y a la respuesta otra pregunta; pero nada de lo que pasaba por su cabeza adquiría sentido.

Prestó atención. Después de muchos días de silencio, los sapos volvían a cantar. Pero sonaban ahora muy débiles, o muy lejanos. *Win-ni-peg-win-ni-peg-win-ni-peg-win-ni-peg*, decían. Pensó que podía tratarse de sapitos, de las crías de los sapos de otras veces, que por eso tenían aquel hilillo de voz. Apagó el puro en el grifo del lavabo y se echó en la cama. *Win-ni-peg-win-ni-peg-win-ni-peg-win-ni-peg*. Aunque sonara débilmente, el canto llegaba hasta su habitación. Poco a poco, se quedó dormido.

Tuvo la impresión, en el duermevela, de que los aviones alemanes sobrevolaban incesantemente el hotel y de que, de vez en cuando, a juzgar por el ruido del motor, alguno de ellos tomaba tierra en la misma terraza. Cuando se despertó del todo y se dio cuenta de que no podía ser, se asomó a la ventana y vio pasar justo debajo tres camionetas como la que lo había traído desde el ayuntamiento. Se detuvieron en una esquina del hotel, junto a la puerta que daba acceso a los sótanos del edificio.

Alarmado, dio un paso atrás: las tres camionetas venían cargadas de hombres. Se oían quejidos, gritos de mando, sollozos. Un soldado se puso a repartir golpes para hacer callar a los que protestaban. «¡Yo no he hecho nada!», gritó alguien. Luego, silencio. Pero por poco tiempo. El ruido de motores se impuso otra vez. Tres automóviles se aproximaban uno detrás de otro, su Chevrolet en medio. Observó que tenía un golpe en el guardabarros de la rueda delantera, y que el foco del mismo lado no alumbraba. Miró la hora en su reloj de cadena. Eran las cuatro y media de la madrugada, no faltaba mucho para el amanecer.

Se vistió sin prisas. De entre toda la ropa desparramada por la habitación escogió un traje de verano de color gris claro, con un sombrero a juego, y unos zapatos de ante todavía sin estrenar. Se metió además en el bolsillo la libreta y el pequeño lápiz que había encontrado en el almacén de la taberna, confiando, aunque débilmente, como si su corazón también se hubiera empequeñecido y casi no tuviera voz, en que le diera buena suerte. Cuando se consideró preparado, sacó otro cigarro puro de la tabaquera y se sentó a fumar en una esquina de la cama. En el mirador del hotel el ruido de motores era constante.

Estaban a punto de dar las cinco de la mañana cuando don Jaime vino a buscarle. Tenía los ojos amoratados por el cansancio, y una película de sudor le recubría la cara. «Se ha puesto usted muy elegante para viajar a Francia —dijo don Jaime. Quiso reírse, pero le dio la tos—. ¡Apague ese puro!» A la vez que gritaba, le pegó un tortazo en la mano, y el puro acabó en el suelo. «Si no encuentra pronto su pistola le va a dar un ataque de nervios», le respondió don Pedro.

Le costó levantarse del borde de la cama, como si su peso hubiera aumentado súbitamente de 115,30 a 135 o 145. «¡Nos vamos a Francia!», dijo don Jaime a los hombres que venían con él, y dos de ellos agarraron a don Pedro por ambos brazos. Todos vestían ropas de paisano, y eran más viejos que los soldados de la víspera. Llevaban el pelo peinado hacia atrás, y fijado con gomina. «Por lo que veo, usted no hace ascos a nadie. Ayer anduvo con los requetés, ahora acompaña a los falangistas», dijo don Pedro.

Hacía esfuerzos para no dejarse vencer, pero era difícil calmarse, pensar en una salida. No había esperanza para él, ésa era la verdad. El maestro Miguel solía decir que, de todos los grupos de extrema derecha que había en España, los falangistas eran los que más poetas y artistas tenían en sus filas, y que cuando empezaran a matar lo harían sin piedad, «como sucede siempre que se mezclan idealistas y militares». Apenas había transcurrido un mes desde el inicio de la guerra, pero aquello ya había quedado claro. Ahora le tocaba a él.

«Podríamos ir en su automóvil, pero sólo tiene un foco, y a nosotros nos conviene tener luz. El camino a Francia estará muy oscuro», le dijo uno de los que le sujetaban del brazo cuando salieron fuera, adoptando el mismo tono de don Jaime. Don Pedro no le hizo caso, y guió escudriñando el interior del automóvil que tenían delante. Le había parecido que allí dentro había alguien. Un hombre delgado y con gafas. «¡Bernardino!», exclamó, al mismo tiempo que le empujaban al interior del vehículo. Los dos amigos se abrazaron como pudieron en el asiento de atrás. «Han matado a Mauricio, don Pedro. Y ahora nos matarán a nosotros.» «No se rinda, Bernardino. Todavía estamos vivos.» No fue una mera frase de ánimo. Había percibido, en el momento del abrazo, un dolor muy preciso en el costado. En el asiento había algo, un objeto duro. *Win-ni-peg-win-ni-peg-win-ni-peg!*, chillaron los sapos desde el bosque. Enderezó su cuerpo y se echó atrás poco a poco. Volvió a sentir el mismo dolor, esta vez en el muslo. Se le representó enseguida, porque la tela de su traje era muy fina, la imagen de un cilindro.

Bernardino no podía controlar el llanto, y los falangistas que vigilaban el auto le ordenaron tajantemente que se callara. «¿Adónde ha ido don Jaime?», preguntó uno del grupo. «Creo que ha ido a refrescarse. No tardará en volver», contestó el chófer. «Casi son las seis. Pronto amanecerá», se quejó su compañero. Don Pedro le dio unas palmadas al maestro. «Valor, Bernardino, valor. Todavía estamos vivos.» Se quitó el sombrero y lo colocó en las rodillas. Luego, se llevó la mano atrás y agarró el objeto. Efectivamente, era una pistola.

Don Jaime se sentó junto al chófer, y los otros dos hombres ocuparon unos pequeños asientos abatibles, frente a don Pedro y su amigo. Se pusieron bruscamente en marcha y comenzaron a descender por la estrecha carretera que iba del hotel al pueblo. Marchaban a tal velocidad que en las revueltas más cerradas lograban a duras penas mantenerse en el asiento. «Tú, vete más despacio, que no hay tanta prisa», dijo el falangista sentado delante de don Pedro, después de que un bandazo lo mandara contra la puerta. Las luces de los focos iluminaban intensamente el bosque por el que discurría la carretera. Se veían árboles cargados de hojas, hayas muy verdes.

Al llegar al cruce, se dirigieron valle abajo, en dirección contraria a Obaba. El chófer no había reducido la velocidad, pero ahora circulaban por una carretera de largas rectas. «Si la maldita pistola no está ahí, no sé qué voy a hacer», dijo don Jaime. «Estará ahí», quiso tranquilizarle el chófer. «He buscado en todas partes. Sólo me queda mirar en ese monte.» «¿En ese monte o en Francia? Yo creía que íbamos a Francia», se rió el falangista que estaba sentado frente a don Pedro. «¿No quiere ir a Francia? ¿Por qué está tan triste? —preguntó a continuación a Bernardino, alumbrando el interior del automóvil con una linterna—. Siga el ejemplo de este marica. Mire qué tranquilo va.» «¡Aquí!», gritó don Jaime, al divisar una pista de monte a la derecha de la carretera. «¡Despacio!», volvió a gritar, cuando el vehículo empezó a dar tumbos por el camino lleno de baches y pedruscos. «¡Pues sí que es pésimo el camino para Francia!», dijo el falangista dirigiendo la linterna hacia la ventanilla y mirando al exterior. Don Pedro metió la mano debajo del sombrero, y agarró firmemente la pistola. «¡Atento, Bernardino!» «¿Atento a qué?», preguntó el falangista, girándose hacia él. Don Pedro levantó la mano, y le pegó un tiro en la cabeza.

Subía la cuesta corriendo, mientras los sapos a su alrededor le gritaban *Win-ni-peg! Win-ni-peg! Win-ni-peg! Win-ni-peg!* a un ritmo cuatro o cinco veces más acelerado que el de costumbre. Corría torpemente, pero tan rápido o más que cualquiera de su edad y de su peso. El afán por huir de una muerte segura aligeraba sus pies.

Despuntaban las primeras luces del amanecer, uno de los extremos del cielo se estaba tiñendo de naranja. Llegó a lo alto del bosque, y divisó un vallecito en el que se asentaba un barrio rural. Contó las casas: eran cinco en total, y todas miraban a un riachuelo; al riachuelo y a un camino. Cuatro de ellas estaban pintadas de blanco, y, a pesar de la poca luz, su contorno se distinguía con nitidez; la primera y más cercana, situada en la entrada del valle, era oscura, de piedra.

Bajó la pendiente con precaución, pues sabía, desde los tiempos de Canadá, que más valía no precipitarse, que era en ese momento cuando más se exponía a tropezar y a torcerse un tobillo. Una vez abajo, se apostó detrás de unos arbustos que crecían a la orilla del río y examinó la casa de piedra. No parecía habitada. Sacó la pistola del bolsillo del pantalón, y cruzó el arroyo.

La casa tenía una piedra de moler en la planta baja, pero no se veían restos de harina, ni tampoco utensilios. Debía de tratarse de un molino en desuso. Era, en todo caso, un mal refugio. Antes que ningún otro sitio, las patrullas registraban las casas deshabitadas. «Todos tus esfuerzos serán inútiles —le dijo su voz interior—. No vas a encontrar una cabaña cálida llena de amigos, como la vez que te perdiste en los nevados páramos de Prince Rupert.» Tuvo un desfallecimiento, y fue a sentarse en la piedra de moler. Cuando se recuperó, guardó la pistola en el bolsillo de la chaqueta y salió afuera.

La luz del amanecer se iba adueñando del vallecito, y las paredes de las casas lucían ahora un tono naranja, el mismo del cielo. «No es un lugar perdido en el monte, como creías —le dijo su voz interior—, sino un barrio de Obaba. Las patrullas no tardarán en encontrar los cadáveres de sus compañeros muertos a tiros, y saldrán a por ti como perros.»

Se metió en el cauce del río, y comenzó a caminar hacia las casas aprovechando la vereda que se había formado en una de las orillas. Cuando le pareció que había llegado a la altura de la primera de ellas, asomó la cabeza y la escrutó durante unos instantes. Luego, sin dejar de avanzar, repitió la operación frente a todas las restantes. Se preguntaba cuál de ellas podría servirle de refugio; cuál escondería a Abel, cuál a Caín; cuál al hombre compasivo y valiente, cuál al infame. Pero llegó al extremo del vallecito, y sus dudas no se habían resuelto. No había señales. A nadie había dicho Dios en aquel barrio: «Mata un cordero y unta con su sangre el marco y el dintel de tu casa, pues el ángel, al ver la sangre en la entrada, pasará de largo». Sin señales, sin una mínima seguridad, todas las puertas eran peligrosas. «Aunque hubiera una señal, ¿qué cambiaría eso?», se preguntó con resignación. Las patrullas que saldrían a buscarle serían más implacables que el mismísimo ángel exterminador, y no dejarían una sola casa sin registrar. Además, cabía la posibilidad de que Dios no le quisiera ayudar por haber derramado la sangre del prójimo. Al que mataba a Abel se le llamaba Caín, pero quien mataba a Caín, ¿qué nombre merecía? Se refrescó la cara con el agua del río. Los pensamientos giraban febrilmente en su cabeza.

Al llegar a la última casa del barrio, el terreno empezaba a elevarse. La pendiente era primero suave, y estaba cubierta de praderas; luego se hacía más pronunciada, y la hierba daba paso a los árboles, al bosque, a la montaña. Don Pedro caminó en aquella dirección, decidido a llegar lo más lejos posible. Quiso, sin embargo, echar una última mirada al vallecito, al camino que lo había llevado hasta allí. Apenas volvió la cabeza comprendió la verdad: no iba a continuar, no tenía ganas.

Se sentó en una roca y siguió mirando. Las cinco casas del barrio estaban en silencio, reinaba la paz. En tres de ellas había casetas para perros, aunque no parecían estar ocupadas. En la que seguía al viejo molino unas gallinas escarbaban la tierra. En los terrenos de las dos casas siguientes, había ovejas; junto a la última, a unos cien metros de donde se hallaba sentado, pacían dos caballos. Los dos eran de color castaño. Y la hierba, verde. Como verdes eran los maizales, las huertas, los manzanales, los bosques y los montes lejanos. Eso sí, en los montes lejanos el verde acababa volviéndose azul, azul oscuro. Como el cielo. Porque el cielo se mostraba azul oscuro en aquella hora del amanecer, con manchas naranjas y amarillas. De la chimenea de una casa, de la tercera, empezó a salir humo. Y el humo se deshizo lentamente en el aire. Lentamente se movía también el sol. Se demoraba tras las montañas. Pero estaba a punto de salir.

Don Pedro comprobó el cargador de su pistola para asegurarse de que las dos últimas balas estaban en su sitio. Le vino de golpe a la cabeza la conversación que había tenido con el doctor Corgean en el hospital de Prince Rupert: «Puede que también usted sea propenso». «¿Propenso a qué?» «*To commit suicide.*» Sin embargo, ahora lo sabía bien, no había tal propensión en él. Se suicidaría tan pronto como el sol asomara por encima de las montañas, pero lo haría por miedo, por la amenaza de un sufrimiento más atroz que la propia muerte. No quería ni pensar en cómo lo tratarían los compañeros de los falangistas muertos si lo atrapaban. Sabía de las torturas que infligían aquellos criminales; había oído contar que arrancaban los ojos con cucharas o que arrojaban a la gente sobre láminas de hierro candentes. Comparado con aquello, morir de un tiro de bala parecía una bendición. Además, habría cierta justicia en su muerte. Dentro del coche yacían tres hombres a los que él había quitado la vida. Debía pagar por ello.

De la última casa del barrio salió un muchacho. Don Pedro lo siguió con la mirada, y vio, sin prestar mucha atención, como si ya para entonces se hubiera disparado un tiro en la cabeza y fuera su espíritu quien presenciaba la escena, que el muchacho se dirigía hacia los caballos, que hablaba con ellos y los acariciaba, y que los sacaba del cercado para guiarlos hasta el riachuelo. Se puso en pie, sobreponiéndose de pronto al desánimo. «¡Juan!», exclamó. El muchacho no le oyó. «¡Juan!», volvió a llamar, apresurándose cuesta abajo.

Mientras terminaban de construir la carretera de acceso al hotel, él solía desplazarse a caballo, acompañado siempre por un muchacho. Habían pasado cinco años desde entonces, y volvía a tenerlo delante. Ahora era un joven rubio, no muy alto, pero fuerte. «Vaya hasta el puente y métase debajo», dijo sin pestañear. Don Pedro se acordó de que era muy serio. Una vez, él le había llamado «Juanito», como a un niño. «No me llamo Juanito, don Pedro —había replicado el muchacho—. Me llamo Juan.»

El puente estaba un poco más abajo, a la altura de la casa, y don Pedro se apresuró a llegar allí. Los recuerdos se avivaron en su memoria. El muchacho era huérfano y vivía con su hermana, más joven que él. Y el nombre de la casa era Iruain, por eso solían referirse a él llamándole indistintamente Juan o Iruain. Ya debajo del puente, se acordó de otro detalle, éste muy importante. Aquel muchacho siempre le preguntaba por América, igual que el soldado que tenía un tío en Vancouver, con idéntico anhelo: «¿Es verdad que en América hay ranchos tan grandes como nuestro pueblo? ¿Los ha visto usted?».

Juan se acercó con los dos caballos. «Te he reconocido gracias a los animales», le dijo don Pedro. «¿Se ha dado cuenta de que tiene toda la chaqueta manchada de sangre?», le preguntó Juan. No, no se había dado cuenta. «Ellos eran tres, y nosotros dos —respondió—. Sólo yo he salido vivo del tiroteo.» Se le reprodujo el dolor de aquel momento. Si el segundo tiro se lo hubiera disparado al chófer del auto, y no a aquel ridículo don Jaime, ahora Bernardino estaría a su lado.

El sol ascendía en el cielo. El capitán Degrela y sus hombres ya se habrían percatado de que faltaba un coche. «Hace unos años me contaste que soñabas con marcharte a América. ¿Has cambiado de opinión?» «Me marcharía ahora mismo», respondió Juan sin dudarlo. No se movía, parecía de piedra. «Yo necesito ayuda para salvarme, y tú la necesitas para emprender una nueva vida en América. Podemos ponernos de acuerdo.» Un perro ladró, y el joven recorrió todo el valle con la mirada. El perro se calló enseguida. «¿Qué ha pensado usted?», preguntó. Ahora parecía algo tímido. «Con esos caballos, en siete u ocho horas nos pondríamos en Francia», dijo don Pedro. El muchacho no abrió la boca. «¿Hay en vuestra casa algún sitio donde yo me pueda esconder?», añadió.

Don Pedro confiaba en que la respuesta fuera afirmativa, porque muchas de las construcciones de Obaba conservaban los escondrijos habilitados durante las guerras del siglo XIX; pero cuando vio que Juan asentía, a punto estuvo de desmayarse de pura excitación. Por primera vez desde que lo detuvieron, su esperanza tenía un fundamento.

«Escóndeme en tu casa, y luego, cuando convenga, me llevas a Francia. A cambio te daré tres mil dólares. Lo suficiente para ir a América y comprar allí un rancho.» Juan sujetó las riendas de los caballos. «Me parece a mí que cinco mil no serían demasiado para usted», dijo. «De acuerdo. Cinco mil dólares», respondió raudo don Pedro, y los dos hombres se estrecharon la mano. «Póngase entre los caballos, y vamos a casa despacio. Una vez dentro, sígame sin hacer ruido, para que no se despierte mi hermana.» El joven no parecía tener miedo. «¿Dónde ha dejado el sombrero? Usted siempre solía andar con sombrero», le dijo de pronto. Don Pedro hizo un gesto de disgusto. «La verdad, no lo sé. Supongo que se habrá quedado en el lugar del tiroteo.» «¿Dónde ha sido?» Don Pedro le explicó con precisión en qué cruce se había desviado el automóvil; pero no fue capaz de detallar los pasos que había dado desde aquel punto hasta llegar al valle. «Creo que he atravesado un bosque. De castaños, no de hayas», dijo. El joven se quedó pensativo por un momento. «¡Vamos!», dijo, tirando a los caballos de las riendas.

Dentro del escondrijo la oscuridad era total, y se adaptó a la nueva situación como lo habría hecho un ciego. Determinó primero que estaba en una especie de pasillo corto, de seis pasos de largo y apenas dos de ancho; luego, una vez dominada la angustia que le producía el sentirse encerrado, examinó el contenido de las marmitas que Juan había introducido por la abertura del techo. Eran en total cuatro marmitas, tres grandes y una pequeña, más ancha que las otras: en la primera había agua; en la segunda, manzanas; en la tercera, zanahorias. La cuarta, la más ancha, estaba vacía, y de ella colgaban trozos de periódico sujetos con un alambre. Despacio, arrastrándolas con cuidado, distribuyó las marmitas: la que le serviría de letrina en un extremo, las tres grandes en el otro. Cuando acabó de organizarse, se sentó con la espalda apoyada en la pared, y empezó a comer. «3 manzanas, 3 zanahorias», apuntó luego en la libreta que llevaba en el bolsillo de la chaqueta, esmerándose por escribir con buena letra a pesar de la oscuridad.

Le asaltó con fuerza la preocupación por el sombrero. Si lo había dejado dentro del automóvil, no importaba. Pero si lo había perdido en el camino, o en el mismo barrio, y alguna patrulla daba con él, la casa dejaría de ser un lugar seguro. Muchos de los soldados eran campesinos, y conocían la existencia de los escondrijos. Pero su inquietud no duró. El día había sido muy largo, y estaba muy cansado. Se quedó dormido.

Al despertar tenía el sombrero sobre el pecho, como si se hubiera posado allí con la suavidad de un copo de nieve. Lo cogió en sus manos y lloró en silencio. Pensó que había tenido poca fe al llegar al barrio y no ver ninguna señal en las puertas de las casas. Lejos de abandonarle, Dios había querido enviarle un ángel protector, valiente y cabal, semejante en todo a aquel Rafael que ayudó a Tobías. Se puso a comer manzanas, y no paró hasta que fue incapaz de tragar un trocito más. «Manzanas: 7», escribió en su libreta. Luego se tumbó y volvió a quedarse dormido.

Pasaron unos días, tres o cuatro, quizá más, y llegó un momento, cuando el contenido de las marmitas ya estaba por la mitad, que don Pedro se sintió a salvo. «Parece que me voy a librar del registro», se dijo una mañana. O una tarde, él no podía saberlo. Justo entonces, oyó ruidos dentro de la casa. Lo supo enseguida: eran los perseguidores. Le pareció que él mismo los había convocado, que había hecho mal en cantar victoria.

Reaccionó tumbándose boca abajo y tapándose la cabeza con las manos. Pero la postura le resultó incómoda, a causa sobre todo de los fuertes latidos de su corazón, y volvió a colocarse en su postura habitual, sentado y con la espalda en la pared. Los perseguidores subieron las escaleras sin hacer mucho ruido, y unos segundos más tarde oyó la voz de una joven que daba explicaciones: «Es la habitación de nuestra madre. Está exactamente igual que el día en que murió. Quién lo diría, pronto hará diez años. Pero mi hermano Juan se niega a cambiar nada. Es dos años mayor que yo, y ya sabéis, dos años es mucho cuando se es niño. Él dice que se acuerda muy bien de nuestra madre. Yo no. Yo no me acuerdo muy bien». La chica no paraba de hablar, y los hombres que la acompañaban, sin duda soldados, asentían una y otra vez a sus palabras. Don Pedro supuso que sería una chica bonita, y que los soldados estarían conmovidos. «Éste era su armario, y éstos sus vestidos», continuó la chica. Un cajón se abrió y se volvió a cerrar, y el ruido sonó justo encima del escondrijo. Pensó que el mueble le robaba la poca luz que podía llegarle, la que debía iluminar los resquicios de la trampilla que hacía de techo. «Y a vuestro padre, ¿cuándo lo perdisteis?», oyó. Los soldados se marchaban de la habitación. «Yo tenía cuatro años», dijo la chica. «Qué pena. Es muy triste ser huérfano», dijo un soldado. La chica cambió de conversación: «¿Vais hacia el pueblo? Trabajo en el taller de costura y si me lleváis en la camioneta, me hacéis un favor». Los soldados le dijeron que lo sentían, pero que no podían. Tenían la orden de proseguir con la búsqueda.

Los pasos de los soldados resonaron en las escaleras. Una vez fuera —contempló la escena como si la tuviera ante sus ojos— verían a Juan en el prado, cepillando a uno de los caballos. El joven se despediría de ellos levantando por un instante el cepillo, y el registro tocaría a su fin.

Se habían acabado las manzanas y casi todas las zanahorias, y don Pedro empezó a preocuparse. Juan tardaba más que en anteriores ocasiones; ni siquiera venía por la marmita ancha que normalmente cambiaba cada poco tiempo. Pero la preocupación cedió enseguida, y se le metió en la cabeza que el retraso de Juan se debía al afán de completar y mejorar su alimentación, y que la próxima vez que viniera le dejaría unos hermosos panes redondos elaborados con harina de maíz, y que tendría también el detalle de traerle un buen pedazo de cecina o de jamón; no de tocino, claro, porque el tocino había que comerlo frito y bien caliente, cuando todavía goteaba la grasa. Pensó luego, cuando las imágenes relacionadas con la comida fueron ganando en detalle, que Juan bien podría asar un pollo en el horno mientras su hermana estaba en el taller, y si lo acompañaba con unas patatas fritas y unos pimientos rojos, mejor que mejor. Y no había que olvidarse del queso. Seguro que en las casas del barrio se hacía queso, y con un poco de suerte tampoco les faltaría membrillo. Le pediría a Juan queso y membrillo. Le vinieron también a la memoria las conservas de atún que había visto en la *cárcel* del ayuntamiento. El atún en conserva, con un poco de cebolla bien picada, era muy rico. Y con aceitunas verdes... ¡un manjar!

Se acabaron también las zanahorias, y mientras duró el ayuno no hizo más que vigilar el techo, como el perro hambriento que aguarda la llegada de su amo. Incluso hubo momentos en los que se desesperó y dio por seguro que Juan lo dejaría morir de hambre; pero recobró la serenidad, examinó la situación —el peligro asumido, los cinco mil dólares del trato— y siguió esperando. Hasta que, por fin, su ángel protector regresó.

Sirviéndose de la cuerda, Juan bajó dos marmitas además de la de agua. Don Pedro metió la mano dentro: manzanas y zanahorias, eso era todo. No pudo contener su enfado, y, por un momento, su voz adquirió el tono autoritario del dueño de un hotel: «¿Es que no hay pan en esta bendita casa? ¿Es que no hay queso? ¿Es que no hay cecina? ¿Ni huevos?». Una larga lista de alimentos completó su protesta. «¿Ha acabado ya? —le dijo Juan secamente—. Andan como locos detrás de usted. No debemos perder la cabeza.» Don Pedro suspiró: «Tobías pescó un pez con la ayuda del arcángel Rafael. Luego le arrancaron la vesícula, el hígado y el corazón, y lo asaron para comer». Hablaba ahora para sí mismo, consciente de que no estaba siendo razonable. «Cuando lleguemos a Francia yo mismo le invitaré a comer langosta», dijo Juan desde arriba. Se disponía a poner la trampilla en su sitio. «El *foie* tampoco es malo en Francia», dijo don Pedro. «No lo he probado nunca.» «¿Puedo pedirte un favor?» «No voy a traerle más comida, don Pedro. No insista», respondió Juan en su tono más severo. «Un poco de luz, entonces. Si descorres las cortinas de la ventana de la habitación y apartas un poco el mueble, la luz llegará hasta aquí.» «La habitación tiene dos ventanas», dijo Juan. «Mejor.» «Esté tranquilo, y procure moverse lo más posible y hacer gimnasia. Si no, se va a quedar anquilosado.» «Otra cosa —dijo don Pedro—. ¿Por qué no me traes una navaja y un poco de jabón? La barba me produce picor.» «Ya se afeitará en Francia, antes de comerse la langosta», contestó Juan, ajustando la trampilla en el piso. Instantes después, oyó el ruido de las cortinas. En el techo del escondrijo aparecieron cuatro franjas de luz.

Las franjas de luz le fueron de gran ayuda durante los días siguientes. Adquirió la costumbre de examinarlas y de calcular, según su intensidad, no sólo la hora del día —objetivo fácil, como comprobó enseguida— sino también el tiempo que hacía, si se trataba de un día soleado o nublado, y en el caso de que fuera nublado, hasta qué punto, con qué riesgo de lluvia. Sus observaciones las anotaba en la libreta con su pequeño lapicero. «Hoy, llovizna. Franjas exteriores casi invisibles y las del medio muy débiles.» «Hoy chaparrones y claros. Al escampar, luz muy intensa. Veo el contorno del sombrero encima de la marmita.» «Hoy cielos azules, hermoso día de verano.» Mientras se mantenía ocupado, el peso del tiempo se le hacía más leve.

Empezó a tomar como eje el momento en que el sol se encontraba en la mitad del cielo, y a organizarlo todo alrededor de dicho momento: las comidas, el descanso, el sueño y los ejercicios de gimnasia que le había recomendado Juan. De todo ello, lo que más le gustaba era la gimnasia, y acabó por practicarla casi continuamente, tanto por las mañanas como por las tardes. Además de los ejercicios propiamente dichos, recorría sin descanso el escondrijo, de extremo a extremo, cinco pasos para allá, cinco pasos para acá, una y otra vez. Apuntaba los datos en el cuaderno con entusiasmo: «Mañana 475 pasos. Tarde 350». Los datos de las comidas, en cambio, le desesperaban: «Desayuno: 1 manzana, 2 zanahorias. Comida: 3, 4. Cena: 2, 4». Cuando las marmitas estuvieron casi vacías, ya no pudo más y decidió no comer nada hasta que volviera Juan. «Desayuno: 0 manzanas, 0 zanahorias. Comida: 0, 0. Cena: 0, 0». Escribió todos los ceros con rabia, como si las manzanas y las zanahorias fueran capaces de entender su desprecio.

Cuando Juan volvió a aparecer con las marmitas de comida, a don Pedro se le escapó un gemido. Él deseaba llevar su pensamiento más allá del escondrijo, salir en espíritu de aquel agujero y convencerse de que se hallaba camino de su salvación; pero la mente no le obedecía, y le insinuaba que tal vez hubiera sido mejor haberse disparado un tiro. Ahora ni siquiera le quedaba esa opción, ya que Juan le había quitado la pistola para esconderla, según le había dicho, en el hueco de un árbol del bosque. Volvió a gemir. No entendía el comportamiento de Juan. No se explicaba su terquedad. ¿Cómo podía pretender que comiera más manzanas, más zanahorias? Era imposible. A él le olían como los excrementos de la marmita ancha. Igual también que los pelos de la barba, antes tiesos y ásperos, ahora cada vez más lacios, pestilentes. Le daban ganas de vomitar. Juan percibió su congoja. «Pronto saldremos para Francia —le dijo—. Tenga valor, falta muy poco.»

Se quedó en silencio. Tenía la impresión de que el suelo del escondrijo se había hundido y de que volvía a estar bajo tierra, como cuando era joven. Pero en aquel maldito agujero no había plata ni oro; sólo manzanas y zanahorias. Como le había sucedido unos días antes con la comida, en su cabeza empezaron a arremolinarse nombres, personas de otro tiempo, personas muertas: su hermano, el jefe indio Jolinshua de Winnipeg, el maestro Mauricio, Bernardino. Sobre todo Bernardino, su desgraciado amigo, que no había hecho otro mal que escribir poesías y había sido asesinado por ello, delante de sus ojos. «Otra semana aquí, y me vuelvo loco», le dijo a Juan. «Tres días más, y nos pondremos en marcha», le prometió el joven.

Juan vino con una escalera y le ayudó a salir del escondrijo. Luego, a la luz de una vela, bajaron hasta la cocina y se sentaron a la mesa. Juan le preparó unas sopas bien calientes de maíz, y él se dispuso a comer, manejando con lentitud la cuchara de madera. «He recibido la orden de llevar veinte vacas a la zona del frente, y me han dado dos salvoconductos. Uno para mí y otro para el boyero. Usted será el boyero. Pero no se preocupe. Podrá hacer casi todo el camino montado a caballo.»

Don Pedro mostró su conformidad, y puso la vela que había sobre la mesa un poco más lejos, porque la luz le molestaba. Siguió comiendo las sopas de maíz. «Calculo que con vacas y todo nos llevará unas diez horas llegar a donde me han pedido —le explicó Juan—. Así que, si salimos temprano, para la noche estaremos libres. Y tendremos la frontera francesa a un paso. Al día siguiente, se afeitará la barba e iremos a comer langosta.» «Sin olvidarnos del banco», añadió él. «Termine eso, que hay que prepararse», dijo Juan. «Estoy comiendo. Espera un poco.» «Hace tiempo que dieron las cuatro de la madrugada, y tenemos mucho que hacer.» Del exterior llegó el mugido de una vaca. «No voy a levantarme hasta acabar las sopas», se empeñó don Pedro.

Una vez fuera, Juan le hizo dar una vuelta alrededor del cercado de las vacas para ver si era capaz de andar. Luego lo guió a un recodo del riachuelo. «En ese pozo el agua le cubrirá hasta la cintura. Lávese bien», le dijo, proporcionándole un trozo de jabón basto y una toalla. «Harás mucho dinero cuando vayas a América. Eres una persona muy organizada.» «Eso mismo me dice mi hermana.» «¿Dónde está ahora?» «Se quedará en casa de una tía abuela hasta mi vuelta. Se ha colocado en el taller de costura. Va a ser modista.»

«¿Estará fría el agua?», preguntó don Pedro, mirando al riachuelo. «Sí, tío. Pero si anda rápido no se va a enterar.» Juan parecía muy tranquilo. «¿Tío? ¿De ahora en adelante voy a ser tu tío?» Juan asintió con la cabeza. Se estaba riendo. «Mi tío, y el encargado de cuidar los bueyes», añadió. «Dime, sobrino, ¿qué te hace reír?», preguntó don Pedro. Iba volviendo en sí poco a poco. «Perdone que le diga, pero lo que me da risa es su aspecto. Ya me contará cuando se mire en el espejo.»

Se frotó una y otra vez el cuerpo con jabón, se sumergió una y otra vez en el agua. Al salir del riachuelo se sintió completamente renovado, y echó a andar hacia la casa casi desnudo. Se detuvo después de dar unos pasos: por primera vez desde hacía mucho tiempo, por primera vez desde que habían intentado darle muerte, sus oídos estaban abiertos. Podía oír el rumor del viento sur entre el follaje del bosque, y acompañando al rumor, salpicándolo, el canto de los sapos. *Win-ni-peg-win-ni-peg-win-ni-peg*, repetían una vez más, pero con brío, con ganas. La vida era hermosa, sin duda.

Juan le arregló la barba y le cortó el pelo con unas tijeras de su hermana. Luego le pidió las ropas que llevaba puestas «para quemarlas cuanto antes», y le dio en su lugar otras de faena, propias de un campesino. «Lo que más pena me da es el sombrero», dijo don Pedro. «A un boyero le va más una boina vieja. Pero no se preocupe. Lo dejaré en el escondrijo como recuerdo —respondió Juan. Cambió de expresión y añadió—: Ha llegado el momento de ponerse delante del espejo, don Pedro. Ya hay luz suficiente.» Era el amanecer.

No se reconoció. En el espejo vio un hombre de rostro fatigado y barba blanca, ni gordo ni flaco, que aparentaba más años que él. «Las patrullas buscan a un hombre gordo y bien vestido. Pero tal hombre no existe ya», dijo Juan sonriente. Él siguió mirándose en el espejo, intentando asimilar lo que veía. «Ahora entiendo lo de las manzanas y lo de las zanahorias. Ha estado muy bien pensado. Pero eres un hombre sin piedad. Una excepción no me habría hecho engordar.» Examinó otra vez al viejo que tenía delante. «¿Tenéis báscula en casa?», preguntó. «Hay una de las antiguas al lado de la cuadra. Creo que todavía funciona.»

Conoció su nuevo peso mientras Juan preparaba más sopas de maíz: 94 kilos. El mismo que cuando era joven, casi veinte kilos menos que cuando le sacaron del hotel. «¿Dónde está mi libreta?», preguntó a Juan mientras desayunaba. «La he quemado junto con la ropa. Ya sabe, usted es ahora mi tío..., mi tío Manuel. Y mi tío Manuel no es capaz de escribir una sola letra. No ha hecho otra cosa más que cuidar ganado durante toda su vida.» «Insisto en que vas a hacer mucho dinero en América. Eres muy listo. Siento lo de la libreta. Me habría gustado saber cuántas manzanas y zanahorias he comido durante el tiempo que he estado en ese agujero.» Juan señaló el reloj de la pared. Eran las siete. Hora de agrupar las vacas y emprender la marcha.

Mientras iban de camino, don Pedro distinguió unas manchas rojas en el bosque. Se acercaba el otoño. Pensó que se quedaría en Francia hasta el fin del invierno, y que en primavera regresaría a América. Iba tranquilo, con el convencimiento de que su plan tendría éxito.

Tuvo un último susto: una patrulla les dio el alto al abandonar las inmediaciones de Obaba, y se encontró cara a cara con el soldado que tenía un tío en Vancouver. «¡Ay, abuelo! ¡Que a sus años todavía tenga que seguir trabajando!», le dijo el joven. Él hizo un gesto de resignación, y siguió adelante con una sonrisa en los labios.

MANUEL CHAVES NOGALES

LA GESTA DE LOS CABALLISTAS

Cogidas del diestro por Currito, el espolique del marqués, piafaban y herían con la pezuña los guijarros del patio las cuatro jacas jerezanas de los señoritos, lustrosa el anca, cuidados los cabos, vivo el ojo, estirada la oreja, espumeante el belfo, prieta la cincha, el rifle en el arzón de la silla vaquera.

Volteaba alegre el esquilón en la espadaña del caserío. En la gañanía y sus aledaños, los mozos, con el sombrero de ala ancha echado sobre el entrecejo sombrío y la escopeta entre las piernas, aguardaban sentados en los poyos de piedra y con los caballos arrendados a que se dijese la misa de los señores.

Repantigado en su sillón frailuno, cuando el pasaje de la misa se lo permitía, de pie o con una rodilla en tierra y la noble testa inclinada, cuando el misal lo mandaba, el señor marqués presidía el oficio divino teniendo a su derecha a la tía Conchita y detrás, tiesos como husos, a sus tres hijos varones, José Antonio, Juan Manuel y Rafaelito, tres hombres como tres castillos con sus chaquetillas blancas, sus zahones de cuero, la calzona ceñida, las espuelas de plata, la fusta jugueteando entre las manos cuidadas. El *pae* Frasquito iba y venía a pasitos cortos haciendo sus rituales simulacros delante de una hornacina abierta en el muro del amplio comedor, donde de ordinario se decía la misa de los señores en un altarcito portátil que Oselito, el sacristán, ponía y quitaba todas las mañanas después de haber servido allí mismo el desayuno. Al otro extremo de la vasta pieza oían también la misa el administrador, don Felipe, el aperador Montoya y el manijero Heredia. Por el hueco del torno asomaban la cabeza las mujeres de la cocina, una vieja y dos mocitas ganosas de recoger siquiera fuese de refilón la bendición del *pae* Frasquito. Una gran espiral de humo azul, atravesada por un rayo de sol muy tendido, perfumaba el tibio ambiente con el olor de la alhucema fresca que Oselito quemaba en el incensario. En la misa de los señores se quemaba alhucema y no incienso porque al señor marqués le molestaba el olor del incienso y el *pae* Frasquito no era demasiado intransigente en estas menudencias litúrgicas

Con los últimos amenes y persignados se fueron a fregar las mujeres, se quitó el «traje de luces» el cura, blandió Oselito el apagavelas y el señor marqués y sus tres hijos se calaron los anchos sombreros cordobeses, sujetándoselos con los barboquejos, y salieron al patio, donde Currito, el espolique, les esperaba con los caballos. José Antonio, el hijo mayor, le tuvo la silla al padre mientras montaba. A una distancia respetuosa evolucionaban los cuarenta mozos de la mesnada con sus caballos de labor y sus escopetas. Los dos guardas jurados, bandolera y tercerola, se metían entre la tropa de caballistas para darles las últimas instrucciones. El señor marqués, a caballo en el centro del patio, presenciaba cómo se organizaba y ponía en marcha su tropilla. Sus hijos le daban escolta mientras el aperador y el manijero, sus lugartenientes, iban y venían resolviendo las dificultades que a última hora se presentaban. Cuando ya todo estuvo dispuesto salieron a despedir a los expedicionarios el *pae* Frasquito y la tía Concha. Detrás de ellos, el coro de las mujeres de la cocina lloriqueaba discretamente.

La tía Conchita, con sus setenta años, era la única mujer de la ilustre familia que quedaba en el cortijo. Las hijas y las nueras del marqués estaban en Biarritz, Cascaes y Gibraltar desde antes de que comenzase la guerra. Pero la tía Concha, que no le tenía miedo a nada ni a nadie, no había querido marcharse.

—¿Qué, *pae* Frasquito, no se atreve usted a ser de la partida?

—Mucho me gustaría ir a la caza de esos bandidos rojos, pero no me atrevo por temor de los hábitos. Luego dicen que los curas somos belicosos y sanguinarios...

—Vamos, *pae* Frasquito, déjese de escrúpulos y véngase con nosotros. Si los rojos le cogen a usted, no van a andarse con muchos miramientos para rebanarle el pescuezo.

Ni corto ni perezoso, el *pae* Frasquito, que lo estaba deseando, pidió una escopeta y una canana que se ciñó sobre la sotana, cambió el bonete por un sombrero cordobés y saltó gallardamente al lomo de un caballejo.

—Conste —dijo— que el *pae* Frasquito no le tiene miedo ni a los rojos ni a los negros.

El marqués, torciendo el busto desde la silla, se encaró con su gente que ya se ponía en marcha. Hubiese querido pronunciarles una brillante arenga. Temió hacerlo mal y se contentó con un ademán y un grito.

—¡Viva España! —exclamó.

—¡Y la Virgen del Rocío! —añadió el cura.

Contestaron los caballistas tremolando los sombreros y la tropilla se puso en marcha. Delante, en descubierta, iban los dos guardas jurados seguidos por los tres hijos del marqués con el aperador y el manijero. Luego marchaba el marqués llevando a un lado al cura y al otro al administrador, y tras ellos, a pie, Currito, el espolique, y Oselito, el sacristán. Venía después la masa compacta de los caballistas, todos ellos asalariados del marqués, vaqueros, yegüerizos, pastores, gente del campo nacida y criada a la sombra del cortijo y del marquesado.

El marqués, el cura y el administrador conversaban:

—El general Queipo —decía el marqués— me llamó para decirme que si le ayudábamos estaba dispuesto a dejar limpia de bandidos rojos la campiña del condado. Ayer tarde salió de Sevilla un centenar de moros y otro de legionarios que con media docena de ametralladoras van a ir barriendo por la carretera general hasta la provincia de Huelva. Yo me he comprometido a ir con mi gente limpiando estos contornos hasta reunirnos con ellos.

—De Sevilla ha salido también el Algabeño con su tropa de caballistas, en la que van los mejores jinetes de la aristocracia sevillana y los hombres de su cuadrilla, sus banderilleros y picadores, tan valientes como él y capaces de lidiar lo mismo una corrida de Miura que un ayuntamiento del Frente Popular.

—Detrás de los moros y los legionarios deben de haber salido de Sevilla esta mañana tres camiones con cuarenta o cincuenta muchachos de la Falange. Vamos a darles a los rojos una batida que no va a quedar uno en todo el condado.

No parecía que hubiese muchos rojos en el paraje que iba cruzando la tropa de caballistas. Por los caminos desiertos apenas se veía algún viejo o alguna mujer que tan pronto como les divisaban levantaban el brazo saludándoles a la romana.

—Estos perros —decía el administrador— son los mismos que antes nos metían el puño por las narices, los que robaban el ganado del señor marqués o lo desjarretaban cuando no podían otra cosa y los que a toda hora nos amenazaban con degollarnos.

—El pueblo —replicó el marqués— siempre es cobarde y cruel. Se le da el pie y se toma la mano. Pero se le pega fuerte y se humilla. Desde que el mundo es mundo los pueblos se han gobernado así, con el palo. De esto es de lo que no han querido enterarse esos idiotas de la República.

Y como no tenía nada más que decir, se calló. Las nubes blancas y redondas caminaban por el azul al mismo paso lento de la cabalgata. La campiña desierta, sin un árbol, sin una casa, sin una loma, patentizaba la esfericidad de la Tierra. A la cabeza del cortejo, los tres hijos del marqués charlaban con el aperador y el manijero.

—¿Qué gente tenemos enfrente? —preguntaba Rafael, el benjamín de la familia, un muchacho simpático y alegre al que tuteaban todos los viejos servidores de la casa.

—Poca, Rafaelito. Si no ha venido gente de las minas de Riotinto, los campesinos de estos contornos que se han ido con los rojos son pocos. Eso sí: los mejores.

—¿Cómo los mejores? —preguntó con mal talante el mayorazgo.

—Hombre, los mejores para la pelea, quiero decir; los más rebeldes, los que son más capaces de jugarse la vida.

—También nosotros tenemos gente brava. Ahí viene el Picao, el Sordito y el Lunanco.

—Psé, guapos de taberna. Pídale usted a Dios, señorito, que las cosas vayan bien y los rojos no acierten a darle al señor marqués o a uno de ustedes; ellos, los rojos, tienen su idea y por ella se hacen matar; los nuestros, no; van a donde el señor marqués les manda. ¡Que él no nos falte!

—¿Quién manda a los rojos? —preguntó Rafael.

—A ésos no los manda nadie. Estaba con ellos el Maestrito de Carmona, aquel muchacho comunista...

—¿Julián?

—Amigo tuyo creo que fue.

—Sí; siendo estudiante le conocí.

—Pues entre él y dos o tres obreros mecánicos de Sevilla, de los que venían al campo a conducir los tractores, gobiernan a los gañanes.

—Pensaba bien mi padre cuando no quería que entrasen las máquinas en el campo —replicó José Antonio—. Decía él que antes se arruinaba que meter un hombre vestido de azul en una gañanía. Esos obreritos de la ciudad son los que han envenenado a estas bestias de campesinos.

El ruido de un disparo cortó en seco la charla. Uno de los guardas jurados que iban en vanguardia estaba con la escopeta echada a la cara y ya el otro espoleaba a su caballo para ir a cobrar la pieza. ¿Hombre o alimaña?

Un hombrecillo como una alimaña que se revolcaba y gemía entre los jarales. José Antonio y Juan Manuel se adelantaron. El tiro de sal del guarda le había dado en la espalda y el cuello, de donde, por la piel reventada, le brotaban unas ampollitas de sangre.

—Le vi cuando estaba acechándonos oculto entre las jaras —explicó el guarda—; le di el alto, y como echó a correr, disparé contra él.

Era un gitanillo negro y enjuto como un abisinio cuyas pupilas, dilatadas por el dolor y el miedo, se fijaban alternativamente en sus dos aprehensores, queriendo adivinar cuál de ellos le daría el golpe de gracia. Le llevaron a rastras al estribo del señor marqués, que echó una mirada dura sobre aquella pobre cosa estremecida y no se dignó a dirigirle la palabra.

—Trincarle bien —ordenó—; ya cantará de plano en Sevilla.

Uno de los guardas le maniató a la cola de su caballo y la cabalgata siguió su camino por el sendero polvoriento hacia el caserío de La Concepción, donde, según los confidentes, habían estado aquella misma noche los rojos. Ya a la vista del caserío, los caballistas se desplegaron en semicírculo y, con los rifles y escopetas apoyados en la cadera, se lanzaron al galope. Llegaron hasta los blancos paredones de la finca sin que nadie les hostilizase. En el ancho patio que formaban la casa de los señores, la gañanía, la casa de labor y los tinados, no había un alma. El sol hacía lentamente su camino y unas gallinas picoteaban en un montón de estiércol. Los caballistas, alborozados por su fácil conquista, hacían caracolear a los potros y vitoreaban al señor marqués, al general Franco y a España.

Los hijos del marqués descabalgaron y entraron en la casona. Nadie. En las grandes cuadras desiertas aparecían despanzurradas las cómodas, arrancadas las puertas de los armarios y violentadas las tapas de los viejos arcones de roble. Cuanto había de valor en la casona había sido robado o destruido. Clavado en la puerta había un papel en el que se leía: «Comité». Dentro, una mesa, papeles, muchos papeles, cajones rotos, casquillos de bala y, en la pared, una bandera rojinegra y unos letreros revolucionarios escritos con mucho odio y con muchas faltas de ortografía. Los señoritos salieron al campo por la puerta trasera de la devastada casona. Por allí habían huido horas antes los rojos. En la corraleta una ternerilla clavada en el suelo con las patas delanteras tronchadas alzaba la testuz al cielo mugiendo tristemente. José Antonio, el mayorazgo, se le acercó y la res volvió hacia él sus grandes ojos cariñosos y estúpidos. La habían desjarretado. Al huir, los rojos habían partido los jarretes a las reses que no tuvieron tiempo o manera de llevarse.

José Antonio, enternecido por el sufrimiento de la pobre bestia, sacó del cinto el cuchillo y, cogiendo a la ternerilla por una de las astas, le dobló la cabeza, le hundió el hierro en el cerviguillo y la hizo caer descabellada de un solo golpe.

—Para que no sufra, la pobre.

Un ramalazo de furor pasó por sus ojos. Con el hierro todavía en el puño se volvió frenético contra el gitanillo prisionero que seguía maniatado a la cola del caballo.

—¡Canalla! ¡Asesino! —le gritó.

Y la hoja del cuchillo, tinta en la sangre de la bestia, se hundió en la carne del hombre, que al desplomarse quedó con los brazos estirados colgando de la cola del caballo a la que estaba maniatado.

El cura vino corriendo a grandes zancadas y reprochó a José Antonio su arrebato.

—Has hecho mal; debiste avisarme antes. ¿Para qué estoy yo aquí sino para arreglarles los papeles a los que tengáis que mandar de viaje al otro mundo?

Y, medio en serio y medio en broma, se puso a mascullar latines al ladito del gitanillo muerto, que, yacente, tenía el perfil neto de un príncipe de la dinastía sasánida.

El país entero parecía despoblado. Toda la mañana estuvo caminando la mesnada sin encontrar alma viviente que le saliese al paso. A mediodía llegaron los caballistas a las primeras casas de Villatoro. El marqués ordenó que la mitad de su gente descabalgase y, dejando los caballos a buen recaudo, fuese en descubierta dando la vuelta por las afueras del pueblo hasta cercarlo. Los rojos podían haberse hecho fuertes en el interior de las casas.

Al frente de sus hijos, de sus capataces y del resto de su tropa, el propio marqués echó adelante por la calle Real. El paso de los caballeros por la ancha vía fue un desfile solemne y silencioso. Sólo sonaban en el gran silencio del pueblo los cascos ferrados de las caballerías al chocar contra los guijarros de la calzada. Las puertas y las ventanas de las casas estaban cerradas a cal y canto, pero en los tejadillos y terrazas colgaban lacias las sábanas blancas del sometimiento. El marqués y su escolta llegaron a la plaza mayor. Frente al ayuntamiento humeaban aún los renegridos maderos de la techumbre de la iglesia y las tablas de los altares hechas astillas y esparcidas entre el cascote de lo que fueron muros del atrio. El viento se entretenía en pasar las hojas de los libros parroquiales y los grandes misales cuyos bordes habían mordisqueado las llamas.

Parapetados estratégicamente en las esquinas con el rifle o la escopeta entre las manos y dispuestos a repeler cualquier agresión, aguardaron los caballistas a que se les juntaran los que habían salido en descubierta. A nadie encontraron ni unos ni otros. ¿Estaría desierto el pueblo? ¿Les tendrían preparada una emboscada?

Una ventanita angosta del sobrado de una casucha miserable se abrió tímidamente y por ella asomó una cabeza calva con una cara amarilla y una boca sin dientes que gritó: «¡Arriba España!».

—¡Arriba España! —contestaron los caballistas bajando los cañones de las armas.

Aquel hombre salió luego y, haciendo grandes zalemas, fue a abrazarse a una de las rodillas del marqués, que seguía a caballo en el centro de la plaza distribuyendo estratégicamente a sus hombres.

—¡Vivan nuestros salvadores! ¡Vivan los salvadores de España! —gritaba el viejecillo llorando de alegría.

Contó que el pueblo estaba casi desierto. Al principio, cuando los rojos se hicieron los amos, los ricos que tuvieron tiempo se escaparon a Sevilla. A los que no pudieron huir los mataron o se los llevaron presos camino de Riotinto y Extremadura. Él había permanecido oculto en aquella casucha durante muchos días expuesto a que lo fusilasen si le descubrían, pues siempre había sido hombre de derechas. Todos, absolutamente todos los vecinos que quedaron en el pueblo, habían estado al lado del comité revolucionario, unos por debilidad de carácter y otros muy complicados. Todos habían presenciado impasibles los saqueos y matanzas o habían tomado parte activa en ellos. Eran unos canallas a los que había que fusilar en masa. Ya iría él denunciando las tropelías de cada uno.

—¿Y están aún en el pueblo los responsables?

—Los que estaban más comprometidos se marcharon al amanecer siguiendo al comité revolucionario; se han quedado sólo los que creen que no han dejado rastro de su complicidad con los rojos, pero aquí estoy yo, aquí estoy yo, vivo todavía, para desenmascarar a esos hipócritas. Cada vez que vea con el brazo levantado y la mano extendida a uno de esos que anduvieron con el puño en alto, le haré ahorcar. Sí, señor. Le delataré yo, yo mismo, que no podré vivir tranquilo hasta no verlos colgados a todos.

Y con la crueldad feroz del hombre que ha tenido miedo, un miedo insuperable, más fuerte que él, preguntaba:

—¿Verdad, señor marqués, que los ahorcaremos a todos?

Rafael, que estaba en el corrillo de los que escuchaban al cuitado, tiró de la rienda a su caballo y se apartó entristecido. Miró la calle desierta con las puertas y las ventanas de las casas herméticamente cerradas. ¿Qué pasaría en aquel momento en el interior de aquellas humildes viviendas? ¿Qué pensarían y temerían de ellos? ¿De él mismo? ¿Sería verdad que tendrían que ahorcar a toda aquella gente como quería el viejecillo aterrorizado?

Unos grandes vítores lanzados a coro y un formidable estruendo de cláxones y bocinas venían de una de las entradas del pueblo. Llegaban los camiones que componían la caravana de la Falange Española, salida de Sevilla para tomar parte en la operación de limpiar la campiña del condado. Tremolando sus banderas rojinegras, alzando los fusiles sobre sus cabezas y cantando a voz en grito su himno, los falangistas, arracimados en los camiones, atravesaron el pueblo y llegaron hasta la plaza mayor, donde se apearon y formaron con gran aparato y espectáculo. La centuria dividida en escuadras hizo varias evoluciones a la voz de sus jefes. Los falangistas, irreprochablemente uniformados con sus camisas azules, sus gorrillos cuarteleros, sus correajes y sus pantalones negros, remedaban la tiesura y el automatismo militar con tanto celo que los propios militares de profesión, al verles evolucionar, sonreían benévolamente. El gusto inédito del pobre hombre civil por el brillante aparato militar había encontrado la ocasión de saciarse. A los militares este remedo no les divertía demasiado.

El jefe de la centuria de la Falange estuvo conversando con el marqués y luego se fue calle abajo acompañado por el viejecillo y seguido de una patrulla de falangistas arma al brazo. El marqués y su gente celebraron consejo sobre la silla de montar. Allí no había nada que hacer. El enemigo había huido. Había que ir a buscarlo. No se conseguía nada aterrorizando a los que estaban encerrados en sus casas mientras las bandas de combatientes armados campasen por su respeto. Había que acosarles y buscarles la cara. Todos los informes señalaban que los rojos en su retirada se concentraban en Manzanar. Allí habría que ir a presentarles batalla cuanto más pronto mejor. Los mayorales salieron para reagrupar a la gente y echarla otra vez al campo.

Los jefes fascistas tenían otra opinión. Antes de seguir avanzando había que limpiar la retaguardia. En Villatoro se podía hacer una buena redada de bandidos rojos con la cooperación de las gentes de derecha del pueblo, que los denunciarían gustosamente. Una simple operación de policía en la que sólo se invertirían unas horas. El marqués replicó desdeñosamente que aquélla no era empresa para él y reiteró a sus mayorales la orden de marcha. Los falangistas decidieron quedarse en el pueblo. Tenían mucho que hacer. Y formando varias patrullas tomaron las entradas y salidas de la villa y se dedicaron a ir casa por casa practicando registros y detenciones. Guiando al jefe de la centuria iba el viejecillo de la ventanita.

Entre tanto, Rafael dejó rienda suelta a su caballo, salió al campo y dando la vuelta por detrás de los corrales de las casas llegó hasta un olivar en el que echó pie a tierra y se sentó en una piedra a fumarse un cigarrillo a solas con sus preocupaciones. Desde aquel lugar veía las blancas casitas del pueblo apiñadas en torno a la torre desmochada y renegrida de la iglesia incendiada. No había penachos de humo en las chimeneas de las casas ni en todo lo que alcanzaba la vista se divisaba un ser humano. ¡Qué soledad! ¡Qué tristeza! Nunca había sentido tan netamente la sensación del vacío.

A sacudir su melancolía vino una escena que ante sus ojos se desarrollaba a lo lejos; una mujer abría cautelosamente la puerta trasera del corral de una casa, oteaba los alrededores y segundos después un hombre salía tras ella, la abrazaba rápidamente y echaba a correr pegado a las bardas de los corrales. Iba el hombre agachándose y llevaba una escopeta en la mano. Rafael requirió el rifle, pero en aquel momento, dos, tres chiquillos, que desde allí se veían menuditos como gorgojos, salían a la puerta del corral y levantando sus bracitos decían adiós al que corría. Éste, sin volver atrás la cabeza, avanzaba rápidamente por el campo raso para ganar cuanto antes la espesura del olivar, donde Rafael, con el rifle echado a la cara, le aguardaba a pie firme. En aquel instante vio que tras la mujer y los chiquillos aparecían cinco o seis falangistas, a los que desde lejos reconoció por la pincelada azul de las camisas. La mujer, al encontrarse con ellos, se tiró a los pies del que parecía ser el jefe, y Rafael quiso adivinar que forcejeaban. Pudo ver cómo el falangista se desasía y, mientras la mujer rodaba por el suelo, se echaba el arma a la cara y disparaba. El silbido de la bala debió de sonar con la misma intensidad en los oídos del hombre que corría y en los de Rafael. Éste, parapetado tras el tronco de un olivo, veía avanzar hacia él al fugitivo, que, atento sólo al peligro que tenía a su espalda, se le echaba encima estúpidamente. Hubo un momento en que pudo matarlo como a un conejo. Acaso su voluntad fue la de apretar el gatillo del rifle. Pero no lo apretó. ¿Por qué? Él mismo no lo supo. Cuando el hombre al pasar junto a él como una exhalación advirtió al fin su presencia, lanzó una maldición, dio un salto gigantesco y, desviándose, corrió con más ansia aún. Rafael le siguió en su huida contemplándole por el punto de mira de su rifle. Ya esta vez no le mató porque no quiso. Y pensando que era así, porque no quería, le perdió de vista.

Los perseguidores avanzaban ya haciendo fuego graneado contra el olivar. Rafael se tiró a tierra tras un grueso tronco y cuando sintió que los falangistas estaban ya cerca les gritó:

—¡Arriba España! No tirar, amigos, que vais a dar a uno de los vuestros.

Le rodearon recelosos apuntándole con los fusiles.

Identificó su personalidad y le reconocieron.

—¿No ha visto usted pasar por aquí a un rojo con armas que huía? —le preguntó el jefe de la centuria que iba al frente de la patrulla.

—No.

—Es raro. Por aquí ha pasado.

—Pues yo no le he visto.

—Es raro, es raro. Tendrá usted que explicarlo.

Rafael se encogió de hombros y dio media vuelta. Él era un señorito. Y por no dejar de serlo se batía.

El viejo marqués y su tropilla no sabían dónde se habían metido. Cada ventana era una boca de fuego para los caballistas. Los rojos, concentrados en Manzanar, les habían dejado llegar confiadamente y cuando les tuvieron en la calle principal del pueblo les cortaron la retirada y desde todas las casas empezó a llover plomo sobre ellos. Se espantaron algunos caballos, cayeron aparatosamente de la silla dos o tres jinetes, y el brillante cortejo se arremolinó en torno a su caudillo, el viejo marqués, provocando una espantosa confusión. Rigiendo con mano firme su caballo encabritado, gritó el marqués:

—¡Adelante! ¡Viva España!

Y rodeado de sus hijos y sus mayorales, que hacían fuego desesperadamente contra los invisibles enemigos, se abrió paso hacia la plaza mayor. Tras él se precipitó el grueso de los caballistas. Cuando desembocaron en la plaza, al galope, los rojos, que apostados en la bocacalle les hacían fuego a mansalva, tuvieron un momento de desconcierto. Esperaban que los caballistas hubiesen retrocedido en vez de avanzar. El no haberlo hecho así les salvó. José Antonio y Juan Manuel, blandiendo los rifles como mazas, se echaron sobre los tiradores rojos y los dispersaron momentáneamente. Aquellos instantes los aprovecharon los caballistas para refugiarse primero en los soportales de la plaza, tirarse de los caballos y entrarse luego en tromba por el caserón del ayuntamiento adelante arrollando a los que quisieron oponerles resistencia. Bajo un fuego mortífero los caballistas fueron llegando hasta allí y parapetándose. Los que se rezagaron cayeron cuando intentaron atravesar la plaza, batida desde las cuatro esquinas por un fuego terrible de fusilería. Los caballos abandonados corrían por la plaza de un lado para otro bajo un diluvio de balas que, uno tras otro, los fueron abatiendo. Las bestias heridas y chorreando sangre emprendían furiosas galopadas alrededor de la plaza buscando inútilmente una salida. Uno de los caballistas que yacía herido en el suelo fue espantosamente pisoteado. Otro, que salió insensatamente a salvar a su caballo, cayó abrazado al cuello de la bestia; la misma bala los había matado a los dos.

Cuando no quedó un ser vivo en el ámbito de la plaza y los caballistas que se habían salvado estuvieron atrincherados y en condiciones de impedir momentáneamente cualquier intento de asalto a la casa del ayuntamiento, vieron que del bizarro escuadrón sólo quedaban dos decenas de hombres válidos y ocho o diez heridos. Los demás habían muerto o andaban huidos por el campo. Refugiadas en los sótanos del caserón, encontraron los fugitivos a cinco o seis mujeres y ocho o diez chiquillos que se encontraban dentro al hacer su irrupción los caballistas y que quedaron en rehenes al ser arrollados y expulsados los rojos. Éstos seguían disparando, pero ya los hombres del marqués estaban a cubierto. La casa del ayuntamiento era sólida, estaba aislada y podía intentarse la resistencia durante algunas horas. Se improvisaron parapetos y troneras, se distribuyeron estratégicamente los hombres y se pudo hacer frente a la situación con cierta esperanza. Si podían resistir dos o tres horas, darían tiempo a que llegasen los moros y el Tercio, que los salvarían.

Los rojos, que seguramente lo comprendían así, arreciaban en el ataque. Pronto advirtieron los caballistas que un asalto en toda regla a su improvisado reducto se estaba preparando. Hubo unos minutos de aterradora calma. Aquella pausa sirvió para que los rojos hiciesen a los sitiados una intimación formal a que se rindiesen. El señorito Rafael oyó que le llamaban por su nombre desde el interior de una casa inmediata a la del ayuntamiento. Pegado al muro junto a una ventana convertida en aspillera, contestó:

—Aquí está Rafael. ¿Quién le llama?

—Soy yo, Julián el Maestrito, quien le habla —replicaron del otro lado.

—¿Qué quieres?

—Que convenzas a tu gente de que debe rendirse.

—¿Te has olvidado de quién soy yo y de cuál es mi casta? ¿No me llamaste siempre «el señorito»? Un señorito no se rinde.

—¡Cochinos señoritos! Ya podéis rendiros si no queréis morir todos como perros. Se han acabado los señoritos.

—Antes os rendiréis vosotros, cobardes. No tardarán dos horas en venir en nuestro auxilio las tropas de Sevilla. Huid pronto si no queréis que os machaquen.

—En dos horas nuestros dinamiteros volarán la casa con todos vosotros dentro.

—Volarán también las mujeres y los niños que hemos cogido aquí.

—Pegaremos fuego al edificio y cuando salgáis huyendo de la quema os cazaremos a tiros.

—Llevaremos por delante a vuestras mujeres y a vuestros hijos para que nos sirvan de parapetos.

Hubo un momento de terrible silencio. Los dos hombres sintieron miedo de sus propias palabras.

—Tú no harás eso, Rafael. No tienes corazón para hacer esa infamia —dijo al cabo de un rato el Maestrito.

—Ni tú volarás la casa con dinamita, Julián —afirmó Rafael.

—¿Todo está dicho entonces?

—Todo está dicho.

La gente, de un lado y de otro, se impacientaba. Los rojos emprendieron de nuevo el fuego de fusilería contra los sitiados; éstos, bajo el diluvio de las balas que entraban en la casa por todos los huecos, se defendían mal; no tenían ni hombres ni municiones para cubrir todos los puntos vulnerables.

—Donde no se pueda poner un escopetero se coloca bien visible a una de esas mujeres que hemos cogido y ya veremos si siguen tirando —propuso el Lunanco, viejo jaque campero de piel y corazón curtidos.

—¡Eso no! —replicó Rafael.

—¿Por qué no? —le interpeló con mal ceño su hermano Juan Manuel.

—Porque a mí no me da la gana —respondió Rafael—. Primero abro la puertas a esa canalla roja para que nos degüelle.

—Y yo, como lo intentes siquiera, te descerrajo un tiro.

Los dos hermanos, agazapados cada cual en su tronera bajo el plomo enemigo, se miraron con odio.

Afuera se reñía también una dura batalla. Los mineros de Riotinto preparaban la voladura del edificio metiendo los cartuchos de dinamita bajo los sillares de piedra de los cimientos. El Maestrito se oponía.

—¿Crees que nos los vamos a dejar vivos? —le interpeló uno de aquellos hombres vestidos de azul y con una gran estrella roja de cinco puntas sobre el pecho, uno de aquellos obreritos de la ciudad que en opinión del marqués eran los culpables de la rebelión de los campesinos.

—Están dentro las mujeres y los niños —arguyó Julián.

—Aunque estuviera dentro mi madre. ¡Adelante, muchachos!

Crecían la violencia del ataque y la desesperación de la defensa. Puertas y ventanas acribilladas por los trabucazos saltaban hechas astillas; los cartuchos de dinamita que explotaban en el tejado echaban grandes masas de tierra, leños y cascotes sobre los sitiados; una botella de líquido inflamable había prendido en las maderas de una ventana y las llamas empezaban a invadir el reducto.

Hubo al fin un momento en el que amainó el tiroteo. Sólo algún que otro cartucho de dinamita tirado desde lejos venía a hostilizar. ¿Qué pasaba? ¿Habían minado ya el edificio y los sitiadores se retiraban aguardando de un momento a otro la voladura? Era preciso aprovechar los instantes para hacer una salida desesperada antes de que sobreviniera la explosión.

Ya se disponían a salir cuando Rafael preguntó:

—¿Y las mujeres y los niños?

—Ya se pondrán a salvo cuando vean que nos hemos ido; y si no salen a tiempo, ¿qué más da? ¿Es que sus hombres nos van a dejar que lleguemos con vida al otro extremo de la plaza?

—Nuestro deber es prevenirlas y que se salven si pueden —insistió Rafael.

—Yo iré —dijo el Lunanco, guiñando el ojo al señorito Juan Manuel.

Y, apresurándose, bajó al sótano, amenazó a las mujeres con un ademán para que no chistasen, cerró la puerta dejándolas encerradas bajo llave y se incorporó a sus compañeros.

—Ya está. Vamos ahora a que nos maten esos canallas.

Cuando la gente del marqués salió a la plaza creyendo que antes de pisar el umbral del edificio iba a ser ametrallada implacablemente, se maravilló de ver que sólo saludaban su presencia unos tiros sueltos y mal dirigidos que no les hicieron ninguna baja. El grupo atravesó la plaza a paso de carga bajo el mismo tiroteo espaciado e ineficaz. Indudablemente los sitiadores no pasaban de media docena. ¿Adónde se habían ido los centenares de hombres que una hora antes les acribillaban?

Apenas avanzaron un poco por la calle principal se dieron cuenta los fugitivos de lo que ocurría. Por la parte de la carretera sonaban distantes las descargas continuas de la fusilería. Se luchaba en las afueras del pueblo. Era indudable que habían llegado las fuerzas del Tercio y de Regulares que enviaba Queipo. Estaban salvados.

Cautamente fueron aproximándose hacia el lugar de la lucha. El tableteo de las ametralladoras les indicaba la posición que ocupaban las tropas. Entre ellas y los restos del escuadrón de caballistas estaban los rojos atrincherados en las últimas casas del pueblo y en los accidentes del terreno que les favorecían. Había que atacarles por la espalda antes de que reaccionasen contra ellos al advertir que habían roto el débil cerco que les dejaron puesto. En aquel instante, destacándose del estruendo de las explosiones, llegó hasta los caballistas un confuso rumor de lejana algarabía. Unos gritos inarticulados que recordaban al aullido de las fieras dominaban todos los ruidos del combate. Aquella marea creciente de rugidos amenazadores era inconfundible. Los moros se lanzaban a la lucha cuerpo a cuerpo para desalojar a los rojos de sus posiciones.

Era el instante crítico. Los hombres del marqués atacaron simultáneamente y se produjo una confusión espantosa. La batalla tomó en aquel punto ese ritmo de vértigo que hace imposible al combatiente advertir nada de lo que ocurre a su alrededor. Las batallas no se ven. Se describen luego gracias a la imaginación y deduciéndolas de su resultado. Se lucha ciegamente, obedeciendo a un impulso biológico que lleva a los hombres a matar y a un delirio de la mente que les arrastra a morir. En plena batalla, no hay cobardes ni valientes. Vencen, una vez esquivado el azar, los que saben sacar mejor provecho de su energía vital, los que están mejor armados para la lucha, los que han hecho de la guerra un ejercicio cotidiano y un medio de vida.

Vencieron, naturalmente, los guerreros marroquíes, los aventureros de la Legión, los señoritos cazadores y caballistas. El heroísmo y la desesperación no sirvieron a los gañanes rebeldes más que para hacerse matar concienzudamente. Una hora después los moros sacaban ensartados en la punta de sus bayonetas a los que aún resistían en sus parapetos y cazaban como a conejos a los que por instinto de conservación buscaban un escondite.

Las tropas victoriosas entraban *razziando* por las calles del pueblo. Tras ellas venían la centuria de la Falange y la tropa de caballistas que acaudillaba el famoso torero el Algabeño. La lucha había sido dura y el castigo tenía que ser ejemplar. Las patrullas de falangistas entraban en las casas y se llevaban a los hombres que encontraban en ellas. A los que se cogía con las armas en la mano se les fusilaba en el acto. Un sargento moro de estatura gigantesca que iba abrazado a un fusil ametrallador, a una simple señal de sus jefes regaba de plomo a los prisioneros que le llevaban, pespunteándolos de arriba abajo con el simple ademán de abatir el cañón del arma.

Se fusilaba en el acto a todo el que ofrecía la sospecha de que había disparado contra las tropas. La comprobación era rapidísima. Se le cogía por el cuello de la camisa y se le desgarraba el lienzo de un tirón hasta dejarle el hombro derecho al descubierto. Si se advertía en la piel la mancha amoratada de los culatazos que da el fusil al ser disparado, pasaba en el acto a la terrible jurisdicción del sargento moro.

Y así iba cumpliéndose por casas, calles y plazas la horrenda justicia de la guerra.

Rafael, apartándose de los suyos, volvía de la batalla con una amargura y una tristeza inefables. Las sombras de la noche, que apagando los ramalazos sangrientos del ocaso caían sobre el pueblo, se volcaban también sobre su corazón.

Al doblar la esquina de una calleja solitaria vio el bulto de un hombre que corría hacia donde él estaba y que al verle retrocedía precipitadamente y se parapetaba en el quicio de un portal. Creyó reconocerlo.

—¡Julián!

El fugitivo no respondió.

—¡Julián! —repitió Rafael.

—Déjame paso o te mato —dijo al fin la voz dura del Maestrito.

—Vete —replicó Rafael apartándose—. No creerás que soy capaz de delatarte.

—¡Sois capaces de todo! ¡Asesinos!

Echó a correr el Maestrito y al pasar junto a Rafael le escupió de nuevo.

—¡Asesinos!

Aún no había doblado la esquina cuando se le echó encima una patrulla. Sonaron como palmadas unos tiros de pistola. Las sombras permitieron a Rafael darse cuenta de que los de la patrulla acorralaban al Maestrito y que en pocos segundos caían sobre él y le agarrotaban.

«Ahora le matarán», pensó acongojado.

Pero no. A quien querían matar era a él. Le habían visto ocultándose en el fondo de la calleja y, suponiéndole rojo también y en connivencia con el fugitivo que acababan de capturar, le hicieron una descarga intimándole a que se rindiese.

—¡Soy de los vuestros! —gritó.

Se le acercaron cautelosamente. Esta vez no le valió su nombre. Junto con el Maestrito se lo llevaron detenido y le hicieron comparecer ante el jefe de la centuria de la Falange, al que no supo explicar satisfactoriamente su presencia en aquella calleja solitaria junto a uno de los más caracterizados cabecillas marxistas, sobre todo después del primer encuentro que por la mañana había tenido con los falangistas en circunstancias análogamente sospechosas.

Y a Sevilla se lo llevaron preso junto con el Maestrito y con los rojos que por azar o por conveniencia de información no habían sido fusilados.

La cárcel que los fascistas de Sevilla habían improvisado en un viejo *music-hall* popular, el pintoresco Salón Variedades de la calle de Trajano, no se parecía en nada a una cárcel. La campaña de represión que las tropas, los requetés y la Falange hacían por los pueblos de la provincia volcaba diariamente sobre la capital una enorme masa de detenidos que tenían que ser alojados en los lugares más inverosímiles, y los grandes salones de baile del Variedades, poblados por una humanidad abigarrada de campesinos, obreros, señoritos rojos —que también los había—, viejos caciques de los pueblos que para su mal habían jugado a última hora la carta del Frente Popular, profesores azañistas, intrigantes, agitadores y periodistas republicanos, ofrecían un aspecto desconcertante y caótico.

Durante el día, la cárcel del Variedades era el lugar más pintoresco del mundo. El buen aire, la compostura y el gracejo de los andaluces excluían toda sensación de tragedia. Una verdadera nube de vendedores ambulantes de chucherías acudía a las puertas de la prisión; los camaroneros con la cesta al brazo voceaban su mercancía por las galerías; en un rincón canturreaba fandangos un limpiabotas comunista; un alcalde de pueblo que había sido primero de la dictadura y luego de Martínez Barrio contaba cuentos verdes y, en un corrillo, un empleadillo afeminado y chismoso ridiculizaba a los jefes fascistas de Sevilla relatando episodios escabrosos de sus vidas con tal agudeza y tan mala intención que sólo por ellas estaba en la cárcel. Un jorobadito al que los rojos habían matado dos hermanos iba y venía en funciones de cancerbero y, aunque estaba allí y había solicitado aquel puesto movido por un odio y una anhelo de venganza feroces, tenía buen cuidado de no hacer nunca un ademán o un gesto que traicionasen su oculta e inextinguible saña. Los fascistas, con esa manía reformadora de las costumbres que ataca a todos los partidarios de las dictaduras, querían imponer a los presos una disciplina aparatosa de origen germánico, a base de duchas, gimnasia sueca y tiesura militar. Pero se aburrían pronto al tropezar con la resistencia pasiva e inteligente de los presos y, a fin de cuentas, les dejaban hacer lo que querían. Canturrear, murmurar por los rincones y mordisquear camarones o patas de cangrejo. Lo que por naturaleza ha hecho siempre el hombre andaluz caído en cautividad o desgracia.

Al anochecer, todas aquellas sugestiones pintorescas se borraban como por ensalmo, y aquellas gentes que durante las horas de sol se mostraban frívolas e indiferentes a su destino se replegaban sobre sí mismas y, acurrucadas junto a los petates, contaban angustiosamente las horas que faltaban para que amaneciese. El conticinio era el quiebro trágico de la jornada. A esa hora el jorobadito recorría las galerías y llamaba por sus nombres a los presos que figuraban en una lista que llevaba en la mano. En la calle gruñían ya los motores de unos camiones. A uno de ellos eran conducidos los presos a quienes el jorobadito requería. No eran frecuentes las rebeldías ni los aparatosos derrumbamientos. Los hombres se dejaban llevar como el ganado. Alguna vez, a lo sumo, se esbozaba un gran ademán trágico que se frustraba en el congelado terror del ambiente.

—¡Salud, camaradas! ¡Viva la revolución social! —gritaba el que se iba.

Nadie le contestaba y el presito doblaba la cabeza y se dejaba conducir mansamente. El camión en que metían a los presos partía en dirección a la Alameda; tras él iba otro con una sección de Regulares y, cerrando la marcha, un tercero cargado de falangistas.

Cuando amanecía, todo había pasado.

—Julián Sánchez Rivera, de Carmona —leyó el jorobadito.

—Presente —contestó con voz firme y lúgubre el reclamado.

Se puso en pie y antes de echar a andar lanzó una mirada lenta y triste a su alrededor. Acurrucados junto a la pared con los codos en las rodillas y la cabeza entre las palmas de las manos había quince o veinte presos que permanecieron inmóviles. Sólo un hombre que estaba tumbado en un camastro se irguió y fue con los brazos abiertos en su busca.

Se abrazaron silenciosos. Pecho contra pecho, sintieron cómo latían a compás sus corazones. Fue un instante no más. Para ambos valió más que la propia vida entera.

—Adiós, Julián.

—Salud, Rafael.

El auto que conducía Rafael dejaba atrás los pueblecitos soleados de Sevilla y Cádiz. Sin detenerse llegó a la frontera. Mostró el viajero a los *policemen* su documentación en regla y pasó. Fue directamente al hotel Rock, situado en una de las laderas del Peñón. Abrió de par en par la ventana del cuarto que le destinaron. Al otro lado de la bahía empezaban a parpadear las lucecitas de Algeciras, anticipándose al crepúsculo. Detrás, un fondo rojo que luego se hacía cárdeno y finalmente negro había ido borrando el contorno de la tierra de España. Ya no se veía nada. Sólo era perceptible en primer término la silueta afilada de los acorazados británicos anclados en la bahía.

Ya tarde, bajó al *hall* del hotel. Unas inglesas silenciosas hacían labor de ganchillo; un viejo magistrado británico correctamente ebrio meditaba sus justicias hundido en un butacón; una norteamericana bonita mostraba las piernas; una dama respetable se dormía con perfecta respetabilidad, y media docena de ingleses no hacían nada, absolutamente nada. Es decir, vivían.

Al cruzar el *hall* advirtió que le miraban; tuvo la sensación de que llevaba un estigma en la frente y de que el ser español pesaba como un agravio. Haciendo acopio de fuerzas soportó sin derrumbarse el peso terrible que sentía caer sobre sus hombros. Cargó con todo. ¡Con todo!

Y aún tuvo alma para levantar la cabeza y seguir adelante...

RAMÓN J. SENDER

LA LECCIÓN

El capitán Hurtado era el único oficial profesional que teníamos en Peguerinos en 1936. No acababa de salir de su asombro ante las milicias. Veía que las virtudes civiles daban un excelente resultado en el campo de batalla, y eso debía de contradecir los principios de su ciencia militar. Tenía un gran respeto por la combatividad y el valor de los milicianos, pero no comprendía políticamente la democracia, y a los que querían hablarle de las libertades populares les contestaba con un gesto impaciente:

—Para cuatro días que uno va a vivir, dejadme en paz con vuestras tonterías.

Los milicianos se reían y movían lentamente la cabeza. Pero la disposición de Hurtado para el trabajo de guerra al lado de unos hombres cuya ideología no comprendía les era simpática a todos.

—Con vosotros —solía decir Hurtado a los milicianos— se puede ir a todas partes.

Eso les halagaba.

Aquel día Hurtado llamó a cinco hombres elegidos entre los más decididos. Cuatro muchachos y un viejo. Éste era tipógrafo. Entre los otros había un ingeniero industrial, un metalúrgico y dos albañiles. El tipógrafo protestaba siempre porque no tenía tiempo para nada. Desde hacía tres días trataba en vano de leer un discurso del líder sindical de su organización, que había sido publicado en folleto y que llevaba consigo todo sucio y arrugado.

Cuando acudieron a la pequeña casa de madera que había a la salida del pueblo, el capitán no había llegado aún y le esperaron más de media hora. El tipógrafo sacó de la cartuchera el folleto y se puso a leer. Por fin apareció el capitán, acompañado de un sargento telegrafista que solía manejar un heliógrafo. Ese sargento, aunque mostraba un gran entusiasmo por las ideologías políticas de los milicianos con quienes hablaba en cada caso, no tenía la simpatía de nadie. Veían en él algo servil que a nadie convencía. Era corriente oír hablar de él con reservas.

Antes de sentarse, hizo un largo aparte con el sargento. Cuando éste se fue, dijo a los milicianos que les había llamado para exponerles un plan de penetración y acción en el campo enemigo. Era muy arriesgado y reclamaba la mayor atención. La derrota sufrida el día anterior por el enemigo había forzado a Mola a organizar su campo seriamente para la resistencia. El enemigo estaba muy bien fortificado, había establecido una línea regular y contaba con abundantes refuerzos. Debían de tener patrullas de reconocimiento, con los restos de la caballería mora que lograron salvarse el día anterior. Los milicianos escuchaban impacientes. Hubieran querido asimilar en un instante los conocimientos de aquel hombre. Pero cada cual pensaba que, si Hurtado sabía siempre las condiciones en que se encontraba el enemigo y en un combate conocía el momento y el lugar del contraataque, eso se debía a sus seis años de academia. Ese nombre —Academia— tenía una fuerza y un prestigio abrumador.

—No es necesario el fusil para estos servicios —explicaba Hurtado—. Son mejores las bombas de mano. Tres de vosotros llevaréis también un pico. Los otros dos, una pala. Cada uno, un rollo de cuerda de cinco o seis metros.

Después de una pausa en la que el capitán pareció muy preocupado por las hebillas de su alta bota de cuero, aunque se veía que pensaba en otra cosa, continuó:

—La penetración en el campo enemigo tiene por objeto producir la sorpresa y la desorientación. Para eso hay que saber evitar los puestos de observación, y esto se consigue estudiando bien el itinerario y escogiendo también la hora en relación con la posición del sol o de la luna. El itinerario, flanqueando el viejo camino de resineros...

De nuevo se interrumpió para vigilar la hebilla que no quería dejarse atar. Cuando parecía dispuesto a reanudar la lección, llegó de nuevo el sargento telegrafista. El capitán se levantó y salió fuera. Parecía muy distraído. El tipógrafo sacó su folleto y se puso a leer. El joven ingeniero industrial pensó que no estaba bien salir a hablar aparte con el telegrafista, pero quizá los profesionales daban un gran valor al secreto militar, y eso no podía parecerle mal.

Hurtado volvió a entrar y dijo que tenía que salir para un servicio urgente. La lección la daría al atardecer y la penetración de la patrulla sería antes del alba, al día siguiente. Había tiempo. Todavía se detuvo para advertir que si antes de la media noche no se habían podido reunir de nuevo, los milicianos debían ir a buscarle al Estado mayor o donde estuviera. El tipógrafo guardó su folleto en la cartuchera y contempló extrañado al capitán.

«Es raro —pensó—. Parece un hombre diferente. Se mueve, se sienta, se levanta, habla como si le dolieran la cabeza o las muelas.»

La patrulla iba y venía por el campamento esperando la hora de la reunión. Los cinco milicianos habían quedado libres de servicio aquel día y el tipógrafo seguía leyendo el folleto, algunos de cuyos párrafos había subrayado cuidadosamente con lápiz. Después del bombardeo de la aviación enemiga, hacia las cuatro de la tarde hubo bastante calma. El silencio del frente era horadado a veces por el fuego mecánico de las ametralladoras. A veces, también, cantaba un gallo en un corral próximo, lo que según el joven ingeniero era una provocación intolerable a su estómago.

Hurtado salió al atardecer, con el sargento, hacia las avanzadas. El cabo de intendencia lo vio ir y venir indeciso. Llegó a los primeros puestos del ala derecha y advirtió a los centinelas que tuvieran cuidado al disparar porque iba a reconocer el «terreno de nadie». Los centinelas lo vieron salir asombrados. «Con hombres tan valientes y tan inteligentes —se dijeron también— se puede ir a todas partes.» Hurtado y el telegrafista avanzaron con grandes precauciones en dirección a una casita abandonada, de cuyas ruinas salía humo. Luego los centinelas los perdieron de vista, pero en los relevos se transmitían la consigna: «Cuidado al disparar, que el capitán Hurtado anda por ahí». Era ya medianoche y no había vuelto aún.

A la una de la madrugada el tipógrafo reunió a los demás compañeros y les recordó que el capitán les había dicho que después de medianoche debían buscarlo donde estuviera. Antes del amanecer había que realizar el servicio, y para eso necesitaban conocer las instrucciones completas. Ya de acuerdo, se enteraron por el cabo de intendencia y el sargento de la segunda compañía del batallón Fernando de Rosa del camino tomado por el capitán. Con el fusil en bandolera, la bayoneta colgada al costado y media docena de bombas de mano, llegaron los cinco a las avanzadas. Los centinelas les indicaron el lugar por donde Hurtado había desaparecido. La patrulla buscaba entre las sombras, que a veces esclarecía una luna tímida. Con la obsesión de un servicio que había que hacer «antes de la madrugada», recordaban sus palabras: «Si a las doce no nos hemos reunido, buscadme». Y los cinco siguieron avanzando cautelosamente en la noche.

Antes de llegar a la casita en ruinas sintieron a su izquierda una ametralladora. En la noche, los disparos eran estrellas rojas de una simetría perfecta. Se arrojaron al suelo y siguieron avanzando. Volvieron a detenerse poco después porque oyeron voces humanas. No comprendían las palabras, pero reconocían el acento atiplado de los moros. El tipógrafo y otros dos avanzaron y los demás quedaron esperando con los fusiles preparados. Pocos minutos después vieron un grupo de caballos sin jinetes atados entre sí. Como las voces se habían alejado y durante más de media hora no vieron a nadie, siguieron avanzando.

—Cuando encontremos a Hurtado —decía el tipógrafo—, va a ser muy tarde.

Otro miliciano afirmaba y añadía que, por si ese retraso no bastaba, todavía sería preciso volver al campamento a equiparse como el capitán había dicho. La última palabra que le habían oído, con la cual quedaba inconclusa una frase de un valor inapreciable era: «el itinerario junto al camino viejo de resineros...». Había que conocer esa frase entera; había que escuchar sus instrucciones antes de penetrar en el campo enemigo si querían hacer un buen trabajo.

—Entrar en el campo enemigo —se decían— no es tarea para el primer miliciano que llega.

En el fondo de un hoyo de obús encontraron al telegrafista. Se quejaba débilmente y parecía haber perdido el conocimiento. Estaba herido en la cabeza y en el pecho. Tenía también una mano ensangrentada. Pero a veces indicaba con esa misma mano una dirección y reía vagamente. Quizá no se reía, pero la boca ancha y hundida bajo las narices daba esa impresión. En la mano izquierda le faltaba el dedo anular. Los que habían dudado del telegrafista se sentían ahora avergonzados. Con la mano ensangrentada seguía señalando el camino de Hurtado en las sombras. Pero no conseguía hablar. Como se negaba a ser evacuado le dieron agua y lo dejaron allí. Siguieron adelante. El tipógrafo dijo que los moros habían cortado el dedo anular al telegrafista para robarle la alianza de oro. Antes de terminar estas palabras llegaron dos obuses del 7,5. Un balín hirió al ingeniero en el brazo. Se oyó una blasfemia y el herido quedó rezagado buscando algo con que atarse el brazo por encima de la herida.

Pero seguían avanzando. Rebasaron dos nidos de ametralladoras, perdieron algún tiempo tratando de reconocer en la oscuridad —la luna se había ocultado de nuevo— por el tacto las facciones de un muerto. Llevaba bigote y, por lo tanto, no podía ser Hurtado. Y siguieron.

Por fin, momentos antes del amanecer, estuvieron ante Hurtado. Pero aquél era otro campamento. Quizá correspondiera al sector de Las Navas. Hurtado abrió unos ojos enormes, de asombro. Su extrañeza era como una serie de preguntas tan claras que no hacía falta formularlas.

—Dijo usted que le buscáramos —explicaban los milicianos.

Hurtado, con la voz temblorosa, mirando los fusiles, preguntaba:

—¿Yo? ¿Para qué?

Estaba tan desconcertado que no acertaba a llevarse el cigarrillo a los labios.

—Para que nos diga cómo hay que penetrar en el campo rebelde.

Hurtado había perdido la mirada juvenil y franca que tenía en Peguerinos. Los milicianos creían que estaba disgustado porque no llevaban las bombas ni los rollos de cuerda. El tipógrafo advirtió:

—Luego iremos a dejar los fusiles y a equiparnos como usted nos dijo, pero quisiéramos que terminara de darnos sus instrucciones para entrar en el campo enemigo.

Fuera comenzaba a amanecer. A la luz del día era ya visible la bandera traidora de Franco. El capitán desapareció y los milicianos quedaron recordando las palabras con las que había interrumpido su lección: «la penetración en el campo enemigo, junto al camino viejo de resineros...». No era tan fácil entrar en el campo enemigo. Sólo un oficial con seis años de academia militar podía pretender organizar un servicio tan difícil. Se sentaron todos en semicírculo. El ingeniero apretó un poco más la venda del brazo, sirviéndose de los dientes y de la mano libre. Habían dejado una silla en el centro, para Hurtado.

Éste volvió, pero venían con él dos oficiales acompañados de más de quince soldados, quienes desarmaron a los milicianos y los condujeron a una zanja. Dijeron al joven ingeniero:

—Salta ahí dentro y así nos evitas tener que arrastrar luego tu cuerpo.

Dispararon sobre él y allí quedó, encogido, en el fondo. Ordenaron al tipógrafo que cogiera una paletada de cal de un pequeño montón que había al lado y la echara al muerto. El tipógrafo contestó en silencio mostrando sus manos atadas. Lo desataron. Cogió la pala y miró a su alrededor. Hurtado no estaba. Volvió a dejarla caer, salvó de un brinco una pequeña cerca de piedra y corrió, corrió, corrió. A sus espaldas oyó varias descargas de fusil. Las pistolas sonaban también como botellitas a las que se les quita de pronto un corcho muy ajustado. Sintió en las piernas los golpes de unas ramas de arbusto que no existían y en la boca un líquido caliente y salado.

Pudo llegar a Peguerinos. Allí estaba yo. Me contó todo esto mientras el médico se preparaba para hacerle una transfusión de sangre. Después sacó su folleto sindical del bolsillo y se puso a leerlo.

JUAN ANTONIO OLMEDO

LA EMISORA

> «Bueno, yo era chófer, como él, pero había comenzado antes, siendo más joven, con un título prestado y un fotingo de pedales, encaramado allá arriba, en el pescante, y oyendo gritar ¡paragüero!, y sin importarme.»
>
> LINO NOVÁS CALVO, «Hombre malo», *Luna nona*

I

—Las desgracias nunca vienen solas, Dieguito —se lamentó.

Aunque Olegario Reviso no hubiera venido a verme, yo sabía que su automóvil, un Whippet con caja para la carga, era uno de los usados por las patrullas en la costa.

—No le faltan desgracias, don Olegario —le dije.

—Pudieron llevarse el vuestro, que es un señor camión, pero tu padre lo escacharró a tiempo —dijo. En los ojos se le dibujaba una amarga malicia.

—... No sabría yo de qué piezas despojar el mío.

Exagerando su incapacidad, Olegario Reviso abultaba el rostro de mandarín asustado y ponía los ojos en blanco, como tejos de porcelana imitando la luna.

—Conviene aprender mecánica —le dije.

Era como pedirle a un pollo que se volviera mamífero. De cuando fue aparcero se decía que si a Olegario Reviso se le atascaba el carro de mulas, se echaba a llorar. Comprobé que era verdad tantas veces como la taraceada mecánica de su automóvil no funcionaba. Entonces venía a buscarme.

—No sirvo para hacerle mal a nadie —mintió—; no iría con el cuento a los milicianos, tú lo sabes; necesito que me ayudes.

—En lo que se puede, Olegario —esta vez lo apeé del don—, siempre se le ayuda.

—Ofrécete de chófer, Dieguito —pidió.
—¿Sabe lo que eso significa? —le grité
—Si no lo conduces tú, esos tipos destrozarán el *Bipet* —hacía la palabra aguda y la *e* muy abierta.
—Hay cosas que no deben pedirse, Olegario —le reproché—. A los que sacan por la noche, no los llevan a ver el paisaje; con esos coches se hace de todo.
A Olegario Reviso sólo le importaba que no le estropeasen definitivamente el suyo. El Whippet perdía aceite por el cárter, la caja de cambios era un puro fallo y nunca quería arrancar a la primera.
Olegario Reviso me habló de mi padre, artrítico, pero tan listo y tan mañoso, que descompuso nuestro Ford en dos ocasiones.
—La primera, llegaron tres mecánicos y no lo pudieron requisar. A la segunda, los de las patrullas lo vieron tan mal que lo olvidaron para siempre —recordó.
Quien no se hubiera criado pared con pared con Olegario Reviso no hubiera comprendido qué significaba todo aquello. Era capaz de cualquier cosa por mantener su coche o su almacén de coloniales o sus contratos de aparcería. Cansado de oírlo, me ofrecí a ir al Comité.

2

El Comité de Salud Pública —la cara tísica de uno de sus cabecillas revelaba la alarmante paradoja del nombre— lo habían instalado en la Plaza de Toros. Lo más extraño del mundo —mucho más que el estado de guerra en que vivíamos— fue la instalación del Comité en la Plaza de Toros. Dijeron que era como medida de seguridad. Pero con las ofensivas de los italianos, Salud Pública se trasladó al Café de la Marina, y una enorme foto antigua de la Plaza de Toros firmada por Laurent presidía las deliberaciones revolucionarias. Nadie se explicaba la inquebrantable afición taurina del Comité.
Los coches sobre el albero parecían un carrusel detenido a la hora de la siesta. Saludé a uno que llevaba gorra de monosabio, le dije a lo que iba.
—¿Quieres —contestó a mi petición— el mejor coche? Estás loco.
Si el mejor coche del parque era el de Olegario Reviso, podía garantizarles que nunca ganarían la guerra.

—Olegario Reviso es hermano de un guardia de asalto; son adictos a la Revolución. Sólo pretendemos que el Whippet siga funcionando —insistí.

Uno que pintaba una F descomunal sobre la negra carrocería de un Chevrolet se puso de mi parte.

—¿A ti que más te da? —le gritó al de la gorra; agitaba el brazo con la brocha, con los codos se subía los pantalones—. Si sabe conducir y conoce el vehículo, eso se aventaja.

El monosabio no parecía convencido. Me dijo que hablara con un maestro carrocero, encargado del reparto. Estaba en la enfermería.

—¿Sabes lo que es el arte? —me preguntó el carrocero después de oírme. No entendí la pregunta ni por qué vestía una bata blanca con insignias de coronel.

—Conduzco coches desde los doce años —respondí.

—Y yo estudié con Ruiz Picasso, el pintor, en la Escuela de Artes y Oficios. Un artista de cuerpo entero: Pablo Ruiz Picasso. Acuérdate. Sabemos lo que es el arte. El arte es... una cosa muy grande.

No iba a contradecirle. Parecía borracho.

—¿Puedo conducir el Whippet o no? —le urgí.

—Rellena estos papeles —concedió—. Pero... si no eres un verdadero artista, pierdes el coche... —y golpeó con dos dedos mi sien como impulsando una frágil canica— y te quedas sin sesos.

Al volver al ruedo, el de la gorra me preguntó qué turno tenía.

—Dice que está de acuerdo en que no sea el de noche —mentí.

Me adscribieron a los Comités de Enlace, con turno de día.

3

Comencé a moverme con el vehículo de Olegario Reviso. Trasladaba materiales para *trabajos de resistencia*. Pescado y sal a las industrias colectivizadas; simientes y estiércol a las huertas; piedras de las canteras y arena de río a las baterías de la costa.

Pasara lo que pasase no le agotaba las velocidades al Whippet, no le hacía sufrir el motor y me respondía maravillosamente: siempre arrancaba a la primera, gastaba el combustible preciso, apenas necesitaba aceite. No parecía el mismo coche; nunca lo dejé en el taller.

Los ademanes torpes y el habla hiposa de Olegario Reviso me salían al encuentro al volver a casa.

—El *Bipet* marcha bien, ¿verdad?

Aunque, viniendo de un esclavo del vehículo, la pregunta era absurda, procuraba tranquilizarlo.

—Como la seda, Olegario.

—No te lo quitarán, ¿verdad? —se alarmaba.

—Descuide. Somos una pareja tan perfecta, que antes de un año nos darán la encomienda de Lenin.

4

—*Al puerto ha llegado un barco*
cargado de milicianos;
mira a ver, madre, si alguno
quisiera meterme mano —cantaban unas muchachas en las Atarazanas.

Unos marinos habían arrojado por la borda a los oficiales facciosos de un buque de la Armada y tomaron el mando de la nave. En las ciudades costeras los recibieron con honores fantásticos. Bandas y pasacalles sonaron durante varios días. En el Gobierno Civil, en el Militar y en la residencia del Alcalde hubo recepciones y abrazos.

Entre paisanos y militares, contagiados de la alegría de comités y asociaciones, homenajearon a los del barco con un sinfín de banquetes. Para el último —organizado en apariencia por los marinos como agradecida devolución de los agasajos recibidos—, me encargaron el transporte del avituallamiento desde la oficina de Enlace a un merendero de la playa. Fue mi única avería.

Los indicios fueron aquellos bruscos saltos del embrague: el Whippet brincaba como un caballo enfermo. Aunque procuré no cambiar de marcha, cuando subía una cuesta sentí que se ahogaba. Intenté reducir la velocidad y oí un chirrido como de una broca atravesando la carrocería. El disco del embrague dejó de funcionar definitivamente.

La mayor parte de la carga —cajas con pescado, cerveza— se había soltado y fue a parar a la carretera. Aún no había salido el sol. Fui caminando hasta La Caleta. Pedí ayuda a los del Comité. Sé que no debí hacerlo.

Mandaron tres hombres con otro coche. El chófer tenía barba crecida y un mondadientes que saltaba de un lado a otro de su boca.
—¿Novato? —preguntó con sonrisa antipática.
No le contesté.
Cambiaron la mercancía y remolcamos el Whippet hasta el merendero.
El Faro sacó en portada la foto del banquete. Sobre el guardabarros y la cabina del Whippet, marinos, soldados y paisanos, con espectaculares ojeras, sonreíamos a la cámara. En las páginas centrales se mencionaba el accidente. *El ardor revolucionario de los compañeros militares y la buena disposición para el trabajo colectivo evitaron males mayores y dieron solución al contratiempo.*

Cuando los de la Armada volvieron a surcar las aguas que los habían visto llegar, me encontré con malas noticias.
—Artista —era la voz del condiscípulo de Picasso al otro lado del hilo telefónico—, necesito el Whippet para el turno de noche.
—Veo mal; no puedo trabajar de noche —me disculpé.
—Claro que puedes. Ve al médico; te pondrá gafas.
—¿Y si te digo que no, compañero? —aventuré.
—Por lo pronto, perderás el Whippet... —no terminó la frase. Colgó.
Que me descerrajaran un tiro en la cabeza me importaba poco, pero no estaba dispuesto a que cualquiera del Comité llevara *mi auto*. Por seguir con él pasé al turno de noche.

5

Al principio todo fue bien o relativamente bien. Aunque adscrito al Comité de Salud Pública —Seguridad y Policía—, seguía transportando materiales para los Comités de Enlace. El Whippet funcionaba estupendamente.

A los que se acostumbraban a la débil luz de los faros y sobrevivían a los patinazos en las húmedas carreteras de la costa los premiaban con vales. Tuve montones de aquellos grasientos vales sellados del Comité: para el cinematógrafo, para acostarme con mujeres, para beber cuanto quisiera a lo largo de las noches. Con la recompensa de los cartones conocí el gusano del insomnio y la fiebre.

No es que no durmiera, sólo me acostumbré a hacerlo intermitentemente, a lo largo del día. Cuando el sol brillaba en lo más alto y había acabado el trabajo, echado sobre el volante del Whippet, como atado a su cabina, descabezaba el sueño. Y prolongaba la duermevela a las noches, esperando el turno o mientras me ponían la carga, en la misma postura incómoda, bajo los golpes exasperantes de palas y espuertas.

De aquel descanso entrecortado y febril tenía pesadillas absurdas y visiones extrañas. Apenas podía distinguir entre lo soñado —o el recuerdo de lo soñado— y lo que a diario vivía.

Una mañana me llamaron del Comité.

—Hay misión especial —me dijo el carrocero en la enfermería de la Plaza—. ¿Te han contado algo?

Había llegado lo que tanto temía.

—Me lo imagino —dije.

El mundo, o el tiempo o lo que fuese, tendría que tener un movimiento de ida y otro de vuelta, como una generosa marcha atrás que nos evitara despeñarnos. Alguien me hubiera debido conceder un permiso para no tener que tocar el volante en unos días. O que me hubiesen dado a elegir: habría dejado de ser el chófer del maldito cochecillo de Olegario Reviso para siempre. No volvería a aceptar los vales manoseados del Comité. No bebería una sola copa gratis más, no iría con mujeres, no dormiría día y noche en la cabina del Whippet.

Pero no me dejaron escoger.

—Irás con la patrulla. Éste te acompaña —el carrocero señaló a uno de barbas—; creo que os conocéis.

El mismo tipo del día del accidente levantó el puño y emitió un saludo aguardentoso. Llevaba un palillo en la boca.

Eran seis, armados de pistolas y escopetas. El del palillo subió a la cabina conmigo.

—Vamos a buscar a un elemento peligroso —me informó.

—¿Tan peligroso es? —le sonreí.

—Pasa los días encerrado. Tiene una emisora. Recibe consignas del otro bando.

—¿Cómo lo sabes? —volví a preguntar.

—Por la mujer que cuida de la casa.

Fuimos hasta el Paseo Marítimo. Doblamos la curva del Cementerio Inglés y subimos por la carretera del monte. Todos los chalés parecían abandonados. Llegamos a una rotonda, y me mandaron parar.

Bajaron. Apagué los faros del Whippet.

A la luz de la luna se veían las tapias encaladas y los portones de las fincas como pintados de fósforo. El mar, abajo, era un plato reluciente. Al menos, no tendría que iluminarlos cuando salieran.

Se oyeron gritos. Al de la emisora lo sacaban a rastras. Parecía muy débil. No quise mirar.

La interminable andanada de pólvora y perdigones resonó en el monte desierto. Todo había terminado.

Los de la patrulla volvieron al coche.

—Vámonos —gritó uno.

Mi acompañante me ofreció un cigarrillo.

—No fumo —dije.

Cuando emprendí el camino de vuelta con el Whippet vi al de la emisora, de bruces sobre el suelo, a un lado de la carretera. El pelo le cubría la cara. Noté que me temblaba la voz al intentar disculparme:

—Nunca gasto los vales del tabaco. Nunca los gasto.

Conduje como un sonámbulo los primeros kilómetros de regreso.

Mi acompañante jugueteó con el objeto requisado en la casa. Del tamaño de una caja de zapatos, la emisora estaba forrada de tela. El de las barbas giró en un sentido y en otro el cable con el enchufe de pasta.

—Le falta la antena —le dije, por romper el silencio.

—No tiene antena —respondió.

En la Plaza de Toros se bajaron los de atrás.

—Déjame en La Marina —me pidió el otro.

Hasta que el Whippet no volvió a detenerse, el de las barbas no cesó de agitar el cable. Miró las brillantes luces del Café, parecía que iba a decir algo; tomó la emisora con las dos manos y le dio varias vueltas con el cable. La echó bajo el asiento.

Bajó sin despedirse.

6

Desperté con la sensación de haber dormido durante mucho tiempo. Una indefinible inquietud me hizo saltar de la cama.

Fui hasta el garaje y abrí la portezuela del Whippet. Deslicé la mano bajo el asiento que ocupara la noche anterior el de las barbas. Saqué el bulto entelado. Con aquello se habían transmitido y recibido noticias del bando contrario. Un instrumento de apariencia tan frágil le había costado la vida a su dueño.

Deshice las vueltas del cable. La caja se componía de dos cuerpos distintos. Por uno de los bordes apareció una bobina de papel encerado, con dibujos y trazos de colores; detrás había una bombilla del tamaño de una nuez.

La voz desagradable de Olegario Reviso interrumpió mi examen.

—¿Qué tienes ahí, Dieguito? —preguntó.

—Un *Pathé Baby*.

—¿Para qué sirve? —volvió a preguntar.

—Para ver películas infantiles. No es ninguna emisora.

JESÚS FERNÁNDEZ SANTOS

EL PRIMO RAFAEL

I

El primo Rafael también estaba allí. Miraba al soldado fatigado, su cara ensangrentada. Como él, como Julito, le vio salir de entre los pinos, en las cercanías de la estación. Ninguno de los dos huyó. El soldado apenas pareció verles. Hizo un ademán y cayó al suelo. Un caer suave, un lento deslizarse a lo largo del muro en que buscó apoyo.

Julio se echó a temblar.

—¿Está muerto?

El primo no respondía. Llegaron voces lejanas de hombres que venían acercándose.

—No sé... Mira, se mueve.

El soldado sintiendo las pisadas de los otros abrió los ojos.

—Chicos, largo de aquí.

Se volvieron. Un joven les gritó de nuevo a sus espaldas:

—Largo. No pintáis nada aquí vosotros.

Obedecieron apresuradamente y, ya lejos, miraron. El viento trajo las últimas palabras:

—...si mañana consiguen romper el frente...

Cruzaban ahora ante la estación desierta, caldeada como las vías centelleantes por el sol de las doce del día. Tres vagones pintados de rojo relucían en sus herrajes, en el hierro bruñido de sus topes, como la campanilla inmóvil sobre el despacho del factor. Lejos, en el horizonte, un oscuro penacho de humo se alzaba recto.

Al fin, Julio se atrevió a preguntar:

—¿Has visto?
Pero el primo no contestaba. Tuvo que hablar de nuevo:
—¿Quién era ese hombre?
—¿Del frente? ¿No lo has oído?
—¿Dé dónde?
—Del frente, de la guerra...
—¿Por qué lo sabes?
—Me lo ha dicho mi madre —de pronto quedó silencioso. Entre el rumor de los pinos llegó un fragor desconocido, nuevo.
—De noche se ve todo —continuó—. Se ve hasta el resplandor desde la ventana de casa.
—¿Qué resplandor?
—¡Calla, calla!
Contó que la sierra se iluminaba desde hacía dos noches. Un resplandor intermitente que a veces duraba hasta la madrugada.
—¿Te quedas por la noche?
—Con mi madre.
—A mí no me dejan.
—Me dejan porque le da miedo.
—¿Es que no está tu padre?
—Se quedó en Madrid.
Se habían detenido ante los hoteles de los veraneantes. El pueblo aparecía ahora silencioso, más allá del camino del tren.
—Aquí vivo yo —declaró Rafael—. ¿Tú ya has comido?
—¿Yo?
—Que si has comido.
—Sí, sí, también.
¿Qué dirían en casa cuando no apareciese? Estuvo tentado de marchar, pero le daba vergüenza volver, y sentía un gran deseo de seguir con su primo, tras la aventura del soldado herido. Así, cuando le vio subirse sobre la caseta del transformador, a espaldas de la casa, no se movió. Le extrañó aquel modo de entrar en el chalé.
—¿Pero qué haces?
—Vamos a entrar. Anda, sube.
—¿En tu casa?
—¡Si no es mi casa! —se echó a reír—. Te lo dije en broma.
—Entonces, ¿de quién es?
—De nadie. Ahora no es de nadie. Se fueron todos.

Sólo tuvieron que empujar las maderas de la ventanita para saltar a la cocina. En la oscuridad se iluminaban los cercos luminosos de las ventanas. Un moscardón emprendió su vuelo sordo, fantasmal. Pasando al comedor, el pequeño se estremeció. Aquel muro de la casa daba a la sombra y las rendijas de los marcos sólo dejaban pasar un tamizado resplandor. Intentó abrir.

—¿Qué haces? —el primo Rafael le sujetó el brazo—. Si nos ven desde fuera, nos llevan a la cárcel. Nos fusilan.

—¿Nos matan?

—Por robar.

Hasta entonces no sintió deseo de llevarse algo. Escudriñando la penumbra en torno a sí, abrió con cuidado un aparador de alto copete. Todo estaba vacío, cubierto de polvo, forrados los cajones con viejos periódicos.

—No hagas ruido —musitó el primo desde la habitación contigua.

—No encuentro nada.

—Ven para acá.

—Vámonos.

—¿Es que tienes miedo...?

—¿Yo?

—Escucha.

Guardaron los dos silencio y mientras Rafael llegaba de puntillas, se alzó más nítido aún, recogido en el ámbito de los cuartos vacíos, el rumor de los montes.

—¿Por qué tienes miedo?

Julio se encogió de hombros, a punto de romper a llorar, y Rafael, viéndole, se asustó un poco.

—Ya nos vamos. No te pongas así.

Brillaban las baldosas blancas del pasillo, cruzadas por diagonal de arabescos azules. El pasillo acababa en la cocina, y cuando Rafael fue a encaramarse echó de menos al pequeño.

Estaba de nuevo en el comedor.

—¿Pero qué haces? ¿Estás malo?

Saltaron la ventana. Un silbido grave llegó acercándose desde el monte. Cruzó muy alto sobre sus cabezas y fue muriendo al tiempo que se alejaba.

—Corre, corre todo lo que puedas.

—¿Dónde vamos?

—A mi casa.
—¿De verdad?
—De veras.
Se detuvieron al borde mismo de la terraza. Ningún nuevo rumor cruzó los aires. Los chalés parecían muertos.
—Espérame. Voy a ver si está mi madre dentro —empujó suavemente la puerta, escuchando.
—¿Qué oyes?
—Pasa, pasa. Sí está.
Le hizo entrar en su cuarto.
—Espérame que vengo corriendo.
En la habitación frontera lloraba su tía, la madre de Rafael. ¿A quién esperaría todas las noches, mirando la guerra desde la ventana? Cuando cesaban los sollozos podía oír la voz de Rafael y luego a su madre lamentarse.
—Te van a matar. Te matan un día andando por ahí.
A poco volvió Rafael.
—Es que se asustó. ¡Como tiraron y yo no estaba!
Julio pensó en el susto que también tendrían en su casa. En su padre, en sus dos hermanas. Le estarían buscando. Procuró no pensar en ello y escuchar lo que el primo le contaba.
—Mi madre quiere que nos marchemos ella y yo de aquí. Como está sola tiene miedo.
—¿Y tú no?
—Yo, de noche, también. Quiere que nos vayamos porque todo esto va a ser frente.
—¿Quién te lo ha dicho?
—Lo sabe mi madre: ¿no viste el soldado de antes?
Julio no quería recordarlo. Entonces el soldado y el rumor de los montes eran la misma cosa. Se alejó despacio, como si le costara trabajo marcharse. Rafael aún le gritó desde la terraza:
—¿Vienes luego?
—Sí, sí que vengo.
Pero él sabía que no iba a volver tan pronto. ¡Quién sabe lo que diría su padre! Sentía el mundo nuevo a su alrededor. El césped que rodeaba los hoteles, agostado: la pista de tenis vacía, borradas sus líneas deslumbrantes. Parecía imposible que en tan sólo unos días hubiera brotado tan alta la cizaña entre la tela metálica de la cerca, que todo

hubiera enmudecido, las casitas blancas diseminadas y la gente que en ellas vivía, sin dejarse ahora ver más allá de las terrazas.

La puerta entornada le hizo dudar. Al fondo del pasillo retumbaba la voz del padre. Por más esfuerzos que hizo no pudo adelantar un paso; por el contrario, bajó corriendo la escalera y fue rodeando la casa hasta dar con el cuarto de las niñas.

Llamó quedo al cristal y sin recibir respuesta empujó suavemente. Cuando en un esfuerzo, arañándose las piernas, blancos de cal los brazos, se incorporó sobre el alféizar, las dos hermanitas le miraron con asombro.

—¡Ay, mira por dónde viene!
—Sin dormir la siesta.

Antonio les hizo ademán de silencio.

—¡Ay la que te da papá! Te han estado buscando. Ha ido papá a buscarte y si vieras cómo ha vuelto...

Aún le miraban con un poco de admiración, como a un extraño, y esto le halagaba.

—¿De dónde vienes?
—De por ahí —respondió con aire vago y misterioso.
—¿No vas a que te vea papá?

Julio asintió con la cabeza pero sin moverse del sitio.

—Voy yo a decirle que estás aquí —decidió la mayor con intención fácil de adivinar, y desapareció volviendo al cabo de breves instantes.

—¿Se lo has dicho?
—No. Está con un señor.
—¿Con qué señor?
—Con uno de negro —se encogió de hombros—. No sé.
—¿Y mamá tampoco viene?
—Si no lo sabe. Está escuchando lo que dicen.

Seguramente hablaban de él. Ahora vendría el padre. Temía a sus ojos más que a ninguna otra cosa, más que a sus gritos, más que a su voz. Aplicó el oído a la pared. Llegaban las palabras confusas, como sometidas a una vibración que las desfiguraba. De todos modos podía distinguir la voz del padre o de la madre. Hasta la del hombre que había mencionado la hermana. Éste decía:

—Están cerca. Mañana se hace fuego desde la estación. A las ocho tiene que estar toda la colonia en el refugio y antes de cinco días lejos de aquí.

La madre sollozaba.

—¿Están tan cerca? —preguntó el padre bajando un poco la voz.

—Al pie del monte, a la parte de allá. Dos brigadas. Estuvieron a punto de romper el frente esta mañana. Han bajado muchos heridos.

Hubo un silencio y luego pasos que se alejaban. La puerta se cerró. Julio se fue hasta la cocina y, pegando la frente al cristal, contempló largamente desde la ventana el penacho cárdeno que sobre el horizonte se mecía. Allí estaba, prendido a la tierra, mecido por la brisa que a veces lo borraba. El sol se tornó rojo, brillante. Julio quedó mirando hasta que la tarde fue cayendo y sólo la silueta de los pinos se destacó en el cielo bañado por el resplandor de las noches de julio, por el rumor de las descargas, por todo aquello que el primo Rafael decía que era la guerra.

Las hermanas cuchicheaban en la alcoba. Al llegar él enmudecieron. Ya andaban otra vez con sus secretos. Ahora era completo el silencio, dentro de la casa. Fue a su cuarto y se metió en la cama. Le era imposible dormir. La frente, las mejillas, le ardían, pero al fin consiguió serenarse y se mantuvo quieto entre las sábanas, olvidándose de todo, incluso de la guerra y el soldado herido. Solamente entre sueños le llegó la voz del padre y luego la de la madre que decía:

—Déjale. Está cansado. ¿No ves que está rendido?

2

Nunca había visto los chalés envueltos en aquella bruma cenicienta que ascendía prendida a los pinos hasta tornarse como un fuego dorado en el aire. Ni la explanada ante las casas, naciendo en sus infinitos detalles al primer sol del día, surcada hasta donde la colonia terminaba, por las sombrillas escuetas de los cardos.

Parecía de noche aún y, sin embargo, adivinaba a las hermanitas a su lado, acabándose de vestir por el pasillo, mecidas por la voz monótona de la madre.

—De prisa, no entreteneros; de prisa.

—Ya vamos, mamá.

—Ya vamos, pero no acabáis.

—Que sí, mamá..., que ya está.

Desayunaron en el comedor apresuradamente, entre dos luces, solos los niños como si de pronto, en una noche, se hubieran convertido en personas mayores. Ahora cruzaban hacia la estación, hacia el Ayuntamiento, prendidos a la criada, tras el padre y la madre.

El frío del alba, el límpido olor de la tierra, la mano blanda, desvaída, de la hermana en su propia mano le desconcertaba. A veces se sentía repentinamente alegre. ¿Dónde estaría el primo Rafael? Si todo el mundo iba a los sótanos del Ayuntamiento, seguramente allí lo encontraría. Canturreó para sí, despegando apenas los labios, pero aquello no servía, tenía poco que ver con la emoción de aquel instante.

Las vías, vistas así de cerca, parecían más amplias junto al andén, bajo el monumental depósito del agua. No había ninguna máquina bajo la manga, sólo un perro mezquino que ladró a la familia según se alejaba hacia el pueblo. Julio, rezagándose, sintió un escalofrío en todo su cuerpo.

—¿Tienes frío? —la hermanita le miró.

Negó con la cabeza.

—Como haces eso...

Procuró dominarse, pero tras unos pasos se estremeció de nuevo.

—¿Estás malo?

—Lo hace porque quiere —sentenció la otra.

El pueblo pardo, vago, vacío. Un hombre en el quicio de su puerta, miró sin saludar a los refugiados, mientras los niños, en la escalinata de la iglesia, suspendieron sus juegos ante el paso de la caravana.

Nunca había visto a los chicos del pueblo. A veces, vagamente, más allá de la verja que separaba a la colonia. Ahora, hundidos en la claridad transparente de la madrugada, parecían tan extraños como entonces, parecían mirar desde muy lejos.

Desfilaba ante su vista un pueblo desconocido, apenas entrevisto desde allí arriba, desde la casa. La fuente con sus tres caños de bronce que desgranaban un agua salina, las calles envueltas en humo tenue, las ventanas cerradas. Y por encima de todas las cosas, el silencio de los hombres que desde los portales miraban.

La calle pavimentada de guijarros no acababa nunca. El cielo comenzaba a iluminarse de haces rojizos, de una luz violenta que cambiaba la faz de las personas, el gesto, la expresión de todos los que huían. Hasta las hermanas parecían irreales bajo el halo del alba, caminando aprisa junto a Julio, más iguales que nunca con sus abrigos grises abrochados hasta el cuello.

—¡Cómo huele!

—A pan... ¿Que no?

Llegaba de un portal el aroma, y había otros muchos olores distintos, que traían recuerdos imposibles de fijar claramente en la memoria.

Un grupo de gente se había estacionado ante el Ayuntamiento. Los niños todos con ropas de invierno a pesar del estío. Un hombre con brazalete indicaba a los veraneantes la bajada.

—Cuidado; no hay luz. Cuidado con los escalones. No hay luz hasta abajo.

Todos cogidos de la mano, igual que en un juego, tanteaban con los pies la escalera, llamando, aconsejándose unos a otros, al tenue resplandor de la bodega.

El primo Rafael ya estaba abajo. Allí cada cual rompió a hablar como queriendo resarcirse del silencio de afuera. Entre el rumor de las charlas llegó la voz del primo.

—¿No vienes?

Julio se aproximó. Iba a decir algo, cuando desde el rincón de sus padres le llamaron. Se limitó a musitar: «Ahora vengo», en tanto una de las hermanas lo arrastraba.

Los veraneantes habían llevado sillas de tijera y mantas. Formaban un grupo compacto, mirando constantemente el reloj como si a una hora en punto esperaran algo muy importante.

—¿A qué hora empiezan?

—El falangista que fue a mi casa dijo que a las diez y media.

—Ya son. Son casi menos cuarto.

—Falta todavía.

—Ojalá empiecen de una vez.

—¡Dios mío!

—Mejor sería que esto acabara cuanto antes. Si está de Dios que nos toque...

—Calle. Ni lo diga. Ni lo miente.

—Dios mío, ¿qué habremos hecho para esta cruz?

—¿Se acabarán alguna vez las guerras...?

Llamaban a los niños que poco a poco se alejaban en la oscuridad, explorando los rincones.

—Estate aquí. Que no vea yo que te mueves.

—Sí, mamá.

—¿No ves que te puede pasar algo? Mira si te pierdes...

—Si estoy aquí...

Habían extendido mantas por el suelo. Los chicos quedaban un momento en ellas pero desaparecían pronto.

—¿Te ha escrito tu marido?

—¿Cómo me va a escribir?

—Dicen que por Francia han pasado cartas. Por la Cruz Roja.

—¡Quién sabe cuándo acabará esto! Primero que podamos volver a casa...

Alguien dijo que ya era la hora. Todos enmudecieron mirándose en la penumbra. Hasta se hizo callar a los niños.

Julio se preguntó qué esperaban con tanto recelo los mayores. Tiró suavemente del abrigo a una de las hermanitas:

—¿Qué pasa?

Y en la oscuridad se oyó un sollozo prolongado.

—¡Calla, calla! —la hermana tampoco debía saber lo que estaba a punto de ocurrir, pero como siempre hacía su papel de persona enterada.

—¡Oye...! —insistió.

—¿Qué quieres? —preguntó ella en tono de fastidio.

—¿Qué dice mamá?

—Dice que te calles.

—¿De qué habla?

—De la guerra.

Siempre la misma respuesta, idéntica palabra. La madre les hizo ademán de silencio.

—¿Qué estáis cuchicheando ahí?

—Es Julito, mamá.

La pausa ya duraba. Los niños, sin saber qué vendría ahora, comenzaban a asustarse. Los mayores seguían aguardando; mas de fuera, del campo, sólo llegaba un ladrido lejano. Al fin se alzó un llanto infantil y la madre movió al chico apresuradamente, casi con ira. Las otras mujeres intentaban callarlo cuando retumbó lejos el primer disparo.

—¡Virgen Santa!

—¡Ya empezó!

—¡Ya están ahí!

—¡Nos matan!

Siguieron otros muchos estampidos. Había un silencio y, después, con breves intervalos proseguían. Julio contaba hasta seis. Las mujeres, tras el primer susto, lloraban a media voz, lamentándose, hasta que una de las más viejas sacó un rosario y empezó a rezar en alta voz. Sonaba extraño su tono seco y conciso contestado por el coro plañidero de las otras. Algunos hombres también respondían, en tanto los cañonazos arreciaban.

Julio, tras cada descarga, intentaba convencerse de que ya no habría más, anhelando con todas sus fuerzas que acabara aquello, pero cuando los disparos volvían, lloraba de miedo y despecho. No llegaba a llorar, pero la angustia le atenazaba la garganta, sin dejarle pensar en otra cosa por más que lo intentara. Las hermanitas, temblorosas, pero tremendamente serias, rezaban con los mayores. Tan absortas se hallaban en el rosario que no se dieron cuenta cuando se alejó hasta el rincón de Rafael.

—¡Cómo suenan! ¿Eh?

Debía tener poco miedo, aunque la voz no era muy segura. Julio procuró disimular el suyo.

—¿Y si entra uno por ahí?

Rafael levantó la cabeza.

—¿Por dónde?

—Por esa ventana.

—¿Por el ventanillo? No pueden. Van a caer muy lejos. En la sierra.

Julio no podía imaginar cómo era lo que, cruzando sobre sus cabezas, iba a caer tan lejos. Ni qué habría allí, en el monte. Una vez, a principios de verano, se escapó de la colonia, y caminó mucho rato, pinar arriba, hasta cansarse. No llegó a la cumbre, sólo hasta la mitad, hasta un depósito abandonado que se construyó en tiempos para dar agua a las casas. Ahora todos, hasta el primo Rafael, hablaban de algo que sucedía allí, de aquel retumbar, de aquellos estampidos.

Una procesión de hormigas cruzaba junto al muro. Julio se preguntó si también oirían lo de afuera. Quizá no. Cogió un puñado de arena y lo fue dejando caer a lo largo de la caravana hasta deshacerla toda. ¿Qué pensarían ahora? No; en el colegio decían siempre que los animales no piensan. Sólo las personas. ¿Sabrían que estaba él allí encima, amenazándolas? Quizás hubiese alguien, también, por encima de todos los hombres, dispuesto a exterminarlos sin piedad, sólo por un capricho.

Se figuró un gran ojo brillante, maligno, fijo en el cielo, cuyos reflejos eran los rayos del sol que ahora atravesaban el ventanillo, y un dedo cilíndrico, resbalando sobre los escalones, a través de la puerta, buscando táctil, ciegamente a cada uno de los allí escondidos para sacarlos a la luz del día, para hacerlos morir al sol de fuera.

Sudaba. Cerró los ojos porque el suelo de la cueva se estaba ensombreciendo y sentía un frío repentino en todo su cuerpo.

—¿Qué te pasa? ¿Estás malo?

—Me duele la cabeza.

—Ponte aquí, que te dé el aire.

Le acercó el ventanillo.

—Fíjate. ¿No ves qué oscuro?

—Las nubes... ¿Te dan miedo?

—Se está poniendo negro.

—Porque se nubló el sol. Es que viene tormenta. Si hay tormenta a lo mejor paran los de afuera.

Julio tenía los ojos cerrados, sintiendo todo su cuerpo conmovido por la angustia y el miedo. Pensaba aterrado si iría a marearse allí mismo, ante todos.

—¿Se te pasa?

—Ya casi no me duele —mintió.

Deseaba con todas sus fuerzas que aquello acabara. Rezó un Avemaría. Luego un Padrenuestro. En el colegio decían que todo puede conseguirse si se pide con fe, deseándolo mucho. Podía conseguirse si nos convenía, si no, Dios nunca hacía caso. De pronto, abriendo los ojos, cayó en la cuenta de que el ruido había cesado. Los mayores estaban menos pesimistas y alguien trepó por la escalera, hasta la puerta. Volvió diciendo:

—Se acabó. No se oye nada.

En un momento todos se hallaban dispuestos a salir. Algunos hasta recogieron las mantas del suelo.

—¿Qué hacemos? ¿Nos vamos?

—¿Acabaron por hoy?

—Esperad; esperad que nos avisen.

—Hoy ya no bombardean más.

—¿Cómo lo sabe? Lo mismo empiezan a tirar nada más crucemos la puerta.

—Yo me voy.

—Les digo que se esperen.

Vino el hombre del brazalete a zanjar la discusión.

—No se le ocurra a nadie salir. Pueden disparar de un momento a otro.
—¿Pero cuánto va a durar esto?
—¿Y cómo quiere que lo sepa?
—Es que no trajimos comida.
—Así estoy yo. En ayunas.

Tardaron en acallarse las protestas. Cuando el hombre salió, las mujeres se empeñaron en acercarse a la colonia. Los maridos se oponían.
—Empiezan otra vez. Te digo que esto no era más que un descanso.
—Allí no caen.
—¿Qué sabes tú dónde caen? Además, para eso voy yo.
—Tú no sabes dónde están las cosas.

Los hombres cedieron al fin. Tres mujeres se deslizaron en silencio. El primo preguntó a Julio si su madre había marchado.
—No quiere papá.
—La mía sí, ahora.

Le estaba llamando. Se acercaron los dos.
—A ver si te estás quieto hasta que yo venga —recomendó a Rafael—. Quedaos aquí juntos y no hagáis ninguna fechoría mientras.

A la luz de la reja vio Julio que tenía el pelo casi blanco. Cuanto más de cerca la miraba, más vieja parecía. Su primo Rafael no quería quedarse.
—Yo voy contigo, mamá. Déjame que vaya.
—¿Pero no ves que así tardamos más?
—¡Si yo me doy más prisa!

Al final los dos salieron. Julio, desde el ventanillo, les vio alejarse. Ahora, en el sótano, todos esperaban la comida. Nadie se fijó en él, y pudo acomodarse junto a la reja para ver a su primo con la madre cruzar la llanura.

Sentía una gran tristeza. Hizo examen de conciencia y llegó a la conclusión de que hubiera deseado ir con ellos. Sería una expedición como la del día anterior al chalé abandonado, pero mucho más importante.

Desde su atalaya reconoció las casas del pueblo, los pinos, el retazo de monte que alcanzaba a ver. En aquel momento, sí tenían su color, su forma debida; el color que cada mañana envolvía a la colonia: una luz blanca, reflejo del polvo brillante de la tierra que el balasto, bajo las vías, deshacía en pequeños relámpagos. ¿Dónde estaba ahora la niebla dorada del alba? Todo el mundo recién descubierto, entrevisto en la breve marcha hasta el refugio, se había disuelto, perdido en el ambiente, como la guerra y sus estampidos, en aquella calma ardiente y silenciosa.

Los brazos le dolían de sujetarse al alféizar. Se bajó para escuchar a los que dentro hablaban.

—Esto no puede durar mucho. Ya veréis cómo acaba en dos días.
—Yo creo que tenemos para rato.
—Están luchando en el Alto del León, y en las Campanillas, y en Collado Valiente. Anoche mismo pasaron refuerzos.
—Yo los oí.
—Camiones...
—A ver si los echan de una vez.
—No los echan tan pronto. Ni lo piense. Hay orden de evacuar todo el frente, de modo que va para largo.
—¿De evacuar? Pero ¿quiénes? ¿Nosotros?
—¿Quién va a ser? A no ser que quiera tener un obús encima el mejor día.
—¿Y dónde vamos?
—¿No tiene familia en Segovia?
—No conozco un alma. Si fuera en Salamanca...
—Pues vaya a Salamanca. Eso está en esta zona.

Aún estaban lamentándose cuando volvieron las mujeres. Rafael y la madre tardaron más. La gente, comiendo, pareció animarse un poco.

A Julio aquella merienda sobre las mantas le recordaba las excursiones de agosto. Las mismas cestas de mimbre, idénticos manteles, todo igual excepto aquel sótano húmedo y sombrío. Trajeron botellas de agua y una garrafa de vino. Durante cerca de una hora el humor general cambió, pero al fin volvió el desaliento, la tristeza.

Estaban concluyendo otro rosario cuando el del brazalete volvió a comunicarles que podían volver a la colonia. Tornaron preocupados, cuando el sol iba cayendo y los dos primos nada más llegar se apartaron tras el hotel mayor, a la sombra de los tilos que formaban un bosquecillo hasta la verja.

—No os mováis de ahí. No os alejéis.
—No, mamá.

Casi todo el monte iba ya cubierto por las sombras. Sólo un gajo dorado se destacaba en la cumbre cuando se reanudó el fragor tras las montañas. Caía la noche, y los disparos parecían más cercanos.

—¿Lo oyes?

—Ya están otra vez.

Sobre la sierra, en el último resplandor del cielo, se alzaba otra vez la delgada columna de humo.

3

A la mañana, somnoliento aún, su primer deseo fue buscar el humo desde la ventana de la alcoba. Allí estaba, aún más denso y oscuro. Se alzaba en nubarrones opacos, en grandes bocanadas cenicientas que se sucedían como si una corriente de aire las impulsara. Se vistió apresuradamente y, cruzando el pasillo de puntillas para no despertar a las hermanas, se asomó a la puerta. En la explanada, ante los hoteles, un grupo de veraneantes miraba también el incendio.

—Esta noche se veían muy claras las llamas.

—Lo prendieron ayer, en el bombardeo.

Seguramente se referían al monte, al pinar.

—Ha subido gente de la estación a cavar zanjas para cortarlo.

—¿Hasta aquí va a llegar?

—Si lo dejan...

—¿Tanto corre un incendio?

El que había hablado de las zanjas se encogió de hombros, y con ademán lúgubre desapareció. A poco cada cual marchó a su casa. Julio, al volver, oyó a su padre que decía:

—Ahora sí que hay que marcharse. Están ardiendo los pinos.

—Todos los años tenemos fuego —replicó la madre.

—Ahora es distinto. Cualquiera sabe lo que puede ocurrir en cualquier momento —bajó la voz tanto que Julio tuvo que aguzar el oído para entenderlo—. Ayer llegaron hasta aquí.

La madre hizo también la voz apenas perceptible.

—¿Quién? ¿Hasta aquí? ¿Hasta las casas?

Ahora sí que era imposible entender las palabras. Un silencio y nuevas preguntas.

—¿Durante el bombardeo?

—Con bombardeo y todo. Menos mal que los echaron.
—Y nosotros allí, sin enterarnos.
—¿Te convences de que tenemos que marcharnos?
—¿Pero a dónde?
—Hay dos o tres familias que vienen con nosotros.

Julio tuvo el oído atento. Al fin, llegaron los nombres de su tía y Rafael. La idea de un nuevo viaje con su primo hizo latir apresuradamente el corazón. Ahora irían más lejos. Quizá, como decían en el refugio, hasta Segovia.

Durante el desayuno, apenas podía parar en la silla de impaciencia. Las hermanas ni siquiera debían sospechar la marcha. ¿Qué cara pondría Rafael cuando lo supiera? Lo único que le molestaba era no recordar el pueblo que su padre había mencionado después.

—A ver... Piénsalo bien. ¿Seguro que no era Segovia?
—No me acuerdo, de veras.
—¿Era Otero?
—No...
—¿Era La Losa?
—No, no... Tampoco.

Ni Segovia, ni los otros pueblos. Los nombres los conocía por el tren. Todos eran paradas.

—Le preguntaré a mi madre esta noche —mostró al pequeño el incendio—. Fíjate cómo sale el humo ahora.
—Por eso nos vamos.
—¿Por el fuego?
—Claro... Está creciendo.
—No lo van a poder cortar —se volvió mirándole con los ojos brillantes—. ¿A que no eres valiente?

Julio se echó a temblar, tratando de comprender qué maquinaba el primo.

—¿Que no soy valiente?
—Que no te atreves a subir conmigo —señaló con la cabeza los pinos de la cumbre.
—¿Para qué vamos a subir?
—Para verlo..., para ver lo que hay.

Tuvo que aceptar. Ya se abrían paso entre la jara, con el sol en lo alto y las moscas zumbando sobre sus cabezas.

—¿Falta mucho?

—Pero si no andamos casi...
Le mostró la nube negra, tan lejos como al principio.
—Hasta allí tenemos que llegar.
Julio no dijo nada pero pensó que era imposible alcanzarla. Mejor así, porque aquel humo negro parecía un mal presagio. A pesar de la distancia, cuando el viento venía de cara, llegaba un olor a tierra calcinada y hasta podía oírse el crepitar del fuego. Perdieron de vista los chalés y la estación, y finalmente el mismo pueblo desapareció al extremo rutilante de las vías.

Crujían los arbustos a su paso, plegándose bajo sus pies para saltar como un látigo, sacudiendo el rostro con el envés de sus hojas pegadizas. En las cumbres el silencio era absoluto. Sólo la nube crepitaba en lo alto, colmando de chirridos el aire.

A Julio le dolía el costado.
—Espera, espera un poco.
Se detuvieron.
—¡Vamos tan de prisa!
—Es para que estemos de vuelta antes de comer.
—Si se enteran... —exclamó el pequeño un poco arrepentido.
—No se enteran. ¿No viste el otro día?
Siguieron subiendo, pero al cabo de unos metros Julio tuvo que rendirse.
—Me duele mucho —se había sentado a la sombra de unos desmedrados abedules.
—Tú espérate. Yo voy un poco más arriba y vuelvo.
El pequeño quiso rogarle que no le abandonara pero Rafael desapareció monte arriba. Además, el calor era tanto que decidió quedarse a la sombra, ambas manos en el costado dolorido. Cuando los matorrales quedaron inmóviles tras el paso del otro, calculó por el sol que serían las doce. Un grajo cruzó muy alto, batiendo las alas pausadamente. ¿Qué alcanzaría a ver desde allá arriba? Quizá todo continuara igual hasta las cumbres. Quizá los tallos rojos, la jara, la maleza, las hojas pegadizas se prolongaban al otro lado, no acababan nunca hasta Madrid. La guerra no era nada, sólo un rumor, un fuego, una nube plomiza que surgía de entre los pinos. De pronto los matorrales se abrieron y apareció Rafael.
—¿Has visto algo?
—Hay trincheras —respondió el primo—, pero están vacías. Vente, verás —lo intentó arrastrar.

—No, vámonos —se resistió el pequeño.

—¡Pero si están muy cerca! Donde esos abedules —señalaba dos troncos retorcidos.

Vuelta a subir, aunque ahora mejor, entre terraplenes cubiertos de espesura. Llegaron a un montecillo con tres pinos como un calvario.

—Ahí es. Allí empiezan.

Tres grandes trincheras, con escombro volcado hacia la cumbre, formaban una uve prolongada. La mirada medrosa del pequeño no descubrió ningún soldado. Preguntó a su primo:

—¿Qué buscas?

Rafael no contestó. Hurgaba en los escombros, apartando tras sí la hojarasca. Desapareció, incorporándose enseguida con algo dorado en la mano.

—Mira. ¿Sabes qué es?

Se lo echó por el aire. Era un cartucho brillante con la bala intacta, puntiaguda.

—Ten cuidado. Está sin disparar. Es rusa.

—¿Cómo lo sabes?

—Por la punta. Las de punta son rusas —le mostró unos signos en torno al pistón—. Eso son letras.

—¿Me la das?

—Bueno, guárdala. Esta tarde encendemos lumbre y se dispara.

Se hundió de nuevo en la trinchera, escudriñando el fondo. El pequeño también buscaba arriba, entre los troncos resinosos. Aunque no alcanzaba a ver la cima, juzgó que debían estar muy altos porque el viento susurraba muy fuerte entre las copas. No encontró más cartuchos, sólo un círculo calcinado de tierra reluciente. Se agachó. De cerca podía ver el hirviente pulular de cientos de hormigas. Siempre en la misma dirección. Parecían confluir cerca, en un bosquecillo de pinos enanos, bajo uno más alto y desmochado. Se preguntó qué sería aquella forma oscura, que inmóvil negreaba al pie del tronco. De pronto, el viento dejó de agitar la pinocha y llegó un olor penetrante que parecía filtrarse hasta los mismos huesos.

Corría monte abajo. Cruzó lejos del primo Rafael que le siguió asustado, tropezando, arañándose piernas y brazos. Sólo en la colonia se detuvo el pequeño.

—Calla, calla. Te van a oír. Te oyen desde tu casa.

Pero sólo podía llorar. Cada vez más. Todo su cuerpo se agitaba. El mayor, asustado, le decía:

—Era un perro. Era un perro quemado...

—No... no.

—Si lo vi yo. Lo vi antes. La primera vez...

—No —repitió el pequeño.

Lo recordaba bien. Recordaba las piernas intactas, sin quemar, y las botas retorcidas, abiertas.

4

Muy temprano cruzaron el páramo calizo que más allá del pueblo se prolongaba. Los veraneantes se alejaron despacio hasta que sólo quedó de las casas una mancha cenicienta y la columna de humo alzándose en el cielo.

Ahora veía Julio, de cerca, todo lo que en la colonia su primo Rafael le había relatado. Él muchas veces pasaba la verja y la estación. Días enteros lejos de su madre.

El viento rápido que les azotaba de costado, alzando remolinos de polvo en la cañada, le hacía entornar los ojos, impidiéndole ver los campos infinitos de centeno donde sólo un puñado de negras mujeres se afanaban, seguidas de los hijos más pequeños. Segaban, y los chicos, en el rastrojo, iban amontonando haces, cargando los carros.

—¡Mira! —gritó Rafael—, ¡ya viene el polvo!

Agachaban las cabezas, apretando los labios, en tanto los mayores se cubrían la boca con pañuelos hasta que la nube pasaba. Pasando después la lengua por las comisuras, sabía a greda, a algo seco y dulce al mismo tiempo.

Por la tarde acamparon bajo una encina tan frondosa que dio sombra a la caravana entera, pero no había agua y nadie comió a gusto.

—¿Tú sabes cuándo llegamos?

—¿Al pueblo?

—Al pueblo ese. Pregúntale a tu madre. Se nos va a hacer de noche como tardemos.

—¿De noche? —preguntó Julio.

—¿Tienes miedo?

—No es eso. Es por si no hay dónde dormir.

—Pues a mí me gustaría quedarme aquí —le miró desconfiando—. ¿Que no?

No supo qué responder. ¿Cómo sería dormir allí, al raso, todos juntos en el suelo, con el padre y la madre? ¿Cómo sería estar tumbados en el suelo delante de los otros? Su primo no lo entendía.

El segundo pueblo tenía un castillo, con sus cuatro muros aún en pie. A través de sus ventanas brillaban las nubes plomizas del crepúsculo. Su fachada formaba plaza con una iglesia vieja pero cubierta aún, ante la cual, ceñido por un banco de piedra, se alzaba un olmo tan frondoso como la encina del camino.

Cruzando el arrabal, sólo dos viejos les miraron, en la calle vacía, donde las puertas parecían cerradas desde siempre. La caravana silenciosa, intranquila, sin saber dónde detenerse, hizo alto finalmente. Alguien se adelantó, llamando en el portal más próximo.

—Ahí vive el alcalde.

—¿Por eso llama?

—Para que nos den casa. Para ver dónde dormimos esta noche.

Una muchacha salió al balcón, preguntando qué deseaban. Querían hablar con el alcalde. Ella entró para asomar de nuevo prometiendo que el alcalde bajaría.

—¿Y si no baja? —preguntaba el pequeño.

—Si lo ha dicho...

El portal se acababa de abrir y el alcalde platicaba con un grupo de refugiados. Ni Julio ni el primo oían sus palabras, pero todos parecían preocupados.

De nuevo andando. Ahora hasta la plaza mayor con gente en los balcones.

—¿Tú sabes dónde vamos?

—A dormir...

—¡Pero si es por la tarde todavía!

—Nos van a dar casa en la escuela.

Tenía un color sucio, gris, con el cemento de las ventanas desconchado y roto. Dentro, sólo cuatro bancos adosados a los muros y un cuadro de la República con su bandera ondeando al viento y su pecho macizo fuera de la túnica: un cromo de brillantes colores, un poco pálidos ya, gastados por el tiempo.

Los hombres bajaron los colchones que portaban los caballos, distribuyéndolos en el suelo de madera, en la única habitación dividida en dos por una cuerda con mantas.

A un lado los hombres; a otro las mujeres y los niños pequeños. Allí se cenó y más tarde, unos tras otros, fueron desapareciendo todos en un pequeño cuarto repleto de viejos mapas y punteros, para volver abrochándose el pijama, o con el camisón y un viejo abrigo sobre los hombros.

Julio miraba más allá de la manta y veía a su primo mustio, un poco aburrido, entre los otros chicos de su edad. Le hizo una seña pero no la vio o no quiso responderle.

Y cuando la luz se fue, empezaron los llantos de los niños hasta que, en media hora, les rindió el sueño. Vino el suspirar de las mujeres, sus conversaciones a media voz, entre murmullos, y como siempre ya, en aquellos días, una voz comenzó a rezar en tono mesurado.

El mar, la ola, llegaba derrumbándose, sumiéndose en sí misma hasta alcanzar las casetas clavadas en la arena. La arena quemaba los pies, una calma vacía le rodeaba, transformando el mar, el ácido salitre, bajo el halo de nubes que gravitaba en el aire. Julio veía llegar a la madre de su primo por la línea del agua. A medida que se acercaba, iba tomando la figura mayores proporciones, hasta que sólo estuvo a unos pasos, y su cabeza pareció tocar el cielo. El estrépito de las olas aumentaba cuando Julio la miró de cerca. Ella volvió el rostro y entonces pudo reconocer a Rafael, su gesto peculiar, su mirada un poco cargada de malicia.

Luchaba por librarse de su cálido encierro, pero la arena parecía inmaterial, ingrávida, y por más que se esforzaba, no lograba hacer presa en ella. Rafael se alejaba y él gritó sin hacerse oír. El mar sonaba siempre, rompía dentro de su cabeza, confundido con un rumor de confusas voces.

Las voces llegaban de la puerta. Se había encendido una luz, y los hombres hablaban en voz baja. Alguien entró de fuera y pasando a lo largo de la línea de mantas, subió en el pupitre del maestro y arrancó el cuadro de la República.

Cuando en la calle se oyó el estrépito de los cristales rotos, todos, dentro, fingieron dormir, hasta que la luz se apagó y la sala quedó en silencio de nuevo.

Como un susurro llegó la voz de Rafael:

—¿A quién buscaban? —se había deslizado en la oscuridad, sin que los otros lo notaran.

—No sé... ¿Te escapaste?

No contestó. Aunque aquellas cosas no debían asustarle miraba con recelo tras de sí.

—¿Por qué no salimos? —dijo al fin.

—¿Marcharnos ahora?

Siempre andaba arrastrándolo a empresas arriesgadas, pero aquélla le pareció más que ninguna. Además, los ojos se le cerraban, las piernas le dolían y no podía espantar la imagen del hombre abrasado en el montecillo.

—Tengo sueño —se disculpó.

—Se te pasa en la calle.

—¿En la calle?

—Con el frío de fuera.

Julio no salió, ni Rafael tampoco. Volvió a su colchón, entre los otros chicos que dormían profundamente, dejándose apartar como cuerpos muertos cuando él se metió bajo las mantas.

El llanto de un niño junto al cuarto de los mapas despertó a Julio cuando amanecía. Los cristales empañados se iban tornando opacos, ligeramente blancos. Oyó la voz de su madre que decía:

—Tienes que irte. Si mañana estamos aún aquí, tú te marchas.

—Pero, mujer, ¿cómo vas a quedarte con los niños?

—Se van a llevar a todos los hombres. Se los llevan al frente.

—¿Lo han dicho?

—Lo he oído yo. Hasta los cincuenta años.

—Yo tengo cincuenta y dos.

—De todos modos, mañana mismo nos vamos.

—Dirás hoy.

—¿Hoy?

—Está amaneciendo. Mira la ventana. Ya estamos a jueves.

—Pues hoy.

Al compás de la luz, nacía una marea de rumores nuevos. Los hombres, las mujeres, comenzaban a moverse torpemente, avergonzados, cubriendo sus cuerpos al resplandor vago del día.

Cuando el sol se alzó alumbrando el cuarto ya sin su divisoria de mantas, los dos primos se reunieron en la plaza del castillo.

—¿Sabes lo que oí anoche? —comenzó el pequeño—. Que nos vamos.

—Ya lo sé. Y nosotros también. A Segovia. Mi madre y yo...

Dio media vuelta y atravesando el portalón se internó en las ruinas del castillo. Rafael le seguía, pisando con cuidado entre los helechos. Al poco rato preguntó:

—¿Por qué dices que vamos a Segovia?

—Nos llevan a todos.

—¿Tan lejos?

—Vienen a recogernos en camiones esta tarde.

Hizo una pausa el pequeño y luego, con gran trabajo, preguntó de nuevo:

—¿Sabes que soñé anoche contigo?

—¿Conmigo? Y ¿qué pasaba?

Se puso rojo y no pudo contestar. Rafael le miraba esperando que siguiese, pero sólo cuando estuvieron sentados al pie del olmo, frente al castillo, se decidió a continuar.

—Pasaba que estabas en el mar, en La Coruña.

—Si nunca estuve allí. ¿Y qué hacía?

—No sé. Era muy raro. Salías del agua.

Por la expresión vio que la historia no le interesaba. Un grajo cruzó pesadamente las ventanas del castillo, deslizándose entre la algarabía de los gorriones, sobre la plaza. Ya el silencio duraba, y Julio se arriesgó a cortar las meditaciones de su primo.

—¿Dónde vais a vivir en Segovia?

—En casa de mi tía. ¿Y vosotros?

—¡Cualquiera sabe! A lo mejor no nos vemos.

—A lo mejor.

Tres viejos camiones repletos de hombres con fusiles irrumpieron en la plaza. Los dos chicos les reconocieron por el color de las camisas y los brazaletes rojos y negros. Algunos muy jóvenes, muchachos todavía. Llevaban hileras de medallas prendidas al pecho. Uno se había dejado crecer la barba rojiza, rizada.

Cuando se detuvieron, el de la barba echó pie a tierra el primero y llamó a Rafael.

—¿Eres de aquí tú?

—¿De aquí?

—De este pueblo.

—No, señor...

—¿No sabéis dónde está la comandancia?

—¿La comandancia? —Rafael le miraba fascinado.

—El Ayuntamiento.

Rafael lo sabía. Por decírselo, el falangista de la barba rojiza le dio una medalla prendiéndosela en el pecho, después saltó nuevamente al camión. Se oyó acelerar sin que arrancase. Rafael se acercó aún más, y las ruedas inesperadamente se movieron, pero no hacia adelante. Julio no alcanzó a ver cómo el primo caía. Sólo oyó los gritos de los hombres y el chirriar del frenazo.

5

—Mamá, me duele mucho.
—Ya llegamos.
—¿Falta poco?
—Descansa. Yo te avisaré cuando estemos entrando. Procura dormir.
—No puedo, mamá. No puedo con este dolor aquí. Me voy a morir.
—No digas eso. Ni lo mientes siquiera.
—No puedo dormir, con el coche, así, moviéndose.
—Cierra los ojos, ya verás cómo viene el sueño.

Julio asistía en silencio al dolor de su primo. Cada bandazo que el camión daba lo sentía él en su carne pensando cómo sería moverse tanto con el cuerpo herido. Ya estando sano, la espalda se fatigaba y el cuerpo entero parecía acusar, uno por uno, todos los baches del camino.

Un médico del frente había vendado a Rafael desde la cintura hasta los hombros, para que aguantara el viaje, pero no habían encontrado un automóvil para llevarle. Tuvo que subir al camión como los otros y por tres veces se había desmayado. De nuevo su frente resplandecía de sudor.

—Mamá...
—¿Qué, hijo?

No respondía, pero los dientes rechinaban por la fiebre. Julio pensaba que los demás no debían oírlo, envueltos en el ruido del motor. Sin embargo vieron al muchacho estremecerse y quedar exánime en los brazos de su madre. Un hombre golpeó en el techo de la cabina y el camión se detuvo. Asomó el chófer.

—¿Qué pasa?
—El chico otra vez...
El chófer murmuró algo a media voz y luego preguntó:
—¿Qué hacemos?
—¿Queda mucho?
—No llega a diez kilómetros.
—Hay que esperar a que se reanime —medió el padre de Julio—. Hay que bajarle —lo sacó de los brazos de la madre y, con ayuda del chófer, fue a depositarlo en la cuneta. Cuando la madre descendió a su vez, una voz dijo:
—No llegamos nunca.
Y alguien a media voz:
—Mal arreglo. La columna vertebral...
Buscaron largo rato una fuente, hasta encontrar agua en el pozo de una venta. Allí le reanimaron, dejándole descansar un poco. Sin embargo, cada vez que lo tomaban en brazos de nuevo, sus quejidos obligaban al tío a detenerse. Julio desde el camión también los oía, y haciendo un hueco a las hermanas que se empinaban para ver, pensaba en la mala suerte de su primo.
—Ese chico no llega a Segovia —murmuró uno.
—¡Por Dios, no diga eso!
—¿Pero no lo ve, que no puede tenerse? Ese niño debió quedarse en el pueblo. Allí estaría mejor atendido y no aquí, viajando de este modo.
—Mejor para él y mejor para nosotros —terció otra mujer—. Así no podemos seguir, ahora que ya queda tan poco.
—¿No podrían quedarse en esa casa?
—¡La criatura, con una mujer sola! —exclamó ofendida la madre de Julito—. ¡Qué caridad tienen ustedes!
Nadie respondió, pero a medida que el sol iba cayendo, cada cual disimulaba menos su impaciencia.
—¿Pero no tienen rayos X en Otero?
—Tienen que llevarlo a Segovia.
—Pues que lo suban ya. Cuanto antes llegue, antes acaba de sufrir.
De pronto, llegó de lejos un rosario de explosiones y, cuando el eco de los estampidos se acalló, un rumor de motores vino por el cielo.
—¡Lo que nos faltaba!
—¡Están encima. ¡Morimos aquí todos!

—¡La aviación! ¡La aviación!

Llamaban a los de la venta, a grandes voces. Vino el chófer corriendo.

—¡Abajo todo el mundo!

—¿Pero qué dice usted? ¡Vámonos! ¡Corra usted, antes de que lleguen!

—¡Abajo digo, a la cuneta!

—¿Pero no ve que se nos vienen encima?

—¡Abajo!

Se apearon apresuradamente, y tras saltar al camino, quedaron inmóviles, aguardando, en la pequeña vaguada. Julio veía venir por el cielo las tres manchas brillantes, con su zumbido especial, más lentas de lo que parecía. Pensó que se complacían en gravitar amenazando sin acercarse. De nuevo un rumor de explosiones. Pensó que estaba muerto. Sin embargo, alzando los ojos, contempló a los aviones alejarse y todo intacto a su alrededor: los niños llorando, mientras sus padres pugnaban por incorporarse. Llegó a la venta, en el momento en que sacaban a su primo. Le miró y no supo qué decirle, tan cambiado estaba. El rostro afilado, muy brillante, y los ojos, su boca, como si desde el día anterior hubiesen pasado muchos años.

—Rafael... —musitó por lo bajo.

El primo abrió los ojos, pero no contestó, ni siquiera debió reconocerlo.

—Rafael... —llamó de nuevo, y rompió a llorar en silencio.

El camión, corriendo ahora camino de Segovia, dejaba tras de sí nubes de polvo que huían en la noche. Sus faros revelaban al borde del camino casas vacías, muertas, cuadras derruidas, grupos de hombres que marchaban. A veces se cruzaban con algún convoy de luces apagadas, rumbo al frente, y el tren les siguió durante largo trecho, iluminando como un fuego errante los cardos, los rastrojos, entre la vía y la carretera. Julio, en su rincón, miraba las estrellas.

En sueños le llegó una voz:

—Ahí está Segovia.

El camión chirrió deteniéndose, y tras el ruido de la cabina abriéndose, el chófer preguntaba:

—¿Cómo está el chico?

—Está bien. Durmiendo.

—Pues ustedes dirán dónde llevo a cada uno.

6

Tras muchas idas y venidas, el padre de Julio encontró piso. Tres habitaciones, la mayor de las cuales daba a un frontón cubierto, a través de su ventana. A cualquier hora podía oírse el ir y venir de la pelota, seguir el curso de partidas interminables. Julio se acodaba tras los cristales, pero después, cuando ganó la confianza de los dueños, comenzó a bajar a la cancha y hasta le consintieron llevar el tanteo en la tablilla. Era un tiempo duro. El chico lo veía en el rostro preocupado del padre, siempre de vuelta a casa con las manos vacías. No había dinero ni trabajo, y las cosas de valor que él recordaba fueron poco a poco desapareciendo: la máquina de escribir, la radio, y finalmente un solitario que la madre llevaba muchos años en la mano derecha.

Por algún tiempo se habló de mandarlo a un colegio como las hermanas, pero al cabo de dos meses Julio seguía vagando por el frontón y la calle. A media tarde, a eso de las cinco, salía de casa para ver a su primo. Era casi un viaje en torno a la ciudad, siguiendo el camino de sus viejas murallas. La tía de Rafael vivía en una casita con jardín, a orillas del río, junto a la ermita de la Fuencisla, en un remanso que desde abajo parecía hender el Alcázar con su quilla.

Bajaba por la carretera que cruza ante la Inclusa, bordeando el Parral, y una vez en el río, se demoraba a veces, con el ir y venir de las barcas que otros chicos hacían bogar corriente arriba.

Siempre había gente merendando allí y alguna devota que entraba en la capilla a pesar de que la Virgen estaba en la Catedral, ahora, por la guerra.

—¿Qué? ¿Ya te entiendes?

Solía encontrar a su primo en pie, manejando sus muletas.

—¡Se anda tan mal...! Se cansa uno mucho.

El médico decía que el primo mejoraba, pero Julio, viéndole tan encogido, pensaba que la cosa tenía mal remedio.

—¿Viste a los italianos? —le preguntó de pronto.

—¡Menudos tanques! Lo menos de cinco metros cada rueda...

—No son tanques... ¡Tractores!

—¿Quién está ahí? —preguntó desde el interior una voz cascada.

—Es Julio, tía.

El jardín, abandonado, guardaba aún residuos de rosales y acacias. Al fondo se levantaba un barracón de tablas retorcidas, grises del sol, donde guardaban un Ford al que, nada más estallar la guerra, habían roto el diferencial para que no lo requisaran. Mientras tanto utilizaban el coche de un pariente militar que a veces lo mandaba para pasear a Rafael por las afueras.

—¿A dónde vamos hoy?

—A donde quieras.

—Vamos a la estación...

Siempre acababan allí. Al primo le entusiasmaban los trenes repletos de soldados. Julio pensaba que si no hubiera ocurrido el accidente hubiera intentado, como otros chicos de su edad, enrolarse en el ejército. Siempre llevaba camisa azul y correaje negro con dos trinchas, como los mayores.

El coche se abría paso con dificultad, rumbo a la estación. Como el frente estaba en La Granja, las calles se hallaban repletas de soldados. Pararon junto a un paso a nivel, cerca de las vías. No había trenes. Una solitaria locomotora maniobraba a lo lejos.

—Mira. ¿Sabes qué es esto? —preguntó el primo a Julio mostrándole un pedazo de metal parecido a una bala.

—No. ¿Dónde lo encontraste?

—Es un tapón de válvula.

—¿De qué?

—De las ruedas de los coches, hombre.

Ahora se dedicaba a eso, y quería que Julio también las robase.

—¿De dónde la sacaste tú?

—De éste.

Julio miró delante pero el chófer no oía. Hablaba con otro soldado, conductor de un camión que aguardaba a que abrieran el cruce.

—¿Y si se entera tu tío?

—No se entera. Aunque falte esta caperuza, la rueda no se deshincha. Verás, baja conmigo.

Echó mano a sus muletas y pronto estuvo en el suelo. Julio no acababa de acostumbrarse a verle así, dando bandazos como un barco, pero le siguió dócilmente igual que en los buenos tiempos. Ahora le admiraba más porque nunca hablaba de su desgracia. Su lesión parecía una nueva aventura.

—Mira —le decía—, fíjate bien. Aprietas aquí y sale el aire.

Puso el dedo en la aguja del tubito, y el viento partió como un suspiro. El chófer volvió al instante la cabeza.

—¿Eh? ¿Qué hacéis vosotros?
Pero Rafael no se inmutó:
—Le estoy enseñando a mi primo la rueda.
—Tú déjame sin aire. ¡A ver cómo volvemos!
Y siguió charlando con el otro conductor que con la barrera alzada se disponía ya a arrancar.
—La caperuza está para que no entre el polvo. A ver si reunimos unas cuantas.
—¿Y qué hacemos con ellas?
—Las podemos vender.
—¿Y quién las compra?
—Aunque no las compre nadie. Las guardamos. Cuando vayamos a Madrid, cada mes yo te llamo por teléfono y así contamos las que tenemos cada uno.
¡Cuando volvieran a Madrid! A Julio le parecía cada vez más lejos. Ahora los nacionales se habían detenido. Parecía imposible que no pudieran dar un empujón y meterse y sacar de Segovia para siempre a todos los refugiados.
A veces durante la noche, oía a su madre hablar hasta altas horas en la habitación de al lado. El padre se había colocado, pero sólo por las mañanas, con la tarde entera para vagar, para matar el tiempo en el casino, sin hacer nada, sólo hablando, soñando con el día de volver a casa.
La madre estaba dispuesta a marchar a Salamanca, donde tenía parientes, pero el padre se oponía, pensaba que estando más cerca de Madrid acabarían por tomarlo antes.
La voz del primo sacó a Julio de sus cavilaciones.
—Mira. Ahí viene uno.
Llegaba un camión, justo mientras la barrera comenzaba a caer.
—Ahora se va a parar. Tú vete al lado de allá que es donde no ve el chófer. Te pones a mirar, como si buscaras algo por el suelo, y destornillas el tapón. ¡Pero con cuidado! A ver qué tal te sale.
Julio quería resistirse, pero el primo, implacable, le apremiaba.
—Anda, corre, que el tren va a pasar.
Marchó de mala gana, como al suplicio. En aquellos momentos odiaba a Rafael. Siempre acababa comprometiéndolo. Él era más valiente. Y más fácil también arriesgarse con el coche de su propio tío.
Ya estaba junto al camión. Tragando saliva lanzó una mirada en

torno a sí, mientras el tren se acercaba. El chófer debía aguardar en la cabina. Aplicó a la válvula sus dedos temblorosos, intentando mover el tapón, pero éste no cedió. Lo hizo hacia el otro lado y sintió que resbalaba un poco.

Cuando la barrera se alzó de nuevo, tenía el tapón en la mano. Decidió esperar a que el camión se alejase, pero a pesar de que ya el camino estaba libre, no avanzó un paso. Entonces, alzando la cabeza, vio que, desde la cabina, el conductor le miraba.

—Ahora vuélvela a poner en su sitio.

Quedó inmóvil, sin saber qué decir, avergonzado.

—¿Estás sordo? Venga, rápido. No hagas que baje yo.

No sabía qué hacer. Musitó apresuradamente un confuso «perdone» y volvió a colocar el tapón. Cualquier cosa antes que oír sus gritos.

El chófer de Rafael se acercaba.

—¿Pero qué pasa aquí?

—¿Es tuyo este chico?

—¿Mío?

—A ver si le enseñas a tener las manos quietas.

—¿Pues qué ha hecho?

—Pregúntaselo a él.

Y el soldado arrancó dejando a Julio con el otro frente a frente.

—¿Pero qué haces? ¿Te dedicas a robar ahora?

El chico le miró con ira, volviendo al punto los ojos hacia el suelo. A Rafael no le hubiera hablado así, seguramente. Desde el coche, el primo le llamaba, pero no quiso ir. Se alejó. Anduvo vagando toda la tarde. Una vez en casa, ni cenó siquiera, y cuando se acostó, el rencor, la amargura, no le dejaron cerrar los ojos hasta la madrugada.

7

Al día siguiente, la madre de Rafael mandó el coche para que recogiera a Julio. El chófer explicó que le invitaban a comer. Julio supuso que sería por lo de la estación. Seguramente el primo, arrepentido, había pedido a su madre que fueran a buscarlo.

Así conoció a su tía, la dueña de la casa, de quien el primo hablaba a menudo. Era muy vieja, con el rostro fofo y brillante, y no cesaba de hacer advertencias al sobrino.

—Cuidado, Rafael... No andes sin muletas.

Rafael las cogía. No había avanzado dos pasos cuando de nuevo:

—Pero vete derecho, hombre; te vas a quedar siempre así, encogido.

Otras veces, desde el sofá del comedor de donde apenas se movía explicaba que, cuando se muriera, iba a dejarlo todo a Rafael: su dinero, la casa y el jardín, incluso el coche roto.

En la mesa ocupaba el lugar de honor. Le veneraban como a un pequeño rey. Cada cual le cedía no sólo las mejores tajadas, sino la miga de su pan.

Cada vez que llegaba un nuevo plato, Julio intentaba averiguar cómo debería comerlo. Tan raros eran. Siempre estaba temiendo encontrarse con los ojos de la cara fofa fijos en él. Por fin adoptó el sistema de esperar a que los demás empezaran antes, y se fijaba en la madre. La tía sin embargo le apremiaba:

—Tú empieza, guapo, tú no tienes que esperar a los mayores.

Pero Julio se demoraba; los ojos fijos en el plato. Así pudo oír cómo la madre murmuró:

—Es un chico muy bien educado.

Las pausas, el incómodo sillón en que le habían sentado, la premiosa conversación que no entendía, prolongaban para Julio la comida hasta el infinito. Y era peor aún cuando, al verle silencioso, preguntaban:

—¿Tienes ganas de volver a Madrid?

—Sí.

—Lo echarás de menos.

Les hubiera explicado que en Madrid no salía de casa, que, después de la clase, las horas en el balcón se sucedían hasta el crepúsculo, que solamente los domingos le llevaba al cine la criada y, aparte de las hermanas, no tenía un solo amigo fuera del colegio.

Sin embargo replicaba:

—Sí, señora, mucho.

Y la vieja sonreía complacida.

—Además, cuando lo liberen y volváis, os podéis seguir viendo. ¿O vivís muy separados tú y tu primo?

Podría haberles dicho que el primo Rafael le iba a llamar todos los jueves para saber cuántos tapones tenía reunidos, y que por su culpa, el día anterior, había pasado la mayor vergüenza de su vida. Sin embargo se limitó a hacerle saber el nombre de las calles, y la vieja asintió aunque bien se notaba que no las conocía.

El clamor de las campanas vino de fuera, a los postres, como una liberación. Significaba peligro de bombardeo, pero a Julio le pareció que nunca las había acogido con mayor gusto. Bajaron atropelladamente a la bodega, y la tía detrás, en su misma silla que aguantaban dos hombres de la casa.

El zumbido que el chico conocía se fue acercando envuelto como siempre en explosiones y disparos.

—Eso son los antiaéreos.
—¿El qué?
—Contra los aviones.
—¿Desde dónde tiran?
—Desde el Alcázar. Allí están.
—¿Los has visto tú?
—¡Claro que los he visto! Son como los del siete y medio pero apuntando hacia arriba. Son los mismos.

También la bodega era como el primer refugio, en la colonia, pero daba menos miedo aunque las mujeres estaban sollozando y la tía de Rafael rezaba en voz alta.

Cuando los ojos se acostumbraban a la penumbra, aparecían por los rincones embudos y bebidas y botellas vacías. Las paredes rezumaban moho y el aire húmedo estaba cargado de un acre olor a mosto.

Mientras las explosiones retumbaban apagadas a lo lejos, el primo llevó a Rafael hasta un rincón.

—Oye, no estarás enfadado por lo de ayer.
—No.
—Es que unas veces sale mal, pero otras sale bien. Fíjate; mira las que tengo.

Le mostró un puñado que el chico apenas vio.

—¿Lo saben en tu casa?
—¿Lo de las válvulas?
—Lo de ayer —repuso el pequeño. Sólo pensar que la tía de Rafael pudiera reprochárselo, le hacía estremecerse.
—No, no lo sabe. ¿Quién se lo iba a decir?
—El chófer.
—Ése ni se entera.

Sin embargo le había llamado ladrón. Bien lo recordaba.

—Acércate.

La bodega se prolongaba ahora en una especie de pasillo bajo la escalera. El primo desdobló un trozo de periódico, sacando una foto algo velada ya por el tiempo.

—¿Sabes que va a venir mi prima Mercedes?
—¿Y quién es?
—Mírala. Aquí está.

Llegaba del otro extremo un rumor de voces rezando.

—Se ha pasado de Madrid con su padre y viene a vivir con nosotros.

Julio no hacía ningún comentario y Rafael preguntó:

—¿Qué te parece?

El pequeño no supo qué decir. La prima estaba en traje de baño, con un paisaje al fondo, como la Concha de San Sebastián.

—Esta foto se la hicieron en verano. Se la quité a mi madre.

Las campanas callaron. El silencio fue completo. Cesaron los rezos y la familia salió a la luz del día. Fueron a tomar café en tanto los chicos se demoraban en el jardín.

—Tengo más retratos en mi cuarto. ¿Quieres verlos?
—¿De tu prima?
—Todos no.

Tardaron un buen rato en pasarles revista. Todos se parecían. También tenía recortadas muchas ilustraciones de periódicos.

8

Llegó el otoño y la prima Mercedes no vino. Recibieron una carta de Burgos y nada más. Julio con el nuevo curso comenzó a ir al colegio. Cierto día, al volver por la tarde, notó algo raro en los de casa. Las hermanitas parecían fijarse en él más que nunca y todos, incluso el padre, dudaban al hablarle. En cuanto mencionaron el nombre de Rafael, sin saber por qué, adivinó que había muerto.

Había amanecido agonizando en la cama.

Cuando fue a verle, ya desde el jardín, oyó los lamentos de la tía.

—¡Como un ángel! ¡Ha muerto como un ángel!

En un reclinatorio, junto al ataúd, sollozaba la madre, sin decir palabra. Julio no osaba ni mirarle porque estaba seguro de que su alma andaba ya por los infiernos y, pronto también, allí estaría su cuerpo que ahora reposaba entre los cirios. Hubiera deseado buscar aquellas fotos y quemarlas. Hacerlas desaparecer. Borrar aquel pecado. También él podría condenarse muriendo de pronto, como el primo.

—Nadie sabe los designios del Señor —le respondió más tarde el confesor cuando, asustado, le contó su secreto—. Puede que Dios, en su misericordia infinita, le concediese a última hora la gracia de una perfecta contrición.

Oía decir a sus espaldas que era el mejor amigo de su primo y, con las miradas de todos fijas en él, por primera vez en su vida se sintió importante. Hasta le cedieron, entre los hombres, el sitio de honor en el entierro.

Al arrancar el coche, las mujeres que abarrotaban los balcones se santiguaron y los hombres, tras el cortejo, comenzaron a andar. Alzándose sobre el murmullo de la calle vino la voz de la tía en un grito chillón y desgarrado:

—¡Hijo de mis entrañas!

La madre callaba, acompañando al hijo hasta el final, aunque según Julio oyó decir, las mujeres nunca deben ir a los entierros.

El ataúd era blanco y de sus tapas pendían seis cintas blancas que otros tantos chicos sostenían de la mano, marchando al paso que marcaban los caballos. Julio nunca había visto un entierro parecido.

Allí iba el primo, tieso, envarado, mirando al cielo, vestido con su traje de domingo. Pensándolo, Julio deseaba llorar o sentir una gran pena como la tía o la madre o cualquiera de los que a su lado caminaban rumbo al cementerio. Se decía a sí mismo: «Está muerto», «está muerto» y hasta repitió a media voz una frase que oyó en el velatorio:

—Señor, llévame también a mí con él.

Pero sólo podía pensar en Rafael vivo, y hasta la ceremonia, las cintas, la gente, los otros niños en dos hileras a ambos lados de la caja le gustaban.

En el cementerio, antes de darle tierra, un muchacho vestido de falangista se adelantó hasta la fosa y gritó:

—¡Rafael Arana Barzosa!

Y todos respondieron:

—¡Presente!

Repitieron las voces por tres veces. Era como si el primo hubiera muerto en el frente. Quizás aquello le gustara.

De vuelta en casa, las hermanitas le preguntaron cómo había sido el entierro y la madre le guardó la cinta en un sobre. Toda la noche le hablaron como a un hombre mayor, como si su figura hubiera cobrado importancia aquella tarde. Al día siguiente, sin embargo, todo había vuelto a su cauce y las hermanas a sus secretos. Volvió al colegio. No recordó más la historia de las válvulas. Los tapones que guardaba en el cajón de su pupitre le parecían inútiles, tan muertos como el primo, y cuando en Navidad marchó la familia a Salamanca, quedaron olvidados, como Rafael, como la prima Mercedes, como los días de libertad pasados en Segovia.

XOSÉ LUÍS MÉNDEZ FERRÍN

ELLOS

Nos acomodamos cada cual en su sitio y Fernando, sentado al volante, le reguló el avance al encendido. Arrancamos de inmediato a través de una niebla fría que la luz del alba ponía como leche. Graznaban pesadas aves por los brezales e íbamos despacio en el Ford crema de Fernando Salgueiro, nosotros cuatro deslizándonos por las revueltas que descienden desde el Alto do Furriolo hacia Veiga y Verea.

Reposábamos el fusil entre las piernas, menos Fernando, que había dejado su pistola ametralladora sobre uno de los trasportines de atrás como quien deja una caja de bombones que lleva de regalo a alguna señora distinguida.

Siempre bebíamos coñac antes y después de este tipo de acciones.

El Conserje sacó una garrafa de Tres Cepas de debajo del capote. Fernando dijo no con la cabeza y acarició con dos dedos el fino bigote oscuro. Bebimos los demás. El Conserje eructó.

—¡Te prestó! —comentó el Caballero.

El Caballero tenía los ojos abultados, con el párpado bajo, muy caído, y, bien a la vista, una franja escarlata. Cuando miraba de lado, me parecía a mí que lo iban a lastimar tales esfuerzos. El Caballero miraba hacia el Conserje, que iba a su lado.

—Ahora llevamos al Conserje a casa —dijo Fernando en un susurro, como si estuviese abstraído.

Siempre me pareció que Fernando Salgueiro debía de tener algo de raza filipina. En aquel instante le brillaba la piel marrón, como si sudase; tenía granitos en la frente estrecha.

—Llevamos al Conserje a casa para que gallee esta noche a su mujer —añadió Fernando, que se pasaba ahora la mano por la mejilla, como queriendo certificar su casi ausencia de barba.

El Conserje tenía cabeza grande, barba negra de días y un bigote triangular que le daba aspecto radical o marroquí. Abrió mucho la boca y se rió mostrando las encías y los dientes, como cubiertos éstos de un cierto liquen verdoso. Pero enseguida agachó la cabeza de marrano y rozó con la frente el cañón del Mauser. Yo iba en el asiento delantero y, mirándolo desde allí, el Conserje se me antojó la imagen misma de la desolación. Dijo:

—¡Pues sí que está mi mujer para dejarme hacer!

Yo conocía a Fernando desde que los dos éramos niños.

—Bueno, bueno —dijo, y yo supe enseguida que él estaba barruntando, o sea buscando, el modo de reírse del Conserje.

Nos criamos juntos, Fernando Salgueiro y yo. Un día que fuimos de merienda al río, a Vilaza, echó tierra y un mirlo muerto en la paella que habían hecho las de Toubes para el grupo, con todo el cariño. ¡Ellas, que acababan de dar vacaciones en las monjas de Chaves y que estaban tan contentas por reunirse de nuevo con la pandilla en la que todos éramos como hermanos, allí en Verín!

Le teníamos miedo a Fernando Salgueiro. Siempre hacía su capricho. Siempre nos gobernó.

—Podemos ir a desayunar a Bande —sugirió de pronto el Caballero.

Fernando inició una sonrisa, sin separar los labios. El Caballero tenía fama de comilón y yo consideré sus tocinos abultados bajo la guerrera, rebosando por encima del cinturón y de la chapa con el escudo de España. Los tocinos, sometidos por el correaje que le cruzaba el pecho. La cruz roja de Caballero de Santiago se encogía, casi desaparecía, bajo la teta izquierda. Era más viejo que nosotros, el Caballero.

—Siempre lo hacemos, ¿eh? —le supliqué yo, muy manso, a Fernando Salgueiro.

La carretera de macadán estaba abierta en cien lugares, con profundos baches. Una polvareda rojiza se levantaba al paso del coche. Subimos al Alto do Vieiro, y se fue la niebla. Miré por el lado de la derecha y vi las parameras sin fin, el desierto yermo que, por Outeiro de Égoas, transita a las brañas de los pastores que caen ya en Portugal. El pico que se divisaba lejos había de ser el Penagache.

Fernando detuvo el coche y echó el freno de mano. Muy serio, abrió la cazadora de cuero y, del bolsillo de la camisa azul, sacó un paquete de tabaco. Con un gesto automático, hizo que se evidenciasen, en diversos niveles de longitud, algunos cigarrillos. Nos ofreció y sólo yo acepté su convite. Fernando Salgueiro siempre fuma Chester. Encendimos con su Ronson de oro.

Después salimos del Ford haciendo, a propósito, gran estrépito de puertas, de voces agrias y joviales, y de escupitajos. Acomodamos las pistolas en nuestros cinturones. Ajustamos los gorros en las cabezas, de lado y hacia adelante, para notar el baile alegre del pompón cuartelero, tan entrañablemente español. Colgamos el arma larga. Nos miramos y deseamos ser vistos y admirados por la población de Bande, que parecía ausente de la calle a las nueve de la mañana.

El Caballero de Santiago deslucía con su uniforme caqui y los *leggings* estrechándole el tobillo grueso. Parecía el Caballero un mílite de cucharón de los del tiempo de Primo de Rivera, y eso que era médico en Cualedro. El Conserje iba enfundado en un mono enterizo, con correaje y cartucheras por fuera, desabrochado por delante para mostrar la camisa azul, y, recogido hacia la espalda, el capote sin cuerpo. Dejé yo el chaquetón en el coche porque luciesen bien el yugo y las flechas en el pecho de mi guerrera y arrojé, haciendo juego con el índice y el pulgar, la colilla del Chester por los aires, en limpia trayectoria de artillería. Con bota de montar de dos reflejos, *breeches*, cazadora de cuero negro y la pistola ametralladora pendiente del hombro, parecía infinitamente más alto de lo que en realidad era, el querido Fernando Salgueiro.

Algunas ventanas se cerraron; de los balcones de Bande desaparecieron figuras que, vagamente, habían sido vistas tendiendo, si acaso, alguna prenda. Al doblar una esquina, se tropezó con nuestra escuadra un hombre de unos cuarenta años, chaqueta y pantalón de pana, botón de luto en la camisa a rayas, pequeña boina ladeada. Palideció; le noté en los ojos un miedo infinito; se retiró al medio de la calle, evidenciando, en la rapidez de sus pasos, un total sometimiento a nosotros. Irguió un brazo veloz:

—¡Arriba España! —dijo con voz humilde y sorda.

—¡No hemos oído bien! ¡No hemos oído bien! —le ladró enérgico Fernando Salgueiro, mientras le ponía su peor cara de fiera.

—¡Arriba España! ¡Arriba España! —gritó entonces el hombre con una voz clueca que deformaba el terror.

Nos miramos y nos echamos a reír, prosiguiendo nuestro camino hasta la fonda.

Ciertamente, los camaradas acostumbrábamos a meter algo en la boca después de haber hecho limpieza al alba.

Algunos de Verín habíamos salido aquel día a O Furriolo, en el Ford crema de Fernando. Quiso venir con nosotros el Caballero, que vive en Cualedro. Antes de rayar el sol, los de Celanova sacaron del Convento a seis, y nos los subieron a O Furriolo, en la camioneta requisada a la familia de Celso de Poulo, después de él mismo ser muerto por nosotros en los primeros días. Allí los paseamos a los seis, en la zanja de O Furriolo.

Nos recibió muy alegre el dueño de la fonda.

—¡Vivan los Camisas Viejas! —exclamó riendo.

—¡Calla, necio! —le cortó Fernando.

—¿Voy a dar aviso?

—¡Ni mu! Hoy andamos de incógnito...

La Falange de Verín se la tenía jurada a las malas bestias del ferrocarril. Allí donde llegaron las obras, había prendido la ponzoña. Aquel amanecer nos trajeron un buen regalo los camaradas de Celanova. Cuatro sindicalistas de Vilar de Barrio, un directivo de la Sociedad de Corrichouso y el bizco sevillano que había sido la mano derecha del alcalde marxista de A Gudiña (¡Dios lo tenga en el infierno!).

Tomamos unas copas de licor-café mientas esperábamos por el desayuno.

Porque los de Verín —el Fernando, el Otero, el Pazos, el Pepe Taboada— éramos de antes del Alzamiento. Cuando nos llamó Camisas Viejas el fondista, me pareció que iba a estallarme el corazón. Eso éramos, a no ser el Caballero. Y nuestras familias habían padecido en Verín el ultraje y el escarnio. Todos pagaron o iban a pagar con la muerte, los marxistas. Fernando odiaba especialmente a los del destajo del ferrocarril Zamora-Coruña; a los sindicados de las obras.

—¡Qué gentuza! —dijo Fernando con un frunce del morro, recordando los fusilamientos de aquella misma mañana, mientras se metía un trago de licor-café—. El de Corrichouso lloró como una maricona. Los demás se hicieron los valientes, pero se les veía el miedo en la mirada.

—Y en la boca —dijo el Conserje—. ¿Usted no les nota a los rojos el miedo en la boca, don Fernando? ¿No se lo nota? Yo enseguida se lo advierto.

Fernando empezaba a pasarlo bien.

—Creo que tu mujer no quiere farra contigo, Conserje.

Fernando era un diablo para tirarle de la lengua a los palurdos.

—¿Qué pasa, hombre? Cuenta aquí, que somos personas de confianza. Vamos, hombre.

—Está muy melancólica, don Fernando. ¡Un disgusto me la come!

Sobre el mantel de hule a cuadritos amarillentos y agujereados, aquí y allá, por brasas de farias y de mataquintos fumados allí por fumadores de mil ferias del trece y del veintiocho, el huésped fue poniendo los platos, los vasos, la redoma del vino tinto, una hogaza de pan de trigo.

—¡Para mí en piedra! —exigió el Caballero.

Diligente, el fondista le cambió el vaso de cristal irrompible por una jarra blanca de cuartillo.

—¡Vaya con el Conserje! —dijo como para sí Fernando mientras le daba vueltas al vaso.

El tresillo de Fernando chocaba, intencionadamente, contra los gruesos bordes del cristal, rasgaba el silencio súbito que se había suscitado. Y el Conserje habló. Su mujer estaba triste. Todos lo estaban en casa, allá en Gustimeaus. Tenían un dolor, ellos. El hijo de siete años estaba enfermo, blanco como la esperma. Le ardía la cara. Lo consumía una plaga de piojos que nadie conseguía ahuyentar, ni con baños ni con mudas continuas, ni con afeitarle la cabeza.

—¿Piojos? ¿Piojos?

—Piojos, don Fernando, por la ley que yo le tengo a usted y que ya le tenía mi padre a su padre, como criado que bien lo sirviera. Piojos de la cabeza y de aquellos mayores que trabajan en la ropa. Ladillas no tiene porque aún no ha encañado en las ingles, mi pequeño.

El de la fonda mandó el desayuno de tenedor por su mujer. Dos platos grandes y redondos; uno con patatas cocidas, otro con huevos y los chorizos fritos, con aquel aceite por encima; y todo espolvoreado de pimentón picante. En otro plato más pequeño venía el jamón en tacos.

Nos servimos. Primero el Caballero, por deferencia de Fernando. Después yo. Al Conserje hubo que insistirle.

En la pared ahumada del comedor había láminas con paisajes de lagos y montañas nevadas. A un lado, una mampara, con el alto de cristales azules y encarnados, separaba la cocina. El Conserje iba con la vista distraída de los cuadros a los cristales y de los cristales a los cuadros, mientras aplastaba patata contra huevo con el cubierto. Olía a lejía, pues era de mañana.

El Caballero dijo con la boca roja de chorizo de lomo:

—Conserje, si quieres yo le puedo echar un vistazo al pequeño.

—No es cosa de médicos. Ya lo traje a don Ildefonso Santalices, aquí a Bande. Don Pepe Barros me lo fue a ver a casa desde Lobeira. Gracias así y todo, señorito. ¡Dios se lo pague!

Pedimos más vino.

—Mira, Conserje.

Lo conozco bien, yo, al Fernando. Cuando le oigo decir así, con ese tono, «mira», ya sé que algo maquina, y me pongo a temblar. Le conozco las vueltas, a mi amigo. Es bárbaro.

—Escucha, hombre.

Y prosiguió Fernando, enseñando los dientecitos minúsculos en una sonrisa astuta que presagiaba burlas, en voz baja:

—¿Y no será que alguien os tiene envidia, en la aldea, a ti y a tu pendanga?

Se incorporó el Conserje y tiró la silla hacia atrás. Habló recorriéndonos a todos con la vista; ahora no como antes, que sólo hablaba para Fernando.

—No lo quería decir, pero es cierto que una vecina nos tiene envidia. Desde luego, señores. Una vez fue a pedirle a mi mujer un poco de vino, porque le venía el hijo que andaba en la obra y no tenía qué darle para mediodía...

Noté que Fernando se ponía tenso como las gomas de un tirachinas antes de lanzar el proyectil.

—¿En el ferrocarril? ¿Un hijo en el ferrocarril? ¿Tiene un hijo en la vía, ésa? —disparó al fin.

—Sí, señor, lo tiene. Ahora anda escondido, huido. Era de los de la CNT. ¡Hijo de bruja que ya era hija de bruja!

—¡Renegado sea el Demonio! —gritó en broma el Caballero, riéndose a carcajadas con estremecimientos sísmicos de la papada—. ¡Meigas fuera!

Fernando Salgueiro puede dejarte frío sólo con un gesto imperioso de su mano, con un frunce de entrecejo, con una mueca seca. No es preciso que, en un arranque de cólera, le meta a uno el cañón de la automática en el vientre para dar una orden —que también sabe hacerlo—. Con el Caballero sólo fue suficiente un sonreír y un dedo índice levantado en dudoso signo de reconvención.

Compungido y enlazando y desenlazando los dedos, prosiguió el Conserje:

—Ya nos tenía envidia, la bruja, por el asunto de mi trabajo en el Balneario, abajo. Cuando fue a pedirle la jarra de vino a mi mujer, ella no se lo dio. Ya estaba cansada de ayudarla a cada poco. «Otro día. Dios te ampare», le dijo, creo. En cuanto a la vecina, aún bien no había salido por la puerta hacia afuera cuando el pequeño empezó a quejarse y a vomitar (dispensando). No tardó en venir la miseria. Ella le echó el mal de ojo. La piojera.

Pedimos más vino, en Bande.

Un reloj redondo, con nacarados alrededor de la esfera, dio las once. Lo rojo se notó más en los ojos del Caballero. Fernando dobló la cabeza, como meditando, y la luz matinal le ponía idénticos reflejos a los de las botas en el cabello planchado con fijador, abierto en finas grietas. El Conserje cerró los ojos y una mosca se posó en su bigote triangular. Me toqué la mejilla. A todos nos había crecido la barba. El jamón venía de As Coriscadas, aldea de todo el año en Castro Laboreiro.

—Vamos a verle la facha a esa bruja —dispuso Fernando al arrancar el coche, tras tres vueltas de manivela enérgicamente ejecutadas por el Conserje.

—Es una mujer pobre —iba comentando el Conserje por el camino—, por eso nos tiene envidia y nos echó el mal de ojo.

Esta vez el Caballero, muy prudentemente, se limitó a modificar el hocico con una especie de sonrisa.

Fernando, de repente, se puso muy contento. Sacó varios cigarrillos del paquete, con una sola mano, en el tiempo que tardamos en llegar a Gustimeaus. Echaba el humo por la nariz y sonreía de medio lado, al estilo cinematográfico. Yo sabía que preparaba una fiesta.

Subimos, en vueltas y revueltas, un portillo muy alto. Me zumbaban los oídos. Al empezar el descenso, divisamos en la sombra un pequeño valle, feo, con prados enmarcados por muros bajos y un riachuelo sin vegetación en los márgenes. Acá y allá, casas, cuadras y hórreos cubiertos de colmo.

—Gustimeaus —anunció el Conserje.

La casa de la mujer era la más desviada y próxima a la carretera de macadán. Le humeaba el techo. El coche consiguió llegar a una especie de era ruin que la casa tenía delante.

Fernando echó la cara hacia atrás y mostró los dientes de comadreja.

—Ve a decirle que libre al niño del mal de ojo —le ordenó al Conserje con un matiz de soberbia.

—Traed la herramienta —nos ordenó a todos Fernando.

Echamos pie a tierra.

—Venga, Conserje —insistía Fernando—. Venga, muévete.

Vi entonces cómo el Conserje se ponía macilento como cera. Abrió algo la boca y le temblaba el bigote triangular. Yo les noto a los rojos el miedo en la boca, había dicho antes.

De pronto salió a escape hacia la puerta de la casa; le pegó un zapatazo y se metió dentro. Oí el grito de una mujer y voces confusas del Conserje.

Entramos los tres, y allí estaba el Conserje golpeando con el derecho y el revés de la mano un bulto oscuro que se protegía arrinconado contra el hogar, contra la pared de cascote del fondo de la casa.

—¡Acudid, vecinos! —gritaba la cosa negra, confundiéndose con unos harapos de humo espeso que el viento había hecho circular por la cocina.

Al notar que entrábamos, el Conserje se hizo a un lado a la espera de las órdenes de Fernando. El Caballero se puso a toser y se echó fuera de la casa. La mujer se incorporó y la luz que entraba de la puerta le dio en la cara. Por los clavos de Cristo, me pareció que aquella cara limpia, aquellos ojos claros y abiertos como platos, de miedo e incertidumbre, no podían ser más que los de una buena mujer. Llevaba pañuelo negro atado a la coronilla y se puso de rodillas con las manos en alto.

—¡Yo no le he hecho daño a nadie! ¡No le he hecho daño a nadie! —decía incesante, entre lágrimas, como en una letanía.

Noté dentro de mí algo dulce y misericordioso.

—Fernando... —supliqué.

Fernando me miró de través con una mueca de asco. Escupió en el piso terreño.

—Sigue, Conserje.

El Conserje, al oírlo, le sacó a la mujer el pañuelo de la cabeza y, con las llamas, brilló la trenza como una soga de oro. La agarró por ella, la zarandeó hasta volcarla de espaldas y la arrastró hacia la *lareira*, hacia el fuego. Ella se revolvía en el suelo y gritaba.

—¡Calla, hija del Diablo! ¡Tú embrujaste a mi niño! —gritaba él.

—¡No! ¡Por Nosa Señora do Viso! ¡Por la de Peneda! ¡Lo juro por todos mis difuntos! ¡Nunca hice daño a nadie!

—¡Retírale los piojos, meiga! ¡Devuélvele la salud, maldita del Señor!

En estas, Fernando Salgueiro se pone fuera de sí. Grita, con voz aguda y exigente que yo bien le conozco y que le sale en las grandes ocasiones, que ya basta y que a callar todo el mundo.

—¡Ahora hablo yo! —gritó Fernando.

Cogió mi Mauser y movió el cerrojo para montarlo. Como amenaza.

—¡Ponte de pie, bruja!

Ella lo obedeció. Le temblaban las piernas. La mujer tendría unos cincuenta años y conservaba una bella figura. Cruzó los brazos y clavó el mentón contra su pecho.

Fue entonces cuando Fernando le pegó un culatazo en el vientre que la dobló y la hizo caer redonda. Me lanzó el fusil por el aire y yo lo recogí como pude. Ella se retorcía en el suelo, deshaciéndose en lágrimas y quejidos.

—¡Ahora me vas a decir dónde está escondido el maricón de tu hijo! ¡Me lo vas a decir enseguida o te mato ya!

Dobló una rodilla y, con la bota alta, Fernando Salgueiro me pareció un Teniente haciendo el rindan en la misa de campaña del Corpus.

Agarró a la mujer por el cuello sin duelo de sus quejas sordas.

—¡La vas a estrangular! ¡La vas a estrangular! —exclamó el Caballero que entraba de nuevo en la choza.

—¡Peor que eso! —respondió Fernando.

Sacó con su mano derecha el Astra del nueve largo. La montó con los dientes, como acostumbraba a hacer Fernando Salgueiro cuando se ponía épico y quería meter miedo. Sin dejar de apretar el pescuezo de la mujer, intentaba meterle el cañón en la boca. Ella cerraba los dientes y él, de un golpe seco, le partió unos cuantos. Luego le introdujo todo el cañón. Parecía como si la mujer fuese a explotar, con los ojos hacia afuera y la cara amoratada. Sangraba por la boca.

—¿Me vas a decir dónde está escondido tu hijo? Te lo pregunto por última vez.

Ella movió un tanto la cabeza, no se supo bien si en señal de asentimiento. Entre el Conserje y el Caballero la sentaron en el escaño. Allí quedó, derrengada, con las piernas muy abiertas y el mandil y la falda, arrugados, entre los muslos. En algún tiempo debió de haber sido hermosa.

Yo conocía a Fernando y sabía cómo era él cuando le cogía el genio.

—¡Por última vez! —dijo.

Se acercó el Conserje al escaño. Se acuclilló junto a la mujer. Me pareció incluso que se ponía en posición de defecar.

—¡Vamos, mujer! ¡Sácale el mal de ojo a mi pequeño! —le suplicaba el Conserje.

Ella intentó hablar, sí, pero de la boca, muy deformada, sólo le salían ruidos indescifrables y una especie de baba sanguinolenta.

Levantó la mujer una mano, muy poco a poco, mano que yo encontré muy larga, fina y blanca como la de una monja de Chaves. Alzó el dedo índice. Todos quedamos en suspenso, como fascinados. La mujer seguía tartamudeando y expeliendo viscosidades. Luego movió una y otra vez el dedo, de derecha a izquierda y de izquierda a derecha, en un gesto que significaba negativa inapelable.

—¡Hija del Diablo! —exclamó el Conserje con las manos muy apretadas a su Mauser.

—¡Basura! —gruñó con desprecio Fernando mientras le temblaba el pulso al apuntarle a la cabeza con la automática.

La mujer los miró a todos. Uno por uno. En su vista clara yo vi simplicidad y una tristeza sin riberas, como si el mundo todo se le representara como un horror en aquellos instantes. No dejaba de proferir sonidos inarticulados. La boca se le había hinchado más.

Fernando, entonces, la golpeó fuertemente en la cabeza con la pistola. El ruido fue sordo. El cuerpo de la mujer se deslizó a lo largo del escaño, y allí quedó rendido e inmóvil. El Conserje tomó el fusil con las dos manos y le clavó el cañón en un costado, cayendo en tierra mujer y banco juntos.

—¡Ya basta, Salgueiro! ¡Ya basta! —dijo el Caballero como excusándose de su osadía.

—¡Todo cristo afuera! —gritó Fernando, excitado como nunca lo había visto.

Salimos a la era.

Fernando fue al coche y cogió del capó dos latas grandes de gasolina. Entró en la casa. Digo yo que regaría leña y astillas, muebles, el cuerpo de la mujer bruja. La cuadra y su estiércol. El cobertizo. El resto de una lata fue a parar al techo de paja. Después le prendió fuego a todo con la ayuda del Ronson y de una tea improvisada con *La Región* del día.

163

Muy pronto, las llamas cantaban con viveza y parecían querer tragárselo todo. Un furor loco de ovejas, puercos y gallinas nos aturdió las orejas. No querían morir quemados.

—¡Todos a Verín! —ordenó Fernando Salgueiro, nuestro superior, con una carcajada triunfal que, ya con el coche en marcha, coreamos nosotros como si quisiéramos echar algo fuera, algo raro que notábamos en el alma y que incluso podíamos sentir en la superficie de la piel.

Al girar, desde un alto, divisé la casa de la mujer bruja, completamente inflamada, y una columna de humo pálido que el viento empujaba hacia los tesos de O Xurés.

Después vi cómo Fernando se metía los dedos entre el pelo, deshaciendo la costra de gomina que lo mantenía rígido. Todos hicimos gestos semejantes, desabrochamos las guerreras, las camisas azules, para rascarnos. Sentíamos un picor difuso en la cabeza, en la espalda, en el pecho. Nos daba el sol en la cara.

Entonces fue cuando los piojos se apoderaron de nosotros para siempre.

MARÍA TERESA LEÓN

MORIRÁS LEJOS...

Aquel señor se señoreaba a sí mismo obligándose a ser metódico, ordenado. De mañana, con el sol arrebolado apenas, dejaba el lecho, estrechito, zancudo, medio saltamontes o cigarra que se planteaba en el testero de su habitación. Sutilmente creía que estafando horas a la mañana engañaba a la vida y se reía un poco, casi sin querer, de dar con la palmeta en los nudillos del sueño. Como nadie más que algunos pájaros y el vaho de las charcas se levantaban con tanta premura, él mismo se encendía un cacito eléctrico para fabricarse su primera taza de tila. Íbase luego a la ducha. Castigaba su sistema nervioso con agrios chorritos alimonados por la primera luz y se sentaba ante una mesa donde se hallaba de antemano dispuesta una lista de trabajos que consumirían en su candela toda la jornada. Se daba candela de trabajos como las enamoradizas de ciertas islas del Caribe se rocían de petróleo y se prenden el alma para conseguir arder en un fuego más brillante. Así el señor se consumía en trajines, domando, domesticando sus nervios. Siempre han porfiado en decirnos que ésa era la perfección máxima a que un ser humano podía aspirar: «Niño, hay que tener dominio de sí». Y él trataba de conseguirlo.

A lo lejos de su existencia se divisaba con abrumadores encajes sobre un vestido de terciopelo negro. Como su madre no consentía que se meciese en la banqueta del piano, introdujo sus deditos entre la filigrana de su cuello de punto de Irlanda dejándolo en pingajos sobre sus hombros. Así se veía aún hoy cuando ya en torno de su cuello llevaba un durísimo collar de cincuenta años. Allí comenzó su mansedumbre.

«El señor es rencoroso sólo consigo mismo», decía Basilisa, que en veinte años de servicios había conseguido sorprender su timidez al hacer resonar sus primeras pisadas del día. «Buenos días, señor», y el señor temblaba al verla con su caparazón de percal gris. Se volvía a mirarla con un trozo de mármol entre los dedos, suspendía la operación de limpieza y contestaba con la voz hecha hilos: «Ando mal, Basilisa, casi no ando». La sirvienta, pachona de casta, venteaba el aire y haciéndose cargo de la situación arrancaba el paño de manos del amo. «Traiga acá. No es de señores sacudir el polvo a vejeces.» El coleccionista, vagos los ojos y el corazón anhelante, bien quisiera derribar a empujones su timidez. Pero no podía. «He de dominar mi mala condición de hombre. Dejemos a Basilisa ganar su sueldo.» Entonces, sentado en la mesa, frente al balcón, seguía el vuelo terco de dos moscas emparejadas, entrándosele por los ojos camas floridas.

Su novia Kristel fue una doncella rubia que no respondía bien al González de su apellido. Alguna cosa resquebrajada, de mal campaneo, ayuntaba estos dos nombres, especie de pareja de tiro formada por un ruiseñor y un percherón. Todo se presentaba cómicamente sensato: la mamá a regular distancia, la niña Kristel y el novio siguiendo mansamente la rueda del paseo, el paseo despidiendo de cuando en cuando carbones candentes de sus arcos voltaicos... Se acercaba el novio mucho a la muchacha para mirarla bien, y a pesar de la luz de los focos, sacudida por las notas aparatosas de la banda de música del regimiento de infantería, iba descubriendo en aquel cutis amplias zonas navegables, pozos secretos, orografías peligrosas. Se abría la blancura de la novia en ramos de estrellas, pugnaban por aparecer algunos canales... Quiso con toda su alma encontrar graciosa aquella urdimbre que descubría la formación auténtica de una piel de mujer. Pensó que todo ello era producto de su sinceridad transparente; se acercó mucho para encontrar en el agrandado de aquellos caminitos errantes una respuesta a su disgusto; pero sólo consiguió que dijesen los que veían sus aproximaciones: «Se acerca tanto para no verla». Cuando creyó que ya había dominado sus instintos salvajes, cerrando los ojos para escuchar únicamente la voz, a Kristel se le ocurrió desaparecer por el laberinto de la muerte sin ser llamada.

Nadie, y menos que nadie el novio, al fin apasionado, consiguió explicarse los motivos. El cuarto estaba en orden. Únicamente el espejo del tocador lucía un balazo y otro la frente de la señorita. El novio dominó sus nervios, atormentó sus músculos y, a medio aplacar su desesperación, se precipitó a vivir en su casa de campo.

Allí fueron recibiéndose las colecciones de hermosas antigüedades desde todos los rincones del mundo. Entre éste y su cuerpo físico, quedaron tendidas cartas comerciales, cifras, reclamaciones. ¿Qué podía importarle todo lo demás? Leía libros para alcanzar la grata perfección del olvido, cultivando rosas enredaderas por tapiarse, aislándose más cuando el ruido del verano, devorando calores, se le volvía insoportable. Entonces introducía cera virgen en sus oídos para sentir únicamente la fragancia del jardín.

Era ésa la sola borrachera que se permitía. El coleccionista, el resto de aquellas horas voluntariamente multiplicadas, leía sugerencias de los posibles remotos orígenes de sus tesoros, o escribía notas en papelillos azules que escondía bajo sus monedas. Aquella mañana, cuando Basilisa levantó el campo, anotó rápidamente bajo una moneda cretense: *¡Oh, dulces prendas por mí mal halladas!* El bigote negro, en asta de toro hacia las mejillas, se cubrió de un suave rocío. Sacó el pañuelo, se atusó las guías a derecha e izquierda y levantando otra rodaja de oro colocó un nuevo pensamiento sobre papel azul: *Y no halló nada en que poner los ojos, que no fuera recuerdo de la muerte.*

¿Lo habían olvidado en ese lugar donde se señala la trayectoria de la vida, dejándolo en la playa como un zapato viejo desdeñado por el oleaje? ¿Podría creer que aquellas altas enredaderas espigadas de rosas eran un blindaje suficiente, capaz de detener la obligación andariega del hombre? Así estaba él tentado de creerlo. ¿Y si yo no quiero moverme? Claro, su voluntad alerta al menor desliz le controlaba la mano, la mente, hasta los bigotes negros, pequeños mástiles hacia sus pupilas. Alcanzó una pequeñísima rodajita de oro hundida en terciopelo azul y la echó a rodar sobre el tablero. Dulces cobertores, lechos flotantes, criaturas humanas se le venían a las manos. Procuraba sacudirlas, dejándolas sobre la mesa; pero volvían navegando de perfil. ¿Cuántas mujeres por este trocito de oro? No, no. La paz. Prefiere el señor la paz. Cerró de un manotazo su riqueza y se puso a frotarse la región precordial con una esponja.

En estos trasiegos se hallaba, cuando le pareció oír un rumor de alas. Luego, y no antes, Basilisa entró en su cuarto de baño empujando la puerta.

—¡Aviones, señor! Ya están aquí.

—¿Y qué puede importarnos, Basilisa? Nuestra conciencia está segura de que nunca hizo mal.

—Señor, es que estamos en guerra.

El señor apresuróse a poner los resortes de su voluntad en juego.

—Eso puede interesarle a los malvados. Nosotros nada tenemos que cambiar en nuestra vida.

—Pero ¿y si llegan?

Se descubrió en el espejo un torrente de pelo pegado con jabón calveándole por el tórax. Creyó que le acababan de atravesar la luna biselada con un balazo.

—Váyase, mujer. Es triste la guerra por los que mueren.

—Tengo sobrinos —informó Basilisa, iluminando repentinamente un sector familiar. ¿Cuántos años hacía que ni los recordaba?

—Váyase. Estoy ocupado. Me han enviado un paquetito desde Cambodge.

Las alas de zureo siniestro aparecieron tercas, insistentes sobre el tejado mismo de la casa. Amo y criada pudieron verlas alejarse entre dos nubes.

—Señor, es un agente de la defensa pasiva.

—No quiero ver a nadie, Basilisa. Desde hace diez años no veo a nadie y para qué voy a enrarecer el ambiente.

—Pero, señor, estamos en guerra. Quieren inspeccionar los sótanos y saber si es bueno para resistir bombas y cuántos vecinos pueden caber en él.

—¿Vecinos? ¡Basilisa, han perdido la razón! En ese sótano apenas si caben las escobas viejas y las arañas.

—También dicen que hay que colocar papeles azules en las ventanas.

—Imposible, Basilisa. De día no podría nunca más ver el cielo.

—También van a subir un carrillo de arena a la azotea.

—¿Para qué? La resistencia de los materiales puede no soportar el peso y entonces se nos vendrían abajo estos viejísimos tejados que edificó mi abuelo con la primera plata que ganó.

—Yo le comunico lo que me dicen, pero si el señor insiste en que...

El jefe del sector, hombre decidido, que debía a su temperamento el puesto tan responsable que le entregó la defensa pasiva, se hizo presente en el descote de la puerta. Protegiéndose con una toalla el bosque peludo de su pecho, el coleccionista lo miró, aterrado.

—¿Pero me acompaña usted a ver el sótano, sí o no? La multa para los que ponen dificultades es de...

Quiso responderle, oponerse, pero una vez más dominó sus ímpetus.

—Acompáñale, Basilisa. En el llavero grande están las dos llaves.

—No, señor; el reglamento dice que tiene que ser el dueño de la finca. ¿Es usted el dueño de la finca?

—Sí, señor.

—Vístase.

Obediente a la voz de mando, pasó sobre sus hombros un batín de motas blancas, dispuesto a decirle cuatro verdades cuando terminase la visita.

—Primero, a la azotea.

El jefe de la defensa contra bombardeos hablaba mucho. En cuanto vio la terraza, calculó su situación estratégicamente.

—Aquí se puede emplazar también un cañón antiaéreo.

—¿Qué está usted diciendo?

—Además, contra las bombas incendiarias, mandaremos un carro de arena. Es gratis. Por su cuenta, aquí, junto a esta chimenea, mandará construir un cajón, y comprará una pala y un pico.

Bajaron las escaleras.

—Este sótano no sirve contra los gases.

—Claro... Apenas si las escobas viejas y las arañas...

—Pero reforzándolo con cemento... Una pequeñísima obra, y podrán guarecerse veinte vecinos a la menor señal de alarma como dentro de su caparazón la tortuga cuando hay tormenta.

—¿Quiere decir que vendrán veinte vecinos?

—Sí. Pero no habrá desorden. Un jefe los controlará, una enfermera se encargará del botiquín, yo mismo pasaré, de cuando en cuando, de inspección.

Sentía el pobre coleccionista desgajarse, destrozarse el árbol de su existencia. Aquellas futuras promiscuidades le mordían corrosivamente el alma. ¿Cómo oponerse?

Basilisa aprobaba todo con golpes secos de cabeza.

—Ya he explicado a su cocinera la forma de encender la lumbre para que su cocina no eche humo. Aquí, en estas instrucciones, está la manera de colocar las tiras de papel engomado sobre los cristales para evitar que se quiebren por la expansión de las explosiones. Y al final de este cuadernito pueden leer las multas en que incurrirá todo aquel que desde esta noche no consiga un oscurecimiento completo de todas las ventanas y puertas. La patria está en peligro, ciudadano.

Se cuadró militarmente, afirmó en sus sienes un sombrero modesto y dejó sobre la mesa el cuaderno de instrucciones más una tarjetita con esquinas rosa. Mientras el jefe de la defensa pasiva se alejaba, el coleccionista agarró la tarjeta, mordisqueándola desesperado de no poder morderle el corazón. Después miró a Basilisa. Estaba muy ufana de conocer al dueño de la confitería «La Bola de Nieve», enérgico y mofletudo hombre, que doblaba el camino sin volver la cabeza. Al señor se le fue la suya. Creyó que las patas de los muebles, vueltas puntas de espada, se precipitaban contra el techo mientras una a una rodaban las monedas de su colección de numismática.

Al segundo vuelo, se escuchó en la puerta un griterío igual que si todo el gallinero se despoblase apretujándose en la entrada. Basilisa, revoloteando las sayas, indicaba con el dedo índice la dirección.

—Tendremos que poner flechas.
—Señor... Sí, ese que lleva el niño. Más de prisa.

Todo el tumulto, hasta la voz de coronel disfrutada por el dueño de la confitería, le fue ascendiendo al cerebro. El señor comenzaba a no soñar. Insensiblemente los aromas floridos se pasaron sin su contemplación. Algunas mañanas, aquélla por ejemplo, olvidó la ducha. Amanecía un día insólito en su existencia. Por una parte, el barullo que remontaba la escalera se le sentaba sobre la vesícula biliar; por otro, la inexorable presencia de un número indeterminado de aviones que las sirenas de alarma acongojadas no podían precisarle. Sintió mareo. Navegaba por aguas pretéritas que no volverían, por aquellos pacíficos mares de contemplación, que se le quedaban convertidos en dos lágrimas dentro del cuenco de la mano derecha. ¡El mundo! Sí, claro es, el mundo del cual había conseguido salir por la puerta falsa, cuando aquel tiro memorable, y ahora se le colaba empujando sus recuerdos demasiado al fondo para que el señor pudiera pescarlos poniéndolos en uso cada vez que los necesitaba. Abrió la arquilla del monetario. No le hablaban ya aquellas que eran las espumas de su entusiasmo. Ni fechas, ni tiempos mejores, ni batallas, ni héroes saltaron de los trocitos de metal. Un silencio de pana azul le fue envolviendo. Entonces, asustándose, el coleccionista volvió los ojos a las cerámicas árabes, a los pocos incas, tocando levemente las talaveras retozonas y sanotas. ¡Tenía un miedo! Le entró huesos abajo un frío insufrible.

—¡Basilisa!

Resonó, abombó la casa. Contestó el eco. La luz, cuadriculada por las tiras de papel previsoras, convertían en un cuaderno de escuela las losas del suelo. Abrió torpemente el balcón.

—¡Basilisa!

Un tiro hizo estallar el vidrio próximo a su sien derecha.

—¡Cállese, hombre! Le puede oír el enemigo.

Y la bomba cayó. Aquella acacia de aliento varonil voló hacia el cielo de los árboles hermosos. Como reventara una conducción de agua soterrada bajo sus raíces, quedaron de ella su recuerdo y un borbotón azul que llenó el cráter.

La casa, resquebrajada en su parte norte, se mantuvo tiesa con la monterilla de un trozo de tejado verdipardo, un poco toreril. El jefe de la defensa pasiva vio confirmados sus pronósticos: «Si la bomba estalla sobre el improvisado refugio, mueren veinte vecinos». Hacía falta cemento. Un cajón de cemento, aunque se inutilizasen las trojes donde se guardan las cosechas. El señor vio caer a sus pies la más hermosa de sus piezas de cerámica. Al partirse, lanzó un lamento más agudo que la propia explosión.

Se incorporó temblando. Encendió la luz y, de hinojos ante ella, olvidó su propio peligro. La luz le fue descubriendo su cariño hacia las cosas inanimadas, agobiándole de ternura. Apretó los puños. Quiso hacer jugar el dominio de su voluntad, como le enseñaron cuando adiestrando sus nervios le repetía su madre: «Hay que tener dominio de sí». Pero sintió que la histeria le tomaba por los cabellos canos.

—¿Qué está usted haciendo? ¿Pretende que nos asesinen a todos? ¿Señas al enemigo? Apague la luz inmediatamente, mal patriota.

Giró el conmutador. El propietario de «La Bola de Nieve», olvidando su dulce oficio, lanzaba alaridos escaleras abajo. Lanzaba esos alaridos para darse valor y poder ejercer las funciones de controlador del miedo de los vecinos. Los vecinos, en el rincón de las escobas y de las arañas, temblaban soplados por la guerra.

El pobre señor gemía en el primer piso con la nariz machacada contra los trozos rotos. Gemía porque durante su vida entera le enseñaron a refrenar sus impulsos y eso le había restado fuerza para hundir la mandíbula al jefe de la defensa pasiva cuando le dijo mal patriota.

Basilisa recogía los baúles. Acercaba la línea de fuego sus banderines rojos. Los aviones llegaban en cuña como los estorninos y las bombas exageraban su tarea. No volvería el señor a escribirse papelitos azules recordándose la muerte. La muerte estaba detrás de cualquier mata de espino que se abría a las veinticuatro horas como una caja de sorpresas.

—¡Cuidado con los tibores!

Basilisa rogaba en sus entretelas por la desaparición de aquella impedimenta.

—Las figuritas de jade, en caja aparte.

Como no hallaron viruta, rompían las sábanas y las camisas. Al fin, treinta cajones de dimensiones diferentes se alinearon en la veredita que lleva al portón. El señor, constantemente, regresaba por alguna cosa que se le olvidaba.

—¡Una cesta, Basilisa!

A gritos, sudados de emociones y de trabajo, entre dos bombardeos, consiguieron ponerse en situación de marcha. «Pasará un camión», les había dicho el jefe de la defensa pasiva. Basilisa y su amo se sentaron a esperarle.

Como a las cuatro de la tarde apareció el camión. No, ése no podía ser: descubierto, sin bancos, ni sillas... Imposible. Tal vez llevase municiones. Pero el camión se detuvo.

—Debemos recoger aquí dos refugiados.

Entonces el señor vio que sobre la especie de toril o barrera pintada de gris surgían mujeres ojerosas, niños de cabeza grande, algún viejo... ¿Iba a tener él, el señor, que subir entre aquellas tablas, consentir aquella promiscuidad? Prefería morirse entre sus rosales trepadores.

—Cincuenta kilos por persona. Ni uno más.

Entonces se mordió los labios para no responder, para perfeccionar su sufrimiento hasta límites inauditos.

—Me quedo —dijo simplemente con un dejecillo señorial.

—Evacuación obligatoria. Lo sentimos en extremo.

A brazo partido consiguieron apartarlo de su riqueza.

—¡El cofre, Basilisa! ¡El cofre!

Subieron el monetario. Basilisa trató de explicar que necesitaba el cesto con dos pollos. Imposible. Arrancó el camión como zorro perseguido. Enfilaron la carretera. A su espalda, inexorables, tres trimotores hacían doblarse los álamos contra la tierra.

Llegaron a un refugio. Masticaba el señor su fracaso de coleccionista. Comía en un bote de tomate una comida perruna que Basilisa consiguió para él. El recuerdo de su casa vacía, de sus colecciones amontonadas le daban fuerza para ser indiferente. Iba sucio. No había ducha, ni hora de levantarse, ni silencio. Junto a su pie lloraba un niño muy chico.

—No lo pise, señor.

Sobre sus rodillas solía dormirse una vieja. En el desconcierto que juntaba a los seres humanos, a veces se podía ver alguna mujer joven, olvidada de sí misma, que se levantaba dejando un rastro húmedo. Basilisa, buscando aderezar todas las anormalidades, decía:

—Tiene miedo, pobre.

El señor no veía más que las piernas mojadas volviendo más rubias unas pobres medias que fueron de seda. ¡Qué extraño! Había mujeres de carne en los refugios para los refugiados temblorosos. ¡De carne! Los bigotes mal cuidados que fueron antes torrecillas negras hacia sus párpados, se inclinaban, mongólicos. Sentado sobre su cofre aguardaba, dominándose los nervios, una prueba más.

—Señor, señor, ¿no ha sentido los piojos?

La voz de Basilisa apenas si agitaba el aire.

—¿Piojos?

—Sí, va a venir la Sanidad para que no nos rasquemos tanto.

Un temblor le sacudió la boca. Metió su mano bajo la axila. ¡Piojos! Claro es, piojos. Ahora comprendía aquel andar constante de sus manos explorando el cuerpo. Llamaban a la puerta del refugio a grito herido:

—¡Todos los hombres a la derecha! ¡Las mujeres a la izquierda!

Quiso no ir, desertar de aquella cuerda trágica de seres anónimos, ser de nuevo el coleccionista respetado a quien escribían los arqueólogos y las instituciones de mayor prestigio, rebelarse en nombre de su sabiduría, de su casta, de su condición... ¡Pobre! La guerra le llevaba en su pico. Al pasar, distraídamente, alguien le dio un número.

—Cuélguelo en la camisa.

Así, marcado como un potro, entró en la fila de los desdichados que iban a matar su orgullo y sus piojos en la estufa de desinfección.

—Más de prisa, Basilisa. Corramos. Están ahí.
—Pesa mucho el cofre.
—Espera.
Brilló el monetario a los rayos de tenue naranja de un sol invernizo. Eran pupilas de niños muertos, niños antiguos con ojos de oro, plata, bronce... Se les quedó mirando extraviadamente. Había que decidirse. La selección le sepultaba un cuchillo de dudas.
—Vamos, señor. Es el último tren.
Nadie miraba. Ninguno de aquellos seres machacados de asombro miró la belleza de las monedas antiguas. ¿Servían para comer? ¿Se podía esperar que mágicamente detuvieran la agresión? Entonces, preferían las cebollas que la Cruz Roja llevaba en un carrito hacia los vagones delanteros.
—Apártese, hombre.
En improvisadas parihuelas iban entrando heridos graves.
—Han vuelto a bombardear la carretera.
El señor, alzados los ojos hacia Basilisa, le pedía consejo.
—¿Cuáles?
—Las de oro, señor.
—Según. Estas cartaginesas de plata valen más que estos doblones de oro.
—Entonces, señor, vamos a meterlas en mi chal y envolverlo todo en las camisas.
Así hicieron. Un petate de soldado con licencia salió perfecto de la operación. No quiso ni mirar las monedas que quedaron en la bandeja de terciopelo. Cerró el cofre y lo apoyó contra el muro junto a un banco de hierro, mohoso de aguardar trenes. Con el pie empujó bajo él todos los papelillos azules que le sirvieron de comunicación subterránea con los siglos pasados. «Salid sin duelo, lágrimas, corriendo»...
—¡El tren, señor!
El ciervo mugiente de la locomotora entraba en agujas. Con algunos techos y portezuelas sueltos seguían los vagones. Basilisa se unió al clamor. El coleccionista apretaba contra sí el tesoro y seguía agarrado a la mano de la mujer para no perderse. Quisieron desunirlos.

—¡Los hombres solos, en aquel furgón de caballos!
Alguien que intentaba controlar la avalancha, los detuvo:
—¿Con quién va usted?
Entonces el señor, sintiendo desangrársele toda posibilidad de huida, contestó dulcemente:
—Con mi mujer.

—Aquí tampoco pueden quedarse. Vayan más al sur.
Ya no había trenes. La carretera conservaba los indicadores. Uno de ellos señalaba a trescientos kilómetros de distancia un puerto de mar. A derecha e izquierda, campamentos de gentes cansadas. A derecha e izquierda, árboles y huertos. A derecha e izquierda, casas construidas con los frágiles materiales de la paz. Basilisa se apoyaba en el brazo del señor. Dormía el señor sobre el regazo de Basilisa. Volvía a sentir una pierna femenina junto a su marcha. Quería convencerse de que aquella media recia de algodón casero le agarraba también a él los talones, para que la tierra no lo despidiera totalmente. Alternaban la dulce carga. En ocasiones, ella exigía que se desprendiesen de algunas monedas. El señor, con los ojos llenos de lágrimas, suplicaba: «Aguarda que pasemos un puente». Al principio quiso convencerla de que aquello era dinero, sumas importantes de dinero, pero tuvo que desistir. Basilisa continuaba llamándolas medallas en lugar de monedas.

Cuando echaron a andar, se sintieron jóvenes. Creyó el coleccionista que podría reconstruir su aislamiento. Era ancha la tierra. Se está bien en el mundo cuando hay tierra para andar. Por primera vez comprendía el gran espacio que necesitan los hombres aunque sean muy chicos. Esto era confortable, aunque se sintiese pequeño, desamparado... Desamparado en un silencio lleno de palpitaciones sonoras, de venas, murmullos y pausas. Éste sí que era un silencio profundo para leer su correspondencia un coleccionista. Pero le llegaba, justamente, cuando no había carteros. Nunca se había dado cuenta.

—Basilisa, ¿qué te parece el campo?
—Bueno para señoritos ociosos, señor.
¡Esta Basilisa! Le oprimió con ternura el brazo. Un brazo cuarentón, resquebrajado de soles. Sólo un momento pensó que opinaban distinto. Pero era una sola honradez la que iba del brazo en aquel hoyo de luz que las guerras permiten, riéndose.

—¿No tienes hambre?

Se conmovieron al ver gallinas picoteando entre las malvas reales.

—Te quiero convidar.

Abrió la puerta. Levantó su sombrero.

—Nos han dicho, señora, que usted vende comida.

—Pago adelantado.

—Está bien.

Deslió sus camisas. Las monedas, soltando brillos infantiles y juguetones, mostraron su linaje. La ventera se inclinó sobre el mostrador.

—Mire, legítima. De la época de los Trastámaras. Estas esquinas que la hacen perder su redondez viene de la avaricia de aquellos que al pesar las monedas sacaban provecho de las virutas de oro. Vale...

—Vayan al prestamista, buena gente, y que se lo cambien por billetes de banco.

Salieron a la carretera. Basilisa quiso defender a voces los monarcas desdeñados.

—No. Calla. Déjala. Hay que saber en qué tiempos vivimos.

Basilisa vio el arco iris de una gota redonda sobre el bigote negro de su amo. Aunque fuera desdecirse de su palabra, le pudo más el corazón. Giró su busto matronil, buscando en él una bolsita bordada en crucetillas rojas. Cuando la halló, su dedo mojado en saliva separó un papel.

—Ande, señor. Cómprele huevos a esa arpía.

El señor automáticamente, empujó la puerta y dejó en manos de la mujer desconfiada el papelucho renegrido y se quedó aguardando el milagro de un billete de banco.

El muelle. Andar por un muelle es difícil. ¿Contra qué grúa se apoyará el señor? Los barcos interceptan la vista del mar. Cuando entre dos cascos se adivina el agua, es sólo una plancha caliente o fría, según la temperatura del aire. Hoy hace frío. No tiene el señor brazo cuarentón donde agarrarse. Se le han ido desapareciendo de la memoria todos los asideros que con tanta firmeza lo amarraban al pretérito. Piensa que es un globo libre. Cabecea y se da encontrones contra recuerdos que lo empujan despiadadamente.

Basilisa ha quedado tendida en una linde, más gorda, más fea, más criadil su atavío pobre. Apenas si sobre la boca la nariz le floreció un poco. Al señor lo empujaron brutalmente. La tierra rechazaba la agresión con chorros de arena y piedras. El señor se vio obligado a huir con el rebaño, colgándole de un hombro el chal de Basilisa. No sentía el peso. Cuando sentía cansancio en el hombro, le entraban ganas de tirarse al suelo y de llamarla hasta que acudiese. Pero no lo hizo. Va por el muelle buscando el barco. Le ha pisado los talones un enemigo alado que él no consiguió ver nunca. Pero se irá. Puede irse a otro continente. Huir por el agua. Necesita perder esa sensación de golpearse contra los vientos. De que todos los vientos lo golpean. Tampoco le es posible morir. Además, toda la humanidad anda, corre, se agrupa, se dispersa empujada por un cayado invisible. Él también anda y corre. Ya no lleva botas de sabio acordonadas hasta el tobillo. Basilisa, en una aldea, le compró alpargatas blancas. Pero el traje es negro, correctamente negro. Y, sin embargo, ¿dónde dormirá? Se le vuelve a cada momento más difícil el no tropezarse con los muros de los tinglados, con las patas dromedarias de hierro. Necesita aligerar el pensamiento para encontrar rumbo. Le gustaría que sus pies, aquellos pobres pies, aquellos miles de pies que se arrebatan ensangrentados, pudiesen entrar un instante en el agua fría del mar. Se enternece pensando que por su gesto de quitarse las alpargatas estirando los dedos, puede que a lo largo y ancho de una nación miles de hombres descansen su fatiga. ¡Qué gusto saberse rebaño! Cuando con los dos pies al aire, remangadas pulcramente las bocas de los pantalones, introduce sus dedos en el mar, le sube un borbotón de sorpresas. Empuja un corcho que flota. Hace un remolino. Cree que canta: «Basilisa, Basilisa, ¡espérame!». ¿Cómo no vio antes su ternura doméstica? ¡Estos millones de rayos de sol! En los puertos hay mujeres que se entregan por oro. Están en las esquinas. Nunca a media calle. Siempre hay una esquina y un farol. Pero se reirían de él. ¿Pero por qué nadie se ha reído de verlo huir? Es que todos van ridículamente apretados en bloque y más solos que nunca. Definitivamente solos con su muerte saltándoles delante, detrás, a los costados... ¡La guerra! ¿Por qué la guerra? Su conciencia está bruñida y solitaria. Tal vez demasiado solitaria. ¿Demasiado solitaria? Sí. Ese volumen de su inteligencia pudo ocuparse de formular la manera de oponerse a la matanza. Su inteligencia y la de los otros eran como los pañuelos de su uso personal. ¡Qué fracaso! Vacíos, huecos, están los asientos de los estudiosos. ¡A él le han muerto a Basilisa! Empujó el corcho.

—Te vas a caer.
—Nada me importa.
—Sí, te vas a caer en agua sucia.
—Más sucio está el mundo.
—Tienes razón, chico.

Una mujer casi joven se sentó, mostrándole las piernas. No era su propósito encandilarlo con seda artificial.

—¿Vienes de muy lejos?

El señor hizo un gesto vago. Aplastó entre dos palabras una mosca.

—¿Eso nada más has traído?

Intentó levantar con una mano el chal de Basilisa.

—¿Traes piedras?

Introdujo sus dedos en el atado de ropa.

—¡Anda, medallas!
—Monedas.
—Claro, monedas viejas. Dame una.
—¿Y tú?

Se atusó los bigotes otra vez en agujas hacia los párpados.

—¿Tienes dinero?
—Ya lo ves.
—No. Del otro.
—Esto es más.
—Puede, pero me detendría la policía.

Saltó la moneda al aire, la recogió con la palma abierta. El señor dominó su espanto, se le nubló el habla.

—¡Ay!

Se rió la mujer con crujido de grúa.

—Tienes otras, pichón. Hay que dar, como dice mi amante marinero, su sueldo al mar.

Durante todo el viaje, una a una de las noches de navegación, ofreció al mar una moneda. Se aligeraba el chal de Basilisa. Sentado sobre el suelo en la popa oscurecida por temor a los torpedeamientos, decía, casi en alta voz, para sí y las estrellas, la fecha aproximada de la época, de la vida, el hecho célebre que pudo ver y hasta la belleza capaz de venderse a aquel disco metálico que apenas agitaba la espuma. ¡Mala época eligió usted para ser coleccionista! Hay que ir ligero, sin lastre en los bolsillos. Nuestra época está bajo el signo de la huida, del éxodo en bloque; nunca la humanidad semejó más un rebaño calenturiento. Si se retirasen las selvas, si los torrentes se trasladasen buscando lechos más floridos, si las carreteras cansadas de sus trazados intentasen agrandarse, conquistando otras rutas y terrenos, un clamor de los hombres se levantaría para evitarlo. ¡Cuánto afanaría la inteligencia humana imaginando diques y represas! ¡Cuánto suplicarían las iglesias la unidad de las fuerzas espirituales! Pero hoy... Alguien ha dicho una terrible fórmula mágica y nadie encuentra la palabra que la detenga. Sacó su moneda. Pensó: «Con la luna pueden verla los peces, alguien puede luego pescarlos. Un niño, al partir su parte, es posible que la encuentre más nueva que nunca. ¿Un niño de qué año?». Él sólo quiere un collar de peces para sujetarle bien la corbata que ya no usa. Ve a su novia con la piel agujereada por la viruela, entrándole y saliéndole pececillos por el cutis a la luz de los arcos voltaicos; su madre, con cara de Basilisa, limpiando el polvo de sus pensamientos; su padre, con la voz del jefe de la defensa pasiva... Tienes que dominarte. Ve los dedos que le afilaron las torrecillas de sus bigotes. Un corcho. La voz del funcionario de evacuación... Obligatoria, obligatoria.

—No nos deje usted.
—Capitán, pensaba descansar.
—Pues váyase a su cama. El agua está demasiado limpia.
—Como usted guste.

En la fila, el señor parecía de los más miserables. Era un pordiosero aseñorado tratando de ocultar las grietas de su fortuna. El chal de Basilisa al hombro le hacía poco bulto. Coleaban los emigrantes por los pasillos del barco hasta el comedor de segunda clase. Los funcionarios del nuevo país estaban relucientes. Les brillaba la paz en los semblantes. Miraban desdeñosamente ducales a los nuevos pobres. La mesa separaba dos continentes. De cuando en cuando, detenían la fila y encendían un cigarrillo. Cientos de corazones se encogían temerosos de no alcanzar a sentir la tierra extranjera bajo sus pies. Continuaba el examen. Una lección penosa. No recordaban ni los años que tenían. No tenían años. Una parte de la humanidad se encontraba suspendida por los cabellos en un pasillo misericordioso. Quisieran sonreír para acelerar los trámites. Están ávidos de una palabra suave que les limpie los oídos del odio de las explosiones. Pero nadie la pronuncia todavía. Un paso más. Un hombre más ante la máquina policial y aduanera.

—Señor...

—Yo soy un hombre honrado.

¡Pobre paraguas con las varillas rotas! Tú eres un derrumbadero de miserias.

—¿Trae dinero?

Se le iluminaron los ojillos. Sí, traía dinero. Un tesoro de oros verdes antiguos. Había en él sirenas roncadoras y cabezas de emperadores y simbólicos toros y cruces y leones y castillos y fechas y números... La Humanidad traficando desde sus años más tiernos y la guerra, el arte, el amor, el comercio, las civilizaciones, los siglos, la muerte, la inmortalidad... El chal de Basilisa extendió su trama pobretona sobre la mesa. Los ojos de los ciudadanos de un país en paz lanzaron rayos de concupiscencia. ¡Oro! Las escamas de la civilización saltaron en las manos avariciosas. El coleccionista quiso explicar... ¡Para qué! Un funcionario contaba las monedas.

—Ciento veinte.

—Tendrá que venir un tasador, y los derechos de aduana van a ser elevados. Recoja eso. Ya se le llamará después.

¡Ah! ¿Con que no desembarcaba? ¿Con que no podía, como los demás, sentir el asfalto de los muelles pacíficos? ¡Ah! ¿Con que tenía que pagar lo que no llevaba? El acordeón arancelario estrangulaba al señor. ¡Basilisa! Entonces volvió a popa, desanudó de nuevo el chal, dio ciento veinte besos a su corazón de oro y fue lanzando las monedas una a una a la bahía.

Libre, acudió al tribunal.

—Nada tengo. Quiero la autorización de desembarco.

Luego, desnudo y liviano, se dirigió al hombre probo y funcionario de aduanas y le lanzó, sibilino, cortante:

—Tú también morirás lejos...

Y el señor se dirigió a la primera barbería para que se quedasen también con sus bigotes.

ANDRÉS TRAPIELLO

LA SEDA ROTA

A Francisco Guío

La seda es un tejido que no necesita nada para romperse. No es preciso que haya sido usado, gastado, lavado a menudo, para que se rompa como se rompería una oblea. Puede una pieza de seda haberse guardado en un baúl el mismo día en que acabó de tejerse y haber permanecido en él durante cien años, pero al ver la luz de nuevo acaso suceda algo extraordinario: que se quiebre con pequeños cortes precisos y regulares, como si alguien los hubiera hecho limpia y concienzudamente con un bisturí, volviéndose inservible entonces esa pieza de seda para cualquier uso que no sea el de reliquia.

Esa mañana (¿o acaso fue por la tarde?) el general José Miaja vio desde el salón de su casa cómo unos milicianos desalojaban uno de los pisos de enfrente y ponían muebles, enseres, objetos de valor, relojes, libros y cuadros en la acera, y fue pura casualidad que lo viera porque el general Miaja ni siquiera tenía que haber estado en Madrid ese día de haber sucedido las cosas en su carrera militar de otro modo.

Si se tratara de una novela sería irrelevante saber si fue por la mañana o por la tarde, en el caso de que este detalle interviniera en el desarrollo de la trama, pero los hechos narrados aquí son históricos, y tienen derecho no sólo a la verosimilitud, sino a la verdad y a su parte de realidad bien tangible, a su compacta realidad, diríamos, y no a uno de esos golpes de aerosol (de vaho, de niebla, de vapor como el que envuelve los desnudos de las adolescentes en esa clase de pornografía puritana que puede ser contemplada en familia, o el de las habituales emanaciones sentimentales, no menos pornográficas, de algunos relatos sobre la guerra civil), tienen, sí, derecho a no ser difuminados con propósitos artísticos ni de fotogenia moral, contra lo que piensa cierta moderna ciencia literaria. Lo correcto hubiera sido haber escrito, pues: el general José Miaja vio desalojar uno de los pisos que había frente al suyo, al otro lado de la calle Príncipe de Vergara.

Pero ni siquiera las personas que hoy dan testimonio del suceso están en condiciones de asegurar que fuese el propio general Miaja quien avistó el jaleo de gente, y no, por ejemplo, una de las mujeres de su casa o su ordenanza, alguien que mandara aviso al Ministerio o que fuese a buscarle a alguno de los puestos de mando en el frente, para informarle de lo que estaba sucediendo, de la sórdida guerra que estaba teniendo lugar a unos metros sólo de donde dormía a diario. Y por supuesto, tampoco saben esas personas en las que tal información se ha decantado a lo largo de estos últimos setenta años en qué día ni en qué mes de qué año se llevó a cabo el asalto al cuarto piso del 8 de la calle Príncipe de Vergara. Podemos conjeturarlo, sin embargo, y con no pocas posibilidades de acierto.

Podemos imaginar, por ejemplo, por relatos parecidos que hemos leído innumerables veces, la reacción de la gente ante aquellas manifestaciones de la Revolución. La imaginación se estimula con la vista de la sangre. Madrid, junto a la ilusión por un mundo nuevo más libre y más justo, vivía el paroxismo de la sangre como no se conocía ni siquiera en la turbonada francesa de 1808. El terror siempre acaba manifestándose en forma de torbellino, como un embudo que lleva a todo el mundo hacia el infierno. En ese viaje lo que diferencia a la víctima y al verdugo, dejando aparte su radical oposición moral, es sólo cuestión de formas. La víctima va muda o fuera de sí, a merced del espanto, en tanto que el verdugo, incluso el más frío y calculador, experimenta la ebriedad del mal como quien siente correr por las venas una dosis de morfina, y apenas puede borrar de la comisura de su boca ese rictus de cinismo que algunos pueden confundir con la fatalidad (no hay verdugo que no tenga por injusticia suprema la de tener que ser precisa y singularizadamente él el verdugo, en tanto que la víctima pierde a sus ojos todos sus contornos personales y no se diferencia de todas las demás víctimas) o con el descreimiento (en forma de sádica sonrisa). Así sucedió en aquella tragedia moderna. Hablo de los primeros meses de la guerra, hablo concretamente del mes de noviembre de 1936.

No es difícil reconstruir lo que sucedió en la acera misma, mientras bajaban todos aquellos cuadros, precisamente aquellos y no otros, y los iban poniendo más o menos ordenados contra la pared, sobre unas mantas extendidas, a la espera de un camión (y no era fácil sustraer uno de los pocos que circulaban por Madrid y que no estaban en el frente) que lo llevase todo a su destino provisional. ¿Qué no era provisional en esos días?

En conjunto aquellas cosas tenían el aspecto de haber sido el decorado de una función que ha tocado a su fin. Parecía que el siglo XIX hubiese sido derrotado definitivamente y que, arrancando de las plácidas bambalinas, no servía ya para nada.

Encomendaron la vigilancia a un muchacho. En realidad se ofreció él voluntario. Dijo: «Compañeros, yo me quedo aquí vigilando, mientras subís y bajáis». Lo dijo para evitar que los que estaban en cierto modo desvalijando fueran a su vez desvalijados. También se embriagó con la palabra compañero como si hubiera bebido su primer vaso de vino, como si acabara de tragar el humo de su primer cigarrillo. Le mareaba igualmente el poder. Todos parecían mandar en ese momento en Madrid. Adiós a los amos, ya no más señores. Hasta un muchacho de trece años, mal vestido, con alpargatas de esparto y pantalón corto, podía mantener a raya a todos aquellos figurantes de los cuadros, a todas aquellas damas de polisones y muselinas y a aquellos caballeretes de levita, aristócratas y decadentes, que estaban presenciando su propia defenestración. Cada vez que llegaba de arriba una nueva pintura, el muchacho se partía literalmente de risa, encontraba a todos los retratados ridículos y feos. A los milicianos les hacían también mucha gracia aquellas risas sin malicia.

Si los cuadros hubieran sido de otra manera, con otros asuntos, paisajes, por ejemplo, o escenas populares, o de tema regional, o mejor aún, mujeres desnudas (como las que pintaba Julio Romero de Torres), no habrían llamado tanto la atención. Siendo, como digo, precisamente eso, eran la pintura más peligrosa para 1936. Aristócratas, políticos, ricachones... A nadie se le ocurrió pensar, por lo menos en un primer momento, que aquella casa pudiera ser, por ejemplo, la de un anticuario, o la de un coleccionista. Muchos pensaron que era solamente la casa de un aristócrata o de un banquero.

La mayor parte de los hombres que se empleaba en esa labor de bajar los cuadros y todo lo demás eran jóvenes. Bromeaban mucho con el chico, y le ofrecieron incluso de fumar. Subían alegres y ligeros por la estrecha y caracolada escalera, porque el ascensor era angosto y no siempre les permitía bajar en él aquellas cosas. Viéndoles tan ligeros podríamos suponer que eran ladrones, pues nada pesa menos que los frutos de un robo. Al ladrón le salen alas. Pero todavía no sabemos nada de lo que ahí está sucediendo. No sabemos de qué se trata. Puede ser cualquier cosa. Todo lo que pasa en una guerra es extraño, y casi nada es lo que parece. Sí en cambio les resulta euforizante a esos hombres saber que han dejado de ser mozos de cuerda en la vida civil para pasar a ser únicamente camaradas y motores inmóviles de la revolución, causa primera del Terror, Dioses todopoderosos de las circunstancias. Ahora son mozos de cuerda, pero lo han elegido, son libres y por tanto eso les parece más justo.

No cesaron las bromas cuando soportaban sobre sus espaldas aquellas consolas isabelinas, aquellas cómodas ventrudas que inspiraron un poema célebre, por las mismas fechas y con el mismo motivo, al conde de Foxá. Tampoco se interrumpieron las bromas cuando llegó el comisario político en el camión, un hombre de apariencia terrible y fiera, de unos cincuenta años. Era el único de entre ellos que vestía una guerrera militar, lo que producía un efecto extraño con sus alpargatas, y su pésimo humor contrastaba con el bueno que reinaba en el ambiente.

Al advertir que lo estaban bajando todo, de modo indiscriminado, ordenó de una manera cortante que volvieran a subir lo que no fuese importante y dejaran únicamente allí lo más valioso (bargueños, cornucopias, secretarios) y los objetos artísticos. ¿Incluía eso las joyas, los relojes de oro, los alfileres de corbata, los billetes de banco, las condecoraciones que en muchos casos lucían los personajes de las pinturas? No se entró en detalles, y ni siquiera esa orden minó la alegría que reinaba entre quienes ahora se veían obligados a subir de nuevo algunas de las cómodas y consolas, canapés y entredós, veladores y sillerías a su antiguo emplazamiento, lo cual originó entre todos aquellos hombres que hasta ese momento no habían visto más que los pobres muebles de sus casas porfías acaloradas sobre el valor y la importancia artísticos de una consola que imitaba el estilo Luis XVI o de un velador común que alguno de ellos en especial encontró como el colmo de la elegancia, tasándolos a gritos, igual que en una lonja, y considerando por su atribuido valor o su presunta importancia si merecía la pena volver a subirlos o dejarlos sobre la acera, para que la gente cogiera de ellos lo que quisiera, repartiéndolo generosamente, como hace el león con los despojos de un antílope, cuando se ha hartado de festejarse, o el bandido bueno con el diezmo que reserva a los más necesitados.

El revuelo congregó a un pequeño grupo de curiosos. Pensaban que quizá podía caerles algo. Eran personas que por lo general no tenían nada que temer, obreros a los que defendían de cualquier sospecha su aspecto, sus ropas viejas, sus manos maltratadas por los trabajos manuales, su propia manera de hablar, incluso su mirada, como escribió por entonces María Zambrano, porque al mirar le mostraban al mundo su naturaleza inocente, aunque la propia María Zambrano no tuviese en cuenta que en aquellos ebrios días era igualmente peligroso un mirar risueño, ya que podía asomar un diente de oro, como el que buscó la partida de anarquistas en la boca del poeta Juan Ramón Jiménez, que confirmara la condición burguesa del propietario y le hiciera merecedor de la tapia del Cementerio del Este, o de las traseras de los altos del Hipódromo, o de cualquiera de los lugares habituales donde se dejaban los cuerpos de los paseados (después de haberles arrancado natural, inocentemente ese indiscreto diente de oro delator).

Algunos de los que están vaciando ese piso de la calle Príncipe de Vergara se ufanan ahora de estar desmantelando un nido de fascistas monárquicos, y a cada nuevo descubrimiento se sienten cargados de razón. «¿Pues no es ésa la reina Isabel II, no son todos esos de las levitas y de las condecoraciones peligrosos fascistas? ¿Y ese busto no es el de una monja? Suerte han tenido sus dueños de no encontrarse aquí.» Al muchacho que vigilaba le hizo una gracia loca el busto de la monja y, por entretenerse y matar el aburrimiento, le fabricó en un momento un turbante y le pegó la punta de su cigarrillo en la boca. Lo hizo para agasajar a los que le habían confiado la guarda de aquello y provocar en ellos también un golpe de hilaridad. A la gente también le gustó la ocurrencia del muchacho y entre los mirones se adelantó uno que quiso llevar un poco más lejos la broma. Sacó una navaja y dijo que iba a darle de puñaladas. Uno de los milicianos le amonestó y le dijo que eso pertenecía ahora a todos los españoles y que era cultura. El de la navaja dijo, sin embargo, aunque con poca convicción viendo que estaba en minoría, que se pasaba la cultura por donde él sabía. La cosa se quedó ahí. Cerró la navaja, se la guardó en el bolsillo del pantalón, y esperó. Acaso se había confundido respecto de aquellos asaltantes.

Pues también nosotros ignoramos aún si aquellos milicianos obedecían a una orden racional (preservar de los saqueadores aquel tesoro) o si se trataba precisamente de salteadores obrando por su cuenta y riesgo, como tantas veces ocurrió por esas fechas en Madrid, ante la impotencia, la indiferencia o la connivencia de algunas autoridades. Y el hecho de que eso esté ocurriendo a plena luz del día, nada quiere decir, porque son ya, por desgracia, muchos los delitos que pueden cometerse en esa ciudad sin tener que esperar a la puesta del sol.

De las casas vecinas se acercaron algunos porteros, quizá llamados por la mujer del portero titular del inmueble donde está sucediendo todo esto. Algunos le atribuyen ya la responsabilidad del soplo que advirtió al comité de zona sobre los inquilinos y su naturaleza derechista.

Muchos de estos porteros, ante la ausencia, la huida o el asesinato en los primeros días de la guerra de sus señores, se han convertido en piezas clave para la represión. Pasados los años, perdida la guerra, la sufrirían igualmente en su carne, culpables o inocentes, como pertenecientes a una de las tres profesiones más peligrosas, una de aquellas tres pes, policías, periodistas y porteros, que todos relacionaron con la delación y el terror que azotó durante tres meses la capital.

¿Pero quién pensaba entonces en el final de la guerra, de aquella revolución que no acababa sino de empezar?

Muchas, incontables tareas les esperan a los revolucionarios. Lo saben los porteros y pasean por los contornos su recién estrenada autoridad pavoneándose de ella. Miran por primera vez a la cara a sus antiguos señores, a las mujeres de éstos, a los hijos de esa burguesía sobre la que ha caído ya toda la responsabilidad del levantamiento fascista. Éstos, por el hecho de pertenecer a tal clase, son responsables subsidiarios de todos y cada uno de los muertos republicanos que son abatidos en el frente o víctimas de los bombardeos aéreos o de la artillería. ¿Lo duda alguien acaso? Sí, algunos miran desafiantes a sus antiguos amos, sabiéndolos copados en Madrid, sin escapatoria o con la improbable solución de asilarse en una embajada. Parecen decirles con la mirada, esa inocente mirada (o a veces descarándose con ellos, insolentándoseles, escupiéndoles a la cara las palabras, una a una, por el placer de verlos temblar ante sí, de verles empalidecer y bajar los ojos, aterrados, suplicándoles que no levanten la voz, por temor que alguien más se adentre en lo terrible de su secreto, el de ser burgueses): «Cuidado, sé quién eres, pórtate bien y no hagas que te delate, porque ya sabes lo que en estos momentos puede significar algo así». Y al mismo tiempo que los porteros se han convertido en una pieza clave para la represión (y de paso han aprovechado para apear el tratamiento a sus antiguos amos), el Socorro Rojo tiene que echar mano de ellos. Ha de realojar en pisos como ese de la calle Príncipe de Vergara, pisos desmesuradamente grandes, en los que únicamente vive una familia (¿no está, pues, justificada la Revolución?), a todos los refugiados que están llegando a miles con sus hatillos y su miseria, a pie, de Talavera, por la carretera de Extremadura, o por la de Toledo, huyendo de unas tropas mercenarias de moros y requetés que siembran de asesinatos y desesperación allí donde llegan.

Probablemente entre los curiosos que están presenciando la escena de ese desalojo o de ese asalto (¿podemos suponer lo que fue en un principio, sólo porque sabemos cómo resultó al final?), aparte del general Miaja o de la persona que corre ahora en su busca para informarle que están asaltando la casa de los Daza (y volveremos sobre este particular, porque lo cierto es que no sabemos tampoco si los Daza, ausentes ahora de su casa, eran o no amigos del general), quizás entre tales curiosos, decía, se encuentre alguno de esos ociosos emigrados que vagan todo el día por el barrio de Salamanca buscando un lugar donde meter a su familia, desposeída de todo, hambrienta y enloquecida por esa errancia sin objeto. Descubrimos a dos o tres en esas circunstancias. Nadie sabe quién les da el soplo, cómo llegan a enterarse a los pocos minutos, cómo se presentan a veces desde la otra punta de la ciudad en el piso cuyas puertas han sido forzadas. El más viejo de los refugiados aborda a uno de los milicianos que acarrea los cuadros, y le pregunta. Lo hace con sumisión y respeto. Su suerte acaso esté en esas manos. Es un hombre de campo que no ha aprendido aún la lección de la Historia, no se ha enterado de que ya no hay amos ni siervos, y se dirige a él con humildad, bajando la mirada. No ha aprendido aún a mirar con inocencia, no sabe nada de un mirar filosófico. Conmueve ver la dignidad de su desesperación. Se ha quitado incluso la gorra, una de las prendas menos filosóficas que cabe imaginar. Al desprenderse de la gorra le muestra al mundo una cabeza grande, calva, blanca como la leche, por contraste con el rostro atezado. Hay en derredor de la frente una frontera, como una línea, como un trópico divisorio entre la blancura de la calva y el color tostado, casi negro, de una cara erosionada por la intemperie, la miseria y los años. «Dime, compañero», le ha dicho con timidez, con vergüenza, por tener que mendigar algo tan necesario, «dime, ¿podemos quedarnos aquí mi familia y yo?». El camarada urbano, obrero en un taller de fresas mecánicas, se le sacude de encima con habilidad pero sin rodeos. Le dan un poco de pena estos isidros que van llegando a Madrid. Como revolucionario incluso los desprecia. Si hubieran defendido su pueblo de los fascistas, no errarían ahora por Madrid, piensa, ni habría llegado Franco a la misma Ciudad Universitaria. Pero no dice nada, se limita a comunicarle que ellos no tienen potestad para realojar a los refugiados, y que para tal negocio han de ir a las oficinas que tiene abiertas el Socorro Rojo en Cuatro Caminos, a lo cual el pobre hombre, sin dar reposo a su gorra entre las manos, a punto de romper a llorar, él, que nunca ha llorado en sesenta años, responde que viene precisamente de esa oficina y que allí le han dicho que busque por su cuenta y que una vez ocupada la vivienda vuelva a notificarlo. Para el obrero metalúrgico ya está durando demasiado aquella cháchara y no se le ocurre decir otra cosa sino que esa orden habrá cambiado ese día, porque hasta ayer las órdenes eran diferentes y estaba prohibido ocupar viviendas sin autorización, y se queja de paso, camino del portal, hablando solo, de que el problema que tienen en Madrid es que todo el mundo promulga leyes y órdenes que apenas están vigentes veinticuatro horas y que por otra parte nadie cumple. Silba incluso su frase castiza, porque está de buen humor, y dice que «esta guerra es un cachondeo». Antes de desaparecer en el portal, se ha vuelto, no obstante, hacia el hombre con el que estaba hablando. El miliciano es un hombre joven. Viste un overol azul, decorado con un cinturón de protuberante hebilla y una pistola, empaquetada en su funda de cuero negro, cuyo antiguo dueño, un oficial del Cuartel de la Montaña que ha pasado a mejor vida, llevaba perfectamente encerada.

Seguramente el gesto que el miliciano va a hacer es inmeditado. También a él le ha encogido el corazón ver a un hombre viejo a punto de echarse a llorar. Ha pensado en su propio padre. Pero en la guerra se hacen cosas sin fundamento. Viven días en los que la improvisación y el cálculo se trenzan a cada momento de un modo conveniente, diríamos incluso de un modo providencial o fatídico, según los casos. Cada minuto parece que se jugara a una sola tirada de dados, a una sola lanzada de moneda al aire. Providencial o fatídico, decía. Ese miliciano, después de comprobar que su pistola, al cargar con el cuadro, se ha desplazado hacia la espalda, se echa mano a los riñones. Su mano, grande y fuerte, se hace al fin con la funda de la pistola, y la arrastra sobre la cadera con patente obscenidad. El gesto recuerda a esos hombres que se la llevan a la horcajadura y se ahorman los testículos, y los sacuden con decisión desafiante. Cuando ha colocado la pistola, advierte al agrario de Maqueda o de Tembleque o de Esquivias de las graves consecuencias que se seguirían para quien ocupase ese piso ilegalmente. Se avergüenza al punto de haberle dicho eso, pero lo ha dicho. Y ha callado, en cambio, que esos de seiscientos metros cuadrados, pomposos y con un mobiliario adecuado, son los pisos más codiciados del momento, por el Partido, por el Sindicato, por cualquiera de las organizaciones antifascistas que han empezado a constituirse y que los destinan a sus propios mandos o a los numerosos asesores militares soviéticos que empiezan a llegar a Madrid en esos días. Querría decir algo más, pero ha acabado encogiéndose de hombros y desapareciendo definitivamente camino del cuarto piso, donde aún les espera tarea.

El campesino se ha puesto de nuevo la gorra, su filosofía, y se ha quedado junto a los otros refugiados, arropados todos por el mismo infortunio. Sólo por ellos estaría justificada cualquier Revolución, incluso esa que está en marcha. Ninguno ha preguntado nada ni ha querido intervenir en la conversación, aunque ninguno ha dejado de prestar religiosa atención a lo dicho, de lo que han tomado buena cuenta, y, no se sabe por qué razón, ninguno de los tres se ha marchado, sabiendo que ese piso no será de momento para ninguno de ellos ni de sus familias (y habría espacio como para vivir todas juntas en él). Mucho mejor sería que prosiguieran su búsqueda, antes de que se les eche encima el invierno y el mal tiempo. Confundidos con los demás curiosos, parecen atrapados por el torbellino que origina toda forma de violencia, y aunque ya nada esperan para sí mismos, aguardan un desenlace, porque el instinto de conocer los finales es común a todos los hombres, agrarios y urbanos, cultos o no, filósofos o fantasistas, no sólo a los amantes de las novelas.

Es casi seguro que entre esos doce o trece curiosos no encontremos a ninguno de los que conocían a los propietarios a los que de modo tan indisimulado se están incautando los bienes. Llevan los Daza en el barrio veinte años, desde que en 1917 decidieron levantar sobre el solar esa casa de un estilo tan aparatoso y burgués como híbrido, que está a medio camino entre el modernismo catalán y el neocasticismo talaverano. Son por tanto bien conocidos de toda la vecindad.

No, los propietarios no están ni nadie ha podido verlos. Como otros afortunados, la rebelión les ha sorprendido en su lugar de veraneo. Desde San Sebastián, los Daza siguen los acontecimientos con interés. No sabemos si eran o no rabiosos fascistas en activo o, por el contrario, esa clase de burgueses gazmoños que se acomodan a las circunstancias, siempre que no se atente contra sus propiedades y sus misas. Podrían ser incluso de esa clase de conservadores liberales a los que la guerra, que ha obligado a todos a elegir uno de dos, ha acabado poniendo al lado de FE y de las JONS (Ortega y Gasset, Pérez de Ayala, Marañón). Tampoco sabemos que en esa casa de la calle Príncipe de Vergara tuvieran lugar, antes de la guerra, reuniones clandestinas de peligrosos fascistas (pudo ser, y acaso eso explica la hipotética denuncia del portero), o si sencillamente ocurrió que la Revolución funcionó bien esta vez (como funcionó bien otras muchas, contra lo que empieza a pensarse), y hubo alguien que acordándose de esos maravillosos cuadros, quiso adelantarse a quienes pensaron quedárselos o destruirlos, y ponerlos a salvo. En todo caso, y por suerte para los Daza (porque no la abandonarían), la ciudad vascongada es fascista desde el tres de septiembre, en que han entrado las tropas de Franco (y le están tan agradecidos, que conservarían durante setenta años los periódicos que daban cuenta de su marcha triunfal). La novela debería haberse quedado interrumpida aquí, con el salomónico reparto: los Daza conservan su vida; el pueblo conserva los bienes de los Daza. Pero no se sabe que esos finales ocurran fuera de las novelas.

Durante la guerra, San Sebastián será el recreo de los señoritos, de los aristócratas, de los plutócratas y capitalistas, terratenientes e industriales, y, claro, de los académicos de la Lengua, nacionalistas o compañeros de viaje, que allí, tras el rezo de un padrenuestro y un avemaría, dirimen cuestiones interesantes (Pemán, Baroja). Muchos de estos filántropos contribuyen con su dinero a los gastos de la guerra, mientras hacen planes para el futuro reparto de la victoria. Otros (Pemán, Baroja, d'Ors) con su paciente amor a las comisiones, contribuyen activa o pasivamente a darle al Movimiento, ante el mundo, apariencia de laborioso monasterio. No sabemos de dónde sale el dinero, pero en San Sebastián se come, se bebe, se baila en restaurantes y hoteles de lujo, se va y viene (a Biarritz, a París, a Londres). Suelen invitar a los militares, a los fascistas, falangistas y requetés, los señoritos, los aristócratas, los banqueros, los terratenientes e industriales, si acaso no son todos ellos las mismas personas (sería interesante traer aquí la historia de los bodegueros que aprovisionan de vino y coñac a la tropa, de los labradores que llenan sus silos, de los ganaderos que se ocupan de alimentarla, del industrial que fabrica las mantas que se van al frente, del armero que monta los mosquetones). Hay, sí, mucho dinero entre esos hombres. En contra de lo que dicen, la Revolución no se ha quedado con todo; de haberlo hecho, no habría almuerzos, bailes, cenas. Luego el dinero debía de llegarles de otra parte. No puede ser éste el caso de los Daza.

Los Daza son moderadamente ricos, pero todo cuanto tienen ha quedado en Madrid, parte en los bancos, parte en esa casa de la calle Príncipe de Vergara que están desvalijando. Pero la ciudad apenas se resiente de estos casos aislados de pobretería accidental. Algunos encuentran incluso divertidas estas inesperadas apreturas, sabiéndolas transitorias, como el marqués que un buen día halla extraordinariamente suculentas las migas probadas en la choza de uno de sus pastores, como la muchacha rica que se viste de Cenicienta en el baile de disfraces del Casino. De hecho a los Daza les proveerá de víveres mientras dura la guerra el tendero Quincoces, no menos patriota que ellos y hombre previsor. El fiar se ha convertido en una de las pruebas mayores de lealtad al régimen: confían en poder cobrar, luego confían en la victoria. La fe mueve montañas (de dinero). Los primeros meses los Daza aceptan tales fiados porque están lejos de pensar que la guerra vaya a durar tres años y que San Sebastián se convierta en esa ciudad alegre y frívola en la que resulta imposible descubrir el drama que atraviesa España. Los Daza esperan regresar cuanto antes a Madrid. Tienen noticias de que el cerco de la capital se estrecha y se cree que, después de la huida del gobierno a Valencia, Madrid caerá también como ha caído San Sebastián, antes de que finalice ese año de 1936. Los Daza en San Sebastián se sienten, en medio de todo, afortunados: han salvado la vida y tienen por delante unas prolongadas y prósperas vacaciones en las que podrán combinar convenientemente, como el conde de Foxá, donostiarra improvisado como ellos, las ostras, el champán y los suspiros de España.

Pero si no puede verse a los Daza en el momento de la incautación (o del saqueo, si acaso empezó siendo un saqueo), tampoco es probable que se vea allí a ninguno de sus antiguos vecinos y amigos. A los Daza no los veremos porque están fuera de Madrid, pero a sus amigos no los veremos en Príncipe de Vergara, por encontrarse en ese momento precisamente en Madrid. Aclarémoslo.

Los vecinos de los Daza podrían haberse mezclado con los curiosos, desde luego, y ser testigos de ese avasallamiento. Y sabiéndolos en San Sebastián, no temerían su detención ni cambiar con ellos esa mirada de turbia incomprensión que parece desbordarse en amigos y parientes en el momento en que el destino pone injusta y arbitrariamente a unos y otros en platillos diferentes de la balanza, a unos en el platillo de la vida y a otros en el de la muerte, a unos en el de los ultrajes y a otros, a salvo de los ultrajes, en el del discreto anonimato. Pero no, los vecinos de los Daza no quieren exponerse. Han bajado la mirada porque aún no han sabido adiestrarla en la inocencia (aunque tratan muchos de ellos de hacerla experta en hipocresía), y han apretado el paso para salir cuanto antes de esa escena. Temen que alguien, el portero titular, su mujer, alguno de los porteros y porteras congregados en aquel sínodo, les descubra y empiece a arrojarles, como adoquines, sus delaciones, el «yo te conozco» que precede a toda crucifixión.

Sí, los dos vecinos y amigos de los Daza que estaban por allí, al percatarse de lo que está sucediendo, se apresuran a huir del lugar. Han de hacer esfuerzos para no echarse a correr. Si los milicianos tuvieran mayor sagacidad, les descubrirían de inmediato, hallarían sospechosa tanta indiferencia cuando los han visto pasar por delante, les darían el alto, les escupirían a la cara también unas palabras: «Eh, vosotros, so; sí, el del bigote y el otro, el postinero, el del abrigo, no tanta prisa, ¿adónde vais? ¿Es que no tenéis ganas de ver lo que está sucediendo aquí, no queréis pasar junto a esta gente de bien que mira cómo les estamos restituyendo todo lo que les habéis robado durante siglos, no os conviene esta lección de la Historia? A ver, la documentación». Y dirigiéndose al chaval que se ha quedado de guarda, y que ensaya ahora otro papel con el busto de la monja, a quien ha colocado un ros de miliciano, le dice, «corre a llamar a Demetrio» (o Zenón o Anacleto o cualquiera de esos nombres comunes que la guerra ha empezado a bruñir con épicos destellos como si fueran de los héroes de la *Ilíada*), «y dile que tenemos aquí también dos pájaros de cuenta; que si quiere que nos los llevemos con los cuadros».

Pero por suerte para esos dos hombres, vecinos, amigos de los Daza, los milicianos están muy atareados y ni siquiera se han percatado de su presencia; por esa razón, uno de ellos, el del bigote, ha vuelto sobre sus pasos discretamente, prefiriendo dar un rodeo para llegar a su casa, y el otro, el más viejo, a quien el miliciano ha podido llamar postinero, ha cruzado de acera.

Viste un buen gabán, en efecto, inadecuado acaso en hombre de su edad. Habla esa prenda, en todo caso, de sus fantasías dandistas. En Madrid ha empezado a hacer frío. Esa mañana ha tenido que visitar a un conocido suyo, subsecretario en el Ministerio de Justicia. Nunca ha tenido tanta importancia en España el tupido tejido de las recomendaciones. Media España mendiga a la otra media un aval, y curiosamente en un país en el que se ha pisoteado la legalidad, los dos bandos aún respetan algunos anticuados códigos de honor, e intercambian favores, vidas y prisioneros como quien mueve de sitio las fichas de la ruleta. Son estos avales en muchos casos cruciales para salvar una vida, atajar una condena o facilitar una evasión. Gracias a ello el general Miaja acaso llegue a tiempo de hacer algo por aquellos cuadros que parecen también irse en una cuerda de presos.

El anciano del gabán conoce al general Miaja. Lo ha visto pasear por el cercano Retiro algunas veces, vestido de paisano, antes de la guerra. Pero no ha tenido ningún trato con él y por tanto no podría solicitarle la gracia que había ido esa mañana a tramitar a la calle Alcalá, donde había quedado citado con cierto amigo: la libertad de su hermano y del hijo de éste, conocido cedista el primero y redactor de *Acción Española* el segundo, presos ambos en la cárcel Modelo. Ha oído que la cárcel ha estado varias veces a punto de ser asaltada, y temen por sus vidas. Esa mañana, al salir de casa, ha dudado si ponerse o no el abrigo. Es una prenda de un paño magnífico, de color camello, pero por lo mismo, en una ciudad que se ha llenado de gentes que no tienen más que harapos para arroparse, atrae peligrosamente la atención. No es suficiente haber ahorcado las corbatas en lo más profundo de los armarios o desterrado el sombrero (y con los años, acabada la guerra, ese será precisamente el repulsivo reclamo publicitario de una conocida sombrerería de Madrid: «Los rojos no usaban sombrero»). Iría más seguro por la calle a cuerpo gentil, con la chaqueta y, en todo caso, una bufanda, sin afeitar, con zapatos viejos y ropa deslucida, como un actor que tratara de representar convenientemente el papel que parece estar exigiendo la Historia de todos. Pero lo ha pensado mejor. Quizá, después de haberse citado con su amigo en la calle Alcalá, tenga que acercarse al Ministerio. Su amigo le había prometido una visita al ministro. No le aseguró que fuese a conseguirlo, pero lo veía posible. En ese caso, será bueno, ha pensado el anciano, ir convenientemente vestido. Por mucho que hayan cambiado algunas cosas, los hombres aman las convenciones, y siguen concediendo a las formas y modales la misma importancia que tenían. Los hombres de su clase se reconocen en el vestido, y un ministro, por mucho que sea un ministro de la República, piensa el anciano, no deja de ser un hombre nacido de la burguesía, que ha asistido de niño a los mismos colegios en los que él, el anciano, ha estudiado, y oído misa en las mismas iglesias. Si el ministro le viera vestido como un pordiosero, como un mal actor, es posible que no tomara en consideración la importancia de su ruego. Sí, decidió, se pondría el gabán arrostrando el peligro, las miradas resignadas de los que no tienen con qué abrigarse, las insolencias, las impertinencias de los jacobinos.

Ahora se arrepiente. El abrigo le estorba. ¿Cómo pasar entre aquellos que habrán de ver en la vicuña una provocación, una temeraria jactancia?, piensa el anciano. Vuelve a casa de malhumor, y sacudido por cien sombríos presentimientos. No sólo no ha logrado que su amigo le llevara en presencia del ministro, como le había prometido, sino que le ha rogado que no vuelva a telefonearle ni a buscarle en el Ministerio. Él mismo sospecha estar en el punto de mira de las espías y depuraciones políticas y esos encuentros sin duda podrían llevarle a hacer compañía al infortunado cedista y a su hijo. Y pensando en estas cosas es como se ha dado de bruces con el grupo de curiosos que presencia el expolio de la calle Príncipe de Vergara. Se arrepiente de ir vestido de ese modo, sí. No le ha sido de ninguna utilidad. Si pudiera hacerlo con discreción, se desprendería del abrigo y dejaría que se fuese deslizando por su cuerpo hasta quedar tirado en el suelo, como hacen las culebras con su camisa. El instinto le dice que será peligroso rozarse con aquellos hombres que curiosean y miran divertidos al muchacho, que agotadas las posibilidades de proporcionarle un nuevo tocado al busto de la monja, ha decidido sustituirla en ese papel y se ha colocado en la cabeza la pantalla de una lámpara, a modo de fez. Todos ríen, como si asistieran a una sesión de títeres. El anciano está ajeno a esa alegría. Observa que ninguna de aquellas personas lleva abrigo, y mucho menos un abrigo de vicuña, color camello. Así que ha dejado pasar el tranvía que sube en dirección a Ventas y, tapándose con él, ha aprovechado para cruzar la calle, en dirección justamente de la casa donde vive el general Miaja, en dirección de la acera de los impares que de todos modos no es la suya.

Ése es el momento. Y porque ha decidido cruzar de acera, porque piensa alejarse de allí, acaba de toparse con él. Nunca habría pensado que se encontraría al mismísimo general Miaja a esa hora. Es la primera vez que lo ve en persona vestido de militar. Hasta entonces lo ha visto con su guerrera y su gorra de plato únicamente en *La Crónica*, el periódico de fotos color sepia, que le gusta leer los domingos. Viene tan desesperado de la calle de Alcalá y de su cita con el subsecretario que en un segundo se le ha pasado por la cabeza pararlo allí mismo. Puede ser su última oportunidad para salvar las vidas de sus familiares. La fatalidad da paso en la misma jornada a la providencia. Ha sido providencial que hayan querido asaltar esa casa al lado de la suya. Ha sido providencial que haya cruzado la calle. Y es providencial tener frente a sí a uno de los hombres más poderosos de Madrid en ese momento. El anciano es un hombre apocado, ya no tiene fuerzas, ha visto mucho. «Don José...», balbucea. Ha preferido esa fórmula a la de «Mi general...». Su instinto le guía. Como el general, él es ya un hombre de otro tiempo.

Miaja se ha detenido. El oficial que lo acompaña se ha adelantado, aproximando discretamente la mano a la pistola, por si ha de intervenir. Con gesto vago Miaja le ordena que se mantenga al margen. Están en medio de la calle. No circulan coches y el tranvía se aleja. Mira al anciano. No le conoce, pero su aspecto, el porte, la delatora ausencia de sombrero en una cabeza acostumbrada a él y, sobre todo, el magnífico gabán, señalan a un hombre conservador. Conoce bien el tipo, abundante en esos primeros meses de guerra en Madrid. Miaja ladea la cabeza, como si no oyera de un oído, y le dice «dígame usted». La expresión del militar es dura, triste, contrariada. «Mi hermano, mi sobrino, están detenidos en la cárcel Modelo», acierta a enhebrar el anciano... Miaja piensa que no sería necesario ni siquiera que continuase para conocer el resto de la historia. El anciano teme haber desperdiciado unos segundos preciosos en el tiempo de ese hombre requerido, importante, inaccesible para tantos, y sabe también que historias parecidas a la suya le serán referidas cada día por cientos de personas que solicitan de él ayuda de una manera desesperada. Por eso no se le ha ocurrido otra cosa que añadir: «Somos vecinos, vivo en el número 10». Miaja ha visto en ello un modo oportuno de atajar con educación aquella conversación imposible, y le ha dicho «ah, entonces me disculpará, vecino, tengo prisa y un asunto urgente que resolver; le ruego venga a verme a mi casa o, mejor aún, al Cuartel General, veré en qué puedo atenderle. Hable con mi asistente», y al mismo tiempo que señala al oficial que le acompaña, le tiende una tarjeta de visita. Una tarjeta de visita. Ese insignificante trozo de papel, en los tiempos que corren, piensa el anciano, es tanto como el más precioso aval, tanto como el carné del Partido o del Sindicato. Iban a separarse, y Miaja le dice: «No me ha dicho su nombre». El anciano no sabe si se refiere al suyo o al de su hermano preso, y ha pensado que en todo caso sería mejor decir el del encarcelado, al fin y al cabo notorio en los mentideros de la política. Al oírlo, Miaja ha sacudido ligeramente la cabeza hacia atrás. Ha reconocido en él el del diputado cedista y parece con ese pequeño respingo lamentar no haberlo adivinado desde el principio para obsequiar a su interlocutor con mayor atención. De hecho el anciano guarda un gran parecido físico con el político, los mismos ojos saltones, claros, las mismas grandes bolsas debajo de ellos, la misma boca de labios morados, la frente despejada... Por eso en el último momento Miaja decide tenderle la mano, después de haberle tendido la tarjeta, e insistir, casi familiarmente: «Me hago cargo; no deje usted de venir a verme». El anciano se despide de él y en su fuero interno va más tranquilo. Ni siquiera se preocupa por el gabán, sabiendo que en ese momento son muchos los que le han visto conversar amistosamente con Miaja. Habrán advertido incluso cómo éste le tendía la mano, y eso para él es suficiente garantía. Se siente seguro. Lo mismo que encuentra providencial la tarjeta de visita con que acaba de obsequiarle. Quién sabe de qué apuros podrá sacarle un día. Se va pensando en el rosario de pequeños hechos providenciales que le han llevado de un lado a otro de Madrid esa mañana. No debería temer nada, por el momento. ¿O no? ¿No pueden los presentes haber pensado exactamente lo contrario, que haber saludado a alguien tan notoriamente de derechas como él contamina al propio Miaja y confirma las sospechas que sobre este militar tienen muchos en el bando republicano?

Mientras tanto en el grupo de mirones se han dado cuenta ya hace un buen rato de que es el general Miaja quien habla con aquel desconocido, y cotillean entre ellos. Ni siquiera se extrañan de verlo venir hacia donde ellos se encuentran, cuando termina de hablar con el anciano.

Hay ya en la acera lo menos ochenta cuadros de todos los tamaños, desde los más grandes, monumentales y cortesanos, hasta los pequeños, pintados en tablas. Unos aparecen con sus marcos originales, dorados con oro legítimo y guirnaldas y medias cañas talladas, y otros, en cambio, todavía en bastidor, sugieren cierta intimidad de estudio, cierta provisionalidad. Se diría que la muerte del pintor los ha dejado abocetados únicamente. Algunos de los transeúntes, que ignoran lo que está sucediendo, suponen que las autoridades (Miaja, el teniente) han descubierto uno de esos nidos donde los forajidos que aparecen en todas las revoluciones guardan el fruto de su pillaje, y se van satisfechos de que al fin la policía y el ejército empiecen a atajar estos desmanes, propiciados en parte y exacerbados por la publicación en la prensa de fotografías en las que se ven escenas parecidas, donde posan para la eternidad (y para los consejos de guerra que se incoarán en Madrid, finalizada la guerra, y para los archivos de la Causa General) los revolucionarios con su botín, como harían esos cazadores que gustan retratarse junto a las reses abatidas en una montería.

Los milicianos van poniendo de pie los cuadros con sumo cuidado y seriedad, aunque en algún caso se han permitido una concesión populista, en atención a su público, como cuando el muchacho, oyendo que se trata de una pájara de cuenta, coloca el retrato de Isabel II bocabajo, ante el entusiasmo de los presentes, que se arrancan entre risas y oles en una cerrada salva de aplausos. El muchacho los recibe abriendo los brazos, haciendo una inclinación y saludando con la pantalla de la lámpara en la mano, como si fuera un sombrero.

La vista de los cuadros y, sobre todo de los libros, vertidos a granel en unas sacas de correos, llenó de inquietud al general, que vio la escena desde su casa, mientras se vestía para incorporarse al Cuartel General, como cada mañana, o, en la otra posibilidad, al acudir avisado por su asistente o alguien de su familia al 8 de Príncipe de Vergara.

No sabemos si el general Miaja era amigo de los Daza. No es probable. Al fin y al cabo no lleva viviendo en Madrid tanto tiempo. Pero es sensible al arte y a los objetos hermosos. Ha visto cómo han ido ocupando la acera los candelabros dorados, el arpa, los relojes de mesa, los bargueños, espejos y cornucopias, esas pinturas que de lejos, incluso a los ojos de un inexperto como él, tienen el empaque de los cuadros de los museos. Y Miaja, que ha oído como todos los madrileños los excesos que se están cometiendo en la ciudad, los saqueos, los paseos, los robos, los actos inquisitoriales contra el patrimonio artístico, ha decidido enterarse de lo que allí está ocurriendo, sin saber si aquello era robo, incautación, acto vandálico, represalia, venganza o, por el contrario, la intervención de alguien que quería evitar a toda costa que se llevara a efecto ninguno de esos supuestos enumerados. Hablaré, ha decidido, con los responsables.

En esos momentos no resulta, sin embargo, sencilla una cosa como la que él se propone: hablar con los responsables.

Acostumbrado a dar órdenes y, claro, a haberlas recibido durante toda su vida, le basta echar una sola ojeada para comprender que ninguno de los presentes es su interlocutor en aquel negocio.

Espera que vayan bajando los hombres encargados de la requisa. Éstos, sorprendidos ante el astro militar, se quedan mirando las estrellas de su bocamanga y de su gorra, y se pegan un poco contra la pared, para hacer sitio a los que siguen llegando de arriba. También esperan que baje su jefe.

La animación que ha reinado en el grupo hasta entonces, se interrumpe. Comprenden que la presencia de un general, y un general nada menos como Miaja, al que todos creen ocupado las veinticuatro horas del día en combatir al enemigo, no es sino prueba de alguna anomalía grave o, cuando menos, de una eventualidad que está pidiendo ser justificada. Y a algunos no les gusta esa injerencia, y muestran su desagrado dando la espalda al general, sacando un cigarro y poniéndose a fumar.

Otros estudian el aspecto del militar. Han ordenado al chaval que vigilaba la mercancía subir a avisar al camarada Demetrio (o Zenón o Anacleto). El chico ha encasquetado la pantalla a la monja, y ha salido a escape hacia el portal.

La foto de Miaja ha aparecido ya repetidas veces en las últimas semanas en los periódicos que siguen editándose en Madrid, incautados muchos de ellos a sus antiguos dueños. *La Crónica*, el preferido del anciano que se ha marchado esperanzado con una de sus tarjetas en el bolsillo de su envidiable abrigo de vicuña, es uno de ellos. En un número reciente ocupa a toda página la última, con este cabecero: «Militares señeros», y debajo un pie con la noticia escueta de su reciente nombramiento para organizar la defensa de la capital. Pero esos milicianos en concreto no se dejan impresionar por fotografías, ni por estrellas, ni por la voz de mando con la que les ha pedido, exigido más bien, hablar con el responsable de todo lo que allí está sucediendo.

Al principio se han quedado mirándole con una cierta insolencia. No, no es sencillo responderle. Aquello no es el ejército, donde un general manda sobre un comandante, éste sobre un capitán y éste sobre otros muchos hasta llegar a la tropa. No, ellos obedecen las órdenes del Partido. ¿O se trataba del Sindicato o de la Confederación? O ni siquiera. ¿Forman acaso alguna de las partidas de facinerosos que amparados mendazmente en el nombre de la CNT o de la FAI se dedican al pillaje indiscriminado e impune, buscando principalmente oro, joyas y piezas artísticas fácilmente transportables y exportables?

En cierto modo ése fue el primer temor de José Miaja. Malició al principio que aquellos hombres fueran de alguna partida anarquista, o, peor aún, de la de aquel Felipe Sandoval que campaba a sus anchas por Madrid como uno de los cuatro jinetes del Apocalipsis (y que, pasados tres años, y después de delatar a sus amigos, acabará arrojándose por el patio de luces de la checa falangista donde le estaban torturando y acabando con su vida, para formar parte acto seguido de ese siniestro baile de sociedad que los historiadores conocen con el nombre de Causa General).

La vista de los cuadros, muebles y libros tranquilizó a Miaja, no obstante. Hasta donde sabía, ése no era el estilo de Sandoval ni de sus minuciosos reventadores de cajas fuertes, más interesados en las joyas, en el oro y en valores convertibles. ¿Libros, pinturas, muebles? ¿Quién tenía tiempo de convertirse en un Lázaro Galdeano?

No sabemos exactamente cuándo tuvo lugar el desvalijamiento del piso cuarto del número 8 de la calle Príncipe de Vergara, pero decía que no es del todo difícil deducirlo. En cierto modo la clave la tiene el propio José Miaja, su biografía, el laberinto que el destino ha ido grabando en las arrugas de su rostro, en las profundas líneas de su mano y, naturalmente, en su hoja de servicio.

Al estallar la guerra Miaja se hallaba en Madrid, al mando de la 1ª Brigada de Infantería, y aunque sólo lo fue por unas horas, y nombrado por el jefe de gobierno de ese momento, Martínez Barrio, intentó como ministro de la Guerra detener en las primeras horas la sublevación. Mantuvo una conversación con Mola, que se encontraba en Pamplona, pero resultó infructuosa. En ese momento a Miaja tanto como España le preocupaba la situación de su familia, a quien el levantamiento había sorprendido en zona rebelde y a la que trataba de canjear por el diputado tradicionalista Joaquín Bau. Y decía al principio que quizá, de haber sido otra su carrera, no debería encontrarse en ese momento en el portal del número 8 de la calle Príncipe de Vergara, calle, por cierto, que Miaja estaba muy lejos de sospechar que acabaría llamándose tras la guerra paradójica y precisamente del General Mola, cuando de suceder las cosas de diferente manera quizás hubiera podido llamarse del General Miaja.

Ni siquiera éste comprendía cómo había acabado en Madrid. El gobierno lo había enviado el 25 de julio de 1936 al frente de la columna a tomar Córdoba. Salió de Albacete y en unos pocos días llegó a la ciudad andaluza pero se detuvo a sus puertas, sabiendo que la ciudad estaba pobremente guarnecida. Nadie entendió esa decisión, eso favoreció que algunos le acusaran de traición y pasteleo con los sublevados. Miaja fue relevado entonces del mando y trasladado primero a Valencia, aunque poco después se le destinó a Madrid, como anunciaba *La Crónica*. Le habían castigado al modo castrense, con un ascenso envenenado: defender Madrid a toda costa.

¿Se comprende ahora por qué a estos milicianos que se ocupan de vaciar la casa de los Daza no les impresionan en absoluto las estrellas del general Miaja? ¿No sabían incluso que se había afiliado en 1933 a la muy reaccionaria, clandestina y antirrepublicana Unión Militar Española? Lo sabían y desde luego el propio José Miaja sabía que lo sabían, y aunque a lo largo de la guerra daría infinitas e inequívocas pruebas de su lealtad hacia la República y de su valor, a veces heroico para con las tropas que mandaba, en ese momento aguardaba con inquietud al responsable de aquello, teniendo en cuenta que en cualquier momento un golpe inesperadamente violento, como el de una ola, podía arrancarle de su cómoda posición profesional y personal y lanzarlo a las simas de ese terror del que estaba siendo testigo (y la conversación con el anciano del gabán, hermano del diputado cedista, no le beneficiaba, desde luego). Bastaba con que alguien lo acusara formalmente de traición, o se lo llevara a una checa, o lo sometiera a uno de aquellos interrogatorios en los que los inocentes terminaban declarándose culpables para aplacar a sus verdugos o no mirándoles de la manera adecuada y zambranesca que les salvara la vida.

Y por eso es extraño, o cuando menos inusual, que el general Miaja se tomara la molestia de intervenir en favor de unos extraños, siendo tan habituales por entonces los saqueos en Madrid a manos de quienes a veces ni siquiera respetaban a los de su propia facción. Pudo hacer, pues, como tantos, mirar hacia otro lado, o prometer una intervención que olvidase minutos después no ya por cobardía, sino por no añadir una preocupación más, en cierto modo liviana, a las muchas y muy graves que le asediaban a todas horas. ¿Qué importancia podría tener que se estuviese saqueando ese piso en Madrid, cuando España entera estaba siendo saqueada, bombardeada, masacrada y asesinada a mansalva en todos sus pueblos y ciudades y a lo largo de miles de kilómetros de frentes? ¿Qué podían significar unos cuadros de más o de menos cuando ni siquiera era seguro que pudiera salvar a los miembros de su propia familia, retenidos como rehenes al otro lado de las líneas? ¿A quién podía importarle que a unos metros de donde vivía (el Campo de las Calaveras) aparecieran unas docenas de cuerpos sin vida, asesinados esa noche, o se saquease una vivienda abandonada por sus dueños, si los soldados de la República morían a cientos por falta de instrucción, de disciplina o de armamento?

Bajó un hombre de mediana edad. Era el camarada Demetrio, que rumia pensares (o Zenón, de certera granada, o Anacleto, de ánimo ligero). Le hicieron un pasillo para que llegara a donde esperaban Miaja y el oficial que le acompañaba. Se saludaron, pero no se dieron la mano. Los curiosos y milicianos guardaron silencio. El recién llegado miró al general de una forma desviada y torva. Le aclaró con desgana y pocas palabras que en todo aquello él no era la autoridad administrativa, sino ejecutiva, política, y le dijo de una manera desagradable que la autoridad perita estaba en camino, avisada por él telefónicamente hacía un rato, desde el teléfono de los Daza. Ambos hombres comprendieron que aquella conversación había llegado a su fin, y que era preferible no continuarla en evitación de afrentas o roces innecesarios. ¿Había telefoneado porque él, Miaja, había llegado providencialmente o estaba previsto que viniera ese perito? En tales circunstancias a Miaja le dan igual estos tecnicismos.

Después de aclarado esto, ni siquiera se tomaron la molestia de esperar, y los hombres siguieron porteando aquella impedimenta. La noticia de la presencia de Miaja corrió como la pólvora, y en unos minutos el grupo de curiosos se multiplicó por tres, dando a la escena aires taurinos. Se diría que esperaban ver salir a un torero vestido de luces. Apoyados contra la trapa echada de un comercio, los azogados espejos multiplican los cuadros, los mirones, los milicianos, los militares.

Miaja quiso conocer la razón por la cual había tantos cuadros allí. Fue entonces la primera vez que salió a relucir el nombre de los Madrazo. Lo pronunció el portero del inmueble, el mismo sobre el que cayeron, después de la guerra, las sospechas de haberlos delatado (y las sospechas no debieron ser del todo concluyentes, porque setenta años después de ese hecho, este pormenor aún es relatado en voz baja, como si pudiera tratarse únicamente de una calumnia; o tal vez sólo sea temor, como quien piensa que las heridas de la guerra aún no se han cerrado).

La señorita, y con este nombre se refiere el portero a la mujer casada con uno de los dueños del inmueble, don Mario Daza, es Teresa de Madrazo, dice; hija de Luisa de Madrazo, que es a su vez hija del pintor Federico de Madrazo y esposa del hermano de éste, el arquitecto Luis de Madrazo (tío, pues, de la propia Luisa, siendo al mismo tiempo, respecto de su padre, hija y sobrina nieta).

El portero desgrana esos parentescos en unos segundos, con la facundia del novelista que lleva años enredado en los pormenores de una saga.

Al rato llegó, en efecto, un hombre joven, de unos veinticinco años, como había anunciado Demetrio, el que rumia pensares.

Muestra al general unos papeles timbrados de la Junta de Incautación del Tesoro Artístico. Parece un profesor, con sus gafitas de concha y una camisa no demasiado limpia. Lleva un jersey de pico y una corbata tan estilizada como el bigotito que le dibuja el bozo. Se da un aire a galán de cine mudo. Ese aspecto intelectual lo disimula a duras penas con un tabardo de cuero negro, forrado con la piel de un borrego de rizos blancos e hirsutos, que le viene grande.

—Joven —le dice el general—, confío en que todos estos cuadros y muebles se conserven y preserven de las eventualidades de la guerra de la forma más adecuada, y creo que la forma más adecuada, y puesto que se trata un legado tan uniforme, será mantenerlo unido.

El joven no oye del general nada que la Junta de Incautación del Tesoro Artístico no hubiera decidido ya para casos parecidos, pero evita, por educación y respeto a esa figura señera, decirle que tal recomendación es innecesaria y sale sobrando, y su actitud ni siquiera trasluce el hecho crucial de si ha sido llamado inopinadamente por el señor Demetrio o sólo después de que se confirmara la presencia del señor Miaja. Su mirada ha aprendido a no delatar estados de ánimo o modos de pensar y sentir, y espera unos segundos para hablar. Al contrario, promete hacer como el general le acaba de sugerir, lo cual deja muy satisfecho a Miaja, quien a continuación, como si ya hubiera perdido demasiado tiempo en un asunto ajeno a los grandes aprietos de la Patria, mira su reloj y escapa de allí precipitadamente, buscando a su ayudante el oficial, que le sigue a dos pasos.

La marcha de Miaja desanimó a la mayor parte de los curiosos, que acabaron dispersándose. En cuanto a los milicianos, aún tardaron dos horas en cargar en el camión la requisa. El joven profesor iba consignando en una cuartilla cada uno de los objetos, como si hiciera el inventario del futuro paraíso. Cuando no quedó nada más que cargar, se despidieron del portero, a quien hicieron responsable de la guarda de lo que aún quedaba en el piso, y se marcharon.

JUAN EDUARDO ZÚÑIGA

LOS DESEOS, LA NOCHE

—¿Vas a salir ahora? Ya es de noche, te puede ocurrir una desgracia —había oído la voz del padre, reducida su fuerza por llegar del fondo de la casa donde coincidía el ronroneo de la radio encendida y el tictac del reloj de pared.

Ella no le contestó, distraída en otros pensamientos, atenta a escuchar algo extraño, imprecisamente percibido, y dio un paso y se acercó a la ventana y oyó una voz distante, era una voz de mujer que cantaba en el patio, voz casi imposible en el atardecer frío y amenazado, una canción cuyas palabras se perdían, pero el tono apasionado atravesaba los cristales y, aunque en algunos momentos se esfumaba, volvía como una llamada pertinaz.

Atendió a aquella voz y salió de su casa cuando ya terminaba la hora de la luz y el horizonte en el alto cielo, sobre las casas, perdía su color grana y aparecían el violeta y el azul cobalto y así cada rincón de la calle por la que iba se velaba en sombras que pronto serían negrura.

Pensó que la canción era para ella, para una enamorada, que una persona desconocida se la hacía llegar, segura de que la escucharía y le infundiría un decidido ánimo.

Sin temor, Adela atravesaba los comienzos de la noche yendo en dirección al Palace, convertido en hospital de sangre, donde antes se celebraban *thé-dansants* y las parejas en la pista, rodeadas de las mesas con los servicios del té, se movían en una música lenta, y los cuerpos de los que bailaban se rozaban, y los hombres notaban las sinuosidades de la carne que llevaban abrazada, y las muchachas, las que no habían conocido aún mayores contactos, se ruborizaban al percibir el vientre activado del que las rodeaba con su brazo. Se propuso, la última vez que estuvo allí, no negarse a la solicitud que alguno le hiciera, e irse donde la llevara, dispuesta a experimentar lo que hacía tiempo deseaba.

Avanza la noche que siempre presintió acogedora del amor, convirtiendo en secreto cada acto posible en el arrebato de ser todo ciego y entregado. Cruza calles de inseguro pavimento, con ruidos solitarios de pasos que se alejan, y Adela repite las palabras del poeta, que murmura invocando tal realidad: «Es de noche, ahora despiertan las canciones de los enamorados, y también mi alma es la canción de un enamorado».

Por dos veces ha tropezado en un desnivel del suelo y se ha medio caído, pero a pesar del golpe en las rodillas sigue ilusionada y piensa que tal como va vestida no la habrían dejado atravesar el *hall* resplandeciente ni entrar al salón de baile, pero ahora sí podrá hacerlo.

Al salir del paseo del Prado se fija en unas luces de lámparas de petróleo y siluetas de hombres que colocan tablas para rodear los cráteres de dos bombas que cayeron cerca de la fuente de Neptuno, y les ve moverse como sombras en su tarea y no hace caso de algo que le gritan cuando pasa cerca, y mira el enorme edificio del hotel con el perfil de su tejado sobre un cielo levemente claro. Siente necesidad de llevarse la mano al lugar donde el corazón da su temblor alborozado, próximo el encuentro emocionante e intenso. Se dice para sí: «Ahora hablan alto las fuentes rumorosas y también mi alma es una fuente rumorosa».

Pero en la fachada no hay ni una luz ni una ventana encendida ni las farolas que siempre iluminaron la gran entrada: todo era oscuridad ante ella y tocó la áspera superficie de arpillera que le hizo entender que eran sacos terreros, puestos como protección, como los que encontraba por todos sitios, ante tiendas y portales, y bocas de metro y fuentes en los paseos.

Unas manchas de luz señalaban la entrada entre los sacos y penetró por un pasadizo en ángulo que desembocaba en el *hall*, tan conocido, pero en éste no había más que dos bombillas apenas iluminando sus amplias dimensiones y algunas personas que lo cruzaban: hombres con uniformes oscuros que hablaban entre sí y desaparecían en el fondo del vestíbulo.

Nada había allí que recordara el lujo: cajones y sacos apilados, las alfombras habían desaparecido y los olores del bienestar cambiaron a desinfectante en el frío ambiente.

Al centinela que estaba a la derecha y que parecía medio dormido, apoyado en una columna, le preguntó por Anselmo Saavedra. La respuesta fue que no podía pasar, pero ella insistió alegando algo confuso de que era su prima, algo sobre un herido, y al fin, él le dijo que le encontraría en el depósito del primer piso.

Subió por la escalera del segundo vestíbulo y se encontró en un ancho pasillo alumbrado débilmente, con puertas alineadas a ambos lados. Eran las habitaciones que ella sabía las más lujosas y cómodas de los hoteles de Madrid, con amplias camas, almohadas de pluma, discretas lámparas sobre los tocadores con espejos y frascos de perfumes. Una de las puertas estaba entreabierta y se atrevió a poner la mano en el pestillo y fue empujando despacio, con tensa curiosidad. En la cama vio la cabeza de un hombre que estaba cubierto hasta la barbilla por una manta azul; los ojos cerrados, respiraba anhelante, el pelo adherido a la frente, rubio como la barba; la luz venía de una lamparita sobre la mesilla de noche en la que había un vaso.

Quedó quieta, fija en él; luego se acercó y le pasó los dedos por la mejilla y el hombre no se movió, tenía un vendaje en el cuello. Adela bajó unos centímetros la manta hasta ver que los hombros y la parte alta del pecho estaban cubiertos por vendas. Fue bajando la manta y descubrió el cuerpo desnudo; contempló su palidez, el vello rubio en el vientre, y se fijó con atención en el sexo que yacía entre las dos piernas.

Estremecida, volvió a subir la manta y retrocedió, pero la atraía volver y tocar el cuerpo inmóvil, poner la mano en los brazos, en las piernas que había visto huesudas; se contuvo y salió. En el pasillo, buscó el depósito y al final, un letrero pintado en la pared lo anunciaba, y por la puerta abierta vio a su novio inclinado sobre unas cajas, haciendo algo.

Le apretó las manos con las suyas y le susurraba:

—Amor mío —y no escuchaba lo que él decía, sólo atenta a la sensación de que la besaba en los labios y en el cuello, donde quedaba libre de la bufanda—. Vengo para amarte

Ella le hablaba muy cerca y a la vez le rozaba con los labios las mejillas ásperas de una barba crecida. El hombre se negaba. No podía dejar el trabajo ni descansar, ni distraerse: faltaba el cloroformo, apenas quedaban vendas, no había bisturís bastantes, entraban continuamente heridos del frente de la Casa de Campo.

—Pero yo he venido para estar contigo, para que me beses.

—Ahora no puedo atenderte. Mañana procuraré que nos veamos. Márchate. Tengo que ir al quirófano.

El año anterior estuvo en el baile de máscaras del Círculo de Bellas Artes, y había bebido mucho, como también sus amigas, y los brazos de varios hombres la ciñeron y le tocaron la espalda, y uno de ellos había inclinado la cabeza y la había besado en la oreja; con un estremecimiento, notó que la mordía con los labios y la humedecía con la lengua, pero, a pesar de la sacudida nerviosa que tuvo, no se desasió, no protestó.

Lo recuerda mientras baja la escalera y ya en el vestíbulo se sube el cuello del abrigo y con ambas manos se toca las orejas al ajustarse el pañuelo de la cabeza. En la calle, encuentra el aire frío y mira a un lado y a otro, pero no ve a nadie en la proximidad del hotel; delante, hay una ambulancia que parece abandonada.

Emprende el camino hacia la plaza de Santa Ana. El cielo es un techo casi negro, las casas no dejan pasar ninguna luz y las calles son largas paredes con filas de balcones apenas perceptibles. De vez en cuando se cruza con un coche muy veloz o con el ruido de alguien que marcha apresurado. Y muy lejos, empieza a oír la sirena de la alarma antiaérea, y cuando Adela pasa junto a San Sebastián, la moto que lleva la sirena avanza por Atocha y la ensordece.

Entra corriendo por el jardincillo de la iglesia hasta la puerta que da acceso al sótano y otras personas se unen a ella y se empujan hacia el fondo donde una bombilla azul ilumina el letrero «Refugio», y todos bajan hablando a gritos, nerviosos, llamándose, comentando el posible peligro, y enseguida llegan más personas que preguntan algo de un niño extraviado.

Junto a ella nota la presión de otro cuerpo y es un hombre que mira hacia la escalera; luego empieza a hablar, comentando el bombardeo del día anterior en Argüelles, y como Adela comprende que es a ella a quien se dirige, le contesta con gestos afirmativos. En aquel momento vuelve a pasar una sirena estridente que excita aún más a los allí reunidos que rompen en nuevos gritos, que se mueven y cambian de sitio. El hombre viene a quedar al otro lado de Adela, pegado a ella, y ahora le pregunta si está sola, si vive en el barrio, porque es peligroso andar en la oscuridad para ir a su casa; Adela contesta con monosílabos y con una rápida ojeada ve que es un hombre joven, con un gorro encajado hasta las orejas, que le sonríe. Sin pensar lo que responde, le dice:

—No voy a casa.

En voz muy baja, aproximándose más a ella, le pregunta si tiene novio, y a ella, igual que antes, se le ocurre responder que no. Percibe que el cuerpo del hombre se estrecha contra el suyo y le pone la boca muy cerca de su cara:

—Oye, ¿por qué no te vienes conmigo? A mi casa; no pasarás frío, hay una estufa que da mucho calor, y tengo una lata de carne sin abrir y vino, y podemos cenar.

Otras personas bajan al refugio y se pelean con los que están allí, que no les quieren dejar sitio, y como todos se empujan, Adela nota las manos de aquel hombre en la cintura pero no se zafa ni protesta, a la espera de saber adónde irá con sus pretensiones. Oye algo entre las voces que les rodean y escucha con atención.

—Te besaré en los hombros y bajaré despacio los labios y te lameré los botones del pecho. Yo te haré gozar.

Está a punto de marcharse pero de pronto se vuelve hacia él, le sonríe y murmura:

—Bueno.

Empuja a los que tiene delante y se esfuerza en pasar entre ellos, y como le es imposible, da codazos y en la semioscuridad ve las caras sorprendidas y enfadadas que se vuelven hacia ella, protestando. Le dicen que no puede salir, que se esté quieta, que se espere a que acabe la alarma, pero Adela, a pesar de todo, llega a la escalera y sube por ella. Cruza el jardincito y al salir a la calle choca, en la oscuridad, con un grupo de personas presurosas que dan voces de «Al refugio, al refugio», y es empujada fuera de la acera, casi a punto de hacerla caer. Pasa al otro lado de la calle y sigue andando pegada al muro de la iglesia y entonces se da cuenta de que el hombre no ha ido tras ella y que ha debido de quedarse en el refugio.

La intriga lo que le ha dicho y ella hubiera aceptado todo lo que le propusiera, haber llegado a conocer la pasión plena y el límite del placer. Recuerda el cuerpo extendido en la cama que ha visto en el hotel y su paso se hace más inseguro, yendo por varias calles que conoce bien.

Llegó ante una puerta que parecía cerrada pero la empujó y al abrir notó el fuerte olor a humedad que había en el portal, a través del cual, tanteando con la mano en la pared, alcanzó la escalera y fue subiendo despacio, calculando cada escalón, que daba los crujidos de la madera antigua, hasta el último piso en el cual una fina raya luminosa señalaba allí la única puerta.

Llamó con los nudillos, dando unos golpecitos, y abrió un hombre de cierta edad, con pelo largo y que vestía un guardapolvo y un pañuelo anudado al cuello. Tras él, brillaba un calefactor eléctrico que hacía cálido el ambiente de la habitación abuhardillada.

Adela, según entraba, le besó y le dijo: «Hola, tío», y se sentó en una banquetilla, tendiendo las manos hacia el calor de la estufa a la vez que echaba una mirada en torno suyo: allí había dos mesas con pinceles sobresaliendo de botes y óleos apoyados en la pared, algunos a medio pintar, representando paisajes, y en un caballete, un lienzo sólo preparado con fondo ocre. El hombre quedó de pie frente a la estufa; sostenía un cigarrillo en los labios y contemplaba cómo ella echaba atrás el pañuelo de la cabeza y sacudía la melena rubia.

—¿Por qué vienes tan tarde? Son casi las ocho.

—Me aburría en casa. Estaba harta de pasar frío.

Él movió la cabeza con un gesto de duda. Preguntó:

—¿Os han dado suministro hoy?

—Sí, ha ido mi madre a recogerlo. Creo que dieron arroz.

Él llevó su mirada a un ángulo del estudio.

—Dile a tu padre que me han encargado otro cartel del ayuntamiento y me dan el lema: «Madrid será la tumba del fascismo». No sé cómo lo voy a hacer —dio unos pasos, fijo en el suelo, y casi de espaldas continuó—: Yo soy un pintor, no soy un cartelista, pero tengo que trabajar en lo que sea...

Adela se dio cuenta de que le había aumentado la curva de la espalda.

—Piensa que estamos en una guerra y todo lo que pasa es raro y nos hace sufrir. Nadie duda de que tú seas un gran pintor.

Vio cómo se acercaba a la mesa y se apoyaba en ella y tendía la mano hacia algo que había allí pero fue para dar un golpe con el puño cerrado.

—Años y años de trabajo, procurando mejorar y conocer la técnica a fondo y acudir a premios y estar en exposiciones, y acabo haciendo carteles estúpidos.

Hizo un ruido con la boca, maldiciendo. Adela le interrumpió:

—¿Ha venido a verte tu vecina? ¿Sigues tan enamorado de ella?

—¿Quién? ¿Carmela? Sí, vino hace unos días.

Cesó en sus paseos al acercarse a la ventanita cuya cortinilla descorrió; miró afuera y Adela comprendió que ponía la mirada en algo deseado, donde estaba la ilusión, acaso en las nubes invisibles de la noche cerrada.

—Cada día que viene por aquí más bella me parece.

—¿Nunca le has dicho nada?

—¿Qué voy a decirle? Sería ridículo a mi edad. Le he propuesto pintarle un retrato, acaso acceda.

Sonrió imperceptiblemente sin quitar los ojos de la negra noche que debía de haber fuera del estudio.

—Perdona que te lo diga, tío, pero ella debería saberlo. Las mujeres necesitamos conocer si despertamos deseos.

—¿Qué le importa a ella lo que yo sienta? Si tiene alrededor suyo hombres jóvenes y dispuestos a cualquier cosa por conseguirla.

Volvió a pasearse y de una repisa sacó un paquetito de pipas de girasol y se lo puso delante a Adela, que comenzó a comerlas. Pero él se acercó de nuevo a la mesa y alineó con mucho cuidado botes de aguarrás y tubos de óleo.

—Verdaderamente, está preciosa, con el pelo recogido y una raya negra en los ojos para hacerlos más grandes, y cuando ríe es como una luz que le diera en la cara; sabe mover los pendientes para realzar las orejas y las sienes y el cuello. Este verano tenía un vestido sin mangas, con un escote grande; yo la miraba y quedaba hechizado.

Al callarse, nada rompió el silencio en el estudio y sólo había el chasquido de las pipas que Adela con los dientes delanteros iba rompiendo mientras seguía los movimientos de su tío en los que le parecía sorprender un mayor desánimo. Él alzó la mano y la tendió hacia la estantería donde, entre latas de pintura, había unos libros; cogió uno, lo abrió, buscó una página que estaba señalada con una cartulina y leyó despacio, con la espalda aún más vencida que cuando paseaba:

> *Al declinar los años*
> *el amor es más tierno e inquietante.*
> *Brilla, sí, brilla resplandor postrero*
> *del último amor, aurora del atardecer.*
> *La sangre desfallece en las venas,*
> *pero no desfallece en el corazón*
> *la ternura del último amor*
> *que es bendición y desesperanza.*

Había leído pronunciando con cuidado, deteniéndose en las palabras, dando a éstas todo el aliento de la pasión contenida. Cerró el libro, lo devolvió a su sitio en la estantería y se pasó la mano por la cara, por los párpados y por la barba sin afeitar entre los surcos de las arrugas y los labios oscurecidos por el tabaco; la mano tenía venas abultadas y los nudillos deformados, todo lo cual observó Adela.

—¿Es de Rubén Darío ese poema? Me ha parecido precioso.

El hombre contestó que era de otro poeta, y al toser, la mano con que se tapó la boca temblaba unos instantes. Entonces oyeron que sonaba la sirena de alarma y se miraron e hicieron un gesto de disgusto; Adela dejó de comer pipas.

—¿Cuándo me vas a hacer un retrato? Me gustaría posar desnuda.

A lo cual su tío dio un gruñido y fue a correr la cortinilla de la ventanuca.

—La otra noche soñé con ella —empezó a decir—, igual que si la viese aquí. Yo fijaba la mirada en los labios, la barbilla, los pliegues a los lados de la boca al reír, las mejillas. Tuve miedo de tanta belleza porque era estar sometido a ella, ser su esclavo. En fin, *dernier amour* —luego chascó la lengua—. No sé por qué digo esto.

Y Adela vio que cerraba los ojos y quedaba de pie, rígido, con los brazos caídos.

—Me marcho ya. Me voy a casa.

—Es muy tarde, sobrina, te acompañaré para que no vayas sola. Tus padres estarán intranquilos.

En la calle les esperaba la dificultad de caminar sin luz alguna, debían tantear cada paso cogidos del brazo, dándose un mutuo apoyo. Pronto volvieron a oír el aullido de las sirenas móviles, lo que les forzó a apresurarse y tropezar y tambalearse, y antes de llegar a Medinaceli tuvieron encima el estruendo de los aviones y explosiones muy violentas que parecían romper los oídos y las casas que les rodeaban.

Resguardados en un portal que encontraron entreabierto, agrupados con otras personas, estuvieron sin hablar, atentos al peligro que llegaría en cualquier momento, pero como las explosiones no se repitieron, decidieron salir y titubeando echaron a andar. En la oscuridad, llegaron donde había un grupo de gente y oyeron gritar: «Han bombardeado el museo. Está ardiendo el tejado».

Avanzaron más y vieron, en medio del paseo, en el suelo, dos bengalas que aún ardían, de las que habían tirado los aviones y, enfrente de donde ellos estaban, a la altura del techo del museo, un gran resplandor.

A la derecha, el edificio de la esquina de la calle de Moratín también había sido alcanzado por las bombas incendiarias y ardía; según dijo alguien, en la calle de Alarcón comenzaba otro incendio.

Contemplaban atónitos aquellas llamas lejanas y el hombre repetía: «Van a arder todos los cuadros, todos los cuadros», y Adela le sujetaba por el brazo y percibía un estremecimiento de emoción. Sobre ellos, el cielo estaba cruzado por rápidas rayas luminosas de los proyectores de la defensa antiaérea y su luz daba en las nubes y descubría sus formas extrañas que enseguida desaparecían para que otras nuevas emergiesen de la oscuridad, sólo un instante, según el haz luminoso las recorría sin parar, alternando la blancura de la nube y el sombrío abismo del firmamento.

MANUEL CHAVES NOGALES

¡MASACRE, MASACRE!

Al sol de la mañana, la bomba de aviación que cae es una pompita de jabón que en un instante raya el cielo azul de arriba abajo. Vibra al sentirse herido el gran diapasón del espacio y, luego, si se está cerca, se sufre en las entrañas un tirón de descuaje como si le rebanasen a uno por dentro y le quisieren volcar fuera. El estómago, que se sube a la boca, y el tímpano, demasiado sensible para tan gran ruido, son los que más agudamente protestan. Esto es todo. Mientras, el pajarito niquelado que ha puesto en medio del cielo su huevecillo brillante y fugaz como una centella, remonta el vuelo y pronto no es más que un punto perdido en la distancia.

Después, comienza el espectáculo de la tragedia. ¿Dónde ha caído la bomba? Nadie lo sabe, pero todos suponen que ha sido muy cerca, allí mismo, dos casas más allá a lo sumo. Resulta que siempre es un poco más lejos de lo que se suponía. La gente acude presurosa al lugar de la explosión. Los milicianos han cortado la calle con sus fusiles, y los curiosos han de contentarse con ver desde lejos los vidrios hechos añicos de balcones y ventanas y los cierres metálicos de las tiendas arrancados de cuajo. Se espera el paso de las ambulancias sanitarias venteando con malsana fruición el olor de la sangre. En el casco de la ciudad las bombas de los aviones hacen carne siempre. Cuando en una camilla llevan a una pobre muy despanzurrada o a un niño que ya no es más que un revoltijo de trapos y sangre, la muchedumbre de curiosos se siente estremecida por el horror. Cuando el que pasa exánime en las parihuelas es un varón adulto, el hecho, por esperado, parece naturalísimo y nadie se siente obligado a conmoverse. La capacidad de emoción, limitada, exige también economías. En la guerra no se administra el sentimiento con la misma largueza que en la paz.

Ocurre también que para este pueblo de jugadores de lotería que es Madrid, el albur del avión en el cielo dejando caer sobre una pacífica familia su carga de metralla tan a ciegas como el bombo de la Lotería Nacional dispara la bolita de los quince millones de pesetas sobre un grupo de gente humilde y oscura, es un azar al que todos se someten sin gran repugnancia. Los bombardeos aéreos son una lotería más para los madrileños. Una lotería en la que resultan premiados los miles y miles de jugadores a quienes no ha tocado la metralla. El júbilo general de los que en este horrendo sorteo no han sido designados por el destino se advierte en las caras alegres de la gente que anda por las calles a raíz de cada bombardeo. ¡No nos ha tocado!, parece que dicen con alborozo. Y se ponen a vivir ansiosamente sabiendo que al otro día habrá un nuevo sorteo en el que tendrán que tomar parte de modo inexorable. Pero ¡es tan remota la posibilidad de que le toque a uno la lotería!

Esta de las bombas toca, sin embargo, con impresionante prodigalidad, y los madrileños que juegan despreocupadamente al azar del bombardeo han tenido que ir aprendiendo a protegerse. Los sótanos, en los que a veces hay que permanecer durante toda la madrugada, se han ido haciendo habitables y ya hay en ellos colchones, mantas, cabos de vela y estufas; en todas las casas los inquilinos montan por turno una guardia nocturna que avisa a los que duermen cuando las sirenas de la policía esparcen la alarma por calles y plazas; los comerciantes han cruzado con tiras de papel las lunas de sus escaparates; desde que una bomba cayó en un garaje y destruyó cincuenta automóviles se ha adoptado la precaución de que los autos pasen la noche al relente arrimados a las aceras por acá y por allá como perros vagabundos, y en vista de que los aviones fascistas consiguieron un día meter el cascote y los vidrios arrancados por la explosión de una bomba de ciento cincuenta kilos en el plato de sopa que se estaba comiendo el presidente del Consejo, en los sótanos de los ministerios se han preparado confortables refugios; en el vetusto edificio de Gobernación hay entre los pasadizos de los cimientos, poblados de ratas y telarañas, un impresionante sótano de ministro con un sillón de terciopelo y purpurina y unas alfombras en desuso que cuelgan de los rezumantes muros a guisa de tapices.

Madrid sobrelleva con alegre resignación los bombardeos. Un día, un pobre profesor que estaba en la terraza de una cervecería se ha muerto de miedo al oír una explosión cercana; a las casas de socorro, cada vez que suena la señal de alarma, llevan docenas de mujeres accidentadas para que les suministren antiespasmódicos; hay gente que se mete en las bocas del Metro arrollando a los niños y a los viejos con una precipitación indecorosa, y durante la madrugada, para las madres, es un tormento insufrible el tener que arrancar a sus hijitos de la cuna en que duermen y llevarlos, aprisa y corriendo, medio desnudos, a los sótanos, donde las criaturitas se pasan las horas llorando porque tienen frío y están asustadas. Todo este dolor y esta incomodidad y la espantosa carnicería de las explosiones, y aun la certeza de que cada vez será mayor el estrago y más horrible el sufrimiento, no han conseguido abatir el ánimo y la jovial resignación de la gran ciudad más insensata y heroica del mundo: Madrid.

Hay quienes no lo sobrellevan con tan buen ánimo. Y no son precisamente los más débiles ni los más indefensos. Este grupo de milicianos que con el impresionante remoquete de la Escuadrilla de la Venganza colabora por propia y espontánea determinación en lo que con gran prosopopeya llaman «el nuevo orden revolucionario», ejerciendo funciones de vigilancia, investigación y seguridad que ningún poder responsable les ha conferido, es, evidentemente, uno de los núcleos que con más saña y ferocidad reaccionan contra los bombardeos aéreos. Hundidos en los butacones del círculo aristocrático de que se han incautado, los milicianos de la Escuadrilla de la Venganza se muerden los puños de rabia e imaginan horrendas represalias mientras las sirenas alarman a la ciudad dormida y suenan lejanos los estampidos de las explosiones.

—Hay que hacer un escarmiento terrible con esa canalla; por muy bestias que sean llegarán a comprender que cada bomba que tiran sobre Madrid les hace a ellos más bajas que a nosotros. Es el único procedimiento eficaz —afirmó convencido un miliciano que se paseaba a lo largo de la estancia balanceando una enorme pistola ametralladora que, enfundada en una caja de madera, le colgaba desde la pretina a la rodilla.

—Lo más eficaz sería que llegasen de una vez esos malditos aviones rusos y espantasen a los Caproni de Franco. ¿Cuántos aviones tenemos para la defensa de Madrid? —preguntó otro.

—Creo que nos quedan cinco en total —le contestó Valero, un muchacho comunista con aire de universitario que, también con su pistola al cinto, presidía la tertulia de los milicianos.

Típico intelectual revolucionario de los que se forjaron en la escuela de rebeldías que durante la dictadura fueron las universidades españolas, Valero no pertenecía a la Escuadrilla de la Venganza. Sus relaciones con ella eran estrechas y constantes, pero no estaban bien definidas.

—Y esos cinco aviones que nos quedan —añadió— no pueden salir al encuentro de los trimotores italianos y alemanes. Se los comen. Nuestros sargentos de aviación han caído como mosquitos, y los pilotos extranjeros han dicho ya que si no llegan aparatos más modernos y potentes no salen a volar. Remontarse es un suicidio. Hoy he visto en Gobernación al intérprete de los aviadores ingleses que iba a despedirse...

—¿El intérprete? ¿Por qué?

—Porque se ha quedado sin ingleses. Uno tras otro han muerto todos en combate. Formaban una escuadrilla de voluntarios que se ha batido heroicamente. Hasta que ayer cayó el último. ¡Unos tíos jabatos los ingleses!

—Es inútil —arguyó el miliciano del pistolón—; con los aviones de Italia y Alemania no podremos nunca. No hay más táctica que la mía, el terror. Por cada víctima de los aviones, cinco fusilamientos, diez si es preciso. En Madrid hay fascistas de sobra para que podamos cobrar en carne.

El corro de milicianos asentía con su silencio. Aquellos diez o doce hombres que formaban la Escuadrilla de la Venganza consideraban legítima la feroz represalia y se habrían maravillado si alguien se hubiese atrevido a sostener que lo que ellos consideraban naturalísimo era una monstruosidad criminal. Al cabo de cuatro meses de lucha la psicosis de la guerra producía frecuentemente tales aberraciones. La vida humana había perdido en absoluto su valor. Aquellos hombres que el 18 de julio abandonaron su existencia normal de ciudadanos para lanzarse desesperadamente al asalto del cuartel de la Montaña, donde se inició la rebelión militar, y que luego habían estado batiéndose a pecho descubierto en la Sierra contra el ejército de Mola, cuando regresaban del frente traían a la ciudad la barbarie de la guerra, la crueldad feroz del hombre que, padeciendo el miedo a morir, ha aprendido a matar, y si la ocasión de hacerlo impunemente se le ofrece, no la desaprovechará. Es el miedo el que da la medida de la crueldad. De entre estos milicianos que no tenían alma bastante para afrontar indefinidamente el peligro de la guerra en la primera línea, de entre los que volvían del frente íntimamente aterrorizados, se reclutaban los hombres de aquellas siniestras escuadrillas de retaguardia que querían imponer al gobierno, a los partidos políticos y a las centrales sindicales un régimen de terror, el pánico terror que íntimamente padecían y anhelaban proyectar al mundo exterior. Huyendo del frente se refugiaban en los servicios de control revolucionario de los partidos y los sindicatos que, recelosos de la lealtad de la policía oficial y de las fuerzas de seguridad del Estado, toleraban la injerencia de estas escuadrillas insolventes y autónomas en las funciones policíacas. Cada una de ellas tenía su jefe, un aventurero, a veces un verdadero capitán de bandidos, por excepción, un místico teorizante de cabeza estrecha y corazón endurecido que, con la mayor unción revolucionaria, decretaba inexorablemente los crímenes que consideraba útiles a la causa. El jefe de la Escuadrilla de la Venganza, Enrique Arabel, era un tipo característico de hombre de presa, un tránsfuga relajado de la disciplina comunista, que al frente de aquel puñado de hombres sin escrúpulos había logrado rodearse de un siniestro prestigio. Erigido en poder irresponsable y absoluto, Arabel desdeñaba la autoridad del gobierno, desafiaba a los ministros y hacía frente a los aterrorizados comités de los partidos republicanos. A su lado, el universitario Valero, militante de las Juventudes Unificadas, ejercía, con la cautela y la doblez típicas del comunismo, la difícil misión de controlar políticamente aquella fuerza incontrolable de hombres sin freno en sus pasiones e instintos, que, en nombre del pueblo y valiéndose del argumento decisivo de sus pistolas, sembraban a capricho el terror. Arabel, jefe indiscutible de la escuadrilla, hubiese querido deshacerse del intruso Valero, pero sabía que éste tenía detrás al Partido Comunista y comprendía que el poder y el prestigio revolucionario de que él y sus hombres gozaban desaparecerían el día que entrase en colisión con los comunistas, que, sin hacerse solidarios de su actuación terrorista, se limitaban a vigilarla de cerca y a servirse de ella políticamente.

Media hora hacía que había cesado el bombardeo de los aviones fascistas. Todavía sonaba de vez en cuando el superfluo y pueril disparo de algún miliciano alucinado que creía descubrir en el cielo oscuro la sombra casi imperceptible de un avión enemigo volando a dos o tres mil metros de altura; sin vacilar se echaba el arma a la cara y fusilaba a la noche. Ponían tal fe en este insensato ademán que frecuentemente después de hacer el disparo se revolvían furiosos por haber marrado un golpe que consideraban seguro:

«¡Qué lástima! ¡Por qué poco se me ha escapado!», decía lamentándose el cándido miliciano. Cazar aviones a tiros de pistola se le antojaba la cosa más natural del mundo.

Arabel y sus hombres rumiaban mientras tanto la venganza que por su mano estaban dispuestos a tomarse aquella misma noche; había que hacer entre los fascistas un escarmiento terrible. Valero, más frío y sereno, al parecer, escuchaba en silencio los planes criminales de la escuadrilla como si se tratase de fantasías irrealizables. Sabía por experiencia, sin embargo, que aquellos hombres eran harto capaces de llevar a cabo sus amenazas.

Uno de los milicianos que estaba de guardia en el portal vino a prevenir al jefe:

—Se ha presentado una mujer que quiere hacer una denuncia contra unos fascistas.

—Será un cuento —dijo Valero.

—Dice que puede probar la actividad contrarrevolucionaria de un comandante del ejército que celebra reuniones misteriosas con otros jefes y oficiales.

—Que pase; vamos a interrogarla.

Entró una mujer joven, guapa y vestida con un lujoso mal gusto. Era gordita y tenía un aire afectadamente ingenuo. Aunque se presentaba un poco desaliñada y se advertía que se había echado a la calle poniéndose lo primero que tuvo a mano, se adivinaba que era una mujer acicalada y presumida.

—Vengo —dijo de sopetón— a denunciar por fascista al comandante de artillería don Eusebio Gutiérrez.

—¿Cómo sabe usted que es fascista? ¿Tiene pruebas?

—Todas las que quieran. Sin ir más lejos, hace media hora, mientras volaban sobre Madrid los aviones facciosos, estaba en mi propia casa con dos amigos suyos, también fascistas, y apenas sintió la señal de alarma dijo rebosante de alegría: «¡Ya están ahí los nuestros! ¡Saludémosles!». Y los tres permanecieron firmes con el brazo extendido durante un rato.

—¿De qué conoce usted a ese individuo? —interrogó Valero.

—Era un antiguo amigo mío —contestó la gordita ruborizándose—; yo soy huérfana y me ha protegido durante algún tiempo titulándose mi padrino, pero desde hace unos meses ese miserable no ha hecho más que infamias conmigo. Es un fascista peligrosísimo, sí, señor. Desde el balcón de mi casa, a la que iba todas las tardes de visita, estuvo disparando su pistola contra el pueblo el día que se tomó el cuartel de la Montaña.

—¿Por qué no le denunció entonces?

—Porque le tenía miedo.

—¿No se lo tiene ahora?

—Ahora estoy desesperada y dispuesta a afrontarlo todo. Es un viejo ruin que se porta como un canalla conmigo.

—¿Han tenido ustedes algún altercado esta tarde?

—... ¡Sí!

—¿Y dice usted que es comandante de artillería en activo?

—Sí, sí; en activo. Esta misma mañana fue a cobrar su paga. Me he enterado por... casualidad.

—Cobró... y no le ha dado a usted dinero, ¿no es eso? ¿No ha sido ése el motivo del altercado? —preguntó Valero levantándose y volviendo la espalda a la gordita sin esperar respuesta.

Se puso ella hecha una furia. Protestó de su decencia y de su lealtad a la República. Ella había ido allí a denunciar a un enemigo del régimen y no a que la insultasen sin motivo. Su amigo era un fascista de cuidado. Celebraba reuniones misteriosas con otros militares en una casa de la calle de Hortaleza en la que se quedaba a dormir muchas noches.

—Ahora mismo debe de estar allí —agregó.

—¿No será que tiene en esa casa otra amiguita?

La joven hizo un mohín de desprecio y altanería.

Arabel tomó nota del nombre y de la casa.

—Habrá que ir a ver quiénes son esos pajarracos.

Valero advirtió:

—La denuncia puede ser falsa; chismes de alcoba, seguramente. No sería superfluo que esta jovencita quedase detenida hasta que se averigüe lo que haya de cierto.

Arabel miró a la gordita de arriba abajo y le pareció excelente la idea de retenerla.

—Sí; lo mejor será que pase aquí la noche.

Ella protestó, pero no demasiado. Y dos milicianos buenos mozos la llevaron al bar del círculo, donde la obsequiaron con un cóctel explosivo y luego otro y otro.

Cazaron al viejo comandante en una pensión equívoca de la calle de Hortaleza. Estaba muy arrebujado entre las sábanas, la cara amarilla, lacios los bigotes, cuando el portero y la dueña de la pensión, traicionándole, condujeron a los milicianos de Arabel hasta el borde de la cama en que dormía. Dio unas explicaciones inverosímiles de su presencia en aquel lugar. Se veía claramente que era el miedo a las escuadrillas de retaguardia lo que le hacía huir durante la noche de su domicilio para poder dormir con cierto sosiego en lugares donde se imaginaba que no habían de buscarle. Así, con esta angustia, vivían en Madrid miles de seres. Todo militar, por el hecho de serlo, era un presunto enemigo del pueblo. El general Mola había dicho por radio que sobre Madrid avanzaban cuatro columnas de fuerzas nacionalistas, pero que además contaba con una «quinta columna» en Madrid mismo que sería la que más eficazmente contribuiría a la conquista de la capital. Pocas veces una simple frase ha costado más vidas. Cada vez que a los milicianos se les presentaba un caso de duda, cuando no había pruebas concretas contra un sospechoso o cuando el inculpado creía haber desbaratado los cargos que se le hacían, el recuerdo de la amenaza de Mola fallaba en su daño y «por si era de la quinta columna» se votaba invariablemente por la prisión o el fusilamiento. Ha sido la frase más cara que se ha dicho en España.

«Por si era de la quinta columna» se llevaron los milicianos al comandante de artillería. Mientras se levantaba y vestía anduvo balbuceando unas torpes protestas de adhesión al régimen y de lealtad al pueblo. Su triste figura de Quijote en paños menores, humillado y temeroso, no apiadó a los milicianos, que, marcándole el camino con sus pistolas, le hicieron salir, le metieron en un auto y le llevaron hacia las afueras. En el trayecto el viejo comandante consiguió recobrar la serenidad y el decoro ante la evidencia de lo inevitable. Cuando al llegar al kilómetro nueve de la carretera de La Coruña le hicieron apearse del auto y le empujaron hacia un paredón blanco de luna que había al borde de la carretera, se le vio erguirse y marchar con paso firme y rígido hasta el lugar que él mismo consideró más adecuado.

—Allí —dijo secamente a los milicianos.

No consintió que ninguno se le acercase. A uno que fue tras él con el propósito de abreviar dándole un tiro en la nuca le contuvo con un ademán diciéndole:

—Espera.

Se puso de espaldas al paredón y ordenó:

—¡Apunten!

Los milicianos, un poco desconcertados, se alinearon torpemente y obedeciendo a la voz de mando le encañonaron con sus armas dispares. El viejo alzó el brazo derecho y gritó:

—¡Arriba España!

Sintió que las balas torpes de los milicianos le pasaban rozando la cabeza sin herirle. Pero le habían acribillado las piernas. Dobló las rodillas y cayó a tierra. Aún tuvo coraje para erguir el busto indemne y gritar golpeándose furiosamente el pecho:

—¡Aquí! ¡Aquí! ¡En el corazón! ¡Canallas!

Tirado en el campo le dejaron. Largo, flaco y con las ropas en desorden, era un grotesco espantapájaros abatido por el viento.

—Ha muerto bien, el viejo —notó un miliciano cuando ya regresaban en el auto.

—¿Te has convencido de que era fascista? Al final, cuando lo vio todo perdido, se quitó la careta —apuntó otro.

—No; si no falla uno.

—Habrá que hacer una redada con todos y fusilarlos en masa —concluyó Arabel.

Al volver al círculo se encontraron a la gordita, que seguía encaramada en un taburete del bar en compañía de sus dos buenos mozos: el alcohol y el sofoco de sentirse acosada por los milicianos le habían pintado de un carmín excesivo las mejillas redondas y lustrosas como las de una muñeca barata. Borrachita y gachona se fue hacia Arabel cuando le vio entrar.

—¿Qué? ¿Habéis dado con ese viejo miserable? —preguntó sonriendo—. Yo no quiero que le pase nada malo, eh, pero sí que lo asusten. Es muy soberbio y cree que en el mundo no hay más hombre que él. ¡Me gustaría más que le hubieseis dado una bofetada delante de mí! Si consigieseis que me pidiera perdón, debíais soltarle luego. Porque en el fondo, aunque sea fascista, no es malo. Ni yo quisiera que le ocurriese por mi culpa alguna desgracia.

Valero, que contemplaba silencioso la escena, sintió el deseo de golpear con la culata de su pistola aquella cabeza linda de *poupée* de serie, seguro de que sonaría a hueco y de que por dentro, al romperla, no habría nada: el envés grosero de una mascarilla de escayola pulida y pintada.

La captura del viejo comandante había hecho meditar a Arabel. Madrid —pensaba— está plagada de tipos así; hay muchos centenares de militares retirados que, haciendo protestas de adhesión a la República, están espiritualmente al lado de los rebeldes y llegado el momento crítico se echarían a la calle para batirse contra el pueblo. Son la famosa «quinta columna». Cazarlos uno a uno ahora que andan recelosos y huidos de sus casas es una tarea lenta y difícil. ¿Si se les pudiera preparar una encerrona? El gobierno podía hacerlo fácilmente si quisiera, pero, como todos los gobiernos, tendrá miedo a las medidas radicales y no se atreverá. Bastaba con convocarlos a todos por medio del *Diario Oficial de Guerra* o de la *Gaceta*.

—No irían —replicó Valero.

—Pues a cobrar sus pagas y retiros bien que acuden. ¿Y si se les convocase con el pretexto de pagarles?

—El gobierno no hará eso nunca.

—Pero podemos hacerlo nosotros. Si no disponemos del *Diario Oficial*, podemos hacerles caer en la trampa con una simple convocatoria publicada en los periódicos.

—¿Y con qué pretexto se les cita?

—Con el de darles dinero, desde luego. En una nota que enviaremos a la prensa con una firma y un sello cualesquiera se anuncia que todos los militares retirados que quieran cobrar sus haberes deberán pasar a una hora precisa por un determinado centro oficial que no les inspire sospechas, el Ministerio de Hacienda, por ejemplo, y se advierte que el que no acuda puntualmente será declarado faccioso y no podrá cobrar. Ya verán ustedes cómo acuden al reclamo y los cazamos a docenas.

La idea fue puesta en práctica aquella misma noche, y a la mañana siguiente los periódicos publicaban la falsa convocatoria. Los milicianos de Arabel, apostados en el patio del Ministerio de Hacienda, fueron aprehendiendo a los retirados de Guerra que se presentaban. La afluencia fue tal que los milicianos no daban abasto a prenderlos y a meterlos en las camionetas en que los conducían a las prisiones. Llegó a formarse una cola de incautos que esperaban pacientemente a que les llegase el turno de caer en el garlito. Los funcionarios del ministerio advirtieron el tejemaneje que se traían los milicianos en el patio, y se apresuraron a comunicar a los que aún esperaban que el departamento no había cursado ninguna convocatoria. Gracias a esta advertencia hubo muchos que pudieron salvarse. Así y todo, los militares capturados pasaban de quinientos.

—¡Hubiéramos podido cazar dos mil! ¡Esos idiotas del gobierno nos han malogrado la operación! —exclamaba Arabel—. ¡Quinientas bajas en la quinta columna! —añadía jubiloso.

—Bueno, bueno: todos no van a ser fascistas —objetó Valero.

—Todos, todos. Algún caso tengo que consultarte, sin embargo.

Le hizo una señal y se lo llevó tras él discretamente a otra pieza cuya puerta cerró con llave. Cuando estuvieron a solas y frente a frente dijo Arabel:

—Ya sé que debemos sacrificarlo todo por la causa y que para nosotros no debe haber inmunidades ni excepciones, pero a veces se le presenta a uno un caso de conciencia difícil de resolver.

—Para mí no hay más conciencia que la estrictamente revolucionaria —replicó secamente Valero.

—No te precipites; ya sé que presumes de incorruptible. No pretendo, como seguramente has pensado ya, escamotear por compromisos particulares a ninguno de los detenidos de hoy.

—Y si lo intentases, no te lo consentiría, Arabel.

—Basta; no se trata de nada que me interese personalmente. Te interesa a ti. En la lista de militares detenidos hoy por mi gente he encontrado este nombre: Mariano Valero Hernández, sesenta y dos años, comandante de infantería retirado. ¿Lo conoces?

—Es mi padre —replicó sin inmutarse Valero.

—¿Fascista?

—Pudiera serlo. No lo sé. No vivo con mi padre hace tiempo y ni siquiera le veo más que ocasionalmente.

—Bien. Sea fascista o no, es lógico y disculpable que tú quieras salvarle. Yo estoy dispuesto a servirte y puedo suprimir su nombre de la lista de los detenidos antes de que se hagan más averiguaciones que pudieran ser fatales para él. Tú vas entonces a la cárcel y te lo llevas. Hoy por ti y mañana por mí. ¿Estamos?

Valero advirtió con una sorda ira la maniobra de Arabel. Quería venderle la libertad de su padre a cambio de su complicidad en el tráfico de detenidos a que con toda seguridad se dedicaba a espaldas suyas. Arabel sabía que Valero podía, en cualquier momento, ser su perdición y quería tenerlo ligado a él. Valero frunció el ceño y repuso:

—Los asuntos de mi padre no me interesan ni poco ni mucho. Si es fascista, allá él. Si algo debe, que lo pague.

Y volvió la espalda altivamente al logrero.

Salió a la calle. Con las manos en los bolsillos y el cigarrillo en los labios anduvo vagando al azar. Al atardecer, la aglomeración de las calles céntricas contrastaba con la soledad impresionante del resto de la urbe. Una muchedumbre abigarrada y arbitrariamente vestida, de obreros, milicianos, campesinos fugitivos, provincianos despistados, gente de toda clase y condición, uniformemente desaliñada, se apretujaba en el recinto de la Puerta del Sol, la Gran Vía y las calles de Alcalá, Montera, Preciados, Arenal y Mayor ante los escaparates de las joyerías inverosímilmente repletos de oro, plata, brillantes y piedras preciosas, las tiendas de modas que exhibían aún los más provocativos y costosos modelos de *robes de soirée* y los grandes almacenes en los que, por raro contraste, empezaban a verse vacíos los anaqueles donde antes estaban los objetos de más humilde e indispensable consumo. Iba oscureciendo, y aquella muchedumbre agolpada en el corazón de Madrid empezaba a dispersarse. Una hora después no habría un alma en las calles oscuras donde los faroles de gas pintados de azul echaban un ojo lívido al transeúnte descarriado.

Valero fue a refugiarse en la tabernita vasca donde habitualmente comía y cenaba. Aún no habían comenzado a llegar los clientes, un centenar de milicianos que desde que comenzó la guerra comían y bebían allí sustituyendo a la antigua clientela. El patrón había conseguido reservar un saloncito interior del establecimiento para los comensales que aún pagaban en contante y sonante moneda burguesa; avisadores, oficiales de las milicias, diputados, «responsables», periodistas extranjeros, intelectuales antifascistas y unos tipos raros que nadie sabía quiénes eran ni a qué se dedicaban.

Cuando llegó Valero el comedor estaba aún desierto. Se sentó en un rincón y ante un vaso de cerveza se quedó en ese estado de inhibición y ausencia en que a veces cae el hombre de acción en medio del torbellino de los acontecimientos. En esos momentos no es cierto que se recapacite ni que se piense en nada. Al rato de estar allí Valero, entró un tipo desbaratado y vacilante que fue a echarse de bruces sobre la mesa del rincón opuesto. Era un hombre joven, delgado, blando, los brazos largos y colgantes, un mechón de pelo de muerto caído sobre la frente pálida, el ojo turbio y rastrero, el cuello huidizo y un alentar fatigoso en la faz. Encajaba nerviosamente las mandíbulas y expulsaba el aire con mucho esfuerzo por la nariz, cuyas aletas se dilataban ansiosamente cuando levantaba la cabeza para coger aire con un movimiento de rotación desesperado. Durante algún tiempo el hombre aquel estuvo con la cabeza caída sobre el brazo doblado como si sollozase. Valero le contempló con lástima. Era la imagen fiel y patética del esfuerzo sobrehumano, la representación plástica de la debilidad que saca fuerzas de flaqueza, la encarnación de Sísifo, el dramático espectáculo del hombre que quiere y no puede. Tuvo lástima de aquel hombre y de él mismo y de todos los hombres que como ellos guerreaban, morían y mataban, héroes, bestias y mártires sin vocación heroica, sin malos instintos y sin espíritu de sacrificio o santidad.

Al cabo de un rato el desconocido fue serenándose y se quedó al fin sosegado. El camarero, que le miraba también compasivo, dijo confidencialmente a Valero:

—Todas las tardes vuelve del frente deshecho; es un francés que ha venido a España para batirse por la revolución. Está al frente de una escuadrilla de aviones, pero no es aviador. En su país creo que era poeta, novelista o algo así.

Comenzaban a llegar los clientes. Un grupo de intelectuales antifascistas en el que iban el poeta Alberti con su aire de divo cantador de tangos, Bergamín con su pelaje viejo y sucio de pajarraco sabio embalsamado y María Teresa León, Palas rolliza con un diminuto revólver en la ancha cintura, fue a rodear solícito al desolado francés, que instantáneamente cambió la expresión desesperada de su rostro por una forzada y pulida sonrisa.

—Salud, Malraux.

—Salud, amigos.

El espectáculo emocionante del hombre tal cual es en su debilidad y su desesperación había sido sustituido por la divertida comedia de la vida bizarra. Discutían brillantemente los intelectuales, llegaban nuevos comensales bulliciosos y optimistas, se comía con apetito y se bebía con ansia; los que venían directamente del frente eran acaso los más alegres.

Valero se levantó y se fue. Vagabundeó otra vez por las calles, ahora desiertas y jalonadas por el alerta de los milicianos. Dio muchas vueltas por los mismos sitios, y era ya muy tarde cuando se decidió a franquear el portalón del recio convento que los milicianos habían convertido en prisión. Habló con el camarada responsable que estaba de guardia y pasó a la galería que le indicó.

A lo largo del muro había de quince a veinte petates y acurrucados en ellos yacían los presos. Buscó al viejo con la mirada a la luz amarillenta y tenue de la única bombilla eléctrica que alumbraba la galería. Allá estaba sentado al borde del camastro con la cabeza de pelo cano e hirsuto doblada sobre el pecho y los brazos caídos entre las piernas. Se le acercó lentamente. El viejo al levantar la cabeza le vio y pareció que se alegraba, pero ni se movió siquiera.

—Hola, padre.
—Hola.
—¿Cómo estás?
—Ya lo ves.
—He venido por si querías algo.
—No; nada.
—Estaré un rato contigo.
—Bueno; siéntate.

Le hizo un lado en el borde del petate.

Como ni el padre ni el hijo eran capaces de decirse nada, sacaron unos cigarrillos y se pusieron a fumar. El joven mientras encendía el suyo pensó: «¿Cuánto tiempo hace que mi padre me permite fumar delante de él? ¿Tres años? ¿Cinco? ¿Le parecerá ahora mismo una falta de respeto que fume en su presencia? ¡Qué extraño ha sido siempre el viejo! ¡Y así será hasta que se muera... o hasta que le maten!».

Cortó el curso de su pensamiento y se distrajo mirando la pared desnuda de la galería. El viejo, con la cabeza baja, le miraba de reojo y pensaba orgulloso: «Es fuerte. Más fuerte que yo». Al compararse con el hijo le subió a la boca un agrio resentimiento. Él también había sido fuerte y sano en su juventud. Cuarenta años antes, cuando sentó plaza en el ejército de Cuba soñando aventuras y heroísmos imperiales, nada hubiera tenido que envidiar a aquel mocetón presuntuoso. La campaña, la fiebre, el hambre y la derrota le devolvieron a la Península después de la catástrofe colonial convertido en el espectro de sí mismo. Le habían sacrificado a la Patria. No le quedaba más consuelo que el de sentirse orgulloso de su sacrificio. Por eso siguió en el ejército rindiendo un culto idólatra a los mitos gloriosos que destrozaron su juventud y le amarraron luego a una vida triste de oficial con poca paga destinado siempre en ciudades viejas y míseras de escasa guarnición. El uniforme y la supeditación al Estado en un pueblo vencido que odiaba a los militares fueron su cruz y su blasón. Cuando le nació un hijo, quiso librarlo de aquella servidumbre sin gloria ni provecho e hizo de él un universitario, un intelectual. El hijo se le hizo comunista. Y ahora, cuando al final de su vida sonaba la hora ansiada de la reivindicación, cuando los militares habían encontrado al fin un caudillo invicto, Franco, y un ideal nuevo que galvanizaba los viejos ideales periclitados, el fascismo, el hijo aquel se alzaba frente a él oponiéndole la barrera infranqueable de su voluntad juvenil, más fuerte que su viejo resentimiento. ¡Más fuerte!

El viejo dio unas chupadas voraces a su cigarrillo y se quedó mirando de hito en hito a su adversario. El joven sostuvo imperturbable la mirada. Y como ni el padre ni el hijo eran capaces de decirse nada, se levantaron silenciosos del camastro cuando hubieron apurado la colilla.

—¿No necesitas nada, de verdad?
—No; nada.
Se abrazaron y besaron con recíproca ternura.
—Adiós.
—Salud.

Había un gran alboroto en aquel preciso instante porque, al parecer, un miliciano se obstinaba en alinear a las mujeres jóvenes que había en la cola empujándolas por el pecho con las palmas de las manos, y ellas no se lo querían consentir por muy miliciano que fuese. Por esta coincidencia, en los primeros momentos de estupor nadie supo exactamente lo que había ocurrido. Se oyó una gran detonación y se vio que algunas mujeres de las que estaban en la cola se desplomaban súbitamente. Las demás echaron a correr aterradas. Entre el amasijo de cuerpos ensangrentados que quedaron en la acera sólo permaneció enhiesta una viejecilla con un pañuelo negro por la cabeza y un capacho entre las manos que, ajena a todo lo que no fuese su anhelo de que le llegase el turno antes de que se acabasen los huevos, aprovechó el revuelo para correrse suavemente por la pared salpicada de sangre y de metralla hasta el portal de la tienda, dichosa de encontrarse con que había pasado a ser el número uno de la cola.

La cosa fue tan inesperada que nadie se la explicaba. Hubo quien dijo que el miliciano había disparado su fusil y que esto era todo. Otros, que vinieron luego, al darse cuenta de que había en el suelo seis u ocho mujeres acribilladas, aseguraban ya que un automóvil fascista, aprovechándose del alboroto, había pasado a toda marcha ametrallando a la gente. Acudieron al fin los milicianos, que, aunque a medias, dieron con la verdad: en medio de la cola de mujeres que había a la puerta de la tienda, los fascistas habían tirado una bomba, que al explosionar había hecho una terrible carnicería entre las infelices. Esto era evidente. Pero, en cambio, sin que nadie pudiera precisar el fundamento de tal cosa, se creyó, unánimemente, que la bomba la habían tirado desde uno de los pisos altos de cualquiera de las casas próximas. Alguien llegó a señalar el balcón preciso desde donde la habían arrojado, y los milicianos, sin más averiguaciones, estuvieron fusilando a placer la fachada del inmueble.

Resultó luego que no era así; que la bomba, cosa que a nadie se le ocurrió pensar, había caído del cielo. Eran los aviones de Franco, volando a oscuras sobre Madrid sin que los descubrieran, los que la habían arrojado. Simultáneamente, en diez o doce lugares de la capital había ocurrido lo mismo. Una escuadrilla de aviones de caza volando a más de tres mil metros cuando ya oscurecía, aunque todavía no fuese noche cerrada, había arrojado sobre el centro de Madrid una veintena de bombas pequeñas, de cinco o diez kilos a lo sumo, que habían hecho una mortandad espantosa. Hasta entonces, los madrileños estaban acostumbrados al aparatoso bombardeo de los trimotores, que, precedidos de la señal de alarma, llegaban volando bajo y se limitaban a dejar caer dos o tres artefactos de cien kilos sobre objetivos determinados, el Ministerio de la Guerra, el cuartel de la Montaña o la estación del Norte. Aquel bombardeo a granel y por sorpresa era increíble. Nadie se explicaba cómo no había sonado siquiera la señal de alarma. Se ignoraba que aquella misma mañana un avión faccioso había incendiado en la floresta de la Casa de Campo el globo cautivo que con los aparatos registradores del ruido de los motores se elevaba todas las tardes en el cielo de Madrid para velar el sueño de los madrileños.

A la hora del bombardeo, las seis de la tarde, las calles céntricas estaban invadidas por una gran muchedumbre, y cada bomba produjo docenas de víctimas; si una sola hubiese caído en la Puerta del Sol, habría hecho un millar de bajas. La mortandad fue terrible. En los zaguanes de las casas de socorro, muertos y heridos confundidos, en su mayor parte mujeres y niños, se alineaban en el suelo esperando inútilmente a que los médicos y practicantes pudieran, al menos, reconocerles. A las diez de la noche se calculaba que las víctimas del bombardeo, entre muertos y heridos, pasaban del medio millar.

Cuando el alumbrado público se extinguió totalmente y la urbe se hundió en las tinieblas, un agudo presentimiento de que la hecatombe no había terminado pesaba sobre el ánimo de los madrileños. Cada cual fue a meterse temeroso en su agujero. La vida huyó de calles y plazas: ni una luz, ni un ruido en el ámbito fantasmal de la gran ciudad. En las entrañas febriles de Madrid estaba fraguándose, sin embargo, una pavorosa reacción. Se estremecían de odio, desesperación e impotencia las células nerviosas de la revolución; hervían de furor los corrillos de milicianos y obreros en cuarteles, sindicatos, puestos de guardia, consejos obreros, comisarías y círculos políticos; en aquellos centros neurálgicos que bajo la apariencia mortal de la noche conservaban una vida intensa y reconcentrada, iba modelándose por instantes la imagen monstruosa de la represalia. Una idea criminal germinada al mismo tiempo en mil cerebros atormentados por abrirse camino y conquistar los últimos reductos de la humana conciencia. Las cabezas más claras vacilaban batidas por la turbia marea. Aquella mala idea que se enseñoreaba rápidamente del ámbito aterrorizado de la ciudad plasmó al fin en una palabra que fue luego un grito unánime:

—¡Masacre! ¡Masacre!

Lo gritaban sin comprenderlo centenares de hombres a quienes el lúgubre sentido del término colmaba de esperanzas de vindicación.

—¡Masacre! ¡Masacre!

Decía con voz nueva la ancestral crueldad del celtíbero.

—¡Masacre! ¡Masacre!

Se preparaba un asalto a las cárceles. En las comisarías de vigilancia, en los ateneos libertarios y las radios comunistas, se operaba el tránsito del verbo a la acción, del verbo nuevo a la vieja acción cainita. Los hombres de acción se aprestaban a la matanza.

Aún había algo que resistía. Las centrales sindicales y los «responsables» de los partidos vacilaban todavía y, por su parte, el gobierno había mandado reforzar las guardias de las prisiones. Era una precaución inútil: los guardianes y los refuerzos mismos estaban ganados por la sugestión criminal.

A medianoche en todos los centros vitales de la revolución se reñía la misma desesperada batalla. Las escuadrillas de milicianos de retaguardia, concentradas y arengadas por sus jefes, se disponían al asalto de las cárceles.

Arabel aleccionó secretamente a sus hombres de confianza, que fueron marchándose mezclados con los demás en pequeños grupos.

—¿Adónde mandas a tu gente? —le preguntó Valero.

—Van a la cárcel de San Román. A cobrar lo que se nos debe. ¿Te enteras? ¡A cobrar!

—Yo no tengo ninguna orden del partido.

—Ni nosotros la necesitamos. La voluntad del pueblo es más fuerte que la de los partidos —replicó Arabel enfáticamente, sintiéndose aquella noche en terreno más firme que el de su rival.

—Yo no sanciono esa masacre, que puede tener un sentido demagógico.

—Pues quédate aquí. No te enteres. Y déjanos de teorías y monsergas. Mañana nos lo agradeceréis.

Se dispuso a salir. Valero, después de un instante de vacilación, le retuvo.

—Espera. Voy con vosotros.

Se ciñó el correaje y la pistola y salió con Arabel. El soberbio Hispano del jefe de la escuadrilla se deslizó por las calles desiertas y fue a detenerse ante la puerta del viejo convento transformado en prisión. En la penumbra se distinguían unos bultos que merodeaban por las proximidades o se estacionaban ante el edificio formando grupos amenazadores. Valero y Arabel, al descender del auto, pasaron junto a unos cuantos que se hallaban a la puerta misma de la cárcel rodeando a los milicianos que estaban de guardia.

—¡Masacre! —dijo una voz sorda a la espalda de los jefes.

Entraron aprisa. En el cuerpo de guardia el responsable de la prisión se declaraba impotente para contener a los de fuera y desconfiaba de los de dentro.

—¡Es inevitable! ¡Es inevitable! —decía—. Pasarán por encima de nosotros si nos oponemos.

Valero hizo telefonear a los centros oficiales y a los sindicatos. Las respuestas eran débiles y tardías. «Resistir, esperar, disuadir, tantear el ánimo de la gente adicta, no emplear la fuerza sino en último extremo...». Finalmente, las nerviosas llamadas telefónicas de Valero y del responsable se perdían en el espacio. Mientras, habían ido filtrándose hasta el cuerpo de guardia muchos milicianos que rondaban por los alrededores. Cuando Valero quiso desalojar, era temerario intentarlo. Un puñado de hombres más audaces acabó de arrollarlos, y una masa compacta de gente armada con pistolas y fusiles llenó el zaguán y el cuerpo de guardia gritando:

—¡A las galerías! ¡A las galerías!

—¡Masacre! ¡Masacre!

Iban ya a forzar las puertas de la prisión cuando Valero, hendiendo a viva fuerza aquella masa humana, se colocó de espaldas a la puerta amenazada y con un grito feroz que dominó el tumulto y un ademán resuelto se hizo escuchar.

—¡Camaradas! —dijo—. La revolución va a hacer justicia. Estad tranquilos. Veinte hombres, sólo veinte hombres, capaces de ejecutar la voluntad del pueblo, son necesarios. Elegid vosotros mismos los veinte hombres en que tengáis confianza. Los demás, fuera.

—¡Justicia! —gritó uno.

—Se va a hacer —respondió Valero.

—¡Ahora!

—Ahora mismo. ¡Veinte hombres que sean capaces de hacerla!

Hubo primero un murmullo de desconfianza, y luego se vio que de entre la confusa muchedumbre de milicianos se destacaba un jovencito pálido con la hoz y el martillo simbólicos en el gorrillo de cuartel.

—Yo soy uno.

—Yo otro.

—Otro.

Tras los comunistas, fueron los recelosos hombres de la CNT y la FAI con sus insignias rojinegras. Cuando estuvieron cabales los veinte, Valero ordenó con voz imperiosa:

—¡Fuera los demás! Vuestros compañeros os dirán cómo hace su justicia la revolución. ¡Fuera!

Llamó al responsable y dispuso que los veinte voluntarios entrasen en las galerías y condujesen al patio, custodiados, a cuantos jefes y oficiales del ejército hubiese en la prisión. Mientras se cumplía la orden y el responsable iba tachando con un lápiz rojo en la lista de presos los nombres de los que eran conducidos al patio, Valero, sentado frente a él, permaneció silencioso y sin contraer un músculo de la cara.

Los militares que había en la prisión eran ciento veinticinco. Cuando vinieron a decirle que todos estaban ya en el patio formados se puso en pie y después de pasarse la mano por la frente echó a andar. Al salir al patio no pudo distinguir más que el cuadrilátero intensamente azul del cielo estrellado y una línea borrosa de seres humanos a lo largo de uno de los negros paredones.

—Habrá que traer luz —dijo el responsable.

—No; no hace falta —replicó Valero que sentía la penumbra como un alivio.

El ascua del cigarrillo de un miliciano le sirvió de punto de mira. Su voz dura hendió las sombras.

—¡Ciudadanos militares! —gritó.

Hubo una pausa.

—¡Ciudadanos militares! —repitió—. La República os ha privado de la libertad que disfrutabais en su daño. Estáis en prisión por haber sido acusados de enemigos del pueblo y del régimen. En circunstancias normales los delitos que se os imputan serían sometidos a los tribunales ordinarios, pero la guerra, que ha llegado ya a las puertas mismas de Madrid, impide la función normal de la justicia. Se os va a someter inmediatamente a una justicia de guerra inexorable. Sabedlo bien. Pero sea cual fuera la índole de los delitos contra el Estado republicano que hayáis cometido, podréis reivindicaros en el acto y recobraréis la libertad. El ejército del pueblo necesita jefes y oficiales competentes y valerosos que le lleven a la victoria. Los que quieran eludir la dura sanción que por su pasada conducta ha de recaer sobre ellos, los que deseen recobrar su libertad y su categoría dentro del ejército, los que no quieran ser juzgados como traidores a su Patria y a su gobierno legítimo, los que acepten el honor de defender la revolución con las armas en la mano, ¡un paso al frente!

En la línea borrosa de los prisioneros pudo percibirse un débil estremecimiento. Nadie se movió, sin embargo. Ni una de aquellas sombras osó destacarse. Valero recorrió con la mirada la fila inmóvil. ¿Blanqueaba en la penumbra una cabeza cana? No quiso saberlo y cerró los ojos.

—¡Ciudadanos militares! —agregó—. La República os hace su último requerimiento. ¡Los que quieran salvar sus vidas, un paso al frente!

Nadie se movió. Cada vez más rígidas y distintas, aquellas sombras parecían de piedra.

—¡Aún es tiempo! —gritó por vez postrera Valero con patética entonación—. ¡Los que no quieran morir, un paso al frente!

Ninguno lo dio. Valero se echó hacia atrás horrorizado. En aquel momento la voz de Arabel susurró en su oído:

—Basta ya. Has hecho todo lo que podías por esa canalla. Déjame a mí ahora.

Los milicianos empezaron a maniobrar en el patio. Petardearon la noche los motores de los camiones. Y ya hasta que fue de día los perros estuvieron aullando y ladrando desesperadamente.

El parte oficial consignaba al día siguiente que a consecuencia del bombardeo aéreo habían muerto doscientas veintidós personas. Figuraban en el parte los nombres y apellidos de un centenar de víctimas y al final decía textualmente: «Los ciento veinticinco cadáveres restantes no han sido identificados».

MERCÈ RODOREDA

LAS CALLES AZULES

Se había acabado el verano...

La ciudad enviaba cada día más hombres al frente.

Ella hacía ya tiempo que le quería. Nunca se habría atrevido a decírselo, pero los acontecimientos se precipitaban y parecía que el mundo se iba a acabar. La muerte iba por las calles azules, entraba en las casas y se alzaba por la noche sobre las ciudades. La muerte, que venía con la guerra, la abrumaba y al mismo tiempo le daba valor. La enfrentaba con las más profundas realidades de la vida.

A pesar de todo, actuaba juiciosamente. Pero temblaba. Quería decírselo... y ¡debía seguir el dictado de su voluntad!

Y cuando estuvo frente a él, exclamó precipitadamente:

—Quiero decirle algo.

—Diga —respondió el hombre, serenamente, con una voz tan grave que conmovía y que le transmitía amparo y consuelo.

—Me cuesta..., no podré.

Se le agolpaban en la mente palabras pueriles. Se sentía débil para dar el paso, pero fue valiente, y, acercándose a la mesa, cogió un papel y escribió sencillamente: «Le amo».

Se lo dio.

Él lo leyó sin inmutarse y lo dobló sobre su pulgar. Se giró rápidamente hacia ella, que permanecía quieta con el corazón desbocado.

—Ahora me voy —dijo ella apresuradamente, sin mirarlo, pero con gran congoja.

Él se levantó.

Previamente, ella le había quitado el papel de entre los dedos, lo había hecho pedazos y los había dejado sobre la mesa. Unos se reflejaban en el cristal, otros habían caído al suelo.

Hubo un largo silencio.

Se dieron la mano. Ella esperaba. Necesitaba demostrar que era sincera, que pretendía dar mucho y no pedir nada.

Lo miraba a los ojos fijamente, como suplicando que él descubriera toda la verdad en su interior... Sus bocas se unieron en un beso intenso y los dientes de ella se clavaron en los labios de él.

Y se fue.

Llovía. Ella llevaba consigo emociones profundas de las que no quería desprenderse. Caminaba por las calles despacio, mojándose, mientras miraba la claridad azul que se adentraba en el asfalto empapado que deformaba aquello que reflejaba, cerca y lejos de la gente; y pensaba en labios contra labios, en la vida, tan fuerte.

Y recibió una nota.

«Llámeme por teléfono», pedía de modo imperativo.

La lluvia de invierno caía densamente sobre todas las cosas.

—No pude —respondió ella.

Y una nueva nota de él.

«La he hecho buscar por todas partes. No la he podido encontrar. ¡Necesito encontrarla!»

Estas palabras la atemorizaron. No había dormido hacía días pensando en el momento en el que se encontrarían para no separarse hasta quién sabe cuándo.

Se encendía de fiebre.

«¡Necesito encontrarla!»

Era demasiado. Todo iba calando en su espíritu. Cada vez era más intenso el deseo de besarle, cada vez con más pasión..., y le decía a sus manos:

—Le amo.

Por la tarde, el teléfono comunicaba las dos voces. Las dos únicas voces de la ciudad azul.

—Mañana —dijeron.

Ella acudió.

La noche había hecho mella en sus ojos cansados. Toda la noche con el pensamiento clavado en aquel hombre.

Y ahora estaban juntos y no sabían qué decirse. Sobre aquella mesa en la que había escrito días antes había un jarrón de flores rojas. Las manos de él, entrelazadas, temblaban. Estaba muy pálido. Callados, sentados uno frente al otro.

Ahora era ella la que hablaba.

—...hace tiempo que le quería. Quizá no me habría atrevido a decírselo nunca...

Otra vez el silencio denso de pensamientos y otra vez la voz de ella.

—Yo no busco nada, no quiero nada. Sólo decirle que le amo a usted. Era una necesidad más fuerte que la sensatez... Le quiero... Sus cartas me... —y no encontraba las palabras—... me emocionaron.

Y de repente, como regresando de un largo camino:

—...¡Oh! ¿Qué iba diciendo?

Había llorado.

Él miraba cómo se debatía con la dificultad de expresarse, analizando la sinceridad de su voz. Y exclamó, rompiendo la quietud:

—Si yo le dijera que esperaba algo, le engañaría... Si le dijera que me era usted indiferente, también.

Ella tampoco quería mentir ni halagar.

—Me ha hecho falta encontrar una justificación para mi comportamiento... Es la guerra... —en un sorprendente exceso de sinceridad—. Me hubiera matado... Necesitaba reconciliarme con la vida. Queriéndole a usted quiero a la vida —quiso decir «quiero la vida que es usted» pero temió que él lo encontrara excesivo, por poco natural, y acabó—, y eso es usted.

El hombre tardó en responder y al final dijo:

—Ahora la entiendo.

Y añadió despacio, mirándola a los ojos, que ella mantenía abiertos, pendientes del más leve gesto, del más insignificante movimiento de labios:

—Me ha agitado usted el alma.

Y continuó, todavía con temblor en las manos, los codos sobre y contra los brazos del sillón, una pierna sobre la otra:

—Todo este tiempo he vivido pendiente de la guerra... Ahora... ha despertado toda mi sensibilidad.

Y hablaron de cosas ajenas a ellos dos.

—Ayer estuve fuera: por la tarde. Y por la noche. Fui al pueblo. Volvimos cuando todavía no se había hecho de día... Todo estaba nevado, ¿sabe?

Estas palabras quedaron incrustadas en el alma de ella. Como si hubiera ido con él. Juntos en medio de la noche, de la nieve. De él emanaba la vida con fuerza. No quería moverse de su lado, pero era imprescindible hacerlo.

Se separaron. Se dieron la mano. Fue cuando él la atrajo fuertemente hacia sí. La miró y buscó con premura sus labios, que ella rehuyó, apoyando la cabeza en su pecho reclamando ternura. El hombre la cogía por la cintura. Sentía sus manos contra los riñones. Entonces alzó la cabeza y llegó un beso con labios y dientes.

Al separarse sus bocas, se miraron como si tras ellos no hubiera nada y como si la vida real hubiera empezado en ese instante. Ella le acariciaba la cara, le pasaba la mano por los cabellos rebeldes, por el pecho... Él la besaba repetidamente en los ojos y las mejillas. Y suplicó:

—No se vaya, todavía...

Pasaron unos cuantos días. En los campos de batalla el frío paralizaba las operaciones. La nieve evitaba que se derramara más sangre. En las trincheras, el estruendo de los cañones ensordecía a los hombres desalentados por su inactividad.

La niebla cubría los caminos, la ciudad. Circulaban rumores de posibles ataques aéreos. La muerte vendría por cielo y por mar. La visión de la sangre le hacía enloquecer.

Era necesario que la tierra se empapase bien.

«Ahora ya puedo morirme», pensaba la mujer.

Pero justo cuando las palabras se ordenaban en fila en su cabeza, nacían en su espíritu unos inmensos deseos de vivir.

Aquella noche apagaron las luces. El primer pensamiento fue para él. ¿Dónde estaba? Si hubiera podido verle...

Empezaron los tiros por las esquinas, era una locura. Ella salió a la calle. La noche, muy negra, era una explosión de estrellas. La oscuridad de la noche daba miedo. Corría algo de brisa. El ruido de los tacones sobre el empedrado se confundía con los disparos, con los gritos, con los ladridos de los perros. Ella, con las manos, cerraba sus labios como si los dos únicos besos quedaran así encerrados dentro de su boca. ¿Y él? Sólo con pensar en él, nada la hacía estremecer. Hubiera huido a través de la noche no para decir «le amo» sino «te amo»; decirlo dentro de su boca, entre sus brazos, que le apretarían hasta hacerle daño.

Más días.
El teléfono.
—Pensaría usted que la había olvidado.
—¡No! —categóricamente.
Estaba segura de que no la había olvidado. No por vanidad o presunción, sino porque, como hombre no vulgar ni banal, habría de recordarla por el simple hecho de ser una mujer que le amaba.
Él:
—Querría verla. Hablar.
Ella:
—Mañana.

El sitio era otro. Quedaron como si fuera la primera vez. Rieron.
—Tenemos tantas cosas que decirnos...
El teléfono les interrumpió. Él fue a cogerlo. Ella observaba la estancia, los muebles, un fusil en una silla, los árboles desnudos, sin hojas, a través del balcón.
—¿Le dan miedo las armas? —dijo al volver mientras señalaba el fusil.
—Ahora no.
—¿Por qué?
—Porque estoy con usted.
Él le cogió la mano y la apretó con fuerza.
—Cuando se marchó aquel día, me desconcertó, ¿sabe? Estuve más de media hora caminando de un lado para otro en el despacho... Pensé en tomarla.
La mujer se recluyó en sí misma. Aquello era demasiado ardiente, excesivamente profundo para su sensibilidad. Ella respondió:
—Quisiera decirle una cosa.
—Diga.
Había dejado de mirarla.
—No. Ahora no. Aquí no es posible... No sabe en qué momento tan adecuado ha venido.
Y de pronto:
—Cuando vuelva tendremos tiempo. Mañana parto hacia el frente.
Fue una pedrada en la cara.
—¿Mañana?

La voz salía gélida. Le habría golpeado por haberlo dicho de aquella manera, como restándole importancia.

Sus miradas se encontraron y no supieron separarlas. Estuvieron más de un minuto así.

Fue una despedida sin lágrimas ni besos. Punzante. ¡Él, que era su vida, iría a la muerte...! Veía un desfile interminable de hombres: el fusil a la espalda, la canción en la boca, las banderas al viento. Al principio, enloquecidos de entusiasmo. Más tarde, valientemente dignos.

Sí que volvería. Se acabaría la guerra y llegaría el tiempo para amar. Sólo habría viento y sol y campos perfumados en los que tumbarse para coleccionar estrellas.

Si no temiera ser una carga, iría con él sin dudarlo. Para decirle cada día «valor, que te quiero», pero no se atrevió a decirlo y ahora él ya estaba allí. En las primeras líneas de combate, enfrentado a la muerte. «Digo como Napoleón: no se ha hecho la bala que pueda herirme.» Lo había dicho con arrogancia, con ese aire de valentía que le caracterizaba.

Ella escribía en un papel que no leería nadie:

—Le quiero profundamente, con una inmensa ternura.

Inútilmente había intentado cambiar el usted por el tú. No podía. Esperaba anhelante las noticias de la guerra. Cada pequeño avance le parecía una inmensa victoria. Cada pequeña derrota, el fin del mundo.

«¿Cuándo se acabará la guerra? ¡Que él vuelva ya!...» Se reprendía a sí misma por su egoísmo. No estaba solo en la lucha. Pero sólo lo veía a él en su ánimo de vencer y entonces es cuando las palabras que había escrito con tanta emoción le producían pena. Repetía: «Le quiero profundamente. Con toda mi ternura. ¡Profundamente!».

Pero ¿qué valían sus pensamientos en comparación con la vida?, ¿qué deseaban sobre todas las cosas todos aquellos que iban a darla?

Por la noche le perseguían los recuerdos de uno de los primeros entierros de la revuelta.

Flores rojas temblaban sobre el féretro, cubierto con la bandera roja, ardiente bajo el sol. Encabezaban la marcha unos cuantos coches. Los hombres subidos, en pie, apuntaban con revólveres y fusiles a un enemigo invisible. Llevaban un brazalete con las insignias del partido. Detrás de los coches, precediendo al cadáver, iban dos filas de obreros abrazados a sus fusiles, caminaban solemnemente, con el rostro endurecido por un odio y dolor profundos.

Y él murió, no como un héroe sino como un valiente. Ocurrió en el asalto a una trinchera. En el avance frenético una bala le atravesó el estómago: lo doblegó. Se levantó de nuevo apretando los dientes. Una segunda bala pasó silbando rozando el corazón. Las rodillas tocaron el suelo. Ya no podía ver. Un hilo de sangre le brotaba de los labios. Intentó levantarse de nuevo, seguir a los compañeros que le dejaban atrás. Derecho, tambaleándose, alzó los brazos, estirados, y el pesado fusil. Y cayó como una roca, la boca contra la tierra que defendía y que no se atrevió a tragar su sangre.

Su nombre se escribió en una pizarra. En una lista. Pronto lo supo la ciudad. La muerte pasó misteriosamente cerca de ella, sin que se percatara de su presencia. La muerte entró en las calles azules por la nieve y el barro de los caminos, y se colocó descaradamente bajo sus ojos sin lágrimas ni sollozos. Sólo una palabra como defensa contra el dolor del corazón, que martillea de manera terrible su mente: «le amaba, le amaba».

IGNACIO ALDECOA

PATIO DE ARMAS

I

—*Le jeu aux barres est plutôt un jeu français. Nos écoliers y jouent rarement. Voici à quoi consiste ce jeu: les joueurs, divisés en deux camps qui comptent un nombre égal de combattants, se rangent en ligne aux deux extrémités de l'emplacement choisi. Ils s'élancent de chaque camp et ils courent à la rencontre l'un de l'autre. Le joueur qui est touché avant de rentrer dans son camp est pris. Les prisonniers sont mis à part; on peut essayer de les délivrer. La partie prend fin par la défaite ou simplement l'infériorité reconnue de l'un des deux camps.*

El tañido de la campana les hizo alzar las cabezas. Opaco, pausado, grávido, anunciaba el recreo.

—No ha terminado la clase —dijo el profesor a media voz—; traduzca.

Cesó la campana y hubo un vacío de despedida. Hasta entonces nadie había prestado atención a la lluvia, que golpeaba en las cristaleras arrítmicamente, flameando como una oscura bandera.

—No ha terminado la clase, Gamarra —la mirada del profesor emergió, burlona y lejana, de las acuarias ondas dióptricas—, y para alguno puede no comenzar el recreo.

La lluvia, desgarrada, trizada, en los ventanales, producía un cosquilleo y una atracción difícil de evitar. El profesor apagó la pequeña lámpara de su pupitre, cambió sus gafas y se ensimismó unos segundos contemplando el esmerilado de la lluvia en los cristales. Después se levantó.

—Al patio pequeño.

Los colegiales se pusieron en pie y cantaron mecánicamente el rezo: «*Ainsi soit-il*».

En los pasillos, mal alumbrados, el anochecer borroneaba las figuras. Los balcones de los pasillos daban a un breve parque, cuidado por el último de los alsacianos fundadores, y al huerto de los frailes, trabajado por los chicos del Tribunal de Menores. Los árboles del parque tenían musgo en la corteza. En el invernadero del huerto se decía que había una calavera. Hacia el invernadero nacarado convergían las miradas de los muchachos castigados en los huecos de los balcones, cuando desaparecían las filas de compañeros por la puerta grande del pabellón. Bajaron lentamente de la clase de francés mirando con aburrimiento las orlas de los bachilleres que colgaban de las paredes, mirando la tierra del parque prohibida a la aventura y aquella otra tierra de los golfos de cabezas rapadas y de la calavera, cuya sola contemplación desasosegaba y hacía pensar en una melodramática orfandad.

Alguno pisaba los talones del que le precedía; algunos hacían al pasar sordas escalas en los gajos de los radiadores. Arrastraban los pies cuando se sentían cobijados en las sombras, y ronroneaban marcando el paso como prisioneros, vagamente rebeldes, nebulosamente masoquistas.

—Silencio.

En el zaguán, el profesor se adelantó hasta la puerta y dio una ligera palmada que fue coreada por un alarido unánime. Corrieron al cobertizo bajo la lluvia, preservándose las cabezas entocando las blusas; dos o tres quedaron retrasados, haciéndolas velear cara al viento y la lluvia.

Junto al cobertizo estaba el urinario, con celdillas de mármol y un medio mamparo de celosía que lo separaba del patio. Se agolparon para orinar. El sumidero estaba tupido por papeles y resto de meriendas, y los colegiales chapoteaban en los orines. Se empujaban; algunos se levantaban a pulso sobre los mármoles de las celdillas y uno cabalgaba el medio mamparo dando gritos.

En la fuente se ordenaron para beber, protestando de los que aplicaban los labios al grifo. Los desvencijados canalones del tejado del cobertizo vertían sus aguas sobre la fila de bebedores, haciendo nacer un juego en el que los más débiles llevaban la peor parte. Era el martirio de la gota.

Hubo un instante en que los colegiales, cubiertas sus necesidades, no supieron qué hacer. Uno de los muchachos corrió desde el tercio del cobertizo que les correspondía hacia las motos. El soldado se levantó. El soldado estaba en mangas de camisa y cruzó sus blancos brazos, casi fosfóricos en la media luz, rápida y repetidamente. Las negras botas de media caña le boqueaban al andar.

—¡Fuera, fuera, chico! —gritó, y lo oxeó hacia sus compañeros—. ¡Fuera, fuera!... Yo decir frailes, yo decir frailes...

Gamarra tenía el pelo rojo. Ugalde era moreno. Lauzurica e Isasmendi llevaban gafas. Zubiaur cojeaba. Rodríguez era francés. Vázquez había nacido en Andalucía. Eguirazu tenía un hermano jugador de fútbol. Larrea era hijo del dueño de un cine. Sánchez sabía grecorromana. Larrinaga robaba.

Gamarra estaba plantado delante del soldado con las manos en los bolsillos del pantalón.

—¿Por qué? —preguntó Gamarra—. Ayer estaban las motos fuera.

—Ayer, buen tiempo —respondió el soldado—. Hoy, muy mal tiempo. *Verboten*, prohibido pasar —con la palma de la mano el soldado trazó una línea imaginaria—. Yo decir frailes si pasáis.

—¿Por qué no llevan las motos al patio grande? —dijo Gamarra—. En el patio grande no podemos jugar. —El soldado sonrió y encogió los hombros.

—El oficial...

Ugalde habló al oído a Gamarra. El soldado, censurando las palabras españolas con el movimiento de su dedo índice extendido, explicaba docentemente a los demás:

—En Alemania, los chicos prohibido, prohibido. No prohibido, jugar. Prohibido, no se pasa. En Alemania, mucha disciplina los chicos.

—Esto no es Alemania —dijo Zubiaur.

—Ya, ya. No es Alemania...

El soldado sonreía infantilmente.

—Ya, ya. No es Alemania...

Larrea imitó al soldado hablando a golpes:

—Ya, ya. No es Alemania...

—Tú no reír —dijo el soldado—. Yo decir frailes.

Era un bonito juego imitar al alemán, y todos, excepto Gamarra, jugaron.

—Ya, ya. No es Alemania...

—Ya, ya. No es Alemania...

—Ya, ya. No es Alemania...

—Yo decir luego a frailes —dijo el soldado, furioso—. Y pegaré al que pase.

Gamarra estaba contemplando al soldado.

—¿Desde dónde no hay que pasar? —preguntó Gamarra.

—Aquí —contestó el soldado, volviendo a trazar la línea imaginaria con la palma de la mano—. Aquí, prohibido.

—Muy bien —dijo Gamarra, e hizo el mismo ademán que el soldado—. Desde aquí, prohibido para ti. Tú prohibir, nosotros prohibir, ¿entender?

—¿Entender? —dijeron todos, palmeándose el pecho y empleando únicamente infinitivos—. ¿Tú entender? Nosotros prohibir. Tú no pasar.

Larrinaga trazó con tiza una raya en el suelo que ocupaba toda la anchura del cobertizo.

—Prohibido pasar —dilo Gamarra—. Si no, nosotros pasaremos.

El soldado sonrió.

Sonó la campana, y los colegiales corrieron dando gritos hacia la puerta del pabellón. Gamarra volvió la cabeza.

—Tú no pasar, ¿eh?

Las luces de las clases anaranjaban las proximidades del pabellón. Llovía sin viento. En el zaguán sacudieron sus blusas y taconearon con ruido.

—Silencio —dijo el profesor.

Los veinticinco colegiales iban en fila de a dos por los pasillos. El parque era una espesa niebla. El huerto estaba del otro lado de la noche. Las orlas de los bachilleres se iban adensando de nombres y fotografías a medida que pasaban los años; 1905, ocho; 1906, once; 1907, trece...; 1936, veintidós. Las escalas en los radiadores eran más agudas.

El soldado alemán se paseaba a lo largo del cobertizo sin respetar la raya de tiza. Luego se relevaron. *Gute Nacht*.

2

La barroca anaglipta contrastaba con el mobiliario vascongado, severo, macizo, intemporal, un punto insulso. Cupidónicos cazadores, ánades en formación migratoria, carcajes abandonados entre las juncias, piraguas embarrancadas en las orillas del agua, lotos, lirios, hiedras, mostraban sus relieves en el techo. Un zócalo de madera cubría dos tercios de las paredes. Ovaladas acuarelas, en marcos dorados, colgando hasta el zócalo, representaban paisajes convencionales: ruinosos castillos fantasmados por el plenilunio, bucólicos valles verdeantes engarzados entre montañas nevadas, una charca helada con zarrapastrosos niños patinadores...

La lámpara de dos brazos en cruz, terminada en puños de porcelana, iluminaba mal la estancia. La suave penumbra de las rinconadas distraía y turbaba al muchacho. A veces se levantaba para confirmar su soledad, temiendo no estar solo; a veces penetraba en los paisajes de las acuarelas, y el regreso era un sobresaltado despertar. Hasta él llegaba la conversación sosegada de la madre y la abuela en la galería de la casa. La conversación rumorosa le adormilaba. Le hubiera gustado ir y escuchar, pero esto requería un previo examen: «¿Has terminado ya? ¿Has hecho la tarea? Tienes que enseñárselo a tu padre». Había bebido agua en la cocina, había ido tres veces al retrete. La madre y la abuela callaban al verle pasar. En la conversación de la abuela nacía el campo: el robledal del monte bajo, las culebras de la cantera, la charca mágica con las huellas del ganado profundas en el barro. La abuela olía a campo y algunos vestidos de la abuela crujían como la paja en los pajares. Los ojos de la abuela estaban enrojecidos por el viento y el sol. Le debían de picar como si siempre tuviera sueño, aunque la abuela dormía poco e iba, todavía oscuro, a las primeras misas.

Extendió los mapas y abrió varios cuadernos, cuando oyó la puerta de la calle. Después se levantó. Eran las nueve de la noche.

El padre se descalzaba en la cocina. Se ayudaba con un llavín para sacar los cordones de los zapatos ocultos entre la lengüeta y el forro. Estaba sentado en una silla baja y su calva aún no era mayor que una tonsura.

Cuando alzó la cabeza lo vio un poco congestionado por el esfuerzo.

—Hola, Chema —dijo—. ¿Todo bien?
—Bien, papá.
—¿Has trabajado mucho?
—Estoy con los mapas.
—No sería mejor tu francés, ¿eh?
—A primera hora tenemos geografía.

—Ya; pero tu francés, ¿eh?

—Dicen que ahora va a haber francés o italiano, a elegir, y en quinto, inglés o alemán.

—Bueno; pero a ti lo que te interesa por ahora es el francés.

—Dicen que el italiano es más fácil.

El padre se incorporó y le acarició el áspero, alborotado y encendido pelambre. Se apoyó en su padre. Tenía la ropa impregnada del olor del café, y contuvo la respiración. Fueron caminando hacia la galería. El padre le sobaba el lóbulo de la oreja derecha.

—Tú dale al francés. No quiero que te suspendan, ¿de acuerdo?

—Sí...

Al abrir la puerta, el desplazamiento del aire hizo temblar la llama de la mariposa en el vasito colocado delante de la imagen de la Virgen. Se desasió de su padre y se acercó a la cómoda. Alguna vez había hurtado alguna moneda del limosnero; alguna vez había sacado el cristal de la hornacina para tocar la imagen, el acolchonado celeste y las florecillas de tela.

—Hola, abuela —dijo el padre—. Hola, Inés. Está haciendo un frío del demonio.

—Chema, si no vas a continuar, apaga la luz del comedor —dijo la madre.

—Pronto nevará —dijo la abuela—. Por Todos los Santos, nieve en los altos. Antes, también en el llano, y a mediados de octubre. Hoy no nieva con aquellas nieves.

—Deja la lamparilla quieta —ordenó la madre— y apaga la luz del comedor.

—No sé si nevará menos, pero este año va a ser bueno...

—La pobre gente que está en la guerra —la abuela se santiguó—. Pobres hijos, pobres.

—¿Por qué no apagas la luz, Chema?

—Voy a ver lo que ha hecho —dijo el padre—. Luego os contaré. Quiero cenar pronto. ¿Y la muchacha?

—Hoy es jueves. Ha salido.

—Vamos a ver lo que has hecho, Chema.

El padre y el hijo se fueron al comedor. La abuela y la madre guardaron silencio. Les oyeron hablar. A poco apareció el padre. Enfurruñó el gesto. Hizo un ruidito con los labios. La madre entendió.

—Le tienes que meter en cintura, Luis.

—Se lo he dicho todas las veces que se lo tenía que decir. Ahora bien, hoy no va a la cama hasta que no termine lo que tiene que hacer.

Encendió un cigarrillo y se sentó a la mesa camilla.

—Se agradece el brasero.

—¿Quieres que le dé una vuelta?

—No. Así está bien.

—¿Qué se cuenta por ahí? —dijo la madre después de una pausa—. ¿Se sabe algo de los de la cárcel?

—Ha habido traslado, pero... —hizo un gesto de preocupación— eso es muy vago. Aquí podían estar relativamente seguros, siempre que... En fin, han quedado en llamarme mañana a primera hora si saben algo.

—Ten cuidado —dijo la madre.

—¡Qué cosas! Bien o mal, sin referirnos a nadie. Es suficiente.

—Bueno, bueno, tú sabrás.

—Sácame un vasito, mientras llega la chica.

—¿Quieres que te haga la cena? Ahora un vaso puede sentarte mal. No tienes el estómago bueno y, así en frío...

—No, espero. Sácame un vaso.

—Como tú quieras.

La madre se levantó y regresó prontamente con una botella y un vaso.

—Ha llegado más tropa. Y ha salido mucha para el frente. El café estaba lleno de oficiales. Por cierto que esta tarde han traído el cadáver del capitán Vázquez, el padre de un compañero de Chema.

—¿Le conocías?

—Sólo de vista. Iba al café y alguna vez lo he visto en el Casino. Era muy amigo de Marcelo Santos, el de Artillería. El de Artillería, no su hermano. Al parecer, lo ha matado una bala perdida, porque estaba de ayudante del coronel y bastante retirado del frente.

—Y el traslado, ¿qué puede significar? —dijo la madre.

—Lo mismo lo peor que lo mejor —dijo el padre, preocupado. Y repitió—: Lo mismo lo peor que lo mejor.

—Y no hay manera...

—Ahora, manera, con la ofensiva en puertas. ¡Qué cosas, Inés! Si los dejaran aquí, todavía. No me han dado nombres, pero temo mucho que entre ellos estén el pariente, Isasmendi y alguno de su cuerda, que además organizaron hace unos días un plante porque no les dejaban que les llevaran la comida de fuera.

Tomó un trago de vino y aplastó el cigarrillo en el cenicero. La puerta del comedor se abrió y oyeron el ruido seco del interruptor.

—Ya he terminado, papá.

Entregó el cuaderno abierto y aleteante.

—Ves —dijo el padre— como sólo es proponérselo. Cuando tú quieres, lo haces bien y rápidamente. Ves, con un poco de voluntad... No sé por qué te niegas, como si no fuera por tu bien.

El padre ojeó el cuaderno.

—Muy bien, Chema.

—¿A quién han matado? —preguntó Chema—. ¿A quién has dicho que han matado, papá?

El padre posó una mano en el hombro de Chema. El niño sentía su peso tutelar, fortalecedor, sosegante, y se encogió al amparo.

—¿Tú eres muy amigo de ese chico andaluz de tu curso?

—¿De Vázquez, de Miguel Vázquez?

—Sí, de Miguel Vázquez... ¿Tú conocías a su padre?

Miró hacia el suelo, afirmando con la cabeza. Deseaba tener una noble emoción, grande y contenida. Esperándola centró su atención en un nudo de la tarima; un nudo circular, rebordeado, lívido y solo.

—... una bala perdida —dijo el padre.

3

A las once salieron del colegio para asistir a la conducción del cadáver. Llovía mucho. Llevaban los capuchones de las capas impermeables muy metidos, y echaban las cabezas atrás para verse. Se empujaban bajo los goterones y las aguas sobradas de los canalillos de los tejados. El prefecto marchaba pastoreando las filas, distraído y solemne, cubierto con un gran paraguas aldeano.

Lauzurica resbaló en el bordillo de la acera. El prefecto se adelantó y golpeó en el hombro a Gamarra.

—Siempre usted, Gamarra —dijo—. Dará cincuenta vueltas al patio si escampa; si no, me escribirá durante los recreos cien líneas. Recuerde: «No sé andar por la calle como una persona». ¿Me ha entendido?

—Sí, don Antonio; pero no he sido yo.

—No quiero explicaciones.

Bajo la marquesina de la entrada principal del cuartel donde estaba montada la capilla ardiente, esperaron la llegada de las autoridades. La familia y los amigos y compañeros del muerto estaban velando. Gamarra y Ugalde se refugiaron en una de las garitas de los centinelas, abandonadas de momento. La garita olía a crines, a cuero y a tabardo. Gamarra imitaba a los centinelas pasando de la posición de descanso a la de firmes, presentando armas invisibles. Ugalde descubrió inscripciones pintadas a lápiz o rayadas en la cal. Los dibujos obscenos les provocaban una risa calofriada.

—Fíjate, Chema, fíjate.

Cada uno descubría por su cuenta. Ugalde quería llamar a Lauzurica cuando la garita se ensombreció

—Muy bonito —dijo el prefecto, apretando los labios—. Muy bonito y muy bien. Salgan de ahí, marranos. En las notas de esta semana van a tener su justa compensación. Cero en conducta, cero en urbanidad, y advertencia —el prefecto se ejercitó pensando la sucinta nota aclaratoria de las dos censuras—: «Conducta y urbanidad de golfete. Aprovecha la ocasión para chistes, dichos y palabras de bajo tono. Presume de hombrón».

Les empujó con la contera del paraguas hacia el grupo de compañeros.

—¿Qué pasa? —preguntó susurradamente Lauzurica, haciendo un gesto cómico al mirar por encima de los empañados cristales de sus gafas—. ¿Ha habido hule? ¿Le dio el ataque?

—Ya te contaré —dijo Chema.

—Van ustedes a pasar de uno en uno —dijo el prefecto con la tenue, silbante, respetuosa voz de las funciones religiosas—. Darán la cabezada a su compañero y a los que le acompañan en el duelo. De uno en uno... No quiero ni señas ni empujones. ¿Entendido? ¿Me han entendido?

La capilla ardiente estaba situada en el Cuarto de Banderas del regimiento. En las paredes del portalón formaban panoplias las hachas, los picos, las palas de brillante metal de los gastadores. Las trompetas, cornetas y cornetines de la banda colgaban de un frisillo de terciopelo rojo. Tres alabardas de sargento mayor cruzaban sus astas detrás de un gran escudo de madera pintado de gris. Los colegiales contemplaban las armas con arrobo.

—No se paren —dijo el prefecto—. ¡Vivo, vivo!

Un educando de banda, pequeñajo y terne, les sonreía con superioridad. Llevaba el gorrillo cuartelero empuntado y de ladete, y el largo cordón de la borla hacía que ésta le pendulara sobre los ojos. A un costado, en el enganche del cinturón, tenía la corneta, y al otro, el largo machete español le pendía hasta la corva izquierda. Era causa de admiración y osadía.

Entraron silenciosos y atemorizados. Iban a ver un cadáver. No lo vieron. Junto al ventanal enrejado, cerca de la puerta, les esperaba el duelo: Miguel Vázquez, acompañado de un coronel, un capitán y un señor vestido de luto con aire campesino. Al fondo de la sala estaba el ataúd. Unos soldados montaban la guardia. Los grandes cirios y las flores cargaban de un olor descompuesto y pesado la habitación.

Como una sábana, la bandera cubría la caja mortuoria, y unas mujeres, arrodilladas en sillas de asientos bajos y altos respaldos, rezaban. De vez en cuando un zollipo contenido hacía volver las cabezas de los que formaban el duelo hacia la escenografía funeral.

Miguel Vázquez alzó las cejas cuando Larrinaga inclinó la cabeza. Miguel Vázquez saludaba a los amigos, y no volvió a su apariencia contrita y aburrida hasta que no pasó el último de ellos.

—¿Lo has visto? —preguntó Zubiaur a Eguirazu.

—Al entrar.

—Imposible —dijo Larrea—. No se veía nada. Me he puesto de puntillas y nada. La bandera lo tapaba todo. Debe estar en trozos. Una granada, si le da a uno en el pecho, no deja ni rastro...

—¿Y quién te ha dicho que ha sido una granada? —interrogó Larrinaga—. Ha sido una bala perdida. Gamarra lo sabe porque se lo ha contado su padre, que era muy amigo del padre de Miguel.

Estaban fuera de la marquesina. El prefecto les había reunido en su torno.

—No vamos al cementerio —dijo—. El duelo se despide en la fuente de los patos. En cuanto se despida el duelo pueden ir a sus casas. Gamarra y Ugalde, no. Gamarra y Ugalde se vienen conmigo al colegio hasta las dos. ¿Lo han entendido todos?

La respuesta fue un moscardoneo discreto que Larrinaga y Sánchez cultivaron con pasión hasta sobresalir de sus compañeros.

—El señor Sánchez y el señor Larrinaga —dijo el prefecto— también vendrán al colegio. Allí podrán rebuznar cuanto les apetezca.

—Siempre a mí —dijo Sánchez desesperadamente—. Siempre a mí. El bureo ha sido de todos.

—Siempre a usted, ¡inocente! —respondió el prefecto—, que, además, esta semana se lleva un cero por protestar y que entra por propio derecho en el grupo de los elegidos, viniendo los domingos por la tarde.

—No —dijo Sánchez.

—Sí, señorito, sí. Ya lo verá usted.

—No volveré jamás al colegio —gritó Sánchez llevado por los nervios—. No tiene usted derecho, no tiene usted derecho. ¿Por qué no castiga a sus paniaguados?

—Yo no tengo paniaguados. Lo que acaba de decir se lo va a explicar al señor director.

A Sánchez se le saltaban las lágrimas. Estaba enrabietado. Un codazo de advertencia de Larrinaga sirvió solamente para empeorar la discusión.

—Esas niñas piadosas —dijo Sánchez intentando un dengue, sin que cesara su llanto—. La congregación de las niñas piadosas... Y la coba que le dan en los recreos... A ésos, nada, y a los demás... ¡Que conste que lloro de rabia!

—¿Ha terminado usted? —dijo gravemente el prefecto.

Sánchez le miró de arriba abajo y apretó los dientes.

—No volveré jamás al colegio.

Se alejó sollozando y a los pocos metros se echó a correr.

—Venga usted aquí. Piénselo bien, porque si no, va a ser peor.

El prefecto ametrallaba el pavimento con la contera del paraguas.

—Apártense —dijo el prefecto cuando llegaron las autoridades—. Aprendan a escarmentar en cabeza ajena. He ahí uno que ha perdido el curso, por lo menos en lo que esté de mi mano.

—Está la cosa que arde —murmuró Gamarra.

A la fuente de los patos los colegiales llegaron dispersos. Después de despedir el duelo, dieron la mano al prefecto.

—Ave María Purísima.

—Sin pecado concebida.

Por calles solitarias, por cantones donde torrenteaban las aguas de lluvia, por el camino de barro que llevaba a las fértiles huertas de la vera del río de la suciedad, el prefecto y los castigados iban al encuentro de la puerta trasera del colegio. Atajaban.

Al entrar en el colegio, el prefecto les preguntó:

—¿Ya no tienen ganas de reírse?

No tenían ganas de reír.

Cruzaron el huerto, trabajado por los chicos del Tribunal de Menores. Dieron de lado al invernadero nacarado que guardaba una calavera. Atravesaron el parque de árboles musgueados.

—Dos minutos para hacer sus necesidades.

Corrieron hacia los retretes del patio pequeño. Había grandes manchas de grasa en el asfalto del vacío cobertizo.

—*Verboten* —dijo Gamarra—. Se han ido. Vais a oír cañonazos. Yo tirar, tú tirar. Guerra. ¿Entender?

—Si vienen aviones a bombardear, no habrá clase —dijo Ugalde.

—Me gustaría escaparme al frente —dijo Larrinaga.

El prefecto les estaba esperando en el aula grande que llamaban Estudio.

4

—Tenemos alojado en casa —explicó Rodríguez—. Nos lo enviaron ayer. Ha estado en Abisinia. He visto en su maleta una cimitarra.

—Los abisinios usan alfanje y no cimitarra —dijo Larrinaga—. Alfanje y jabalina, y llevan el escudo, que es de piel de león, con una cola suelta en el centro.

—Salgari —dijo Eguirazu.

—¿Por qué Salgari?

—Porque lo que tiene ese italiano es el cuchillo de los Saboya. ¿No les has oído decir Saboya y saludar con el cuchillo?

—Tonterías —dijo Gamarra—. Bayonetas vulgares.

—No son bayonetas.

—Sí son bayonetas.

—No lo son. Son en todo caso cuchillos de combate.

—¿Cuchillos de combate? No sabéis. Los que llevan en la cintura son de adorno, y los otros son bayonetas.

Estaban en un rincón del cobertizo. Llovía dulcemente. Hacía frío. Se apretaban unos con otros. Se acercó el prefecto.

—Muévanse. No quiero ver a nadie parado. Gasten ahora energías, y no en la clase.

—Te hago una carrera hasta la tapia y volver —dijo Gamarra dirigiéndose a Rodríguez.

—Prohibido salir del cobertizo —ordenó el prefecto—. Jueguen, jueguen a la pelota.

—Es imposible, don Antonio —dijo Eguirazu. El prefecto bebió los vientos.

—¿Quién ha fumado? —preguntó gravemente.

Se miraban asombrados, se encogían de hombros.

—No se hagan los tontos. Luego habrá registro. Ahora jueguen y saquen las manos de los bolsillos.

Les dio la espalda y se fue paseando hacia otros grupos menos díscolos.

—¿Has fumado tú? —preguntó Gamarra a Rodríguez.

—Sí, en el retrete.

—Pues ya lo puedes ir diciendo.

—¿Por qué lo tengo que decir?

—Porque va a haber registro.

—Y a mí, ¿qué?

—Que si no lo dices, eres un mal compañero.

—Y si lo digo, ¿qué? El paquete para mí, ¿no?

—Déjale que haga lo que quiera —intervino Zubiaur—. Otras veces fumas tú y nos callamos.

La campana anunció los cinco postreros minutos del recreo. Corrieron hacia los urinarios.

—No dejar entrar a nadie. Defender la posición —gritó Gamarra.

Gamarra y sus amigos tomaron las dos entradas y comenzaron a luchar con los compañeros.

—¡A mí, mis tigres! —clamó Gamarra subido en el medio mamparo del que iba a ser desmontado—. ¡Vengan mis valientes!

Uno de los muchachos resbaló y cayó de bruces. De las palmas de las manos, embarradas, le brotaba sangre.

—No deis cuartel —gritó Gamarra.

—¡Imbécil! —dijo el herido.

—¿Qué te ha pasado? —preguntó Gamarra.

—Por tu culpa.

—A la enfermería. Te salvas de latín, muchacho. ¡A mí, mis tigres!

El herido se abalanzó sobre Gamarra y lo hizo caer desde el mamparo. Lucharon en el suelo.

—¿Qué pasa aquí? ¿Quién ha comenzado? —preguntó el prefecto acercándose.

La respuesta fue unánime:
—Ellos.
—El próximo recreo se lo pasan traduciendo. A usted, Gamarra, le espera algo bueno. Voy a acabar con sus estupideces y faltas de disciplina en un santiamén.

Sonó la campana por segunda vez y los colegiales formaron en dos filas. Entraron en el pabellón. Zubiaur había sido lastimado en su pierna coja y caminaba dificultosamente.

—¿Te has hecho mucho daño? —preguntó bisbiseadamente Lauzurica.

—Un retortijón.

Gamarra empujaba a Ugalde.

—Isasmendi ha faltado ya dos días —dijo Ugalde—. ¿Estará enfermo?

—No. Dice mi padre que a su padre lo han trasladado de cárcel.

—¿Y eso es malo?

—Dice mi padre que sí.

—Silencio —ordenó el prefecto.

Las orlas de los bachilleres rebrillaban. Alguien hizo gemir el pasamano del barandado apretando la húmeda palma contra él.

—Silencio —gritó el prefecto.

Los colegiales de segundo curso de Bachillerato marcaban el paso por las escaleras.

5

El cielo azuleaba entre blancas y viajeras nubes. Gamarra se asomó a la ventana del patio alzándose sobre el radiador. Vio a sus compañeros formando equipos para el juego de tocar torres. Lauzurica echaba la cuenta de los pies con un compañero. Isasmendi y Vázquez, vestidos de luto, esperaban la decisión de los capitanes. Gamarra casi oía sus voces.

—Yo, a Ugalde.
—Yo, a Ortiz.
—Yo, a Larrinaga.
—Yo, a Acedo.
—Yo, a Rodríguez.
—Yo, a Mendívil.

—Yo, a...

Sólo faltaban dos.

—Yo, a Isasmendi.

—Yo, a Vázquez.

Se fueron hacia sus torres. Gamarra oyó un tabaleo en los cristales de la puerta del pasillo. Volvió la cabeza y vio como guillotinada la cabeza amenazante del padre director. Fue a su pupitre y se puso a traducir con diccionario:

«El juego de las barras es más bien un juego francés. Nuestros escolares lo juegan raramente. He aquí en qué consiste este juego: los jugadores, divididos en dos campos, que tienen un número igual de combatientes...»

Como una sorda tormenta desde las montañas llegaba el retumbo de la artillería. Comenzaba la ofensiva.

ANTONIO PEREIRA

EL HOMBRE DE LA CASA

Qué pesadez, el comienzo de un cuento terrorífico de Allan Poe: «Un pesado, sombrío, sordo día otoñal; las nubes agobiosamente bajas en el cielo, un terreno singularmente lóbrego, con las sombras de la tarde cayendo sobre la mansión melancólica...».

Yo no desconfiaré del lector hasta tal punto y le diré para esta historia que era enero y un casar en la sierra de Ancares. Basta. De aquella noche de armas y caras amenazadoras, ahora puedo contarlo todo. Los años, y algunas muertes naturales, han quitado sentido a la consigna de silencio que pesaba sobre nuestra familia.

Los chicos de mi casa solíamos pasar con los abuelos los meses de calor. Marchábamos a la montaña con la ilusión de lo diferente; pero también, en el fondo, con la seguridad de que volveríamos en setiembre a la ciudad, a lo que era de verdad nuestra vida.

Sólo que aquella vez empezó la guerra, y decidieron que yo me quedara allá arriba el invierno. Todo un invierno sin luz eléctrica ni cine ni el paseo de la estación a la hora de los trenes.

—Tú, a lo tuyo —la voz protectora de la tía Paca—. Siete años, nada menos que siete años tendría que durar esto para que a ti te alcanzasen las quintas.

Me trajeron los libros para que repasara lo que ya tenía aprobado, y por mi cuenta encargué un montón de novelas de cincuenta céntimos, Dumas, don Juan Valera, *El hijo de la parroquia* de Dickens.

Mis tíos estaban en el frente y escribían pocas cartas. El abuelo había muerto no hacía mucho en su cama. «Qué lástima en su cama, un valiente como él», lloriqueaba la abuela cuando estaba un poco bebida. La casa de los abuelos, en quitándome a mí, se había quedado en una casa de mujeres. Allí engordé y me puse algo retaco. Tendría que pasar una pleuresía larga (pero esto fue en la posguerra) para salir de la cama con un estirón.

Una noche de después de la Navidad estábamos cenando, o habríamos terminado de cenar, porque recuerdo a la abuela apurando la copa deprisa, con el instinto de que alguien podía venir a quitársela. Había empezado una de esas alarmas de los perros, pero ella supo que esta vez no era el merodeo hasta ahora incruento de la lobería. Por entre los ladridos de los mastines nos llegó el ruido de caballos, luego el alboroto creció afuera, mientras que en la gran cocina del casar no había más que silencio y las miradas ansiosas que nos cruzábamos. Demasiado tiempo llevábamos sin que en nuestro mundo de la sierra pasara nada. Nada.

En la ciudad comían peor que nosotros. «No sabéis lo que tenéis aquí arriba», decía el peatón de Correos. Pero en la noche se sentían acompañados unos con otros, y algunos días veían manifestaciones y desfiles. En la casa apartada te imaginabas una tropa uniformada, la misma palabra lo dice: vestidos por igual —y mejor si de la misma estatura—, con sus armas idénticas para disparar todos al mismo tiempo. No el desorden de los de barba y los afeitados, los de capote y los de zamarra o manta, la mayoría con escopetas y unos pocos con fusil. Así de descabalado entró aquel grupo de hombres en nuestras vidas vacías. Venían a caballo pero embarrados como si marcharan a pie. Uno de ellos se quitó el barro de las botas antes de pasar la puerta. Otro muy menudo calzaba zapatillas de paño a cuadros y esto desconcertaba a cualquiera. Pero todos hicieron igual saludo, según iban entrando y olfateando los olores que nunca faltan en una cocina de casa grande.

No diré si extendían el brazo o levantaban el puño. A estas alturas me es indiferente y además no influye en la historia.

Eran los amos del cotarro, estaba claro que una fuerza así podía mandar en la despensa y en el vino y en nosotros. Sentías temor, pero daban también un poco de lástima. ¡Unas zapatillas de paño a cuadros! Podía ser que no pasara nada malo y hasta que les cogiéramos afecto. Unos se habían sentado en los largos bancos y en los escaños, otros husmeaban de un lado para otro y se vio que había lobos y corderos en aquel rebaño.

Uno de los lobos era algo cojo.

En nuestra misma familia había cojos, el profesor de Dibujo del Instituto era cojo, pero ninguno había visto yo con una cojera tan antipática. Me negué a concederle en mis adentros que la hubiera ganado luchando. Creo que nos caímos mal el uno al otro.

Mala suerte, que el cojo fuera el jefe. No llevaba insignias de mando, y esto era peor porque mandaba sin tener que respetarse a sí mismo.

Pero estoy hablando como si yo fuera el ombligo del mundo, cuando allí estaba la tía Paca principalmente (la abuela era otra cosa), y había una criada vieja, mezclada con las amas como ocurre en aquellos lugares, y una nietina pequeña de la criada. Y la prima Rosa. Estaba la prima Rosa.

La tía Paca me parecía muy mayor y a veces no parecía una mujer, lo digo por lo decidida y fuerte, fea no era con sus treinta años y no le faltaban novios. Pero Rosa, Rosa era como de otro mundo. Con sus quince o dieciséis años. Aunque todo lo había aprendido sin salir del casar, hacía buen papel cuando bajaba a la ciudad por las fiestas. «El padre de esta chica es un vaina —los mayores no piensan que los chicos oímos—, en vez de mandar dinero a casa, lo pide, y a esta chica habría que darle estudios.» La prima Rosa es hija del tío que fue a América y no volvió, era huérfana de madre, o sea lo ideal para un chico como yo, que estaba leyendo una novela sobre las princesas normandas. Tenía los ojos claros, un cuerpo delgado, las piernas largas y esbeltas. Cuento esto para que se advierta el contradiós de que el jefe tarado, tan viejo para ella, se pusiera galante y sobón y que sus subordinados le rieran las gracias.

Fue una noche interminable —«interminable, medrosa, de siluetas fantasmales», que diría Poe...—, y a lo mejor aquellos intrusos sólo estuvieron dos o tres horas de los relojes. La tía Paca era la que daba la cara. Había dispuesto que la criada trajera más luces, como buscando ante todo claridad, y ella misma fue aportando comida y bebida, que los abusadores hicieran gasto pero no destrozos. La abuela no se daba cuenta de la situación, encantada de que entre halagos la animaran a darle al anís. Alguno de los individuos decía una grosería y otro le reprendía, y luego el represor soltaba una barbaridad todavía más grande.

De mí dieron en decir «el hombre de la casa».

—A ver qué ideas políticas nos tiene el hombre de la casa. ¡Saluda, coño!

Yo sufría la burla, pero era demasiada gente para mi atención y me concentré en los personajes que me importaban. Lo primero, la prima

Rosa. Y a continuación de la prima Rosa, el otro, el jefe de aquella milicia o como debiera llamarse. Rosa se apartaba de las baboserías del tipo. Inútilmente trató de escapar a su cuarto y así se supo que estaba presa, que todos estábamos presos como Rosa.

Mis tíos eran buenos tiradores pero a saber por qué frente andarían. El abuelo era en vida un montañés terrible, por las mañanas se levantaba jurando y había que despertarse hasta que estaba despierto del todo. Mi vida iba por otros caminos. Hasta los bichos me daban miedo, a pesar de que estaba viviendo en el campo. «El hombre de la casa», y los ojos se me enaguaban. La cocina, que servía de comedor de diario y sitio de estar, se había cargado de humo, pero también de una electricidad como el aire cuando por la sierra nos amenazaba la tormenta. Todos fumaban. El cerco del opresor de Rosa se iba haciendo más estrecho, parecía imposible que los demás no se diesen cuenta. Yo no quería mirar el ultraje y miraba el fuego de la lumbre baja, pero esta noche las figuras siempre cambiantes de las llamas no conseguían fascinarme. En un trozo de castaño me puse a tallar algo, distraídamente, con una navajilla de mango de palo que llevaba para afilar los lápices. Pero no podía evitarlo, levantaba los ojos y aquella vez vi que Rosa me miraba. Me miraba a mí, ella sabía mis sentimientos, y a través de la atmósfera mareada me pareció que le habían arrancado un botón de la blusa.

Fue una sensación nueva, sentir que la sangre le arde a uno en las venas. No sé lo que hubiera hecho. Nada, probablemente nada. La tía Paca entró despacio en la escena, contoneándose como nunca se había visto. La tía Paca se había soltado el moño y el pelo muy negro le cubría la espalda hasta la cintura.

Se sentó al lado del rijoso, que así quedaba entre las dos mujeres.

Fue un juego lento, implacable como en una película de insectos. Yo vi cómo la inocencia de Rosa se iba liberando de la malla ominosa. Cómo ganaba terreno la madurez experta de la tía Paca, ahora pienso que el heroísmo.

Y luego, el momento clave del drama, la mujer mayor hablando casi en el oído del tipo. Qué palabras, qué promesas oscuras, ese misterio me persiguió muchos años. El insecto macho abrió unos ojos como platos, como si no pudiese creer lo que estaba oyendo. Luego rió y bebió un trago y volvió a reír más fuerte, pero ya la pareja estaba subiendo la escalera para las alcobas y el jefe de la partida llevaba una bota suplementada, la tía Paca no se volvió para mirarnos.

MAX AUB

EL COJO

Desde aquel último recodo todavía se alcanzaba a ver el mar. Las laderas se quebraban en barrancos grises y pardos y se allanaban a lo lejos, en eriazos verdes y azules con rodales amarillentos. Hacia arriba los cerros aparecían pelados como si la tierra estuviese descorticada en terrazas sucesivas, sin hierbas ni flores; sólo los sarmientos plantados al tresbolillo, como cruces de un cementerio guerrero. Los murallones, cubiertos de zarzamoras y chumberas, cuadriculaban la propiedad siguiendo, geométricamente, los pliegues del terreno.

La carretera serpenteaba, cuesta abajo, camino de Motril, y el polvo caminero se salía de madre: las collejas, las madreselvas, los cardos y otros hierbajos cobraban bajo su efecto un aire lunar; más lejos, los juncos se defendían sin resultado: lo verde vivo se cargaba de piedra, lo cano era sucio, pero lo que perdía en lozanía lo ganaba en tiempo: aquel paisaje parecía eterno. El polvo se añascaba por las ramas más delgadas: para quien gustase verlo de cerca parecía nieve fina, una nieve de sol, o mejor harina grisácea, molida a fuerza de herraduras y llantas, esparcida por el viento. Los automóviles levantaban su cola de polvo: por el tamaño podía un pastor entendido en mecánicas, que no faltaba, estimar el número de caballos del armatoste y su velocidad.

Desde aquel hacho se divisaba siempre una teoría de carros, camino de Málaga o, en sentido inverso, hacia Almería. Tiraban de ellos dos, tres o cuatro caballerías, mulos por lo general; todos los carros con su lona grisácea puesta, color de carretera y con el carrero durmiendo, a menos que bajara acometido de alguna necesidad o a liar un cigarrillo en compañía. Chirriaban los ejes, las piedras producían baches de vez en cuando. El carretero no suele ser hombre de cante, que es cosa de campos; aquello era el paraíso de las chicharras, es decir, el silencio mismo. No se sudaba: los poros estaban cerrados a lodo por el polvo, la piel se corría del cetrino al gris, el pelo de moreno a cano. El aire se podía coger con los dedos, de caliente y pesado. Los que van a Motril husmean el mar; los que de allí vienen no se dan cuenta de que pierden horizonte: bástales el cielo.

En aquella revuelta, vuelto el cuerpo hacia Málaga, a mano izquierda parte de la carretera un camino de herradura con sus buenos doscientos metros, empinado como él solo; viene a morir a la puerta de una casucha, chamizo o casa de mal vivir, en el sentido estricto de la palabra. Allí vivían «La Motrilera», su marido «El Cojo de Vera» y una hija de ambos, Rafaela Pérez Montalbán, único retoño de diez partos fáciles. Tan fáciles y rápidos que cuatro de ellos tuvieron por toldo las copas verdegrises de los olivos; lejanos de toda habitación, anduvieron huérfanos de toda asistencia: como siempre, se había equivocado de fechas. El hombre trabajaba lejos y allá iba ella con su barrigón a llevarle la comida por mediodías imposibles y bancales poco propicios. Llegaba tropezando en surcos y piedras, sucia del sudor de los dolores y de su voluntad de no parir hasta volver a casa; el hastial lanzaba su maldición y su taco, cortaba el cordón umbilical con su navaja de Albacete lavada con el vino que le trajera la cónyuge para el almuerzo. La sangre corría derramada ya sin dolor, el crío se liaba en el refajo. Según donde se hallaran, el hombre se la cargaba en hombros a menos que la proximidad de algún vecino permitiese unas primitivas angarillas. Una vez en que él andaba renqueante, la mujer volvió a pie. «Todas son iguales —solía comentar con el compadre—. No aciertan nunca.» Ella enfermó una vez y estuvo veinte días con calentura. Se le pasó por las buenas y la criatura vivió por milagro. Fue la última. En aquellos trances la madre solía ver las cosas turbias, tras una pantalla de algo desconocido que acababa por caer rodando sobre su corpiño por no hallar mejillas por donde correr.

Cetrina, vestía de negro; con los años se le había ido abombando el vientre y ahora tenía la costumbre de cruzar las manos al nivel de su cintura de manera que descansaran sobre el abultamiento de su abdomen, como sobre una repisa. Ambos eran callados y no se enteraban de las cosas fuera del área de las tierras a cultivar. A cultivar para el amo, como era natural. Los tenían por gente extraña, no extravagante, pero sí extranjera; no eran de la tierra y se habían quedado ahí, lejos del pueblo, sin contacto alguno. Vivían y no le importaba a nadie, posiblemente ni a ellos mismos.

El Cojo era pequeño, escuálido y todavía más parco en palabras que su consorte. Parecía tenerle cierto rencor a su voz porque el Cojo de Vera había sido un buen cantaor; nunca tuvo una gran voz, pero sí le salían roncos, hondos y con gracia los fandanguillos de su tierra: expresaba con naturalidad y sentimiento ese lamento amargo de los mineros de Almería. Porque había sido, a lo primero, minero. Minero de esas sierras de entraña rojiza que corren de Huércal a Baza; el polvo que respiró por aquel entonces le fue, más tarde, minando la voz cuando vivía de ella, en Málaga. El Cojo de Vera conoció su época de gloria; no había noche sin juerga ni amanecer que él no viera. Aquello duró poco, la voz se le fue muriendo. Primero se espaciaron los clientes, luego fueron bajando de categoría, el papel se fue convirtiendo en plata: los jolgorios en merenderos y aguaduchos en largas esperas en trastiendas de burdeles, perdidas en lentas conversaciones con ciegos tocadores de guitarra. Entre las risas del bureo cercano no se oía distintamente más que aquel mecánico «dame diez céntimos para el contador de gas», seguido del sonido de hucha que hacía la calderilla al caer en el armatoste. Las mujeres eran morenas, tristes, sucias y honradas. «Tú qué te has creído, yo soy una mujer decente.» «La Peque», que por seguir la corriente solía tener fama de perversa, no bajaba casi nunca, retenida «arriba» por su clientela de canónigos y horteras. El amanecer no estaba hecho para dar lustre a las cosas. Con las primeras luces solían ir a tomar café a una plazoleta donde corrían airecillos y olía a jazmín. Se caían de sueño; los ciegos se marchaban en hilera con el bastón a la derecha, la guitarra en el sobaco izquierdo. Nadie sabe a qué menesteres hubiese bajado el Cojo cuando una noche de junio, para adorno de una juerga, se lo llevaron a Motril y lo dejaron allí, por hacer una gracia.

Dando una vuelta por el pueblo, que no conocía, se cruzó con la Rafaela y como no carecía de salero no tuvo que insistir mucho para que la chavala se fijara en él. Se quedó allá. «¿Qué haces?», le preguntaba la mocita. «Chalaneo», le respondía. Y ella se daba por satisfecha. Él seguía ganando su vida como podía: lecho no le faltaba.

Una noche en que prestaba sus servicios entre la gente de paso le reconoció un señorón de los de la tierra, don Manuel Hinojosa.

—¿Dónde te has guardado aquella voz?
—Aquello se acabó, don Manuel.
—¿Y qué piensas hacer?
El cantaor se encogió de hombros, don Manuel tenía el vino generoso y en uno de los descansos, mientras los amigos estaban «arriba», como el Cojo le hablara de la muchacha, arrastrado por la mucha manzanilla, que el rumbo de los mequetrefes descorchaba, el señorón le dijo de pronto:
—¿Quieres una colocación?
El amontillado le abría la espita de la filantropía: aquella mañana había rechazado con mal humor el arriendo de aquella casucha, sus viñedos y sus cañaverales a varios campesinos a quienes debía algunos favores electoreros; pero ahora, de pronto, con el calor del alcohol en el estómago y un vago optimismo en la cabeza, le hacía gracia convertir a aquel infeliz testigo de sus jolgorios en trabajador de sus tierras, un capricho que se pagaba.
—Con tal de que tengas siempre algunas botellas de la Guita y una guitarra, por si caemos por allí...
—¿Y esa niña? ¿Es de la casa?
El Cojo puso cara seria.
—No, hombre, no, ya sabes tú que yo no...
En efecto, aquel hombre acompañaba a los amigos, era buen pagador de escándalos, pero su condición de acaudalado le permitía mantenerse aparte de ciertos contactos que por lo visto juzgaba poco en armonía con sus posibilidades. Esos aires de superioridad, de juez de los divertimientos ajenos y árbitro de los placeres, que pagaba el vino y a veces hasta las mujeres, le proporcionaban andar siempre rodeado de una corte de aduladores capaces de las más extraordinarias bajezas. Nunca consideró como hombres a los seres que le rodeaban.
—Es una chica decente —dijo el Cojo con cierta vergüenza. El amo se echó a reír. Aún le duraban los hipos y los borborigmos cuando bajó el tropel de sus falseadores.
Y allá se fueron, después de las bodas, el Cojo de Vera y la Motrilera; el trabajo era duro y más todavía para él, que había olvidado en pocos años lo que era el mango de una herramienta y no había conocido apero. El sueldo, de seis reales al día. No se quejó nunca, pero amaneció mudo y se le fue ensombreciendo el rostro como a ella, que como mujer leal se le fue pareciendo a medida del tiempo pasado; y así

fueron paridos al azar de las piedras hasta nueve varones y una hembra. El más chico murió de cinco años atropellado por un automóvil que desapareció sin rastro. Los entierros fueron las faenas más desagradables de todos esos años.

Allá a la derecha quedaba Nerja; el mar de tan azul desteñía sobre el cielo. Aquello era el río de la Miel. La costa era abrupta, pero sin festón de espuma: la mar se moría de quieta. Las rocas y los peñascos se podían ver los pies limpios, dándoles mil colores a las aguas. Las barcas, con su vela terciada, entreabrían sus caminos. Veleros pequeños, peces pequeños, vida pequeña, miseria bajo un cielo unicolor. Monotonía terrible, falta de agua, sólo los geranios rompían lo uniforme y crecían a la buena de Dios. Sobre las trébedes los pucheros de barro, y, con el espinazo roto, aventar las brasas. Las berzas, el gazpacho y demasiado pan. Así un día y un año y otro. Las cañas de azúcar se escalofrían en los aires y silban. Mirando a lo alto, hacia la derecha, los olivares y los espartales: el polvo; más arriba la sierra entre azules morada; abajo todo es parduzco, gris sin color, verde patinado. Allá enfrente se adivina Málaga con un ruido de vida olvidada. La vida cae como el sol, entontece. Trabajar, sudar, sentarse en las piedras cuando no hacen sombra, a esperar, bajo el olivo más cercano o en el jorfe más propicio, que le traigan a uno el almuerzo, idéntico al de ayer. Ni ella se acuerda del nombre del Cojo de Vera ni él del de ella. Ya no se hablan casi nunca, los ojos se les han vuelto pequeños porque ya no tienen qué mirar. Viven en su noche. La Virgen de las Angustias lo preside todo con manso amor.

El Cojo, de vez en cuando, le echa unas miradas a la niña. ¿Cómo ha crecido? ¿Cómo han podido pasar esos dieciocho años? La medida del tiempo se la dan cepas, olivos y cañas, el metro humano se le escapa y sorprende. Se le menean las teticas que deben ser blandas. El padre corta con su navaja su pan de almodón, mira sin ver hacia la almarcha. ¿Cómo han pasado esos dieciocho años? No se contesta. Mira el surco que acaba de trazar: ¿le dejará el amo plantar tomates? Ya le dijo que no, pero él piensa insistir y si se vuelve a negar los plantará de todas maneras; nunca viene por aquí. Masca la pitanza con sus dientes blanquísimos. «No podré pagar si no planto los tomates y el señor tiene a menos que su tierra los produzca.» «Eso es bueno para los que no tienen extensión y quieren que una fanega les dé un poco de todo. Yo no soy de ésos.» Pasan unos grajos gañendo. «Tendré que ir a cerro Gordo...»

Por una historia de loriga saltada apareció por allí un Juan Pérez cualquiera, carrero de Vélez-Málaga. Un tanto harbullista y fandanguero el mozo, pero su misma media lengua le da un toque gracioso. Se acostumbró a descansar unas horas en la casucha, cada diez o quince días, al paso.

Se encaprichó con la moza y la moza de él; las cosas vinieron rodadas. A los padres no les pareció mal (se entendieron con un gruñido y un encogerse de hombros) y los casaron. La chica hace tiempo que tenía ganas de saber cómo era «eso». Debía de correr por entonces la Navidad de 1935. La niña se fue con su marido a vivir a Vélez-Málaga. Sus padres se quedaron en el recodo esperando la muerte. Los enterrarían en la hoyanca de Nerja; el camino era largo, hacía tiempo que él no lo había hecho, pero, ¡por una vez! De la proclamación de la República se habían enterado sin comentarios; de lo de Asturias ya se había hablado más, el yerno mismo y Alfredo, el Pescadilla, el carrero que bajo su lona les traía las pocas cosas que necesitaban. Le llamaban el Pescadilla porque, a veces, si la casualidad lo quería, solía traer pescado para venderlo a su clientela. En su carromato se encontraba de todo: botijos, velas, chorizos, palillos, criollas, lendreras, papel de escribir y de adorno, jabón y cintas de colores, azafrán, pozales, toallas, horquillas y perfumería, broches y espejos, neceseres y todos los encargos que le hubiesen hecho la semana anterior. Al Cojo todo aquello de la República y la revolución no le interesaba. Él no era partidario de eso. Las cosas como eran. Si así las habían hecho, bien hechas estaban y no había por qué meterse en honduras. Eso era cuestión de holgazanes. Él —que vivió lo suyo— lo sabía. Que cada uno coma su pan y que no se meta donde no le llamen. Los señoritos son los señoritos. Ya sabemos que son unos tontainas; veinticinco años después, el Cojo seguía teniendo el mismo concepto del mundo que cuando vivía en la promiscuidad de los prostíbulos malagueños. No se podía figurar el mundo ordenado de otra manera. Y en el fondo le quedaba un resquemor contra sus primeros camaradas, los mineros, que, al fin y al cabo, le habían estropeado la voz, produciendo tanto polvillo rojo «que lo penetraba todo». La madre ni siquiera oía, encaparazonada bajo el techo de sus partos y sus ropas negras. Una mañana, allá por agosto del 36, vinieron dos hombres del pueblo a quienes conocían apenas, con escopetas de caza al hombro. «Salud.» «Hola.» «El Comité te ha asignado esta tierra, desde la cerca aquella al barranco: del barranco para allá la debe de trabajar Antonio, el Madera.» «Ya has tenido suerte, había quien quería dejarte fuera de la colectividad.» «Tienes que bajar al Comité.» Y se fueron. El Cojo se encogió de hombros y siguió haciendo su vida de antes, como si nada hubiese sucedido. Una mañana se encontró con el Cuchipato. «¿Qué haces aquí?» «Esta tierra es mía.» El Cojo le miró con desprecio. «¿Es que don Manuel te la ha vendido?» El hombre dijo: «Bien». Y le volvió la espalda. Le llamaban el Cuchipato porque andaba un tanto despatarrado.

Se lo llevaron a la mañana siguiente entre dos escopetas de caza, terciadas en las espaldas. Los cañones relumbraban al sol. Bajaron hacia el pueblo; había dos kilómetros de buena carretera. Uno de ellos, el que iba a la derecha dijo: «Bueno está el campo del Francés». Los otros asintieron sin palabras. Hacía demasiado calor para hablar. Al Cojo no se le ocurría gran cosa, andaba, se daba cuenta de que sus miembros acogían con gratitud aquel paseo. «Y si me matan, qué más da, para lo que le queda a uno de vida. Ya me he levantado, me he vestido, he comido, trabajado y dormido bastante. Tanto monta la fecha del se acabó. Sí, el Francés siempre cuidó bien su campo, pero ya lo he visto muchas veces, qué más da no volverlo a ver. Además, no me van a matar.» Se le metió una guija en la alpargata, dobló la pierna y la sacó. Los otros, cinco metros más abajo, esperaban.

—Ya podía el tío Merengue tener esto más decente —dijo el Hablador, el de la derecha.

En esto llegaron al pueblo. En una plazoleta donde crecían seis acacias cercadas por una tira de ladrillos estaba la casa del Conde. Una casona enlucida con un portalón y dos rejas que ocupaba todo un lado de la plaza. El sol la apuntaba con un prisma de sombra. En el zaguán enlosado con lanchas sombrías estaba reunido el Comité. Era donde corría más el aire. Un botijo, en el suelo, parecía un gato acurrucado. Esperaron un momento, al soslayo de la sorpresa del cambio de temperatura, el sudor, de pronto, adquiría calidad de parrilla helada.

—Hola, Cojo —dijo uno de los que estaban sentados alrededor de la mesa—. Siéntate.

El hombre obedeció. El Comité lo formaban cinco hombres a quienes el Cojo conocía vagamente; tres de ellos estaban en camiseta, los otros en mangas de camisa.

—¿Dicen que no quieres la tierra que te ha tocado?

El enjuiciado se encogió de hombros.

—¿Por qué?

Hubo un silencio y el más gordo dijo con sorna:

—Le tiene miedo a la guardia civil.

Y otro:

—Es un esquirol de toda la vida.

Y el Cojo:

—No es verdad.

El que estaba sentado en medio atajó:

—Tú eres un obrero, has trabajado bien esa tierra, es natural que te corresponda, ¿comprendes?

El Cojo gruñó. El gordo intervino:

—Me alegro poder decírtelo en la cara, Cojo, como lo dije hace unos días en el Sindicato: eres un mal bicho y lo que hay que hacer contigo es lo posible para que no hagas daño.

—Yo no me he metido con nadie.

Y el Presidente:

—Por eso, por no meterte con nadie, por aguantarte, por cobardía, es por lo que el mundo anda como anda. Si todos fueran como tú, los amos seguirían siendo siempre los amos —y añadió, dándose importancia—: La propiedad es un robo.

—Ya lo sé —comentó el Cojo—. No soy tan tonto.

—Tu ex amo, don —y recalcó el calificativo— Manuel Hinojosa está con los rebeldes; nosotros nos repartimos sus tierras para trabajarlas en pro de la colectividad.

El Cojo ya no comprendía nada, estaba como borracho, sentía una barra pesada en la frente.

—Y porque queremos que todos los trabajadores participen en los beneficios de la reforma, hemos decidido darte tu parcela sin tener en cuenta que nunca has querido nada con nosotros. Tampoco has estado en contra, hay que reconocerlo.

Hubo una pausa. El que debía ser presidente se levantó:

—¿Aceptas tu tierra o no?

El Cojo cogió un palillo que se le había caído de la cintura al suelo, se levantó y dijo:

—Acepto.

Y el Presidente:

—Pues ya estás andando.

Cuando hubo salido se enzarzaron en una discusión:

—Siempre estaremos a tiempo —sentenció el gordo.

El Cojo echó hacia arriba, las manos tras la espalda, en una posición que le era familiar, poco corriente entre campesinos y que quizá no era extraña a la fama de raro que tenía. Miraba la carretera: el polvo y las piedras. «La tierra es mía, me la dan.» Se paró un segundo. «Me la dan porque la he trabajado, sin que tenga que rendir cuentas. Claro, si yo no hubiese estado allí veinticinco años la tierra se hubiese podrido; lo que es mío es el trabajo. No la tierra, lo que produce.» Se volvió a detener. «Pero si yo no hubiese trabajado la tierra me hubiesen despedido y hubieran puesto a otro en mi lugar. Entonces, claro está, la tierra debiera ser de ese otro.» Volvió a echar adelante más ligero. «Si quiero la puedo dejar en barbecho.» Se rió. «Sin comprarla, sin heredarla.» Pensó en su mujer y se extrañó de ello. «Plantaré tomates. Don Manuel se opuso siempre. Decía que las viñas se podían estropear. ¡Qué terco era! Sí, tomates.» Tropezó con una piedra y la apartó del camino. Refrescaba, llegaba el viento en rachas, cargado de mar, levantando polvo. «Hace demasiado calor para la fecha en que estamos. ¿Qué día es hoy? No sé, pero sin embargo es un día importante. Desde ahora soy propietario.» La palabra chocó en su pecho, le molestaba. No quiso acordarse de ella y, sin embargo, se la notaba en la mollera, como una piedra en la alpargata. «Habrá que trabajar más. Sí, era evidente; además, él podía hacerlo. Desde mañana, no, desde aquella misma tarde, tan pronto como llegara.» Apretó el paso. «Ya se lo habían dicho, ¿o no?, de eso no le dijeron nada, ¿no dijo el Miguel que ahora trabajaría para todos?» No se acordaba; de aquella conversación en el zaguán se le había borrado todo, sólo prevalecía una cosa: había aceptado la tierra. Él comprendía que trabajando para él trabajaba para todos, ¿se lo había dicho alguien alguna vez? No lo acababa de comprender, pero sentía que esa idea estaba bien y le tranquilizaba. Se paró a mirar el paisaje; no lo había hecho nunca, nunca se le hubiera ocurrido pararse a mirar una tierra que no tuviese que trabajar. Ahora descubría la tierra; le pareció hermosa en su perpetuo parto. Allí, a lo lejos, unos hombres la herían cuidándola. Le dieron ganas de correr para llegar antes. Se reprendió. «Dejémonos de tonterías», y pensó algo que nunca le vino a la imaginación: «Si tuviese uno veinte años menos...». ¿Qué traía el aire? Le acometieron ganas de fumar y se las aguantó para no perder tiempo. Sin darse cuenta ya estaba en el caminejo de su casa. La mujer no dijo nada al verle entrar. Le miró y él huyó los ojos. Ahora —iba de descubrimiento en descubrimiento— se dio cuenta de que había perdido la costumbre de hablarle, y que le era difícil así, de buenas a primeras, darle la noticia. Se quedó plantado en medio de la habitación.

Ella: —¿Qué te querían?

Él: —Nada.

Estuvo a punto de contestar: «Nos dan la tierra». Ella, que estaba a medio agachar, se quedó inmóvil esperando más palabras; pero el Cojo se calló y ella se enderezó poco a poco.

—Ah —dijo, y no hablaron más.

Él salió al quicio de la puerta y se estuvo quieto, mirando, mucho tiempo. En las esquinas de sus ojos había unas lágrimas que por no saber su obligación se quedaron allí secándose al aire frío de un otoño ya en agonía. La mujer vino arrastrando una silla y se sentó en el umbral. El Cojo se acordaba de aquellos hombres de los cuales nunca había hecho caso: anarquistas y socialistas, y que ahora le daban la tierra. Sentía, de pronto, un gran amor hacia ellos: no se le ocultaba que aquel agradecimiento era interesado, pero comprendía que, a pesar de todo, aquel sentimiento era puro. Le remordían ciertos chistes, el desprecio. «¡Si lo llego a saber! Pero, ¿cómo lo va uno a saber? ¿Quién me lo iba a decir?, no había quien me lo explicara...» La mujer rompió los silencios —el suyo y el de ella.

—Si vienen los otros...

El hombre no contestó. No vendrían, y si venían a él no habría nadie que le quitara la tierra. Era suya, se la sentía subir por la planta de los pies, como una savia. Tan suya como sus manos, o su pecho, más suya que su hija.

—Que vengan —dijo, y se sentó en el suelo.

Al entrecruzar las manos sobre las rodillas se acordó de las ganas de fumar que había pasado subiendo del pueblo y que luego se le habían perdido en la concatenación de sus ideas. Con toda calma sacó su petaquilla de Ubrique, deforme, pelada (la había comprado al cosario hacía diez o doce años) y pausadamente lió un cigarro rodando con ternura la hierba en el papel a favor de los pulgares sobre los índices, lo pegó con lentitud humectándolo de izquierda a derecha con un movimiento de cabeza, se lo echó a la esquina siniestra de la boca, sacó el chisquero, encendió a la primera. Recostó la espalda en la pared, y aspiró hondo, se quemó el papel, prendió el tabaco, la boca tragó el humo: era su primera bocanada de hombre, el primer cigarro que fumaba dándose cuenta de que vivía. Por lo bajo, con su voz atelarañada, empezó a cantar hondo. Mil ruidos de la tierra le contestaban: era el silencio de la noche.

Pasan los días; en una parata, recostado en un acebuche, el Cojo fuma unos pitillos delgaduchos, deformes, como sus dedos; no piensa en nada; el sol le llega a través de una chumbera subida en el borde del bancal inmediato.

«Aquellos sarmientos que planté hace tres años y que se dan tan bien..., ésos son más míos que los otros. De eso no hay duda porque don Manuel no sabía nada de ello. No me recibió, hace dos años, cuando se lo fui a decir.» Rompe una tijereta y la lleva a la boca, masca su sabor agraz. Baja después la mano a la tierra, la tienta: es una tierra dura, difícil de desmoronar, seca, un poco como yo —se le ocurre— y de pronto querría verla transformada en tierra de pan llevar, rica, henchida de savia trigueña, llena a reventar. Acaricia la tierra, la desmenuza en la palma de su mano. La soba como si fuese el anca de una caballería lustrosa. Nota cómo el olivo le cubre la espalda, le resguarda.

Le entran ganas de ir a perderse por trochas y abertales, pero le basta con el deseo. Al abrigo del jorfe crece una mata de tamujo, la alcanza con el pie y juega a doblar el mimbre. La tierra sube por todas partes: en la hierba, en el árbol, en las piedras, y él se deja invadir sin resistencia notando tan sólo: ahora me llega a la cintura, ahora al corazón, me volveré tarumba cuando me llegue a la cabeza.

A la caída de la tarde todo es terciopelo. El Cojo vuelve con el azadón al hombro; se cruza con el Cuchipato: «Hola, hola». Cuando les separan más de diez metros, el Cojo se vuelve y le interpela:

—Oye, ¿dónde puedo encontrar una escopeta?

—Pídesela al Comité.

Se fue para allá.

—¿Qué quieres?

—Un arma.

—¿Para qué?

—Por si acaso...

—No tenemos bastantes para la guerra.

—¡Qué le vamos a hacer!

Y se vuelve para su tierra.

Una mañana aparece por allí la hija, con un barrigón de ocho meses.

—¿Y tu marido?
—Por Jaén. De chófer. En el batallón X...
—¿Y tú estás bien?
—Bien.
—Eso es bueno.
La madre se afana:
—Dicen que vienen.
La hija:
—Sí, moros e italianos.
El padre:
—¿Por dónde?
—Por Antequera.
El padre:
—Aún falta. No llegarán aquí.
La madre:
—No sé por qué.
El padre la mira y se calla, casi dice: «Porque la tierra es mía...».
La madre y la hija se pasan el día sentadas en el talud de la carretera pidiendo noticias a todo bicho viviente. Pasan y repasan autos, pronto se notan que van más de Málaga a Almería que no al contrario. Los días pasan...
—¿No tienes fresco? —le pregunta de cuando en cuando.
—No se preocupe, madre.
No saben qué esperan. Allí viene un burro; en él montada una mujer con un niño en los brazos; detrás con una vara en la mano, un gañán cubierto con fieltro verde, de viejo y negro. Les interpelan al paso:
—¿De dónde sois?
—De Estepona.
—¿Vienen?
—Dicen que sí, y que lo queman todo.
Ya están lejos. El Cojo, allá abajo, no sale del majuelo; la carretera va adquiriendo una vida nueva: corriente. Poco a poco ha ido creciendo su caudal, primero fueron grupos, ahora es desfile. Y los hombres atraen a los hombres: se puede dejar pasar indiferente una comitiva, no un ejército.
A la mañana siguiente el Cojo subió a la carretera y se estuvo largo tiempo de pie, mirando pasar la cáfila. Venían en islotes o archipiélagos, agrupados tras una carretilla o un mulo: de pronto aquello se ase-

mejó a un río. Pasaban, revueltos, hombres, mujeres y niños tan dispares en edades y vestimenta que llegaban a cobrar un aire uniforme. Perdían el color de su indumentaria al socaire de su expresión. Los pardos, los grises, los rojos, los verdes se esfumaban tras el cansancio, el espanto, el sueño que traían retratado en las arrugas del rostro, porque en aquellas horas hasta los niños tenían caras de viejos. Los gritos, los ruidos, los discursos, las imprecaciones se fundían en la albórbola confusa de un ser gigantesco en marcha arrastrante. El Cojo se encontraba atollado sin saber qué hacer, incapaz de tomar ninguna determinación, echándolo todo a los demonios por traer tan revuelto el mundo. Los hombres de edad llevaban a los críos, las mujeres con los bártulos a la cintura andaban quebradas, las caras morenas aradas por surcos recientes, los ojos rojizos del polvo, desgreñadas, con el espanto a cuestas. Los intentos de algunos niños de jugar con las gravas depositadas en los bordes de la carretera fracasaban, derrotados implacablemente por el cansancio pasado y futuro. De pronto la sorda algarabía cesaba y se implantaba un silencio terrible. Ni los carros se atrevían a chirriar; los jacos parecían hincar la cabeza más de lo acostumbrado como si las colleras fuesen de plomo en aquellas horas. Lo sucio de los acalamones de cobre en las anteojeras daba la medida del tiempo perdido en la huida. Los hombres empujaban los carromatos en ese último repecho; las carretillas, en cambio, tomaban descanso. Las mujeres, al llegar al hacho, rectificaban la posición de sus cargas y miraban hacia atrás. De pronto, el llanto de los mamones, despierto el uno por el otro. Una mujer intentaba seguir su camino con un bulto bajo el brazo derecho y un chico a horcajadas en su cintura mantenido por un brazo izquierdo, cien metros más allá lo tuvo que dejar: se sentó encima de su envoltorio, juntó las manos sobre la falda negra, dejó pasar un centenar de metros de aquella cadena oscura soldada por el miedo y el peso de los bártulos; echó a andar de nuevo arrastrando el crío que berreaba.

«No puedo más, no puedo más.» Ahora pasaba algún coche; dos camiones plegaban jadeando, en segunda, desembragaban al llegar allí y seguían en directa; ese silencio, de una marcha a otra, era como un adiós al mar. Se veían los vendajes de algún herido, el rojo y negro de los gorros de la FAI. El terror se convertía en muerte, las hileras de gente en multitud. El Cojo bajó a la casa y dijo a las mujeres:

—Tenéis que marcharos.

—¿Y tú?

—Yo me quedo.

No protestaron, y con un hatillo se unieron al tropel. Les empujaba algo que les impedía protestar, huían por instinto, porque sabían que aquello que llegaba era una catástrofe, algo antinatural, una mole que los iba a aplastar, un terremoto del que había que apartarse a cualquier precio así se fuese la vida en la huida misma. «Mi padre que vivía en Ronda...» «Lo fusilaron sin más.» «No dejan ni rastro.» «Y llegaban y robaban.» Lo poco que se oía eran relatos, comentarios ni uno, o, a lo sumo, un «no lo permitirá Dios» airado salía de una desdentada boca de mujer. Los autos se abrían surcos a fuerza de bocina, la gente se apartaba con rencor. Mas ya no se corría y contestaba vociferando a los bocinazos. Por otra parte los coches se convertían en apiñados racimos que los frenaban. Alguno intentó pasar y el barullo acabó a tiros. La gente se arremolinó alrededor del vehículo. Un hombre subido en el estribo, colgado el fusil en el hombro, una pistola del 9 largo en la mano, vociferando: «Compañeros...». El coche, sin freno, echó a andar hacia atrás y fue a hincarse veinte metros más abajo, sin violencia, en el talud. El hombre lanzó un reniego y siguió a pie. Tumbado sobre el volante, el conductor, muerto.

Al dar la vuelta y perder de vista el mar, la multitud se sentía más segura y aplacaba su carrera. Se veían algunos grupos tumbados en los linderos de la carretera. El Cojo seguía de pie viendo desfilar esa humanidad terrible. Pasaron unos del pueblo y viendo al Cojo ahí plantado:

—¿Vienes?
—No.
—Es que llegan.
—Si me habéis dado la tierra es por algo. Y me quedo.

Lo interpretaron mal, pero uno dijo: «Déjalo», y siguieron adelante.

Ahora, de pronto, pasaba menos gente; el Cojo se decidió a volver a su casa. Hacía una temperatura maravillosa. De bancal en bancal se iban cayendo las tierras hasta las albarizas tiñéndose de espalto. Cerca de su chamizo se encontró con tres milicianos.

—Hola, salud.

Se oyó el motor de un avión, debía de volar muy bajo, pero no se le veía. Al ruido del motor levantaron la cabeza una veintena de hombres tumbados tras las bardas del jorfe. De pronto se le vio ir hacia el mar.

El motor de la derecha ardía. El trasto planeó un tanto y cayó hacia el agua. Al mismo tiempo dos escuadrillas de ocho aparatos picaron hacía el lugar de la caída ametrallando al vencido. Luego cruzaron hacia Málaga. A lo lejos sonaban tiros.

—Si fuésemos unos cuantos más... de aquí no pasan.

—Si ellos no quieren...

—No digas tonterías. Blázquez me ha asegurado que han salido anteayer tropas de Jaén y que de Lorca han llegado a Guadix tres mil hombres. De Almería ya habían salido antes.

—Yo no creo...

—Cállate.

El que hablaba parecía tener cierto ascendiente sobre los demás. Le preguntó al Cojo:

—¿Tienes agua?

Cambió de tono.

—Es para la ametralladora.

El Cojo contestó que sí, y añadió sin darse él mismo cuenta de lo que decía:

—Si tenéis un fusil, yo tiro bastante bien.

—¿Cómo lo sabes?

—De cuando serví al Rey.

—¿A qué partido perteneces?

—A ninguno.

—¿A qué Sindicato?

—A la CNT.

—¿Desde cuándo?

—Desde hace unos meses.

Lo dijo sin vergüenza. Entre los milicianos había uno del pueblo y terció en la conversación.

—Es un tío atravesado; un correveidile del antiguo dueño de estas tierras. Yo no le daría un arma. Más bien le daría con ella. A lo mejor nos pica por detrás. No te fíes.

El otro le preguntó:

—¿De quién es la tierra ahora?

—Suya.

—¿Cuál?

—Ésta.

—Que le den el fusil. Y tú —le dijo al Cojo— ponte aquí, a mi lado.

Distribuyó a la gente por los bancales que dominaban la carretera, fuese a emplazar la ametralladora cien metros más arriba. Envió a uno con un parte a otro grupo que, según dijo, les cubría la derecha.

—Vosotros en las hazas, lo más pegado a la tierra que podáis. ¿Qué distancia hay de aquí allá abajo?

—Kilómetro y medio, más o menos.

—Entonces ya lo sabéis, el alza al quince.

Y como el Cojo se hiciera un lío, él mismo se lo arregló.

Esperaron. La carretera estaba limpia de gente. Un camión había volcado sin que ninguno se diera cuenta; una carretilla, abandonada y vuelta al revés, hacía girar su rueda como si fuese un molinete. Empezaron a caer obuses hacia la derecha. Olía a tomillo. El Cojo se sobrecogió, notó cómo le temblaban sus escasos molledos, sin que el esfuerzo que hizo para tener mando sobre ellos le diese resultado. Sin embargo, no sentía ningún miedo. Con espacios regulares, el cañón disparaba. El Cojo se puso a contar entre un disparo y otro para ver de darse cuenta de cuánto tardaba. Se hizo un lío. Intentó hundirse más en la tierra. Por vez primera la veía tan de cerca y descubrió cosas asombrosas en sus menores rendijas. Las hierbas se le convertían en selva, unas collejas próximas, con sus tallos ahorquillados, le parecieron monstruos fantásticos. El olivo que tenía a la izquierda y que ahora adivinaba inconmensurable, le protegía. De eso tuvo la sensación muy exacta. Disparó tres tiros sobre algo que se movía a lo lejos y alcanzó luego la cabezuela de una margarita; descubría dos mundos nuevos. Pensó en la paz y palpó la tierra acariciándola. Giró el cerrojo, tomó un cargador y realizó la carga con mayor seguridad y rapidez que antes. Su compañero de la izquierda le miró riendo.

—¿Qué, bien?

—Bien.

Unas balas pasaron altas segando unas ramillas de olivo. La ametralladora de la derecha empezó a funcionar. Allá, mucho más lejos, entró otra en acción.

—De aquel recodo —dijo el compañero— no pasarán.

Carretera adelante el éxodo continuaba. La Rafaela y su madre andaban confundidas con la masa negra.

Sobre el llano no había más líneas verticales que los postes del telégrafo. De pronto, desde allá abajo vino un alarido: «¡Que vienen!». La gente se dispersó con una rapidez inaudita; en la carretera quedaron enseres, carruajes y un niño llorando.

Llegaba una escuadrilla de caza enemiga. Ametrallaban, a cien metros de altura. Se veían perfectamente los tripulantes. Pasaron y se fueron. Había pocos heridos y muchos ayes, bestias muertas que se apartaban a las zanjas. El caminar continuaba bajo el terror. Una mujer se murió de repente. Los hombres válidos corrían, sin hacer caso de súplicas. Los automóviles despertaban un odio feroz. La Rafaela se había levantado con dificultad. Su madre la miró angustiada.

—¿Te duele?

La hija, con un pañuelo en la boca, no contestaba. «¡Que vuelven!» La Rafaela sufría tanto que no pudo hacer caso al alarido que un viejo le espetaba, diez metros más allá.

—Acuéstese, acuéstese.

Agarrada a un poste de telégrafo, espatarrada, sentía cómo se le desgarraban las entrañas.

—Túmbate, chiquilla, túmbate —gemía la madre, caída. Y la Rafaela de pie, con el pañuelo mordido en la boca, estaba dando a luz. Le parecía que la partían a hachazos. El ruido de los aviones, terrible, rapidísimo, y las ametralladoras y las bombas de mano: a treinta metros. Para ellos debía ser un juego acrobático. La Rafaela sólo sentía los dolores del parto. Le entraron cinco proyectiles por la espalda y no lo notó. Se dio cuenta de que soltaba aquel tronco y que todo se volvía blando y fácil. Dijo «Jesús» y se desplomó, muerta en el aire todavía.

Los aviones marcharon. Había cuerpos tumbados que gemían y otros quietos y mudos; más lejos, a campo traviesa, corría una chiquilla loca. Un kilómetro más abajo el río oscuro se volvía a formar; contra él se abrían paso unas ambulancias; en sus costados se podía leer: «El pueblo sueco al pueblo español». Hallaron muerta a la madre y oyeron los gemidos del recién nacido. Cortaron el cordón umbilical.

—¿Vive?

—Vive.

Y uno que llegaba arrastrándose con una bala en el pie izquierdo dijo:

—Yo la conocía, es Rafaela. Rafaela Pérez Montalbán; yo soy escribano. Quería que fuese chica.

Uno: —Lo es.

El escribano: —Y que se llamara Esperanza.
Y uno cualquiera: —¿Por qué no?

El Cojo se enriscaba en la tierra, sentía su cintura y su vientre y sus muslos descansar en el suelo y su codo izquierdo hundido en la tierra roja. A la altura de su pelo llegaban dos pedruscos pardos sirviéndole de aspillera. Tenía el fusil bien metido en el hombro, apuntaba con cuidado. El disparo se le clavaba en el hombro y repercutía en la tierra a través de su cuerpo. Y él notaba cuánto se lo agradecía. Sentíase seguro, protegido, invulnerable. Cada disparo llevaba una palabra a su destinatario. «Toma. Toma y aprende.» Iba cayendo la tarde. Las ametralladoras seguían tirando ráfagas. El compañero le dijo:

—Tú quédate ahí.

Los disparos se espaciaban. El Cojo buscaba una palabra y no daba con ella: defendía lo suyo, su sudor, los sarmientos que había plantado, y lo defendía directamente: como un hombre. Esa palabra el Cojo no la sabía, no la había sabido nunca, ni creído que se pudiera emplear como posesivo. Era feliz.

MIGUEL DELIBES

EL REFUGIO

Vibraba la guerra en el cielo y en la tierra entonces, y en la pequeña ciudad todo el mundo se alborotaba si sonaban las sirenas o si el zumbido de los aviones se dejaba sentir muy alto, por encima de los tejados. Era la guerra y la vida humana, en aquel entonces, andaba baja de cotización y se tenía en muy poco aprecio, y tampoco preguntaba nadie, por aquel entonces, si en la ciudad había o no objetivos militares, o si era un centro industrioso o un nudo importante de comunicaciones. Esas cosas no importaban demasiado para que vinieran sobre la ciudad los aviones, y con ellos la guerra, y con la guerra la muerte. Y las sirenas de las fábricas y las campanas de las torres se volvían locas ululando o tañendo hasta que los aviones soltaban su mortífera carga y los estampidos de las bombas borraban el rastro de las sirenas y de las campanas del ambiente y la metralla abría entonces oquedades en la uniforme arquitectura de la ciudad.

A mí, a pesar de que el «Sargentón» me miraba fijamente a los ojos cuando en el refugio se decían aquellas cosas atroces de los emboscados y de las madres que quitaban a sus hijos la voluntad de ir a la guerra, no me producía frío ni calor porque sólo tenía trece años y sé que a esa edad no existe ley ni fuerza moral alguna que fuerce a uno a ir a la guerra y sé que en la guerra un muchacho de mi edad estorba más que otra cosa. Por todo ello no me importaba que el «Sargentón» me mirase, y me enviara su odio cuidadosamente envuelto en mirada; ni que me refrotase por las narices que tenía un hijo en Infantería, otro enrolado en un torpedero y el más pequeño en carros de asalto; ni cuando añadía que si su marido no hubiera muerto andaría también en la guerra, porque no era lícito ni moral que unos pocos ganaran la guerra para que otros muchos se beneficiaran de ello. Yo no podía hacer nada por sus hijos y por eso me callaba; y no me daba por aludido porque yo tampoco pretendía beneficiarme de la guerra. Pero sentía un respiro cuando el «Cigüeña», el guardia que vigilaba la circulación en la esquina, se acercaba a mí con sus patitas de alambre estremeciéndose de miedo y su ojo izquierdo velado por una nube y me decía, con un vago aire de infalibilidad, apuntando con un dedo al techo y ladeando la pequeña cabeza: «Ésa ha caído en la estación», o bien: «Ahora tiran las ametralladoras de la Catedral; ahí tengo yo un amigo», o bien: «Ese maldito no lleva frío; ya le han tocado». Pero quien debía llevar frío era él, porque no cesaba de tiritar desde que comenzaba la alarma hasta que terminaba.

A veces me regocijaba ver temblar como a un azogado al «Cigüeña», allí a mi lado, con las veces que él me hacía temblar a mí por jugar al fútbol en el parque, o correr en bicicleta sin matrícula o, lisa y simplemente, por llamarle a voces «tío Cigüeña» y «Patas de alambre».

Sí, yo creo que allí entre toda aquella gente rara y con la muerte rondando la ciudad, se me acrecían los malos sentimientos y me volvía yo un poco raro también. A la misma «Sargentón» la odiaba cuando se irritaba con cualquiera de nosotros y la tomaba asco y luego, por otro lado, me daba mucha pena si cansada de tirar pullas y de provocar a todo el mundo se sentaba ella sola en un rincón, sobre un ataúd de tercera, y pensaba en los suyos y en las penalidades y sufrimientos de los suyos, y lo hacía en seco, sin llorar. Si hubiera llorado, yo hubiera vuelto a tomarla asco y a odiarla. Por eso digo que todo el mundo se volvía un poco raro y contradictorio en aquel agujero.

En contra de lo que ocurría a muchos, que consideraban nuestra situación como un mal presagio, a mí no me importaba que el sótano estuviera lleno de ataúdes y no pudiera uno dar un paso sin toparse de bruces con ellos. Eran filas interminables de ataúdes, unos blancos, otros negros y otros de color caoba reluciente. A mí, la verdad, me era lo mismo estar entre ataúdes que entre canastillas de recién nacido. Tan insustituibles me parecían unos como otras y me desconcertaba por eso la criada del principal que durante toda la alarma no cesaba de llorar y de gritar que por favor la quitasen «aquellas cosas de encima», como si aquello fuese tan fácil y ella no abonase a Ultratumba S.A. una módica prima anual para tener asegurado su ataúd el día que la diñase.

En cambio a don Serafín, el empresario de Pompas Fúnebres, le complacía que viésemos de cerca el género y que la vecindad de los aviones nos animase a pensar en la muerte y sobre la conveniencia de conservar incorruptos nuestros restos durante una temporada. Lo único que le mortificaba era la posibilidad de que los ataúdes sufrieran deterioro con las aglomeraciones y con los nervios. Decía:

—Don Matías, no le importará tener los pies quietecitos, ¿no es cierto? Es un barniz muy delicado éste.

O bien:

—La misma seguridad tienen ustedes aquí que allá. ¿Quieren correrse un poquito?

También bajaba al refugio un catedrático de la Universidad, de lacios bigotes blancos y ojos adormecidos, que, con la guerra, andaba siempre de vacaciones. Solía sentarse sobre un féretro de caoba con herrajes de oro, y le decía a don Serafín, no sé si por broma:

—Éste es el mío, no lo olvides. Lo tengo pedido desde hace meses, y tú te has comprometido a reservármelo.

Y daba golpecitos con un dedo, y como con cierta ansiedad, en la cubierta de la caja, y la ancha cara de don Serafín se abría en una oscura sonrisa.

—Es caro —advertía, y el catedrático de la Universidad decía:

—No importa; lo caro, a la larga, es barato.

Y la criada del principal hacía unos gestos patéticos y les rogaba, con lágrimas en los ojos, pero sin abrirlos, que no hablasen de aquellas cosas horribles, porque Dios les iba a castigar.

Y la ametralladora de San Vicente, que era la más próxima, hacía de cuando en cuando: «Ta-ca-tá, ta-ca-tá, ta-ca-tá», y el tableteo cercano dejaba a todos en suspenso, porque barruntaban que era un duelo a muerte el que se libraba fuera y que era posible que cualquiera de los contrincantes tuviera necesidad de utilizar el género de don Serafín al final.

Las calles permanecían desiertas durante los bombardeos, y las ametralladoras, montadas en las torres y azoteas más altas de la ciudad, disparaban un poco a tontas y a locas y los tres cañones que el Regimiento de Artillería había empotrado en unos profundos hoyos, en las afueras, vomitaban fuego también, pero habían de esperar a que los aviones rondasen su radio de acción, porque carecían casi totalmente de movilidad, aunque muchas veces disparaban sin ver a los aviones con la vaga esperanza de ahuyentarlos. Y había un vecino en mi casa, en el tercero, que era muy hábil cazador, y los primeros días hacía fuego también desde las ventanas, con su escopeta de dos cañones. Luego, aquello pasó de la fase de improvisación, y a los soldados espontáneos, como mi vecino, no les dejaban tirar. Y él se consumía en la pasividad del refugio, porque entendía que los que manejaban las armas antiaéreas eran unos ignorantes y los aviones podían cometer sus desaguisados sin riesgos de ninguna clase.

En alguna ocasión bajaba también al refugio don Ladis, que tenía una tienda de ultramarinos, en la calle de Espería, afluente de la nuestra, y no hacía más que escupir y mascullar palabrotas. Tenía unas anacrónicas barbitas de chivo, y a mi madre le gustaba poco por las barbas, porque decía que en un establecimiento de comestibles las barbas hacen sucio. A don Ladis le llevaban los demonios de ver a su dependiente amartelado en un rincón con una joven que cuidaba a una anciana del segundo. El dependiente decía en guasa que la chica era su refugio, y si hablaban lo hacían en cuchicheos, y cuando sonaba un estampido próximo, la muchacha se tapaba el rostro con las manos y el dependiente le pasaba el brazo por los hombros en ademán protector.

Un día, el «Sargentón» se encaró con don Ladis y le dijo:

—La culpa es de ustedes, los que tienen negocios. La ciudad debería tener ya un avión para su defensa. Pero no lo tiene porque usted y los judíos como usted se obstinan en seguir amarrados a su dinero.

Y era verdad que la ciudad tenía abierta una suscripción entre el vecindario para adquirir un avión para su defensa, y todos sabíamos, porque el diario publicaba las listas de donantes, que don Ladis había entregado quinientas pesetas para este fin. Por eso nos interesó lo que diría don Ladis al «Sargentón». Y lo que le dijo fue:

—¿Nadie le ha dicho que es usted una enredadora y una asquerosa, doña Constantina?

Todo esto era también una rareza. Dicen que el peligro crea un vínculo de solidaridad. Allí, en el refugio, nos llevábamos todos como el perro y el gato. Yo creo que el miedo engendra otros muchos efectos además del de la solidaridad.

Me acuerdo bien del día en que el «Sargentón» le dijo a don Serafín, el empresario de Pompas Fúnebres, que él veía con buenos ojos la guerra porque hacía prosperar su negocio. Precisamente aquel día habían almacenado en el sótano unas cajitas para restos, muy rematadítas y pulcras, idénticas a la que don Serafín prometió a mi hermanita Cristeta, años antes, si era buena, para que jugase a los entierros con los muñecos. A mi hermana Cristeta y a mí nos tenía embelesados aquella cajita tan barnizada del escaparate que era igual que las grandes, sólo que en pequeño. Por eso don Serafín se la prometió a mi hermanita si era buena. Pero Cristeta se esmeró en ser buena una semana y don Serafín no volvió a acordarse de su promesa. Tal vez por eso aquella mañana no me importó que el *Sargentón* dijese a don Serafín aquella cosa tremenda de que no veía con malos ojos la guerra porque ella hacía prosperar su negocio.

Don Serafín dijo:

—¡Por amor de Dios, no sea usted insensata, doña Constantina! Mi negocio es de los que no pasan de moda.

Y don Ladis, el ultramarinero, se echó a reír. Creo que don Ladis aborrecía a don Serafín, por la sencilla razón de que los muertos no necesitan ultramarinos. Don Serafín se encaró con él:

—Cree el ladrón que todos son de su condición —dijo. Don Ladis le tiró una puñada, y el catedrático de la Universidad se interpuso. Hubo de intervenir el «Cigüeña», que era la autoridad, porque don Serafín exigía que encerrase al «Sargentón» y don Ladis, a su vez, que encerrase a don Serafín. En el corro sólo se oía hablar de la cárcel, y entonces el dependiente de don Ladis pasó el brazo por los hombros de la muchachita del segundo, a pesar de que no había sonado ninguna explosión próxima, ni la chica, en apariencia, se sintiese atemorizada.

De repente, la sirvienta del principal se quedó quieta, escuchando unos momentos. Luego se secó, apresuradamente, dos lágrimas con la punta de su delantal, y chilló:

—¡Ha terminado la alarma! ¡Ha terminado la alarma! —y se reía como una tonta. En el corro se hizo un silencio y todos se miraron entre sí, como si acabaran de reconocerse. Luego fueron saliendo del refugio uno a uno.

Yo iba detrás de don Serafín, y le dije:

—¿Recuerda usted la cajita que prometió a mi hermana Cristeta si se comportaba bien?

Él volvió la cabeza y se echó a reír. Dijo:

—Pobre Cristeta; ¡qué bonita era!

Fuera brillaba el sol con tanta fuerza que lastimaba los ojos.

ARTURO BAREA

EL SARGENTO ÁNGEL

Uno de los enérgicos tirones de la aguja partió el hilo rojo. Del ojo de la aguja cuelgan dos puntas fláccidas y otras dos han caído sobre la camisa.
—Pues, señor, ¿cómo se las arreglarán los sastres para coser?
Nalguitas, sentado frente a él, comenzó a cantar bajito un fandanguillo minero:

> *Se me rompió la* caena.
> *Y yo le dije al compañero...*

—Sí, señor; la *caena*. Fíjate —dijo Ángel, y mostraba el carrete con una etiqueta que decía: «La Cadena. Trade Mark. 50 yardas» alrededor de un círculo encerrando una cadena de ancla—. Bueno —agregó—. Supongo que será lo mismo coserse el galón que pegarlo.
Del macuto extrajo un tubo de pasta para pegar, como un gusano pisado. La boquilla estaba taponada por cristalizaciones amontonadas formando un pedrusco resinoso. Pero a través de la envoltura de estaño chorreaban hilitos pegajosos. Con aquello untó cuidadosamente el reverso de la estrella roja de cinco puntas y la tirita de galón, que servirían para mostrar a los ojos del mundo que Ángel era sargento desde aquel punto y hora. Se endosó la camisa y se contempló orgullosamente las insignias sobre su corazón. Una de las puntas de la estrella y una extremidad del galón ya comenzaban a despegarse. Rápidamente. Ángel puso encima su mano derecha y en esta postura, su mano sobre su corazón, le surgió la idea.

Se metió la guerrera, volvió a colocar su mano en la misma posición, llevó su izquierda atrás, se irguió y le encasquetó a Nalguitas:

—Fíjate: Napoleón.

En verdad: bajito y un poco tripudo, con su cara llena rebosando socarronería, su calva luciente y su gesto de orgullo, era una caricatura del Corso. De esta guisa se encaminó a la chabola del capitán.

—A sus órdenes, mi capitán.

—Hola, *sargento* Ángel —le contestó el oficial, recalcando la novedad de los galones—, ¿qué hay?

—Pues eso, los galones. Y yo he pensado que hay que mojarlos, con que si tú quieres —cambió al tuteo de viejos amigos—, me das un volante y me voy a Madrid.

—Bueno, hombre, te lo daré, pero a ver cómo vienes esta noche.

—Yo, ya sabes que soy muy serio. No bebo. Únicamente si me convidan porque no me gusta despreciar.

Escribía el capitán el pase y Ángel se inclinó hacia él:

—Oye, agrega ahí al Nalguitas y así no me aburro. Además el chico lleva más de un mes sin salir de aquí. Y esta tarde nos casamos por lo civil.

Ángel y el Nalguitas tomaron el camino de Madrid desde Carabanchel. Frente a la derruida plaza de toros de Vista Alegre, el Nalguitas irguió su flaca figura y citó a un toro imaginario, para poner un par de banderillas en el vacío.

—¡Eh, toro! —y tras unos saltitos sobre los pies, se arrancó en una carrera en línea sesgada, para detenerse y quebrar los brazos estirados, el cuerpo rígido, y rematar la suerte en un violento descenso de las manos que figuraban llevar los rehiletes.

—¡Olé! —comentó Ángel—. Ni Joselito las ponía así.

—Y que lo digas. Soy muy grande. El día que se acabe esto, me vas a ver con más billetes que Romanones antes de la guerra. Y a ti te hago mi apoderado, tú que entiendes de números.

El Nalguitas era un torerillo en ciernes cuando estalló la guerra. Había toreado en los pueblos y sabía de viajar en los topes del tren y mantenerse de los racimos de uvas y de los melones cogidos al borde de las carreteras. Sabía de los palos de los guardias. Y una vez un toro tocado ya cien veces en fiestas pueblerinas, le había roto la carne y le había depositado en el Hospital General dos meses. Tenía una nalga corcusida y su manía de enseñar la «gloriosa» cicatriz a todo el mundo, había hecho que algunos guasones le llamaran «culo al aire». Pero al final, el apodo cristalizó en «Nalguitas» y con él se quedó. Le gustaba y soñaba con verse en grandes letras rojas, en los carteles de la puerta de la plaza de toros de Madrid.

Iba contando a Ángel por enésima vez:

—Ese día, el día que yo toree en Madrid, salgo en hombros o en camilla.

—Eso, si no te sacude antes aquí un morterazo que te hace polvo —comentó Ángel.

Habían atravesado la zona destruida y llegaban a las primeras casas habitadas. Gentes miserables aferradas a las casuchas limítrofes al río Manzanares, que no abandonaban su hogar a pesar de que caían diariamente los obuses y las balas perdidas.

—¿Tú, no habrás oído misa, verdad? Pues, mira: allí hay una «ermita».

Cruzaron y entraron juntos en un tabernucho humilde.

—Tú, danos gasolina para la cuesta.

Se bebieron dos vasos de «matarratas», un aguardiente infernal, que su única buena calidad era la cantidad de agua que le habían agregado. Y se enfrentaron con la cuesta empinada de la calle de Toledo. Iban directamente a casa de Ángel; el sargento quería mudarse.

La calle de Jesús y María, en Madrid, es una calle viejísima que arranca de la plaza del Progreso. Las dos primeras casas, que hacen esquina, se sienten pertenecientes al centro de Madrid y sus portales se abren a la plaza; sus inquilinos son «señores». Los números siguientes son casas de vecindario muy viejas en las cuales viven pequeños comerciantes, empleados y obreros calificados. Hasta allí la calle está empedrada de bloques de pórfido formando cuadros regulares. Pero, de la mitad abajo, cambia bruscamente; el empedrado es de canto rodado, agudo, que se clava en los pies. Las casas cuentan dos y trescientos años y son pequeñas, sucias, destartaladas, con alguna ventana raquítica y algún balcón más moderno colgado a su fachada como un pegote. En estas casas pululan prostitutas de las más bajas y los cincuenta metros escasos de calle que constituyen esta zona son un mercado permanente.

Las mujeres se ofrecen en el quicio de las puertas y paseando el reducido trozo de calle. Acuden a este zoco de carne humana los mercaderes más heterogéneos: soldados de cara pueblerina, viejos rijosos, borrachos y chulos pobres que van a la caza de las menguadas pesetas de la venta y a ver si por casualidad cae un «payo» que lleve billetes. Hay broncas día y noche. La única autoridad respetada es el sereno, un gallego elefantino que no atiende a razones, sino que simplemente pone en función su estaca de tres dedos de grueso. Cuando hay bronca, exclama desde el lejano extremo de la calle: «¡Voy!» y echa a andar con paso lento, arrancando chispitas de luz a las piedras con la contera del garrote. Cuando llega, la riña se ha diluido en las sombras.

Dos o tres de estas viejas casas están ocupadas por obreros humildes. Los dueños no quisieron alquilarlas para prostíbulos y los inquilinos encontraron la ventaja del precio, reducido por la vecindad indeseable. En una de estas casas vive Ángel.

Al fondo del portal está el cuarto, que es una vivienda cuadrada a nivel de la calle, dividida en cuatro habitaciones, cuya única ventilación es una ventana abierta al patio de la casa, un patio infecto y húmedo. La casa, abandonada hace meses, está fría y el olor del moho se expande por las mezquinas piezas. Ángel comienza a desnudarse rápidamente y a endosarse en lugar del uniforme sucio de la trinchera un terno oscuro cuidadosamente conservado para estas ocasiones. El Nalguitas le mira envidiosamente. No es que Ángel parezca un señorito —más bien un tendero en traje de domingo— sino que Nalguitas piensa que no tiene más ropa que lo puesto, ni más casa que la trinchera; y esto siempre da un poco de envidia y de amargura.

—¡Eh! ¿Qué te parece? Todavía se puede presumir. Vas tú a ver cómo nos divertimos hoy. Hay «chatarra» y humor. —Y contemplándose en el espejo, con su calva y su tripa, agrega risueño—: No te amusties, hombre. Fíjate, parezco tu padre. Hoy seré yo el papá que viene a ver al chico que está en el frente y nos vamos a buscar dos gachís, una para papá y otra para el niño.

—Si sirve una servidora para papá, me adhiero.

Por la puerta entreabierta asoma una mujer ya madura, frescachona y fuerte, que extiende una risa amplia tras la pregunta. Cuello robusto, pechos exuberantes y grupa ancha y carnosa; los brazos redondos, pero demasiado gruesos, rematados por manos algo hombrunas.

—¡Anda, mi capricho!; pasa chica... A sus órdenes, mi comandante. Aquí el Nalguitas, mi hijo. Y menda, el sargento Ángel García.

—Con las ganas que tenía de pescarte, ladrón —dice la mujer, echándole los brazos al cuello y besándole ruidosamente. Volviéndose rápida al Nalguitas—: No te estés con esta cara de *pasmao*. ¿Te ha dado envidia? Pues no te apures tú, hijito, que yo te buscaré una chavala de ésas de olé y verás qué vamos a liar hoy, papá, mamá y los hijitos.

—Andando —dice Ángel—. ¿Se olvida algo?

Ya todos fuera, con la mano en la llave de la puerta, lanza una ojeada al interior del cuarto. Se queda suspenso. Allí, enfrente, mirándole con sus ojos abiertos, está el retrato de Lucila. Del estómago le sube un nudo a la garganta.

—Pero, chico, ¿es que te ha dado un aire? —La Rosa ha vuelto desde la puerta del portal.

—Ya voy. Es que se me olvidaba una cosa. —Y Ángel cierra ruidosamente, haciendo girar con ira la llave en la cerradura.

En la calle, la Rosa desarrolla el plan del día.

—Lo primerito que vamos a hacer es irnos ahí, al Progreso, y tomaremos unas cañas. Hoy es día de cerveza. Vosotros me esperáis un momento que vaya yo a avisar a mi amiguita para éste. Luego nos vamos a comer a un sitio que yo me sé, y después se va cada uno con su cada una a dormir la siesta o lo que pida el cuerpo. Porque lo que es yo —dice mirando gachonamente a Ángel— no la pienso dormir ni le voy a dejar a este ladrón, que tiene una deuda con una servidora hace pero que muchos meses.

Se ha agarrado al brazo de Ángel con toda una fuerza de posesión y anda garbosa contorneando sus robusteces. Un chulín tiene que echarse fuera de la acera para dejar a Rosa. La contempla de espalda y comenta:

—¡Y luego dicen que Madrid está sin carne!

El café es un pasillo al largo del cual está el mostrador. Al fondo desemboca en un patio cubierto de cristales, en el cual se sienta una concurrencia ruidosa. En la mesita estrecha de mármol falsificado se han completado las dos parejas. El Nalguitas ha recibido el don de una muchacha alegre, desgarrada en su charla y bastante bien formada, sobre la cual el torerillo vuelca el ansia de su abstinencia de la trinchera. Comienza a contarle sus sueños de astro taurino y a la vez deja accionar las manos bajo el mármol. La Rosa suelta el chorro de su verborrea sobre Ángel, recostada sobre él, en roce sus carnes con el cuerpo del hombre que la escucha distraído, bebiendo caña tras caña. Tiene una mano colocada sobre uno de los rotundos muslos; pero esta mano está inmóvil.

Se le ha metido en el cerebro el retrato de Lucila con su triste mirada de reproche y no puede echarlo de allí. Bajo su mano inactiva siente vibrar la carne de Rosa —¡maldita sea!—... Ella, su mujercita, salió de Madrid el 6 de julio para ir a la boda de su hermana allá en un pueblecito de la provincia de Burgos —en territorio rebelde— y nunca más ha vuelto a saber de ella. La Rosa le gusta, y sobre todo tiene hambre de mujer después de aquellos meses en los que no se ha decidido a faltar al recuerdo, aunque las ganas han apretado a veces. Que le dejen de mujeres. Él quiere a su mujer, la suya. Y sobre todo saber si está viva o muerta. Por otro lado, no puede quedar mal con esta mujer que se le ofrece tan ampliamente y que sabe está encaprichada de él hace mucho tiempo. Tiene la boca seca y apura otro vaso casi maquinalmente. La cerveza cuanto más se bebe más sed da.

—Pero bueno; ¿es que te han dado cañazo? Porque parece que estás *atontao* —exclama la Rosa—. ¡Ea!, no se bebe más cerveza. Además, que la cerveza tiene sus efectos que yo me sé y quiero que esta tarde quedes como un hombrecito.

Su mirada en una huida de la Rosa se clava al suelo. Lentamente se va infiltrando en su conciencia lo que ocurre bajo el tablero de la mesa: los pies del Nalguitas en su deambular bajo la mesa, buscando el contacto con los de la suya, han encontrado un pie de la Rosa. Los zapatos de la trinchera le aprisionan cariñosamente, y Rosa, claro, deja hacer, creyendo que es él, Ángel. Le divierte el error y abre la boca para bromear sobre ello. Pero la idea luminosa cruza su cerebro. Allí está la ocasión de quitarse a Rosa de encima:

Ángel se levanta airado:

—Pero bueno; ¿os habéis creído que yo soy un idiota? —dice, encarándose con la Rosa y el Nalguitas, que abre los ojos de asombro—. Si os gustáis, os vais a la cama y en paz. Porque yo no estoy dispuesto a hacer el cornudo. Claro es —le escupe rabiosamente a la Rosa— que a ti siempre te han *tirao* más los chulines como ése que las personas decentes.

El Nalguitas se levanta a su vez pálido y un poco convulso el labio inferior.

—¿Qué quieres decir con eso?

—Yo nada. Que no me chupo el dedo. Ésta, mucha coba fina, y tú sobándola los pies bajo la mesa y mirándola las tetas que pareces un cabrito hambriento.

—¿Eso de cabrito no será indirecta?

—Ni indirecta ni *na*. Ahí os quedáis y que se diviertan mucho, la mamá y el niño, que al sargento Ángel lo que le sobran son mujeres.

Sale muy erguido del café, sin volver la cabeza. Allí queda la Rosa mirando al Nalguitas sombríamente.

—¿De manera que eres tú el que me estaba parcheando? Y yo me he creído que era él. ¡Mira la mosquita muerta! Pero a la Rosa ningún flamenco le estropea un día.

Y la cara del pobre Nalguitas se convierte de pálida en roja bajo una estruendosa bofetada. Estalla la bronca entre los dos y los regocijados espectadores tienen que hacer esfuerzos desesperados para separarlos. Toda la ira de Rosa ha volcado sobre Nalguitas, que no vuelve de su asombro y sólo sabe exclamar:

—¡Mi madre, la que hemos *armao*!

Ángel va solo por la calle, monologueando y sonriéndose al recuerdo de la estratagema para escapar. En cuanto a la protesta del sexo chasqueado, él sabe cómo acallarlo. Unos cuantos vasos de vino y en paz. Este remedio ya lo ha empleado otras veces. Y fiel a su principio, penetra en la primera taberna...

A media tarde se presenta un sargento Ángel, que no es ni Ángel ni sargento, en el despacho de don Rafael. Tiene una borrachera que le hace la lengua estropajosa, y anda como si estuviera sobre la cubierta de un barco. Don Rafael es un amigo íntimo, el único en quien Ángel tiene confianza. Ocupa un cargo oficial y a través de este cargo ha intentado obtener noticias de la mujer de Ángel, vía París. Siempre que Ángel baja a Madrid con permiso, visita a don Rafael con la esperanza vaga de una buena nueva.

—A sus órdenes. Aquí se presenta el sargento Ángel; Angelillo, el de «Jesús y María». ¡Sí, señor! Muy hombre y muy macho. El que diga lo contrario, miente. Y si no me he querido acostar con la Rosa, es porque no me ha *dao* la gana. Que se acueste con su padre. Mi cuerpecito, este cuerpecito para la mía. Para mi Lucila cuando vuelva. Y se acabó. ¿Se debe algo?

—Nada, hombre, nada.

—¡Ah! Bueno, creía. Total porque yo esté un poquito bebido no creo que sea para tanto. La culpa la tienen las mujeres.

—Pero bueno, hombre, ¿cómo te has emborrachado así?

—A usted se le puede contar todo. Verá usted. Ayer me hicieron sargento. Sí, señor, sargento a Angelito. Con que esta mañana le digo al capitán: tú, dame un vale que me voy a Madrid, que me pide el cuerpo juerga. Llego a casa, me mudo y va y entra una gachí vecina, que para qué le voy a contar a usted, una tía de una vez; para hincharse. Le gusto yo hace un rato largo y viene y me dice: tú y yo, hoy, matrimonio. ¡Maldita sea! Todos tan contentos, voy a cerrar la puerta de casa, y me encuentro a Lucila que me está mirando desde el retrato aquel del comedor, con unos ojos muy tristes, así como diciéndome: ¿Ya no te acuerdas de mí?

»Total que se me ha puesto negro el día. Me he desembarazado de mi vecina como he podido. Ha tenido gracia, ¡sabe! Y después, pues a dar vueltas por Madrid con el humor muy negro y las tabernas abiertas. Lo que pasa. ¿Qué hace un hombre solo sin tener nada que hacer en todo el día y pensando en la suya, que vaya usted a saber dónde estará? Pues que he bebido un poquito más de la cuenta.

Don Rafael saca solemnemente una carta del cajón de su mesa y la coloca bajo los ojos de Ángel. El borracho se lee el pliegüecillo de un tirón y rompe a llorar; silenciosamente primero, con hipos y con sollozos después. Don Rafael le deja y prepara una taza de café puro en una maquinilla eléctrica. La pone delante del hombre y éste la lleva a la boca inconscientemente. Se abrasa las entrañas y la quemadura le hace reaccionar. Los ojos llorosos, la cara, mitad risa, mitad llanto, endereza la cabeza:

—¡Podía usted decir que el café era exprés!

Con las sombras de la tarde, el sargento Ángel sube la cuesta empinada de la carretera de Carabanchel, la primera carta de su Lucila en el bolsillo. Sube cantando a voz en gritos:

> *Te quiero porque te quiero*
> *y porque me da la gana,*
> *porque me sale de dentro*
> *de los reaños del alma.*

En la trinchera encuentra al Nalguitas que tiene el aspecto de un gato rabioso; Ángel, feliz, le golpea alegremente las espaldas:

—Qué, chico, ¿cómo acabó aquello?

—¿Que cómo acabó? ¡Tu madre! ¿Y me lo preguntas? La bofetada que me ha largado a mí la Rosa no te la perdono. Porque has de saber tú que yo no me he metido con ella. —Agriamente relató la trifulca en el bar. Ángel escuchaba muy serio y cuando acabó la historia el Nalguitas, le cogió del brazo y le dijo: «¡Vente!».

Le condujo a la chabola que era su habitación en la trinchera, y allí, frente a frente los dos hombres, iluminados por una vela humeante, el sargento Ángel se puso serio, muy serio, y dijo al Nalguitas:

—Cuádrese.

El Nalguitas, asustado, se puso en actitud de firmes y respondió con las palabras de ritual:

—A sus órdenes, mi sargento.

—¿Usted sabe que a los superiores se les debe obediencia absoluta?

—Sí, señor.

—Pues bien, ahora mismo le va usted a pegar una bofetada al sargento Ángel García. ¡Pero fuerte!

Y en paz.

Fuera, sonaban intermitentes los disparos. Ángel, del brazo del Nalguitas, contempló la trinchera enemiga filosóficamente:

—Si esto se arreglara también a bofetadas...

EDGAR NEVILLE

LAS MUCHACHAS DE BRUNETE

—Acario no hace más que pedir agua.

—Pues no se le puede dar hasta que no lo diga el médico.

La enfermera se levantó de la silla, cediéndola a la otra chica que venía a relevarla.

—¿Me dejas tu libro?

—Sí, aquí lo tienes. Yo estoy muerta de sueño; buenas noches.

Antes de salir se acercó a la cama del soldado Acario y le arregló el embozo.

—Mañana podrás beber, hoy te haría daño. Procura dormir, hombre.

La mano se posó un instante sobre la ardiente frente del soldado herido.

—Ya no tienes casi fiebre —le dijo, y se marchó hacia el fondo de la sala.

Los ojos del soldado la siguieron llenos de interés y de asombro. Ahí estaba, una señorita de esas que él veía pasar en los autos y en los trenes cuando él araba la tierra en los días de paz. Una de esas señoritas como las que venían retratadas en los periódicos que se leían en el Casino de Labradores. Allí estaba, blanca, limpia, segura de su destreza, ocupándose de él, del Acario que estaba herido, que tenía una bala hacia el estómago. El dolor triste que hacía sudar, del herido de vientre, iba pasando poco a poco; le habían operado y ahora sólo tenía una sed espantosa. Sed de julio en las eras, pero sin botijo posible.

¡Si le vieran en el pueblo! Si le vieran en esa cama tan limpia, tan cuidada por esas enfermeras tan guapas.

Él lo contaría después a los amigos, pero no sabría explicar hasta qué punto era delicioso sentirse atendido por esas señoritas.

¡Señoritas, señoritas! Repetía la palabra porque de pronto le había encontrado una resonancia nueva, porque de repente la palabra tomaba un calor afectuoso que no había tenido hasta entonces.

«Señoritos», «señoritas», se decía en el pueblo de un modo algo despectivo. Se denominaba así a esas gentes lejanas, de la ciudad, que no hacían más que divertirse y que pasaban por los pueblos vestidos de colorines, sin mirar a nadie; como si estuviesen en su casa.

—Señorita —murmuraba para sí mirando la silueta de la otra enfermera, que leía su libro allá en el rincón de la sala. Una inmensa ternura invadió el alma del labrador, que se quedó con los ojos muy abiertos y fijos en la figura de la muchacha que leía.

Pero al poco tiempo quebró el silencio Mariano García, que se ahogaba y que al intentar respirar echaba una espuma color de rosa por la boca.

La enfermera dejó su libro y fue al herido tratando de aliviarle, secándole la boca, cambiándole de postura; pero nada de esto bastaba, el herido se moría por momentos.

Luz fue a avisar al médico, que vino con ella.

—¿Qué te pasa, hombre?

El herido no pudo contestar.

—Ya verás qué pronto se pasa, mañana estarás mejor —le dijo, y a Luz le hizo un gesto que anunciaba la muerte.

Mariano García no quería morirse, pero tenía un pulmón deshecho por la metralla y eran vanos sus esfuerzos para encontrar una postura que le hiciera respirar.

Luz se acercó a la cabecera poniéndole la mano sobre la frente y el herido se volvió a ella todo amor, todo cariño por el alivio; ya no podía hablar ni apenas entraba aire en su pecho. Con su último esfuerzo había cogido la mano de la muchacha, que apretaba contra sí. Mariano García, carpintero en Cáceres, herido junto a Brunete, sabía en este momento que se moría, que ya no volvería a ver a nadie de los suyos, que ya había comenzado a irse. Pero el contacto con el sano frescor del brazo de la mujer hacía que el moribundo tuviese una expresión casi alegre. La muchacha vio llegar la muerte, con su otra mano trazó un rápido signo de la cruz sobre la frente de Mariano y éste dejó escapar su último suspiro, que le corrió a ella a lo largo del brazo.

Luego vino la rutina, los camilleros que se lo llevaban de la sala y Luz que mudaba las sábanas.

Después volvió la paz y Acario se atrevió a llamar a la enfermera.

—Ya pronto me llevarán como a ése, ¿verdad?

—No; a ti, no. Tú irás dentro de un par de días a un hospital de la retaguardia, a Talavera o a Salamanca. Allí estarás mejor que aquí.

Acario no se atrevió a decir que mejor no podía ser y se la quedó mirando.

El médico entró sin hacer ruido.

—Vete a dormir, que yo tengo que quedarme despierto de todas las maneras. Si hace falta te avisaré.

La muchacha se despidió bajito y marchó sin hacer ruido, seguida por los ojos de los que no dormían.

Su hermana estaba aún despierta, pero tenía la luz apagada para poder tener abierto el balcón.

—Debe haber un ataque por ahí abajo —dijo.

En efecto, se oía el fragor de las bombas de mano y de las ametralladoras, que tiraban sin descanso.

—Son ametralladoras rusas. ¿Oyes lo deprisa que tiran?

—Sí; pero pueden ser nuestras, de las que les cogimos en Toledo.

Luz se desnudaba dejando imperdibles sobre una mesa donde se veían esas cajas y esos frascos de nombres bonitos que acompañan a las mujeres limpias.

La gran habitación, encalada, tenía una severidad conventual; no había más adorno que un retrato de José Antonio y un cartel con la bandera de Falange, clavado en la pared; un pobre lavabo, con su cubo debajo, y, en una esquina, la gran cama de pueblo donde dormían las hermanas.

—¿Cómo está Mariano García? —preguntó Isabel.

—Bien —contestó Luz, que no quería desvelar a su hermana.

La muchacha se metió a su vez en la cama.

—Hace mucho calor, mañana hay que inundar estos baldosines y tener cerrado todo el día.

El fragor del combate había aumentado, se comenzaba a oír el seco restallar del cañón del tanque ruso. El horizonte se llenaba de destellos y pronto el resplandor de una era ardiendo fijó el lugar del combate.

Se oyeron los frenos de un coche que se detenía junto a la puerta.

Luz se asomó.

—Es una ambulancia. Traen heridos.

Las dos muchachas comenzaron a vestirse. Se oía abajo el abrir y cerrar de puertas y el andar de los camilleros.

Eran ocho heridos de bomba de mano. Uno de ellos un alférez, que traía una pierna rota.

—Ha sido un ataque por sorpresa —dijo—; pero son millares de hombres y docenas de tanques. Es una ofensiva más que un ataque.

Comenzaron las primeras curas. Uno de los heridos entró en agonía. El alférez hablaba:

—Nos han pillado con tan poca gente que por eso han avanzado, pero pronto llegarán los refuerzos.

Llegaron dos ambulancias más. La batalla se aproximaba por momentos. Los cuarenta mil rojos arrollaban la débil cortina de aquel frente; sin embargo, los focos de resistencia no se rendían y la enorme masa veía continuamente detenido su avance.

—Los cuatrocientos hombres que había aquí han salido a reforzar el frente —dijo el médico.

Por teléfono dieron la orden de evacuar el hospital y la población civil. Unos tanques rusos situados a menos de dos kilómetros comenzaron a disparar contra el pueblo.

Había dos ambulancias, que se llenaron pronto de heridos y que partieron para Leganés; pero no había medio de encontrar más camionetas.

—Se fueron todas a buscar refuerzos; de la Universitaria viene un Tabor.

Por fin aparecieron dos coches de turismo. En ellos sólo podrían ir cuatro heridos y había más de veinte.

El médico llamó a las chicas:

—Vosotras os marcháis con ellos, yo me quedaré con los otros.

Pero ellas se negaron a marchar.

Los tanques rusos habían ganado la carretera de Sevilla la Nueva y desde allí disparaban contra Brunete, entrando los proyectiles por detrás de la iglesia.

—Nos van a copar —dijo el médico—. Marchaos vosotras.

—Mientras quede un herido aquí no nos marchamos —contestó Isabel.

Partieron los coches abarrotados de heridos; en los estribos se subieron las criadas del hospital, que se marchaban despavoridas.

Por teléfono apremiaban la evacuación. Los núcleos de resistencia iban sucumbiendo uno tras otro, o quedaban aislados mientras que el enorme ejército proseguía su avance protegido por cien tanques y doscientos cañones.

—Si llegaran los refuerzos pronto aún podríamos salvar el pueblo, pero no llegarán en número suficiente hasta mañana.

El teléfono volvió a sonar. Era una orden terminante de evacuar Brunete, la resistencia se organizaba a cuatro kilómetros.

—Marchaos todos como podáis, aunque sea a pie —ordenó el médico. Pero allí no había ya más que los heridos en sus camas y las enfermeras, que hicieron como si no oyesen.

La calle se llenó de gritos y de órdenes. Eran los hombres que quedaban, que se reunían para defender el pueblo. Campesinos, segadores, toda esa pequeña humanidad que sigue a los ejércitos instalando cafés y tiendecitas allí donde hacen alto.

Los comerciantes y los campesinos se unieron con los soldados que estaban allí desconectados de sus Cuerpos, con los camilleros y con los heridos leves. Entre todos serían poco más de un centenar armados de fusil. Se distribuyeron las cajas de granadas «Laffite», que habían encontrado en el cuartel de Falange, y marcharon a fortificarse en las primeras casas del pueblo.

A poco volvió un camillero a buscar botellas con gasolina para quemar los tanques, que se aproximaban ya mucho, y pronto se comenzó a oír el fuego de fusilería de los defensores, lo que denotaba la proximidad de la infantería roja.

—¿Por qué no intentáis escapar hacia Villaviciosa? —insistió el médico—. Aún hay tiempo.

Pero las muchachas no hicieron caso, atareadas como estaban con los nuevos heridos.

—Que nos cojan a todos si entran —dijo Isabel.

Acario intervino:

—Márchense, márchense ustedes, que son como bestias.

Pero la respuesta la dio una ametralladora que sonaba a diez metros.

—Es un tanque ruso que ha entrado en el pueblo —dijo Luz, que se había asomado a la ventana.

El combate creció en estruendo. Al ruido de fusilería se mezclaban las explosiones de las granadas de mano. El tanque ametrallaba por la espalda a los defensores del pueblo.

Una sombra de hombre se aproximó a gatas al carro. Cuando la torreta giraba hacia él se hacía el muerto y luego, cuando no le miraban, adelantaba casi a rastras. Cuando estuvo a unos diez metros arrojó contra el tanque una botella, que se hizo añicos, y presto lanzó una bomba de mano. El tanque comenzó a arder; pronto salieron del interior hombres medio abrasados. Uno de ellos se acercó al cazador del tanque, que debía estar herido, porque no se movía, y le disparó un tiro de pistola en la cabeza.

Un grupo de hombres se aproximó corriendo y lanzando bombas contra los del tanque, que se dejaron matar sin moverse de tanto como sufrían. Uno de los del grupo se acercó a ver al cazador.

—Era Paco, el herrero —dijo—. Está muerto.

Se marcharon corriendo entre las sombras, metiéndose en una casa.

Por la parte de la iglesia comenzaron a entrar guerrillas enemigas. Venían pegados a las paredes o detrás de los tanques, que avanzaban despacio.

—Vosotras escondeos en el granero —dijo el médico de un modo terminante—. El contraataque nuestro será mañana o pasado. Es peligroso que os cojan.

—Siendo enfermeras de la Cruz Roja... —aventuró Luz.

—Eso no quiere decir nada para esta gente.

En esto sonaron varios golpes en la puerta de la calle.

—Ya están ahí. Id al granero, es una orden —añadió el médico en un tono que pretendía ser severo. Las chicas salieron de la sala camino de la escalera y el médico bajó a abrir la puerta.

—Esto es el hospital —dijo.

—Sí, un hospital de facciosos, ya lo sabernos —contestó un oficial que entró acompañado de varios soldados.

Las muchachas oyeron desde lo alto de la escalera la discusión. El que mandaba el pelotón dijo al fin en un tono que era a la vez arenga para su gente:

—Los fascistas no son ni heridos, ni enfermos, ni médicos; son siempre fascistas y hay que tratarlos como a tales.

Sonaron dos disparos y se oyó el cuerpo que se desplomaba con un gemido. Luego los pasos del pelotón que subía la escalera y entraba en la sala donde estaban los heridos.

Las dos enfermeras, en el granero, se quitaron las batas blancas y se pusieron unas faldas y unas blusas que Luz había encontrado en el cuarto de las criadas.

En la sala de los heridos, el jefe comunista hacía otra frase para sus soldados: «Con sentimentalismos se pierde la revolución», y él mismo daba el ejemplo disparando un tiro sobre Acario, que se había incorporado.

Desde arriba se oían los gritos de los heridos y el metódico disparar del pelotón.

Las muchachas se escondieron entre la paja que ocupaba todo un rincón, cubriéndose todo el cuerpo y ligeramente el rostro.

Sin hablar, con el sudor del miedo, oían el ir y venir de los comunistas, que buscaban gentes ocultas o algo que robar. Finalmente sonaron recios pasos en la escalera.

—Ya están ahí, tápate bien la cara.

Las dos hermanas hendieron la cabeza en la paja hasta que ésta les cubría del todo y se quedaron inmóviles, sin respirar apenas.

La puerta del granero se abrió y unos hombres, que se alumbraban con una lámpara eléctrica, entraron.

—Esto hubiera sido mejor registrarlo de día —dijo uno de ellos.

—A saber dónde estaremos de día.

Miraron detrás de los sacos y de los aperos de labranza, y ya se iban a marchar cuando uno dijo:

—Métele la bayoneta a ese montón de paja, por si acaso.

—¡No! —y Luz se incorporó chorreando paja.

Se asustaron todos; pero al ver que eran mujeres, les dio vergüenza estar apuntando y apoyaron sus fusiles en el suelo.

—¿Qué hacéis aquí?

—Somos enfermeras y nos escondimos porque teníamos miedo.

—¿Hay alguna más?

—Sólo nosotras dos —dijo Isabel, que ya se había incorporado.

—Pues, venid con nosotros.

—¿Nos vais a fusilar?

Los soldados no supieron qué contestar. Iban a decir que no, pero el recuerdo del jefe comunista les detuvo.

—Estaos aquí sin meter ruido —dijo uno de ellos, y dirigiéndose a los otros—: Es mejor que volvamos nosotros solos.

—No os mováis de aquí.

Se marcharon los hombres, se les oyó hablar con los de abajo y luego salir a la calle, dejando la puerta cerrada con llave.

El pueblo estaba lleno de órdenes y de gritos. Ya sólo de vez en cuando se oían disparos aislados de pistola; la batalla ocurría más lejos hacia Villaviciosa.

Las muchachas, asomadas por el ventanuco del tejado, veían pasar las ambulancias y llegar camiones de tropas.

En la plaza de la iglesia se habían formado grupos de soldados que charlaban o dormían; enfrente del hospital unos mecánicos trataban de arreglar el carburador de un camión; a lo lejos se adivinaba la aurora.

Vinieron a buscarlas cuando amanecía.

—No hemos querido llevaros antes —les explicó el soldado— porque los comisarios no quieren prisioneros; son comunistas, ¿sabes?

—¿Vosotros no lo sois? —preguntó Isabel.

—Sí —contestó el soldado—; pero nos hemos *apuntao* ahora, antes no éramos de ningún partido.

Salieron de la casa y las subieron en un camión que iba a Torrelodones por municiones. En el trayecto los soldados explicaron cómo habían logrado la autorización del capitán para llevarlas a la retaguardia.

—El comisario dormía; de no ser así, allí os quedáis.

Apenas habían llegado a la altura del cementerio comenzaron a oírse explosiones en Brunete.

—Ya ha llegado vuestra artillería —dijo uno de los soldados a las chicas—. Hemos salido a tiempo.

—Pues se acabó la ofensiva —dijo otro.

En el cielo claro de la mañana aparecieron nueve aviones, se les percibió de repente, pues llegaban a ras de tierra. El conductor frenó el vehículo dejándolo en la cuneta.

—A tierra todos —chilló, saltando él mismo a la carretera.

Bajaron los soldados y las chicas y se tumbaron a lo largo de un pliegue del terreno; pero los aviones no ametrallaron, sino que tomaron altura, y al pasar sobre Brunete descargaron unas cuarenta bombas de gran calibre.

Fue como si en el pueblo creciese un enorme árbol en cuya copa estuviesen prendidos trozos informes de casas y de camiones.

Del pueblo no salía nadie. Oculto en la espesísima polvareda marrón guardaba un misterioso silencio de muerte.

De pronto se comenzaron a ver llamaradas de casas que ardían y explosiones del repuesto de granadas de artillería que estaban descargando en la plaza.

—No ha debido quedar nadie —dijo un soldado.

—De aquí no nos movemos hasta que no se vayan los aviones —dijo el conductor.

Pero los nueve aviones hacían la rueda sobre la línea de frente; bajaban casi verticalmente disparando todas las ametralladoras y dejando caer granadas; al llegar a muy pocos metros del suelo detenían en seco su caída, pasaban rozando la tierra y luego volvían a subir vertiginosamente. Los nueve aviones formaban una cadena continua que giraba como apoyándose en el paisaje y llenándole de estruendo y de muerte.

Un espeso telón de polvo se levantó allí donde giraba la noria aérea. Las enfermeras y los soldados presenciaban la escena sobrecogidos, no ya por el miedo, sino por la belleza bárbara del espectáculo.

—Tú ves —decía el chófer—, los nuestros no bajan así y nunca aparecen para protegerle a uno.

Agotadas las municiones, los nueve aparatos se alejaron hacia Griñón; el chófer se había levantado y se encaminaba al camión cuando se volvió a tender de nuevo.

—Ahí vienen más —gritó.

—Pero ésos son nuestros —contestó un soldado que miraba hacia Madrid.

—Por si acaso —respondió el otro volviéndose a tumbar.

Llegaban varias escuadrillas muy altas; se confundían con las golondrinas, que en aquella época buscaban todos los caminos en aquel aire. El espacio se llenó del bordoneo grave y poderoso de los motores, el sol hacía brillar las alas, no había aire; la mañana era tan límpida, tan transparente, que no se comprendía cómo no se desplomaban los aparatos al no tener donde apoyarse.

Como viniendo de Navalcarnero se hizo presente otro bordoneo que iba aumentando de intensidad. Todos volvieron la cabeza y pudieron contemplar otras escuadrillas que iban al encuentro de las anteriores.

Las dos flotas se dislocaron al verse enfrente, por grupos de tres aparatos comenzaron a girar tratando de ganar altura, pronto establecieron contacto y comenzó a oírse el repicar de las ametralladoras. Era como pájaros que juegan, eran tan parecidos a esa imagen vulgar que resultaba imposible pensar en otra; eran como golondrinas, tanto, que éstas se quedaban absortas, fijas en el aire, entrecomillando la batalla con sus colas abiertas.

De pronto una llama redonda y vivísima envolvía un aparato; es decir, era un aparato, una llama viva y nerviosa de gasolina que caía destacando en la mañana clara y atravesando a veces nubes que parecía que a su vez se iban a inflamar.

En un instante cayeron tres aviones: uno en llamas; otro como un loco, como si hubiera recibido un tiro en la cabeza, aumentando con su motor la velocidad natural de la caída, como si quisiese acabar antes, y el tercero alcanzado por una nube negra de la antiaérea, porque de pronto había dejado de ser una cosa que volaba, porque al morirse el motor y la hélice se había encontrado siendo un enorme mueble de metal a tres mil metros de altura, que no teniendo razón de ser allí se desplomaba como eso, como un mueble, como un armario, hecho todo peso muerto, incapaz de toda habilidad para sostenerse.

En el cielo flotaban hombres colgados de las medusas de su paracaídas. Tenían un descenso demasiado lento para el ritmo de la batalla, bajaban pausadamente, a veces parecía que subían como ángeles del Greco colgados de la alegoría de su nube.

Sin embargo, la presencia de esos humanos en el aire daba un valor dramático superior a esa batalla que hasta entonces había sido de máquinas.

—¡Qué irán pensando los que caen en campo enemigo, de qué se irán acordando! —dijo Isabel.

El cielo estaba lleno de formas: hombres, nubes y aviones. Parecía un paisaje del Bosco o una tela de Jouy. La imaginación de las muchachas se había escapado de la hora y del día y corría a otros tiempos y otras imágenes. Las litografías del colegio, en que todos los fenómenos de la Naturaleza se apelotonaban, el Arco Iris, un volcán, un terremoto, aparecían como algo congruente con lo que tenían ante los ojos. Isabel unía las imágenes de la realidad con los sueños surrealistas de Max Ernst o con cuadros de Dalí en que formas y arquitecturas destacaban distintamente de un fondo azul mediterráneo tan denso de color como aquel cielo de Madrid en donde ocurrían los dramas de la danza fabulosa.

Sin embargo, a medida que se aproximaban al suelo los aviadores en sus paracaídas, tomaban el aspecto de trapecistas y se presentía su *hop-lá* de la llegada.

Los soldados liaron unos pitillos y comenzaron a fumar, hasta que el chófer les avisó que ya podían seguir el viaje.

—Están demasiado ocupados allí arriba para acordarse de nosotros.

Por Valdemorillo llegaron a la carretera del Escorial, y luego, por un camino lleno de baches, se encaminaron a Torrelodones.

Allí nadie sabía dónde les iban a tomar declaración; los jefes de Estado Mayor estaban colgados a los teléfonos y no tenían ganas de hablar con nadie. Por fin las hicieron pasar a un despacho donde esperaron hasta que una voz que venía de otra habitación dijo en correcto francés:

—*Faîtes entrer les femmes.*

Entraron en una sala cubierta de mapas. Detrás de una gran mesa se hallaban sentados varios jefes y oficiales. Uno de ellos, el que parecía mandar, se dirigió a un joven delgaducho con larga melena despeinada y con lentes de espeso vidrio, diciéndole:

—*Interrogez les dans les mêmes termes que les autres prisonniers.*

—Vamos a ver, me vais a contestar... —comenzó el pollo.

Pero Isabel, sin hacerle caso, contestó al militar con perfecto acento:

—*Vous pouvez nous interroger en français.*

—*A la bonne heure* —dijo el oficial, y al fijarse en ellas con más detenimiento y advertir su fina belleza les indicó que se sentaran.

—*They were too good looking to be communists* —murmuró en un tono humorístico otro de los oficiales a un capitán que examinaba un plano.

—*Thanks for both things* —contestó Isabel, que había recobrado todo su aplomo.

El intérprete protestó:

—Ustedes tienen que contestarme a mí, que es quien les pregunta. Soy el delegado del partido comunista en este Estado...

—*Foutez moi le camp d'ici, tout de suite* —interrumpió el jefe militar, y como el de las gafas intentara protestar, insistió—: *Voulez vous foutre le camp à l'instant même?*

El delegado del partido comunista intentó un gran gesto de dignidad ofendida; pero, como nadie le mirase, se limitó a salir de la sala.

El interrogatorio no podía tener interés. Las enfermeras no sabían nada de lo que ocurría fuera de su hospital. El jefe les preguntó si de saberlo lo hubieran declarado.

—Claro que no —contestaron.

Terminado el interrogatorio no sabían qué hacer con ellas; el oficial que hablaba inglés, que era ruso, propuso que se quedaran en la casa, pero el francés no quería; entonces el capitán propuso llevárselas él a ver al general, y como esta solución pareciera acertada, el capitán guardó el plano que estaba dibujando y salió, indicándoles que le siguieran.

—¿Para qué nos llevan a ver a un general si no tenemos nada que decir? —preguntó Luz en inglés al capitán.

Y éste contestó con una sonrisa amable:

—Era sólo un pretexto para librarlas del procedimiento ordinario con que se trata a los prisioneros; son bastante salvajes, sus compatriotas —añadió.

—Compatriotas de usted en todo caso —contestó Luz.

—Hijos de Lenin también —dijo con una voz delicada y amable Isabel.

El auto rodaba hacia Madrid; al llegar al camino de Hoyo de Manzanares entró por él. El oficial les explicaba las razones por las que estaba en España:

—Quiero hacer méritos para que luego me nombren agregado militar en alguna Embajada.

—En algún país burgués, tal vez —apuntó Isabel.

El ruso sonrió, luego parecía querer decir algo y no atreverse. Luz quería explotar el tema.

—Y las familias de los diplomáticos soviéticos, ¿salen con ellos de Rusia?

—No —contestó el oficial, y luego añadió rápido—: Sería expuesto.

—Entonces no envían fuera diplomáticos solteros.

—Si tienen familia, padres, hermanos, que queden en prenda, ¿por qué no? —Luego, para atenuar lo que había dicho, derivó hacia la broma—: La carrera diplomática es, en Rusia, el medio ideal para los que quieren desembarazarse de sus esposas.

El auto, desviándose del camino a la izquierda, emprendió la subida hacia la casa «El Canto del Pico». El teniente, dejando su sonrisa y recobrando el aspecto de hombre atareado, las ayudó a bajar cuando hubieron llegado y las acompañó hasta un saloncito que había junto a la entrada. Allí las hizo esperar.

Aquella casa era, como todos los Estados Mayores del frente, la casa donde parece que está naciendo un niño. Todo el que entraba traía un aspecto de médico que acude en el último momento; todo el que llegaba simulaba traer consigo la última palabra, la de la solución. Nadie hablaba y, sin embargo, se oían gritos por teléfono. En la habitación principal todo se concentraba sobre una mesa con un plano extendido, sobre el que un hombre paseaba un dedo, que era seguido por las miradas de todos los que rodeaban la mesa. Se adivinaba que más tarde, al hablar de la batalla, todos aquellos hombres dirían: «Yo la he visto nacer...».

Mal parto era el de aquel día. El dedo del general Miaja no podía separarse de Brunete. Intentaba resbalar hacia Boadilla y unos trazos de lápiz rojo le detenían; intentaba escurrirse hacia Villaviciosa y apenas si lograba adelantar el negro de su uña fuera del círculo que limitaba Brunete; a veces intentaba una escapada a Navalcarnero, pero un hombre gordo con boina que observaba su manejo, despectivamente le decía:

—Narices...

—Esperemos a mañana para disgustarnos —le decía Miaja.

Y el otro, con un léxico violento y escatológico, le respondía de un modo que no dejaba duda sobre su manera de enjuiciar la batalla:

—Lo que no hayamos conseguido por la sorpresa no lo alcanzaremos por la fuerza; esto es lo mismo que lo de Toledo, lo mismo que lo de La Granja.

—Esta vez disponemos de un ejército.

—Exacto. Y disponiendo de un ejército nos han detenido el avance sin tener que esperar sus refuerzos; o sea, que en cuanto lleguen éstos nos volverán a quitar Brunete.

—Aún tardarán en llegar del Norte; antes podemos cortar la carretera de Extremadura y cortar la Universitaria y todo lo demás.

Prieto masculló un vocablo despectivo y se dirigió al ventanal, desde el que se divisaba todo el campo de batalla. Un teléfono trepidaba en una mesa. Miaja se puso a él; al cabo de un momento de escuchar, dijo:

—Se enviará ahí toda la fuerza de que disponemos; pero con la que hay sobra, si se quiere luchar; es preciso que caigan esos pueblos esta noche... —volvió a la escucha y colgó el receptor, malhumorado.

—¿Qué ocurre ahora? —preguntó Prieto, que había vuelto del ventanal.

—Que siguen resistiendo Quijorna, Villanueva del Pardillo y los demás pueblos atacados.

—¿Cuánto enemigo tenemos enfrente?

—Nada, apenas; una cortina muy débil, con muy poca artillería, porque toda la tienen en el Norte.

—Entonces, ¿cómo explica usted que cuarenta mil hombres, doscientos cañones, ciento cincuenta tanques y cien aviones se estrellen contra un enemigo escaso, mal armado y sin aviación hasta ahora?

—Si la contestación fuera tan fácil no hubiéramos emprendido la ofensiva.

—¿Cuántos días cree usted que tardará el enemigo en traer sus refuerzos y su aviación del Norte?

—Seis días.

—Pues esos tenemos para ganar la batalla.

—No se puede avanzar sin tomar los pueblos por los que pasan las carreteras; eso es elemental.

—Pues atacarlos con todo lo que se disponga. Ofrecerles lo que sea si se rinden. ¿Qué clase de enemigo hay delante?

—Falange y tropa regular.

—¿En qué proporción atacamos?

—Diez a uno. Pero no basta. Habrá que rendirles por hambre o con grandes concentraciones de artillería, a expensas del resto de la operación.

Prieto se paseó un momento meditando; luego dijo:

—Falta algo, nos falta algo difícil de definir; algo que tienen ellos, que tenían los del Alcázar, los de Oviedo. Nos falta, aunque parezca mentira, ganas de vencer; nosotros las tenemos, pero a nuestros soldados, en el mejor de los casos, parece que les tiene sin cuidado el final.

—Eso es ya política —contestó Miaja.

—Ésta es una guerra eminentemente política, por eso el espíritu pesa tanto. Tenemos enfrente a millares de votantes del Frente Popular que podrían pasarse a nuestro campo y no lo hacen, que debieran luchar desganados y se baten como leones, y, en cambio, los nuestros son cada día más blandos y tenemos que vigilarles para que no se pasen en masa...

—Los nuestros no acaban de saber por qué luchan. Unos lo hacen por la república democrática, otros por el comunismo, los de más allá por la anarquía y toda esta gente se odia entre sí. Usted mismo, Prieto, ¿acaba usted de saber exactamente por qué lucha?... A lo mejor resulta que la consecuencia de todos sus esfuerzos es la gloria y triunfo de Largo Caballero... —y Miaja soltó una risotada.

Prieto no recogió la broma, seguía obsesionado por la idea fija:

—Los nuestros saben por qué clase de vida se baten, conocen a qué sabe, han vivido cinco meses de huelgas revolucionarias, de hambre, de rencor. Presienten que aunque lo intentásemos no les podríamos ofrecer nada mucho mejor. La venida de los rusos, su feroz sumisión al mando, su grado de barbarie tan estridente junto a los nuestros, han hecho que la gente perdiera ilusión en el futuro, ha sido un error desde un punto de vista moral. Los nuestros saben o adivinan por qué se les lanza a la batalla, por eso no quieren ir.

—¿Y entonces por qué se baten contra nosotros los proletarios que tenemos enfrente?

—Ésa es la cosa, la cuestión fundamental. Han debido de presentir algo, un motivo lo bastante elevado para jugarse la vida por él. Si sólo fuera para defender a duques y a banqueros no irían a la muerte como van. En el campo enemigo hay una presencia inmaterial de un futuro, hay una idea que ya es común al aristócrata, al hombre de carrera y al proletario. De otro modo no estarían muriendo juntos en las trincheras. Ellos se baten no por el pasado, se baten por un porvenir que han adivinado. No hay otra explicación.

—Entonces, ¿por qué seguir?

—Vaya usted a explicarle todo esto a la mula de Largo y comparsa. Además ya es tarde, ahora nos asarían vivos los del partido si nos volviésemos atrás.

Los dos hombres se quedaron en silencio, contemplando el horizonte. Un oficial se acercó al general y le habló unas palabras.

—Pásalas aquí —contestó Miaja, y volviéndose a Prieto le dijo—: A propósito, ahora va usted a ver a unas aristócratas en cautividad. Ya verá usted como también pierden prestancia.

—¿Quiénes son?

—Las hijas de no sé qué marqués, que eran enfermeras en Brunete.

—¿Y para qué las traen aquí?

—Un pretexto, supongo, para librarlas del «paseo» de los primeros momentos.

—Esa gente siempre se arregla para llevar consigo, aunque sea a rastras, prerrogativas y preeminencias. Podían haber corrido la suerte de los demás.

—Ahora se darán cuenta de que se terminaron los tratos de favor. Va usted a ver qué amables se ponen.

Entraron las muchachas acompañadas del capitán ruso y de otro oficial. Miaja las acogió secamente:

—Vosotras, como si lo viera, estabais en Brunete a la fuerza y no teníais simpatía por los facciosos, ¿verdad?

—Nosotras —dijo Isabel— pertenecemos a la Falange desde su fundación y estábamos en Brunete a petición nuestra.

Prieto se las quedó mirando fijamente mientras que el general increpaba a los oficiales que las habían entrado:

—Ni enfermeras, ni propaganda, ni Cruz Roja, ni nada; que sufran la misma suerte que los demás. Llévenselas inmediatamente.

A las muchachas el espectáculo del viejo enfadado les había producido una risa incontenible; durante toda la bronca habían tratado de dominarla, pero en las últimas palabras el general se había trabucado y le había salido algo de un efecto tan cómico que las chicas habían soltado la carcajada y seguían riendo a pesar de que se tapaban la boca con el pañuelo. Se marcharon sin cesar la risa, y una vez cerrada la puerta se oyeron las carcajadas en el pasillo.

El general, para resolver la situación, llamó al teléfono. Mientras tanto Prieto le decía:

—Esto es, exactamente, lo que nos falta a nosotros para ganar la guerra; este aplomo, este estilo, este desprendimiento. Los rebeldes se sienten en su casa allí donde se hallen, los nuestros siempre parece que estén de prestado.

El general hablaba por teléfono. Cuando terminó tenía el rostro sombrío.

—¿Qué hay? —inquirió Prieto.

—El enemigo resiste en todas partes. En Quijorna, trescientos hombres tienen detenida a una brigada y a treinta carros...

Hubo un silencio. Prieto comenzó a pasear a lo largo del salón. Al pasar junto a la radio puso el contacto maquinalmente. Unión Radio-Madrid hablaba a gritos de la descomunal victoria del ejército rojo en Brunete...

—M... —dijo el ministro de la Defensa Nacional, cerrando la radio.

Entraron en Madrid por el Hipódromo, al atardecer, cuando las gentes salían a las puertas de sus casas a tomar el fresco.

Como habían venido con el oficial ruso riéndose del mal genio de

Miaja, ya se había establecido entre ellos una especie de amistad, y, como su nombre fuera demasiado difícil de pronunciar, decidieron llamarle Bakanik. El ruso les había prometido ocuparse de ellas en la medida de sus fuerzas, y, por de pronto, en vez de llevarlas a la cárcel, las pensaba dejar en los sótanos del Ministerio de Hacienda, que es donde se guardaba a los detenidos de importancia y en donde existían menos probabilidades de «paseos» caprichosos.

Al entrar en la ciudad cesó la conversación; las muchachas, asomadas a las ventanillas, contemplaban un Madrid totalmente nuevo, que sólo de vez en cuando recordaba el que había sido. Las casas, las calles, estaban allí, eran las mismas, pero las gentes eran distintas o procuraban parecerlo. No era sólo que faltase gente bien vestida por las calles; era la gente del pueblo la que indudablemente era diferente. La ciudad estaba invadida por gentes de fuera, por pueblerinos, que le daban aspecto de domingo, y que no tenían aquel respeto hacia la ciudad que tuvieran en otros tiempos, cuando llegaban para las fiestas. Isidros rezagados e impertinentes, que habían entrado en Madrid por las malas, dejando el barro y el polvo de su pueblo en las sedas del barrio de Salamanca. Una multitud sucia y grosera, que había hecho desaparecer al fino madrileño; a esa masa se mezclaban extranjeros mal encarados y que vestían con apresto militar. Esta fauna, vertida en las terrazas de los cafés, llamaba a gritos a los camareros. Era el hampa internacional, llegada de todas las inclusas de la tierra, de todas las cárceles del mundo, de todos los ghettos de Europa, para auxiliar a la causa comunista.

Se erigían en dueños de la ciudad, convencidos de haber impedido en noviembre la llegada del puñado de españoles establecidos en los arrabales. Nadie discutía esa verdad, y menos que nadie los auténticos madrileños, que habían esperado angustiosamente la llegada de las tropas de Franco para que les librase de la ignominia.

Los madrileños se escondían o, por lo menos, se apartaban de aquella masa viscosa, y por eso la calle había dejado de tener su aspecto acostumbrado y su tono de siempre.

En Madrid había demasiado muerto por medio; primero los asesinatos y luego la guerra, se habían llevado a muchos millares de madrileños recortados y precisos. En cada casa había una ausencia y en las aceras se notaba adelantar vacíos los espacios que debieron llenar los ausentes. Faltaba todo en la ciudad: su olor mañanero a café tostado, los menestrales trabajando en la puerta de sus casas, los viejos con capa y gorra sentados en sillas en las aceras soleadas. Faltaban pregones, músicas, vendedores ambulantes. Faltaba lo más típico de Madrid: el artesano y el duque. Los golfos, los abrecoches, se desmejoraban de tedio en sus despachos de comisarios del pueblo; y, sin embargo, la ciudad física estaba allí.

Las estatuas afirmaban el drama, el sufrimiento de la ciudad, intentaban fulminar con sus gestos extremos la actualidad nauseabunda. Los generales, desde lo alto de sus caballos llenos de pájaros, extendían el brazo, ordenando la carga final contra la canalla. Los poetas, los descubridores, los reyes, todo lo que era eco de una tradición de siglos se revelaba mudo contra la profanación de España. Sólo la Cibeles conservaba su serenidad, su confiada sonrisa; y es que ella, la más madrileña, presentía que todo era sólo una pesadilla, de la cual se había de despertar, y que pronto llegaría el día de la liberación, en el que, en un santiamén, los mangueros de la villa inundarían Madrid con sus torrentes de agua, lavándola para el resto de la Historia de la roña emponzoñada de aquellos que, en un momento de delirio genealógico, se habían denominado «hijos de Lenin».

El paso de las muchachas iba abriendo en esa atmósfera densa como una vía de aire puro, de aquel aire del Madrid de antes, y una brisa antigua comenzó a correr gozosa, anunciando la nueva: «Ha llegado señorío», y los grandes portalones sintieron el estremecimiento de cuando iba a salir el coche de caballos.

Era una brisa con perfume a señorita madrileña de velito mañanero la que corría por la calle de Alcalá diciendo el secreto a las Calatravas y a «La Palma». Las acacias se estremecieron, transmitiéndose el mensaje en largo cuchicheo que llegaba hasta lo alto de la calle, en donde el yugo de la Puerta de Alcalá esperaba trémulo las cinco flechas.

Las muchachas habían sido encerradas en una habitación llena de legajos. La luz llegaba tenue por una ventana alta y enrejada que daba a un patio del Ministerio; una bombilla de carbón constituía el alumbrado de la pieza.

Al poco tiempo de quedarse solas les trajeron una cazuela con lentejas; era la cena. El vigilante no les dirigió la palabra y al poco rato volvió para llevarse el cacharro, cerrando la puerta por fuera.

La cena había terminado de calmar los nervios de las dos muchachas, que, agotadas, se acostaron, apagando la luz. El rizo de la bombilla tardó un momento en enfriarse.

No las despertaron hasta las ocho.

—Esto no es una cárcel regular —dijo el que les trajo el café.

Le preguntaron si sabía qué iban a hacer con ellas; pero el hombre no estaba enterado de nada.

Esperaron todo el día, pero nadie fue a verlas. A la mañana siguiente entró Bakanik; venía preocupado, no había conseguido nada.

—Yo creo que no les ocurrirá nada malo —dijo—; pero para mí es difícil llevar la cuestión personalmente.

—Pero ¿usted tendrá, sin duda, autoridad entre los comunistas?

El oficial apuntó una sonrisa amarga, parecía que iba a decir algo; pero se arrepintió en el último momento. Sin embargo, en un tono menor del que había estado a punto de emplear, dijo:

—Entre los comunistas nadie acaba de tener influencia.

Había dicho «los comunistas» con un tono tan despegado que se notaba la distancia que les separaba de él; era como si hubiera dicho «los peruanos». A Luz no le pasó inadvertido el matiz.

—Si vivimos —le dijo—, nos tenemos que volver a ver; se ha portado usted con nosotras como un caballero.

El ruso echó una rápida e inquieta mirada hacia la puerta.

—Es la primera ocasión que tengo para ello desde hace veinte años —dijo bajando la voz.

—Nos volveremos a ver en París —aventuró Luz.

—O en Berlín —contestó en voz queda el oficial, sonriendo por la picardía.

Se había establecido un tono amistoso y los tres sonreían.

—¿Le gustaría a usted vivir en Berlín? —preguntó Isabel.

El oficial saltó sobre la paradoja:

—Sí; allí, al menos, podría ver bailes rusos, cosa que no hay medio de tener en Moscú.

Rieron los tres. El oficial, siguiendo de vena, continuó:

—En Rusia no hay arte moderno porque no le gusta al pueblo. Todo tiene que ser muy claro y muy fácil para que llegue a las masas. El teatro, la pintura, la música que se hace hoy allí es como lo que se hacía en Europa en 1880. Todo lo nuevo ha tenido que emigrar, desde Strawinsky hasta Diaghileff. En Rusia sólo se hizo arte revolucionario en tiempo de los zares.

—¿Qué edad tenía usted cuando la revolución?
—Diez años; yo no tuve la culpa.
Luz cesó en el acoso, hubo una pausa y la conversación tomó otra senda.
—¿Cómo va lo de Brunete?
El oficial movió la cabeza.
—No va —contestó—; siguen resistiendo todos los pueblos. El general y Prieto se insultan a gritos.
Se abrió la puerta y entró el vigilante con el almuerzo. El oficial se levantó:
—Procuraré volver mañana o pasado —dijo.
Cuando se hubo marchado, el vigilante, a quien había impresionado el trato deferente del ruso con las detenidas, les preguntó con un cierto deje afectuoso:
—Y si son ustedes amigas de este capitán, ¿por qué las tienen aquí?
Luz se le quedó mirando con un brillo irónico en los ojos, y luego, en el tono con que hubiera dicho: «Tenemos una dentadura perfecta», le explicó:
—Porque somos fascistas.
El hombre se quedó sobrecogido; como no esperaba esa respuesta no sabía qué decir. Isabel entró en el juego:
—Fascistas, ¿sabe usted? Vamos, de la Falange...
El hombre prefirió apesadumbrarse:
—Vaya, vaya... —profirió.
Luego se rascó la cabeza y de pronto se les quedó mirando fijamente:
—¿Conque fascistas? ¿Fascistas de verdad?
Las muchachas, que comían para no echarse a reír, asintieron con la cabeza, y entonces hombre esbozó un silbido:
—¡Qué cosas! —dijo, y se marchó del cuarto.
Veinte minutos después llamaban con los nudillos a la puerta. Era el vigilante, que entró seguido de dos mujeres y una niña.
El hombre se adelantó, diciendo a guisa de presentación:
—Aquí mi señora y su hermana, que no habían visto nunca fascistas.
Se sentaron, y durante un momento no supieron por dónde iba arrancar la conversación; por fin Isabel encontró la vena:
—¿Cuántos años tienes? —preguntó a la niña.
La pequeña, naturalmente, no contestó, pero la madre tuvo una sonrisa de orgullo al decir:

—Ocho, ya tiene ocho desde mayo.

El hielo se había roto y aquellas mujeres comenzaron a hablar de lo terrible que era la guerra, de la carestía de la vida y de lo difícil que resultaba el encontrar alimentos. La desconfianza que traían al entrar se había disipado totalmente, y ahora charlaban con las prisioneras en un tono propicio. Las muchachas, que sabían que la ironía ofende al simple, se amoldaron al tono entero de la conversación, describiéndoles a su vez la vida normal del territorio liberado. Les hacían ver a «los facciosos» con una nueva luz, y en las mentes sencillas de aquellas mujeres se disolvía el armazón de principios construido por la propaganda soviética.

Ellas adivinaban por aquella conversación que no eran simplemente unas legiones de señoritos las que tenían delante, sino pueblo, gentes como ellas, con las mismas necesidades y apetencias, a las que se había unido el señorío español. Isabel les narraba el entusiasmo con que las falanges femeninas marchaban al campo a reemplazar a los hombres en las faenas más duras de la siembra y de la recolección, les ponían delante la estampa de aquellas muchachas, hechas al lujo y a la vida fácil, que en el momento solemne para su Patria lo habían abandonado todo para ir a trabajar de sol a sol, segando bajo el fuego del agosto castellano el pan para los hombres que luchaban, o bien a encaramarse en los olivos vareando la aceituna, o cogiendo la vid.

La belleza de aquel cuadro no podía menos de impresionar a aquellas mujeres a quien el destino había colocado enfrente.

—Aquí no sabíamos —dijeron—; aquí no sabemos nunca nada.

El hombre se asomaba de vez en cuando a la puerta para comprobar que no venía nadie; al final se mezcló en la conversación:

—¡Qué va uno a hacer aquí! O es uno comunista, o lo «apiolan». Para vivir hay que estar diciendo mentiras todo el día. Además, el que más o el que menos sabe que hemos perdido la guerra. —Y, bajando la voz, añadió—: Y se alegran.

Luego les habló de la batalla de Usera del 3 de julio. La sabía por su hermano, que había estado allí.

—Les concentraron en Vallecas y por la plaza de Legazpi; eran más de veinte mil y llevaban treinta tanques. Atacaron tres días y, como el enemigo no esperaba el ataque, no tenía ni artillería por allí. Iban los tanques acompañados por la infantería, pero al llegar al pie de una colina no había quien siguiera; todos se tumbaban en el suelo y seguían los tanques solos, lo cual no servía para nada; volvían por la tropa, pero... ¡cualquiera se levantaba! Se dejaron, así y todo, tres mil muertos sobre el terreno, y por la noche se pasó al enemigo hasta el comisario político de una brigada, que luego habló por la radio facciosa.

Las mujeres hicieron comentarios sobre las batallas y los muertos y después relataron sus experiencias personales durante los bombardeos.

—En la terraza de nuestra casa han puesto un cañón, así es que el día menos pensado ya sabemos lo que nos espera —dijo la cuñada.

Después pasaron a hablar de las «colas». Julia y su hermana hablaban con un acento madrileño desprovisto de afectación y su filiación local se patentizaba, más que por la voz, por el modo de enfocar las cosas. Tenían un simpático desgarro chulillo al contar las anécdotas y los chistes del Madrid sitiado. Les dijeron cómo sobre los sacos de tierra que rodeaban a la Cibeles, había aparecido un letrero que decía: «Quitadme esto, que los quiero ver entrar», y las bromas y los cantares que patentizaban el estado de espíritu de los madrileños auténticos.

A media tarde se despidieron, prometiendo volver.

Durante los días que siguieron, se ensombreció el ambiente. La batalla de Brunete había entrado en su segunda fase y el ataque nacional comenzaba a precisarse. En el Estado mayor había surgido la palabra que reservan las democracias para los momentos de angustia: «responsabilidades»; y, buscando a quién hacer responsable del fracaso de la ofensiva, el ejército rojo se retiraba en todo el frente.

A Madrid llegaban por millares los heridos, sudando por el frío de la muerte cercana y preguntando con los ojos muy abiertos lo único que ya les importaba: «¿Me voy a morir?...».

Las notas radiadas cantando victoria producían sonrisas y reticencias y el bombardeo causaba, junto al miedo, la alegría de ver que las baterías españolas seguían en su sitio. El 25 de julio la misma radio roja anunció que habían vuelto a perder Brunete. El lugar de la derrota estaba demasiado cerca para intentar ocultarla.

—Hemos perdido treinta mil hombres —se oía decir; y en aquellas noches se recrudecieron los asesinatos y las sacas de presos.

El 27, al entrar la comida, les dijo el guardián que estuvieran preparadas para salir. Las muchachas creyeron en un traslado, pero él les explicó que se trataba de huir, pues las iban a fusilar sin juicio a la madrugada siguiente.

—Yo me esconderé con ustedes, y que me valga eso para el día de mañana —añadió.

Al caer la tarde vinieron Julia y su hermana y a la hora de salir los empleados del Ministerio, y mezclados con ellos, se marcharon de allí.

—¿Adónde vamos? —preguntaron.

—A casa de una prima nuestra que tiene un taller de plancha. Eugenio se esconderá por su lado; tiene un sitio seguro.

El taller estaba situado en un sótano de la calle del Almirante y daba a la acera por dos ventanas enrejadas.

—Aquí pasarán ustedes como planchadoras y nadie vendrá a buscarlas. Mientras tanto pueden ustedes intentar entrar en una Embajada.

Durmieron en una habitación que daba a un patio; volvían a tener una cama grande de hierro, como en el frente, y no más acostarse se quedaron dormidas.

Se adivinaba al verlas que la muerte no podría nada contra ellas, que los «cuatro angelitos» invocados en la oración infantil seguían guardando su cama. Cuatro angelitos de contorno humano y carne viva, de una vida por nacer, guardaban el sueño de las perseguidas; su presencia era tan evidente que Isabel despertó sobresaltada; luego, al ver que no había nadie, volvió a dormirse. Diríase que a las muchachas las defienden ya los hijos que más tarde han de tener.

Al día siguiente por la mañana salieron con Julia. Pasaron por delante de algunas Embajadas, pero la guardia que había en las puertas les asustaba, pues les hubieran hecho preguntas que no sabrían contestar.

Corrían por Madrid los nombres de esos seres selectos que, utilizando su condición diplomática, habían salvado de la muerte a tantos millares de perseguidos. Los Morla, Estalella, Pérez Quesada, tantos otros apellidos que quedarán incorporados a la historia de España.

Pasaron también frente a la Embajada de los Estados Unidos, pero ni allí ni en la inglesa se socorría a nadie. Escudados en unas frías convenciones sin aliento humano, habían dejado asesinar a sus puertas a muchos centenares de desgraciados a quienes pudieron salvar.

Era más prudente hacer la gestión por teléfono:

—Llamaré a Bebé Morla a la hora de almorzar.

Como estuvieran cerca de su casa, pasaron por la acera de enfrente.

Una mujer de luto que se hallaba sentada a la puerta se precipitó, al verlas, hacia ellas.

—Pasen, pasen pronto, señoritas.

Y entraron con la mujer, que ya comenzaba a contarles sus desgracias. A su marido, el portero, le habían asesinado en agosto, al tratar de defender el piso; después se habían llevado todo y lo que no les interesaba lo tiraban desde los balcones para romperlo. La portera lloraba al explicarles las hogueras que habían hecho en la calle con cartas y retratos, con todo lo que no tenía un valor comercial.

La casa estaba vacía por estar en zona de bombardeo, pero la portera se creía segura en su sótano y, además, no quería separarse de sus recuerdos. Las muchachas quisieron subir al piso. La escalera tenía una resonancia que no había tenido nunca, la casa se quejaba por ella y el lamento llenaba el hueco del ascensor. Los pasos en los escalones sonaban como «¡Mira, mira, mira!...». En la antesala es donde menos se notaba la tragedia. Vacía de sus muebles, recordaba, sin embargo, los días primeros de verano, cuando quitaban las alfombras. En el salón, en cambio, el drama era total, porque, además de los muebles, se echaba de menos a las personas que los años habían ido identificando con su rincón predilecto. Faltaba la abuela en su sillón junto a la ventana: «¿Dónde están las gafas? ¿Dónde están las llaves?».

Ya no volverían a oír en aquellos ámbitos las frases rituales, ya no había nada que ver ni nada que abrir. Todo había desaparecido. A las paredes la muerte las había pillado de pie; los cuadros robados habían dejado su huella en la pared y los rectángulos semejaban nichos. En los cuartos de dormir, sin camas ni tocadores, la soledad era aún mayor, pues ya ni podía suponerse que hubiera alguien escondido detrás de las cortinas o debajo de las camas.

Se echaban más de menos las cosas íntimas que ya no se podrían reponer: la caja, el reloj, el retrato, las cartas. Entraron en el que había sido cuarto de los baúles.

—Aquí estaban los disfraces, ¿te acuerdas? —dijo Luz.

En un rincón había un trapo; al darle con el pie se vio que era una muñeca vieja. Isabel la recogió; toda su niñez había surgido ante ella de repente:

—¡Sofía! Mira, Luz, es Sofía.

Bajaron a la calle y se encaminaron al taller de plancha sin hablar apenas. Al doblar la esquina de la calle del Almirante alguien las siseó desde una ventana; pero las tres mujeres no hicieron caso y siguieron hasta la entrada del sotabanco, por donde descendieron. En el taller las esperaba la policía, que las detuvo.

Se las llevaron a ellas dos. Julia y su hermana quedaban allí detenidas, vigiladas por unos comunistas, que esperaban el regreso de Eugenio para prenderlo.

En el camino se enteraron de que Eugenio continuaba sin aparecer. Volvieron a ser encerradas en el sótano del Ministerio. A la simpática figura de Eugenio había sucedido la de un miliciano armado hasta los dientes, hombre canoso y de aspecto severo. Las acogió sin una sola palabra, encerrándolas con llave. Luego le oyeron hablar con la pareja que les había escoltado.

—A que a mí no se me escapan... —les decía.

Las muchachas, al darse cuenta de que habían perdido su única posibilidad de fuga, se resignaron a aceptar las circunstancias tal y como vinieran. Cansadas y deprimidas se tumbaron en las camas y ni siquiera se levantaron cuando el nuevo guardián entró con las lentejas. Sin embargo, éste se acercó a ellas. Las muchachas se encogieron por un impulso instintivo.

—Coman antes de que se enfríe —les dijo el hombre.

Como las muchachas insistieran en su gesto defensivo, añadió bajito:

—No se asusten de mí, yo soy el párroco de San Ginés.

En el taller de plancha las cosas se habían agriado, pues al pasar el susto primero había comenzado un diálogo entre las dos mujeres y los agentes comunistas, que desembocaba continuamente en un terreno peligroso.

El jefe del piquete había anunciado a Julia su propósito de no moverse de allí hasta que no viniera Eugenio, y a pesar de que ella le hacía ver que su marido no regresaría mientras se oliera la encerrona, el comunista, que observaba rígidamente la consigna, insistía en su propósito.

—Pues lo que es aquí no se pasan ustedes la noche con nosotras —había dicho la hermana.

Como el comunista la hiciera observar que eso era una reacción burguesa, la otra le llamó sinvergüenza.

La sorna de las chulillas hacía jirones el ordenancismo de los estalinianos. A alguno de ellos ya le venía en gana contestar en un estilo apropiado, pero la disciplina del partido cerraba sus labios a toda ironía y todos ellos guardaban esa seriedad, esa incapacidad para la risa, propias de los estratos más bajos de la escala zoológica. Por fin, el jefe fue al teléfono a hablar con la Dirección de Seguridad, explicando el caso con retórica de mitin; luego volvió al taller, triunfante:

—Van ustedes detenidas.

—Nosotras, ¿por qué?

—Por auxilio a la rebelión. Quedan detenidas hasta que aparezca su marido.

—¿Y si resulta que no le encuentran?

—Ustedes serán las que purguen por el delito.

Julia dijo con una risa:

—¿Nos van a fusilar?

—Eso lo decidirá el Tribunal del pueblo.

—¿De qué pueblo? ¿De Arganda?

La hermana hizo un chiste:

—Será el de Loeches, mujer.

Pero de repente el sainete se trocó en tragedia, porque los comunistas no les dejaban llevarse a la niña y Julia se desataba en insultos e improperios.

En la calle se había formado un grupo que observaba la escena desde cierta distancia. En los rostros de todos se observaba una indignación contenida.

Las metieron a empujones en un auto. La niña, demasiado asustada para llorar, miraba la escena. Uno de los agentes la impidió entrar en el coche.

La hermana preguntó:

—¿Dónde se la llevan?

—Primero a una guardería infantil —contestó uno—. Después... —y tuvo una sonrisa— a Odesa.

El nuevo carcelero defendía a las enfermeras de visitas peligrosas, las tenía al corriente de todo lo que ocurría y por las mañanas les leía el parte oficial de Salamanca, que llevaba escondido en el carné sindical. A la caída de la tarde venían a hacerle tertulia otros milicianos, de guardia también en el Ministerio, y se armaban grandes discusiones en las que él ponía orden con su voz grave y reposada.

Eran muy distintas las opiniones de aquellos hombres sobre las causas de la guerra y el porvenir de la República, pero en lo que todos estaban de acuerdo era en no saber exactamente por qué se estaban batiendo. Se aventuraban las hipótesis más remotas por ver de compaginar el programa de los comunistas con el de los republicanos y el de éstos con los anarquistas.

—Cuando estalle la paz —decía uno— nos veremos las caras.

La tertulia de por la noche se terminaba pronto. Los primeros en marcharse eran los chóferes que pertenecían al partido comunista, los de la CNT se quedaban hasta más tarde con el párroco. Esta tertulia, repetida noche tras noche, les había hecho irse conociendo, y a los desplantes revolucionarios de los primeros días había seguido un tono más mesurado en la conversación.

Las muchachas despertaron una noche al oír junto a su puerta un rumor de voces que hablaban en secreto. Se incorporaron asustadas y pudieron oír cómo un hombre cuchicheaba algo a otros que le contestaban también en tono confidencial. Temiendo lo peor, se acercaron a la puerta para oír bien y allí se tranquilizaron al comprobar que eran los de la CNT que en voz muy queda rezaban con el párroco el Rosario.

Al día siguiente recibieron una extraña visita en la persona de un judío ruso, al que acompañaba Bakanik. Pero ello tenía antecedentes.

Yameneff era el jefe de Propaganda agregado a la Embajada de los Soviets en Valencia. Precedentemente su profesión era la de director de un periódico en Moscú; antes había sido absuelto de la pena de muerte que le había impuesto un Tribunal de Leningrado por robo. En época de los zares escribía la sección de modas en un diario de Moscú, donde había logrado entrar gracias a la influencia de su madre que, a pesar de estar ya retirada de una profesión mal considerada en Occidente, conservaba relaciones entre «los chicos de la Prensa».

Había llegado hacía poco a España con instrucciones concretas del Komintern, que consistían en la consigna de presentar ante el mundo burgués a la España roja como un país democrático y liberal que sólo aspirase a restablecer una República moderada, amenazada por el fascismo.

Era su misión el cargar a cuenta de los anarquistas la ola de sangre y de fuego que había asolado España y convencer a ingleses y franceses de que el Gobierno de Negrín se apoyaba en dos pilares que eran el orden y la justicia.

No es que intentase suprimir asesinatos ni saqueos, trataba solamente de que no trascendieran al Extranjero, de que se asesinase de puntillas y en voz baja.

Bakanik había logrado llegar hasta él y presentarle el caso de las enfermeras como el ideal para ese tipo de propaganda, y Yameneff había aceptado la idea con entusiasmo y se disponía a llevarla a la práctica después de vencer la tenaz resistencia de Álvarez del Vayo, que opinaba ser el fusilamiento la sanción perfecta al hecho de ser enfermeras del Ejército Nacional.

Yameneff entró en la habitación de las muchachas con una máquina de escribir y dos centenares de pliegos de papel.

Al día siguiente la Prensa roja hacía decir a las detenidas que la República guardaba todo género de consideraciones a los prisioneros y que una de las suertes que se podían tener en este mundo era ser encarcelado por el Gobierno de Negrín.

Durante unos días las duquesas inglesas lloraron de ternura al leer los relatos de un trato tan humanitario y Checoslovaquia envió, emocionada, cien cañones más al Gobierno de Valencia; pero pronto se agotó el tema y una tarde Bakanik llegó a la celda lleno de inquietud.

Yameneff, una vez explotado hasta el límite el sujeto publicitario, se desentendía de la suerte de las muchachas y volvían a existir graves indicios de que las iban a hacer desaparecer en silencio.

A esa preocupación venía a añadirse la de la suerte de Julia y su hermana. Las dos muchachas habían interesado a Bakanik para que procurase su libertad, pero a éste le fue imposible hacer nada por ellas. No había posibilidad de establecer contacto entre las cuatro mujeres, entre ellas se alzaba una barrera infranqueable.

Pero un día de agosto, en Valencia, un coche diplomático se detuvo a la puerta de la Presidencia y un inglés, de la época de los *gentlemen*, subió a ver al jefe del Gobierno.

Como hay el día y la noche, lo turbio y lo diáfano, y el mal y el bien, se convino en canjear a las enfermeras por un agitador comunista preso en Burgos.

Bakanik llevó con la noticia un pulso de vida y libertad, pero la alegría tenía por fondo la amargura de no poder resolver la situación de Julia y de su hermana. Las muchachas se negaron a salir sin realizar todas las gestiones posibles. Bakanik intentó convencer a gentes del Gobierno, pero siempre obtenía la misma respuesta:

—No son gente conocida y a nadie le importan.

Yameneff había llegado a un límite en sus concesiones:

—Si al menos fueran baronesas...

Antes de salir para Valencia intentaron ir a visitarlas, pero les fue negado el permiso y sólo pudieron recibir un recado de Julia suplicándoles que siguieran la pista de la niña.

Partieron para Levante una mañana temprano. Llevaban en la piel los mudos apretones de manos de despedida de aquellos hombres vestidos de miliciano que enviaban así un fervoroso mensaje de amor a la otra España, a España.

El párroco de San Ginés, dejando el fusil apoyado en la pared, les dio su bendición y cuando arrancó el coche las miradas de todos se quedaron fijas y nubladas.

El barco que traía al agitador comunista tardó dos días en llegar y las muchachas consiguieron en ese tiempo que el diplomático fuera a pedirle a Negrín la libertad de sus dos amigas.

—Demasiado tarde —contestó éste—, el pueblo ha hecho justicia.

El inglés les ocultó la noticia.

Se las habían llevado, de madrugada, a fusilar a las Ventas. El auto que transportaba a las dos madrileñas iba conducido por un comunista de Murcia, a su lado se sentaba un jefe ruso, y dentro, la pistola al cinto, las vigilaban dos ex convictos de Cartagena.

Tan tempranito, Madrid parecía el de antes y el aire hacía tremolar los eucaliptus del Retiro. Al pasar junto a la avenida de la Plaza de Toros vinieron a sus mentes alegres tardes de corrida, cuando ellas cruzaban por allí entre las gentes endomingadas, vendedoras de agua de la fuente del Berro y de abanicos redondos. En su retina surgía la visión luminosa de aquellas tardes de gloria y del rojo y el amarillo de aquellos abanicos que tenían en su sobrio contraste el reflejo de toda una época dichosa y de paz. No hablaban, las mecía el recuerdo, sonreían a la evocación cuando les hicieron bajar del coche para conducirlas contra la pared. Julia pensaba en su marido, ignorante de la tragedia; le divertía el ver la habilidad con que burlaba a la Policía: «Es mucho hombre para los "guindas"», pensaba cuando la estaban encañonando. Cuando iba a acordarse de la niña se acabó todo. «El pueblo», que en aquel momento eran los dos asesinos de Cartagena, el cuatrero de Murcia y el ruso, «hizo justicia».

Como habían dicho los del Gobierno, «no eran gente conocida».

La ceremonia del canje había sido sencilla. El comunista, al pisar el muelle, había preguntado si estaba vacante alguna Embajada.

Las muchachas vieron alejarse Valencia asomadas a la borda. El sol poniente incendiaba el horizonte como en un presagio glorioso. Un marinero se les acercó por detrás, preguntándoles:

—¿Volverán ustedes al frente?

—Claro que sí.

Y al volverse dieron un grito de alegría al reconocer a Bakanik, disfrazado.

El barco se alejaba rápido por un mundo lleno de vida, de peces voladores, de olas que dejaban su pañuelo al viento y de gaviotas lanzadas al espacio como trapecistas.

MANUEL TALENS

JESÚS GALARRAZA

«This man loved earth, not heaven, enough to die.»

WALLACE STEVENS

Lo encontraron errando por una calle de Algatocín, con tal expresión de hambre en la cara que, al mirarlo, el cabo de la Guardia Civil que le dio el alto se acordó de cuando un vecino suyo había muerto de pudrigorio intestinal. Sus cabellos eran largos, crespos y ondulantes, sus labios estaban plagados de escupitinas y sus ojos mostraban una tristeza de crucificado. Iba descalzo, con ropas tan harapientas que le daban un aspecto guiñaposo, y tenía las carnes tan flacas y las mejillas tan adolecientes que se le transparentaba la convexidad de los huesos malares, acentuando la extrema afiladura de su perfil.

De endeble que se sentía no fue capaz de abrir la boca para responder al quién va, y este pequeño percance estuvo a punto de costarle un tiro entre las cejas.

—Ni se te ocurra disparar —le dijo el cabo a su pareja, desviando hacia abajo el cañón del fusil con el revés de la mano—. Menudo pájaro acabamos de cazar: este mochuelo es Jesús Galarraza.

En efecto, era él. Y lo curioso es que estaba allí de pura soledad. Ocho meses antes, en febrero, cuando las tropas insurrectas lograron tomar al asalto la ciudad de Málaga, había conseguido escabullirse de la matanza revuelto entre las tres docenas de cadáveres despedazados que un camión de los vencedores condujo a enterrar en fosas comunes camino de Campanillas, y tuvo la fortuna (o el infortunio) de que, en llegando al lugar elegido, el cielo ya estaba oscuro y las escasas nubes se habían puesto de arrebol, encubriendo las luces del crepúsculo mediterráneo. Logró saltar en marcha a la carretera sin ser detectado por los moros de la comitiva, y escapó a campo traviesa entre las veredas, en dirección a la Sierra de Mijas.

Acababa de vivir momentos pavorosos en la salvajina que siguió al acoso malagueño y, luego, escondido dentro del camión durante los largos y trastabillantes minutos del recorrido, creyó llegar a enloquecer mientras soportaba contra su piel y sus ropas el contacto pegadizo y tibio de los muertos y el inconfundible olor dulzón de la sangre extravasada.

Pasó las primeras semanas andando por los montes con la vista siempre fija en el oeste andaluz, comiendo hierbajos y asombrándose de lo imposible que resulta cazar animaluchos y sobrevivir cuando se han perdido las fuerzas. Atravesó Sierra Negra, Sierra Blanca, el cerro del Duque y la Sierra del Oreganal, y terminó por arribar a las tierras gaditanas de los alrededores de Grazalema. De vez en cuando, sobre todo al alborear y peligrosamente cercanos, le llegaban ecos de disparos y, entonces, con las ropas humedecidas por el relente y los dedos engarabatados de frío, despertaba de su duermevela y empezaba a correr sin rumbo alguno.

Era la primera vez en su vida que se encontraba tan solo.

Acuciado por la inseguridad, olvidó desde el principio llevar la cuenta de los días. Una vez, cuando ya el hambre y la ausencia de palabras lo habían sumido en una situación de abatimiento mortecino, despertó terrecido a causa de un rumor que llegaba desde el norte. Se encontraba en un ramblizo, y desde allí vio un grupo de hombres que se acercaban sin sospechar su presencia. Estaban lejos y, sin embargo, parecía como si la falta completa de brisa lanzase nítidamente contra sus oídos el murmullo de las voces. Sin tardar supo que eran de su bando por el aspecto de pordioseros que tenían.

—¡Compañeros! —gritó, sintiendo que los ánimos le revivían—. ¡No disparéis, que soy de los vuestros!

Eran doce, y contaban entre todos con cuatro mosquetones, dos metralletas y unas pocas granadas de mano. El más locuaz —y el único que lo reconoció de inmediato— se llamaba Jerónimo Latiguera, un guardabosque medio enano de La Almoraima, de pelo rubio y montaraz, ojiazulado y con nariz de aguilucho, que se acercó jubilante hacia él.

—¡Hostias, estamos salvados! —exclamó—. ¡Es el Jesús Galarraza!

A partir de entonces la vida le sería más tolerable (o menos solitaria), ya que, siendo trece en total, no había minuto que faltase conversación. Latiguera, que hasta el momento que lo encontraron había servido de jefe improvisado de aquella banda de huidizos, cedió gustoso el mando a Jesús Galarraza. Éste no fue nunca un dirigente como los demás. A lo largo de los meses que pasaron emboscados les advirtió en tres ocasiones que probablemente todos, él por delante, terminarían en manos del enemigo, y que eso no era obstáculo para seguir en la batalla. Les enseñó también día a día, con su ejemplo personal, lo que significa el respeto y el amor hacia el género humano.

Era un hombre de bien.

Se ofreció desde el principio a curar personalmente a Luis Entisne, el más joven del grupo —un pescador de Estepona que tenía la pierna izquierda infectada por una mordedura de víbora—, y le lamió la herida todas las tardes hasta que terminó por curar. Tenía palabras de consuelo para calmar las penas de los que desesperaban, y los doce fugitivos vieron pronto que era él quien más velaba por las noches, quien primero se levantaba al despuntar la mañana y quien les cubría las espaldas al regresar cuando se aventuraban a veces hasta los pueblos colindantes —Benamahoma, Gaidovar, Villaluenga del Rosario— en busca de comida.

Al anochecer del 14 de septiembre, poco antes de que fueran sorprendidos por el enemigo y mientras descansaban en las tierras de una propiedad de Sierra Peralto cuyo nombre es La Albarina, Jesús Galarraza sintió la premonición de las desgracias que estaban por venir. Les había dicho a sus hombres: «Podéis acostaros, que yo vigilaré», y cuando todos estuvieron asosegados y sólo se escuchaba el cantar de las lechuzas, experimentó de pronto una sensación de miedo y angustia, porque tuvo la certeza en su interior de que pocas semanas más tarde estaba destinado a morir.

El encuentro inesperado con el bando sedicioso ocurrió dos días después. Los trece hombres se hallaban acampados al abrigo del castillo de Fátima, cerca de Ubrique, cuando de repente les cayó encima la Guardia Civil. Ocurrió con tanta rapidez que apenas pudieron organizar la defensa. Fue una gran carnicería, fríamente planeada, que acabó en poco menos de quince minutos.

Pero los hombres de la República —murieron once de los trece— sucumbieron con honor. Luis Entisne, que se encontraba al lado de las armas, alcanzó a arrojar una granada en el último esfuerzo de su vida, con tan buena puntería que le explotó en la cabeza al más avanzado de los civiles y dejó mutilados a los tres que llegaban detrás. Silbaban las balas por todas partes y Jesús Galarraza, con la certidumbre de que no había nada que hacer, salió corriendo en la oscuridad, buscando refugio.

Durante los minutos siguientes, que le parecieron largos y penosos, trató de esconderse en algún sitio en el que no pudiesen encontrarlo. A su lado, jadeando, notó la presencia de Jerónimo Latiguera.

Sólo ellos dos quedaban con vida.

Poco después, cuando se iniciaban las primeras luces del día, vieron que a su izquierda había un aljibe medio taponado de escombros, y se les ocurrió que la única posibilidad de escapar no estaba en huir correteando por los serrijones, ya que serían rápidamente localizados, sino en soterrarse en aquella cisterna, cubriéndose con los cascotes.

Permanecieron en la escombrera un día entero y parte de la noche. Lapidados como estaban, sólo podían respirar un hilo de aire sucio, mientras los pedruscos hincados en las carnes les provocaban unas llagas infectas cuyo hedor activó el merodeo de las ratas. Para más quillotranza, Jerónimo Latiguera, incapaz de aguantar, tuvo que orinarse en los pantalones a las veintisiete horas de su entierro, y las heridas de los muslos le escocieron como si el líquido caliente fuera un tizón a medio quemar.

Al final, se atrevieron a elegir otro peligro menos espeluznante que el de los roedores y convinieron que lo mejor era que cada uno tomase por un rumbo distinto. Jerónimo Latiguera se dirigió a los montes del Endrinal y Jesús Galarraza partió hacia el Peñón del Berrueco.

Los dos, sin embargo (y sin sospecharlo), seguirían caminos paralelos hasta la muerte. Solos y perseguidos como alimañas, sobrevivieron las semanas siguientes malalimentándose de raíces, tagarninos y hojas de achicoria, y huyendo con entereza del acoso de la Guardia Civil. Las pupas ulcerosas habidas en su enterramiento se convirtieron en un castigo insufrible y, así, poco a poco se les fue consumiendo la capacidad de soportar la inconstancia de la fortuna.

Jesús Galarraza, agotado por la fiebre y sintiéndose morir, decidió hacerlo entre los hombres y bajó sin ningún cuidado a Algatocín, donde fue detenido por los civiles.

Por su parte, Jerónimo Latiguera apareció un día más tarde en Grazalema, y no tardaron en encontrarlo tendido sobre el tranco helado de una puerta, tiritando de calentura y con una espantable traza inhumana. Los dos fueron llevados a Ronda con otro preso harapiento.

—Vaya, vaya, de forma que tú eres Jesús Galarraza, el famoso anarquista —le dijo el comandante de la Guardia Civil cuando los trajeron al cuartelillo—. A ti te quería yo tener en el saco.

Era un individuo entrecano, de tez aceitunada, nariz redonda, calvicie incipiente y grueso bigote. Estaba en mangas de camisa, sobre cuyo verde destacaba el negro de los correajes. El aire del despacho olía a retrete.

—Llevadlo allí detrás —les dijo a sus hombres con un movimiento lateral de la cabeza—. Adonde sabéis.

Durante los tres días siguientes, Jesús Galarraza fue sometido a un sinnúmero de vejaciones. Le clavaron tachuelas en los testículos y alfileres en las uñas, apagaron en su piel todos los cigarros de la guarnición y le dieron tantas patadas inmisericordes que, al final, su cuerpo parecía una piltrafa equimosa.

Pero no lograron que hablara. No les dio los nombres de sus compañeros del Comité de Enlace de Málaga, ni mencionó en qué lugares podían estar escondidos. Sólo tres palabras salieron de sus labios con cada golpe que recibía: «Viva la FAI», y las repitió incansablemente durante aquel interminable martirio.

Fue un amanecer de octubre de 1937. El comandante estaba desayunando la tercera cazalla cuando vinieron a comunicarle que Jesús Galarraza acababa de morir.

—Ha sido el cabo Morenilla, que le soltó un puntapié en el costado derecho —dijo el mensajero—. Primero le entró hipo y luego dejó de respirar.

El guardia civil terminó de un golpe seco el contenido del vaso, se limpió enseguida los labios y el bigote con el revés de la mano y, chascando la lengua, dejó caer la orden final:

—Tiradlo por el tajo. Y a los otros con él.

Sacaron a Latiguera (que pidió y obtuvo el honor de llevar a cuestas al difunto) con otros nueve presos, todos ellos inmolados ya previamente en el terror y el exantema del tifus, y los llevaron a punta de mosquetón hasta el tajo de Ronda. A su paso, las calles se enlutaron para siempre con el color de los tricornios.

Mientras los fueron despeñando, de manera inexplicable, un rayo de sol perforó la madrugada y se escapó por encima de los montes para iluminar como en un mediodía lo más profundo de la sima.

El último en caer al vacío —el cabo Morenilla se encargó de arrojarlo— fue el cadáver de Jesús Galarraza.

¡Qué extraña trayectoria! Bajó a lo primero rasgando los vientos como una flecha en dirección a los pedrejones del fondo. Pero no llegó a su destino, ya que poco a poco, imperceptiblemente, el despojo sin vida del anarquista empezó a disminuir en su apresuración hasta quedar por un segundo suspendido en el aire.

Fue un milagro digno de ver.

Y luego, ya con los brazos abiertos, extendidos beatíficamente hacia el azul, su hermoso cuerpo desnudo (sin sábanas que lo ayudasen) inició el ascenso con lentitud, envuelto en una corona de luz esplendorosa, y subió mañaneando al Reino de los Cielos, donde está sentado a la diestra de Dios.

RAFAEL GARCÍA SERRANO

CRISTO NACE HACIA LAS NUEVE

Estaban pasándolo bien porque tenían ya unos tragos en el cuerpo y porque aquella Nochebuena era distinta a las demás. Aniceto opinaba que la Nochebuena en casa es muy triste, aunque siempre hay alguien que se pone gracioso y luego vomita y nadie se lo tiene en cuenta, y que lo mejor de la Nochebuena en casa era añorarla desde lejos, pero también estaba seguro de que tal pensamiento no podía clasificarse entre los de curso legal y de que su simple exposición provocaría la ira de su entera familia y también la de los hombres que con él esperaban el rancho.

Circuló la bota una vez más. La bota hacía honor a la fecha porque la sangre de sus venas no era, como casi siempre, de la Intendencia, sino de Cariñena, y eso varía. Entró el «Chato» con un caldero de sopa para la escuadra. Anunciaba a voces:

—Es sopa de verdad y viene echando lumbre.

El «Chato» era refranero y valiente, feo como un demonio y vagamente cantador de jotas. Mientras todos le acercaban sus platos para que se los llenase, él iba explicando:

—Siete virtudes tiene la sopa: quita el hambre y la sed apoca, ayuda a dormir, no cuesta digerir, es barata, nunca enfada y pone la cara colorada.

La sopaza de carnero estaba realmente buena, y su grasa caliente era como un pequeño verano en las decembrinas posiciones del Alto Aragón. Aniceto miraba a los once de su escuadra, escuchaba sus comentarios y no podía menos que deducir de su contento una contradicción con la reiterada melancolía de que hicieron gala por la mañana, ya que por la tarde no tuvieron tiempo ni de tristear. Quizá tal actitud fuese sincera en los casados, pero la nostalgia que al parecer inundaba los corazones del resto de los compadres, más era debida a la simple tradición que atribuye tristeza obligatoria a las Navidades pasadas lejos del hogar, que a un riguroso examen de sus conciencias planteado en torno al tema a través de la conversación. Aniceto le tiró un viaje a la bota para quitarse de los malos pensamientos. El «Chato» debía de haber hecho alguna de las suyas porque se justificaba de acuerdo con el ritual:

—Entre frailes y soldaos, cumplimientos *excusaos*.

Aniceto se ahogaba en la chabola. Miró el reloj. Todavía no eran las ocho de la noche. Se levantó.

—¿Adónde vas ahora? —interrogó el jefe de escuadra.

—Iré por la carne, si te parece.

—Pues, hale, generoso; coge el perol y arrea.

Cuando Aniceto levantó la pringosa arpillera que cubría la puerta de la chabola, el «Chato» ofreció al concurso una sutil explicación de aquel afán de trabajo que animaba al más indolente de la escuadra:

—Ni a tu mesa ni a la ajena te sientes con la vejiga llena.

La noche estaba clara, fría y pura. Aniceto se asomó al parapeto para mirar hacia el pueblo en ruinas. El pueblo había quedado entre dos posiciones dominantes como un pobre muerto tendido en la tierra de nadie. Al comienzo de la guerra el nombre del pueblo sonó mucho en los titulares de la prensa provincial y según las noticias que se tenían, también en los titulares de la prensa provincial de la provincia de enfrente; incluso llegó a adquirir cierta efímera celebridad en los órganos periodísticos de Zaragoza y Barcelona. El pueblo estaba situado en la boca de un vallecito, sobre un riachuelo, insignificante miembro de la gran tribu del Ebro, a quien nuestro padre Pirineo le hinchaba las narices de vez en cuando para que se diese tono. Durante los últimos días de julio y en la primera quincena de agosto de 1936, el pueblo fue duramente disputado por unos y otros, y en una semana cambió de manos varias veces. Sin duda que no existían razones importantes que aconsejasen batirse allí, quitada la de que fue allí precisamente donde chocaron, aunque no casualmente, algunos de los que venían desde Barcelona con la intención general de tomar café en Zaragoza, y los que, como ya tenían asegurado ese modesto objetivo siempre que les quedase tiempo para ello, no mostraban el menor interés en verse desplazados de sus bares habituales por gente venida de tan lejos, con tantísimo rodeo y sin buenas intenciones, según ellos creían. En aquellas semanas un duelo a pistola entre dos borrachos daba lugar a una batalla de prestigio, porque nadie quería ceder un palmo de terreno ni siquiera en obligada sumisión a los principios estratégicos, así es que en el pueblo y en su alrededor se combatió con sañuda terquedad. La partida quedó en tablas, el pueblo vacío y bastante deteriorado —aunque el estropicio producido por la polilla de los siglos de la siesta conseguía disimular, a fuerza de previa miseria, los efectos de la catástrofe bélica—, y los de Barcelona establecidos en torno a la llamada ermita de San Martín, mientras que los de Zaragoza se asentaron en derredor de la ermita de la Virgen Negra. Era aquél un frente tremendo y desolado, que producía escalofríos verlo, y ni la bravura alegre del Pirineo próximo servía de consuelo a las solitarias unidades que guarnecían aquel sector. En muchos kilómetros a la redonda, aquellos hombres eran los únicos representantes de los dos ejércitos que se atacaban enconadamente por la vasta España. Cinco meses de mirarse cara a cara habían dado margen a todo, y unos y otros se conocían aproximadamente bien y habían vivido jornadas de curiosa familiaridad. Al principio se insultaron como héroes homéricos, aunque con más riqueza de lenguaje y de matices, aprovechando las grandes y propicias calmas nocturnas. Pasaron después a intercambiar noticias a grito pelado; luego a discutirlas; más tarde a extenderse en diálogos polémicos sobre la situación y sus cotidianas incidencias en las distintas zonas del hule. Después los charlatanes tuvieron que morderse la lengua porque los dos bandos recibieron la orden de callar la boca, sin duda porque en ambos Estados Mayores se sabía bien que ni unos ni otros luchaban en pro del parlamentarismo y que, por tanto, era estéril desgastarse en la formación de oradores. El diálogo, aunque más espaciado, se restableció por razones particulares y hasta sentimentales. Un día los de Barcelona preguntaron: «Eh, facciosos, ¿no hay por ahí alguno de Mallén?», y resultó que sí que lo había, y los de Mallén hablaron de su pueblo y de sus gentes de línea a línea, y dieron y recibieron encargos y saludos. Cierta noche, desde las posiciones de los de Zaragoza, se alzó una voz catalana para preguntar: «¿Cómo está la Rambla de les Flors?», y algo supo el hombre de lo que le interesaba. Todo este discreteo no impedía que se zurrasen la badana —y de lo lindo— cuando fuera menester, y que resultase muy arriesgado asomar la gaita por determinados lugares, incluso en los días de buena uva; en cambio, se respetaban otros de mutuo y tácito acuerdo, sin que ninguna lógica aparente justificase el porqué de atizar candela aquí quiero y allí no me da la gana, ni tampoco el que cualquier eventual infracción de la regla se disculpase con aquello de «será algún quintorro». Caprichos. Cuando Beorlegui fue a sostener Huesca, en las dos ermitas se reflejó el barullo. Unos días antes de las Navidades les dio por empujar a los de Barcelona, y la situación llegó a ser tan embarazosa para los de la Virgen Negra que los bomberos de la Brigada Móvil —una bandera del Tercio, otra de la Falange, una Mehala tetuaní y buenas gentes de Seguridad y Asalto— trabajaron por allí cuarenta y ocho horas. Al restablecerse la situación y quedarse solos los de casa, los nervios del combate buscaron desahogo en un fugaz retorno al improperio puro, de donde se recayó en el insulto dialogado, y así sin saber casi ni cómo, se encontraron unos y otros emplazados para una entrevista en la tarde de Nochebuena. El plan acordado era que dos combatientes nacionales bajasen hasta el pueblo desde las posiciones de la Virgen Negra, al tiempo que dos rojos harían lo mismo desde las de San Martín. Las dos parejas quedaron citadas en la plaza, sin armamento, con periódicos y aguinaldo. Siempre que se referían a la cita, los de Zaragoza decían: «la Nochebuena»; y a los de Barcelona, que comenzaron hablando del «día veinticuatro», no se les caía de la boca, poco después, una expresión de nuevo cuño: la «noche popular», lo cual no dejó de dar origen a un discreto candongueo por parte nacional.

Camino de la chabola, con el perol rebosante de un guisote de carnero con patatas, que olía arrebatadoramente bien, Aniceto recordaba cómo bajaron el «Chato» y él hacia el pueblo. Llevaban una garrafita de Cariñena, dos botellas de «Tres cepas», el último número de *Amanecer* y unas latas de sardinas. Iban haciendo el inventario de aquellos días iniciales de la guerra, que ya les parecían tan lejanos, y reconocían las piedras que les sirvieron para guarecerse entre salto y salto, y la cerca donde palmó Fulano, y las bardas donde cascaron a Mengano, y el sitio preciso donde cerdeó Zutano. Hasta que se metieron en el pueblo veían a la gente asomada en las posiciones, y hasta un poco antes podían medir su marcha con la de los dos hombres que descendían por la ladera de enfrente.

El pueblo aparecía podrido de silencio y espanto. Seguramente que bajo la más atroz solana se sentiría en aquellas callejas el mismo frío que ellos sentían ahora. Llegaron a la plaza casi a la par de los milicianos. En el primer momento se quedaron los cuatro mirándose, quizá como si se estudiasen mutuamente, y sin soltar prenda ni para darse las buenas tardes. Uno de los milicianos tosió bronco, agarrado, y esto permitió al «Chato» quebrantar la muda expectación con uno de sus imparables refranes: «Al catarro, con el jarro», dijo, y alargó la bota, preñada de Cariñena, y después del primer trago lo demás fue coser y cantar. Cambiaron *Amanecer* por la *Soli*, la garrafita de Cariñena por tres botellas de champán leridano, el «Tres cepas» por aguardiente de Valls, y las sardinas fueron entregadas sin contrapartida. Encendieron cigarros. En la plaza se alzaba la iglesia y también la taberna. La taberna, sin embargo, se llamaba Café, lo cual, en tiempos de don Antonio Maura y don Pablo Iglesias, hizo que el pueblo fuese considerado como uno de los más progresivos de aquella región. Era curioso comprobar que los cuatro se sentían violentos, y que muchas de las preguntas que se les ocurrían eran rechazadas antes de formularse, simplemente por no crear situaciones comprometidas ni rozar susceptibilidades. Se regalaban silenciosas delicadezas con tanto encarnizamiento como se habían combatido y como pensaban seguir combatiéndose. Hablaron de los primeros días de la lucha, discutieron alguna fecha sin demasiada convicción, señalaron las casas donde se alojaron mientras estuvieron en el pueblo, y allí hubiera terminado el diálogo de no sacarse el «Chato» una baraja del bolsillo. De los dos rojos, sólo uno sabía jugar al mus, y de los dos nacionales, sólo uno conocía el subastado; pero afortunadamente coincidieron los cuatro en el julepe, así es que pasaron al Café, que era de lo menos aplastado, sin duda porque unos y otros polemizaban sobre la utilidad de la iglesia, pero acataban unánimemente la del café. Se sentaron en el suelo y se entretuvieron un buen rato con el ir y venir del naipe. La bota del «Chato» engalanaba la extraña tarde. Luego, como despedida, se pasearon por la plaza fumando unos cigarros. Era como pasearse en un osario, como charlar tranquilamente en medio de un salón dispuesto para la danza de la muerte, y resultaba disparatado oír al «Chato» interesarse por saber cómo había pintado la vid por el Priorato, y cosas así. Aniceto pensaba en asomarse a la iglesia. Quizás en medio de las ruinas, como otra vez en medio de la miseria, fuese a nacer el Cristo. Quizás hubiese entre los cascotes un rollizo Niño Jesús, de Olot, desnudo, aterido, y entonces sería hermoso que él lo encontrara y lo sacase a la plaza, y a lo mejor iban los milicianos y lo adoraban, y la paz comenzaba a los pies de un recién nacido, de uno que iba a nacer aquella misma noche, o bien aquel miliciano, que parecía hombre de lecturas, le decía con cierto desdén caritativo: «A mí me trae sin cuidado lo que hagas, pero yo en tu caso me lo llevaría conmigo. Él va desnudo, está helado, y los anarquistas no queremos que se hielen los críos, ni siquiera que se hiele Dios, si es que este crío es Dios, como decís vosotros». Y pensando en todo esto tan milagroso, Aniceto tiró el pitillo al suelo, y dijo: «Esperadme un momento», y, sin más, entró a la iglesia, que por dentro era como una naranja sin jugo y sin semilla. En la iglesia no había ningún niño, ni siquiera de Olot, de modo que Aniceto salió más bien desilusionado. Al reunirse con los otros tres, les dijo: «De verdad que sería bonito ahora bandear las campanas», y los otros no contestaron nada, comprendiendo y disculpando que Aniceto se hubiera ido del seguro. Después se dieron la mano para despedirse, cosa que no habían hecho en el momento de su encuentro, y era divertido que cuando se encontraron para convivir no se diesen la mano y cuando se separaron para combatirse se la estrecharan y dijeran «Suerte», todos; «Salud», unos, y «Adiós», los otros.

Aniceto entró en la chabola con el perol rebosante de carnero y de patatas, y sus camaradas de escuadra le recibieron cantando desaforadamente. El «Chato» se dispuso a repartir la gracia de Dios. Aniceto ni siquiera se sentó. Encendió un cigarro, se fue al rincón donde estaban las botellas del aguinaldo y pegó el morro a una de coñac.

—Temprano empiezas —le reprochó el jefe de escuadra.

—Es que no tengo ganas de cenar. Prefiero darme un garbeo por ahí fuera.

Lo miraron todos como a un bicho raro, pero sin alarmarse demasiado, porque ya conocían sus manías, y las disculpaban. El «Chato» le dio licencia:

—Anda para donde quieras, que yo te guardaré la ración.

Y cuando Aniceto salía de la chabola, le insultó cariñosamente:

—Cochino estudiante, que te mueves más que los machos en verano.

Aniceto se sentó sobre los sacos terreros, escondiendo la lumbre del cigarrillo en el hueco de la mano. Veía los centinelas próximos y también el rescoldo de los braseros que se habían puesto a los pies, y adivinaba el pozo de uno de los escuchas. Miró el reloj. Eran las ocho y doce. El pueblo estaba muerto en el cuenco del valle. El pueblo era el pesebre donde podía nacer Cristo, y se le antojaba que en aquel belén la Virgen Negra se inclinaba sobre el pueblo como una madre y que el monte frontero era como un oscuro San José que velase el sueño del recién nacido, y que también ahora sería bonito bandear las campanas de la iglesia, porque aquella noche, mientras en todas las posiciones se bebía, y en la que ellos ocupaban se comía carnero con patatas después de una sopa densa como el pecado, lo quisieran o no los hombres iba a nacer Cristo. Se escuchaban risas y también canciones, y los de la segunda falange desentonaban maravillosamente en el estribillo de «Esta noche es Nochebuena y mañana Navidad», y probablemente María no iba a tener que sacar ni la bota ni nada, porque los objetivos estaban casi cumplidos en el peor de los casos, y rebasados en los demás. Y también enfrente debían de alborotar lo suyo, y algo llegaba hasta él del jaleo en San Martín. Era necesario que alguien explicase a unos y a otros que aquella noche nacía Cristo. Que se lo explicase a los que lo olvidaban a fuerza de saberlo y de sopa de cordero y de vino de Cariñena, y a los que lo olvidaban a fuerza de no querer saberlo, de latas de carne y de anís de Valls.

Entonces arrojó el cigarrillo al fondo de la trinchera y comenzó a descender hacia el pueblo, con cuidado de que no le viesen los centinelas, porque pensaba que sería muy bonito y muy hermoso ponerse a bandear las campanas y que ellas dijesen lo que tenían que decir a los vivos y a los muertos.

Y también pensó que Cristo iba a nacer un poco más temprano que otros años, a eso de las nueve, y en cambio, era probable que lo matasen antes que otras veces.

PERE CALDERS

LAS MINAS DE TERUEL

En estos últimos días, el frío ha ido en aumento. En la Galiana, en el sector de Villastar, han llegado a ocho grados bajo cero.

Las noches son de luna clara, que ilumina las marchas y las concentraciones; en la ciudad de Teruel, por la noche, hay calles que no parecen tocadas. Nos gusta pasear con los ojos medio cerrados, mientras imaginamos que estamos en una ciudad en paz. Vamos por las ruinas del seminario y miramos los restos batidos por nuestras máquinas en sus primeras líneas. Es algo que nos apasiona: en ocasiones se enciende el faro de un automóvil o se ve cualquier rayo de luna, y enseguida nuestras ametralladoras barren el fragmento de paisaje y las luces se apagan. Esto no parece la guerra. Quizá sea la noche o el silencio de la ciudad; no sabemos muy bien a qué atribuirlo, pero este concierto de luces y máquinas nos parece un gran juego.

—Escuchad: si nos ven paseando por las calles nos detendrán.
—La orden es que nadie vague por la ciudad.

Esto debe de estar muy bien pero a nosotros no nos gusta. Lo que pasa es que encargan a una brigada de carabineros que entre en Teruel. Nuestra brigada cumple la orden, entra, y de los cuatro batallones con los que contaba sólo quedan dos y encima diezmados. Y ahora viene una brigada móvil, se instala en Teruel e impide a los carabineros que paseen.

—Los de las brigadas móviles de choque están mejor que nosotros. Van de un sitio para otro, tienen más distracción. Cuando hay ataques en un frente, los destinan, acaban el trabajo y ¡hala, a descansar! Si alguna vez tengo la oportunidad de hacerme soldado otra vez, las brigadas mixtas no me pillarán.

Los hay que se quejan siempre. Pero el caso es que no podemos contravenir las disposiciones militares. Nos envían hacia el interior de la ciudad, con el paso acelerado y con la apariencia de ir a hacer algo relacionado con el servicio.

El frío se nos ha metido entre la ropa y la carne y nos hace sufrir. Los pies nos duelen hasta saltarnos las lágrimas y empezamos a sentir la anulación de la voluntad que produce el frío, una especie de decaimiento que absorbe las ganas de hacer cualquier cosa. Y sabemos que en el puesto de mando no podemos encender el fuego, que sólo tenemos una manta cada uno y que pasaremos una mala noche. No debería haber guerra en invierno. En eso estamos todos de acuerdo y, cuando todos conseguimos ponernos de acuerdo en algo, siempre se trata de algo muy razonable.

Al atravesar la plaza del Torico, nos percatamos de que dentro del café Salduba hay una gran hoguera. A través del marco del escaparate vemos un grupo de hombres que se calientan. ¡Qué envidia!

—¿Y si entráramos a calentarnos un poco?

—No puede ser, hombre. Es un puesto de guardia.

—Probémoslo. Si nos lo niegan, peor para ellos...

Eso tiene sentido. Nosotros llevamos unos botes de confitura, del convento de Santa Teresa. Si nos dejan entrar, nos partimos la confitura.

A pesar de todo, el café Salduba conserva el recuerdo de su prosperidad pasada. En la puerta hay un pasamano de latón de calidad, y los restos de cristal que todavía se conservan en el marco son de un cristal bueno y grueso, de aquel que costaba tanto dinero.

Los hombres que hacen la guardia nos han dejado entrar. Están medio dormidos, como si les hubiera intoxicado el humo; nuestra entrada les espabila un poco.

—Carabineros, ¿eh?

—Ya veis.

Están de broma

Un cabo dispone:

—Josep, trae sillas para los señores.

Son dinamiteros de las fuerzas de choque. Muchachos muy jóvenes, alguno de los cuales no llega a los dieciséis años, que se pasean por el mundo con un cinturón cargado de bombas. Nos han hecho sitio alrededor de la hoguera y nos calentamos los pies y las manos. A medida que se les pasa el frío, nos entran ganas de expresar nuestro agradecimiento.

—Muchas gracias, camaradas.

—Camaradas, no. Conocidos de guerra y basta. La camaradería hay que ganársela.

Nos parece el momento oportuno para ofrecer la confitura. Abrimos nuestros capotes y ponemos los envases sobre una silla.

—Si os apetece, repartiremos esto con vosotros

—Ya lo creo, camaradas. Nos apetece mucho.

Sobre las mesas de mármol del café Salduba hay vasos, copas, platos, cucharas pequeñas, herramientas especiales para el consumo de tapas de aperitivo, sifones rotos, juegos de dominó, de ajedrez, dados, cartas. Las paredes y el techo están ennegrecidos por el humo, no sabemos si debido a un incendio de guerra o bien a las hogueras de los dinamiteros. De todos modos, como el único edificio es esta sala de café, no vale la pena ponerse minucioso.

Cogemos un plato y una cuchara cada uno, quitamos el polvo con el pañuelo o con la manga y repartimos la confitura. Es una comida buena, elaborada, preparada por las manos de una monja.

Uno de los dinamiteros se relame los labios y nos mira con cara de pillo.

—Los carabineros encontráis buenos botines, ¿no?

—Pse. Menos de los que la gente piensa. A cambio de estas cosas daban mucha carne.

—¿De qué brigada sois?

—De la ochenta y siete.

—¿Dinamiteros?

—No.

—Menos mal. Mucho mejor para vosotros.

Habla con reservas. Pero ya sabemos a lo que se refiere; desde el punto de vista de la especialidad militar, estos dinamiteros tienen una objeción que hacer a los dinamiteros de la ochenta y siete. Cuando los nuestros colocaron las primeras minas en el edificio del Gobierno Civil hacía tanto frío que la dinamita no prendía y hubo que calentarla; es algo que se puede hacer fácilmente, pero en aquella ocasión el fuego hizo explotar una mina y la carga saltó antes de tiempo. Unos cuantos de los nuestros murieron y muchos resultaron heridos.

No podemos tolerar que nadie hable mal de los compañeros.

—Los nuestros se han portado muy bien y se han ganado el perdón por todos sus errores.

Uno que interviene por primera vez adopta un tono conciliador.

—Los vuestros y los nuestros somos uno y no hay que enfadarse.

Hace rato que la artillería enemiga bombardea nuestras líneas. Disparan con sus cañones automáticos ocho tiros seguidos, como una ametralladora gigante. Alguno de los obuses cae en la ciudad y machaca, todavía más, cosas que ya estaban machacadas del todo.

Cuando hemos dado cuenta de la confitura, los dinamiteros tienen un gesto de delicadeza y nos ofrecen vermú de una gran marca italiana.

—¿Lo habéis encontrado aquí?

—Claro. No todo iba a ser botellas de sifón.

Empezamos a hablar de cosas de comer. Uno de los dinamiteros nos explica con mucho detalle un arroz con conejo que hizo en Guadalajara. Le faltaban muchos accesorios, pero por lo que dice el arroz quedó muy bueno. La boca se nos llena de saliva; hace muchas semanas que comemos pan y carne de lata, la mayoría de las veces fría. ¡Un arroz con conejo!

—El arroz lo conseguiríamos, pero el conejo...

Hay un muchacho de unos quince años, madrileño, que se ha hinchado a confitura; nos mira a todos y contesta:

—No os lo creáis. El otro día un chaval de mi escuadra va y me dice: «Mira: coge las bombas y el fusil y sígueme. He encontrado dos conejos magníficos. Hay uno gris y otro blanco y negro». Le pregunté dónde estaban y me contestó que en una casa abandonada. Cogí las cosas y me fui con él. Entramos por un callejón estrecho y al llegar a lo más alto me cogió del brazo: «¿Ves aquel portal? Es allí. Abre la puerta y ya verás la jaula con los conejos. Yo me quedaré aquí para vigilar». Lo dejé atrás, empujé la puerta y comprobé que realmente había una jaula con los dos conejos. Pero a su lado había una dama haciendo punto. Me miró de arriba abajo y me dejó el corazón helado. «Perdone», le dije, «me he equivocado de travesía.»

—¿Pero todavía queda población civil?

—Ya lo creo. Cada día llegan más. Es gente que se había escapado a pueblos y montañas y, ahora que puede, vuelve.

—¿Y los conejos?

—Me quedé sin ellos. Pero tiene que haber comida. Si examináramos bien las galerías encontraríamos muchas cosas.

Se refiere a unos pasajes que minan todos los lugares de Teruel. Bajo tierra se puede ir de una casa a otra, enlazar calles separadas en el exterior, unir barrios lejanos. Estas galerías han jugado un papel importante en la batalla de Teruel y empiezan a crear leyenda.

—Yo no me aventuraría por estos subterráneos por nada del mundo. La semana pasada cinco carabineros y un teniente entraron a hacer una inspección. Cuatro días después se encontraron los cadáveres de tres carabineros en las inmediaciones de la estación. Del teniente y de los otros dos muchachos no se ha sabido nada.

—¿Creéis en la existencia de brujas?

—No. Pero tenemos pruebas de que existen fascistas. Hay unos cuantos que no pudieron huir y no cayeron en nuestras manos. ¿Dónde están? No me negaréis que los subterráneos no son un buen escondite. Además, ¿qué ha sido de los tres guardias de asalto desaparecidos?

Eso era cierto. Tres guardias de asalto entraron en las minas para explorarlas y no se les volvió a ver. Estos caminos bajo tierra nos dan miedo; nos gustaría mucho que no existieran.

Pero el muchacho madrileño, el dinamitero más joven, reaccionó:

—Mirad: si todo esto es cosa de fascistas, no tengo miedo. Si no los tememos a la luz del día, no entiendo por qué nos van a amedrentar cuando están escondidos unos palmos bajo tierra. Y si un fascista y yo nos encontramos cara a cara, él tiene más motivos para inquietarse que yo.

Lleva ocho bombas de mano alrededor de la cintura y es ágil de movimientos, decidido. Tiene toda la razón en lo que dice.

—Pero, hombre, desconocemos el trazado de estas galerías, no sabemos qué sorpresas nos pueden deparar. Un enemigo que las conozca tiene muchas probabilidades a su favor.

—No obstante —intervenimos nosotros—, si lo que suponemos es cierto, tenemos el deber de limpiar las minas y atrapar a los que allí se esconden. Nos pueden dar muchos disgustos. Hemos oído que en algunas zonas inexploradas hay cargas de dinamita administradas por los facciosos.

Nos íbamos calentando. Llegó un momento en el que convenimos que si no entrábamos en las minas se nos caería la cara de vergüenza y no podríamos ir con la cabeza alta. En el transcurso de la conversación, cada uno procuró ir un poco más lejos proponiendo audacias, sólo nos limitaban las posibilidades. Finalmente llegamos a un acuerdo: mañana por la noche entraremos en las galerías, por una boca que da a una casa cercana a la plaza del Torico. No diremos nada a nadie; es preciso que entremos solos para que la gloria de la expedición no quede demasiado repartida.

El madrileño ha traído dos cirios largos y gruesos de la catedral. Con lo que llegan a durar, podríamos recorrer seis o siete veces todo el circuito de galerías y mirarlas con detenimiento.

Las noches siguen siendo claras, de luna redonda y generosa. Vamos armados; el que menos lleva una pistola y un bolsillo lleno de munición. Los dinamiteros van tan preparados como para cambiar la estructura de toda la red subterránea.

Aparte del rumor del frente, no se oye otro ruido que no sea el de las dinamos que iluminan las oficinas militares. Pasamos bajo los pórticos de la plaza, pegados a la pared y de uno en uno, porque los grupos, de noche, son sospechosos de pillaje y la policía los persigue. No sabemos qué queremos hacer, ni por qué lo hacemos; no sabemos si vamos en busca del peligro o de unos fascistas ni sabemos si estamos cometiendo un grave acto de indisciplina o una heroicidad. De hecho, lo único que tenemos claro es que hacemos lo que hacemos tomando en consideración nuestra propia reputación, por encima de nosotros mismos.

Somos siete en total. No hay de qué alarmarse, no nos espera ningún enemigo escondido, pero nos sentimos poderosos. Al llegar a la casa escogida, nos metemos con cautela para evitar que alguien nos vea; hemos entrado en una pescadería, reventada, mellada por la lucha. Un compañero ha tropezado con los brazos de una balanza tirada en el suelo y hemos tenido que sostenerlo para que no cayera: ha hecho un ruido metálico tosco, que ha salido a la plaza y ha retumbado por los porches.

El suelo está lleno de papeles y de cestillas de mimbre. Entre el mostrador y la pared, interceptando la entrada a la rebotica, hay un colchón que nos traba los pies y ralentiza nuestros movimientos. Una vez que lo dejamos atrás y estamos seguros de que la luz no se verá desde la calle, encendemos los cirios; antes, sin embargo, al apoyarme en una caja para mantener el equilibrio, he tocado algo reseco, que ha crujido con la presión de mis dedos. Ahora, con la luz, he visto que son pescados momificados que se precipitan fuera de la caja, desorbitados, como si quisieran huir. Despiden un hedor insoportable.

El muchacho que nos hace de guía pasa delante y nosotros le seguimos, con el corazón encogido y sin poder respirar hondo. Volveríamos atrás si no estuviera en juego la buena reputación que tenemos. Pasamos por los restos de un comedor, con un jarro de flores marchitas que se sostienen milagrosamente sobre la mesa. Antes de llegar, a la izquierda, hay una puerta gris, cerrada; el guía nos indica que debemos entrar pero los escombros frenan el juego de la hoja y no cede. La empujamos con la espalda golpeándola, y hacemos tan poco ruido como podemos.

—Si nos pillan y no les gusta nuestra explicación, nos fusilarán como a saqueadores.

—Calla, majadero.

Nos sale una voz fina, que no es la que nos gustaría para casos como éste. Pero somos tozudos. Empujamos como si al otro lado de la puerta fuéramos a encontrar un premio, y finalmente las bisagras chirrían, ceden y podemos entrar.

Aparentemente parecía seguro entrar así; era un lavadero pequeño, lleno de ropa sucia y una humedad que se metía en los pulmones. Pero ahí estaba lo que buscábamos: el guía se agachó y levantó una tapa de madera que dejaba al descubierto una escalera. Bajó la pendiente muy rápido hasta el suelo.

—Ya está. Venga, id entrando.

Y entramos, uno tras otro, sin decirnos nada. Aguzamos la vista y el oído, atentos a no sabemos qué pero listos para saltar si el instinto lo ordena; bajamos los escalones asentando bien la planta de los pies, palpando las paredes con las manos. Tenemos en alerta todos los sentidos y, si el aire trajera peligro, lo descubriríamos con el olfato.

La llama de los cirios titila por una ráfaga de viento, pero no llega a quemarnos la piel. El olor de la cera llena el recinto y domina sobre cualquier otro olor. Cuando se acaban los escalones y pisamos la tierra firme, nos sentimos lejos del mundo de la superficie, desamparados. Nadie nos oiría si gritáramos y, si nos oyera, peor para nosotros.

De aquí en adelante, no conocemos el camino. El guía conocía la entrada a la cueva, eso es todo. Sea como sea, como no sabemos el lugar al que queremos ir, cualquier ruta nos parecerá buena.

Avanzamos por una galería abierta a golpe de pico. Circula un aire cálido, que viene de lejos y que enlaza con otras minas. A veces, en una esquina, el aire nos agarra de los cabellos y los mueve de una manera suave, como si unos dedos de gelatina nos acariciasen la cabeza. Cada vez que esto sucede un escalofrío se nos clava en la nuca y nos recorre toda la espalda.

Con frecuencia, nuestros pasos retumban por las bóvedas, en un zumbido que hace vibrar los tímpanos. Parece que caiga sobre nosotros el miedo que deberíamos provocar al enemigo y, sin ser conscientes, caminamos más deprisa y debemos proteger las llamas de los cirios con la palma de la mano.

La galería se alarga, se bifurca, corta otros circuitos y forma cruces. A tramos, construcciones rudimentarias de madera y obra refuerzan los techos y, con cada cambio de estructura, el corazón nos da un vuelco. Encontramos una lata grande de conservas, vacía, con restos de comida recientes y afinamos todavía más la cautela de nuestros movimientos. El madrileño saca una bomba de la cintura y la sostiene en la mano con fuerza.

—Si tiras la bomba aquí, moriremos aplastados como pollitos.
—Pero los otros nos harán compañía.

En ocasiones, saber que *los otros* también tendrán lo suyo no nos tranquiliza lo bastante. Las voces suenan en plenitud, recogidas; la tierra que nos rodea las comprime y las eleva a nuestro alrededor. Si nos hubieran ordenado esta misión, creeríamos que alguien buscaba nuestra perdición y que éramos víctimas de una injusticia. Pero ahora, pese a todo, no tenemos ganas de retroceder y una inmensa curiosidad nos empuja hacia delante.

En un giro de la mina, a nuestra derecha, encontramos una puerta medio cerrada. Clavado en la madera, colgado de un cordel, hay un hueso de jamón y, debajo, un cartel que dice: «Si queréis más, entrad». Se trata de una broma macabra; por debajo de la puerta sobresale una gran mancha de sangre reseca, fundida con la tierra, y un intenso olor a cadaverina que se apropia de nuestros sentidos.

—¿Entramos?
—No hace falta. Desde aquí podemos imaginar en todo su esplendor el ingenio del autor del cartel.
—Pero quizá podríamos identificar algún cadáver.
—¿Y qué ganaríamos? No podríamos devolverlo a la vida.

No tenemos ganas de entrar y seguimos caminando. Hace rato que avanzamos y ya estamos lejos del punto de partida. Por dos veces hemos tenido que deshacer el camino porque los escombros interrumpían el trayecto. Se trata de lugares en los que, durante la lucha, se colocaron cargas explosivas de gran potencia para volar determinados edificios. Hay trozos que corresponden a los pisos altos que han ido a clavarse bajo tierra, obturando la boca de la mina. Incluso, en una ocasión hemos podido ver el cielo por una abertura estrecha sobre nuestras cabezas. Un rayo de claro de luna entraba en la galería y hacía palidecer la luz de la mecha y de la cera. En el suelo había un casco de metal de los nuestros agujereado por la metralla.

—Si encontramos un grupo de fascistas, ¿qué hacemos?

Todos piensan en esa posibilidad y cada uno ha imaginado la manera de arreglárselas.

—De momento, tendremos un poco de miedo, pero ellos también lo tendrán. Será preciso espabilarnos y reaccionar antes que los otros, dándoles unos tiros. Además, si...

Se oyen voces y ruido de pasos y se interrumpe la conversación. Debe de haber gente muy cerca de nosotros. Nos quedamos sin aliento. El alma se nos sube al cuello y nos ahoga; tememos que la luz de nuestros cirios delate nuestra presencia, pero tememos mucho más quedarnos a oscuras.

Hay algo que fuerza nuestra voluntad, por encima de todas las reacciones y de todos los sentimientos, y nos obliga a seguir avanzando. Tenemos las armas a punto, plantamos los pies en la tierra con infinita precaución y confiamos todas nuestras ganas de vivir a nuestros ojos y nuestros oídos.

Ahora la mina desciende en una pendiente pronunciada, en un largo trayecto casi recto. Ignoramos si nos hundimos más en la tierra o si la galería corre paralela al terreno exterior. Algunas de las escaleras que acceden a la mina tienen filtraciones de aguas sucias y detritus que despiden un hedor terrible. Oímos un goteo persistente, que retumba por las paredes y adquiere unas proporciones absurdas. Ese sonido nos llega a obsesionar y nos da dolor de cabeza.

Una explosión muy fuerte ha sacudido el techo de la galería; nos hemos quedado medio cubiertos de tierra con las caras marcadas por la angustia de enterrarnos en vida.

—Es un obús que ha estallado en el exterior. Debemos de estar muy cerca de la superficie.

Seguimos caminando más rápido, con el corazón latiendo tan fuerte que tememos que delate nuestra presencia. Las voces se escuchan cada vez más cercanas.

Delante de nosotros, la mina gira hacia la derecha en una vuelta cerrada. De repente, un silencio absoluto. ¿Qué debe pasar? Es posible que hayan visto la luz de los cirios y se preparen para sorprendernos. No se nos ocurre otra cosa que apagar las luces que llevamos y caminar a tientas. En esos instantes parece mentira que volvamos a ver la luz del día y respirar al aire libre.

Cuando los ojos se habitúan a la oscuridad, vemos que desde la esquina entra una luz vaga, como de claro de luna. Avanzamos poco a poco y ganamos el recodo en un movimiento rápido para apuntar por sorpresa a los que creíamos que nos esperaban.

Una corriente de aire frío se nos mete en la ropa y nos da escalofríos; sin tiempo para rehacernos, un potente reflector nos deslumbra y nos priva de ver nada fuera del disco del foco y su halo luminoso.

—No hagáis ningún movimiento. Os apunta una ametralladora. Si os movéis, dispararemos.

Es una voz firme, segura, que nos hiela el espíritu. De momento, nos quedamos clavados en la tierra, con los ojos abiertos de par en par. Desde más allá del reflector, nos llega el sonido de una risa llena, hiriente, que nos hace más daño que la certeza de nuestra impotencia.

El madrileño, medio escondido por un compañero que ha quedado delante, se lleva las manos a la espalda, lentamente. En una mano lleva una bomba y alarga los dedos hacia la anilla del percutor; se mueve imperceptiblemente. Los dedos de cada mano se buscan y reducen la distancia que los separa milímetro a milímetro.

El hombre tras el reflector vuelve a hablar:

—¡Venga, dejad las armas en el suelo, fascistas!

¿Fascistas? La vida sale hacia los labios, en un grito de alivio que recorre toda la mina.

—¡No disparéis, camaradas! Somos carabineros, somos dinamiteros de la brigada de choque.

Los que nos dominaban cruzan algunas palabras entre ellos: «llevan brazaletes, son de los nuestros», «llevan la estrella en los cascos».

—Pasad compañeros. No tengáis miedo.

Damos unos cuantos pasos y nos encontramos, una vez pasado el foco, en plena calle, con el cielo amplio sobre nosotros y la luna y las estrellas iluminando el mundo. Reconocemos enseguida el lugar en el que estamos: en las inmediaciones de la estación de Teruel.

—¿Qué hacíais ahí dentro?

—Hemos venido a cazar fascistas por nuestra cuenta.

—Habéis elegido un buen momento. Por los pelos no os hemos cazado a vosotros.

Reímos. Pero no estamos lo bastante recuperados para reír a gusto.

A lo largo de la calzada del tren hay una fila de falangistas, atados, que nuestros compañeros han sacado de la mina para ponerlos a disposición del comandante. En tierra, cerca de nosotros, vemos unas formas amontonadas, cubiertas con un pedazo de lona.

—¿Y eso?

—Son los cadáveres de los guardias desaparecidos.

Se nos traba la voz y nos cuesta tragar saliva.

—¿Os podemos ayudar en algo?

—No. Lo mejor que podéis hacer es retiraros. Si cuando vuelva el oficial os ve aquí y no le gusta vuestra idea, lo pasaréis muy mal.

—Muy bien. Salud. Y muchas gracias, camarada.

Emprenden la subida hacia la ciudad sin decir nada, mustios. En la parte alta de algunas casas cercanas a la estación flamean pequeños incendios que hacen que parezca que los pisos continúan habitados.

Antes de entrar en Teruel, el madrileño se gira hacia la estación.

—Si tardamos un momento más en darnos cuenta del error, les lanzo una bomba que ni los ángeles del cielo habrían llegado a tiempo.

FRANCISCO GARCÍA PAVÓN

DONDE SE TRAZAN LAS PAREJAS DE JOSÉ REQUINTO Y NICOLÁS NICOLAVICH CON LA SAGRARIO Y LA PEPA, RESPECTIVAMENTE, MOZAS AMBAS DE LA PUERTA DEL SEGURA, PROVINCIA DE JAÉN

En la vendimia de 1935, no sé si porque acudieron más forasteros que nunca o porque el fruto fue corto, quedó sin trabajo mucha gente de la que solía venir de Andalucía para coger la uva. Se les veía en la Plaza, sentados en los bordillos de las aceras o haciendo corros en espera del amo deseado que los contratara para vendimiar en sus pagos. Cuando pasaban carros o camiones cargados de compañeros suyos que habían tenido más suerte, los saludaban levantando la mano con flojo entusiasmo y melancolía. Procedían de las provincias de Córdoba y Jaén. Especialmente de la Puerta del Segura y de Bujalance. Arrojados por el hambre llegaban a pie hasta los llanos de la Mancha en busca de trabajo. Hombres resecos y avejentados, con blusillas claras y descoloridas que fumaban tabaco verde y miraban acobardados. Mujeres amarillentas con ropas de colorines, que comían melones pochos. Hedían a sudor agrio. En sus carnes mates se apreciaba el adobo de un hambre milenaria. Por la noche se les veía enracimados en las rinconadas. Dormían en montón, arropados los unos con los otros. Se dejaban los hijos con familiares o vecinos en su pueblo y hasta encontrar amo arrastraban sus petates por todas las calles del pueblo.

Y ocurrió que una de aquellas anochecidas de septiembre, tintas como el vino, el abuelo se presentó en casa con una moza lustrosa, de carnes brillantes y gesto infantil, cubierta con unas telas viejas y arrastrando alpargatas a chancla.

Cuando llegó estábamos en el gran patio de la fábrica, junto al jardincillo, tomando la fresca. Todos callamos para mirar a aquella muchacha frescachona que venía con el abuelo. Ella quedó azorada, un poco en la penumbra, sosteniendo su breve hatillo.

—Ya tenemos sirvienta, Emilia —dijo el abuelo—; se llama Sagrario y es de la Puerta. Quiere quedarse a vivir en nuestro pueblo.

Todos la mirábamos sorprendidos de sus hechuras y lustre, tan infrecuentes en «los forasteros», gentes por lo común de mal pelaje.

—Mañana le compras una bata —continuó el abuelo sin dejar de mirarla.

La abuela, que nunca se atrevía a discutir las determinaciones del marido, hizo a la Sagrario una pregunta insípida al parecer.

—¿Estás contenta de quedarte con nosotros?

Y la Sagrario, al intentar responder, empezó a llorar.

La abuela miró al viejo como interrogándole.

—Pero, puñeta, ¿qué te pasa, muchacha?

Durante un ratito sólo se oyeron sus sollozos. Al fin dijo entre hipos:

—Yo quiero estar con mi Pepa.

Y aclaró enseguida que «su Pepa» era paisana y amiga de toda la vida, que había venido con ella a la frustrada vendimia.

La abuela dijo que ella no quería más que una criada. La tía también se precipitó a decir que no necesitaba.

—¿Y cómo es «su Pepa»? —preguntaron las mujeres al abuelo.

—No sé; no me fijé.

—Ella no quería que me quedase sin *trabajá* —continuaba la Sagrario entre sollozos—. Desapareció cuando el señor me habló... Mi Pepa es *mu* buena.

Así estaban las cosas, cuando entre las semitinieblas del gran patio, con su vacilante paso de enferma, apareció mamá, que venía de casa de la hermana Paulina, que vivía enfrente.

Se sentó, fatigada como siempre, y me tomó la mano. Recuerdo la luz pálida de sus grandes ojos azules. Su oscuro pelo bien estirado. Sus manos, breves, brevísimas.

Cuando le explicaron lo que pasaba, miró a la Sagrario, que hipaba, con el hatillo entre las manos, y compuso aquel tierno gesto que tenía para los humildes y mansos de corazón como ella.

—Fíjate, ahora con el problema de «su Pepa»... —casi remedó la abuela.

Mamá sonrió y dijo que la venía Dios a ver si la tal Pepa era buena, pues traía un gran disgusto, ya que la chica que teníamos le acababa de anunciar que marcharía a vendimiar el lunes.

—¡Pues la Pepa! —dijo el abuelo, que no parecía dispuesto a soltar a la Sagrario.

—¿Tu Pepa —preguntó mamá a Sagrario— se querrá quedar aquí?

—Sí, señora... —dijo súbitamente contenta—, ya verá usted. Es buenísima. ¡Y tiene un *ange*!

—¿Y dónde está la Pepa?

—Allí, donde yo, en un rincón de «los Portales».

—Hecho —añadió el abuelo—. Que se venga a vivir aquí hasta el lunes que se marcha la tuya.

—¿Sí, señorita? —dijo Sagrario a mamá con alegría infantil.

—Sí, hija mía.

—Venga, deja ahí ese hatillo y vamos a por la Pepa —dijo el abuelo, alborozado de verlo todo arreglado.

Y salieron los dos a todo paso hacia el rincón de los soportales donde estaba la Pepa sola.

La Pepa era guapa de cara y no estaba mal de tipo. Un poco gansa y arrastrada en sus movimientos. Moza muy a la buena de Dios, con lentísima cadencia en sus palabras y ademanes. Tenía mucha sombra, pero sombra caída y remolona. Cuando terminaba de comer solía decir a quien estaba con ella, poniéndose las manos sobre el vientre:

>Ea. Ya hemos comido.
>Buenos *estamo*.
>Que Dios le dé *salú*
>a nosotros y a nuestros amos...
>Que ellos se metan en una zarza
>y no puedan *salí*
>ni nosotros *entrá*.

Aquella especial flema en su hacer y decir la hacían una humorista.

Muchas veces que íbamos a casa de la abuela después de cenar o venía la abuela a nuestra casa, la Sagrario y la Pepa paseaban juntas, contándose cosas de su tierra y amigos.

Y solía decir:

—Señorita, qué sosísimos son los hombres de esta tierra; de *toas* formas si saliese algún apañico...

Mamá enseguida le tomó afecto y pasaba muchos ratos oyéndole sus lentas gracias y donaires.

—Señora, ¿por qué le gustarán a una los hombres si son tan feísimos y con tantísimo pelo?

A nosotros nos contaba cuentos de gitanos y de vareadores de aceituna, que comían una cosa que se llamaba «gachamiga».

La Sagrario, más joven, la escuchaba embebida y hacía de todo comentarios estrepitosos e infantiles. Tenía una risa agudísima y convulsa, de niña feliz. La Pepa, por el contrario, reía más con la cara y los ojos que con la boca.

A los pocos meses de estar en el pueblo, a la Sagrario le salió un pretendiente muy bajito, muy bajito que le llamaban Pepe Requinto.

—Dios mío, ¿qué he hecho yo para que me quiera un hombre tan *menuo*?

—Hija —le decía la Pepa—, tú aguántalo mientras no te salga otro de más enjundia, que mejor es menudencia que carencia.

—Pero si no me llega al hombro... Si es un bisturí... ¡Ji... ji... ji!

—Hija, qué manía has *tomao* con el pobre Pepito Requinto. Como si el tamaño tuviera que ver algo con el matrimonio.

—¡Ay! Pepa, que la noche de bodas me va a parecer que estoy criando.

Al año siguiente, cuando llegó la guerra, las dos mozas estaban ya muy acopladas al ambiente manchego y a nuestras costumbres. La Sagrario había formalizado sus relaciones con Requinto.

—Pepa, hija, ¡qué pena que tú no tengas novio con lo guapísima que eres!

—Tú no padezcas que me lo están criando.

Requinto solía pasear con las dos amigas, haciendo esfuerzos inverosímiles por parecer más alto.

—Mira, Requinto, yo no dejo por nada del mundo a mi Pepa. De modo que hasta que ella no tenga novio, paseamos los tres.

Requinto murmuraba, plegaba el entrecejo y hacía tímidas alusiones a los fueros del amor en materia de soledad.

Pepito Requinto tenía un Ford muy trasto que había compuesto con piezas de diversa procedencia. A veces, por darse importancia, rondaba a la Sagrario con el coche, que era tan malo que ni se lo incautaron los milicianos.

Cuando Requinto las invitaba a dar un paseo en el auto, ellas se negaban. La Sagrario pensaba no fuese a darle al mozo una mala idea y la llevase a la perdición y no al castillo de Peñarroya, como decía. Y la Pepa decía:

—No es que me dé miedo, Requinto, pero sí me da vergüenza ir en coche como una señora.

Improvisaron un campo de aviación por las afueras del pueblo, más allá del Parque, y a cada instante llegaban escuadrillas de bimotores a descansar o a entrenarse. Durante mucho tiempo las tripulaciones fueron de rusos. Solían ser éstos unos tipos más bien altos, rubios y llevaban chaquetones de cuero. Sonreían a todo el mundo y no hablaban una sola palabra de español. Llamaban la atención, entre otras cosas, porque fumaban cigarrillos con boquillas de cartón muy largas.

Un médico que vivía enfrente de nosotros se hizo amigo de los primeros rusos que llegaron y tomó por costumbre que todos los que pasaban por el pueblo fuesen por su casa a la caída de la tarde. Allí tocaban un piano que tenía en el patio, cantaban canciones que nos parecían muy tristes y bailaban en cuclillas hasta caer rendidos.

Los niños y criadas de la vecindad solíamos asomarnos a la puerta del médico para verlos bailar, cantar y beber. Una tarde estábamos con la Pepa en el portal viendo las juergas de los rusos. Parecían más contentos que nunca. Daban saltos descomunales. Sudaban. El del piano estaba enloquecido. No sabíamos, o no recuerdo, por qué era tanto júbilo.

En un descanso del baile, uno muy alto y rubio, que muchas veces había mirado hacia nosotros, sacó una caja muy alargada de chocolatinas y sonriendo, sin hablar, se la dio a Pepa.

La Pepa se puso encarnadísima y dijo:

—Que Dios se lo pague, buen mozo.

Él quedó sonriendo, embobado, mirándola. Ella bajó los ojos. Como estuvieron así un buen rato, las miradas de todos acabaron por fijarse en aquel mudo idilio.

Ella, por fin, lentamente, sin levantar los ojos, desenvolvió la caja y nos ofreció chocolatines al ruso y a los demás que estábamos junto a ella. El ruso, al tomar uno, le hizo reverencias. Mientras la Pepa nos invitaba, el ruso la miraba con sus ojos azules, metálicos y un poco inclinados. Luego le tomó otro chocolatín de la caja, le dio a morder la mitad y se comió él la otra parte. Y esto se hizo en medio de un gran silencio. Y cuando los dos estaban comiendo el chocolate partido, de pronto todos los rusos que estaban mirando tomaron sus copas y las subieron muchísimo. Uno de ellos trajo una copa a la Pepa y otra a su compañero; dio una gran voz y entre grandes gritos y risas todos bebieron menos la Pepa, que estaba como asustada. Pero su ruso suavemente la empujó y le hizo beber un traguín. Y después siguió el baile y el cante. Y cuando bailaba el ruso amigo de la Pepa, lo hacía mirándola, como dedicándole todas sus vueltas y saltos.

Los días que siguieron a aquel brindis famoso, la vecindad lo pasó muy bien con los amores del ruso y la Pepa. Y fueron preciosos para ella, que andaba en sus haciendas lela o como si oyera una musiquilla muy tierna dentro de su corazón.

—¡Ay! *Jesú* mío —decía a cada nada.

Mamá la observaba mucho con sus ojos claros y acariciantes.

Una tarde de gran tormenta hablaron mucho las dos sentadas en el portal, sobre las butacas de mimbre que usábamos en el verano.

—¡Ay, *Jesú*, señora! Y ¿qué van a decir en la Puerta?

Una vez vi que mamá le acariciaba el pelo.

A la anochecida, cuando los rusos acompañados por el maestro de la música, que era su buen amigo y vivía con ellos en el mismo hotel, llegaban a casa del médico, mamá dejaba a la Pepa que saliese con nosotros a la esquina de la confitería. Se ponía la pobre, sosamente, una flor en el pelo de las que tenía mamá en el arriate del corral, y con su humilde bata clara y zapatillas rojas esperaba azorada.

—Ya está la Pepa aguardando al ruso —decían las vecinas desde sus puertas, ventanas y balcones.

Llegaban los rusos con sus chaquetas de cuero y las botellas en la mano, acompañadas del maestro de la banda que sabía decir *tovarich*. El ruso alto de los ojos grises, al ver a la Pepa, se adelantaba sonriendo. Le hacía una exagerada reverencia y le daba cajas de caramelos y de pastillas de jabón. Y alguna vez telas. Luego quedaban mirándose mucho rato sin hablar. A lo más, él decía con un tonillo musical: «amor...», «amor...». O bien: «muchacha guapa... amor».

La Pepa se ponía muy encarnada y le daba la florecilla que llevaba en el pelo. Y el ruso la guardaba en su cartera, muy grande, después de besarla. Todos los chicos de la vecindad y las niñeras les hacíamos corro. Pero a ellos les era igual.

—*Josú*, señora, se llama Nicolás Nicolavich.

—¿Qué más da, Pepa?

—Sí..., pero eso de Nicolavich...

Una tarde, Nicolás quiso que la Pepa pasase a la casa del médico. Ella se resistía. Le daba vergüenza desde el día del brindis. Tuvo que salir la señora del médico a convencerla.

Cuando estuvimos dentro, en el patio, Nicolás Nicolavich pidió silencio y luego se dirigió a todos con aire solemne. Dijo muchas cosas en ruso mirando a la Pepa. Todos les aplaudieron. Luego, uno muy bajito, que parecía un mongol de los «tebeos», que era el intérprete, tradujo con acento dulzón lo que había dicho su camarada: «... Que Nicolás Nicolavich se complacía en comunicar a todos que iba a hacer a la Pepa su "compañera". Y que le iba a dedicar con todo su corazón o algo así lo que iba a bailar enseguida. Y que él —el intérprete— felicitaba a la Pepa particularmente, por haber tenido la suerte de pasar a formar parte de la gran familia soviética».

Aplaudimos todos los españoles. Y los rusos se acercaron uno por uno a dar la mano a la Pepa. Y luego Nicolás le dio dos grandes besos en las mejillas. La Pepa recibió toda aquella pública declaración inmóvil, palidísima, sudando.

Nicolás Nicolavich volvió a dar un grito y de súbito, al son de un piano que tocaba un tal Kolsof, se puso a dar vueltas sobre una pierna sola.

Y todos dábamos palmas acompasadas como los rusos.

Entró al portal del médico mucha gente de la vecindad atraída por tan extraordinaria algarada y rodeaban con admiración a la Pepa, que seguía inmóvil, respirando por las narices muy abiertas y con las manos sosamente cruzadas sobre el pecho.

Al día siguiente la Pepa tuvo una conferencia muy larga con la Sagrario y Requinto. Ella oía con la boca abierta todo lo que le decía su paisana. Él escuchaba con aire de suficiencia. De pronto, la Sagrario empezó a reír y a darse manotadas en las nalgas.

—Hija mía, Pepa..., ¿pero qué vas a hacer con un marido que no lo entiendes? ¡Un ruso, *Jesú*! ¡Ay, Pepa, hija mía, qué cosas!

Requinto fumeteaba muy cargado de razón.

—Nadie sabe dónde está el sino de cada uno —dijo sentencioso al fin.

Posiblemente a Requinto le hubiese gustado ser el protagonista de aquella famosa historia de amor. Pues, como luego se demostró, era hombre con sed de nombradía y distinción.

—Te tiene hecha *porvo*. Pepa, hija mía, y sin entenderle palabra. ¿Quién lo iba a decir? Cuando se enteren en la Puerta...

A Requinto debía molestarle también el que la Pepa estuviera más hecha polvo que su Sagrario.

Cuando doña Nati se enteró por mamá del sesgo que tomaban los asuntos hispano-rusos a través de sus modestos representantes Nicolás y Pepa, una tarde, al pasar por delante de su casa camino de la fábrica del abuelo, se asomó al balcón según costumbre y nos llamó a capítulo.

Fue una larguísima conversación en la que, naturalmente, doña Nati llevó la mayor parte, ya que la Pepa en principio se limitó a una sucinta relación de su conocimiento y amores con el soviético.

Doña Nati no se dejó nada en el tintero. Aludió a las diferencias de clima, idioma, religión, costumbres, alimentos y régimen político. Sobre este último punto hizo una verdadera declaración de principios, explicando cómo ella, que no pasaba de ser una republicana liberal, repudiaba todo tipo de dictaduras e intervenciones estatales. Que repudiaba asimismo toda coacción de conciencia y de pensamiento. Que odiaba los militarismos y la farsa del partido único. Y, como mal menor, no omitía sus reservas en cuanto a las teorías igualatorias del comunismo en materia económica y social. Pues consideraba que el ser humano debía tener absoluta libertad hasta para ser pobre... Sin embargo —y aquí hizo un gesto muy teatral para subrayar las razones que seguían—, comprendía que el amor de verdad era un sentimiento sublime, capaz de superar cuantas diferencias pudieran ser impedimento en unas relaciones normales, no caldeadas por la divina temperatura de la pasión. Que ésta —doña Nati conservaba todavía muchas expresiones románticas— cuando era pura y a la vez robusta, se bastaba para fundir en uno a dos seres aunque estuviesen dotados de muy divergente naturaleza. Y que ella, la Pepa, acabaría aprendiendo el ruso sin sentir, como si fuese ciencia infundida por las vías del corazón y de la sangre. En cuanto a la temperatura, clima, costumbres y hasta régimen político, serían asimilados por la Pepa si de verdad su amor por Nicolás era tan intenso e imparable como parecía... Y que, en definitiva, siempre sobre el supuesto de la alta temperatura de su pasión, hacía bien en casarse con el ruso.

Cuando doña Nati concluyó su pieza, la Pepa contestó con breves palabras que poco más o menos fueron éstas:

Que ella quería mucho a Nicolás. Que todo fue de pronto, como una fiebre que no se le iba. Que estaba segura de que él era un hombre muy bueno y cariñoso. Que ella no tenía nada que perder en España. En tocante a frío y hambre, porque desde chica hasta que llegó a nuestra casa no supo lo que era comer caliente a diario y acostarse en cama con sábanas. En cuanto a religión, que la pobre vida que llevó no le había dejado pensar en el Dios español con simpatía. Y en respectivo a ideas políticas, que ella no entendía de dictaduras y libertades, pero que desde luego le parecía muy requetebién que no hubiese pobres ni ricos, ya que todos éramos hijos de Dios y no entendía por qué a unos les había de sobrar todo y a otros faltarles hasta el pan... Y como colofón, que ella, destinada a casarse con un bracero medio muerto de hambre y la mitad del año parado, no podía haber soñado con un marido militar de graduación, piloto además...

Doña Nati oyó con serenidad la defensa de la Pepa, subrayando con gestos ambiguos algunas de sus afirmaciones, pero a la vista de decisión tan firme optó por no hacerle más recomendaciones, darle su enhorabuena y desearle mucha felicidad.

Lo único que le hizo prometer a la Pepa era que le escribiría contándole sus impresiones sobre Rusia, para así tener ella una información directa de aquel misterioso país.

Se lo prometió la Pepa; nos besó doña Nati; se despidieron ellas y marchamos.

Una de aquellas mañanas, muy temprano, llegó a la puerta de casa María la Foca. Era ésta una pobre de pedir —entonces acogida al Socorro Rojo—, celestina de carne baratísima, perita en chachas, en cuartillejeras y viejos rijosos. Venía a traer un secreto mensaje a la Pepa.

Gruesa, casi negra, con un ojo en algara y otro lagrimeante; bigotuda a lo chino, se apoyaba en un sucio bastón de palo de horca. El pelo entre gris y aceitoso le asomaba bajo el pañuelo negro, sucio, hecho gorro.

Guiñando el ojo acuático y mordiendo golosamente las palabras, dijo a la pobre Pepa que aquella misma tarde los rusos se iban a Rusia sin dar cuenta a nadie... «Y te lo digo, moza, para que te muevas, no vaya a dejarte el avionero compuesta y sin novio.»

Cuando nos levantamos, mamá encontró a la Pepa en su cuarto, sobre la cama, en un aullido tiernamente doloroso, de animal herido.

Mamá se sentó junto a ella y comenzó a decirle muchas palabras de aliento y esperanza, luego de enterarse que entre ellos no habían «pasado a mayores».

—No, señora, no. Como dos ángeles...

Papá cuando llegó y se enteró de lo que pasaba, dio también tranquilidades a la Pepa. Le dijo que tenía la impresión de que, tal y como se habían desenvuelto las cosas, Nicolás no le haría ninguna cochinada. La Pepa se animó un poco, se levantó de la cama y, si bien es verdad que sin dejar de lloriquear, siguió con las faenas de la casa. De todas formas, papá dijo que en cuanto comiese iría a ver al médico vecino por saber qué había de cierto en la marcha de los rusos. Pero no fue necesario.

Estábamos en los postres del almuerzo cuando llamaron a la puerta con mucha energía. La Pepa se quedó rígida como si le hubiese golpeado en el pecho. Y marchó a abrir casi temblando.

Quedó la puerta de casa abierta de par en par y el portal se inundó con todo el sol de la siesta. Se oyeron unas palabras breves. Y enseguida, sobre el portal, el taconeo decidido de tres rusos y el maestro de la banda, que sabía decir *tovarich*. Uno de ellos era, claro, Nicolás Nicolavich; otro, un gran jefe con uniforme muy hermoso y el tercero, el intérprete con cara de mongol de «tebeo».

Después de hacer unas inclinaciones de cabeza a manera de saludo, el intérprete empezó a hablar con papá, mientras los otros, incluso el maestro de música, estaban inmóviles.

La Pepa miraba con arrobo a su Nicolás, que sólo parecía atender a la cara que ponía papá según le iba hablando el intérprete.

Mamá les indicó que se sentasen, pero ellos dijeron que no, que tenían mucha prisa.

Decía el intérprete que por una orden de la superioridad, la escuadrilla tenía que volver a su base rusa aquella misma tarde. Que Nicolás era todo un caballero y había pedido permiso al jefe de la escuadrilla allí presente para llevarse consigo a la Pepa, ya que probablemente no volverían más a España. Que el jefe había dicho que bueno, pero que era preciso que la Pepa tuviese permiso de papá, que parecía ser su tutor o familiar, ya que ellos no reconocían la relación amo-criado superada en su país por la gloriosa revolución de 1917. Y que la intención del comandante era que papá diese su consentimiento de palabra y firmase aquel papel que habían puesto sobre la mesa.

Papá contestó al intérprete que la Pepa era mayor de edad y libre de ir y casarse con quien pudiera. Que si ella estaba conforme, él, conociendo sus sentimientos hacia Nicolás, nada tenía que oponer. Entonces, con toda formalidad, el intérprete preguntó a Pepa que si quería marcharse a Rusia con Nicolás aquella misma tarde, para allí contraer matrimonio con arreglo a las leyes de su país. Ella, sin el menor titubeo, dijo que sí. Y puso la mano sobre el hombro de Nicolás, que, sin perder su posición de firme, le rodeó la cintura con un brazo.

Papá se arriesgó a decir a la Pepa que suponía que habría pensado en que nunca había salido de España y que ahora se iba a encontrar con un país muy distinto en todo.

Sin dejarlo concluir, el intérprete aclaró con mucho orgullo que el destino de la Pepa iba a ser buenísimo. Sería una ciudadana soviética. Esposa de un valiente oficial de la aviación de la URSS..., «lo que ustedes llaman aquí una verdadera señora».

Papá, sin hacer mucho caso del discurso, preguntó a la Pepa que si sabía algo su familia. Ella le dijo que sólo tenía un hermano y que le escribiría aquella misma tarde comunicándole su viaje.

Papá firmó el papel escrito en ruso, que, según dijeron, era una autorización para que se fuese la Pepa. Tenía que firmarlo también el alcalde, el comandante militar del pueblo y no sé quién más. Luego se despidieron de papá y mamá, quedando en que Nicolás vendría a recoger a la Pepa dos horas después, ya que a las siete de aquella misma tarde despegaría la escuadrilla rumbo a un lugar de Rusia. La Pepa iría con Nicolás en el bimotor que pilotaba.

Corrió la noticia y empezó a llegar gente a casa para despedir a la Pepa. Ella estuvo lista muy pronto, llevando por todo equipaje una maletilla de cartón pintado. La Sagrario lloraba inconsolable.

—¡Ay, mi Pepa!..., mi Pepa..., en un avión... ¡A Rusia!... ¡Qué lástima!... ¡Ay, mi Pepa, qué suerte!

Así pasaba del lamento a la envidia la pobre Sagrario, con una inconsistencia tan infantil como graciosa.

Requinto, mudo, visiblemente molesto, fumeteaba sin cesar.

—¡Qué suerte, Pepa!, mujer de *melitá* con graduación.

Cuando le oyó aquello Pepe Requinto, que no había sido movilizado por corto de talla, miró a Sagrario con muchísima furia.

La Pepa, con una florecilla en el pelo, sin apartarse de su maletín de cartón, sonreía.

Cada cual decía su cosa y todos la felicitaban, no sin alguna objeción inoportuna.

—¡Rusia!, si debe estar más allá de Francia.

—Allí, hija mía, ten cuidado —decía la hermana Mariana—. Todos son herejes.

—Quién te lo iba a decir, de vendimiadora a pilota.

Mamá le regaló unos pendientes antiguos, y el abuelo y Lillo se presentaron con un gran ramo de flores. A nosotros la Pepa nos acariciaba y decía que nos escribiría.

No tardó en llegar un coche a la puerta de casa. Entró Nicolás vestido con un mono de cuero y el pasamontañas. Venía con él el maestro de la banda.

—¡Vaya, vaya! —le dijo éste a la Pepa—. Te has convertido en una auténtica *tovarich*.

Nicolás traía en el brazo una gabardina malva y un sombrerito del mismo color que se los ofreció a la Pepa para el avión. Ella se los probó inmediatamente.

—¡Ay, Pepa, y qué guapísima! —le decía la Sagrario, tocando el género.

Requinto miraba al suelo lleno de indignación.

La Pepa quedó transformada con aquellas ropas. Parecía una señorita de verdad. Nicolás dulcemente la besó en la frente. Luego empezó a dar la mano a todos sin dejar de sonreír y diciendo algunas palabras en ruso y español... Se le entendía «adiós..., adiós».

La Pepa se dejó abrazar por todos y a mamá le dio muchos besos.

El maestro de la banda le entregó un papel pautado que dijo ser un pasodoble que había compuesto para ellos, titulado «La novia de Rusia».

Nicolás tomó finalmente en brazos a la Pepa y se la llevó hacia el automóvil.

Seguían las despedidas con la mano mientras el coche arrancaba.

Y el abuelo, detrás de todos, decía:

—Coño, coño, qué cosas...

Al día siguiente, por la mañana bien temprano, cosa rarísima, el abuelo estaba sentado en el patio de casa hablando con mamá. Parecía indignado. Tenía los brazos cruzados sobre el pecho y decía mucho que sí con la cabeza y los labios fruncidos.

—Esta puñetera muchacha.

—Antes culpo yo a Requinto —decía mamá.

Acabé por comprender que aquella mañana no había amanecido la Sagrario en su cama; ni su ropa ni maleta en el cuarto.

El abuelo había denunciado el caso y parece que habían comenzado las averiguaciones, aunque la cosa estaba bastante clara.

El abuelo lo contaba todo con verdadera exaltación:

—Esta muchacha, con lo que hemos hecho por ella... ¿Dónde habrá ido?

Mamá, después de oírle mucho rato en silencio, dijo casi sonriendo:

—La ha raptado Requinto. No le quepa a usted duda.

—Demonios... que la ha raptado. ¿Y para qué? ¿Es que se oponía alguien a que se casaran?

—Pero le ha dado envidia del ruso.

—¿Tú crees?

—Daría cualquier cosa.

—Voy a ver.

Y el abuelo salió disparado no sabíamos hacia dónde.

A mediodía estaba todo aclarado. Unos soldados llamados «de etapa» que había allí en la guerra habían localizado a Sagrario y a Pepito Requinto en la Posada de Argamasilla de Alba, a seis kilómetros de nuestro pueblo. Allí se había terminado la gasolina del pobre Ford de Requinto.

Volvieron tres días después, pero no se atrevieron a presentarse ante mi familia. El abuelo tuvo que buscarlos y llevarlos al juez a que los casara.

Luego comentaba con los amigos:

—El Ford de Requinto era el único que debían haber requisado estos *jodíos* milicianos.

Y también:

—Y este tonto de Requinto está orgullosísimo de su aventura. Como si la hubiese llevado a la estratosfera.

Acabó la historia con un comentario de doña Nati refiriéndose a Sagrario y a la Pepa:

—Estaba de Dios que sus vidas serían paralelas.

JESÚS FERNÁNDEZ SANTOS

EL FINAL DE UNA GUERRA

El muchacho se quitó las pieles de carnero que calzaba, sacando del macuto un par de alpargatas viejas y zurcidas.

El compañero le miró. Iba a decirle algo pero a su vez, tras un último vistazo, dejó el fusil contra la pared de la chabola, saludándole con un irónico ademán de despedida.

—Hasta la vista... —y alzando desde el suelo un lío de ropa, todo su equipaje, preguntó al chico—: ¿Vamos hasta la cocina?

—Andando.

Lucían las estrellas sobre la negra retama del pinar. El muchacho, caminando, se preguntaba si aquellas luces en lo alto serían capaces de orientar hasta Madrid el rumbo de los dos.

A sus espaldas, el frente dormía. Disparos lejanos, solitarios, traían de vez en cuando el recuerdo de una guerra remota, en la que nadie, bajo los pinos, había llegado a intervenir. Sólo cambios de frente, mudanzas locales de trincheras húmedas a sucios parapetos, aburridos relevos cada quince días y un hambre larga, insatisfecha, harta de pan y de café, de sopas y naranjas. Rumores de rendición, de nocturnas deserciones, pasando el frente hacia la otra zona o huyendo hasta Madrid para esperar el final de la guerra.

—¿Tú crees que acertaremos el camino?

El compañero ajustaba su paquete para llevarlo sobre el hombro.

—Acertaremos. Si no nos pillan los del control.

—¿Tú qué piensas hacer en Madrid?

—Ya te lo diré cuando lleguemos.

—¿Y al furriel, le conoces? ¿No irá con el cuento al comandante?

—Ése es de confianza... Un amigo. Si él pudiera se venía con nosotros, pero tiene la familia aquí, en un pueblo cerca.
—Además los furrieles viven bien.
—Te diré: como generales...
Tardaban en llegar a las cocinas. Por fin, tras un recodo cubierto de troncos calcinados, llegó el olor hiriente del aceite frito. El hogar, entre las sucias tiendas de los pinches, dejó escapar un tibio resplandor al soplo de la brisa.
—Están durmiendo...
—No puede ser. Le dije que venía.
El compañero, sin titubeos, se dirigió a una de las tiendas.
—Ramón —dijo en un susurro.
El furriel les miraba ahora desde sus ojos pequeños y brillantes, sucio, dormido, despeinado, desperezándose bajo la luna.
—Bueno, os daré el pan, pero si os cogen, de mí ni una palabra, que ya me liaron más de una vez, por bueno.
Aún siguió protestando, mientras sacaba de los sacos el pan caliente y tierno. Los chuscos relucientes parecieron al muchacho un grado superior en el ejército, como si de pronto a él y al compañero les hubiesen encomendado una misión difícil, un trabajo especial, privilegiado.
El apretón de manos selló las gracias pero a poco, cuando ya comenzaban a alejarse, un siseo insistente les detuvo. Al borde de las tiendas el furriel les hacía señas. Volvieron sobre sus pasos y el cabo se acercó a medio camino.
—¿Pero dónde vais?
Los dos se miraron confusos.
—¿Lleváis salvoconducto? —preguntó todavía.
—No... —confesó el muchacho.
—Si lo lleváramos, ¿para qué íbamos a andar escondiéndonos?
—¿Ningún papel...?
—Nada...
—Estáis locos —por un momento miró arrepentido el pan que aún llevaban en la mano—. Por ahí vais derechos al control.
Hizo un silencio y luego añadió de mala gana:
—Venid conmigo...
Fueron bajando tras el suave declive que cubría la espalda de las tiendas, hasta desembocar en las oscuras fauces de un barranco. Su aliento húmedo trajo el eco de la última recomendación.

—¡...Y a ver si abrís los ojos! La semana pasada empapelaron a tres.
—¿Les formaron expediente?
—¿Por qué? ¿Por bajar a buscar comida?
—Eso dijeron ellos —en el tono del furriel pudo percibirse una clara alusión a ambos—, pero les condenaron.
—¿Les cayó mucho?
—El batallón disciplinario... Allí están, en primera línea, llevando troncos toda la santa noche hasta las trincheras. De modo que espabilar...
—Hasta la vista.
—¡Suerte...!
—¿Quieres algo para Madrid?
—Recuerdos a la Cibeles.

El muchacho iba pensando, mientras caminaban, en los trabajos del batallón disciplinario. Recordaba a los hombres luchando por alzar los rollizos de pino sobre el talud desnudo de las zanjas, su silencio, el fatigoso ir y venir bajo la oscuridad de las nubes que cubrían la luna. A veces la claridad se hacía de improviso y los soldados quedaban inmóviles, esperando tal vez un disparo de más allá que nunca llegaba. Cierto día, sin embargo, llegó y fue el único muerto que vio en el frente el muchacho. La bala le pasó de sien a sien, comiéndole la cara, y el sargento dijo, como en un responso:

—Para éste ya terminó la guerra...

La garganta parecía hundirse cada vez más, siguiendo el curso del arroyo, y ellos procuraban orientarse apartándose poco de su murmullo, torciendo sólo cuando las zarzas se hacían más espesas en la orilla.

—¿Tú crees que vamos bien?
—No hay más que seguir hasta dar con la carretera.

Pero la carretera tardó casi dos horas en aparecer. El compañero lo estaba comprobando, con el reloj junto a los ojos, al resplandor de las estrellas.

—¿Pasará algún camión?
—Mejor será andar otro poco.
—Quien pueda... —respondió el chico, y descalzando las alpargatas, mostró al otro sus pies hinchados.
—Hay que seguir un kilómetro o dos por si nos queda algún control cerca todavía.
—El furriel dijo que saldríamos pasados todos.

—Del furriel no me fío.
—Antes sí te fiabas... Además no puedo dar un paso.
—¡Valiente recluta eres tú!
—¿Y quién dice que lo sea? —clamó el chico con rabia.
—Vamos a echarnos un poco. Vamos a esas chabolas...

Eran dos nidos de ametralladora, vacíos, inundados por las últimas lluvias. En el rincón más seco encendieron fuego, comiendo medio chusco. El sueño les llegó antes de romper la madrugada.

El destello de luz, al despertarles, hirió sus ojos con una sensación casi dolorosa. Se alzaron aún aturdidos por el sueño, desconcertados por el rayo brillante que les apuntaba desde la puerta.

—¿Qué hacéis aquí vosotros?

Aún vinieron otras preguntas antes de que pudieran responder. Lo hizo el compañero, medroso, disciplinado, como correspondía al tono autoritario del que sostenía la linterna.

—Bajamos a buscar comida...

Se detuvo sin saber qué trato adjudicarle. Estuvo a punto de decir: «Mi comandante...».

Fuera, a la luz del día, supieron que se trataba de un sargento. Sargento de Carabineros, Comandante Jefe de la Plaza, y la Plaza un pueblo silencioso, con cuartel instalado en un viejo convento. Ahora se hallaba evacuado por los bombardeos y aparte del sargento, sólo quedaban perros sonámbulos y ancianos con escopeta al hombro, senil somatén a la puerta del Ayuntamiento.

En la Plaza Mayor, dos que tomaban el sol se alzaron viendo llegar al militar con los dos soldados.

—¿Dónde está el alcalde?
—Servidor —se adelantó uno de ellos.
—¿Quiere abrir el portal?

El viejo empujó la pesada hoja de castaño.

—Pase usted, sargento.
—Le dejo estos dos desertores a su cargo. Usted responde de ellos. Usted es responsable en caso de fuga. ¿Me entiende?
—Sí, señor, como mande.

Salió a la claridad, de nuevo, sin mirarles y aún se alejaban sus pisadas sobre la grava de la calzada cuando el compañero comenzó a maldecir. Maldijo de su vida, del muchacho, de su negra suerte, del sargento.

—Por ti, por tus cochinos pies nos vemos así. ¡Maldita sea la hora en que se me ocurrió traerte!

—¡Mala hora la mía! ¿Quién me dijo de venir contigo? ¿Quién me lo dijo? ¿Quién me lo dijo?

El muchacho gritaba sin convicción, un poco anonadado, sólo para frenar los denuestos del otro, y ni él ni el compañero intentaron huir por la puerta aún entornada, defendida tan sólo por el anciano que con la escopeta entre las piernas contemplaba absorto la escena.

—¿De qué brigada sois? —se decidió a preguntar.

Le dijeron de mala gana el número.

—¿Lleváis mucho tiempo por aquí?

—Ya va para un año. ¿No tendrá nada que comer?

—Algo hay...

Fuera, en el sol de la plaza, otros hombres de la edad del centinela pugnaban por hablar con los presos a través de la ventana.

—¿Sabéis algo del frente? ¿Sabéis cuándo licencian?

—¿Conoces a Manuel Sotoca?

—¡Mala suerte tuvisteis!

—¿Y a su primo José?

—¿Qué os hacen? ¿Qué os dijo el sargento?

—¿Qué hay del bombardeo?

Sólo cuando lo preguntaron, recordó el muchacho las casas destruidas a la entrada del pueblo.

—Tiraban al cuartel —explicó el guardián—, pero no le acertaron.

—¿Y qué hay de esa comida? —preguntó, a su vez, el compañero.

—Ya viene de camino.

Trajeron una fuente de patatas guisadas con huevos fritos y media hogaza. Vino un niño con nueces. Más allá de la reja, el viejo centinela dormitaba.

—¡Eh! —llamó a los presos, enderezándose de pronto—, me voy a comer, si algo necesitáis, con una voz os oigo. Yo vivo enfrente.

Probó la puerta y viéndola cerrada, se alejó cruzando la plaza.

—¿Volverá?

—Sí, con el sargento.

—¿Qué nos harán?

—No sé —la voz del compañero se volvió opaca, temerosa.

—¿Tú crees que nos caerá lo que a los otros?

—¿Qué otros?

—¿Los que nos dijo el furriel?

—¿Y yo qué sé? ¡Déjame en paz ya con tus historias!

El muchacho pensaba en la vida tranquila allá en el frente. Al hambre, a fin de cuentas, podía acostumbrarse; más difícil era hacerse a aquella incertidumbre, al destino próximo, pendiente de la vuelta del sargento.

El compañero se había tumbado en el suelo de madera, luchando por dormir, pero también los pensamientos debían andar rondando su cabeza porque, a veces, abría los ojos y miraba a lo lejos como si pudiera ver algo más allá de la habitación, muy lejos, tras los muros.

De pronto se incorporó, yendo hasta la ventana súbitamente. Un rumor lejano llegaba hasta la celda.

—Pronto vuelve ése —se lamentó el muchacho.

El compañero no respondió. Su rostro había cambiado el malhumor por un gesto nervioso, preocupado.

—¿Qué nos harán? Di —insistía el muchacho a su espalda—. ¿Qué nos harán? ¿Tú crees que nos fusilan?

—Escucha, desgraciado, escucha.

Un múltiple rumor venía por el aire, como si el horizonte avanzara zumbando sobre el pueblo. Con la primera explosión, el muchacho, desde la reja, comenzó a gritar. Su voz se mantuvo sobre el ámbito ardiente de la plaza desierta hasta que el fragor final trajo el silencio, el polvo, el rumor de los cascotes, de la metralla, cayendo sobre la tierra, sobre las casas abiertas al cielo del verano, sobre los muros rotos, sobre los cuerpos desgarrados, muertos.

JUAN GARCÍA HORTELANO

CARNE DE CHOCOLATE

Como tenía todo el día para pensar —y pensar me adormilaba—, luego, por las noches, dormía como un muerto, sin sueños. Pero algunas madrugadas me despertaban las sirenas y el ruido de los aviones, porque aquella parte de la ciudad, a diferencia del barrio de los abuelos, no había sido declarada zona libre de bombardeos. Oyese o no el estallido de las bombas, los cañonazos, el fragor de los derrumbamientos, algún apagado clamor de voces aterrorizadas, tenía que continuar a obscuras, sin poder recurrir a las novelas de Elena Fortún o de Salgari (las de Verne, a causa de su encuadernación, no me habían permitido sacarlas de casa de los abuelos), sin poder jugar una partida de damas contra mí mismo, sin la posibilidad siquiera de aburrirme con la baraja haciendo solitarios o rascacielos de dólmenes. Cuando no resistía más, me tiraba de la cama y escrutaba las tinieblas del cielo y del patio. Entonces, durante aquellas ocasiones en que me negaba tan eficazmente al miedo que llegaba a olvidarlo, me refugiaba en los recuerdos y pronto, aunque cada vez más despierto, era como si estuviese soñando. Veía a Concha, sus brazos, sus hombros, sus piernas y su rostro, tostados al sol de la terraza desde el principio de aquel verano que ya acababa y que, según repetían los tíos y la tía abuela Dominica, iba a ser el último de la guerra.

En realidad no recordaba el cuerpo verdadero de la Concha, sino aquel cuerpo —tan idéntico y tan distinto— con el que había soñado una de las primeras noches en casa de la tía abuela, cuando aún la costumbre de la nueva casa no había aplacado la tristeza del traslado. Tampoco me despertaban en realidad los motores de los aviones y el ulular de las sirenas, sino el ajetreo de la familia, que, sobresaltadamente puesta en pie por la alarma, se preparaba a bajar al sótano como si se preparase a partir de veraneo para San Sebastián. Chocaban unos contra otros por los pasillos, se gritaban órdenes, consejos, recriminaciones, olvidaban los termos o las cantimploras, regresaban, se descubrían descalzos de un pie, se enmarañaban en una discusión inútil (que habría bastado para despertarme) tras la puerta de mi habitación sobre si dejarme allí o bajarme al sótano, ajetreo al que solía poner fin la caída de la primera bomba y al que sobrevenía un silencio repentino, demasiado brusco y demasiado profundo.

Todavía en la cama, con la misma celeridad con que la tía abuela Dominica agarraba el rosario, recreaba yo el color de Concha en aquel verano —en aquel sueño—, la carne dorada, paulatinamente bronceada, casi negra, que la convertía en una carne asfixiantemente acariciable, lengüeteable, comestible. De inmediato comenzaba a sudar y, aun a riesgo de dejar las sábanas pringosas de pomada, me quitaba el pijama y me dejaba estar, sintiéndome la piel aceitosa, húmeda y como si por los poros emanase vapor, hasta que la excitación y la picazón me arrojaban de la cama y, asomado al ventanuco que daba al jardín de Fausto, conseguía atemperar aquella viscosidad lacerante, que me provocaba el cuerpo soñado de Concha, con imágenes, generalmente abstractas, de parapetos cubiertos de nieve, de caricias rasposas, de sabor a pan. A veces, si el sueño acababa con mis sueños, me quedaba dormido nada más volver a la cama, antes de que el bombardeo hubiese terminado y de que la familia, presa de la agitación que les causaba haber salido indemnes de las bombas de los suyos, regresara del sótano.

Había comenzado a sentir los picores durante aquel anochecer en que Tano me descubrió que el color rojizo de la piel de la Concha, que me intrigaba y me subyugaba desde hacía días, era debido a que la Concha tomaba el sol por las mañanas en la terraza. Estábamos los dos solos, sentados en el bordillo de la acera, alargando culpablemente como tantas otras noches el momento de volver a casa, apenas sin hablar, derrengados, obstinados en seguir en las tinieblas de la calle únicamente por demostrarnos que éramos más hombres que el resto de los chicos del barrio, deseando secretamente que apareciese Luisa a hostigarnos a capones y tirones de oreja. Que no se me hubiese ocurrido que la Concha subía a la terraza a tomar el sol me hizo sentirme muy tonto, experimenté una desoladora inseguridad, que aún subsistía después de que Tano y yo planeásemos sorprenderla. Aquella noche empezaron a picarme las manos, pero, con una difusa sensación de pecado, decidí no decir nada a Luisa, ni al abuelo, ni a mi padre, ni siquiera a Riánsares o a la abuela, a quien todo se le podía y se le debía contar. La intensidad de los picores fue aumentando durante los siguientes días, intolerable a ratos, incluso durante los preparativos de la emboscada, que fueron arduos y, sobre todo, trabajo perdido.

Lo primero que se nos ocurrió, al encontrar cerrada la puerta de la terraza, fue violentar la cerradura con nuestras navajas. A pesar del sigilo con el que creíamos actuar, la voz de la Concha preguntó a gritos quién andaba allí y Tano y yo escapamos escalera abajo. Reconsideramos la situación, sentados en el alcorque de una acacia, y decidimos que había sido una estupidez tratar de sorprender a la Concha frontalmente y a la descubierta. Habríamos durado, de conseguir forzar la cerradura, un minuto en la azotea, porque, siendo la Concha unos seis años mayor que nosotros y, aunque no nos lo confesásemos, más fuerte, nos habría expulsado con un par de bofetones.

—La podremos sujetar entre los dos —vaticinó Tano, resucitando una vieja aspiración que hasta entonces la Concha siempre había frustrado.

—Y ¿qué?, y después ¿qué?

—A lo mejor la cogemos en uno de esos pasmos en que se queda quieta, como tonta, y se deja —pero ni siquiera a Tano le duró aquella esperanza absurda—. Lo fetén va a ser escondernos detrás de las chimeneas de la terraza antes de que ella suba, esperar a que se duerma tomando el sol y luego, callando callando, salimos, nos tumbamos cada uno a cada lado suyo y la acariciamos suave. Seguro que eso a ella le gusta y se hace la dormida.

—Y ¿si está desnuda?

—¿La Concha? Deja de rascarte.

—Sí, leches, la Concha. Si toma el sol desnuda, es imposible que se haga la dormida cuando la despertemos.

—¿Tú qué sabes?

—Me apuesto el tirachinas a que toma el sol desnuda. Por eso echa la llave a la puerta de la azotea. La Concha es muy puta.

—Deja de rascarte, coño, que me pones a rabiar de picor. ¿Qué sabes tú, panoli, si se va a negar porque esté en pelotas? Mejor que esté en pelotas, mejor para nosotros y para ella.

—Peor, porque la Concha es virgo. Y una virgo sólo se deja por debajo de la ropa.

Hasta dos o tres días más tarde no conseguimos Tano y yo escabullirnos antes del desayuno, sin calcular que el tiempo se nos haría eterno, que el calor, arrancando vaho de los baldosines rojos, nos resecaría, nos produciría vértigos cuando, hartos de permanecer acurrucados detrás de una chimenea, nos asomásemos a la calle de bruces sobre el pretil. Aquella mañana Tano ya ni me regañaba por rascarme, se rascaba también él, y mi piel, que despedía un fuego interior que se juntaba al fuego del sol, estaba ya decididamente encendida y pustulosa.

Habíamos percibido, de repente, que la Concha llegaba y nos ocultamos rígidos, ahogados por nuestras respiraciones contenidas, con los ojos cerrados por hacer todavía menos ruido. Para impedirnos el uno al otro asomar antes de tiempo la cabeza, ambos nos teníamos sujetos por el cuello. Sabía que llegaría el instante de mirar y veía ya, entrecruzadas y absurdas, imágenes vertiginosas del cuerpo de la Concha, contorsionado, mutilado, la Concha de rodillas o, como el Coloso de Rodas, de pie y con las piernas separadas, sujetándose con las manos una pamela contra el viento, la Concha vestida de monja y guiñándome un ojo alegremente.

Semanas más tarde, viviendo ya en casa de la tía abuela Dominica, cuando escapaba de mi habitación corriendo como un apestado (y ya por entonces me había hecho a la idea de serlo), entraba en el cuarto de baño pequeño y me ponía a orinar, de repente y durante unos segundos curiosamente largos y enajenantes, sintiéndome observado, creía ser yo la Concha al tiempo que otro yo mío me acechaba. La transformación se deshacía también repentinamente, al recordar que era el tío Juan Gabriel quien me miraba desde la bañera vacía donde pasaba la mayor parte de sus días, la cabeza apoyada en un almohadón de terciopelo granate, con el *Castán* y el Código Civil sobre la tabla de la plancha que le servía de mesa. Pero cuando después de abotonarme la bragueta y de recibir una pálida sonrisa del yacente, volvía corriendo por los pasillos a encerrarme en mi habitación, llevaba conmigo aún fresca —y la conservaba esforzándome en que no se marchitase— aquella curiosa sensación de ser yo la Concha y de que perteneciese a la Concha el miembro que crecía mientras orinaba.

Años más tarde, cuando el tío Juan Gabriel ganase en unas oposiciones patrióticas su naturaleza de notario, ya no me sería posible reconstruir con lozanía aquella sensación de ambigüedad perfecta, quizá porque ya para entonces, en los primeros años de la paz, serían otros los recuerdos de la niñez que me cuidaría de atesorar o de olvidar. Y así, poco a poco, la Concha iría dejando de ser yo, de tener miembro, de ser incluso la propia Concha (para entonces ya había comenzado a lanzarse a la noche, cuando terminaba de despachar en la farmacia del Licenciado Grosso López), y comenzaba a mezclarse en mi recuerdo con el de las fotografías, más adivinadas que entrevistas, de los semanarios *(Crónica*, por ejemplo) que el tío Juan Gabriel compatibilizaba con su biblioteca jurídica de la bañera. Había recuperado a mi madre, volvía a estar encerrado (ahora, en un internado de frailes), la abuela había muerto y había muerto Luisa, vivíamos con el abuelo en la casa reconstruida de Argüelles, Balbina me iniciaba perezosa y barroca, ya no me negaba a mí mismo que odiaba a la tía abuela Dominica y a los tíos, empezaba a tener conciencia de habitar un país imperial y de haber perdido, aunque todavía ignoraba que irremisiblemente, la infancia y la guerra. Era difícil sentirse la Concha cuando estaba aprendiendo que, ocultándome a los otros, los otros acababan por descubrirme siempre y que el medio más rentable de conseguir la indiferencia del prójimo (de conseguir ser misterioso e invulnerable) consistía en mostrarse, probablemente porque nadie cree en nadie (y más en aquellos años de la posguerra) al no encontrarse nadie habituado a creerse a sí mismo.

Pero los artificios de la verdad, los juegos de la apariencia y la doma del carácter eran algo desconocido para mí aquella mañana de la terraza, mientras Tano me agarrotaba el cuello y yo agarrotaba a Tano por el cuello, acurrucados tras la chimenea, ansiosos y precavidos mirones en trance de flanquear el cuerpo desnudísimo de Concha, de ser abrazados simultáneamente por ella. Por lo pronto, fue Tano quien, con una violencia inusitada y después de que yo descubriese que había estado observando mi mano libre mientras le suponía cegado por la visión que nos esperaba, se escapó de mi zarpa y, en un susurro que me sonó retumbante, ordenó:

—No me toques. Apártate.

—Ven aquí —me diría aquella misma tarde la abuela, cuando yo había dejado ya en su mesita junto al mirador la taza de té—. Vuelve y enséñame esas manos.

—No es nada, abuela —traté de zafarme—. Que me ha picado una chinche.

—Obedece —dijo, como siempre lo decía, canturreándolo—. ¿De qué tienes miedo?

—Si son sólo unos habones que me he rascado... De chinche o de una pulga...

—Déjame que vea yo.

—Se te va a enfriar el té.

Sonrió, cómplice y guasona, acarició el dorso de mis manos y fue separándome los dedos, observando calmosamente la piel que los unía, esforzándose en mantener la sonrisa. Llamó al abuelo.

—Tiene que picarte mucho, ¿verdad? No tengas miedo, porque esto se cura. Habría sido mejor que me lo hubieses dicho... —se interrumpió, al entrar el abuelo—. Doctor, aquí tienes un caso que no parece difícil diagnosticar.

Mis manos pasaron a las suyas, que por aquellos años aún no temblaban, se caló los anteojos de leer el periódico y el devocionario, se inclinó, enseguida se irguió y dejó caer mis manos.

—¡Vaya por Dios...! Indudablemente es sarna.

Él había dicho la palabra, que la abuela había eludido, y aquella tarde ya no me dejaron bajar a la calle. Se reunieron todos en la sala. Hablaban en voz baja. Mi padre afirmó que no le extrañaba el sarnazo, pasándome el día entre golfos, milicianas y pioneros. Telefonearon varias veces. A Tano, naturalmente, no le dejaron entrar y Luisa me rehuía. Riánsares, mientras fregaba los platos de la cena, me secreteó que la tía abuela Dominica no se decidía a tenerme en su casa, no por temor al contagio, sino por los malos ejemplos que podría yo recibir de mis tíos. La abuela se quedó junto a mi cama hasta que me dormí, dándome conversación.

Al día siguiente, sentados en el mirador, la abuela me explicó las determinaciones adoptadas por la familia. La higiene resultaba esencial y en casa de la tía abuela Dominica había dos cuartos de baño. Lo más molesto sería el aislamiento riguroso en que habría de vivir. A la pomada me acostumbraría pronto (nunca me acostumbré a tener el cuerpo embadurnado de pringue) y ella y el abuelo me visitarían a diario (a los pocos días a ella se lo prohibirían, alegando que sus cuidados exacerbaban mi sensibilidad). Lo importante ahora, a su juicio, consistía en elegir cuidadosamente un equipaje de distracciones, y el tiempo se me pasaría sin sentir. Mi padre excluyó las obras de Verne, a causa de su lujosa encuadernación, y la abuela subrepticiamente añadió a la impedimenta lúdica el tren eléctrico (no habría un solo enchufe en mi prisión) y sus dos tomos en piel de las *Memorias* de Rousseau (que leería íntegras y sin apenas provecho). Alegué que perdería mis clases, pero rearguyó que doña Juanita necesitaba unas vacaciones. Le pedí crudamente que me dejase seguir en su casa, que yo me bañaría en un barreño, que no tocaría nada ni a nadie, que prometía no salir del cuarto ropero. Se echó a reír, como si en aquellos momentos no le costase.

—Yo sé por qué no quieres irte. Por Tano. Pero a los dos os vendrá bien una temporada sin veros. Últimamente, reconócelo, peleáis más de la cuenta.

No era por Tano, sino por la insensata certidumbre de que no regresaría nunca a casa de los abuelos y, a la vez, de que la Concha iba a consentirnos compartir con ella sus baños de sol. Unos meses después, cuando regresé y ya casi había olvidado las semanas de la sarna (aunque todavía me despertaba a mitad de la noche rascándome), supe que Tano sí había sido admitido a compartir los baños de sol en la terraza, que allí y durante aquel verano la Concha y él fueron novios. En mi encierro nunca lo había imaginado, por lo que, desde que lo supe, como si estuviese encerrado de nuevo, sufrí unos celos retrospectivos e impotentes.

Los primeros días en casa de la tía Dominica me bañaba Balbina en olor de multitud. Luego, fue decreciendo el número de parientes que, a la mañana y a la tarde, asistían al espectáculo. El abuelo espació sus visitas. Sólo Balbina (nuestra criada de toda la vida, prestada durante los años de la guerra a la tía abuela y que, cuando Riánsares se casó, recuperaríamos sobada y enviciada por la caterva de mis tíos solteros) me secaba después del baño, me untaba la pomada y rociaba la bañera de alcohol, que luego prendía, provocando un fuego azul y casi invisible, mientras me vestía yo un pijama limpio y ella se llevaba a cocer en una olla el usado. Media hora después de estas abluciones y ungüentos, el tío Juan Gabriel se reintegraba (salvo que se distrajese tocando el piano) a aquella bañera, único rincón de la casa donde, según él, era capaz de estudiar, ya que era el único rincón, de acuerdo con las trayectorias y derivadas que había calculado, donde nunca podría caer una bomba, ni un obús. Pero el cálculo más exacto y lucrativo que realizó el tío Juan Gabriel fue pasarse, en enero del 39 y por las alcantarillas, a las trincheras de los facciosos en la Universitaria. Cuando entró en marzo con las tropas vencedoras, el tío Juan Gabriel hablaba de la guerra como si en vez de en la bañera la hubiese vivido íntegra en el frente y, con los años, había parientes que afirmaban que Juan Gabriel se pasó a Salamanca por Portugal en la primera semana de la Cruzada.

El recuerdo de aquel cuerpo en la bañera iba unido al indeleble, aunque ajado, de mis misteriosas transformaciones en la Concha, en las tres o cuatro ocasiones diarias en que se me permitía salir del cuarto de los trastos. La soledad, multiplicada por la ausencia de la abuela, reavivó el recuerdo de mi madre, a quien la sublevación había sorprendido en *el otro lado* y a quien, por una sencilla pero firme asociación mental, a veces creía oír al otro lado de la puerta. Cuando, cansado de leer o de jugar, ensordecido de silencio, intemporalizado y afantasmado por la soledad, pegaba el oído a la puerta o trepaba hasta el montante (a través de cuyo vidrio fijo divisaba un recodo del pasillo), creía escuchar entre las voces la de mi madre o (lo que me espeluznaba más) su respiración.

Y probablemente la respiración era real al otro lado de la puerta durante algunos bombardeos, cuando yo creía estar solo en el enorme piso de la tía abuela Dominica, porque, según me contaron mucho después (y entonces no podía ya dejar de odiarla), tía Dominica no bajaba al sótano con mis tíos y, en silencio para no asustarme, se quedaba de guardia junto a mi puerta hasta que la sirena proclamaba que había pasado la alarma. Sin embargo, a diferencia de los celos, me fue imposible sentir retrospectivamente el sosiego y la gratitud que habría sentido durante aquellas noches de haber sabido a la tía abuela tan cerca de mí.

Aquel régimen de vida, agravado por la escasez de alimentos, propiciaba las alucinaciones diáfanas y tortuosas, en las que siempre cuidaba de separar —angustiosamente— de la Concha, de Balbina, de Riánsares, de las niñas del barrio, de las milicianas de nalgas ceñidas por el mono, las apariciones de mi madre, por lo general vestida de enfermera de la Cruz Roja. Algunas noches (quizá porque la tarde anterior no había merendado o porque había cenado sólo un trocito de pan y un plato de cáscaras fritas de patata) agradecía que la sirena, disipando las imágenes flotantes, me restituyese al mundo real, el mundo donde en cualquier instante podía llegar mi muerte o la de otros habitantes de la casa, pero no la de mi madre.

A cambio, si Balbina me había traído un plato de garbanzos o el gramófono de bocina para que durante un rato (y sin acercarme a él) escuchase las placas que a ella le gustaban (el coro de las segadoras de *La rosa del azafrán*, Gardel, Angelillo), era casi seguro que durante el bombardeo soñaría que el tiempo pasaba de prisa, que la piel no me escocía, que la Concha se doraba al sol, que su carne ya había adquirido consistencia, el aroma y el sabor del chocolate. No obstante, también otras veces la Concha adoptaba en mi ensoñación la fijeza de la gelidez, la pesadumbre de las horas iguales, el temor de oír la propia voz. Por la mañana comprendía que había soñado despierto, aun sin verla, con la Concha en la terraza mientras la acechábamos Tano y yo tras una chimenea, y paulatinamente recuperaba el gusto de lo prohibido, el placer de haberla visto brotar relampagueante y absolutamente desnuda.

—No me toques. Apártate —había susurrado Tano, cuando se le ocurrió viendo mi piel que yo tenía una enfermedad infecciosa.

Chisté sordamente para que callase, pero también me desprendí bruscamente de su mano y, como si al dejar ambos de cogernos por el cuello hubiera llegado el instante oportuno, ambos fuimos rodeando las paredes de la chimenea y asomándonos con una lentitud aprendida en las películas. Y allí estaba, insólita, tendida sobre una toalla y con las piernas separadas en un ángulo que nos permitió a Tano y a mí adorar el primer sexo femenino de nuestras vidas. Nos quedamos quietos, desorbitados, sonriendo inconscientemente quizá, tensos. Los pechos se le derramaban hacia los costados y bajo la luz también desnuda su cuerpo tenía el color rojizo de los baldosines, como si fuese impregnándose de barro. Tano, imprevisiblemente, por una de aquellas irreprimibles necesidades de comportarse excéntricamente que le acometían, silbó y Concha, de golpe, levantó los hombros y se quedó apoyada sobre los codos, los pechos recobrando elásticamente su volumen, una mueca de estupor en los labios.

—No vamos a tocarte —dijo Tano—. Estate quieta. Tranquila, Concha, que va a ser muy divertido —y Tano comenzó a sacarse la camisa por la cabeza.

Tanto creí que ella consentiría que hasta compuse mentalmente los movimientos con que me iba a desnudar de inmediato. Pero Concha se levantó y, al tiempo, como en un número de circo, se envolvió en la toalla. Nos miró. Tano detuvo las manos en la hebilla del cinturón. Algo incomprensible en la actitud de la Concha, algo que rebasaba su agresiva impasibilidad, nos obligó a movernos (¿quién de los dos primero?)

en dirección a la puerta, a girar la llave, a bajar mansamente los escalones (Tano, poniéndose de nuevo la camisa), a separarnos en la calle sin haber pronunciado una sola palabra. Y aquella misma tarde entré en el lazareto.

Transcurrían las semanas al ritmo de los obuses y de las bombas, y alguna noche, asomado al ventanuco del cuarto de los trastos, ignorando que al otro lado de la puerta velaba la tía abuela Dominica, desnudo y embadurnado de pomada, sudoroso, calculando a qué distancia se habría producido la última explosión, creía factible (y olvidaba que aquella casa terminaba en un tejado) subir a la terraza a que mi madre me untase la pomada, o que la Concha entrara por el montante dispuesta a que le mordiese yo sus hombros redondos, repletos y duros, compactos como el chocolate de antes de la guerra.

Confundía la disposición de una casa y de otra. Confundía la lujuria y el hambre, cuyos jugos se mezclaban en mi saliva. Confundía el sueño y la vigilia, mi piel sarnosa con mi alma. Un deseo se transformaba en un recuerdo y me deslizaba, caía en una lúcida irrealidad, me desconocía. Resultó ser, efectivamente, el último verano de la guerra, pero de aquellas semanas conmigo mismo me quedó una cronología de características peculiares, irreducible. Y así, durante muchos años después, instintivamente confundiría los tiempos y los rostros, establecería verdades contradictorias, trastrocaría el orden de los acontecimientos. ¿Acaso no murió la abuela antes de que yo tuviese la sarna?; ¿no había regresado mi madre mientras el tío Juan Gabriel permanecía todavía en la bañera?; ¿no fue la propia Concha quien me mostró en la terraza el vello de su pubis, recién teñido de rubio?; la guerra aquella ¿no había transcurrido cuando yo apenas tenía dos o tres años y fue leyendo a Rousseau, mucho después, que la imaginé?; ¿quién la había ganado, si es que alguien la ganó?

También había momentos en que todo parecía haber sido real, aunque entonces todo resultaba más incomprensible. Y en mi celda del internado las noches en que sólo habíamos cenado puré de almortas y una naranja agria soñaba con parapetos cubiertos de nieve, con una caricia rasposa, con un viscoso chorro de chocolate. Sin despertar, mientras seguía soñando, sabía que eran los chicos del barrio recibiéndome a pedradas cuando regresé a casa de los abuelos a comienzos del otoño, que era Tano contándome sus proezas, Riánsares friendo un huevo para mí solo, la abuela reteniéndome contra su pecho (contenta de hacer por una vez lo que no se debía), la Concha balanceando la lechera y dejándose besar para demostrar que yo no le daba asco.

Despertándome ya, pero aún en el duermevela, era evidente que la guerra no había terminado (que jamás terminaría) y el júbilo de descubrir que sería eterna me adormilaba más. De nuevo volvía el tiempo de la confusión, de las certidumbres, de las emboscadas, de no saber que yo no sabía nada, el tiempo de la vida. Una brisa acariciaba mi piel, aspiraba el fuego azul del alcohol lamiendo la loza blanca y, convencido de que yo había muerto de tifus en una trinchera del frente de Madrid, apuraba la felicidad de haber existido alguna vez y en algún lugar.

LUIS LÓPEZ ANGLADA

LA CHARCA

Apretaba el calor y no había forma de defenderse del sol. La trinchera estaba en la ladera de un picacho y parecía arder cada piedra. Toda la sierra despedía un vaho caliente como si algo se estuviese cociendo en ella. El invierno había sido muy frío, pero el mes de julio se había anunciado dispuesto a hacer olvidar todos los hielos sufridos en aquella posición.

Realmente, aunque el sofocante verano la hiciera insufrible, el soldado estaba contento de permanecer allí. Era, de verdad, un frente tranquilo. Por allí no se entablaban batallas, ni había por qué temer ataques nocturnos ni sorpresas del enemigo. Casi ni paqueaban. Sólo cuando le tocaba montar el puesto y pasaban las horas en aquella aburrida soledad, se le ocurría distraerse disparando el fusil contra algún árbol o un pájaro que atravesara el cielo. Todo en plan de puntería, no de tirar a un enemigo que tampoco disparaba casi nunca.

El que se enfadaba era el Sargento.

—¿Por qué disparas? ¿Quieres que te localicen y nos frían a morterazos luego?

—Aquí no hay morterazos, mi Sargento.

—Lo que no hay es de aquí —y el Sargento se tocaba la sien imitando una barrena—. Los que no habéis estado en combates duros no sabéis lo que son los morterazos. Pero si sigues tirando lo aprenderás pronto.

—No tiraré más, mi Sargento.

El sargento volvía a entrarse en su chabola gruñendo su enfado y el soldado quedó en su puesto apretando el fusil, caliente por el disparo y por el sol implacable de julio.

Vio pasar unas palomas. ¡Con qué gusto les hubiera disparado unos tiros! Seguro que las acertaba. Él, en su pueblo, tenía una escopeta con la que iba al paso de las torcaces y siempre se traía algunas en el cinto. Claro que era muy diferente disparar con perdigones que con estas balas, capaces de deshacer a un pájaro si le acertaba de lleno.

Otra bandada, esta vez de vencejos, siguió el mismo camino. Dieron una vuelta sobre la alambrada y se ocultaron detrás de un repecho.

Luego fue otra; esta vez los pájaros eran mayores. El soldado pensó:

—Debe haber una charca ahí abajo.

Intentó arrojar una piedra en aquella dirección, pero se quedó corto. Probó de nuevo y aunque esta vez fue más lejos tampoco acertó a salvar el repecho.

A la tercera vez ocurrió lo inesperado. La piedra salió larga, la vio elevarse hasta caer detrás de unas matas secas y entonces se alzó una tremenda explosión que resonó por todos los valles. De uno de ellos se alzaron, asustadas, unas enormes bandadas de pájaros, palomas y vencejos. Todos los que habían volado antes sobre su cabeza.

El Sargento asomó alarmado:

—¿Qué pasa?

—Nada, mi Sargento. Ha debido ser una bomba antigua. Tiré una piedra y se levantó esa explosión. ¡Menudo susto!

—¡Menudo tonto estás tú! Por no obedecerme te quedarás de puesto una hora más. ¡Y si por tu culpa caen morterazos, te pasas la noche en el puesto!

Y entró otra vez en la chabola.

La hora de propina que le tocó, por culpa de la explosión, fue de una dureza inaguantable. Sudaba el soldado por todo su cuerpo a pesar de que se había quitado hasta la camisa y estaba con el torso desnudo, ceñido sólo por los tirantes de las cartucheras. Se le secó la garganta y le hacía daño tragar la saliva. ¡Si él pudiera llegar a la charca! Tenía que estar cerca y que existía era indudable. Las bandadas de pájaros que se levantaron con la explosión le aseguraban que debería ser grande. ¡Qué felicidad poder darse un baño en aquella tarde calurosa! A lo mejor hasta había una fuente y un arroyo y el agua era clarísima y fría como la nieve.

Su instinto de cazador no le engañaba. Vio de nuevo bajar las bandadas de aves y casi estaba seguro de localizar la charca a pesar de no poder verla.

¿Y el enemigo? ¿Podría vigilarla?

Recorrió con la vista las posiciones contrarias. Estaban lejos y demasiado altas, en las laderas de los picachos de la sierra para que pudiesen, si la veían, hacer puntería. Además, ¿por qué iban a tirar? Muchas veces ellos veían a los centinelas enemigos caminar por alguna vereda y no les tiraban. ¿Para qué? Aquél era un frente tranquilo y ni ellos ni nosotros deseábamos que se convirtiera en otra cosa.

Había, además, una posibilidad. Bañarse de noche. Así no podrían verle ni disparar. ¡Hacía tanto calor por las noches que sería muy agradable bañarse a la luz de la luna! Y beber agua fresca. Y lavar la ropa que bien lo necesitaba.

Decidió que, aquella misma noche, bajaría a la charca sin que nadie le viese.

Esperó a que estuviera bien alta la luna. Con su luz distinguía perfectamente los objetos con que había señalado, desde la trinchera, el itinerario. Un árbol afilado, casi un ciprés. Una cerca de piedra con unos tarugos que le servían de puerta. Una rueda de un carro viejo apoyada en un tronco y que alguien, el dueño de la finca tal vez, había dejado abandonado al llegar la guerra allí.

No había querido decirle nada a ningún compañero. Si el Sargento llegaba a enterarse no le dejaría ir y además le castigaría. ¡Pues buen genio se gastaba! Con otro a su lado le parecería estar más seguro, pero, ¿y si le pasaba algo por su culpa? Lo mejor sería ir solo y bañarse a la luz de la luna.

Nadie le vio saltar la trinchera. Conocía muy bien la posición y sabía que por donde iba a salir no le podían ver. Sin hacer el más ligero ruido se adelantó hasta la alambrada y se echó al suelo. Con mucho cuidado pasó por debajo de los alambres sin que ni siquiera le rozaran. Una vez fuera respiró a pleno pulmón.

¡Qué calor hacía! Cantaban las chicharras y los grillos, se oía el croar de las ranas. La luna, toda redonda, le iluminaba un sendero que, necesariamente, iría a dar al agua.

Fue, todo sudoroso, lo más aprisa que pudo. Caminó, ya a cubierto de las vistas de la trinchera sin miedo a extraviarse. Por fin llegó a la charca.

Estaba más lejos de lo que él había previsto. Era grande, redonda, rodeada de juncos y matojos. Brillaba la luna en el agua. Debía ser honda la charca y el agua parecía limpia. Le asustó un súbito salto, seguramente de una rana, y miró hacia la posición enemiga.

Se recortaba la ladera del monte en el cielo. Indudablemente desde allí verían muy bien la charca, pero en la noche, a pesar de la luz de la luna que estaba encima mismo de la posición no era fácil que le descubrieran. Rápidamente se quitó la ropa, quedó totalmente desnudo y atravesando por entre unos matorrales se zambulló en el agua.

¡Qué felicidad! El agua estaba limpia y fresca. Era una pequeña laguna a la que, sin duda, llegaba algún arroyo subterráneo. Brillaba la superficie con la luz de la luna que repetía, según nadaba, sus luces en cada una de las ondas. Jugó a levantar los brazos y sacudir el agua para ver el efecto de las luces que se multiplicaban con las gotas.

Era la laguna lo bastante profunda para poder nadar. Se divirtió de lo lindo. Metió la cabeza, saltó hacia el cielo, intentó llegar al fondo y metió la mano bajo una piedra por si había algún pez. Corrían sobre la superficie tranquila del agua unos insectos a los que él, en su pueblo, llamaba zapateros. Parecían caminar sobre el agua con sus finísimas patas sin mojarse ni hundirse. En su pueblo no le gustaban, pero aquí, después de tanto tiempo sin gozar de la frescura del baño, le parecieron amigos y hasta se atrevió a alargar la mano para coger alguno. Pero era imposible pues huían velozmente según se acercaba.

Cuando se cansó de jugar se hizo el muerto y descansó gozosamente en el agua.

—Está buena el agua, ¿eh?

Le dio un vuelco el corazón y volvió, estremecido, la cabeza hacia el lugar de donde salía la voz.

Estaba casi a su lado. Todo el cuerpo sumergido en el agua, sin sacar más que la cabeza, que a la luz de la luna le parecía una visión fantástica. Se quedó mudo. El otro volvió a repetir la frase.

—Está buena el agua, ¿eh?

No podía articular una palabra. Estaba paralizado por la sorpresa. El otro debió darse cuenta y se echó a reír.

—No te asustes, hombre. Estoy yo solo. Te vi meterte desnudo en la charca y no quise que me vieras, pues sabía que me ibas a tener miedo.

—No tengo miedo... Ahora.

Le había tranquilizado el tono de la voz y al oír la suya propia se sintió perfectamente sereno. Si estaba solo, ¿de qué iba a tener miedo? Él era fuerte y tenía buenos puños si le quisiera atacar.

Estaba tan desnudo como él y era un mozo fuerte. Con la luz de la luna podía distinguir sus ojos y aun sus gestos que tenían una mueca de burla.

Ninguno de los dos, al parecer, quería formular la pregunta inevitable. Porque, estaba seguro, de que eran enemigos. El otro, después de un momento en que le estuvo mirando fijamente, preguntó:

—¿De dónde eres?

—Soy de Burgohondo, allá en la provincia de Ávila, junto a Cebreros. ¿Y tú?

—Yo soy manchego. ¡Allí sí que tenemos buenas lagunas! ¿Has oído hablar de las de Ruidera?

—Ésta es buena y el agua está fresca.

—Sí, pero está lo de arriba.

Y alzó la cabeza hacia las posiciones.

—¿Os dejan venir a bañaros?

—¿A bañarnos? ¿Estás loco? Si se dieran cuenta de que estamos aquí nos freían a tiros. ¿Te dejan a ti?

—No lo sé. No se lo he dicho a nadie.

—Yo tampoco.

Se miraron los dos mozos. Estaban solos. No había peligro por ninguna parte. Se atrevió a decirle lo que pensaba.

—¿Eres... rojo?

—¿Rojo yo? Soy un soldado de la República. ¡Y a mucha honra! Tú debes ser un faccioso.

—Yo no soy faccioso. Soy soldado nacional y no he matado a nadie.

—¿A tantos te crees tú que he liquidado yo?

—Arriba se dice que fusiláis a todos los señoritos.

—Y arriba se dice que vosotros fusiláis a todos los obreros.

—Eso no es verdad. Yo soy obrero. Del campo, pero obrero y no me ha fusilado nadie ni me han metido en la cárcel.

—Bueno, allá tú. Lo gracioso sería decirte que yo soy un señorito. Pero no es verdad. También soy obrero del campo.

El soldado sintió que, estando parado, se le quedaba el cuerpo frío. Se echó a nadar y, al poco rato volvió junto al mozo y le preguntó:
—¿Tienes novia?
—No. ¿Y tú?
—Tampoco... Bueno, a lo mejor sí. Cuando vuelva a Burgohondo...
—Te echarán el lazo, ¿eh?
—A mi gusto, en todo caso.
—Todas las mujeres son iguales, aquí y allá. Te echarán el lazo y estarás más sujeto que en el frente.

El soldado se echó a reír.
—¡Peor que con el Sargento!
—Yo tengo uno que, si supiera que todas las noches vengo a bañarme me daba la carrera del señorito por entre las minas de la alambrada.
—¿Tenéis minas?

El otro le miró fijamente. Su voz pareció endurecerse.
—Oye. Somos dos mozos que nos estamos bañando. Si me haces preguntas así soy capaz de salir y hacerte la guerra aquí mismo.
—Somos enemigos, ¿no? ¿Crees que ibas a poder conmigo?
—Allá lo viéramos. Tú no tienes armas.
—Ni tú.

Se miraron en silencio. Luego, como si hubieran tenido la misma idea se echaron a nadar en direcciones contrarias. Volvieron al poco rato y el soldado preguntó al otro:
—¿Tienes tabaco?
—Ni un «mataquintos». ¿Y tú?
—Yo sí. Lo que no tengo es papel.
—Papel tengo yo.
—¿Quieres que fumemos juntos?
—Vamos a fumar juntos. Ya casi está amaneciendo.

Salieron del agua. Con las gotas sobre el cuerpo desnudo la luz de la luna los convertía en dos figuras plateadas. El soldado buscó entre su ropa y sacó el tabaco. El otro le alargó el papel.

Liaron los cigarros y encendieron con una larga mecha. Fumaron en silencio.
—Podíamos ser amigos.
—¿Para qué?
—No lo sé. Algún día terminará la guerra.

—Y los que ganen matarán a los que pierdan. Mira éste.
—Yo no tengo por qué matarte a ti.
—Pero me matarás. O yo a ti.
—Oye... ¿Tienes fotografía de esa novia que te espera en Burgohondo?
—Sí. Voy a enseñártela.

Buscó entre sus ropas. Sacó una cartera oscura con una goma gruesa. Buscó, la abrió y le alargó la fotografía de una muchacha.

El otro la miró en silencio volviéndola hacia la luz de la luna. Luego le dijo groseramente:

—¡Está buena!, ¿eh?
—¡Oye! Que es mi novia...
—Bueno, pero está buena... Yo te he mentido. También tengo una.
—¿Una?
—Sí.
—¿Una novia?
—Una compañera. Tenemos un hijo.
—¿Estás casado?
—Sí... Bueno, a la manera republicana.
—¿Por qué no te casas... por la Iglesia?
—Eso es muy difícil. No se encuentra un cura.
—Pero mañana, tu hijo...
—Mírale. Ésta es su fotografía.

Le alargó una fotografía de un niño. El soldado le miró con interés. Guardaron silencio otro rato. El mozo republicano rompió el silencio.

—Es tarde. Si no nos vamos antes de que amanezca nos dispararán.
—¿Quieres que volvamos a vernos aquí?
—No. ¿Para qué? Esto es peligroso.
—Cuando la guerra acabe... Si salimos con bien, podríamos vernos...
—...O ver a nuestras novias —terminó el otro.
—Dame la dirección tuya.

Escribieron en el dorso de las fotografías las direcciones. Luego se dieron la mano.

—Somos amigos, ¿verdad?
—Sí.
—¡Peste de guerra!

Se separaron.

El soldado volvió al camino. Tomó la dirección hacia la trinchera. Ya empezaba a amanecer. No tenía miedo de que le vieran, pues había comprobado que, desde los puestos de centinela, no se divisaba aquel camino. Rápidamente trepó al repecho cuando, de súbito, cruzó por encima de su cabeza un silbante y tenebroso sonar de una ametralladora.

Se tumbó en el suelo. Otra ráfaga atronó los valles.

No se atrevió a mirar atrás. ¿Habían disparado contra su amigo?

Rápidamente llegó a lo alto del cerro. Pasó bajo la alambrada y entró en la trinchera. De su chabola salía el Sargento que le gritó:

—¿Ves lo que hacías con tanto disparar? Esto va a convertirse en un infierno.

El soldado miró hacia el enemigo. Nada se divisaba. Pensó que, cuando acabase la guerra tenía que ir a la Mancha, a visitar a una mujer que tenía un hijo. Le diría cómo había muerto su marido.

FRANCISCO AYALA

EL TAJO

I

—¿Adónde irá éste ahora, con la solanera? —oyó que, a sus espaldas, bostezaba, perezosa, la voz del capitán.

El teniente Santolalla no contestó, no volvió la cara. Parado en el hueco de la puertecilla, paseaba la vista por el campo, lo recorría hasta las lomas de enfrente, donde estaba apostado el enemigo, allá, en las alturas calladas; luego, bajándola de nuevo, descansó la mirada por un momento sobre la mancha fresca de la viña y, enseguida, poco a poco, negligente el paso, comenzó a alejarse del puesto de mando —aquella casita de adobes, una chabola casi, donde los oficiales de la compañía se pasaban jugando al tute las horas muertas.

Apenas se había separado de la puerta, le alcanzó todavía, recia, llana, la voz del capitán que, desde dentro, le gritaba:

—¡Tráete para acá algún racimo!

Santolalla no respondió; era siempre lo mismo. Tiempo y tiempo llevaban sesteando allí: el frente de Aragón no se movía, no recibía refuerzos, ni órdenes; parecía olvidado. La guerra avanzaba por otras regiones; por allí, nada; en aquel sector, nunca hubo nada. Cada mañana se disparaban unos cuantos tiros de parte y parte —especie de saludo al enemigo—, y, sin ello, hubiera podido creerse que no había nadie del otro lado, en la soledad del campo tranquilo. Medio en broma, se hablaba en ocasiones de organizar un partido de fútbol con los rojos: azules contra rojos. Ganas de charlar, por supuesto; no había demasiados temas y, al final, también la baraja hastiaba... En la calma del mediodía, y por la noche, subrepticiamente, no faltaban quienes se alejasen de las líneas; algunos, a veces, se pasaban al enemigo, o se perdían, caían prisioneros; y ahora, en agosto, junto a otras precarias diversiones, los viñedos eran una tentación. Ahí mismo, en la hondonada, entre líneas, había una viña, descuidada, sí, pero hermosa, cuyo costado se podía ver, como una mancha verde en la tierra reseca, desde el puesto de mando.

El teniente Santolalla descendió, caminando al sesgo, por largos vericuetos; se alejó —ya conocía el camino; lo hubiera hecho a ojos cerrados—; anduvo: llegó en fin a la viña, y se internó despacio, por entre las crecidas cepas. Distraído, canturreando, silboteando, avanzaba, la cabeza baja, pisando los pámpanos secos, los sarmientos, sobre la tierra dura, y arrancando, aquí una uva, más allá otra, entre las más granadas, cuando de pronto —«¡hostia!»—, muy cerca, ahí mismo, vio alzarse un bulto ante sus ojos. Era —¿cómo no lo había divisado antes?— un miliciano que se incorporaba; por suerte, medio de espaldas y fusil en banderola Santolalla, en el sobresalto, tuvo el tiempo justo de sacar su pistola y apuntarla. Se volvió el miliciano, y ya lo tenía encañonado. Acertó a decir: «¡No, no!», con una mueca rara sobre la sorprendida placidez del semblante, y ya se doblaba, ambas manos en el vientre; ya se desplomaba de bruces... En las alturas, varios tiros de fusil, disparados de una y otra banda, respondían ahora con alarma, ciegos en el bochorno del campo, a los dos chasquidos de su pistola en el hondón. Santolalla se arrimó al caído, le sacó del bolsillo la cartera, levantó el fusil que se le había descolgado del hombro y, sin prisa —ya los disparos raleaban—, regresó hacia las posiciones. El capitán, el otro teniente, todos, lo estaban aguardando ante el puesto de mando, y lo saludaron con gran algazara al verlo regresar sano y salvo, un poco pálido, en una mano el fusil capturado, y la cartera en la otra.

Luego, sentado en uno de los camastros, les contó lo sucedido; hablaba despacio, con tensa lentitud. Había soltado la cartera sobre la mesa; había puesto el fusil contra un rincón. Los muchachos se aplicaron enseguida a examinar el arma, y el capitán, displicente, cogió la cartera; por encima de su hombro, el otro teniente curioseaba también los papeles del miliciano.

—Pues —dijo, a poco, el capitán dirigiéndose a Santolalla—; pues, ¡hombre!, parece que has cazado un gazapo de tu propia tierra. ¿No eras tú de Toledo? —y le alargó el carné, con filiación completa y retrato.

Santolalla lo miró, aprensivo: ¿y este presumido sonriente, gorra sobre la oreja y unos tufos asomando por el otro lado, éste era la misma cara alelada —«¡no, no!»— que hacía un rato viera venírsele encima la muerte?

Era la cara de Anastasio López Rubielos, nacido en Toledo el 23 de diciembre de 1919 y afiliado al Sindicato de Oficios varios de la UGT. ¿Oficios varios? ¿Cuál sería el oficio de aquel comeúvas?

Algunos días, bastantes, estuvo el carné sobre la mesa del puesto de mando. No había quien entrase, así fuera para dejar la diaria ración de pan a los oficiales, que no lo tomara en sus manos; le daban ochenta vueltas en la distracción de la charla, y lo volvían a dejar ahí, hasta que otro ocioso viniera a hacer lo mismo. Por último, ya nadie se ocupó más del carné. Y un día, el capitán lo depositó en poder del teniente Santolalla.

—Toma el retrato de tu paisano —le dijo—. Lo guardas como recuerdo, lo tiras, o haz lo que te dé la gana con él.

Santolalla lo tomó por el borde entre sus dedos, vaciló un momento, y se resolvió por último a sepultarlo en su propia cartera. Y como también por aquellos días se había hecho desaparecer ya de la viña el cadáver, quedó en fin olvidado el asunto, con gran alivio de Santolalla. Había tenido que sufrir —él, tan reservado— muchas alusiones de mal gusto a cuenta de su hazaña, desde que el viento comenzó a traer, por ráfagas, olor a podrido desde abajo, pues la general simpatía, un tanto admirativa, del primer momento dejó paso enseguida a necias chirigotas, a través de las cuales él se veía reflejado como un tipo torpón, extravagante e infelizote, cuya aventura no podía dejar de tornar en cómico; y así, le formulaban toda clase de burlescos reproches por aquel hedor de que era causa; pero como de veras llegara a hacerse insoportable, y a todos les tocara su parte, según los vientos, se concertó con el enemigo tregua para que un destacamento de milicianos pudiera retirar e inhumar sin riesgo el cuerpo de su compañero.

Cesó, pues, el hedor, Santolalla se guardó los documentos en su cartera, y ya no volvió a hablarse del caso.

2

Ésa fue su única aventura memorable en toda la guerra. Se le presentó en el verano de 1938 cuando llevaba Santolalla un año largo como primer teniente en aquel mismo sector del frente de Aragón —un sector tranquilo, cubierto por unidades flojas, mal pertrechadas, sin combatividad ni mayor entusiasmo. Y por entonces, ya la campaña se acercaba a su término; poco después llegaría para su compañía, con gran nerviosismo de todos, desde el capitán abajo, la orden de avanzar, sin que hubieran de encontrar a nadie por delante; ya no habría enemigo. La guerra pasó, pues, para Santolalla sin pena ni gloria, salvo aquel incidente que a todos pareció nimio, e incluso —absurdamente— digno de chacota, y que pronto olvidaron.

Él no lo olvidó; pensó olvidarlo, pero no pudo. A partir de ahí, la vida del frente —aquella vida hueca, esperando, aburrida, de la que a ratos se sentía harto— comenzó a hacérsele insufrible. Estaba harto ya, y hasta —en verdad— con un poco de bochorno. Al principio, recién incorporado, recibió este destino como una bendición: había tenido que presenciar durante los primeros meses, en Madrid, en Toledo, demasiados horrores; y cuando se vio de pronto en el sosiego campestre, y halló que, contra lo que hubiera esperado, la disciplina de campaña era más laxa que la rutina cuartelera del servicio militar cumplido años antes, y no mucho mayor el riesgo, cuando se familiarizó con sus compañeros de armas y con sus obligaciones de oficial, sintióse como anegado en una especie de suave pereza. El capitán Molina —oficial de complemento, como él— no era mala persona; tampoco, el otro teniente; eran todos gente del montón, cada cual con sus trucos, cierto, con sus pesadeces y manías, pero ¡buenas personas! Probablemente, alguna influencia, alguna recomendación, había militado a favor de cada uno para promover la buena suerte de tan cómodo destino; pero de eso —claro está— nadie hablaba. Cumplían sus deberes, jugaban a la baraja, comentaban las noticias y rumores de guerra, y se quejaban, en verano del calor, y del frío en invierno. Bromas vulgares, siempre las mismas, eran el habitual desahogo de su alegría, de su malevolencia...

Procurando no disonar demasiado, Santolalla encontró la manera de aislarse en medio de ellos; no consiguió evitar que lo considerasen como un tipo raro, pero, con sus rarezas, consiguió abrirse un poco de soledad: le gustaba andar por el campo, aunque hiciera sol, aunque hubiera nieve, mientras los demás resobaban el naipe; tomaba a su cargo servicios ajenos, recorría las líneas, vigilaba, respiraba aire fresco, fuera de aquel chamizo maloliente, apestando a tabaco. Y así, en la apacible lentitud de esta existencia, se le antojaban lejanos, muy lejanos, los ajetreos y angustias de meses antes en Madrid, aquel desbordamiento, aquel vértigo que él debió observar mientras se desvivía por animar a su madre, consternada, allí, en medio del hervidero de heroísmo y de infamia, con el temor de que no fueran a descubrir al yerno, falangista notorio, y a Isabel, la hija, escondida con él, y de que, por otro lado, pudiera mientras tanto, en Toledo, pasarle algo al obstinado e imprudente anciano... Pues el abuelo se había quedado; no había consentido en dejar la casa. Y —¿a quién, si no?— a él, al nieto, el único joven de la familia, le tocó ir en su busca. «Aunque sea por la fuerza, hijo, lo sacas de allí y te lo traes», le habían encargado. Pero ¡qué fácil es decirlo! El abuelo, exaltado, viejo y terco, no consentía en apartarse de la vista del Alcázar, dentro de cuyos muros hubiera querido y —afirmaba— debido hallarse; y vanas fueron todas las exhortaciones para que, de una vez, haciéndose cargo de su mucha edad, abandonara aquella ciudad en desorden, donde ¿qué bicho viviente no conocía sus opiniones, sus alardes, su condición de general en reserva?, y donde, por lo demás, corría el riesgo común de los disparos sueltos en una lucha confusa, de calle a calle y de casa a casa, en la que nadie sabía a punto fijo cuál era de los suyos y cuál de los otros, y la furia, y el valor, y el entusiasmo y la cólera popular se mellaban los dientes, se quebraban las uñas contra la piedra incólume de la fortaleza. Así se llegó, discutiendo abuelo y nieto, hasta el final de la lucha: entraron los moros en Toledo, salieron los sitiados del Alcázar, el viejo saltaba como una criatura, y él, Pedro Santolalla, despechado y algo desentendido, sin tanto cuidado ya por atajar sus insensatas chiquilladas, pudo presenciar ahora, atónito, el pillaje, la sarracina... Poco después se incorporaba al ejército y salía, como teniente de complemento, para el frente aragonés, en cuyo sosiego había de sentirse, por momentos, casi feliz.

No quería confesárselo; pero se daba cuenta de que, a pesar de estar lejos de su familia —padre y madre, los pobres, en el Madrid asediado, bombardeado y hambriento; su hermana, a saber dónde; y el abuelo, solo en casa, con sus años—, él, aquí, en ese paisaje desconocido y entre gentes que nada le importaban, volvía a revivir la feliz despreocupación de la niñez, la atmósfera pura de aquellos tiempos en que, libre de toda responsabilidad, y moviéndose dentro de un marco previsto, no demasiado rígido, pero muy firme, podía respirar a pleno pulmón, saborear cada minuto, disfrutar la novedad de cada mañana, disponer sin tasa ni medida de sus días... Esta especie de renovadas vacaciones —quizás eso sí, un tanto melancólicas—, cuyo descuido entretenía en cortar acaso alguna hierbecilla y quebrarla entre los dedos, o hacer que remontara su flexible tallo un bichito brillante hasta, llegado a la punta, regresar hacia abajo o levantar los élitros y desaparecer; en que, siguiendo con la vista el vuelo de una pareja de águilas, muy altas, por encima de las últimas montañas, se quedaba extasiado al punto de sobresaltarse si alguien, algún compañero, un soldado, le llamaba la atención de improviso; estas curiosas vacaciones de guerra traían a su mente ociosa recuerdos, episodios de la infancia, ligados al presente por quién sabe qué oculta afinidad, por un aroma, una bocanada de viento fresco y soleado, por el silencio amplio del mediodía; episodios de los que, por supuesto, no había vuelto a acordarse durante los años todos en que, terminado su bachillerato en el Instituto de Toledo, pasó a cursar letras en la Universidad de Madrid, y a desvivirse con afanes de hombre, impaciencias y proyectos. Aquel fresco mundo remoto, de su casa en Toledo, del cigarral, que luego se acostumbrara a mirar de otra manera más distraída, regresaba ahora, a retazos: se veía a sí mismo —pero se veía, extrañamente, desde fuera, como la imagen recogida en una fotografía— niño de pantalón corto y blusa marinera corriendo tras de un aro por entre las macetas del patio, o yendo con su abuelo a tomar chocolate el domingo, o un helado, según la estación, al café del Zocodover, donde el mozo, servilleta al brazo, esperaba durante mucho rato, en silencio, las órdenes del abuelito, y le llamaba luego «mi coronel» al darle gracias por la propina; o se veía, lleno de aburrimiento, leyéndole a su padre el periódico, sin apenas entender nada de todo aquel galimatías, con tantos nombres impronunciables y palabras desconocidas, mientras él se afeitaba y se lavaba la cara y se frotaba orejas y cabeza con la toalla; se veía jugando con su perra Chispa, a la que había enseñado a embestir como un toro para darle pases de muleta... A veces, le llegaba como el eco, muy atenuado, de sensaciones que debieron de ser intensísimas, punzantes: el sol, sobre los párpados cerrados; la delicia de aquellas flores, jacintos, ramitos flexibles de lilas, que visitaba en el jardín con su madre, y a cuyo disfrute se invitaban el uno al otro con leves gritos y exclamaciones de regocijo: «Ven, mamá, y mira: ¿te acuerdas que ayer, todavía, estaba cerrado este capullo?», y ella acudía, lo admiraba... Escenas como ésa, más o menos cabales, concurrían a su memoria. Era, por ejemplo, el abuelo que, después de haber plegado su periódico dejándolo junto al plato y de haberse limpiado con la servilleta, bajo el bigote, los finos labios irónicos, decía: «Pues tus queridos franchutes (corrían por entonces los años de la Gran Guerra) parece que no levantan cabeza». Y hacía una pausa para echarle a su hijo, todo absorto en la meticulosa tarea de pelar una naranja, miraditas llenas de malicia; añadiendo luego: «Ayer se han superado a sí mismos en el arte de la retirada estratégica...». Desde su sitio, él, Pedrito, observaba cómo su padre, hostigado por el abuelo, perfeccionaba su obra, limpiaba de pellejos la fruta con alarde calmoso, y se disponía —con leve temblorcillo en el párpado, tras el cristal de los lentes— a separar entre las cuidadas uñas los gajos rezumantes. No respondía nada; o preguntaba, displicente: «¿Sí?» Y el abuelo, que lo había estado contemplando con pachorra, volvía a la carga: «¿Has leído hoy el periódico?». No cejaba, hasta hacerle que saltara, agresivo; y ahí venían las grandes parrafadas nerviosas, irritadas, sobre la brutalidad germánica, la civilización en peligro, la humanidad, la cultura, etcétera, con acompañamiento, en ocasiones, de puñetazos sobre la mesa. «Siempre lo mismo», murmuraba, enervada, la madre, sin mirar ni a su marido ni a su suegro, por miedo a que el fastidio le saliera a los ojos. Y los niños, Isabelita y él, presenciaban una vez más, intimidados, el torneo de costumbre entre su padre y su abuelo: el padre, excitable, serio, contenido; el abuelo, mordaz y seguro de sí, diciendo cosas que lo entusiasmaban a él, a él, sí, a Pedrito, que se sentía también germanófilo y que, a escondidas, por la calle y aun en el colegio mismo, ostentaba, prendido al pecho, ese preciado botón con los colores de la bandera alemana que tenía buen cuidado de guardarse en un bolsillo cada vez que de nuevo, el montón de libros bajo el brazo, entraba por las puertas de casa. Sí; él era germanófilo furibundo, como la mayoría de los otros chicos, y en la mesa seguía con pasión los debates entre padre y abuelo, aplaudiendo en su fuero interno la dialéctica burlona de éste y lamentando la obcecación de aquél, a quien hubiera deseado ver convencido. Cada discusión remachaba más sus entusiasmos, en los que sólo, a veces, le hacía vacilar su madre, cuando, al reñirle suavemente a solas por sus banderías y «estupideces de mocoso» —su emblema había sido descubierto, o por delación o por casualidad—, le hacía consideraciones templadas y llenas de sentimiento sobre la actitud que corresponde a los niños en estas cuestiones, sin dejar de deslizar al paso alguna alusión a las chanzas del abuelo, «a quien, como comprenderás, tu padre no puede faltarle al respeto, por más que su edad le haga a veces ponerse cargante», y de decir también alguna palabrita sobre las atrocidades cometidas por Alemania, rehenes ejecutados, destrozos, de que los periódicos rebosaban. «¡Por nada del mundo, hijo, se justifica eso!» La madre lo decía sin violencia, dulcemente; y a él no dejaba de causarle alguna impresión. «¿Y tú? —preguntaba más tarde a su hermana, entre despectivo y capcioso—. ¿Tú eres francófila, o germanófila...? Tú tienes que ser francófila; para las mujeres, está bien ser francófilo.» Isabelita no respondía; a ella la abrumaban las discusiones domésticas. Tanto, que la madre —de casualidad pudo escucharlo en una ocasión Pedrito— le pedía al padre «por lo que más quieras», que evitara las frecuentes escenas, «precisamente a la hora de las comidas, delante de los niños, de la criada; un espectáculo tan desagradable». «Pero ¿qué quieres que yo le haga? —había replicado él entonces con tono de irritación—. Si no soy yo, ¡caramba!, si es él, que no puede dejar de... ¿No le bastará para despotricar, con su tertulia de carcamales? ¿Por qué no me deja en paz a mí? Ellos, como militares, admiran a Alemania y a su cretino káiser; más les valdría conocer mejor su propio oficio. Las hazañas del ejército alemán, sí, pero ¿y ellos?, ¿qué? ¡Desastre tras desastre: Cuba, Filipinas, Marruecos!» Se desahogó a su gusto, y él, Santolalla niño, que lo oía por un azar, indebidamente, estaba confundido... El padre —tal era su carácter—, o se quedaba corto, o se pasaba de la raya, se disparaba y excedía. En cambio ella, la madre, tenía un tacto, un sentido justo de la medida, de las conveniencias y del mundo, que, sin quererlo ni buscarlo, solía proporcionarle a él, inocente, una adecuada vía de acceso hacia la realidad, tan abrupta a veces, tan inabordable. ¿Cuántos años tendría (siete, cinco), cuando, cierto día, acudió, todo sublevado, hasta ella con la noticia de que a la lavandera de casa la había apaleado, borracho, en medio de un gran alboroto, su marido?; y la madre averiguó primero —contra la serenidad de sus preguntas rebotaba la excitación de las informaciones infantiles— cómo se había enterado, quién se lo había dicho, prometiéndole intervenir no bien acabara de peinarse. Y mientras se clavaba con cuidadoso estudio las horquillas en el pelo, parada ante el espejo de la cómoda, desde donde espiaba de reojo las reacciones del pequeño, le hizo comprender por el tono y tenor de sus condenaciones que el caso, aunque lamentable, no era tan asombroso como él se imaginaba, ni extraordinario siquiera, sino más bien, por desgracia, demasiado habitual entre esa gente pobre e inculta. Si el hombre, después de cobrar sus jornales, ha bebido unas copas el sábado, y la pobre mujer se exaspera y quizá se propasa a insultarlo, no era raro que el vino y la ninguna educación le propinasen una respuesta de palos. «Pero, mamá, la pobre Rita...» Él pensaba en la mujer maltratada; le tenía lástima y, sobre todo, le indignaba la conducta brutal del hombre, a quien sólo conocía de vista. ¡Pegarle! ¿No era increíble...? Había pasado a mirarla, y la había visto, como siempre, de espaldas, inclinada sobre la pileta; no se había atrevido a dirigirle la palabra. «Ahora voy a ver yo —dijo, por último, la madre—. ¿Está ahí?» «Abajo está, lavando. Tendremos que separarlos, ¿no, mamá...?» Cuando, poco después, tras de su madre, escuchó Santolalla a la pobre mujer quejarse de las magulladuras, y al mismo tiempo le oyó frases de disculpa, de resignación, convirtió de golpe en desprecio su ira vindicativa, y hasta consideró ya excesivo celo el de su madre llamando a capítulo al borrachín para hacerle reconvenciones e insinuarle amenazas.

En otra oportunidad... Pero ¡basta! Ahora, todo eso se lo representaba, diáfano y preciso, muy vívido, aunque allá en un mundo irreal, segregado por completo del joven que después había hecho su carrera, entablado amistades, preparado concursos y oposiciones, leído, discutido y anhelado, en medio de aquel remolino que, a través de la República, condujo a España hasta el vértigo de la guerra civil. Ahora, descansando aquí, al margen, en este sector quieto del frente aragonés, el teniente Pedro Santolalla prefería evocar así a su gente en un feliz pasado, antes que pensar en el azaroso y desconocido presente que, cuando acudía a su pensamiento, era para henchirle el pecho en un suspiro o recorrerle el cuerpo con un repeluzno. Mas ¿cómo evitar, tampoco, la idea de que mientras él estaba allí tan tranquilo, entregado a sus vanas fantasías, ellos, acaso...? La ausencia acumula el temor de todos los males imaginables, proponiéndolos juntos al sufrimiento en conjeturas de multitud incompatible; y Santolalla, incapaz de hacerles frente, rechazaba este mal sabor siempre que le revenía, y procuraba volverse a recluir en sus recuerdos. De vez en cuando, venían a sacudirlo, a despertarlo, cartas del abuelo; las primeras, si por un lado lo habían tranquilizado algo, por otro le trajeron nuevas preocupaciones. Una llegó anunciándole con más alborozo que detalles cómo Isabelita había escapado con el marido de la zona roja, «debido a los buenos aunque onerosos servicios de una embajada» y que ya los tenía a su lado en Toledo; la hermana, en una apostilla, le prometía noticias, le anticipaba cariños. Él se alegró, sobre todo por el viejo, que en adelante estaría siquiera atendido y acompañado... Ya, de seguro —pensó—, se habría puesto en campaña para conseguirle al zanguango del cuñado un puesto conveniente... A esta idea, una oleada de confuso resentimiento contra el recio anciano, tan poseído de sí mismo, le montó a la cara con rubores donde no hubieran sido discernibles la indignación y la vergüenza; veíalo de nuevo empecinado en medio de la refriega toledana, pugnando a cada instante por salirse a la calle, asomarse al balcón siquiera, de modo que él, aun con la ayuda de la fiel Rita, ahora ya vieja y medio baldada, apenas era capaz de retenerlo, cuando ¿qué hubiera podido hacer allí, con sus sesenta y seis años, sino estorbar?, mientras que, en cambio, a él, al nietecito, con sus veintiocho, eso sí, lo haría destinar enseguida, con una unidad de relleno, a este apacible frente de Aragón... La terquedad del anciano había sido causa de que la familia quedara separada y, con ello, los padres —solos ellos dos— siguieran todavía a la fecha expuestos al peligro de Madrid, donde, a no ser por aquel estúpido capricho, estarían todos corriendo juntos la misma suerte, apoyándose unos a otros, como Dios manda: él les hubiera podido aliviar de algunas fatigas y, cuando menos, las calamidades inevitables, compartidas, no crecerían así, en esta ansia de la separación... «Será cuestión de pocos días —había sentenciado todavía el abuelo en la última confusión de la lucha, con la llegada a Toledo de la feroz columna africana y la liberación del Alcázar—. Ya es cuestión de muy pocos días; esperemos aquí.» Pero pasaron los días y las semanas y el ejército no entró en Madrid, y siguió la guerra meses y meses, y allá se quedaron solos, la madre, en su aflicción inocente; el padre, no menos ingenuo que ella, desamparado, sin maña, el pobre, ni expedición para nada...

En esto iba pensando, baja la cabeza, por entre los viñedos, aquel mediodía de agosto en que le aconteció toparse con un miliciano, y —su única aventura durante la guerra toda—, antes de que él fuera a matarle, lo dejó en el sitio con dos balazos.

3

A partir de ahí, la guerra —lo que para el teniente Santolalla estaba siendo la guerra: aquella espera vacía, inútil, que al principio le trajera a la boca el sabor delicioso de remotas vacaciones y que, después, aun en sus horas más negras, había sabido conllevar hasta entonces como una más de tantas incomodidades que la vida tiene, como cualquier especie de enfermedad pasajera, una gripe, contra la que no hay sino esperar que buenamente pase— comenzó a hacérsele insufrible de todo punto. Se sentía sacudido de impaciencias, irritable; y si al regresar de su aventura le sostenía la emocionada satisfacción de haberle dado tan fácil remate, luego, los documentos del miliciano dejados sobre la mesa, el aburrido transcurso de los días siguientes, el curioseo constante, le producían un insidioso malestar, y, en fin, lo encocoraban las bromas que más tarde empezaron a permitirse algunos a propósito del olor. La primera vez que el olor se notó, sutilmente, todo fueron conjeturas sobre su posible origen: venía, se insinuaba, desaparecía; hasta que alguien recordó al miliciano muerto ahí abajo por mano del teniente Santolalla y, como si ello tuviese muchísima gracia, explotó una risotada general.

También fue en ese preciso momento y no antes cuando Pedro Santolalla vino a caer en la cuenta de por qué desde hacía rato, extrañamente, quería insinuársele en la memoria el penoso y requeteolvidado final de su perra Chispa; sí, eso era: el olor, el dichoso olor... Y al aceptar de lleno el recuerdo que lo había estado rondando, volvió a inundarle ahora, sin atenuaciones, todo el desamparo que en aquel entonces anegara su corazón de niño. ¡Qué absurdo! ¿Cómo podía repercutir así en él, al cabo del tiempo y en medio de tantas desgracias, incidente tan minúsculo como la muerte de ese pobre animalito? Sin embargo, recordaba con preciso dolor y en todas sus circunstancias la desaparición de Chispa. A la muy pícara le había gustado siempre escabullirse y hacer correrías misteriosas, para volver horas después a casa; pero en esta ocasión parecía haberse perdido: no regresaba. En familia, se discutieron las escapatorias del chucho, dando por seguro, al principio, su vuelta y prometiéndole castigos, cerrojos, cadena; desesperando luego con inquietud. Él, sin decir nada, la había buscado por todas partes, había hecho rodeos al ir para el colegio y a la salida, por si la suerte quería ponerla al alcance de sus ojos; y su primera pregunta al entrar, cada tarde, era, anhelante, si la Chispa no había vuelto... «¿Sabes que he visto a tu perro?», le notificó cierta mañana en la escuela un compañero. (Con indiferencia afectada y secreta esperanza, se había cuidado él de propalar allí el motivo de su cuita.) «He visto a tu perro», le dijo; y, al decírselo, lo observaba con ojo malicioso. «¿De veras? —profirió él, tratando de apaciguar la ansiedad de su pecho—. ¿Y dónde?» «Lo vi ayer tarde, ¿sabes?, en el callejón de San Andrés.» El callejón de San Andrés era una corta calleja entre tapias, cortada al fondo por la cerca de un huerto. «Pero... —vaciló Santolalla, desanimado—. Yo iría a buscarlo; pero... ya no estará allí.» «¿Quién sabe? Puede que todavía esté allí —aventuró el otro con sonrisa reticente—. Sí —añadió—; lo más fácil es que todavía no lo hayan recogido.» «¿Cómo?», saltó él, pálida la voz y la cara, mientras su compañero, después de una pausa, aclaraba, tranquilo, calmoso, con ojos chispeantes: «Sí, hombre; estaba muerto —y admitía, luego—: Pero ¡a lo mejor no era tu perro! A mí, ¿sabes?, me pareció; pero a lo mejor no era.» Lo era, sí. Pedro Santolalla había corrido hasta el callejón de San Andrés, y allí encontró a su Chispa, horrible entre una nube de moscas; el hedor no le dejó acercarse. «¿Era por fin tu perro? —le preguntó al día siguiente el otro muchacho. Y agregó—: Pues, mira: yo sé quién lo ha matado.» Y, con muchas vueltas mentirosas, le contó una historia: a pedradas, lo habían acorralado allí unos grandullones, y como, en el acoso, el pobre bicho tirase a uno de ellos una dentellada, fue el bárbaro a proveerse de garrotes y, entre todos, a palo limpio... «Pero chillaría mucho; los perros chillan muchísimo.» «Me figuro yo cómo chillaría, en medio de aquella soledad.» «Y tú, ¿tú cómo lo has sabido?» «¡Ah! Eso no te lo puedo decir.» «¿Es que lo viste, acaso?» Empezó con evasivas, con tonterías, y por último dijo que todo habían sido suposiciones suyas, al ver la perra deslomada; Santolalla no consiguió sacarle una palabra más. Llegó, pues, deshecho a su casa; no refirió nada; tenía un nudo en la garganta; el mundo entero le parecía desabrido, desolado —y en ese mismo estado de ánimo se encontraba ahora, de nuevo, recordando a su Chispa muerta bajo las ramas de un cerezo, en el fondo del callejón—. ¡Era el hedor! El hedor, sí; el maldito hedor. Solamente que ahora provenía de un cadáver mucho más grande, el cadáver de un hombre, y no hacía falta averiguar quién había sido el desalmado que lo mató.

—¿Para qué lo mató, mi teniente? —preguntaba, compungido, aquel bufón de Iribarne por hacerse el chistoso—. Usted, que tanto se

enoja cada vez que a algún caballero oficial se le escapa una pluma...
—y se pinzaba la nariz con dos dedos—, miren lo que vino a hacer...
¿Verdad, mi capitán, que el teniente Santolalla hubiera hecho mejor
trayéndomelo a mí? Yo lo pongo de esclavo a engrasar las botas de los
oficiales, y entonces iban a ver cómo no tenían ustedes queja de mí.

—¡Cállate, imbécil! —le ordenaba Santolalla. Pero como el capitán se las reía, aquel necio volvía pronto a sus patochadas.

Enterraron, pues, y olvidaron al miliciano; pero, con esto a Santolalla se le había estropeado el humor definitivamente. La guerra comenzó a parecerle una broma ya demasiado larga, y sus compañeros se le hacían insoportables, inaguantables de veras, con sus bostezos, sus «plumas» —como decía ese majadero de Iribarne— y sus eternas chanzas. Había empezado a llover, a hacer frío, y aunque tuviera ganas, que no las tenía, ya no era posible salir del puesto de mando. ¿Qué hubiera ido a hacer fuera? Mientras los otros jugaban a las cartas, él se pasaba las horas muertas en su camastro, vuelto hacia la pared y —entre las manos, para evitar que le molestaran, una novela de Sherlock Holmes cien veces leída— barajaba, a solas consigo mismo, el tema de aquella guerra interminable, sin otra variación, para él, que el desdichado episodio del miliciano muerto en la viña. Se representaba irrisoriamente su única hazaña militar: «He matado —pensaba— a un hombre, he hecho una baja al enemigo. Pero lo he matado, no combatiendo, sino como se mata a un conejo en el campo. Eso ha sido, en puridad: he matado a un gazapo, como bien me dijo ése». Y de nuevo escuchaba el timbre de voz de Molina, el capitán Molina, diciéndole después de haber examinado con aire burocrático (el empleado de correos, bajo uniforme militar) los documentos de Anastasio López Rubielos, natural de Toledo: «... parece que has cazado un gazapo de tu propia tierra». Y por enésima vez volvía a reconstruir la escena allá abajo, en la viña: el bulto que de improviso se yergue, y él que se lleva un repullo, y mata al miliciano cuando el desgraciado tipo está diciendo: «¡No, no...!» «¿Que no? ¡Toma!». Dos balas a la barriga... En defensa de la propia vida, por supuesto... Pero ¡qué defensa!; bien sabía que no era así. Si el infeliz muchacho no había tenido tiempo siquiera de echar mano al fusil, paralizado, sosteniendo todavía entre los dedos el rabo del racimo de uvas que enseguida rodaría por tierra... No; en verdad no hubiera tenido necesidad alguna de matarlo: ¿no podía acaso haberle mandado levantar las manos y, así, apoyada la pistola en sus riñones, traerlo hasta el puesto como prisionero? ¡Claro que sí! Eso es lo que hubiera debido hacer; no dejarlo allí tendido... ¿Por qué no lo hizo? En ningún instante había corrido efectivo riesgo, pese a cuanto pretendiera sugerir luego a sus compañeros relatándoles el suceso; en ningún instante. Por lo tanto, lo había matado a mansalva, lo había asesinado, sencillamente, ni más ni menos que los moros aquellos que, al entrar en Toledo, degollaban a los heridos en las camas del hospital. Cuando eso era obra ajena, a él lo dejaba perplejo, estupefacto, lo dejaba agarrotado de indignación; siendo propia, todavía encontraba disculpas, y se decía: «En todo caso, era un enemigo...». Era un pobre chico —eso es lo que era—, tal vez un simple recluta que andaba por ahí casualmente, «divirtiéndose, como yo, en coger uvas; una criatura tan inerme bajo el cañón de mi pistola como los heridos que en el hospital de Toledo gritarían "¡no, no!" bajo las gumías de los moros. Y yo disparé mi pistola, dos veces, lo derribé, lo dejé muerto, y me volví tan satisfecho de mi heroicidad». Se veía a sí mismo contar lo ocurrido afectando quitarle importancia —alarde y presunción, una manera como otra cualquiera de énfasis—, y ahora le daba asco su actitud, pues... «Lo cierto es —se decía— que, con la sola víctima por testigo, he asesinado a un semejante, a un hombre ni mejor ni peor que yo; a un muchacho que, como yo, quería comerse un racimo de uvas; y por ese gran pecado le he impuesto la muerte.» Casi era para él un consuelo pensar que había obrado, en el fondo, a impulsos del miedo; que su heroicidad había sido, literalmente, un acto de cobardía... Y vuelta a lo mismo una vez y otra.

En aquella torturada ociosidad, mientras estaba lloviendo afuera, se disputaban de nuevo su memoria episodios remotos que un día hirieran su imaginación infantil y que, como un poso revuelto, volvían ahora cuando los creía borrados, digeridos. Frases hechas como ésta: «herir la imaginación», o «escrito con sangre», o «la cicatriz del recuerdo», tenían en su caso un sentido bastante real, porque conservaban el dolor quemante del ultraje, el sórdido encogimiento de la cicatriz, ya indeleble, capaz de reproducir siempre, y no muy atenuado, el bochorno, la rabia de entonces, acrecida aún por la soflama de su actual ironía. Entre tales episodios «indeseables» que ahora lo asediaban, el más asiduo en estos últimos meses de la guerra era uno —él lo tenía etiquetado bajo el nombre de «episodio Rodríguez»— que, en secreto, había amargado varios meses de su niñez. ¡Por algo ese apellido, Rodríguez, le resultó siempre, en lo sucesivo, antipático, hasta el ridículo extremo de prevenirle contra cualquiera que lo llevase! Nunca podría ser amigo, amigo de veras, de ningún Rodríguez; y ello, por culpa de aquel odioso bruto, casi vecino suyo, que, parado en el portal de su casucha miserable... —ahí lo veía aún, rechoncho, más bajo que él, sucias las piernotas y con una gorra de visera encima del rapado melón, espiando su paso hacia el colegio por aquella calle de la amargura, para, indefectiblemente, infligirle alguna imprevisible injuria. Mientras no pasó de canciones alusivas, remedos y otras burlas —como el día en que se puso a andar por delante de él con un par de ladrillos bajo el brazo imitando sus libros— fue posible, con derroche de prudencia, el disimulo; pero llegó el lance de las bostas... Rodríguez había recogido dos o tres bolondrones al verle asomar por la esquina; con ellos en la mano, aguardó a tenerlo a tiro y..., él lo sabía, lo estaba viendo, lo veía en su cara taimada, lo esperaba, y pedía en su interior: «¡Que no se atreva! ¡Que no se atreva!»; pero se atrevió: le tiró al sombrero una de aquellas doradas inmundicias, que se deshizo en rociada infamante contra su cara. Y todavía dice: «¡Toma, señoritingo...!». A la fecha, aún sentía el teniente Santolalla subírsele a las mejillas la vergüenza, el grotesco de la asquerosa lluvia de oro sobre su sombrerito de niño... Volvióse y, rojo de ira, encaró a su adversario; fue hacia él, dispuesto a romperle la cara; pero Rodríguez lo veía acercarse, imperturbable, con una sonrisa en sus dientes blancos, y cuando lo tuvo cerca, de improviso, ¡zas!, lo recibió con un puntapié entre las ingles, uno solo, atinado y seco, que le quitó la respiración, mientras de su sobaco se desprendían los libros, deshojándose por el suelo. Ya el canalla se había refugiado en su casa, cuando, al cabo de no poco rato, pudo reponerse... Pero, con todo, lo más aflictivo fue el resto: su vuelta, su congoja, la alarma de su madre, el interrogatorio del padre, obstinado en apurar todos los detalles y, luego, en las horas siguientes, el solitario crecimiento de sus ansias vengativas. «Deseo», «anhelo», no son las palabras; más bien habría que decir: una necesidad física tan imperiosa como el hambre o la sed, de traerlo a casa, atarlo a una columna del patio y, ahí, dispararle un tiro con el pesado revólver del abuelo. Esto es lo que quería con vehemencia imperiosa, lo que dolorosamente necesitaba; y cuando el abuelo, de quien se prometía esta justicia, rompió a reír acariciándole la cabeza, se sintió abandonado del mundo.

Habían pasado años, había crecido, había cursado su bachillerato;

después, en Madrid, filosofía y letras; con intervalos mayores o menores, nunca había dejado de cruzarse con su enemigo, también hecho un hombre. Se miraban al paso, con simulada indiferencia, se miraban como desconocidos, y seguían adelante; pero ¿acaso no sabían ambos...? «Y ¿qué habrá sido del tal Rodríguez en esta guerra?», se preguntaba de pronto Santolalla, representándose horrores diversos —los moros, por ejemplo, degollando heridos en el hospital—; se preguntaba: «Si tuviera yo en mis manos ahora al detestado Rodríguez, de nuevo lo dejo escapar...». Se complacía en imaginarse a Rodríguez a su merced, y él dejándolo ir, indemne. Y esta imaginaria generosidad le llenaba de un placer muy efectivo; pero no tardaba en estropeárselo, burlesca, la idea del miliciano, a quien, en cambio, había muerto sin motivo ni verdadera necesidad. «Por supuesto —se repetía—, que si él hubiera podido me mata a mí; era un enemigo. He cumplido, me he limitado a cumplir mi estricto deber, y nada más.» Nadie, nadie había hallado nada de vituperable en su conducta; todos la habían encontrado naturalísima, y hasta digna de loa... «¿Entonces?», se preguntaba, malhumorado. A Molina, el capitán de la compañía, le interrogó una vez, como por curiosidad: «Y con los prisioneros que se mandan a retaguardia, ¿qué hacen?». Molina le había mirado un momento; le había respondido: «Pues... ¡no lo sé! ¿Por qué? Eso dependerá». ¡Dependerá!, le había respondido su voz llena y calmosa. Con gente así ¡cómo seguir una conversación, cómo hablar de nada! A Santolalla le hubiera gustado discutir sus dudas con alguno de sus compañeros; discutirlas, ¡se entiende!, en términos generales, en abstracto, como un problema académico. Pero ¿cómo?, ¡si aquello no era problema para nadie! «Yo debo de ser un bicho raro»; todos allí lo tenían por un bicho raro; se hubieran reído de sus cuestiones; «éste —hubieran dicho— se complica la existencia con tonterías». Y tuvo que entregarse más bien a meras conjeturas sobre cómo apreciaría el caso, si lo conociera, cada uno de los suyos, de sus familiares, empleando rato y rato en afinar las presuntas reacciones: el orgullo del abuelo, que aprobaría su conducta (¿incluso —se preguntaba— si se le hacía ver cuán posible hubiera sido hacer prisionero al soldado enemigo?); que aprobaría su conducta sin aquilatar demasiado, pero que, en su fondo, encontraría sorprendente, desproporcionada la hazaña, y como impropia de su Pedrito; el susto de la madre, contenta en definitiva de tenerlo sano y salvo después del peligro; las reservas y distingos, un poco irritantes, del padre, escrutándolo con tristeza a través de sus lentes y queriendo sondearle el corazón hasta el fondo; y luego, las majaderías del cuñado, sus palmadas protectoras en la espalda, todo bambolla él, y alharaca; la aprobación de la hermana, al sentirle a la par de ellos.

Como siempre, después de pensar en sus padres, a Santolalla se le exasperó hasta lo indecible el aburrimiento de la guerra. Eran ya muchos meses, años; dos años hacía ya que estaba separado de ellos, sin verlos, sin noticias precisas de su suerte, y todo —pensaba—, todo por el cálculo idiota de que Madrid caería enseguida. ¡Qué de privaciones, qué de riesgos allá, solos!

Pero a continuación se preguntó, exaltadísimo: «¿Con qué derecho me quejo yo de que la guerra se prolongue y dure, si estoy aquí, pasándome, con todos estos idiotas y emboscados, la vida birlonga, mientras otros luchan y mueren a montones?». Se preguntó eso una vez más, y resolvió, «sin vuelta de hoja», «mejor hoy que mañana», llevar a la práctica, «ahora mismo, sí», lo que ya en varias ocasiones había cavilado: pedir su traslado como voluntario a una unidad de choque. (¡La cara que pondría el abuelo al saberlo!) Su resolución tuvo la virtud de cambiarle el humor. Pasó el resto del día silbando, haciendo borradores, y, por último, presentó su solicitud en forma por la vía jerárquica.

El capitán Molina le miró con curiosidad, con sospecha, con algo de sorna, con embarazo.

—¿Qué te ha entrado, hombre?
—Nada; que estoy harto de estar aquí.
—Pero, hombre, si esto se está acabando; no hagas tonterías.
—No es una tontería. Ya estoy cansado —confirmó él, sonriendo: una sonrisa de disculpa.

Todos lo miraron como a un bicho raro. Iribarne le dijo:
—Parece que el teniente Santolalla le ha tomado gusto al «tomate».
Él no contestó; le miró despectivamente.
—Pero, hombre, si la guerra ya se acaba —repitió el capitán todavía.

Se dio curso a la solicitud, y Santolalla, tranquilizado y hasta alegre, quedó a la espera del traslado.

Pero, entretanto, se precipitaba el desenlace: llegaron rumores, hubo agitación, la campaña tomó por momentos el sesgo de una simple operación de limpieza, los ejércitos republicanos se retiraban hacia

Francia, y ellos, por fin, un buen día, al amanecer, se pusieron también en movimiento y avanzaron sin disparar un solo tiro.

La guerra había terminado.

4

Al levantarse y abrir los postigos de su alcoba, se prometió Santolalla: «¡No! ¡De hoy no pasa!». Hacía una mañana fresquita, muy azul; la mole del Alcázar, en frente, se destacaba, neta, contra el cielo... De hoy no pasaba —se repitió, dando cuerda a su reloj de pulsera—. Iría al Instituto, daría su clase de geografía y, luego, antes de regresar para el almuerzo, saldría ya de eso; de una vez, saldría del compromiso. Ya era hora: se había concedido tiempo, se había otorgado prórrogas, pero ¿con qué pretexto postergaría más ese acto piadoso a que se había comprometido solemnemente delante de su propia conciencia? Se había comprometido consigo mismo a visitar la familia de su desdichada víctima, de aquel miliciano, Anastasio López Rubielos, con quien una suerte negra le llevó a tropezarse, en el frente de Aragón, cierta tarde de agosto del año 38. El 41 corría ya, y aún no había cumplido aquella especie de penitencia que se impusiera, creyendo tener que allanar dificultades muy ásperas, apenas terminada la guerra. «He de buscar —fue el voto que formuló entonces en su fuero interno—, he de buscar a su familia; he de averiguar quiénes son, dónde viven, y haré cuanto pueda por procurarles algún alivio.» Pero, claro está, antes que nada debió ocuparse de su propia familia, y también, ¡caramba!, de sí mismo.

Apenas obtenida licencia, lo primero fue, pues, volar hacia sus padres. Sin avisar y, ¡cosa extraña!, moroso y desganado en el último instante, llegó a Madrid; subió las escaleras hasta el piso de su hermana donde ellos se alojaban y, antes de haber apretado el timbre, vio abrirse la puerta: desde la oscuridad, los lentes de su padre le echaron una mirada de terror y, enseguida, de alegría; cayó en sus brazos y, entre ellos, le oyó susurrar: «¡Me has asustado, chiquillo, con el uniforme ese!». Dentro del abrazo, que no se deshacía, que duraba, Santolalla se sintió agonizar: la mirada de su padre —un destello— ¿no había sido, en la cara fina del hombre cultivado y maduro, la misma mirada del miliciano pasmado a quien él sorprendió en la viña para matarlo? Y, dentro del abrazo, se sintió extraño, espantosamente extraño, a aquel hombre cultivado y maduro. Como agotado, exhausto, Santolalla, se dejó caer en la butaquilla de la antesala... «Me has asustado, chiquillo...» Pero ahora, ¡cuánta confianza había en la expresión de su padre!, flaco, avejentado, muy avejentado, pero contento de tenerlo ante sí, y sonriente. Él también, a su vez, lo contemplaba con pena. Inquirió: «¿Mamá?». Mamá había salido; venía enseguida; habían salido las dos, ella y su hermana, a no sabía qué. Y de nuevo se quedaron callados ambos, frente a frente.

La madre fue quien, como siempre, se encargó de ponerle al tanto, conversando a solas, de todo. «No me pareces el mismo, hijo querido —le decía, devorándolo con los ojos, apretándole el brazo—; estás cambiado, cambiado.» Y él no contestaba nada: observaba su pelo encanecido, la espalda vencida —una espalda ya vieja—, el cuello flaco; y se le oprimía el pecho. También le chocaba penosamente aquella emocional locuacidad de quien antes era toda aplomo, noble reserva... Pero esto fue en el primer encuentro; después la vio recuperar su sensatez —aunque, eso sí, estuviera, la pobre, ya irremediablemente quebrantada— cuando se puso a informarle con detalle de cómo habían vivido, cómo pudieron capear los peores temporales, «gracias a que las amistades de tu padre —explicaba— contrarrestaron el peligro a que nos dejó expuestos la fuga de tu cuñado...». Durante toda la guerra había trabajado el padre en un puesto burocrático del servicio de abastecimientos; «pero, hijo, ahora, otra vez, ¡imagínate...! En fin —concluyó—, de aquí en adelante ya estaremos más tranquilos: oficial tú y, luego, con tu abuelo al quite...». El abuelo seguía tan terne: «¡Qué temple, hijito! Un poco más apagado, quizá; tristón, pero siempre el mismo».

Santolalla le contó a su madre la aventura con el miliciano; se decidió a contársela; estaba ansioso por contársela. Comenzó el relato como quien, sin darle mayor importancia, refiere una peripecia curiosa acentuando más bien en ella los aspectos de azar y de riesgo; pero notó pronto en el susto de sus ojos que percibía todo el fondo pesaroso, y ya no se esforzó por disimular: siguió, divagatorio, acuitado, con su tema adelante. La madre no decía nada, ni él necesitaba ya que dijese; le bastaba con que lo escuchara. Pero cuando, en la abundancia de su desahogo, se sacó del bolsillo los documentos de Anastasio y le puso ante la cara el retrato del muchacho, palideció ella, y rompió en sollozos. ¡Ay, Señor! ¿Dónde había ido a parar su antigua fortaleza? Se abrazaron, y la madre aprobó con vehemencia el propósito que, apresuradamente, le revelaba él de acercarse a la familia del miliciano y ofrecerle discreta reparación. «¡Sí, sí, hijo mío, sí!»

Mas, antes de llevarlo a cabo, tuvo que proveer a su propia vida. Arregló lo de la cátedra en el Instituto de Toledo, fue desmovilizado del ejército, y —a Dios gracias— consiguieron verse al fin, tras de no pocas historias, reunidos todos de nuevo en la vieja casa. Tranquilo, pues, ya en un curso de existencia normal, trazó ahora Pedro Santolalla un programa muy completo de escalonadas averiguaciones, que esperaba laboriosas, para identificar y localizar a esa pobre gente: el padrón, el antiguo censo electoral, la capitanía general, la oficina de cédulas personales, los registros y fichas de policía... Mas no fue menester tanto; el camino se le mostró tan fácil como sólo la casualidad puede hacerlo; y así, a las primeras diligencias dio enseguida con el nombre de Anastasio López Rubielos, comprobó que los demás datos coincidían y anotó el domicilio. Sólo faltaba, por lo tanto, decidirse a poner en obra lo que se tenía prescrito.

«¡De hoy no pasa!», se había dicho aquella mañana, contemplando por el balcón el día luminoso. No había motivo ya, ni pretexto para postergar la ejecución de su propósito. La vida había vuelto a entrar, para él, en cauces de estrecha vulgaridad; igual que antes de la guerra, sino que ahora el abuelo tenía que emplear su tiempo sobrante, que lo era todo, en pequeñas y —con frecuencia— vejatorias gestiones relacionadas con el aceite, con el pan, con el azúcar; el padre, pasarse horas y horas copiando con su fina caligrafía escrituras para un notario; la madre, azacaneada todo el día, y suspirona; y él mismo, que siempre había sido taciturno, más callado que nunca, malhumorado con la tarea de sus clases de geografía y las nimias intrigas del Instituto. ¡No, de hoy no pasaba! Y ¡qué aliviado iba a sentirse cuando se hubiera quitado de una vez ese peso de encima! Era, lo sabía, una bobada («soy un bicho raro»): no había quien tuviera semejantes escrúpulos; pero... ¡qué importaba! Para él sería, en todo caso, un gran alivio. Sí, no pasaba de hoy.

Antes de salir, abrió el primer cajón de la cómoda, esta vez para echarse al bolsillo los malditos documentos, que siempre le saltaban a la vista desde allí cuando iba a sacar un pañuelo limpio; y, provisto de ellos, se echó a la calle. ¡Valiente lección de geografía fue la de aquella mañana! Apenas la hubo terminado, se encaminó, despacio, hacia las señas que, previamente, tuviera buen cuidado de explorar: una casita muy pobre, de una sola planta, a mitad de una cuesta, cerca del río, bien abajo.

Encontró abierta la puerta; una cortina de lienzo, a rayas, estaba descorrida para dejar que entrase la luz del día, y desde la calle podía verse, quieto en un sillón, inmóvil, a un viejo, cuyos pies calentaba un rayo de sol sobre el suelo de rojos ladrillos. Santolalla adelantó hacia dentro una ojeada temerosa y, tentándose en el bolsillo el carné de Anastasio, vaciló primero y, enseguida, un poco bruscamente, entró en la pieza. Sin moverse, puso el viejo en él sus ojillos azules, asustados, ansiosos. Parecía muy viejo, todo lleno de arrugas; su cabeza, cubierta por una boina, era grande: enormes, traslúcidas, sus orejas; tenía en las manos un grueso bastón amarillo.

Emitió Santolalla un «¡buenos días!», y notó velada su propia voz. El viejo cabeceaba, decía: «¡Sí, sí!»; parecía buscar con la vista una silla que ofrecerle. Sin darse cuenta, Santolalla siguió su mirada alrededor de la habitación: había una silla, pero bajita, enana; y otra, con el asiento hundido. Mas ¿por qué había de sentarse? ¡Qué tontería! Había dicho «¡buenos días!» al entrar; ahora agregó:

—Quisiera hablar con alguno de la familia —interrogó—: la familia de Anastasio López Rubielos ¿vive aquí?

Se había repuesto; su voz sonaba ya firme.

—Rubielos, sí: Rubielos —repetía el viejo.

Y él insistió en preguntarle:

—Usted, por casualidad, ¿es de la familia?

—Sí, sí, de la familia —asentía.

Santolalla deseaba hablar, hubiera querido hablar con cualquiera menos con este viejo.

—¿Su abuelo? —inquirió todavía.

—Mi Anastasio —dijo entonces con rara seguridad el abuelo—, mi Anastasio ya no vive aquí.

—Pues yo vengo a traerles a ustedes noticias del pobre Anastasio —declaró ahora, pesadamente, Santolalla. Y, sin que pudiera explicar cómo, se dio cuenta en ese instante mismo de que, más adentro, desde el fondo oscuro de la casa, alguien lo estaba acechando. Dirigió una mirada furtiva hacia el interior, y pudo discernir en la penumbra una puerta entornada; nada más. Alguien, de seguro, lo estaba acechando, y él no podía ver quién.

—Anastasio —repitió el abuelo con énfasis (y sus manos enormes se juntaron sobre el bastón, sus ojos tomaron una sequedad eléctrica)—. Anastasio ya no vive aquí. No, señor —y agregó en voz más baja—: nunca volvió.

—Ni volverá —notificó Santolalla. Todo lo tenía pensado, todo preparado. Se obligó a añadir—: Tuvo mala suerte, Anastasio: murió en la guerra; lo mataron. Por eso vengo yo a visitarles...

Estas palabras las dijo lentamente, secándose las sienes con el pañuelo.

—Sí, sí, murió —asentía el anciano; y la fuerte cabeza llena de arrugas se movía, afirmativa, convencida—; murió, sí, el Anastasio. Y yo, aquí, tan fuerte, con mis años: yo no me muero.

Empezó a reírse. Santolalla, tonto, turbado, aclaró:

—Es que a él lo mataron.

No se hubiera sentido tan incómodo, pese a todo, sin la sensación de que lo estaban espiando desde adentro. Pensaba, al tiempo de echar otra mirada de reojo al interior: «Es estúpido que yo siga aquí. Y si quisiera, en cualquier momento podría irme: un paso, y ya estoy en la calle, en la esquina». Pero no, no se iría: ¡quieto! Estaba agarrotado, violento, allí, parado delante de aquel viejo chocho; pero ya había comenzado, y seguiría. Siguió, pues, tal como se lo había propuesto: contó que él había sido compañero de Anastasio; que se habían encontrado y trabado amistad en el frente de Aragón, y que a su lado estaba, precisamente, cuando vino a herirle de muerte una bala enemiga; que, entonces, él había recogido de su bolsillo este documento... Y extrajo del suyo el carné, lo exhibió ante la cara del viejo.

En ese preciso instante irrumpió en la saleta, desde el fondo, una mujer corpulenta, morena, vestida de negro; se acercó al viejo y, dirigiéndose a Santolalla:

—¿De qué se trata? ¡Buenos días! —preguntó.

Santolalla le explicó enseguida, como mejor pudo, que durante la guerra había conocido a López Rubielos, que habían sido compañeros en el frente de Aragón; que allí habían pasado toda la campaña: un lugar, a decir verdad, bastante tranquilo; y que, sin embargo, el pobre chico había tenido la mala pata de que una bala perdida, quién sabe cómo...

—Y a usted, ¿no le ha pasado nada? —le preguntó la mujer con cierta aspereza, mirándolo de arriba abajo.

—¿A mí? A mí, por suerte, nada. ¡Ni un rasguño, en toda la campaña!

—Digo, después —aclaró, lenta, la mujerona.

Santolalla se ruborizó; respondió, apresurado:

—Tampoco después... Tuve suerte ¿sabe? Sí, he tenido bastante suerte.

—Amigos habrá tenido —reflexionó ella, consultando la apariencia de Santolalla, su traje, sus manos.

Él le entregó el carné que tenía en una de ellas, preguntándole:

—¿Era hijo suyo?

La mujer, ahora, se puso a mirar el retrato muy despacio; repasaba el texto impreso y manuscrito; lo estaba mirando y no decía nada.

Pero al cabo de un rato se lo devolvió, y fue a traerle una silla: entre tanto, Santolalla y el viejo se observaban en silencio. Volvió ella, y mientras colocaba la silla en frente, reflexionó con voz apagada:

—¡Una bala perdida! ¡Una bala perdida! Ésa no es una muerte mala. No, no es mala; ya hubieran querido morir así su padre y su otro hermano: con el fusil empuñado, luchando. No es ésa mala muerte, no. ¿Acaso no hubiera sido peor para él que lo torturasen, que lo hubiesen matado como a un conejo? ¿No hubiera sido peor el fusilamiento, la horca...? Si aún temía yo que no hubiese muerto y todavía me lo tuvieran...

Santolalla, desmadejado, con la cabeza baja y el carné de Anastasio en la mano, colgando entre sus rodillas, oía sin decir nada aquellas frases oscuras.

—Así, al menos —prosiguió ella, sombría—, se ahorró lo de después; y, además, cayó el pobrecito en medio de sus compañeros, como un hombre, con el fusil en la mano... ¿Dónde fue? En Aragón, dice usted. ¿Qué viento le llevaría hasta allá? Nosotros pensábamos que habría corrido la ventolera de Madrid. ¿Hasta Aragón fue a dejarse el pellejo?

La mujer hablaba como para sí misma, con los ojos puestos en los secos ladrillos del suelo. Quedóse callada, y, entonces, el viejo, que desde hacía rato intentaba decir algo, pudo preguntar:

—¿Allí había bastante?

—¿Bastante de qué? —se afanó Santolalla.

—Bastante de comer —aclaró, llevándose hacia la boca, juntos, los formidables dedos de su mano.

—¡Ah, sí! Allí no nos faltaba nada. Había abundancia. No sólo de lo que nos daba la Intendencia —se entusiasmó, un poco forzado— sino también —y recordó la viña— de lo que el país produce.

La salida del abuelo le había dado un respiro; enseguida temió que a la mujer le extrañase la inconveniente puerilidad de su respuesta. Pero ella, ahora, se contemplaba las manos enrojecidas, gordas, y parecía abismada. Sin aquella su mirada reluciente y fiera resultaba una mujer trabajada, vulgar, una pobre mujer, como cualquiera otra. Parecía abismada.

Entonces fue cuando se dispuso Pedro Santolalla a desplegar la parte más espinosa de su visita: quería hacer algo por aquella gente, pero temía ofenderlos: quería hacer algo, y tampoco era mucho lo que podría hacer; quería hacer algo, y no aparecer ante sí mismo, sin embargo, como quien, logrero, rescata a bajo precio una muerte. Pero ¿por qué quería hacer algo?, y ¿qué podría hacer?

—Bueno —comenzó penosamente; sus palabras se arrastraban, sordas—; bueno, voy a rogarles que me consideren como un compañero..., como el amigo de Anastasio...

Pero se detuvo; la cosa le sonaba a burla. «¡Qué cinismo!», pensó; y aunque para aquellos desconocidos sus palabras no tuvieran las resonancias cínicas que para él mismo tenían..., no podían tenerlas, ellos no sabían nada..., ¿cómo no les iba a chocar este «compañero» bien vestido que, con finos modales, con palabras de profesor de Instituto, venía a contarles...? Y ¿cómo les contaría él toda aquella historia adobada, y los detalles complementarios de *después*, ciertos en lo externo: que él, ahora, estaba en posición relativamente desahogada, que se encontraba en condiciones de echarles una mano, según sus necesidades, en recuerdo de...? Esto era miserable, y estaba muy lejos de las escenas generosas, llenas de patetismo, que tanta veces se había complacido en imaginar con grandes variantes, sí, pero siempre en forma tan conmovedora que, al final, se sorprendía a sí mismo, indefectiblemente, con lágrimas en los ojos. Llorar, implorar perdón, arrodillarse ante ellos (unos «ellos» que nada se parecían a «éstos»), quienes, por supuesto, se apresuraban a levantarlo y confortarlo, sin dejarle que les besara las manos —escenas hermosas y patéticas... Pero, ¡Señor!, ahora, en lugar de eso, se veía aquí, señorito bien portado delante de un viejo estúpido y de una mujer abatida y desconfiada, que miraba con rencor; y se disponía a ofrecerles una limosna en pago de haberles matado a aquel muchachote cuyo retrato, cuyos papeles, exhibía aún en su mano como credencial de amistad y gaje de piadosa camaradería.

Sin embargo, algo habría que decir; no era posible seguir callando; la mujerona había alzado ya la cabeza y lo obligaba a mirar para otro lado, hacia los pies del anciano, enormes, dentro de unos zapatos rotos, al sol.

Ella, por su parte, escrutaba a Santolalla con expectativa: ¿adónde iría a parar el sujeto este? ¿Qué significaban sus frases pulidas: rogar que lo considerasen como un amigo?

—Quiero decir —apuntó él— que para mí sería una satisfacción muy grande poderles ayudar en algo.

Se quedó rígido, esperando una respuesta; pero la respuesta no venía. Dijérase que no lo habían entendido. Tras la penosa pausa, preguntó, directa ya y embarazadamente, con una desdichada sonrisa:

—¿Qué es lo que más necesitan? Díganme: ¿en qué puedo ayudarles?

Las pupilas azules se iluminaron de alegría, de concupiscencia, en la cara labrada del viejo; sus manos se revolvieron como un amasijo sobre el cayado de su bastón. Pero antes de que llegara a expresar su excitación en palabras, había respondido, tajante, la voz de su hija:

—Nada necesitamos, señor. Se agradece.

Sobre Santolalla estas palabras cayeron como una lluvia de tristeza; se sintió perdido, desahuciado. Después de oírlas, ya no deseaba más que irse de allí; y ni siquiera por irse tenía prisa. Despacio, giró la vista por la pequeña sala, casi desmantelada, llena tan sólo del viejo que, desde su sillón, le contemplaba ahora con indiferencia, y de la mujerona que lo encaraba de frente, en pie ante él, cruzados los brazos; y, alargándole a ésta el carné sindical de su hijo:

—Guárdelo —le ofreció—; es usted quien tiene derecho a guardarlo.

Pero ella no tendió la mano; seguía con los brazos cruzados. Se había cerrado su semblante; le relampaguearon los ojos y hasta pareció tener que dominarse mucho para, con serenidad y algún tono de ironía, responderle:

—¿Y qué quiere usted que haga yo con eso? ¿Que lo guarde? ¿Para qué, señor? ¡Tener escondido en casa un carné socialista!, ¿verdad? ¡No! ¡Muchas gracias!

Santolalla enrojeció hasta las orejas. Ya no había más que hablar. Se metió el carné en el bolsillo, musitó un «¡buenos días!» y salió calle abajo.

LINO NOVÁS CALVO

EL TANQUE DE ITURRI

Los tres compañeros eran campesinos, de diferentes regiones. No habían visto un tanque antes de la guerra. Empezaron por la infantería y formaban una escuadra que llamaron de Los Copados, porque lo estuvieron en el repliegue del Este. Al jefe de la brigada le pidieron, después de Lérida, algunos hombres seguros, para los tanques. Se le pedía hombres seguros, nada más. Se desprendió de ellos de mala gana. La escuela los hizo tanquistas.

Muchos hombres se vuelven locos en los tanques. Nadie ha contado lo que es ir en un tanque en medio del fuego, respirando los gases; tirando sin cesar. Se requiere nervios bien atados y cabeza firme para ir en un tanque. Ellos los tenían. Eran fuertes, musculosos, con un andar de toro grande. Iturri era el conductor. Los otros dos tenían el pelo pajizo y una mirada fría y de frente.

Antes del Ebro le dieron el carro más potente de la unidad —un monstruoso nudo de hierro todavía por estrenar en ninguna batalla. Luego, coronadas Pàndols y Cavalls, cuando se hizo aquella breve calma, se contaban las hazañas de los Copados—. Sus nombres figuraban en canciones, galopando en su caballo de hierro detrás de los fascistas.

En la resistencia subían a las líneas con su carro. No había obstáculos que allanar, pero infundían ánimo y daban seguridad a la infantería. Metían el monstruo en profundidad y se estaban tirando con todo el fuego y la rapidez de su cañón y sus ametralladoras. Luego regresaban a su base por los vértices batidos, en medio del humo y el polvo, entre surtidores de espanto de la artillería, chamuscados y rebozados de pólvora. Entonces se echaban a respirar, boca arriba, mirando al cielo, viendo pasar a los aviones.

Pero a veces había también que atacar. Se resistía atacando. Aquella noche todos los tanques estaban en juego. Los Copados volvían a su base, después de diez horas de combate, cuando del sector de Corbera pidieron un carro. Ellos se ofrecieron voluntarios. Les vimos atravesar, de sobremañana, venta de Camposines sobre una tierra que parecía reventar por todas sus grietas. Nadie más los vio por de pronto. Quizás hubiesen ido demasiado adelante, en busca de un adversario que avanzaba en hoz, por los flancos, cerrando la herradura en torno a una cota.

Los Copados lo estaban otra vez, pero el enemigo no los vio. Al saberse perdidos, Iturri lanzó el carro a una grieta de roca, entre la maleza, próxima a la carretera. Por ésta pasaban las tanquetas italianas y los camiones de municiones. El tanque quedó de lado, enfilando el paso con su cañón. Pero les quedaban pocas municiones, y ninguna posibilidad de regresar a su base. Tendrían que cruzar la línea enemiga entre los antitanques. Alobras y Ortega salieron de exploración y regresaron con un silencio sombrío en el rostro. Iturri los miró también en el silencio; no tenía nada que preguntarles: todo estaba escrito en sus ojos.

Los tres se sentaron junto al carro. Éste empezaba a enfriarse. Al venir la noche los dos salieron de nuevo, a coger uvas. Iturri no se movió ni quiso comer. Sentado en el suelo, con la cabeza inclinada, miraba correr un hilo de agua que manaba de alguna fuente más arriba, y que traía filamentos de sangre. No recordaba cuántos días llevaban luchando, sin salir del tanque más que para dormir. Sus compañeros le oyeron decir, como si hablara consigo mismo: «Millones de disparos; más que soldados tiene toda España».

Los rubios se cambiaron miradas temerosas. En algún sitio habían leído que los gases y estampidos de los tanques suelen volver locos a los hombres. Esta noción los puso de sobresalto. Empezaron a mirarse unos a otros, y a prestar atención a sus palabras. Iturri se portaba de un modo algo extraño. Era raro que, a diferencia de cuando habían estado copados en Balaguer, no se le ocurriera ninguna iniciativa para salir. No salía apenas de la cueva, comía las uvas mecánicamente, con la vista en blanco, como si mirara hacia dentro, con los ojos muy abiertos, a algún pensamiento sombrío.

La noche siguiente salieron de nuevo Ortega y Alobras a buscar comida. Llegaron hasta un depósito de intendencia y regresaron con un saco de lotes. Hacía luna, y venían siguiendo la sombra de los árboles, por el monte. Pasaban fuerzas de relevo y camiones de municiones por la carretera. Arriba, en las crestas se había hecho una calma momentánea. Alobras dijo: «Cuando vuelvan a atacar nos pasaremos, aprovechando la confusión; en tanto, es imposible». Se detuvieron en medio del camino. Ortega miró a la frente amarilla de su compañero y dijo: «Oye, Iturri está un poco extraño, ¿verdad?». El otro asintió simplemente con la cabeza. Ninguno se atrevía a pronunciar la palabra locura, como si fuera una enfermedad terrible, una lepra, que todos llevaran dentro. No se atrevían siquiera a parar en ella el pensamiento. Sin embargo, la idea rondaba sus cerebros. Ortega recordaba ahora aquella frase leída, en toda su extensión: «Se da un promedio bastante elevado de locura entre los tanquistas. Los gases...». Puede que lo hubiese leído en alguna revista científica que accidentalmente cayó en sus manos.

Quizás el único que no había leído nada de esto era Iturri. No sabía apenas leer. Los tanquistas se guardaban mucho de pronunciar esta frase entre sí. Sin embargo, a la cena dijo el conductor: «Qué será ahora de los otros camaradas. Uno de los carros no llevaba más que dos hombres. Al otro le dio un ataque de risa cuando iba a montar...».

Ortega y Alobras se volvieron de espaldas a él y se quedaron callados, sentados en el suelo, mirando a la luna. Todo a lo largo de la sierra se oían, continuadas, las explosiones de dinamita. El enemigo fortifica, pensaron. No piensa atacar por ahora. En este frente, está batido cada metro de terreno. Han traído aquí prisioneros de los campos de concentración y temen que se pasen. No podremos pasar mientras no empiece de nuevo el combate.

Habían abandonado el tanque. Dentro de él, Alobras era el jefe. Aquí todos eran iguales. Al principio no pelearon unos con otros. Ahora, tampoco, salvo que Iturri permanecía solitario y taciturno. Ni una sola vez se había ofrecido a ir por comida. Todo parecía darle igual, y se pasaba horas sentado junto a aquel hilo de agua, que ya no traía sangre. Ortega parecía el más despierto, siempre moviéndose, explorando y trayendo alguna noticia. Él era también el que traía siempre el agua, pues descubrió que la del manantial más próximo pasaba, arriba, por entre las costillas de un mulo podrido y al borde de unas tumbas. Las ramas que cubrían el tanque parecían haberse encariñado en él; Alobras dijo una noche:

—Debe de hacer mucho tiempo que estamos así; han nacido tallos de maíz en los discos y las enredaderas se meten como culebras por entre los panales.

Estaban en un breve raso, a pocos metros del tanque. La luna caía a plomo sobre sus cabezas desgreñadas. El mismo Iturri se volvió de sobresalto hacia su compañero y le miró con espanto a los ojos. Alobras tenía la vista fija en la línea parda del horizonte enemigo. Todo en derredor eran horizontes enemigos. El sargento hablaba a intervalos, con una voz sonámbula, la boca entreabierta sin mover apenas los labios; la voz parecía salir un fondo hueco, como si alguien hablara dentro de él. Añadió:

—Con este calor todo crece y se agosta rápidamente, y las enredaderas se extienden como serpientes.

Ortega se levantó, sacudiéndose la cabeza. Iturri le siguió ahora algunos pasos. Se detuvieron y se miraron en silencio, sin atreverse ninguno de ellos a pronunciar el pensamiento que flotaba en sus cabezas. Por fin dijo Ortega:

—No hace tanto tiempo que estamos aquí. Una semana todo lo más. Quizá menos. ¿Recuerdas tú? —levanta la mirada hacia el cielo—. La luna no ha disminuido nada. Está llena como el primer día.

Iturri asintió:

—No hace más de cuatro días. Pero estamos cerrados, como en el casco de un molino abandonado rodeado de...

No se atrevió a seguir. La palabra serpientes se había presentado de pronto a su imaginación. Ortega sacudió de nuevo la cabeza y comenzó a moverse nerviosamente. Iturri le seguía, con una persistencia extraña. Evidentemente no quería quedarse solo ahora. Es en la soledad donde nacen esos pensamientos desvariados. Sobre todo, no quería quedar solo con Alobras. Tropezaron con él, sentado en el mismo sitio, cuando pensaban alejarse. Ortega advirtió:

—Estamos atontados. No se puede andar así sin saber dónde se está. Un día nos van a ver.

Alobras se mantuvo al sol durante todo el día siguiente. A la noche rompió de nuevo a hablar:

—He estado pensando. Esto no puede seguir así. Estamos perdiendo el tiempo miserablemente. Todos los demás están ya arriba. Vino el coronel y se metió en el blindado de Caimito, el negro. ¡Ja, ja! Corría como un galgo detrás de las liebres. ¡Ja, ja! Como liebres corrían las tanquetas italianas, y el coronel detrás de ellas con el blindado de Caimito... ¡Ja, ja!

Ortega e Iturri dieron un bote hacia atrás. Instintivamente, hicieron un movimiento simultáneo de defensa, como si la locura de su compañero fuera un enemigo que brotara súbitamente de alguna madriguera. Alobras giró en redondo, dando carcajadas y comenzó a correr por el sendero que asciende a la posición más cercana. Lo vieron subir, riendo y braceando, a saltos. Siguieron su sombra hasta perderse a la vuelta de un saliente de roca. Hasta las trincheras habría quince minutos de subida. Los dos esperaron, callados, sus venas a punto de estallar. La última carcajada de Alobras quedó resonando en sus oídos. Ninguno se movió. Ninguno oyó más nada.

—Se volvió loco —dijo Ortega al otro día—. Loco. Pero los locos hablan y tienen momentos de lucidez. Por él nos van a descubrir. ¿Qué hacemos?

Iturri volvió a caer en una especie de abatimiento, como trozo de roca desprendido, que se va hundiendo lentamente en la tierra. Contestó con un movimiento de hombros a su compañero y permaneció callado, mirando a la tierra. A la tarde, cuando Ortega volvió de su furtiva exploración diurna, Iturri le oyó decir, como si hablara con otro personaje: «No hay nada que hacer. Hay una guardia cada diez metros». Y más tarde, mientras cenaban: «Pudiera uno entregarse, pero yo no me fío. En Pàndols vi yo cómo los moros rematapan a los prisioneros».

Ortega tenía la mente despejada, pero ahora se hallaba demasiado solo. Iturri replicaba con monosílabos, y cuando se le hacía una pregunta se limitaba a un gesto de incertidumbre. Aquella noche y la siguiente volvió Ortega a explorar el terreno, acercándose más a las líneas. La calma parecía a punto de estallar otra vez. El enemigo allegaba material de retaguardia. Pero nadie podía saber cuánto tardaría en comenzar el combate. Por otro lado, urgía hacer algo. Ortega se topó varias veces con patrullas de exploración que batían en terreno. Pensaron que Alobras les habría dado alguna indicación; había que hacer algo.

Iturri dormía sólo a sorbos. Se echaba en el suelo, con la cabeza envuelta en su chaqueta de cuero. Despertaba, sobresaltado, miraba en derredor y volvía a echarse. Esta noche extrañó la ausencia de Ortega. Puede que fuese aún temprano. Sin embargo, la luna se había puesto, y se notaba un fresquecillo de madrugada. Se levantó y miró en los alrededores. Se asomó al tanque y trató de escudriñar en su oscuro interior. De nuevo volvió a su mente el recuerdo de Alobras, y las «enredaderas que se retorcían como serpientes por entre los panales del tanque». Desde luego, a él no le atormentaba la idea general respecto a la propensión de los tanquistas a la locura. Sólo había visto que Alobras se había vuelto loco, pero no supuso que fuese la causa el haber luchado mucho dentro de los tanques; podía haber cualquier otra causa.

Pero a Ortega no le podía haber pasado nada igual. Era el más despierto y de pensamiento más sano, quizá por ser el menos imaginativo. No había más que una explicación: había logrado pasar las líneas o le habían echado mano al pasar. Tal vez le hubiesen dado muerte. Se esforzó en recordar si había sentido algún disparo suelto durante la noche, pero la realidad exterior se confundía con la pesadilla. Tampoco de lo que soñaba recordaba nada, sólo sabía que le dejaba una pesadez y una amargura profundas. A veces tenía que dejar pasar un rato para darse exacta cuenta de dónde estaba.

Ortega no volvió. Iturri fue comiendo los pocos víveres que le había dejado. Debieron de pasar tres días. Al final, Iturri se aventuró a salir de noche a un viñedo. Tropezó con una patrulla y echó vientre a tierra. Sintió que también otros venían a coger uvas, y permaneció así durante más de una hora. Cuando ya no sintió nada, halló, al incorporarse, que había perdido la noción de dónde quedaba su escondrijo. No sabía si era al norte o al sur. Llevaba, por toda arma, un hacha pequeña a la cintura. Recordaba que para llegar al viñedo había invertido más de media hora a buen paso. Pero ahora se encontraba en otra depresión del terreno, entre cotas que nadie parecía ocupar.

El día siguiente se lo pasó en medio de un zarzal. Un rumor serpenteante, entre las ramas le puso de sobresalto. Volvió a pensar en Alobras. Para sacudirse los pensamientos echó a andar vivamente, en la dirección que, no sabía por qué, le parecía ser la del tanque. Anochecía cuando llegó junto al costillar del mulo muerto, y respiró con la alegría del marinero de vela que siente tras una calma soplar el viento. Se detuvo mirando al agua que corría al margen de unos montones de tierra, seguramente las tumbas de que había hablado Ortega. En ese momento apareció, por una vereda que salía de la espesura, una figura extraña. Iturri sacudió la cabeza, como para librarse de una pesadilla. El otro se detuvo algunos segundos y apretó el paso, derecho hacia él.

¡Era imposible creerlo! Era Alobras, con una cabeza de cerdo al hombro, cogida de una oreja, y un fusil con bayoneta calada en la mano. Desgreñado, con la barba crecida, tenía una expresión salvaje y terrible. Y marchaba hacia él, emitiendo unos sonidos de animal carnicero, la bayoneta horizontal a la altura de la cadera...

No tuvo tiempo Iturri más que de ladearse. La bayoneta pasó rozando su vientre, y Alobras fue a dar de cabeza contra el suelo. Pero se incorporó enseguida, soltando la cabeza de puerco y arremetiendo con furia contra su antiguo camarada. De nuevo Iturri esquivó el golpe, que el loco intentó repetir, con una furia creciente. Iturri se vio acorralado contra un gran pedrejón que asomaba sobre el corte de roca. Echó, instintivamente, mano a su hacha. Alobras arremetió apuntando a su garganta. Iturri se agachó, y cuando el otro fue a dar contra la piedra, se dispuso a descargar el hacha sobre él. Pero ya no era necesario. La cabeza de Alobras chocó contra un cuchillo de pedernal, y todo su cuerpo fornido se desplomó sobre su arma.

Fue lo último que Iturri vio de él. Lo recordaba luego así, de bruces, con el fusil atravesado bajo el vientre, como un animal moribundo. Probablemente no estaba muerto. Iturri huyó espantado, y se metió en el tanque, como si buscara dentro de aquella coraza la protección contra los aires maléficos de fuera. Era la primera vez que entraba en su carro desde el copo. Allí no había nada, salvo los proyectiles en los panales, los discos en las máquinas, y los cascos de cuero de los tres. Examinó aquellos cascos reflexivamente, como si fueran vasos de unos cerebros que el tiempo había pulverizado.

Pensamientos extraños comenzaron a agitarse en su cabeza. Nunca los había tenido así. Le flotaban en la imaginación, le deshacían el sueño. En todo el día y en toda la noche no salió del tanque. Por la compuerta abarcaba una franja de terreno a lo largo de la carretera. Las manos se le fueron por sí solas a las palancas de mando y, oprimiendo el botón de arranque, advirtió que el motor se ponía en marcha. Sintió alegría. Una alegría extraña, como si de golpe se hallara transportado a otra realidad. Desaparecieron de momento las elucubraciones de su cabeza; pero luego volvió a caer en una especie de hoyo profundo, mientras su cabeza flotaba demasiado arriba. Todavía pasó otra noche fuera del tanque; el recuerdo de Alobras volvió a atormentarle y sintió temor de mirar en la dirección en que lo había dejado.

Asomó de nuevo al tanque. El aire se había llenado, de sobremañana, de una actividad intensa y rumorosa. Pasaban soldados de a pie azotando la carretera, y trepidaban motores en varias direcciones. Aquella actividad pareció sacarle a él también de su abatimiento. Entró de nuevo al carro y puso el motor en marcha. Alguien se había acercado a su ruido. Se oían voces. Iturri dejó el motor en ralentí y escuchó. Entonces rió. Rió como Alobras había reído, con la misma carcajada, que ninguno de sus compañeros podía ahora oír.

—Salió como un proyectil —nos refirió el evadido—. Yo era de la patrulla. Sentimos el motor y nos extrañó. Luego calló el motor y oímos aquella carcajada. No hubo tiempo de más. Un minuto después lo vimos gatear hacia la carretera, roncando como un trimotor, y con un matraqueo como de mil cadenas de condenados. Los italianos venían entrando en la curva más próxima, cantando ópera. Venían como siempre, como si todo fuera llano ante ellos. El tanque les salió al encuentro al mismo borde de la curva y los abrió en dos partes; así mismo, como un arado que abre una tierra. Algunos no tuvieron tiempo de apartarse y la mole les pasó por encima. Yo me imagino a aquel loco dando carcajadas como la que habíamos oído, al tiempo que se abría paso entre los italianos. ¡No pueden ustedes figurarse lo que aquello fue! La confusión, el espanto...

—Le seguimos —continuó el evadido—, a galope, pero ya se había perdido. Iba por lo menos a cincuenta por hora. Alguien debió de telefonear a la Comandancia, porque en el primer cruce de carretera había ya dos tanquetas que iban en su persecución. Pero nadie podía adivinar el rumbo que había tomado. No siguió por la carretera, desde luego. Se salió de ella y se disparó por la parte más escarpada de la cota. Nadie podía suponerlo, y todavía me pregunto yo cómo ha podido trepar por allí. Me lo imagino trepando, de forma completamente vertical, a punto de dar la vuelta de campana. El caso es que lo hizo y que llegó arriba, desde donde se descolgó hacia la base de las tanquetas. Digo que se descolgó porque no parece posible hacerlo de otro modo en tan poco tiempo.

El evadido se detuvo un instante, sonriendo, regodeándose en lo que iba a decir:

—Había allí unas veinte de esas cucarachas italianas. Las tenían preparadas para lanzarlas al ataque al amanecer. Debían estar ya dentro los conductores, porque yo advertí que por el Este comenzaba a mudar el cielo de color. Me figuro a los macarronis dando gritos, como gallinero en el que se zambulle de golpe un gavilán. El monstruo irrumpió entre ellas como... como eso: un verdadero monstruo, lleno de furia y ruido. Las veinte se abrieron como los infantes en la carretera, y él siguió, me figuro que dando carcajadas. Las tanquetas se desparramaron por el campo, y algunas emprendieron la fuga carretera arriba. Cuando llegamos allí, no habían vuelto de su terror. Decían que los tanques rojos se habían metido hasta la base y que avanzaban en todas direcciones. Decían haber visto por lo menos treinta, grandes como casas.

El evadido rió:

—Esa gente es así, ¿comprenden? Todo lo agrandan y multiplican... Aquello fue, con todo, como un aviso de Dios. Fue el tanque de Iturri el que dio ese aviso. Si no, hubieran atacado fuerte aquella mañana. Yo me alegraré de que un día recobre la razón; él podrá constarles a ustedes cómo subía por aquella pendiente, y cómo pudo traspasar las líneas, y llegar aquí a salvo... Si es que se acuerda...

MAX AUB

LA LEY

Manuel García Cienfuegos se cuadró a su pesar:
—¿Yo, defensor?
—Sí.
Miró a su comandante con fijeza y arqueó las cejas.
—Y no pongas esa cara de imbécil.
—No he estudiado derecho.
—¿Comercio, no?
—Unos años; otros medicina. Pero soy perito agrónomo.
—Lo que eres es capitán. Y vas a defender a esos individuos.
—Nos ha amolao...
—Ahora sí, te cuadras, das media vuelta y te vas. Tienes un par de horas para estudiar el sumario. Te advierto que estoy obrando con todas las de la ley. Puedo nombrar defensores de oficio, escogiéndolos entre los oficiales, si faltan letrados.
—Como quieras. Salud.
Manuel saludó, se encogió de hombros y salió de la cocina de la masía, que era —desde hacía tres días— puesto de mando del batallón.
Afuera no se veía ni gota; noche de noviembre cerrada y el agua, cayendo mansamente, sin repiqueteo, aumentaba el silencio y el espesor de la oscuridad. Se envolvió en su poncho y, a tientas, se fue hacia la techumbre que resguardaba la paja sobre la que dormía.
«Nos ha fastidiado el gordo ese. ¿Qué se ha creído? ¿Que para despachar a esos dos al otro mundo tiene necesidad de fastidiar a los demás?»
Desechó la mala intención, que fue una de las cosas que primero se le ocurrieron. ¿Por qué? No, Santiesteban no la tenía tomada con él, ni

los presos eran particularmente amigos suyos; lo cual podía justificar el que se le hubiese escogido por defensor de su causa perdida. No: la casualidad, el primer nombre que se le debió ocurrir entre los agregados al Estado Mayor.

Llevaban dos semanas de retirada y a aquellos dos imbéciles se les había ocurrido pasarse al enemigo. No eran los primeros, ni serían los últimos. Pero lo hicieron tan mal...

Desertores cogidos *in fraganti*, el resultado del consejo de guerra no podía dejar lugar a dudas, pero había que cumplir con las formalidades de rigor. (¿De rigor? —se preguntaba Manuel—. Hay palabras que ni pintadas...) El paripé: los jueces, el fiscal, el defensor. El defensor era él. Había hecho muchas cosas en su vida, y pensado ser muchas, pero eso de verse convertido en abogado nunca se le había ocurrido. Además, ¿defender a unos desertores? «¿Entonces, qué? ¿Voy a tener que identificarme con su manera de ser, con su manera de pensar? Me parece que es lo correcto. ¿De otra manera, cómo podría hacerlo? ¡Qué sumario ni qué narices! Lo que debo hacer es hablar con ellos.»

—Oye tú, Germán, déjame tu lámpara.

Los tenían encerrados en una porqueriza. El uno se llamaba Primitivo Ramírez, el otro Domingo Soria. Primitivo era cocinero. Domingo había llegado con la última remesa de movilizados. Era un hombre de treinta y cinco años que ya peinaba canas, chato, taciturno y malhumorado, alto, cargado de hombros; con su media nariz subrayada por un bigote regularmente poblado, el hablar quedo y tamañas manazas. Agente de aduanas, hijo de familia sin familia: tíos y gracias, pero la mitad de las acciones de la empresa era suya; agencias en Port Bou y en Irún, despachos en Barcelona, en Bilbao, en Madrid, en Valencia. Un buen negocio, saneado, sin preocupaciones, fundado en 1882.

Solía vivir en Barcelona, pasar los veranos en San Sebastián y, al socaire de la Concha, examinar el estado de cuentas de las agencias próximas. Tenía amigos, ninguno íntimo; amigas, ninguna querida. Se guardaba y resguardaba de todo, y una manía: los seguros. Estaba asegurado y contraasegurado de y contra todo. Nunca le había sucedido nada: nadie le robó, nunca se le incendió su automóvil. Pero vivía tranquilo: la sociedad y las sociedades le resguardaban. Además, obtenía condiciones muy ventajosas, porque la índole de su negocio le obligaba a asegurar las mercancías que pasaban por las manos de sus empleados. Desapercibido, todos le respetaban. Nunca fue nadie como no fuera, como sucedió, soldado de cuota. Y aun en eso tuvo suerte, que salió libre. Era de la quinta del 22 y pudieron haberle enviado a Marruecos. Se libró de todo sin hacer nada. Los hay con suerte, se decía, sintiéndose asegurado.

Le gustaba la ópera y le bastaba con la temporada del Liceo. A Francia iba de cuando en cuando, para que no dijeran, dejando aparte las estancias obligadas en Perpiñán y en Bayona, por aquello del negocio.

Tuvo una aventura con una francesa: divorciada, en Tolosa, que amenazó durar. Cortó por lo sano; no se sentía seguro con una mujer que sólo chapurreaba español con tal de amarrarlo —o así se lo figuró.

De política no se había ocupado nunca, jamás votó, y le tenía sin cuidado lo que le parecía una cosa sin importancia. Mandaran liberales o conservadores, rigiese la constitución o una dictadura, estuviese al frente de la nación un rey o un presidente, lo mismo le daba; ni siquiera el cataclismo de 1936 le hizo tomar partido, hijo que era de castellanos, nacido en Port Bou. Más le importaban las revistas del Principal, pero sin entusiasmo. Había leído alguna novela de Pedro Mata, otra de Alberto Insúa. El mundo era inmutable y los pequeños cambios superficiales no podían afectar, de ninguna manera, la organización secular que le sostenía a él, Domingo Soria, lo único que contaba de verdad en el mundo, además de su razón social: Soria sobrinos, sucesores de Soria hermanos.

Ni la proclamación de la República, ni los sucesos del 34 lograron hacer mella en su seguridad. El negocio seguía invariable, con sus pequeños altibajos en los beneficios, pero siempre suficientes para pagar las primas de sus cuantiosos seguros. Estaba en San Sebastián el 18 de julio de 1936, el 24 en Francia y se presentó en Barcelona el 28. En su oficina, nadie se extrañó al verle llegar. El contable principal se había hecho cargo del negocio, ya socializado. Le ofrecieron un sueldo —quince pesetas— si quería seguir acudiendo al despacho. Aceptó y nadie se metió nunca con él.

Tenía bastante dinero en sus cuentas corrientes para poder seguir viviendo como de costumbre. En el fondo estaba absolutamente seguro de que aquello duraría poco y que, al resolverse la situación, todo volvería a su cauce. Lo mismo le daba que triunfaran unos u otros, y era lo bastante prudente para callarlo. *La Victoria*, de Berlín, el *Crédit*

Bancaire de Lyon y la *London Assurance* le hicieron saber que sus pólizas seguían en vigor y que no se preocupara por el pago inmediato de sus primas si surgían dificultades para la salida de divisas.

Cuando el gobierno de la República se trasladó a Barcelona, encontró a un subsecretario amigo que le libró de la movilización afectándolo a un ministerio, al que ni siquiera tuvo que acudir. Sus amistades en la frontera y en Perpiñán le permitían importar víveres, con los que compraba pequeños favores. Los feroces bombardeos de marzo de 1938 le removieron las tripas —con las ruinas a la vista—, pensó que los rebeldes ganarían la guerra. Lo único que le importaba es que fuera cuanto antes. El fervor popular le tenía sin cuidado, pero tampoco quiso afiliarse a una organización clandestina, tal como se lo propuso Ángel Soler, vecino suyo, hombre de edad, de pronto reverdecido por el peligro.

En la segunda quincena de agosto de 1938, todos los que vivían en Barcelona comían casi exclusivamente lentejas. Domingo Soria vio bajar alarmantemente los niveles de su despensa; le tranquilizaba la espera de una buena remesa de víveres que su amigo el subsecretario había de traerle uno de los días siguientes. El 18, fecha que no olvidaría, decidió ir a cenar a un restorán, por entonces floreciente, en un sótano de la plaza de Cataluña. Dinero no le faltaba y el hombre se olía que poco había de valer al entrar las huestes de Franco en Barcelona. Comiendo pescado le sorprendió la policía militar, que andaba a la captura de desertores: faltaban hombres en los frentes. No le valió su nombramiento. Si el subsecretario hubiese estado en Barcelona es evidente que lo hubiera sacado del cuartel donde lo internaron; pero estaba en París y no volvió sino cinco días más tarde cuando ya nuestro hombre estaba en Reus. De allí, una semana después, tras haberle enseñado el manejo del máuser, lo enviaron a Tremp y de allí al frente.

Domingo Soria estaba muerto de miedo, de miedo de que lo mataran. Lo demás le tenía sin cuidado, ni siquiera le molestaban las naturales incomodidades impuestas por la situación. Referente a la comida enseguida había hecho buenas migas con Primitivo Ramírez, bilbaíno gargantúa que se había aferrado desesperadamente a la cocina desde hacía meses, bien visto de todos, porque sabía darle algún sabor a lo más desabrido. Había sido cocinero de buen hotel, que Domingo conocía.

Cuando los fascistas tomaron Bilbao, Primitivo fue a Santander; cuando ocuparon la Montaña, pasó a Asturias, de allí a Francia y luego, aquí estaba, en su fogón. La mujer se había quedado en Bilbao, a punto de parir. Ahora era padre de un niño, que es todo lo que pudo saber. Hablaba poco, y sólo de eso; socialista, porque todos los bilbaínos decentes lo eran.

Huérfano desde que tuvo uso de razón, lo recogió un pariente lejano, portero del hotel Inglés; pinche tan pronto como pudo serlo, su mundo, la cocina. Un universo cómodo. Se casó con una camarera —de Deusto era ella— y fue feliz.

—Militares tenían que ser...

Ahora había vuelto a blasfemar, vicio que Begoña le había quitado en un santiamén, muy de iglesia la moza.

Hasta ahí no le mintió Domingo Soria a Manuel García, en la porqueriza, como no fuera el asegurarle que siempre había sido republicano de pro. Por otra parte, nadie podía probarle lo contrario. Lo de pasarse al otro lado, era otro cuento. Aseguró que nunca fue ésa su intención; quedaron rezagados, él y Primitivo, y se desorientaron. ¿A quién no le sucede? ¿Que por qué se quedaron atrás? No es que se quedaran, volvieron; a Primitivo se le habían olvidado unas latas de sardinas, y, en las circunstancias actuales, no era cosa de dejárselas al enemigo.

—¿Es cierto eso?

—Sí, mi capitán —aseguró el bilbaíno, tras dudar un momento.

—¿Cuántas latas eran?

—Tres —dijo el cocinero, sin darse cuenta del despropósito.

—Tres cajas de cincuenta —acudió a corregir el catalán.

Iba a protestar Primitivo cuando, a la luz de la bujía que les iluminaba, vio los ojos de su compañero y se calló.

—Y luego, en vez de irse a reunir con el batallón, se fueron hacia las líneas enemigas...

—Ya le dije que nos desorientamos, mi capitán.

—Si no es porque les sorprendió una patrulla, se pasan...

—No, mi capitán.

—Yo creo que es mejor que me digáis la verdad. Conmigo no os comprometéis, soy vuestro defensor. A ti —le dijo a Domingo— casi no te conozco; pero a ti, cocinero, sí. ¿Querías ver a tu hijo?

—Pues, sí, señor. ¿Y usted cree que nos vayan a fusilar por eso?

—Conocéis las ordenanzas. Pero yo haré todo lo que esté en mi mano.

—Usted es muy amigo del comandante...
—No creas que sirva para gran cosa.
—Pero usted puede alegar que nos perdimos —imploró Domingo.
—¿Quién lo va a creer?
—¿Qué razón tenemos, o tengo yo, para pasarme?
—Tú lo sabrás.
—La mayor parte de mis negocios están en Barcelona y en Port Bou. Además soy muy amigo de...
—Ya me lo has dicho.
—¿Y eso no sirve de nada? Él responderá.
—No creo que de aquí a dos horas se pueda consultar.
—¿No se podría posponer el consejo de guerra?
—No lo creo.
—Inténtelo. Se lo... —iba a decir «se lo agradeceré toda la vida», pero se calló.

Manuel García ni siquiera se preocupó por saber quién había sido el inductor. La cosa estaba clara. Salió encogiéndose del cuchitril y se fue a pasear por el campo. Empezaba a amanecer. Ya no llovía, pero todo el suelo era lodazal. El techo de la masía se recortaba moradísimo en un livor ajenjo. Un árbol, desnudo del invierno, calcaba las raíces de sus ramas en el hálito del día próximo. Dos hombres, encapuchados, chapoteaban alrededor del pozo. Manuel atravesó el patio —el gallinero vacío, la caballeriza vacía— y salió al campo. Cerca del portón, un arado volcado levantaba el filo de su vertedera hacia el cielo preñado de agua.

Una larga alameda atravesaba el llano mundo labrantío. Manuel, sin cuidarse de los charcos, bien protegidos los pies por fuertes botas de campo, no hallaba salida.

«Dos vidas, puñeta, dos vidas y yo su defensor. No es broma. Soy su defensor. Los tengo que defender. ¿Cómo? No soy abogado. ¿Qué sé yo de eso?» «La Ley.»

Se le revolvió la sangre contra su comandante. «¿Qué tengo que ver yo con eso?» Pues sí, tenía que ver. Se ciscaba en la guerra. «Matar, bueno, un fusil en la mano, como fuera. Pero defender... ¿Al fin y al cabo no defendía a España contra los vendidos? Pero, ¿defender a unos que se iban a pasar? ¿A unos desertores? El catalán ese, no me va ni me viene, pero Primitivo, el *Cochinero*...»

Se detuvo.

«No. Si de veras quiero defenderlos, me tengo que poner en su lugar. ¿O no? ¿Cómo lo haré mejor? Si fuera abogado es evidente que podría asumir una posición ecuánime, ver las cosas desde fuera, sacar argumentos de la bolsa del derecho. Pero el caso es distinto: si los quiero defender —que no quiero, pero debo—, me tengo que poner en su lugar. Y hacer todo lo que pueda. ¿Y qué puedo hacer?»

No se le ocurría nada, como no fuese echar pestes del comandante.

«¿Por qué me había de tocar a mí la defensa? Y a esos dos me los van a fusilar ahí, contra la tapia. Dos seres vivos, ni mejores ni peores que yo. ¿Por qué se dejaría embaucar Primitivo por el tipo ese? Y ese Domingo del demonio... Tampoco parece mala persona. A lo mejor, al intentar pasarse los hubieran frito a tiros. Dos más a los gusanos ¿qué importancia tiene? Ninguna. Lo único es que los tengo que defender. Y Primitivo... ¿Qué hago? ¿Doy por bueno eso de que se despistaron? Lo de las sardinas no se lo va a creer nadie. ¿Me limito a pedir benevolencia al tribunal, sabiendo que no hará caso? No, puñeta, yo soy defensor, abogado defensor. ¿No es para reírse? No, no es para reírse. Son dos vidas.»

Y le salían los tacos en retahíla. Además, se le helaban los pies. Ya casi era de día. El pardo de la tierra cobraba su color. De las ramas desnudas caían algunas gotas, una se le metió por el pescuezo y le produjo un escalofrío. El deseo de una taza del llamado café caliente le hizo más punzante la presencia mortal de Primitivo.

Hizo cuanto pudo. El consejo de guerra se reunió en el granero. Manuel se sorprendió de su propia elocuencia. Resultó que no tenía que defender a Primitivo, sino únicamente a Domingo Soria. La defensa del cocinero fue encargada a otro capitán que se limitó a pedir clemencia, dados los antecedentes del inculpado. Ni la parquedad del uno, ni la insistencia de Manuel García sirvieron para nada. Los hechos eran claros y la sentencia sin remedio.

Fue el defensor a pasar los últimos momentos con su defendido; cada uno de los condenados tenía ahora una porqueriza para él solo. A Manuel le había entrado un verdadero afecto por aquel hombre que iba a morir un poco por azar. («Si yo no hubiese ido a cenar aquella noche al restorán aquél de la plaza de Cataluña...» «Si el subsecretario hubiera estado en Barcelona...») Hablaron de la ley, de lo inexorable de la guerra, de la disciplina. Enhebraron lugares comunes: la Ley, las leyes, sin leyes no se puede vivir. Hay que respetarlas. Es la norma de las cosas. El bien de todos.

Manuel se preguntaba si no estaba desvariando. No. Tenía razón. La Ley. Tal vez aquel hombre comprendía que su sacrificio era legal y aquello aplacaba sus nervios.

—¿Usted no sabe nada de seguros de vida?

—No. Francamente no. Siempre creí que se trataba de un engañabobos.

Domingo Soria defendió los seguros de vida. Pero ahora no sabía si su muerte —la clase de muerte que la suerte le deparaba— entraba en las cláusulas de sus pólizas. Y no las tenía a mano. Encargó a su defensor que entrara en posesión de las mismas, tan pronto como fuera a Barcelona, e hiciese cuanto le pareciera prudente. Así se lo prometió Manuel.

Se sorprendía de la tranquilidad del futuro muerto. En el fondo, estaba satisfecho de su comportamiento, del suyo, del de Manuel García Cienfuegos, y de lo bien que había hablado y sobre todo del acierto que había tenido, ahora, al traer a colación la ley y su inexorabilidad, sustento del mundo. Se daba cuenta de que, por instinto, había dado en el único —¿el único?— clavo sedante para su defendido. ¿Por qué no estudiar leyes al acabar la guerra? Desde luego era una barbaridad matar a un hombre por un hecho tan nimio como ese intento fallido de pasarse al enemigo. Bueno, pero ése era el punto de vista del ciudadano Manuel García, perito agrónomo. No el del capitán García Cienfuegos, menos todavía el del abogado, Manuel García Cienfuegos.

De buen grado hubiese insistido acerca de ello, si el tiempo no fuera pasado. Domingo le entregó su pluma estilográfica, su reloj y su cartera, con encargo de hacerlos llegar a sus socios. Le regaló su encendedor, en prueba de agradecimiento. El hombre no flaqueaba.

—No se preocupe, capitán, es la Ley.

La Ley que había respetado toda su vida.

—Usted hizo cuanto pudo. Se lo agradezco.

Lo sacaron al campo y, mientras se procedía a las formalidades de rigor, Manuel se acercó a su comandante.

—Oye, tú. ¿No habría manera de aplazar la ejecución? Es una persona decente.

—Por lo visto, has tomado tu nuevo oficio muy en serio.

—Si quieres. Pero, de verdad...

—A lo tuyo.

No tenía sino resignarse. No era contra la tapia, sino en pleno campo. Ya estaba formado el pelotón: cinco hombres, que no había más disponibles. El pobre Primitivo no se tenía. Manuel, que marchaba al par que Domingo, sintió cierto orgullo por la entereza del condenado, del suyo.

Marcial mandaba al pelotón.

Eso lo hizo reconciliarse a medias con el comandante. No por dar las órdenes, sino por aquello del tiro de gracia. (¿De gracia?) Podía haberle tocado a él. Prefirió su papel. Pero, de verdad, ahora que se acercaba el momento de la descarga y de la muerte de Domingo Soria, no las tenía todas consigo.

Echaba pestes de la guerra. ¿No era suficiente matar a los enemigos declarados?

El campo se abría, desolado y asolado. Ahora habían cobrado cuerpo unos cuantos setos que separaban diversas heredades.

Quién sabe por qué, a esa hora triste, el campo no parecía tener fin. La tierra era plana y el sol, invisible, estaba fijo. No habría otra noche. O, mejor, la noche ya había caído para siempre sobre Domingo Soria, y él tenía culpa en parte, en parte muy exigua, pero la tenía.

No los ataron, ni les vendaron los ojos.

—Apunten...

Domingo Soria echó a correr como un desesperado, como un conejo.

—¡Fuego!

Todos los del pelotón apuntaron a Primitivo, que no se había movido. Cayó blandamente.

Manuel García Cienfuegos, como un loco, echó a correr tras Domingo, desenfundó su pistola y vació todo su cargador contra el fugitivo. Domingo, más ligero, se perdió tras los setos.

A Manuel se le revolvía la sangre. ¿Para eso tanto respeto por la Ley? Estaba condenado, ¿no? ¡Pues a morirse como los hombres!

El comandante le miraba asombrado.

—¿Por qué no disparasteis contra él?

—Estabas tú entre el pelotón y el fugitivo.

—Pero, la Ley...

Se calló, miró a su superior, sonrió:

—Cómo cambian los hombres...

—No lo sabes bien.

C.A. JORDANA

PAN FRANCÉS

Las otras colas eran una pesada obligación, pero la del pan era un ejercicio de responsabilidad. Pere demostraba con su actitud esa diferencia, que sentía hasta en lo más profundo de su alma. No manifestaba ningún desagrado si debía levantarse a las cuatro de la mañana para ir a esperar una rebanada que muchas veces no llegaba. Durante horas, entre golpes y discusiones, muy frecuentemente bajo la lluvia, mientras sentía el frío y escuchaba las sirenas de alarma. O, si era preciso, morirse de sueño en una cola muerta y avanzar mecánicamente hacia un anhelado bote de leche. Pero en esos casos todo él acusaba el cansancio de la guerra. La fatiga de las piernas le subía al cuello, y la cabeza se le caía hacia delante, entre los hombros huesudos que se marcaban bajo el jersey. Se le veía con menos carrillos, con los pómulos más prominentes que antes, y sentía más que nunca su hambre habitual como una crueldad que le hería hasta la desesperanza.

En la cola del pan todo era diferente. Para empezar, el abastecimiento estaba mucho mejor organizado. La cola nunca era muy larga; la gente —casi segura de que no iba a ser burlada— hablaba con menos angustia. Y además el pan había sido siempre la base, la sustancia esencial, el esfuerzo —el cuerpo y el alma— de las comidas de Pere. Pero había algo más: todos —todos eran su padre y su madre— habían convenido que fuese Pere el que debía ocuparse del asunto del pan. Y los doce años del chico se llenaban de madura experiencia, de responsabilidad sutil, por efecto de esa confianza. A las otras colas le mandaban, a la del pan iba por el bien de todos y, como el que dice, por derecho propio. Pere encontraba esa confianza perfectamente natural y justamente por eso estaba orgulloso. Con la bolsa y el carné a punto, cuando se dirigía a la puerta de la panadería, nadie le hubiera tomado por el mocoso desfalleciente de las otras colas. La rectitud del cuerpo sólo se alteraba por el cosquilleo de dinamismo que sentía en los gemelos; miraba al mundo, o a los integrantes de la cola, con la cabeza alta. Su indiferencia hacia las sirenas se volvía desprecio y su hambre se veía endulzada por un paladeo anticipado.

De hecho, aquel pan, al margen de las circunstancias, no era digno de ejercer tamaña influencia: amarillento, de corteza blanda que enseguida se deshacía en migas, tenía además un gusto insatisfactorio, por mucho que la memoria del buen pan blando de los tiempos del pan fuera ya tan lejana. Y en su caso, el dicho «de lo malo, poco» no era ningún consuelo. Su escasez empeoraba todavía más su naturaleza deficiente. Del suministro diario se había pasado a repartirse en días alternos, del medio kilo por persona a un cuarto, con faltas de vez en cuando porque el horno no tenía carbón o leña o porque la harina era imposible de amasar. La escasez, además de atenuar la mala calidad de ese preciado pan hasta casi olvidarla, elevaba y afinaba el orgullo que Pere sentía de ser el encargado y el distribuidor en su casa. Con amor lo recogía y lo llevaba y lo dejaba en su sitio. Lo cortaba con una arruga de preocupación en la frente para que las rebanadas fueran iguales, más finas las más grandes, para lo que hacía verdaderas filigranas en el cálculo y corte de los pedazos.

Cuando con su cuchillo de sierra en mano y el pan redondo sobre el hule (los manteles necesitaban demasiado jabón y éste era también un bien valioso) acometía su delicada tarea, Pere notaba los ojos de su padre, que lo miraba con cierta ironía desde el otro lado de la mesa. El chico sentía la mirada pero no se turbaba sino todo lo contrario. Hacía tiempo que sabía que la ironía paterna era una forma púdica de admiración, y la conciencia de que su padre le observaba aumentaba sus deseos de quedar bien.

Si lo admiraban era porque él era admirable, sobre todo en tanto que su orgullo era de los que no destruyen la sensatez ni la modestia. El muchacho no sólo calculaba para que todos tuvieran lo mismo sino que afinaba minuciosamente el cálculo para que el pan, poco o mucho, no faltara nunca, y el posible error se decantara hacia el ahorro, que más adelante se podría invertir en una comida adecuada, hasta donde aquellas comidas podían ser adecuadas. Pere, en efecto, no cortaba el pan sólo por el hambre sino también para el acompañamiento, y un estudio inconsciente de los gustos familiares lo guiaba infaliblemente hacia una maravillosa coherencia alimentaria. El día de las patatas no necesitaba tanto pan como el día del chocolate, ni el de las lentejas tanto como el del café con leche.

Si cuando cortaba el pan, todo él concentrado en el cálculo, Pere no podía pensar en nada más que en lo que hacía, muchas veces cuando lo llevaba por la calle y sentía el dulce peso de la bolsa, lanzaba su mente, hambriento como iba, hacia añoranzas de aquello que se podía hacer con la harina. Un año antes —¿o era un año y medio?—, todavía se podían comprar galletas. ¡Galletas! Hubo que renunciar cuando ya sólo se pudieron conseguir formando parte de una de aquellas grandes colas de la calle Pelai que acababan delante de la misma universidad. El tiempo se necesitaba para cosas más urgentes. Más tarde, todavía quedaría algún pastelillo —sencillo, claro— en alguna pastelería. Si estabas atento y tenías la suerte de verlos en el mostrador y no te dejabas llevar por la impaciencia, aún podías hacerte con alguno. Después, aparecían de vez en cuando unos bollos de leche, más de nombre que otra cosa, largos, carísimos y tentadores en aquellas «granjas», pequeños locales que todavía conservaban ese nombre, cada día más curioso, porque en otros tiempos se vendía verdadera leche de vaca. Finalmente, también hubo una temporada de unas pequeñas masas duras, tormento para las muelas, o excesivamente blandas, asco para el paladar, que se parecían más al yeso mal amasado que a la harina.

La añoranza de Pere constataba que las galletas habían huido, los bollos habían volado e incluso la total desaparición de las masas de yeso más o menos duro hacía todavía más valioso su pan racionado de cada día. Del mismo modo que se hacía más preciado frente a otros fenómenos de su régimen alimentario, que soliviantaban a su madre a diario: la invisibilidad de las patatas, la aspereza de las judías, la ausencia casi absoluta de la carne y el pescado o la desaparición de la fruta. El pan, por escaso que fuese, lucía maravillosamente junto a los nabos y los cardos y hasta las lentejas.

El prestigio del pan y la importancia de Pere, que era el proveedor familiar, aumentaban en función de ese milagroso alivio de la desesperanza que se concentraba siempre en la región maxilar. Cada mucho tiempo, cada cuatro o cinco meses, la familia recibía del extranjero un paquete de víveres. Esperaban a estar juntos para abrirlo. «¡Azúcar, azúcar!», decía la madre, entusiasmada. «Oh, oh, chocolate, leche, café», decía el padre cogiendo botes y paquetes. «¿Hay galletas?», preguntaba Pere con la voz excitada. Si había, el muchacho bailaba de alegría y su padre no dudaba en acompañarlo en una danza india alrededor de la mesa. La madre de Pere, sentada para soportar el peso de la emoción, reía de un modo extraño. «Qué tontos sois», decía entre risa y risa, con los ojos húmedos y brillantes.

La llegada de un paquete —sobre todo si había chocolate, leche y café— hacía enorme la responsabilidad de Pere. Una comida a base de buen chocolate francés o café con leche —café de verdad, no malta o azúcar quemado— podía ser nutritiva, sabrosa, excelente si había suficiente pan. Era preciso que Pere se pusiera de acuerdo con su madre para fijar una fecha y ahorrar sabiamente para que el día convenido hubiera la cantidad de más necesaria del valioso elemento. O bien sondear astutamente a aquel primo que conocía a un carabinero para ver, por una vez, si podía adquirir un chusco militar. O bien recurrir al pan de los cuáqueros. Porque Pere, con todos los quebraderos de cabeza del mocoso que hace colas, continuaba estudiando, y los estudiantes recibían cada día una pequeña ración de pan especial hecho de harina enviada por los cuáqueros norteamericanos. Por disposición expresa de los donantes y por orden formal de su padre, el chico oficialmente se comía, él solo, su ración, pero era extraño que no saliesen en los días más oportunos unas cuantas rebanadas de aquel pan para reforzar la ración familiar. El pan de los cuáqueros, que era moreno, podía aguantar muy bien la comparación con el otro pan racionado. Y en cuanto al pan de chusco, era una delicia, tan blanquito y compacto.

La comida memorable no podía dejar de ser, por imperio de las circunstancias, un poco grotesca. El primer plato tanto podía ser una sopa de sémola como un plato de escarola aliñada solamente con vinagre. Pero el chocolate o el café con leche que le seguía le otorgaba todo el atractivo. Buenas tazas —esto es, tazas amplias, profundas y llenas— y pan racionado, pan de cuáquero o pan de chusco —fácilmente dos rebanadas o dos rebanadas y media—, pan que cogía un gusto delicioso cuando se mojaba a conciencia. Si la madre de Pere había estado de suerte y había podido encontrar un poco de harina, aparecían a última hora unos pastelitos —milagro de masa y cocina— que redondeaban la fiesta. Los estómagos quedaban consolados, casi satisfechos por unas horas, hasta la mañana siguiente en la que el hambre se dejaba notar de nuevo.

La última comida de estas que hizo la familia de Pere tuvo una gravedad especial. La gravedad no provenía del hecho de que la hicieran —era de noche— medio a oscuras, con la mesa del comedor sólo iluminada por la luz de una vela. Ya estaban hechos a ver todas sus tareas intervenidas por el berrido de las sirenas, las detonaciones, los lamentos, el chillido de los antiaéreos según el tipo, el retronar de las bombas, también interrumpidas pero no detenidas por el apagón súbito de la luz eléctrica. Una comida especial era una comida especial y no perdía su importancia, aunque algún ruido del exterior incitara a los comensales a levantarse alguna vez y a salir a la galería a ver el juego de los reflectores y el centelleo de los cañones para confirmar la idea que se habían forjado al oír el sonido. La gravedad de la comida no venía dada por esos motivos, que los tres comensales intentaban disimular de forma diferente con las usuales exclamaciones de sorpresa ante cada pastelito. En su manera de coger el pan, de mojarlo, de llevárselo pensativo a la boca, había un remordimiento, un gesto definitivo hecho con resignación desesperada. Pere, aunque calmaba al estómago, lo sentía oscuramente y, al mismo tiempo que eso le angustiaba, el placer del pan bien mojado le parecía más valioso y admirable.

En esos últimos días la atmósfera de Barcelona cambiaba aceleradamente y ese cambio abatía los espíritus con un desánimo resignado que tenía un punto de nerviosa desesperación. El muchacho y su padre se quedaban en el comedor para esperar el comunicado de guerra. El enemigo avanzaba rápidamente. Barcelona caería. Lo veían claro, estaban resignados pero no se lo acababan de creer mientras a su alrededor surgían a cada paso los síntomas del cambio. Era una suerte que Pere, como sus padres, se hubiera mostrado siempre alerta pero sereno frente a los bombardeos, porque las alarmas se encadenaban unas con las otras y los aviones enemigos no se contentaban con venir, lanzar la carga y marcharse de allí sino que se entretenían en el cielo de Barcelona. La escuadra de Savoias hacía su largo trayecto con calma y, si algún «mosca» se atrevía a embestirla, un vuelo de Messerschmidts bajaba de las regiones más altas y empezaba el desarrollo de su ataque. Más que los ataques aéreos, lo que angustiaba a Pere eran las llamadas telefónicas a su padre, sobre todo si no estaba en casa y era él el que se ponía al aparato y sentía la energía verbal de la decepción de alguien que tenía al otro lado de la línea. El chico podía ver con claridad cómo se acercaba el día sobre el que tanto se había discutido y acordado en su familia. El cambio en la atmósfera ciudadana se convertía con rapidez en un gran cambio en la vida de Pere.

Cuando llegó el día, Pere se lo tomó como un día de suerte. Un compañero de la escuela le había regalado un tique de un restaurante popular y, esa mañana, el chaval había ido a dar buena cuenta de la comida antes de volver a casa desde una infructuosa cola de pescado. En el restaurante le habían dado un pequeño panecillo con más miga que una rebanada; no era de gran calidad pero al menos era más blanco que el pan racionado que se comía en casa. Estaba tan habituado a ahorrar pan que le sobró medio panecillo y decidió regalárselo a su madre. Esa decisión fue objeto de un intenso debate interior cuando Pere subía por la calle Muntaner, desde Aragón hasta la Diagonal. Pensaba en el medio panecillo que llevaba envuelto en la mano; lo apretaba un poco, lo sentía en su boca y parecía de veras que se le ponían los dientes largos y vacilaba sobre qué hacer. Pensaba en su madre, en su cara amargada que se iluminaría con una bella sonrisa al ver que el muchacho había pensado en ella. Esa cruel desazón del hambre que le incitaba a morder casi se convertía en placer por ver el regalo que le hacía a su madre. Entraría en casa y diría «¿A que no adivinas lo que traigo?». Pero, al llegar a casa, Pere no pudo decir nada. El piso estaba en pleno trasiego como en un día de mudanza. Su madre, rodeada de paquetes, llenaba las maletas y le dijo con aire de gran urgencia: «Nos vamos de aquí en una hora, ¿por qué has tardado tanto? Ve al comedor. Tu padre y yo ya hemos comido. Puedes comértelo todo».

Pere, en el comedor, dudó un momento delante de un pan entero y después decidió no comérselo. Desenvolvió el medio panecillo, lo miró un rato y lo dejó junto al pan redondo. Sería mejor comer sin pan. ¿Quién sabía cuánto debía durar el que tenían? Sobre la mesa había una buena fuente de pasta de croquetas, que sustituía a las croquetas que no se podían hacer, un poco de escarola y unos cuantos rábanos. La comida de Pere en el restaurante popular le sirvió sólo de aperitivo. De buen grado se sentó en la mesa en medio del trajín de la casa.

Había un verdadero ajetreo aunque con muy poco ruido. La madre de Pere y dos tías que habían venido a despedirse iban de aquí para allá buscando esas cosas imprescindibles, inencontrables cuando más se necesitan, que uno siempre tiene el riesgo de olvidarse. Eran tres mujeres muy rigurosas en sus asuntos y en sus tareas; pero Pere, entre bocado y bocado, las veía muy extrañas ese día: se notaba a simple vista que no tenían la cabeza en lo que hacían, y sus idas y venidas parecían rituales, sin un objetivo visible. Cuando llegó el padre del chico, un breve diálogo se repitió en innumerables ocasiones: «¿Qué te parece que me lleve esto?». «No, mujer: no nos conviene ir demasiado cargados.» Pere, preparándose, repetía esas palabras por dentro, maquinalmente, y creaban una música muy curiosa. Después, se distrajo con una presencia extraña que apareció súbitamente delante de él: era Antonia, la portera. Pere le había oído decir un montón de veces, en conversaciones con su madre: «¿Está segura de que se tienen que ir?». Ahora por lo menos veía que efectivamente se iban y su partida le producía un gran efecto. La impresión de Pere era la de una mujer más bien grosera y áspera y algo hostil a él. Ahora estaba inmóvil y lo miraba con una piedad afectuosa que obligaba a Pere a hacer un inmenso esfuerzo para ir a la suya como si nada, con la firme indiferencia de un hombre hecho a todo tipo de trajines. Antonia, con su nariz torcida y su verruga y sus cabellos despeinados, era verdaderamente un fuerte golpe con su aspecto de quietud llena de emoción y afecto.

El esfuerzo de Pere todavía debería continuar. Su padre era siempre admirable. Llegado el momento, le pasó el brazo por la espalda y, en el tono bromista de siempre, le dijo: «Vamos, heredero de la casa quemada». Pero el muchacho, mientras se ponía el abrigo por el pasillo, tuvo que pasar por una fila de amigos y vecinos que venían a ofrecerse para las últimas voluntades. Pere recordaba los pocos entierros a los que había asistido y le parecía que aquella buena gente tenía aspecto de luto. De todos modos, era un chico valiente el que bajaba la escalera con una bolsa bajo el brazo y que todavía se empecinaba en cargar con una maleta evidentemente demasiado pesada para él.

Un automóvil les esperaba en la puerta. El coche era pequeño: maletas y paquetes, demasiado numerosos. En el trasiego de meterlo todo, personas y cosas, se desataba ligeramente la desazón de la marcha: besos de las tías, adiós de un compañero, miradas, miradas. El padre de Pere se sentó delante, al lado del chófer. Él y su madre detrás, entre paquetes. Y por el camino, también entre paquetes, veían el cambio ya completado, la ruptura ya definitivamente producida, acompañada estrepitosamente por las baterías antiaéreas, por proyectiles que se quejaban como con llanto de niño y que cortaban silbantes el aire afilados hacia el cielo azul, y por las grandes detonaciones de los cañones del Carmelo y Montjuïc.

Sueño y realidad, sueño y realidad, sueño y realidad, mientras el automóvil dejaba la ciudad y emprendía la marcha por las carreteras. Detrás las sirenas, detrás las explosiones de los cañones y las bombas. ¿Dónde estaba la guerra? Posiblemente en la tensión de los rostros absortos vistos momentáneamente por la ventana en aquel camión de soldados. En ese grupo, mujeres y criaturas que avanzaban lentamente bajo sus fardos, con los cuerpos vencidos por la fatiga pasada y por la fatiga por venir. ¿Pero dónde estaba la guerra? Había ahí un pueblo tranquilo, pacífico bajo la luz declinante. Dos vecinas conversaban junto a un portal y repasaban el coche con una mirada indiferente. Pere, una vez que se hubo encajado entre los paquetes que lo rodeaban, se tambaleaba con los baches del vehículo. Lo que quedaba atrás parecía presente, imperturbable. El muchacho se adormilaba en una dulzura melancólica.

Más allá de Granollers, una frase de su madre lo sacó de su abatimiento. «¡Oh, nos hemos dejado el pan!» El padre de Pere se volvió y miró a Pere. «No lo creo», dijo. El chico miraba a su madre con una sonrisilla orgullosa, mientras acariciaba con la mano el hatillo redondo que tenía a su lado. Rebuscó, sacó y desenvolvió el medio panecillo. «¿Queréis merendar?» Se lo partieron madre e hijo. Pere se esforzaba para que durara y lo masticaba lentamente, conteniendo la fuerza enorme de sus mandíbulas. Pronto, con el trocito de pan ya acabado, sólo le quedó el deseo inmenso de abrir y cerrar la boca, en un estéril deseo incontenible. Bostezaba de hambre, una, dos, tres veces, y se dejaba deslizar hacia el sueño a cada bostezo. Lo que tenía en la boca, entre los dientes, era un grueso cilindro de hojaldre con carne dentro. Parecía mentira que costara tanto meterlo del todo, cerrar los dientes para morderlo y sentir en la lengua la carne sabrosa. ¿Sabrosa? Ése era el tormento. Sabía que lo era pero no llegaba a degustarla. ¿Qué tenía en la boca? Un cosa blanda, insípida, inexistente. Ese tormento lo despertó.

El coche estaba parado. «Venga, chaval, que ya estamos.» Cargados de fardos y maletas recorrían las calles de Olot. La fría noche era de una oscuridad densa, aparentemente impenetrable. Solamente un hilo de luz de tanto en tanto en la rendija de una puerta que no estaba bien cerrada. El padre de Pere murmuraba. El hombre que buscaban no estaba en casa, no volvería, si es que lo hacía, hasta pasado mañana. En cada fonda la misma canción: «no hay sitio, no hay comida», «ocupado por los carabineros», «ocupado por el Ministerio de Defensa». «Ocupado por la consejería de Gobernación.» Entraron. Pere, con la indiferencia del cansancio, observaba a su padre discutir con el dueño del hotel. «Sólo hay sitio para los de Gobernación, sólo hay comida para los de Gobernación.» El hombre lo repetía tozudamente, con una sonrisita odiosa. Parecía que, agraviado por alguien, estuviera deseando que lo pagara la familia de Pere.

Se quedaron al final en una especie de sala de entretenimiento llena de gente desanimada, habladora a ratos, que no parecía entretenerse mucho. Pere veía con desconfianza los paquetes y la bolsa arrinconados bajo las maletas a la vista de todos, expuestos a la codicia de los otros. El brasero que estaba en el centro de la estancia y que calentaba el aire era inabordable. Desde su rincón, Pere observaba el comedor, donde unos cuantos funcionarios, bien sentados a la mesa, cenaban con cierto estrépito. La mirada aguda del muchacho se fijó en una trucha que desapareció de golpe en aquellas gargantas ávidas. Los ojos de Pere buscaron los de su padre, que simulaba leer un periódico. El mentón de Pere quería lanzarse hacia delante empujado por el dolor de la mandíbula, y eso forzaba al chico a mirar a su padre para que le devolviera la mirada. El hombre alzó los ojos y sonrió con los ojos y la boca. «La paciencia es importante», dijo, y el muchacho sonrió mientras dos señoras los miraban con aspecto irritado.

Pere enrolló largamente el hilo de la paciencia. Nuevas llegadas provocaban en el hotel pequeños alborotos de protestas, de encuentros de amigos y de relatos de aventuras. Pero al final llegó, y rápido, el momento. Todo el mundo estaba cansado y un poco aturdido. Los que tenían habitación iban desfilando, y la señora de la casa fue apagando las luces, dejando encendidas sólo las imprescindibles. La familia de Pere se pudo instalar en el entorno del brasero con la única compañía de dos agentes de policía catalanes que tenían tanta apariencia de ascetismo y hambre como Pere y sus padres. Después de mirarlos un momento, a Pere no le extrañó que su padre hiciera delante de ellos el gesto de que había llegado la hora.

La madre de Pere buscó y abrió diestramente un par de paquetes. El chico trajo el pan de la bolsa y lo empezó a cortar con más gravedad calculadora que nunca, y pronto cada uno de los cinco tuvo en las manos su parte de una hermosa comida. Sería para Pere una de las más memorables, aunque consistía solamente en una fina rebanada de pan con carne de lata y una pieza de chocolate y, al final, gracias al trabajo de los policías agradecidos, un poco de vino tinto que habían conseguido en un concienzudo registro de la casa. Uno de los agentes trajo un paquete de tabaco, y los tres hombres liaban cigarrillos y fumaban mientras la madre de Pere se acurrucaba bajo el abrigo en un sillón de mimbre y el chico, en otro sillón parecido, cerraba los ojos para recordar el sabor mezclado, suavísimo, de la carne de lata sobre el pan de dos días. Parecía que estaba a punto de conseguirlo cuando sobrevino el cambio. Mientras la conversación de los hombres se convertía en un arrastrado murmullo de resaca, la rebanada se doblaba, se partía, adoptaba un aspecto de medias esferas; un bello bocadillo de pan tierno, bien blanco. La carne cogía consistencia haciéndose más fina: bella extensión rosada con estrías blancas, jamón dulce que sobresalía por todas partes. Y el gran esfuerzo por acercarlo a la boca, por morder. Al final la pasta blanda, insípida e inexistente. La decepción despertó a Pere. Su madre dormía mostrando el cuello descarnado y la cabeza sobre el respaldo; su padre, con los codos en las rodillas y las mejillas en las manos, miraba los tonos rojos entre las cenizas del brasero que uno de los agentes, agachado, removía con paciencia. A pesar del calor de la habitación, el muchacho sintió un escalofrío.

Aquellos sueños se repetirían en Pere durante los días que siguieron. El día siguiente a su llegada a Olot estuvo arropado entre mantas junto a su padre en una sala fría de una escuela convertida en dormitorio, hasta donde el chico había seguido los pasos de su padre, que generalmente acababan en decepción. «No hay sitio, no hay comida» era ya una respuesta estereotipada. Y la verdad es que Olot estaba lleno, sus calles congestionadas de gente y de vehículos, y cualquiera podría creer que las casas estaban también llenas y las despensas vacías. A pesar de todas las decepciones, Pere pudo comprobar que su padre tenía cierta influencia. Al acabar la jornada, su madre había encontrado alojamiento en una habitación de hotel ya ocupada por otras tres damas, y el muchacho y su padre tenían para su uso nocturno todo un colchón y dos mantas en la fría sala de la escuela. Como si eso no fuera bastante, toda la familia había hecho dos comidas gratuitas y sin pan. Con sus recursos particulares en víveres, toda la familia había merendado cerca de una fuente de agua helada. En esa ocasión apuraron la lata de carne y se podía ver que la bolsa en la que Pere guardaba el pan había mermado considerablemente. Por la noche, estirado bajo las mantas y sin desvestirse, Pere soñó con una frustrante danza de bizcochos borrachos. Los cubos de aquel tipo de bizcocho casi pringosos pasaban rozando la nariz de Pere. Imposible acercarse, al principio. Imposible, después, una vez entre los labios, captar su olor, encontrar ningún sabor ni sustancia.

Aquella decepción nocturna continuó tras un traslado más hacia el norte. Una mañana, la influencia de su padre se hizo notar de nuevo. De un gran atasco de automóviles salió un coche que se cargó con paquetes y maletas, y con la familia, que entró como pudo. Después de un largo diálogo entre el chófer y el padre de Pere, el coche emprendió la marcha. Fueron más allá de Figueres, hacia Agullana, donde la Generalitat tenía una masía. Pere intentaba distraerse con los grupos, cargados de fardos, que se desplazaban a pie, con la sola intención de alejarse; con las discusiones que su padre y el chófer debían mantener en los puntos de control armados en los que se hablaba en castellano y, al pasar por Figueras, con la extraña desazón de la gente y los vehículos en aquella ciudad bombardeada. Aunque lo que después recordaría mejor de aquel viaje era un soldado que masticaba con evidente satisfacción un pedazo de chusco. La boca de Pere se abría y se cerraba sólo de pensarlo.

La masía era un gran caserón frío, no muy sólido pero de una sencillez que daba gusto mirar, con sus paredes blanqueadas y sus grandes losetas ásperas. Alrededor había un bosque de encinas, hierba brillante, tierra empapada por las lluvias frecuentes, musgo y pequeños regueros de agua. Pere, que estaba dando una vuelta, sentía que la paz se filtraba dentro de él y que le habría invadido de no haber sido por la oposición de ese impulso de sacar el mentón, un extraño empuje lineal por ambos lados del maxilar inferior, que provocaba el nacimiento de una sensibilidad viva, dolorosa, entre los dientes y las encías. Por eso y por las vibraciones de motores que, afortunadamente, pasaban de largo. También por la sentencia enunciada por los *mossos de esquadra*: «No hay pan».

Esa mañana, el padre de Pere volvió de una excursión llevando media docena de costillas. Sobre las brasas la carne desprendía un olor que acariciaba las fosas nasales en un promesa llena de suavidad. Parecía fundirse entre los dientes, tan tierna era, y en efecto se fundía con sólo una ligera presión y dejaba un regusto penetrante. Si ese buen comienzo había alimentado alguna esperanza, el chico la perdió rápidamente. El caserón se llenaba. La gente llegaba en bicicletas, coches, camiones, en medio de un bullicio de voces y paquetes. Cuerpos que chocaban en los pasillos cuando buscaban un rincón en el que descansar. Por la abundancia de bocas tanto dentro como fuera, y como por un procedimiento automático, se iban cerrando los gallineros, los corrales, los graneros y las despensas. Esa noche la cena tardó, y consistió en una taza de caldo que no llevaba sustancia de ninguna carne sabrosa. La gente hacía cola en un frío corredor. Desde la cocina, paraíso del calor y de la luz, una voz gritaba el nombre de las familias. Todos entraban con ansia y debían beber de pie, entre empujones, el líquido demasiado caliente, cuyo calor era su único atractivo.

Durante los primeros días, la insuficiencia de aquellas comidas se compensaba en parte, en una parte muy pequeña, con las meriendas particulares. Pere y sus padres se alejaban hacia el bosque y, sentados bajo una encina o de pie si la tierra estaba húmeda, se comían un trozo de pan con chocolate. O bien con el chorrito de un bote de leche condensada untaban una rebanada de pan. Pere, ágilmente, se esforzaba por recoger las gotas en el aire. Pero llegó un día en que los botes estaban vacíos y la bolsa atesoraba únicamente una corteza de pan. «Toma, cómetelo tú todo», dijo el padre de Pere. El muchacho miró absorto la triste, durísima y preciosa corteza. Sabía de sobra que sus padres querían que él se lo comiera todo: que estarían más contentos si se lo comía él que si lo compartía. Pero la cuestión no estaba entre él y sus padres. El chico cerró los dientes y cortó hábilmente la corteza en tres partes. Ningún adulto discutió su gesto. Volvieron silenciosamente a casa, masticando cada uno con melancólica avidez su trozo de pan.

Durante el día no faltaban distracciones para Pere, que se obstinaba en entretenerse para olvidar el involuntario castigo del hambre. Una distracción consistía en encontrar una gran cola esperando para poder ir al lavabo y tenerse que ir a lavarse fuera, en el agua helada de la alberca o del riego. También era una distracción escuchar las inevitables disputas y observar las inesperadas gentilezas. O discutir sobre si los aviones que sobrevolaban la masía eran de los suyos o de los otros. Siempre llegaba alguno que había salido de Barcelona justo en el momento en el que entraban los fascistas, y resultaba distraído oír las explicaciones del audaz modo en que habían conseguido escaparse.

Pero, por las noches, sobre el duro jergón en el que dormía junto a su padre, en una vasta sala en la que descansaban más de cuarenta hombres, no había otra distracción que escuchar los finos hilos verticales, los tirabuzones retorcidos, las gruesas bolas danzantes del sonido que hacían los que roncaban. Pere se cansaba pronto y optaba por dormir. Su cansancio le encarrilaba por esa vía, y la tendencia del chico a convertir los bostezos en bocanadas de hambre también ayudaba. Se dormía con facilidad pero se despertaba con frecuencia. La tortura en sus sueños era siempre la misma, aunque adoptara formas diversas. A veces era un simple panecillo, dulcemente terso, con los surcos marcados y la corteza protegiendo con tanta distinción su miga. Otras veces era una lionesa, rebosante de crema alrededor. O un surtido de pastelillos: tostados, rosados, con estrías de piñones, blancos de coco, cubiertos de azúcar. O bien un roscón con hojaldre y relleno de cabello de ángel. Y tras la lucha, nada: insipidez, ausencia y decepción. Pere se despertaba con sudores de angustia y escuchaba por un momento un dúo de ronquidos, mientras se esforzaba por no sentir esa aguda sensación en la raíz de los dientes. Se ponía a bostezar y su padre, que tenía el sueño ligero y oía a la primera el suspiro del bostezo, le decía: «Vete con cuidado, que te morderás la nariz».

Una de las distracciones diurnas, cargada siempre de cierta ansiedad, era observar las idas y venidas de los que, según se decía, iban a Figueras a «hacer gestiones». El padre de Pere era de los más activos en ese trabajo, y el muchacho estaba siempre muy interesado en escuchar cada noche las explicaciones que daba, llenas de decepción o de esperanza. Tanto en un caso como en el otro, no se excitaba nunca, y hablaba con un toque de humor sobre autorizaciones y visados. Pere lo escuchaba con la sonrisa de un compañero que comprende y aprueba.

Un buen día —bueno al menos en lo referente al tiempo—, aquellas gestiones dieron por fin resultado. Una treintena de personas se preparó, y a las diez de la mañana, bajo un hermoso sol, esperaban al aire libre, al tiempo que vigilaban sus maletas y paquetes y se despedían con excitación de los que se quedaban. Alguien les había prometido un buen desayuno que resultó ser una taza de agua caliente ligeramente mejorada con un chorrito de leche condensada. El momento de marchar hacia la frontera había llegado por fin. Las mujeres, los niños más delicados y los animales subieron a un autocar. Los equipajes iban en un camión cubierto en el que se meterían los hombres y el resto de los niños. Pere iba con su padre, sentado en una maleta, flanqueado por otras maletas que formaban un compartimiento, más o menos seguro, para él solo. Mientras su padre conversaba con los otros hombres del camión, Pere miraba la ruta por la parte trasera del camión y pensaba en el momento en que se comería el trocito de queso que le habían dado para reforzar el desayuno.

Casi no se dio cuenta de que se lo metía en la boca y lo engullía. Fue cosa de un instante, y el hambre del muchacho no hizo sino crecer con ese acto precipitado. Para entretenerse un poco escuchaba a los otros: aduanas, pasaportes, dificultades. La conversación no era muy desesperada. Todos los hombres fumaban. Les habían dado unos cuantos paquetes de tabaco, y Pere sabía de sobras que eso era un consuelo. El chico miraba afuera. Entre los árboles desnudos caminaban familias cargadas de fardos, algunas rodeando un carrito con muebles, y todos extrañamente mudos, con una escasez ansiosa en los rostros que castigaba la mirada y el espíritu. «Ya veréis en La Junquera», dijo alguien, y efectivamente por las calles de La Junquera un campamento en fila obstruía el paso. Caminaban con la inmensa fatiga de una pesada marcha. Pasado el pueblo, la marcha se reagrupaba, espesa, cargada de triste miseria; el deterioro de la ropa se reflejaba en las miradas y en los gestos. Pere volvió la cabeza, cerró los ojos y se inclinó hacia su refugio bajo el peso de su cansancio, aumentado por el que veía en los otros.

¿Era hambre?, ¿era sueño? Muerto de hambre, convertía el hambre en sueño mediante el bostezo. El camión avanzaba lentamente, se paraba y daba bocinazos, arrancaba para hacer otro tramo y volver a parar. Durante un largo período, el sueño de Pere fue tan ligero como una simple cabezada. Lo atravesaban voces del exterior. Voces castellanas. «¡Pararse!» Voces de sus compañeros de camión: «¿Creéis que nos registrarán?». Mucho después: «¡Mira la cadena, mira los negros!». Y el inevitable chiste: «Pertús, parada y fonda».

Después, Pere se hundió en el sueño profundamente, y hasta el fondo iba a buscarlo la agresión maliciosa del hambre. Esa vez el cebo se complicaba, se multiplicaba. Panecillo, bocadillo, pastelillos, lionesa, roscón formaban una escalera de innumerables escalones que la boca de Pere no podía subir. Arriba del todo, una nube de delicias, una apoteosis de pastelería que le incitaba traicioneramente a acercarse: dulces y más dulces, centros con intrincados dibujos de chantillí, cascadas de bombones, turrones, brazos de gitano. Y nada, nada, nada; esta vez ni siquiera podía tocarlos. Pere, en el sueño, se dijo enérgicamente: «Sueño». Pero eso no disminuía su tormento. Pensaba que estaba haciendo denodados esfuerzos por escaparse y volver a la realidad del camión.

¿Realidad o sueño? El camión estaba parado. A la derecha, en la carretera, su madre lo miraba y le acercaba una rebanada de pan. Era una rebanada gruesa de pan tierno, de pan blanco. Pere ya lo sentía en la boca: el crujido de la corteza bien cocida, la dulce penetración de los dientes en la miga blandísima. Sacudió la cabeza para que se le cayeran las telarañas de los ojos. Pero al lado de su madre estaba su padre y otros compañeros que masticaban alegremente.

«¡Mira, Pere, pan francés!», decía su madre. El muchacho lo volvió a mirar y la escalera de su sueño se precipitó sobre la rebanada de pan francés, ahora con todo su sabor, matizado hasta el infinito. Sintió más fuerte que nunca aquel impulso hacia delante del mentón, aquel sentimiento agudo entre los dientes y en las encías. Arrancó el pan y lo tragó vorazmente, pero se le hizo de pronto una bola en la garganta.

Pere alargó el brazo con calma, palpó un instante el pan y se puso a masticar lentamente y con un rostro extremadamente serio, mientras su contención se resolvía en dos lágrimas grandes e inevitables que se deslizaban por su cara.

TOMÁS SEGOVIA

COMBUSTIÓN INTERNA

Una cosa que siempre me ha intrigado es la cantidad de azares fortuitos que tienen que concurrir para que la vida de un hombre tome ese aspecto de conjunto que juzgamos como la manifestación evidente de una vocación. Unas veces nos parece que esa aparente coherencia no es más que un efecto de perspectiva y que en realidad es puramente casual que una vida se haya orientado de cierta manera, y otras veces nos parece que es la apariencia de azar fortuito la que es engañosa y que en realidad todas esas coincidencias no eran tales, sino el cumplimiento ineluctable de una ley superior. A pesar de mis hábitos racionalistas, la verdad es que mi tendencia inconsciente es a mirar las circunstancias peculiares de mi vida como peldaños o eslabones de mi vocación, y no mi vocación como resultado involuntario de unas coincidencias aleatorias. No es que crea, por supuesto, que todo estaba escrito o que los dioses dirijan nuestras vidas desde el Olimpo, pero me resulta más inteligible, cuando pienso en los episodios de mi vida, imaginarlos como un conjunto coherente ordenado en torno de un sentido general.

Y sin embargo bien sé que algunas situaciones de mi vida podrían perfectamente no haberse dado o haberse dado de otra manera, y que eso habría hecho esta vida mía profundamente diferente. Aquí donde me ven, probablemente yo no sería médico si hubiera fracasado como todos mis compañeros en el examen de física de primero. Todos esos compañeros en efecto tuvieron que renunciar más tarde a los estudios universitarios o escoger carreras menos competitivas. Pero cuando pienso en el motivo de que entre todos sólo yo pasara ese examen, el origen de esa pequeña y afortunada ventaja me parece tan alejado de sus consecuencias que casi me resulta absurdo. El tema que nos tocó en ese examen fue el motor de combustión interna, y casualmente yo no sólo me sabía al dedillo ese tema, sino que sabía además cómo exponerlo con claridad y sencillez. Y digo bien: casualmente, porque además daba también la casualidad, más inesperada aún, de que todo eso lo sabía desde los once años de edad. Pero lo más extraño de todo no es ni siquiera que un niño de esa edad aprendiera una cosa así y no la olvidara nunca, sino las circunstancias en que ocurrió todo ello.

A los once años pues, estaba yo con mi madre en Perpiñán. Habíamos llegado allí unos meses antes a esperar, según me decía mi madre, la llegada de mi padre, pero desde hacía algún tiempo no había noticias suyas. Aunque mi madre hacía visibles esfuerzos por poner buena cara delante de mí, a mí no se me ocultaba la angustia en que vivía. Yo a esa edad me había adaptado de inmediato, por supuesto, a esa nueva vida, correteaba por el barrio con gran desenvoltura, iba a la escuela pública y compartía todos los hábitos, modas y manías de los niños franceses. Cuando le preguntaba, mi madre me decía que una vez que llegara mi padre seguramente no nos quedaríamos mucho tiempo en aquella ciudad, aunque no podía decirme adónde iríamos después. A pesar de que me gustaba fantasear sobre esos futuros viajes que imaginaba llenos de acontecimientos portentosos, y de que me daba cuenta incluso del prestigio mezclado de aprensión que eso me daba a los ojos de los niños del lugar, en el fondo prefería creer que mi vida seguiría siendo la que ahora llevaba y a la que estaba entregado por completo.

En el último piso del mismo edificio vivía otra familia española, evidentemente en peor situación que nosotros. Mi madre era una mujer elegante y muy bien educada, y pienso ahora que casada con otro hombre no hubiera estado nunca del lado de la República en la guerra civil española. Eso no quiere decir que su postura no fuera de buena fe, pero a mi manera infantil yo me daba cuenta ya entonces de que tenía que vigilarse para no dar algún signo de altanería ante aquellos otros compatriotas. En aquel último piso vivían dos mujeres, suegra y nuera, creo, con dos niños pequeños, ambos menores que yo. Yo los toleraba de más o menos buen talante, pero me fastidiaba que estuvieran siempre pidiéndome que los dejara dar una vuelta en mi bicicleta nueva, ciertamente digna del orgullo que me producía su posesión y que ellos envidiaban con un frenesí que me producía cierta repugnancia. Mi madre me reconvenía suavemente por mi egoísmo, pero en un tono mucho más pedagógico y moralizante que espontáneo.

Isidro y Alfonso, que es como se llamaban mis pequeños vecinos, eran bastante buenos chicos, incluso bien educados, aunque con una educación muy diferente de la que yo había recibido. Estaban mucho más metidos que yo en un mundo español y político, y alguna vez se les escapó delante de mí calificarme de burgués y de enchufado. Pero yo era mayor y claramente objeto de su envidia, así que pronto se arrepentían de sus refunfuños. Su madre, Elvira, era costurera, y la mía le encargaba de vez en cuando algún trabajillo para ella o para mí. Cuando venía a tomarme medidas o a probarme alguna prenda, yo veía la insistencia de mi madre en tratarla con una cordialidad y una buena educación que no sé si ella percibía.

Una tarde al volver de la escuela encontré a mi madre conferenciando con Elvira y su suegra. El ejército republicano se había derrumbado definitivamente y por las carreteras de la región avanzaban muchedumbres desamparadas de soldados en derrota y civiles en fuga, hombres, mujeres y niños sin rumbo y sin recurso alguno. Nuestras vecinas estaban en campaña para movilizar la ayuda posible y llevarla a las carreteras y los pueblos, y mi madre se declaró de inmediato dispuesta a secundarlas. Durante algunos días pasé muchas horas solo, encantado en el fondo de poder quedarme en el parque dando vueltas en mi bicicleta hasta que era ya de noche y probar su poderoso faro con su reluciente dinamo niquelada. Después se organizaron los campos de concentración en las cercanías, y las expediciones de mi madre y nuestras vecinas se hicieron más sistemáticas y más espaciadas.

Y un día Isidro y Alfonso me contaron en gran secreto, reventando de orgullo, que un tío de ellos se había escapado del campo de concentración de Argelès-sur-Mer y lo tenían escondido en el desván. Mi madre lo sabía, pero se asustó mucho cuando supo que también a mí me lo habían contado, y se puso verdaderamente dramática para hacerme jurar que guardaría heroicamente el secreto cuidando incluso de evitar cualquier indicio que hiciera sospechar algo a mis compañeros de escuela.

Mis pequeños vecinos adquirían de pronto a mis ojos un nuevo prestigio. Aquella complicidad en una situación clandestina, con su aura de secreto y de peligro, me parecía una aventura mucho más excitante y mucho más de adultos que las que me sucedían a mí, a pesar de ser mayor que ellos. Isidro y Alfonso no pensaban en otra cosa que en subir al desván y hablar con su tío, un hombre que «había estado en el frente», pero muy pocas veces les habían dejado hacerlo. Yo le pedí a mi madre que cuando les permitieran otra vez subir me dejara ir con ellos. Mi madre se ponía nerviosísima sólo de oírme hablar de eso y no quería ni imaginar que yo subiera al escondite. Isidro y Alfonso presumían sin recato de su superioridad contándome con fingida indiferencia de adultos que su tío se llamaba Ángel, que era mecánico, que usaba muñequera, que tenía en la mejilla unos puntos negros que no se podían quitar de unas esquirlas de granada que había recibido en la batalla del Ebro.

Fue por lo tanto una gran sorpresa cuando una tarde llegaron a casa Isidro y Alfonso, muy agitados, a decir que iban a subir al desván y su madre los había mandado a buscarme para que fuera con ellos, y mi madre, mordiéndose los labios y forzándose visiblemente, dijo que estaba bien, que podía yo subir. Ahora sé que ese milagroso cambio de las reglas no se lo debí a mi madre, ni siquiera a Elvira y su suegra, sino a Ángel mismo. Era él quien añoraba en la soledad de su guarida la presencia de los niños. Había ido convenciendo a su hermana de que dejara subir más a menudo a sus sobrinos, con las debidas precauciones y comprometiéndose con su prestigio de héroe viril a hacer que se compenetraran de la importancia de guardar el secreto. Más tarde, la dolorosa sensación de inactividad e inutilidad que debía dominarlo lo empujó a hacer algo más para salvarse de la esterilidad impotente de su aislamiento. Puesto que las circunstancias lo encadenaban a aquella inmovilidad y aquella suspensión, sin más interlocutores que unas mujeres bastante atareadas y unos niños pequeños, ¿por qué no aprovechar esa tranquilidad y ese silencio forzoso, esa sobra de tiempo y ese fácil contacto con esos niños para enseñarles algo? Elvira explicó a sus niños que el tío iba a darles «unas especies de lecciones» y que tenían que escucharlo con atención y no interrumpirle. A mis amiguitos no les gustó mucho la idea, y me imagino que la más inocua indagación de Ángel sobre aquel otro niño español que vivía en el edificio debió bastar para que se precipitaran a proclamar que yo también debía participar en las «especies de lecciones» de su tío. Elvira habló con mi madre, insistiendo, me imagino, en lo decisivo que era para su hermano sentir que valía para algo y tener una tarea en la que ocuparse para no volverse loco. Era el tipo de cosas que mi madre entendía bien, y estoy seguro de que se sintió sinceramente empujada a sostener de esa manera al fugitivo, a pesar de su aprensión y de su instintiva resistencia a comprometerse en una situación arriesgada y que no lograba sentir del todo suya.

Así fue como conocí por fin a aquel hombre rodeado para nosotros de un aura bastante mítica, que había estado en la guerra y tenía ahora que ocultarse, tenebrosamente perseguido por las fuerzas del Mal que dominaban el mundo. Era un hombre pequeño, delgado y duro, de áspero pelo negro peinado violentamente hacia atrás y con un viejo suéter azul marino que usaba remetido bajo el cinturón como una camisa y arremangado por encima del codo. Verifiqué de inmediato, con reverencia, la presencia de la ancha muñequera de cuero en su brazo izquierdo y los pequeños puntos hundidos, de un negro intenso, que eran la marca de la metralla en su mejilla. El desván era amplio y relativamente luminoso, bastante destartalado pero notablemente limpio y bien dispuesto, gracias sin duda a los esfuerzos de las mujeres de la familia, pero también al sentido del orden y la ingeniosidad del propio Ángel. No sé de dónde habían sacado un gran tablero negro que Ángel había colgado en la pared. Él dormía en un colchón puesto en el suelo en la parte abuhardillada, pero las sábanas y funda de almohada estaban limpias y la vieja manta militar con que se cubría se notaba que había sido lavada con insistencia recientemente. Tenía también por allí cerca unos viejos y raídos almohadones que hacían las veces de butaca, y muchos periódicos, algunos esparcidos alrededor de sus almohadones, otros más o menos ordenados encima de viejas cajas de madera. Su capote militar y el resto de su ropa colgaban de clavos, y en varios platos más o menos rotos se acumulaban las numerosas colillas de los cigarrillos que su hermana le conseguía con muchas precauciones, porque en el barrio era fácil sospechar que no los compraba para ella y eso hubiera podido ser un indicio para los soplones.

Yo miraba boquiabierto todo aquello, perfectamente dispuesto a aceptar con convicción las reglas de un juego largamente envidiado en el que por fin era admitido. No tuve la menor dificultad para imitar la actitud de Isidro y Alfonso, que a todas luces adoraban a aquel hombre austero y más bien taciturno, que reía poco y apenas intentaba participar en nuestro mundo infantil y adoptar nuestro tono para comunicarse con nosotros, pero que claramente tenía grandes dones para esa comunicación. Supongo que no había de su parte ninguna intención deliberada ni ninguna reflexión previa, pero espontáneamente adivinaba que lo que podía apasionarnos no era la participación de un adulto en nuestro mundo, sino la posibilidad de que nosotros participáramos del suyo. Nos hablaba, o eso nos hacía sentir, con el mismo tono que usaría con hombres de su edad, y aunque no fingía más interés en nuestros pequeños problemas y deseos que el que efectivamente tenía, en cambio nos daba signos de tomarlos tan en serio como los de cualquier adulto. Aquel primer día no gastó mucho tiempo en la cháchara general antes de pasar a su enseñanza, ni hizo tampoco ningún largo preámbulo. Simplemente preguntó, a la primera pausa un poco larga. «¿Queréis saber cómo funciona un coche?» Nos apresuramos a decir que sí. Entonces empezó a dibujar con gran seguridad en el tablero negro mientras nos decía: «Esto se llama motor de combustión interna».

Durante no sé cuánto tiempo estuvimos subiendo al desván casi todas las tardes. Ángel nos recibía rascándonos un poco el pelo casi sin sonreír, y escuchaba más o menos distraídamente nuestras atropelladas noticias de partidos de fútbol en la calle, percances de bicicleta o incidentes del barrio. Después de un rato apagaba su cigarrillo y se ponía de pie diciendo: «Bueno, vamos a aprender algo» Y empezaba a trazar en el tablero negro sus nítidos dibujos que conservo todavía en mi memoria como si los hubiera visto ayer. Yo me abandonaba a la fascinación de aquellas explicaciones, cuya sencillez y claridad me asombran mucho ahora, cuando pienso retrospectivamente en lo extraño de que un trabajador en realidad bastante joven, que había repartido su vida entre el duro trabajo de un taller mecánico y la dureza mucho más violenta de una guerra perdida, fuera tan extraordinariamente buen maestro, y lo fuera además con absoluta naturalidad, tan seguro de su capacidad y a la vez sin sorprenderse nada por ello ni hacerse ningún lío mental. Pero entonces no era eso, por supuesto, lo que me asombraba. Nunca se me hubiera ocurrido que Ángel pudiera ser de otra manera ni que el valor de aquella enseñanza fuese anormal.

En la escuela yo era un estudiante bastante pasivo que pasaba sus pruebas sin pena ni gloria, mucho más interesado en las efímeras pasiones que se ponían de moda entre los escolares que en sacar buenas notas y mucho más entregado a mis imaginaciones fabulosas que a buscar en lo que nos enseñaban alguna relación con esas ensoñaciones. Pero en el desván era otra cosa. La enseñanza no provenía de un simple maestro, un ser reducido a los rasgos que caracterizaban esa función, sino de un ser que era ante todo y hasta el final un hombre, un héroe para más señas, y que además nos trataba casi como sus iguales y sus amigos. Y el ambiente donde tenía lugar aquella escena no era la rutina oprimente y la regla institucional, sino la verdadera clandestinidad, un pacto tanto más libre y personal cuanto que era propiamente inconfesable en el exterior. Era sobre todo eso: la libertad, el hecho palmario de que estábamos allí por propio acuerdo y de espaldas al orden establecido, por lo menos tal como lo veo ahora, lo que hacía que mi actitud fuera en principio, al revés que en la escuela, de absoluto interés y buena voluntad. Isidro y Alfonso, que eran más pequeños y tenían más dificultades para seguir las explicaciones se aburrían y estaban muchas veces distraídos. Como de todos modos tenían demasiado respeto para alborotar, Ángel los dejaba ponerse a mirar a otro lado, entretenerse con una cosa u otra entre las manos y hasta levantarse para ir a atisbar por el ventanuco. Es claro que le bastaba con que alguien lo escuchara, y yo por mi parte no sólo me mantenía atento sin desmayo, sino que él debía leer perfectamente en mi expresión que estaba efectivamente aprendiendo cosas.

La lección duraba hasta que Elvira subía a buscarnos. Los mayores solían hablar un rato entre ellos, y aquel mundo exterior que entreveía a través de sus palabras, cargado de angustia y opresión, me parecía terriblemente real e ineluctable, y a la vez lejanísimo, como una fatalidad que nos tenía a todos prisioneros pero en mi caso en una tranquila prisión donde la vida germinaba y crecía como siempre. Y la siguiente vez Ángel volvía a tomar calmadamente la lección donde la había dejado, en aquel silencio un poco sobrenatural y aquella cercanía ultramundana con el cielo. Dibujaba cuatro cilindros casi exactamente iguales y bien alineados, con sus cuatro émbolos a diferentes alturas cuidadosamente escalonadas; trazaba dos circunferencias desiguales casi perfectas que se tocaban en un punto para representar los engranes, y me hacía entender con asombrosa claridad cómo un disco rígido equivale a una palanca infinitamente repetida y cómo la ley de la desmultiplicación es la misma que la ley de la palanca que me había explicado antes y yo había entendido como nunca había entendido ninguna explicación en la escuela.

Claro que nosotros los niños, cuando hablábamos de Ángel fuera del desván, no era del motor de combustión interna, de bielas y de distribuidores de lo que hablábamos, sino de la guerra, de tanques y cazas, de batallas que Isidro y Alfonso me contaban, seguramente inventadas a partir de frases sueltas pescadas en las conversaciones de su madre y su abuela. En las charlas que teníamos siempre con Ángel antes de la lección, nos moríamos de ganas de oírle contar cosas del frente, hazañas de guerra y relatos de violencia y de heroísmo, pero reprimíamos instintivamente nuestra curiosidad, sintiendo que a él no le gustaría mucho. Alguna vez que Isidro se dejó llevar por su entusiasmo y dijo algo así como que cuando fuera mayor lucharía por la revolución, Ángel le sonrió cariñosamente, con una gota de compasión, y le dijo suavemente: «Vosotros, a aprender». Y él proseguía paso a paso sus explicaciones, como si tuviera todo el tiempo del mundo y como si aquella tarea minuciosa desarrollada en una soledad casi irreal fuera la única importante en un mundo convulso al borde del cataclismo.

No sé cuánto tiempo duró aquello. Un día mi padre apareció por fin y salimos precipitadamente de Perpiñán. Nunca he vuelto a saber de Ángel ni de Isidro y Alfonso. Pero cuando pienso en la importancia que tuvo para que mi vida tomara la forma que tomó aquel examen casual sobre el motor de combustión interna, no puedo evitar ver en aquellos extraños días del desván mucho más sentido que el que pueda tener un azar fortuito. Vuelvo a aclarar sin embargo que no es que imagine que todo eso era una especie de destino intencional, que el sentido de aquel encuentro insólito con aquel hombre insólito fuera el de conducirme a la profesión de médico. Más bien al revés: lo que ese recuerdo me hace sentir es algo así como que es esa profesión la que tiene para mí un sentido mucho más vasto y misterioso que el que es visible. Algo parecido a aquella otra relación misteriosa que hubo en aquel momento entre un desván clandestino y la transmisión del conocimiento, entre un héroe vencido excluido del mundo y la enseñanza, entre un fugitivo desarmado y la herencia de la antorcha.

JUAN EDUARDO ZÚÑIGA

RUINAS, EL TRAYECTO: GUERDA TARO

—Pasarán años y olvidaremos todo, y lo que hemos vivido nos parecerá un sueño, y será un tiempo del que no convendrá acordarse.

Miguel estaba junto a la ventana, terminada la destrucción de los documentos comprometedores, y escuchaba al teniente, quien, inclinado en el suelo, echaba a las llamas papeles que se convertían en finas láminas carbonizadas, a la vez que le preguntaba si pensaba guardar la fotografía; no era aconsejable llevar fotos porque en un registro las podían encontrar y reconocer a los que allí aparecían.

Miguel miró con atención la fotografía que había sacado del compartimento interior de la cartera y se preguntó por qué la conservó y quiénes eran las personas retratadas. Nadie se iba a ocupar de mirarla, pero el teniente le replicó que mejor sería quemar todo, no dejar nada de lo ocurrido aquellos años, ni personas ni nada, que todo quedara atrás como hundido en un pozo, pero él arqueó la boca, negando, y entonces el teniente le miró y movió las cejas para hacerle la pregunta de si era de una amiguita, y, oyendo un no, carraspeó, se puso de pie y salió de la habitación dejando atrás el áspero humo que desprendía la palangana de loza en la que habían quemado los documentos que podían comprometer: los carnés políticos, los salvoconductos, las hojas de control, todo lo cual era ya una masa de ceniza en la que terminaba una época.

Al quedar solo, Miguel terminó de arrancarse, con las tijeras, los galones de la guerrera; dio un golpe con el puño cerrado en la mesa renegrida por mil manchas y quedó en una postura rígida, contemplando algo lejos. Luego volvió a colocar la fotografía en uno de los lados de la cartera y puso ésta en el bolsillo alto de la camisa, cerca de donde el corazón se mueve. Tomó por el gollete la botella y la alzó hasta la boca y la volcó en los labios entreabiertos, pero no sintió en la lengua la benéfica quemadura del alcohol ni en el pecho renacer la energía, y la dejó caer.

En el despacho había cuadernos, hojas blancas, talonarios, tirados por el suelo, y en un armario de puertas arrancadas, botes de tinta, impresos, plumas, todo lo necesario para la buena organización del servicio que ahora terminaba en el desorden, que él fue mirando según se levantaba e iba hacia la salida de aquella oficina rozando con mesas y sillas; era el momento de ir hacia algo nuevo y desconocido, y lo pasado, igual a ropa usada, arrojarlo lejos, de un manotazo.

El palacio de escaleras de mármol, de cortinas, de lámparas derramando mil luces sobre muebles ingleses hasta ser requisado en julio del 36 para cuartel de dos regimientos, estaba quedando vacío y sólo lo cruzaban siluetas que iban de un lado a otro en busca de instrucciones que aún algún jefe podía dictar, por lo que de vez en cuando se escuchaba en los pasillos una llamada que nadie contestaba; luego se oía el roce de pasos en los pavimentos que antes estuvieron encerados y ahora crujían, arañados y sucios por las botas con barro de los frentes.

Pasó por el corredor, entre las filas de camastros que ya no ocuparían cuerpos fatigados, hasta la nave donde estaba su cama, y en un rincón, colgado de un clavo, su capote, casi invisible en la falta de luz porque alguien había hecho saltar los interruptores.

Se embutió en aquella prenda tan usada y levantó el macuto para comprobar que seguía cerrado por las dos correítas y que iba lleno de lo que se propuso llevar; se pasó la brida en bandolera, dio dos pasos y se volvió hacia la cama donde venció cansancios y sueño, pero la inquietud le distanciaba de aquel sitio. Bajó por la estrecha escalera de servicio y a través de un ventanuco que daba hacia poniente vio el cielo que había contemplado muchos días en el frente de la Ciudad Universitaria con los resplandores del crepúsculo tras las ruinas del Instituto Rubio, pero ahora el cielo era gris.

Desde la escalera oyó gritar una voz ronca en el gran patio donde aparcaban dos furgonetas junto a restos de embalajes y objetos de imprecisa aplicación, y allí vio a un grupo de soldados que hacían algo formando un corro.

—Estamos terminando —le dijo uno, y las cabezas se movieron, pero enseguida atendieron hacia una gran lata que abría con dificultad, una lata de arenques, y en torno suyo una serie de «chuscos» abiertos esperaban, en los que el soldado que la abrió, con la misma herramienta, iba sacando trozos y los echaba sobre los panes.

Fuera, la calle, con el perfil de sus casas recortado en el cielo nublado y frío, de donde venía un aire con fuerte olor a campo, a lluvia, a madera mojada; Miguel recorrió con la mirada el amplio espacio, el edificio que tenía a su espalda, y se dijo: «Pronto estarán aquí los de Casado». Dio unos pasos cerca de la garita de cemento en la que no había centinela: la guerra había terminado.

Unos hombres salieron detrás de él y se le acercaron. A una broma de si pasaban tranvías, alguien exclamó que como les cogieran los de Cipriano Mera les harían preguntas y les molerían a palos.

Miguel comprendió que eran los restos de un ejército vencido: sucios, demacrados, con el desconcierto de lo que acababa de suceder. Pero él intentaría salvarse, iría a buscar la documentación de Eloy, que Casariego había guardado por si algún día podía entregársela a la familia, y se la pediría y mediante ella tomaría otro nombre, y de lo hecho por él aquellos tres años nadie sabría nada, e incluso él mismo tendría que olvidarlo para escapar del círculo de temores, de responsabilidades, de palabras dichas.

Alguien gritó:

—¿Qué hacemos? ¿Hacia dónde vamos?

—Esto se ha terminado —fue la respuesta, y había que marcharse antes de que las fuerzas del coronel Casado llegaran para ocupar el cuartel; entonces uno preguntó qué les pasaría a ellos, y junto a él unas palabras confusas:

—Madrid se ha rendido. Hay que largarse cuanto antes.

Miguel sabía que el camino a Valencia estaba cortado por controles que nadie pasaría sin avales del ejército vencedor, y abandonar Madrid sería como renunciar a toda esperanza de posible dignidad, a lo que representó, para su propia madurez, la explosión de una guerra total, precisamente en tiempo de verano, cuando parece más fácil vivir aunque nada se tenga.

Bajó la mano y palpó el macuto, sopesando su contenido, las cosas que llevaba, sólo lo más imprescindible, y aun así le pesaba igual que un rencor; repasó cuanto allí había metido, ropas, un peine, las pitilleras, la cuchara, unas botas, lo que sólo obtuvo de tres años de esfuerzos y durezas. Tocó el bolsillo alto donde iba la cartera con la foto en la que estaba la extranjera; no recordaba quién se la dio, era de tamaño pequeño, de 6 x 9, con los bordes desgastados, pero a ella se la distinguía bien, junto a una mujer y un hombre vestidos con cazadoras claras; detrás, aparecía parte de la fachada de una casa con las ventanas abiertas, y daba el sol. Días de mucho calor, el bochorno de julio, y su pensamiento, al esforzarse, encontró un campo de retamas y piedras que parecían arder bajo los rayos del sol. Era Brunete: claramente recordó que ella estuvo en aquel frente.

Levantó los ojos y vio la gris bóveda que cubría la ciudad y aplastaba y daba su tristeza a la calle tan fría, tan desierta, un páramo en invierno, y pensó en el verano al sol, el que iluminaba la foto que quiso conservar y llevar consigo, no sabía por qué. Se volvió hacia el grupo:

—¿Alguno de vosotros estuvo en la ofensiva de Brunete? —habló con voz fuerte a la vez que les miraba uno a uno.

—Yo estuve en Brunete, allí me hirieron.

—¿De verdad? ¿En Brunete?

—Era como un infierno. Lo aguanté todo.

La extranjera había estado en Brunete. Le sonaba aquel nombre pero no el de otros pueblos en donde miles de hombres se mataron como fieras, y sin embargo despertaban dentro de él palabras conocidas: el verano del 37. Velozmente retrocedió a unas carreteras, a nubes de polvo cuando al atardecer empezaba a soplar el viento ardiente que secaba las bocas, siempre sedientas.

Una voz más alta interrumpió:

—¿Por qué vamos a irnos? Podemos esperar aquí.

—¿No te has enterado de lo que pasa? —explicó otro—. Se ha formado una Junta para rendirse, han tomado el poder, quieren terminar la guerra pero otras unidades se niegan y hay combates en Ventas y en los Nuevos Ministerios.

Él debía esquivar esos puntos de enfrentamiento que habría entre los comunistas y los regimientos de anarquistas, e ir en busca de un nombre nuevo, la única opción: atravesar un laberinto de calles ensombrecidas, plazas destartaladas; le asustó tener que penetrar entre farolas caídas, alcantarillas abiertas, escombros amontonados ante las casas que fueron bombardeadas, y posibles sombras humanas que se le acercarían para amenazar o pedir ayuda.

Interrumpió su pensamiento una voz diciendo que vendía un jersey de lana, que estaba nuevo. Todos se volvieron hacia una mujer recubierta de negras ropas, apenas se veía la cara, y a su lado, otra mujer, también igual a una sombra, y sus voces se unían para ofrecer la venta de la prenda: jersey de mucho abrigo, lo darían a buen precio.

Las escuchó sin mirarlas y se imaginó un jersey que él usó hacía años, y entonces se volvió un poco hacia el bulto que formaban las dos mujeres y rozó el grueso tejido hecho a mano, pero apenas vio cómo era, pues observó dos manchas en la parte más clara de su color gris.

—¿Es sangre? —murmuró, y el soldado que estaba a su lado repitió:

—Sangre, sí.

Pero ellas afirmaron humildemente que eran de óxido y él detuvo un instante los dedos en la prenda y vio en ella su propia juventud herida, y todo el país, herido por una contienda atroz, y en su centro una mancha de sangre.

Retiró la mano, dijo no, pero a lo que se negaba era a ser joven de nuevo y sufrir la incertidumbre de no tener trabajo, de no saber defenderse, de elaborar su destino; precisamente era igual ahora la busca de Casariego para lograr otra personalidad. Y podría ocurrir que éste hubiera perdido los documentos de Eloy al cabo de tantos meses como habían pasado desde su muerte; pasan años y las muertes se olvidan. Pero volvió a preguntar:

—¿Oíste hablar de una extranjera, allí, en Brunete?

—Pero ¿quién era esa que dices?

—Una extranjera, una periodista; hacía fotos —y se le representó con toda claridad la brillante cámara Leica que ella tenía en el *hall* del hotel Florida.

—En Brunete, cuando la ofensiva, no se salvaba ninguno —el soldado se ajustó mejor el macuto que le colgaba de un hombro y acercó su cara a la de Miguel—. A docenas quedaban tendidos en los matorrales o en los parapetos; teníamos encima la artillería, la aviación, no había escapatoria.

—Creo que ella estuvo en el frente.

—Había muchos extranjeros. Un infierno para todos.

Otro soldado que estaba escuchando se aproximó más y rozó con un brazo a Miguel.

—¿Por qué venían ésos, los extranjeros?

—A un inglés —dijo el que hablaba— en la carretera le destruyeron la ambulancia que conducía y le sacaron medio muerto de entre los hierros.

—Venían a unirse a las milicias, a combatir. Eran los de las Brigadas Internacionales. Sí, de muchos países, unos huían de las cárceles fascistas, otros sólo buscaban aventuras, pero los más traían ideas claras de contra qué tenían que luchar.

—Era un tío como un castillo, rubio, enorme —siguió diciendo aquél—. Le llevaron en un coche a El Escorial.

—Tuvieron muchas bajas, eso es cierto.

—Y en el Alto del Mosquito, un negro...

—Bueno —intervino uno que estaba al lado—, a los Internacionales yo los he conocido: algunos eran mala gente pero otros eran obreros, y también los que tenían estudios vinieron a esta guerra para defender a la República.

—... dirigía la Segunda Compañía y dijo que por vez primera un negro mandaba un batallón de hombres blancos. Pero una esquirla le dejó tieso, era de noche.

Se apartó a un lado y quiso recordar con más exactitud el camino hasta la calle de Santa Isabel para cumplir el plan previsto de buscar una documentación falsa y adaptarse a ella, y dejar de ser quien había sido y convertirse en otro, sin pasado responsable, sin antecedentes, vaciarse de las convicciones que le habían impregnado los últimos años. Ser Eloy.

Un relámpago de vida fue la de éste, un destino breve pero equivalente al de la totalidad de los hombres y mujeres de su clase. Hijo de obreros, creció en la dificultad y se hizo hombre con esfuerzo, triunfó de las carencias. Entró en la historia anónima como cientos de muchachos de las barriadas obreras que una mañana calurosa fueron convocados por los sindicatos con palabras que podían ser órdenes que daban desde antiguos tiempos sus antepasados. Salieron de los talleres, de las casas de corredores, de panaderías o garajes, de fontanerías, de tiendas de comestibles; se levantaron de bancos de zapatero o de la banqueta de los limpiabotas, dejaron los andamios, dejaron de vocear periódicos, de repartir cántaras de leche y de fregar suelos de tabernas; los que pintaban paredes, los que cargaban bultos en las estaciones, e igualmente, los que tenían las manos negras de tinta de imprenta y los que se sentaban en oficinas... fueron convocados a coger un arma que nunca habían manejado: no sabían lanzar granadas, cargar una ametralladora, conducir una tanqueta, clavar alambradas, apenas sabían leer y escribir. Fueron así llamados a ser protagonistas de un episodio excepcionalmente grave en la crónica del país, de España. Embotellado Eloy con otros en una camioneta, cruzó calles llenas de gente y enfiló hacia los montes de la sierra donde disparó por vez primera después de recibir rápidas instrucciones, pero él no sabía bien lo que habría que hacer ante un enemigo y si podría ir lejos con las alpargatas y un mono azul que le dieron que pronto quedó hecho jirones. Contempló luego lo que era mejor no ver nunca: las explosiones, las caras destrozadas, las heridas abiertas en el vientre, el miedo, pero Eloy siguió siendo el joven tranquilo, decidido, que aprendió en días lo que hubiese tardado años en saber: recordó la boca de su padre, casi oculta por espeso bigote, hablando de la cuestión social y la explotación del hombre por el hombre.

De esta manera le conoció el fotógrafo Casariego en el barrio; se hicieron más amigos, hablaban de la lucha que lentamente se acercaba a Madrid. Un día de noviembre bajaron juntos hacia el río porque Casariego iba a hacer unas fotos de los combates en Carabanchel Alto. Casi pasado el puente, vio cómo de pronto Eloy doblaba las rodillas, daba un breve grito y caía de espaldas al suelo: una traicionera bala perdida le alcanzó precisamente en la ceja derecha y por un desgarrón de tejidos y de sangre se le fue la vida tan fácilmente como a tantos otros que no volvieron al barrio del que salieron; de esa forma tan callada e insignificante. Inútil llevarle al quirófano de San Carlos: a las dos horas, Casariego iba por la calle de Atocha con sus pertenencias: el reloj, los cigarrillos, la cartera, que le dio una enfermera, y como la familia estaba evacuada en Valencia el fotógrafo guardó aquellos restos para dárselos un día, pero ese día no llegó. Nadie se ocuparía del final de Eloy, acaso no se notaría mucho su falta, pero dejó un hueco vacío en el patio de la casa de vecinos, hueco que más tarde, tiempo después, sería ocupado por otro joven semejante a él, y la vida proseguiría.

El asunto era ir a buscar a Casariego a pesar de que vivía lejos y, andando, tardaría dos horas en llegar; en aquella documentación puso su esperanza, y también en un traje para sustituir al uniforme. Le costaría atravesar todo Madrid, del que habían desaparecido los signos de la antigua normalidad —los sosegados transeúntes, las tiendas iluminadas, el pavimento limpio—, ahora era una ciudad de silencio, expectante de lo que iba a ocurrir, igual a todo el país que él había visto, de casas y pajares ardiendo, fusilamientos ante blancas tapias, los sembrados cruzados por hondas trincheras, y las cosechas, perdidas.

En la puerta del cuartel abandonado, volvió hacia atrás la mirada, a la fachada del palacio que los milicianos habían requisado y en el que entró y salió durante meses y donde se acumularon las peripecias del Servicio de Extranjeros, que día tras día fue clavando sus hirientes perfiles, y el último, tener que destruir los documentos personales.

Sin despedirse de los soldados, emprendió el camino bajo los pelados árboles del paseo central que parecía interminable en el silencio en el que oía sus propias pisadas; los habitantes de aquel barrio probablemente estaban recluidos en sus casas, temerosos de los enfrentamientos que comunicaba la radio.

Tendría que atravesar la plaza de Colón, desde donde se oirían los disparos, si aún se combatía en los Nuevos Ministerios, y como más seguro se decidió a ir por Cibeles, así que avanzó hasta la calle de Serrano, la calle de las familias acomodadas, de comercio elegante, amplias aceras y altos portales para que entraran los coches de caballos; ahora la veía desierta. Pero cuando iba a cruzar la calle de Lista le extrañó un grupo de soldados que en la acera izquierda rodeaban algo: eran tres cuerpos oscuros tendidos en el suelo e inmóviles. Uno aún tenía en la mano el viejo Mauser y, pegada al arma, la cara era una masa de sangre negra y seca.

Los de la patrulla les rodeaban y les contemplaban.

—¿Adónde los llevamos? —oyó que decían.

—No es cosa nuestra. Ahí se quedan.

Unos metros más allá, había otros dos cadáveres, y en torno a los cuerpos vio siniestras manchas. Miguel comprendió que era inútil detenerse, compadecer y preguntar: aquellos momentos no lo permitían y sería conservar normas de una época anterior.

Siguió adelante mientras pensaba cómo atravesar la plaza de la Independencia, un cruce de calles peligroso, y al acercarse a ésta, ante el número 6 de Serrano, vio un coche parado y hombres que sacaban de la casa un fardo, pero según dio unos pasos más, comprendió que era un féretro, de madera blanca, como entonces se hacían.

Un pequeño grupo de hombres, vestidos con prendas militares, miraban cómo introducían el féretro en la furgoneta que en muchos puntos de la carrocería tenía señales de balazos. La operación no era fácil porque un obstáculo impedía deslizar el féretro dentro del vehículo, y en ese tiempo, los que estaban allí de pie, rígidos, en posición de firmes, rompieron a cantar en voz baja; al principio eran dos los que cantaban, luego otros dos:

*Valiente, caíste en la lucha fatal
amigo sincero del pueblo...*

Las voces del grupo se alzaron, sonaron con más energía:

*Por él renunciaste a la libertad,
por él diste el último aliento...*

Las palabras se hicieron confusas y la melodía vacilaba y ninguno más unió su voz, y los que habían sacado el féretro permanecían callados y se volvían y miraban con extrañeza a los que cantaban, los cuales erguían la cabeza dirigiendo sus palabras al cielo de nubes plomizas, y la canción de compases lentos sonaba tristemente, acaso era la despedida a quien habría estado allí, expuesto en su ataúd, entre unas pobres flores según era costumbre con los importantes que morían en el frente.

La canción terminó cuando la furgoneta se puso en marcha y los hombres despacio volvieron al edificio, y uno de los que habían cantado miró a Miguel, que estaba cerca del portal.

—Miguel, ¿qué haces por aquí?

No reconoció a quien le hablaba: era un tipo bajo, de cara delgada, grandes orejas, y llevaba un gorro de lana.

—Voy hacia el centro.

El desconocido negó con un gesto:

—No puedes pasar por Cibeles. Hay allí un destacamento de Casado y si te detienen y te reconocen pueden pegarte cuatro tiros.

—Voy a Antón Martín —enseguida se dio cuenta de que no debía revelar adónde iba.

—Tienes que dar un rodeo, forzosamente. Lo mejor, ir hasta la calle de Martínez de la Rosa. ¿Sabes dónde es? —y al observar su duda prosiguió—. Yo te acompañaré. Espera un momento —entró en el portal y sin tardar salió colgándose del hombro un macuto—. Ven conmigo.

—¿Por qué me vas a acompañar? Dime dónde es.

Le pareció un mendigo, tan roto y usado era el capote que llevaba, una especie de tabardo con manchas y desgarrones por los bordes. Miguel le preguntó:

—¿Está muy lejos esa calle?

—Es la que debes seguir. Yo tengo que ir allí cerca.

Pegados a la verja del museo y a la tapia de la Casa de la Moneda, cruzaron la calle de Goya y Miguel desanduvo lo que había recorrido hacía un rato. El que llevaba al lado resoplaba y murmuraba por lo bajo palabras que no se entendían y que parecían maldiciones, y las zancadas que daba hacían pensar en una energía que precisamente a aquellas horas era lo opuesto al desánimo de Miguel, aún más cuando empezó a caer una llovizna helada. Rompió a hablar para decirle que el que habían metido en la furgoneta era un Internacional, de los que se habían quedado negándose a marchar, pero su valentía no le salvó de un balazo, en los altos del Hipódromo. Había venido para combatir al lado del pueblo y no para alcanzar honores sino para sacrificarse, y así había ocurrido. Luego murmuró que hubo una serie de errores, como viene a ser la historia de cada cual, pero el paso del tiempo borra el fracaso y se vuelve a tener esperanzas y a tomar iniciativas.

Miguel escuchaba y sentía hambre: por la mañana había comido pan y unas sardinas de lata y ni agua había podido beber, y con lo que andaban notaba mayor cansancio.

Pasaron por delante del edificio que fue de un diario cuyas paredes estaban casi cubiertas por carteles convocando a la defensa de Madrid; a medias desprendidos, sus bordes despegados se movían con el ligero viento. El que le acompañaba se detuvo, rozó con los dedos uno de aquellos papeles, se volvió un poco y se lo señaló:

—Fíjate, camarada, este cartel mojado y roto ya nadie lo lee pero dentro de cien años será una reliquia, se mirará con respeto como un recuerdo de estos años tan llenos de sacrificios. Acaso alguien querrá haber estado aquí esta tarde, le parecerá digno y noble ser un soldado, como nosotros. Ahora ya no vale nada lo que dice este cartel, pero cuando pasen años alguien se preguntará qué sucedió en aquellos meses.

Tras estas palabras, aceleró el paso porque la lluvia arreció y tuvieron que buscar refugio en un gran portalón que estaba cerrado.

Súbitamente, Miguel reconoció al que tenía delante.

—Oye, ¿tú eres Alonso, verdad?

—Sí, lo soy, pero no sé por cuánto tiempo —y soltó una carcajada.

Había coincidido con él en un comité y se fijó en su cara huesuda, su aspecto enfermizo, pero cuando tomaba la palabra se percibía el vigor y el entusiasmo de sus opiniones.

—Bueno, ahora, lo que debemos hacer es ponernos a salvo.

—Sí, terminar con dignidad.

—Oye, ¿tú te acuerdas de una extranjera fotógrafa que estuvo por los frentes? —y al decir esto, una brusca claridad de la memoria le dio su nombre—. Se llamaba Guerda.

—¿Una mujer? ¿Fotógrafa?

—Estuvo en varios frentes, creo yo.

—¿En los frentes? ¿Guerda? Bueno, sí, una Guerda que era alemana, me parece que fue a Brunete, y allí la mataron.

—¿Que la mataron?

—Yo recuerdo que allí le pasó algo a esta Guerda, si es la que tú dices: murió en la ofensiva. Y el cadáver lo llevaron a Francia para enterrarlo en París.

—¿Murió en la ofensiva de Brunete?

Giró en torno suyo la mirada, buscó algo que aliviase su cansancio y la sorpresa de la noticia que oía, pero en la calle sólo había fría humedad. Pensó en voz alta:

—Se llamaba Guerda, sin duda, pero ¿es seguro que murió?

El otro le cogió de un brazo.

—Por esa calle tienes que entrar, y sales a la Castellana, casi enfrente está el paseo del Cisne, sigue todo recto hasta la glorieta de Bilbao: hay que andar bastante. ¿Sabrás llegar? —Miguel se encogió de hombros y su compañero añadió—: Ten precaución, quítate cuanto antes ese capote. Yo luego volveré al 6, acaso tendremos que defender el edificio.

Sin decir adiós se alejó haciendo sonar sus pisadas y Miguel le siguió con la vista: no comprendía bien el motivo de haberle acompañado.

Se adentró por la calle de chalés y en la primera curva que ésta hacía vio en la acera a tres mujeres que formaban un grupo; aminoró el paso y se fijó en las caras que apenas se veían entre los pañuelos de cabeza y las bufandas, y al comprender quiénes eran no sintió ningún deseo ni la llamada del cuerpo desnudo y la risa de una boca pintada. No obstante la situación de aquellos días, en la que los hombres se estremecían no de placer sino de miedo, ellas esperaban dar lo que aún podían ofrecer.

Desembocó en el ancho paseo que mostraba las señales de un reciente enfrentamiento: árboles tronchados y caídos en la calzada, el pavimento a trechos levantado, los renegridos esqueletos de dos coches que habían ardido; junto a una bota abandonada, las ráfagas de viento movían papeles y basura. Muy lejos se escuchaba, de vez en cuando, un trac trac bien conocido que sugería amenazas.

Cruzó casi corriendo a la acera opuesta y a la calle que tenía enfrente, una calle espaciosa, bordeada por casas elegantes con jardín, cuyas puertas y ventanas estaban cerradas y donde no se veía a una sola persona.

Dejó atrás una plazoleta y se detuvo ante la calle que la cruzaba y por donde circulaba algún coche a gran velocidad; tuvo delante una perspectiva que reconoció y siguió todo derecho, con las piernas cansadas y una noción de desagrado: nunca la vio reír a ella, ni sonreír, con un mutismo que la hacía antipática; habló con él poco y nada le dijo de importancia. Pero le pidió un lápiz. Sí, fue raro que se lo pidiera.

Del grupo de los extranjeros que estaban reunidos en el *hall* del hotel Florida se destacó una mujer que dio unos pasos hacia los divanes de la izquierda, se dirigió a él y, en francés, le pidió un lápiz y tendía la mano, como segura de que se lo daría, y cuando lo cogió sólo hizo un movimiento de aprobación con la cabeza: era rubia, con pelo muy corto.

Miguel tardó unos segundos en comprender lo que la mujer pedía pero se puso de pie con un movimiento rápido, le entregó el lápiz de metal dorado que sacó del bolsillo y su mano quedó quieta en el aire, en un ademán de amabilidad. La mujer retornó al grupo y se puso a escribir en un bloc. Al dar la vuelta, Miguel vio sus tacones altos, unas piernas finas bajo un vestido color verdoso, y esta ropa elegante le pareció inadecuada para el trabajo de fotógrafa que ella iba a hacer en los frentes, donde el calor y el polvo eran otros tantos enemigos.

Tan claro fue este recuerdo inesperado que Miguel se paró unos instantes, mirando al suelo, concentrado en tal escena, y tuvo la sensación de que estaba muy lejos de él. Se llamaba Guerda, sí, su nombre era Guerda Taro. La acompañó con otros corresponsales a visitar los barrios machacados por las bombas donde se pisaban escombros y cristales rotos, y había que atender, si hacía viento, no cayesen trozos de revoco de las fachadas medio hundidas, y si se empeñaban en acercarse a las posiciones del Hospital Clínico, oirían silbar las balas, que a veces golpeaban un muro o el parapeto que les protegía. Eran recuerdos lejanísimos, aunque apenas hacía dos años que los vivió, pero subsistían como experiencias extrañas.

Siguió caminando con cuidado para no tropezar en la escasa claridad; por donde iba había más gente y se abrían y cerraban las puertas de algunas tiendas dejando salir la luz del interior. Pasó junto a un panel abandonado donde se colocaban fotografías de propaganda, y las fotos estaban despegadas y rotas; se detuvo para fijarse en ellas. Quizás alguna la habría hecho Guerda, siempre llevaba una cámara. Una vez vio que la sacaba de la funda de cuero, abrió la tapa, colocó dentro un rollo de película e hizo funcionar el disparador, cubriendo con la mano el objetivo, todo ello con mucha rapidez. Vio los dedos delgados que se movían con agilidad como contempló mil veces las manos de una mujer que cosía pero no puestas en un aparato mecánico; coser era una tradición para la mujer, muy distinta de cargar una cámara y usarla.

Un tropezón, al chocar el pie con un adoquín levantado, rompió su recuerdo. Se encontró en una plaza conocida, la glorieta de Bilbao, y ante su amplio espacio respiró profundamente y sintió cierto sosiego, como si volviera a la normalidad y hubiera terminado para siempre el uso de las armas.

Fue hacia una taberna que recordaba de otra época, y al abrir la puerta encontró que la iluminación en el local era de velas encendidas sobre el mostrador, las cuales alumbraban a unos cuantos hombres. Miguel se acercó y al tabernero le hizo la señal de beber y éste le sirvió en una copita un líquido que era aguardiente de la peor calidad, según notó al beberlo de un trago; pidió un vaso de agua.

—¿Tienes algo de comer? No tomo nada desde ayer —y encontró una negativa malencarada, pero un hombre con uniforme que estaba a su lado le ofreció medio pan de cuartel que sacó del macuto y lo partió con un gesto amistoso.

Miguel pagó unas monedas y fue a sentarse en una mesa sobre la que también había una vela encendida puesta en el gollete de una botella. Mientras comía el trozo de pan oía al grupo que hablaba de lo que estaba ocurriendo, de que los batallones se retiraban del frente, del fin de los combates.

Estuvo en otra mesa parecida donde había ceniceros y copas en el vestíbulo del hotel, casi en penumbra porque las lámparas habían sido cubiertas de pintura azul para que no se viese luz en el exterior, aunque los ventanales que daban a la plaza del Callao los tapaban totalmente planchas de madera, y la puerta de entrada, un montón de sacos terreros. Allí había periodistas extranjeros, venidos a escribir crónicas para importantes periódicos de sus países, y que procuraban información destinada a algún departamento de espionaje, como era descubrir la fecha y el lugar por donde se iniciaría una ofensiva, o la situación de industrias de guerra. También aparecían por allí los que ofrecían *stocks* de armas inservibles, u otros que buscaban obras de arte a bajo precio.

Ávalos le dijo que nadie venía a jugarse la vida en un país que era un infierno si no era por loca fraternidad o porque se pagase mucho: había que desconfiar de lo que decían ser y de lo que aparentaban. Pero también estaban allí los que amaban la aventura, el riesgo de acercar su cuerpo a la muerte. Llegada la noche, buscaban refugio en el hotel: se cruzaban saludos, bromas, cigarrillos, algún dato importante; fuera había silencio, sólo el ruido de un coche que se alejaba veloz o los pasos cansinos de una patrulla de vigilancia, y en la lejanía, el eco de un disparo en el frente de la Casa de Campo.

Notó a su lado una persona que interrumpió sus pensamientos: un hombre se sentó delante de él y puso su cara junto a la llama de la vela.

—¿Tú eres de los del coronel Casado?
—Ni de unos ni de otros. Estoy desmovilizado.
—¿Se sabe cuándo entrarán los de Franco?
—No sé. Madrid se ha entregado.

Hubo un silencio.

—Entonces, tantos esfuerzos, tantas penalidades, ¿para qué han servido? Todo ha de tener una explicación, también el sufrimiento.
—Acaso sufrir no sirve para nada: es algo inevitable.
—No se podrán olvidar las muertes, las destrucciones, si no sabemos por qué fueron.
—Pues quizá convendrá olvidar y seguir adelante.

Había contestado como si estuviera solo porque no quería mirar al otro, que probablemente era un hombre que no entendía los acontecimientos. Seguía hablando:

—Escucha: hace poco más de dos años presencié un bombardeo al norte de Madrid, más allá de Tetuán. Era la aviación alemana, veinte Junkers y dieciséis cazas. Las calles quedaban deshechas, las casas se venían al suelo como de papel, muchas personas murieron bajo los escombros, las mujeres veían sacar de entre los cascotes y las tejas a los niños aplastados, con las caras destrozadas... ¿Qué explicación habrá para estas familias? ¿Por qué les pasó eso?

Había terminado de comer el trozo de pan, bebió el vaso de agua y sentía el peso de las palabras que oía pero no encontraba ninguna respuesta porque aquellas calamidades las sufrió todo el país, igual a una maldición.

El hombre que tenía delante dio un golpe en la mesa:

—Es terrible lo ocurrido, no se comprende, a no ser que esta guerra, para algunos, sea el final de una época.

Miguel se levantó y cogió su macuto.

—Probablemente tendrás razón pero ahora sólo queda salvarse cada cual.

Esto último lo dijo con voz apenas audible; fue a la puerta, echó un vistazo a los que hablaban en el mostrador y salió fuera. En la calle había cesado la lluvia, y en el cielo, al fondo de la glorieta, vio unas ráfagas de arrebol que anunciaban el final del día. De nuevo sintió estar rodeado de peligros entre los que debía abrirse paso. Se orientó de qué camino tomar y entró por la calle de Fuencarral, que era un pasaje de penumbra con las casas dañadas por el tiempo; en algunos portales había grupos de personas que estarían comentando las últimas noticias que daba la radio.

Debía extremar las precauciones hasta llegar a la casa de su amigo y allí se pondría otro traje, escondería el capote y la guerrera, los tiraría y vendría a ser otra persona.

Recordó el consejo del capitán Ávalos unos días antes: «Aunque te sea doloroso procura ocultar que defendiste la República. Evita los riesgos que nos amenazan, y mantén tus ideas».

Siempre Ávalos parecía preocupado cuando estaba en el Florida junto al mostrador de recepción, iluminada su cara por la vela que los conserjes tenían encendida; con el gesto de estar pensando, y sin que mediasen palabras, señaló a un lado con el cigarrillo y Miguel miró de soslayo y comprendió que le indicaba a varios corresponsales que, en el centro del *hall*, rodeaban a uno que leía algo en voz alta, y entre ellos había una mujer rubia. Cuando se iban hacia la escalera, Ávalos tocó en un brazo a Miguel y le llevó ante ella y se lo presentó, diciéndole que iba a ser su acompañante e intérprete, que la atendería para facilitarle su trabajo. A estas palabras, ella sólo contestó tendiendo la mano y estrechando apenas la de Miguel: aquella mano era la misma que hacía tres días cogió el lápiz que no le había devuelto.

En la esquina de Palma giró la cabeza porque, de pronto, dos mujeres se le acercaron mucho, quizá para pedirle información, pero no llegaron a preguntarle. Unos pasos más adelante encontró a su lado a un tipo que le dijo:

—¿De qué unidad eres?

—De ninguna. Todo ha terminado.

Se detuvo porque le tendía medio cigarrillo y hasta le acercaba el mechero encendido; llevaba un gorro militar en la coronilla y se veía el pelo bajar por la frente; aquella cabeza negó:

—Nada ha terminado, compañero, todo sigue, si es que queremos que siga.

—Madrid se ha rendido —respiró el agradable humo del tabaco negro y con la mirada interrogó a aquel hombre.

—Ahora aguantaremos lo que sea, pero esta lucha seguirá, y ya veremos lo que pasa.

—Harán falta muchos años antes de que eso ocurra.

—Se aprende con los fracasos, así fue siempre.

—Aquí sólo queda salvarse uno.

—¿Cómo puedes decir tal cosa si has combatido por la República? Al final, el triunfo será del proletariado.

—¿El proletariado? Ah, sí, bien, bien.

Y echó a andar sin responderle más. Aunque no llevaba gorro, el capote descubría que era un soldado; cuanto antes debía cambiar de ropas y de nombre para enfrentarse a la nueva situación. Caminaba preocupado por ideas sombrías y decidió desviarse por Pérez Galdós, y allí un hombre que se separó de los que estaban en un portal le chistó; le pareció que iba bien vestido, con corbata.

—Oye, ¿han entrado ya los nacionales?

Pero Miguel no le hizo caso porque tomó la decisión de no hablar con nadie, evitar preguntas que le comprometieran: él sólo debía ser Eloy, adoptar su nombre, ponerse un traje de civil. Lo más urgente era llegar sano y salvo hasta la casa de Santa Isabel: allí se sentiría seguro. Apresuró la marcha y en la esquina de San Marcos vio dos cuerpos tendidos en el suelo, igual a fardos de ropa oscura, y oscuros eran los regueros de sangre que había en la acera.

Esta mancha era igual a otra que se extendía junto a unas hojas de papel que salieron de una cartera, y un lápiz dorado, y polvo en el aire que ahogaba.

Hacía un año, lo que nunca le ocurrió en tantos meses le sucedió al ir por Bravo Murillo, y allí, delante de él, a cierta distancia, vio un relámpago sobre el empedrado y un enorme estampido y una bola de humo denso que se alzó y se extendió casi tapando media calle, y siguió un ruido de cristales rotos y gritos, y comprendió que si hubiera ido más deprisa él hubiera estado en el lugar donde había caído el proyectil. Vio gente que corría y que entraba en la nube de humo y él corrió también hacia allí y encontró en el suelo a un militar tendido, inmóvil, en una postura forzada, con las piernas encogidas, que daba un suave quejido: habían acertado bien las baterías que disparaban sobre la capital desde el Cerro Garabitas.

Llegaron unos hombres, varias voces pidieron un coche pero nadie se atrevía a tocar al herido hasta que pararon una furgoneta que iba hacia Quevedo, y entre varios lo alzaron y metieron dentro con mucha dificultad, dejando una estela de sangre en el suelo. En éste, cerca de donde el obús levantó la capa de asfalto e hizo un hoyo, había papeles, hojas escritas y una cartera, todo lo recogió y se lo entregó a un soldado del cuartel próximo, pero lo que no le dio fue un lápiz que brillaba junto al charco de sangre: dorado, parecía nuevo, de esos que se ven en los escaparates y que él siempre había deseado; así que lo retuvo y se lo metió en el bolsillo, seguro de que nadie, en medio de la confusión, lo advertiría, y sólo cuando dobló la primera esquina lo miró despacio e hizo salir la mina. Pero este lápiz ya no lo tenía él.

Pasó al lado de los dos cuerpos y siguió sin detenerse hasta el jardincillo de la plaza de Bilbao donde se alzaban unos pelados árboles.

Cruzaba por Infantas un grupo de personas cargadas con bultos y sacos; venían, sin duda, de saquear algún cuartel abandonado, y percatarse de que aquello representaba el final de todo hizo que aumentase su cansancio y su desaliento.

Al llegar a la Gran Vía miró hacia la derecha y observó cómo se perfilaban los grandes edificios a cada lado de la avenida, al fondo de la cual estaba el hotel Florida. Lo habrían abandonado ya los periodistas y los agentes extranjeros y el *hall* estaría silencioso, y su persistente olor a tabaco rubio permanecería en su memoria como otras impresiones insignificantes de los meses pasados. La extranjera fotógrafa estuvo allí, en aquel *hall*, sentada enfrente de él; hablaba con un periodista francés empleando un acento parisiense que él captaba con dificultad. Comprendió qué ingrato iba a ser su trabajo al tener que acompañarla y hasta se le ocurrió que habría venido a cumplir alguna misión secreta a una ciudad sitiada, a un país asolado, poco tentador, y eso explicaría su adusta acogida cuando el capitán Ávalos se la presentó.

—Se llama Guerda Taro, pero probablemente será un nombre falso —le aclaró Ávalos e hizo la mueca de duda que era tan corriente refiriéndose a los que andaban por el *hall*.

Al cruzar delante del Casino Militar, su elegante fachada le recordó a la del edificio que se veía en la foto; era aquél el palacete donde estaba instalada la Alianza de Intelectuales, lugar adonde acudían personas relacionadas con la cultura, e incluso brigadistas, para charlar, abrir una botella de vino y cantar las canciones *Quinto Regimiento* e *Hijo del pueblo* desafinando las voces entre risas.

Había ido allí con Guerda por algún motivo, y ella debió de recorrer los lujosos salones y la amplia biblioteca y quizá saludaría a María Teresa León. Hojeó periódicos y revistas que había en una larga mesa de un improvisado comedor; miraba despacio sus ilustraciones y ante alguna hacía un mohín de atención. Entonces, se acercaron dos franceses que trabajaban para agencias de París y pusieron sobre la mesa fotografías que sacaron de un sobre. En ellas vieron tristes escenas de lo que ocurría en campos y ciudades. Miguel preguntó de quién eran aquellas fotos y uno de los franceses la señaló a ella; Guerda las cogió y se puso a mirarlas con detenimiento y ante algunas movía la cabeza negando, cual si no hubiera quedado satisfecha de lo que ella misma había hecho.

Se acercó a la mesa un hombre, pequeño y enjuto, con gafas de miope, peinado con raya a un lado como se peinan los escolares, y vestido con una mezcla de ropa civil y militar. Miguel reconoció a José Luis Gallego, un joven periodista de *Ahora* que andaba por los frentes haciendo reportajes. Alguien elogió la fotografía como el procedimiento mejor para conservar los hechos diarios, y entonces el recién llegado intervino diciendo, en un francés vacilante, que, como documento, la fotografía resultaba pobre por sólo reproducir un instante de una realidad inmensa, que cambiaba sin cesar.

La extranjera le miró con un fugaz fruncir de cejas y le respondió que todos los sistemas de información daban la realidad parcialmente pero que, no obstante, eran útiles.

Fue la primera vez que Miguel la oyó hablar seguido, con entonación enérgica; y ella continuó diciendo que la fotografía no era un puro hecho mecánico: precisaba una conciencia formada para elegir lo que se debía captar y que así quedaría registrado como el momento equivalente a lo que los ojos ven en un instante, y por lo que se consideran informados.

Los franceses escuchaban en silencio pero el joven levantó la cabeza y sin mirar a Guerda dijo algo como que nunca una foto informaría de un suceso como lo había conseguido la palabra escrita; por lo cual la historia la habían hecho en el pasado los escribas, los cronistas y no los pintores que reproducían sólo la presencia de lo instantáneo. La respuesta de Guerda debió de ser que aquellas fotos podían dar testimonio indiscutible de lo que ocurrió, aunque fueran escenas aisladas. También vino a decir que pasarían años y todo quedaría olvidado, lo sucedido sería un confuso recuerdo, pero un día aquellas fotografías habrían de servir para juzgar la barbarie y la crueldad de unos años sangrientos.

Miguel se había sorprendido de la claridad con que ella habló y estuvo de acuerdo con su opinión sobre la utilidad de la fotografía e intuyó una mayor seriedad en la joven, a la que conoció con vestidos elegantes, fumando cigarrillos caros y haciendo un trabajo que, para él, era impropio de una mujer.

Pudo entonces recordar nítidamente: Guerda Taro había venido con otro fotógrafo, acaso su compañero, Robert Capa, y habían estado en el frente de Aragón, y luego en el de Córdoba, y enviaban sus fotos a una revista de París, y cuando Capa regresó a la capital francesa ella se quedó aquí.

Miguel la había acompañado a visitar el barrio de Argüelles, tan destruido por los bombardeos aéreos del mes de noviembre.

No bien se pasaba al otro lado del parapeto que de una casa a otra cruzaba la calle de Benito Gutiérrez, parecía que se entraba en una ciudad distinta, sin habitantes y sin ruidos, sólo el roce de los pasos porque el suelo estaba cubierto de trozos de ladrillo y de revoco de las fachadas, cristales rotos y tejas. Las bombas habían abierto de arriba abajo las casas de varios pisos y su interior aún mostraba los muebles y enseres de las viviendas. Guerda disparaba continuamente su Leica, miraba toda aquella destrucción sin decir nada, ni hacer comentarios, lo que llevó a Miguel a pensar que ella conocía ya tales escenas y que la atención que mostraba era un interés por el país adonde había venido, bien enterada de lo que significaba la lucha que sostenía el pueblo. Ella no sólo estuvo en los frentes, sino que fue a Almería cuando la escuadra alemana bombardeó esta ciudad, y vería las casas destrozadas y los incendios, y también acompañó a los escritores extranjeros que venían del Congreso de Valencia en su visita al frente del parque del Oeste o de la Ciudad Universitaria, y también recorrió los barrios donde las mujeres formaban largas colas ante los economatos que distribuían los alimentos. Efectivamente, para Guerda no eran nuevas las huellas del desastre que sufría España.

Otra vez comprobó que ella tenía un mayor conocimiento de cosas de la actualidad: subieron al torreón del Círculo de Bellas Artes, desde donde ella quería tomar unas fotos panorámicas, pero el sol daba una luz tan deslumbrante que dudaron de poder hacerlas. Guerda sacó del bolso tabaco y le tendió a él un cigarrillo mientras miraba el panorama de tejados y torres. Él aceptó el cigarrillo y encendió el de ella y por primera vez le sonrió y le señaló en dirección a los altos edificios del centro entre los que sobresalía el de la Telefónica; en su fachada se veían nubes de humo, señal de que estaba siendo cañoneada. Y también, de negro humo, tres columnas cerca de las cúpulas de San Francisco. Ella contemplaba la perspectiva de la ciudad y de pronto dijo en español, con un marcado acento: «La capital de la gloria, cubierta de juventudes la frente», y meció la cabeza con un gesto de duda y miró a Miguel. Éste quedó perplejo de oírle decir el verso de Rafael Alberti, pues no pudo prever que lo hubiese aprendido, y descubrirlo le hizo tener, en un momento, otra idea de cómo podía ser aquella mujer: la miró fijamente, con mayor atención, y hubo de admitir que el claro azul de sus ojos daba a su fisonomía una serenidad que, al mismo tiempo, parecía una reserva de sus sentimientos, que se confundía con altivez.

Avanzó por la calle de Peligros, cruzó Alcalá y dudó si tomar la calle de Sevilla, mientras ella iba brotando poco a poco de su olvido, y llegó a reconocer que la había rechazado y apartado de sus ideas en aquellos meses de intranquilidades y tensiones. Y esta certidumbre aumentó su malestar y se apoyó en la pared, como vencido por el peso del macuto, y esperó unos minutos para recuperar fuerzas, pero el temor a atraer las miradas le puso en marcha con la sensación de un ligero ahogo.

Más adelante, ya en las Cuatro Calles, decidió desviarse e ir al hotel Inglés, y si tenía la suerte de encontrar a Iriarte, con su ayuda sabría lo que el olvido le ocultó de la fotógrafa y recuperaría los sucesos de hacía dos años.

Ante él se puso un hombrecillo y le dijo que podía venderle algo que le iba a interesar y que se lo daba por lo que quisiera. Le mostró una navaja grande y, aunque a la luz del mechero que encendió no la veía bien, le pareció antigua cuando hizo salir la hoja. Dijo que la quería vender para no llevarla más en el bolsillo interior del chaleco y no empuñarla con ira.

—Yo no quiero matar a nadie —murmuró Miguel, y le volvió la espalda.

Encontró la puerta del hotel abierta aunque protegida por tablas de madera, y al entrar vio detrás del mostrador de recepción, bajo una tenue bombilla, a un hombre que se alarmó y le preguntó qué deseaba. Al oír que buscaba a Iriarte llamó a éste a voces, que resonaron en el vacío *hall*, y una cabeza asomó por la puerta entreabierta de gerencia, unos ojos contraídos que miraron a quien le llamaba y a continuación de la mirada temerosa salió y avanzó hacia Miguel y medio le abrazó, sorprendido de su llegada.

Vestía una especie de uniforme, envejecido como era su rostro de hombre maduro que sin hablar inquiría para qué le buscaba. Escuchó muy atento lo que Miguel le preguntaba sobre la documentación de Eloy, si la guardaría aún Casariego, pero Iriarte no sabía nada: sólo le preocupaba dónde esconderse, y bajó la voz, como si temiera que le oyesen, aunque en el *hall* no había nadie, para decirle que muchos compañeros habían sido detenidos y estaban en el edificio de Marina, sin saber lo que sería de ellos.

Miguel hizo el ademán evasivo de entregarse a la fatalidad y la siguiente pregunta fue sobre la fotógrafa alemana Guerda Taro a la que Iriarte conoció y de la que deseaba saber algo; la había olvidado completamente aunque él la acompañó algunas veces.

Hubo un silencio de unos segundos, Iriarte dio un paso atrás y le preguntó en razón de qué se interesaba por aquella alemana, precisamente en unas horas llenas de amenazas.

Dijo que últimamente le venía al pensamiento, acaso porque le dijeron que había muerto; cuando quemó la documentación encontró una foto de ella y la conservaba.

Iriarte le puso una mano en un brazo y le pidió que se la mostrase, le gustaría verla, porque no había fotos de Guerda, y él la consideraba una persona interesante. Por el hotel pasaron muchos extranjeros, pero ésta se diferenció de otras mujeres periodistas.

Era una foto pequeña, no se la distinguía bien, estaba con otras personas. Pero la insistencia de Iriarte siguió, le rogaba que se la dejara ver para saber dónde fue hecha.

Por fin, consintió en sacarla de donde la guardaba y se la entregó, pero lo hizo con movimientos lentos y se fijó en un gesto contenido del otro al tenerla en la mano y contemplar detenidamente lo que aparecía en la desgastada cartulina.

Sí, era ella, tal como en la realidad, con el peinado y el vestido que llevaba aquel verano, con su gesto serio, los ojos claros, inteligentes. Por primera vez veía una foto suya y le parecía igual que viva; era doloroso recordarla, con un final tan absurdo.

Iriarte contrajo la boca y dirigió su mirada hacia la puerta de la calle, como si esperase la llegada de alguien o presintiera la fría noche en el exterior.

Había venido con aquel fotógrafo extranjero, Robert Capa, que hizo también reportajes en los frentes; pararon en el hotel, una pareja muy simpática, muy activa; nada hacía prever para ellos la muerte. Pero aquello ocurrió cuando ya estaba terminando la ofensiva en Brunete, cuando la gente se retiraba después de sufrir muchas bajas, y un tanque la atropelló. El error fue quedarse donde había tanto riesgo; sin duda quiso seguir haciendo fotografías, sin importarle el peligro. Guerda era alemana y huyó del régimen nazi y en París se relacionó con el grupo de alemanes allí también refugiados; algunos se ocupaban de fotografía y ella aprendió a manejar una cámara. Llegó con Robert a Barcelona en los primeros días de la sublevación y luego estuvieron por muchos sitios; su compañero se fue a Francia y Guerda no quiso faltar en Brunete. Fue atropellada en la carretera a Villanueva de la Cañada, precisamente donde tenía sus posiciones la Quince Brigada de los Internacionales, en la que había muchos alemanes antifascistas. Parece que Guerda iba subida en el estribo de un camión, sosteniendo el trípode de la cámara y con la otra mano se sujetaba a la ventanilla abierta. Un tanque venía en dirección contraria, se ladeó y la golpeó y la hizo caer al suelo, y el mismo vehículo en el que iba, o el tanque, le aplastó una pierna y parte del vientre. Quedó muy destrozada, perdió el conocimiento, la llevaron en un coche al hospital de sangre que tenían los ingleses en el monasterio de El Escorial pero los médicos no pudieron salvarla. Fue terrible que terminara así su vida, siendo tan joven, con tantas posibilidades, porque las fotos que hizo eran espléndidas: sabía coger los momentos más emocionantes allí donde iba y era de admirar que tuviera el valor de aguantar aquellos días en una zona bombardeada constantemente y en medio del desorden de una retirada.

Ya no cabía duda, había muerto; atropellado y roto su cuerpo, en el frente, en un campo de malezas y piedras, entre los surtidores de tierra que levantaban los obuses al explotar, bajo el sol abrasador del verano. Su muerte debió de pasar desapercibida porque nadie lo comentó ni lo leyó en ningún periódico; y él mismo, que fue su guía e intérprete, en tanto tiempo no pensó en ella.

Iriarte seguía con la foto en la mano, la miraba, sus ojos no se volvieron a Miguel cuando insistió en preguntarle el motivo de venir a hablarle ahora de aquel asunto, que le extrañaba.

Le respondió que no le interesaba especialmente pero recurría a él por curiosidad, y se enteraba de un final desastroso. Iriarte añadió que su muerte debió de ser, al terminar la ofensiva, entre el 20 y el 25 de julio, cuando toda esperanza de triunfo se había perdido.

Parpadeó la luz mortecina del vestíbulo y Miguel pensó en una cámara de fotos aplastada, y quizás el lápiz que le dio, manchado de sangre. Debían terminar la conversación. Iriarte le pidió la fotografía, que se la diese, sería como un recuerdo de aquel tiempo, del trabajo con los extranjeros en el hotel; para él era importante tenerla.

Miguel negó con la cabeza y por unos segundos sostuvo la negativa en silencio, pero la cara de Iriarte comenzó a reflejar tal aflicción que Miguel se encogió de hombros e hizo un movimiento entreabriendo los brazos: era la señal de que accedía a dársela.

Pensó que en los tiempos que iban a venir quizá sería conveniente no recordar a aquella extranjera como tampoco a otros que acudieron a ponerse al lado de la República, a todos los cuales habría que olvidar.

Iriarte se guardó cuidadosamente la foto en el bolsillo alto de la especie de chaquetón que llevaba, tendió la mano a Miguel y la sacudió para expresarle las gracias, pero ambos, como concentrados en un único pensamiento, sin cambiar más palabras, se separaron.

Salió a la calle y las sombras en torno suyo aumentaron su desconcierto por la conversación que acababa de tener y por la escena que se imaginó: ella muriéndose sola, en el sitio más frío e inhóspito como era el monasterio. Y a la vez, se asombraba de que un suceso tan distante le hubiese atraído desde que dejó el cuartel y ahora tenía un final sin continuidad posible, arañándole el remordimiento de su olvido total. Por alguna razón había querido retirar de su mente la figura de Guerda, su aspecto físico, la entonación de la voz, y también lo que podía deducir de su venida a la guerra, su audacia en tarea tan peligrosa.

Sin embargo, se le planteaba igualmente entregarse al nuevo olvido de toda su experiencia de tres años de lucha, de lo que él fue entonces; habría de inventar falsedades cual un traidor cualquiera y renegar, ya en su nueva personalidad como Eloy, de los mil hechos importantes que vivió; todo se esfumaría en la voluntad de no ser responsable de nada.

Era noche cerrada; cruzó las calles vacías de un barrio que creía conocer de años atrás, le pareció más lóbrego aunque en algunas tiendas se vislumbraban luces. En la glorieta de Matute notó en la cara las primeras gotas de lluvia que de nuevo caía del frío y de la noche, y como, al cruzar Atocha, aumentase, se guareció en un portal abierto donde había varios hombres. Pasados unos minutos se dio cuenta de que, cerca, dos de ellos discutían en voz baja y sin esfuerzo oyó a uno afirmando que él no había matado a nadie aunque hubiese disparado de día y de noche en el Jarama, en Teruel, en el paso del Ebro.

El otro murmuraba que sólo en los meses en los que estuvo en el frente se sintió un hombre de verdad porque nadie antes tuvo confianza en él, ni le trató como un igual, ni le respetó en sus opiniones.

Su compañero insistía en que no se le podía acusar de nada por haber estado en el frente: a él le pusieron un arma en la mano, vio a su alrededor cómo se mataban pero él no era un asesino, no había provocado la guerra ni sacado provecho de ella.

Escuchando lo que decían aquellos dos, comprendió cómo la maldita guerra civil había alterado la conciencia a miles de hombres, y a él mismo en su propósito de cambio.

El cansancio y la inquietud, por lo que debía hacer, le detuvieron al llegar a Antón Martín, cerca ya de la casa en la que se desprendería de la ropa militar y cambiaría por la que seguramente le proporcionaría Casariego, aunque le quedara estrecha o ancha; lo fundamental era hablar con él y coger la documentación que guardaba, se aprendería de memoria sus datos personales, se adaptaría al previsible comportamiento de Eloy. Cubierto tras la máscara de un hombre que debió de ser muy parecido a él, lograría salvarse en la catástrofe guardando silencio de lo pasado y así nadie le descubriría, aunque siguiera siendo él mismo, y no precisaría la falsedad de nuevas palabras sino que en secreto conservaría la memoria de cuanto le fortaleció y le hizo madurar. No debía hundir en otro olvido, ahora se lo dijo muy claramente, lo que denunciaban las fotografías que se hicieron, lo que se leería, tiempo después, en un periódico de envejecido papel, lo que reaparecía en obsesivos sueños de madrugada.

En la esquina de la calle de Santa Isabel había una casa bombardeada: en la oscuridad se imaginó la fachada, abierta de arriba abajo al derrumbarse, y por un instante vio allí el cuerpo de Guerda y enseguida una mancha roja desgarró el vientre, y las entrañas quedaron derramadas a la luz del potente sol de julio.

Así terminó Guerda Taro, al no querer abandonar el frente cuando no había esperanza alguna, y quedó herida de muerte como tantos otros, en una carretera polvorienta. Junto a David Seymour, Robert Capa, Roman Karmen, Georg Reisner, Hans Namuth, fotógrafos que también vinieron a España, ella dejó en sus fotos, tomadas en ciudades y campos de batalla, un testimonio del gran delito que había sido la guerra. Pero esta joven fotógrafa alemana pronto fue olvidada aunque hizo más que ninguno: entregó su hermosa vida a una digna tarea, a una justa causa perdida.

JORGE CAMPOS

CAMPO DE LOS ALMENDROS

La primavera se acercaba. Las ramas de los arbolitos se cubrían de brotes y de hojas pequeñas de un verde pujante, como de ganas de vivir. La llovizna de aquellas noches había barrido la nevada con que las flores disfrazaban el campo de almendros. Campo bajo un clima agradecido, cercano al mar, extendiéndose hasta más arriba de la peña de Ifach, adentrándose hacia la seca Mancha por las tierras de Villena.

Pero aquel campo estaba marcado por un destino trágico. Cayó sobre él una extraña plaga. Desde aquel atardecer, millares de pies —zapatos, botas de intendencia, algún tacón de mujer— se apelotonaron en el redil humano en que repentinamente, por una orden, quedó convertido aquel terreno. Una masa gris rellenó el aire entre los troncos, apagando la animada coloración de las alegres ramitas. Dos, tres días y los árboles quedarían pelados, sin hojas, como invadidos por un súbito mal, como si sobre ellos también hubiera caído la derrota.

Los primeros fueron llegando con el crepúsculo, una tarde que se apresuraba a desaparecer, con un sol dejándose caer hacia otro lado. La columna de los que iban viniendo, de ancho irregular con claros correspondientes a la indecisión: salir o quedarse en la encerrona del puerto. Hubo un momento en que cesó el goteo de nuevos llegados. Fue cuando resonó, tableteante, ampliado y algo desfigurado por la distancia, el disparo de las ametralladoras. El eco del sonido retumbaba más en la oscuridad y ponía una coloración trágica en el destino de los que habían quedado inermes, apelotonados, aferrándose a aquel último refugio. Todo ocurría tras la revuelta de la carretera y el camino que los había traído. Las detonaciones llegaban como un resplandor. Casi todos pensaron en la matanza en masa, la réplica tajante a la desobediencia, el comienzo del fin irreparable del que no se salvaría ninguno. Luego un silencio, todavía más aterrador después del retumbante ruido, y, con él, la noche en medio del campo, rodeados por soldados fusil en mano y ametralladoras que lo cerraban por todas partes. Fue la hora en que oficiales italianos recorrieron el campo llevándose a todas las mujeres. Nadie intentaba oponerse. Era un acto más del destino que estaba moviendo sus vidas.

La noche era negrísima. Todos se fueron tendiendo en el lugar donde habían quedado. El cansancio y la desaparición del motivo que les había tenido tensos durante tantas horas les hicieron dormir rápidamente pero con un sueño quebradizo, poco profundo, como si las mentes no quisieran abandonar el asidero a una realidad, como en un viaje incómodo. Sueño interrumpido dos o tres veces por disparos, por un estallido de granada que se prolongó en sucesión de tiros de fusil, ráfagas cortas de ametralladora. La frialdad de la madrugada los devolvió a la realidad de su situación, a lo desconocido, lo impreciso, lo irreal.

La mañana despejaba con la luz las previsiones más negras. La luz devolvía tranquilidad y normalidad. Se comentaba la posible suerte de los que hubieran intentado escaparse, cuando llegó, espesa y a paso rápido, la expedición con todos los que habían quedado en el puerto en la noche anterior.

Fueron entrando y filtrándose entre los que habían pasado allí la noche, y no venía con ellos ninguna historia de ametrallamientos. Los disparos se habían hecho al aire para acelerar la salida, pero muchos prefirieron permanecer quietos en lo oscuro, antes de desafiar a una imprecisa suerte. Otra orden había cerrado el puerto hasta la mañana siguiente.

La luz clara parecía despejar inquietudes. Los cuerpos se desentumecían y las ropas se desarrugaban. Por unas horas todo parecía adquirir un tono menos dramático, aunque el día no prometía agua para lavarse o afeitarse, ni señales de desayuno.

Hacia mediodía unas mujeres que se habían acercado con botijos, cántaros y vasos se iban filtrando entre los grupos y recogían billetes arrugados —a veces más de uno— por cada trago de agua. Dinero del diablo, del que se decía que no valdría y que a la vuelta a sus casas —¿volverían a sus casas?— se convertiría en papeles vacíos de valor como proclamarían los numeritos rojos de cada uno. La mañana semejaba adquirir tonos de normalidad y amistosa relación entre los hombres. Los oficiales italianos, bien uniformados, contentos de su final de la guerra, entraban en el campo y cambiaban frases con quienes les parecían oficiales de graduación alta o personas de cierto relieve político. Alguno de ellos traía con él a un grupo de muchachas jóvenes, de las separadas en la noche anterior, permitiéndoles visitar a sus familiares.

Las mujeres de los botijos, los vestidos coloreados de las chicas, la promesa de un día soleado quitaba angustia y tintes negros a aquella enorme reunión de gentes, dándole carácter de una espera no rodeada por la tragedia. Vino una orden y desaparecieron las mujeres y los tragos de agua. La acompañó la noticia de que se iba a repartir un suministro de víveres. Espera, también, dirigida tanto al hoy como al mañana, a la suerte que amenazaba.

Pero el aire de esperanza no duró. Vinieron el desánimo, la amargura, la inseguridad. Los oficiales, corteses, amables, recogieron y se llevaron de nuevo a las muchachas y echaron a las mujeres de los botijos. El centro del día reanudaba las angustias del hambre que volvía. El campo apretujaba más que el puerto a los congregados. Su suelo, desigual, con bancales, era apisonado por cientos de pasos.

Cuando el sol caminaba ya por la segunda mitad de su carrera estaban casi todos echados en el suelo. Destacaba, hacia lo alto del terreno, un hombre vestido como de gran gala, con abrigo y gorra galoneados. Una gorra de plato azul marino, como el resto de su uniforme. Erguido, silencioso, con los brazos cruzados. A su lado dos lujosas maletas de cuero y muy poco separado de él, un soldado. Sugería el milagro de un avión llegando para recogerle.

Pero el personaje más atrayente estaba más cerca de los muchachos. Quizás hubieran pasado inadvertidos su zamarra y sus pantalones de pana, sus gruesas botas. Lo que destacaba y daba color a todo era su gorra; una gorra de cuero, que parecía charolado, con visera, pero también con orejeras y cogotera abrochadas en lo alto. Lo grueso del material y la superposición de sus partes daban una impresión de tamaño desmesurado, de artificio que el poseedor de tan excepcional cubrecabeza tenía que llevar gravemente como para conservar el equilibrio.

El rostro, muy curtido, alargado, con un bigotillo recortado, se animaba con dos ojos muy negros, muy movedizos rodeados de numerosas y profundas patas de gallo que le daban un aspecto de animal vivaz y astuto. Estaba recostado sobre dos sacos que parecían servirle de apoyo o que trataba de proteger manteniendo los brazos sobre ellos.

De los tres muchachos, uno, Fernando, se reía casi a carcajadas.

—¡*Ché*, qué tío! Mirad lo que lleva, parece un *biplanut*.

Se acercó a él mirándole descaradamente y los otros le siguieron. Alguien, cercano, les explicó sin ser preguntado, con acento de reconvención, como si la explicación fuese innecesaria:

—Es el capitán Benito.

¿Capitán? ¿Guerrillero? ¿Veterano luchador del campo andaluz o extremeño? Personaje entre grotesco y de leyenda. Se abandonaba sobre sus sacos, no todo él: sus ojillos se movían sin detenerse mucho tiempo en cada punto, como a la espera, agazapados, dispuestos al descubrimiento, al salto y a la presa.

El hombre también los miraba. Como si los oyera y no los oyera al mismo tiempo. Les hizo una señal con la mano. Dudaron. Los miraba inquisitivos, como valorándoles.

Les hizo nuevas señales con la mano. Les sorprendió que con voz inexpresiva les dijera:

—Voy a ver qué hay por ahí. Tened cuidado de que no me toquen estos sacos.

Se sentaron al lado de ellos. Cerrados, atados, no era fácil descubrir el contenido. Fernando hurgó en las costuras, acercó las narices, exclamó:

—¡*Ché*, tú, si es un jamón! ¿A ver el otro?

El otro negó su contenido. Era como una almohada rellena de tacos que se desplazaban al empujar.

El hombre misterioso volvió. Les anunció:

—Dentro de media hora darán suministro. Venid dos conmigo y traed una manta. El otro que se quede cuidando de las cosas.

Le acompañaron. Trajeron chuscos y latas de sardinas que se repartieron entre el grupo que el extraño personaje fue designando. Todo el resto del campo se agrupaba también en torno a una especie de jefes de grupo recién formados. Cuando concluyeron de comer continuaron sentados junto al hombre de la gorra y su fantástico equipaje. Durmieron a su lado.

A la mañana siguiente dos de los muchachos iniciaron un deambular sin propósito. En el límite norte del campo, perpendicular a la carretera y a lo que se consideraba puerta de entrada, se agrupaban unos curiosos junto a algunos soldados de los que vigilaban el campo. Llegaron hasta allí. Se habían retirado las ametralladoras y los centinelas dejando un amplio espacio vacío. Había junto a la puerta y enfrente de ella unas formaciones rectangulares de soldados italianos con sus jefes al frente o a un lado, que los prisioneros del campo también contemplaban. Con facilidad llegaron hasta la primera fila. El contraste entre la abigarrada distribución de las gentes en el campo y las geométricas y limpias formaciones era como el de la luz y la sombra.

Los muchachos avanzaron o la fila tras ellos se retiró. El caso es que, cuando oyeron voces y pensaron a quién podían ser dirigidas, estaban solos como a cuatro pasos de los curiosos. Los dos miraban extrañados; aquello era como un lugar distinto, un lugar donde cada uno tenía asignado un puesto y sabía el lugar que debía ocupar. Un oficial se dirigía a ellos alzando y moviendo los brazos. Fernando daba codazos a su compañero. Una de aquellas formaciones se dirigía hacia donde estaban ellos. Estorbaban. En pocos pasos iba a alcanzarles el avance rápido de los soldados. Dieron entonces unos pasos apresurados hacia un costado para quitarse de en medio. Pero las voces aumentaban. Ahora era otro oficial el que hacía aspavientos indicándoles que se fueran de allí. Una formación, desde el otro lado, se dirigía hacia ellos, como al encuentro del primer grupo. Se apresuraron a retroceder girando en ángulo recto. Los gestos no cesaron hasta que se alinearon junto a los que contemplaban el espectacular relevo. Quedaron quietos, mirando el inesperado espectáculo, la ceremoniosa parada. Un camión, estrecho y alto de baquet, bonito como un juguete, que entraba lentamente, les hizo moverse otra vez y quedaron junto al poco espeso grupo que miraba desde la entrada del campo. El camión los ocultaba a la vista de los que desfilaban y de varios de los centinelas.

Se entendieron sin necesidad de hablarse, con una sola mirada. Con pequeños pasos hacia atrás se incrustaron entre los que curioseaban. No tardaron en hallarse detrás de la primera fila de mirones —hombres y mujeres de la ciudad, algún chicuelo y hasta soldados españoles de los que se iban a hacer cargo del campo—. Siguieron su movimiento observando si eran advertidos. No. Sobrepasaron aquella pendiente hasta la carretera. De nuevo codazos y acuerdo tácito. Despacio primero y a pasos largos después echaron a andar por la carretera, hacia el interior, huyendo instintivamente del mar. El campo quedaba atrás. Un poco de carretera y una curva lo hicieron desaparecer.

Se detuvieron, respiraron. Se iba dibujando la realidad de una nueva situación. ¿Dónde iba aquella carretera? ¿Había controles? Se miraron: Fernando con su gastado y deslucido capote verdoso de carabinero, su amigo con la chaqueta grande y un abrigo de extraño corte que había sido en Argentina limpio y elegante. La carretera no mostraba a nadie, pero a cada recodo podía surgir un control, una pareja de la Guardia Civil, un pueblo con canciones y banderas.

Despeinados, fantasmales, arrugados y sucios, muestra viva del «rojo», del hombre a perseguir. Sin documentación ni papel ninguno.

—Si nos piden la documentación... Si nos coge la Guardia Civil...

Pocas palabras más. Dieron la vuelta. El relevo estaba terminado. Los centinelas eran ya todos españoles y ocupaban sus puestos. Se habían alejado los curiosos de la ciudad y cuando los dos chicos trataron de entrar se lo impidió un soldado.

—Queremos entrar.

El soldado insistía en que estaba prohibido visitar a los prisioneros. Ellos repetían que eran prisioneros, que habían salido de allí dentro. Al soldado se unió otro. Ellos volvían a decir con insistencia que eran de los de dentro, que se podía comprobar, que estaban allí sus maletas. Por fin un sargento los dejó pasar. Volvieron al interior, como chicos temerosos de un castigo. Les devolvió la tranquilidad adentrarse entre los grupos. Buscaron al de la extraña gorra y se sentaron a su lado.

NOTICIA DE LOS AUTORES Y LOS TEXTOS

Ignacio Aldecoa (Vitoria, 1925-Madrid, 1969) pasó la guerra en su ciudad natal, donde estudiaba en el colegio de los marianistas. En 1961, viviendo ya en Madrid, escribió «Patio de armas». Su viuda, la también escritora Josefina Aldecoa, lo incluyó en 1983 entre los relatos del volumen colectivo *Los niños de la guerra*, y en una nota explicativa apuntó algunas claves biográficas que arrojan una luz especial sobre la narración: el padre del escritor era un nacionalista vasco que tuvo que huir dos veces de casa para no ser detenido; la madre acechaba todas las noches tras los visillos el paso de los coches hacia la cárcel, tratando de adivinar quién iba dentro... En palabras de Josefina Aldecoa, «de aquellos días y de aquellas angustias se ha alimentado "Patio de armas"».

Bernardo Atxaga (Asteasu, Guipúzcoa, 1951) publicó en 1988 *Obabakoak*, el libro en el que dio a conocer el territorio mítico de Obaba. El tema de la guerra civil en Obaba aparece de forma dispersa en distintas partes de su obra, incluida la más conocida de sus novelas juveniles, *Memorias de una vaca* (*Behi euskaldun baten memoriak*, 1992), y muy particularmente en «El primer americano de Obaba» («Obabako lehen amerikanoa»), un relato autónomo integrado en la novela de 2003 *El hijo del acordeonista* (*Soinojulearen semea*). En 2007 publicó *Marcas*, una reflexión sobre el bombardeo de Guernica en abril de 1937.

Si hay un escritor que ha aspirado a contar la guerra civil en su integridad, ése es **Max Aub** (París, 1903-Ciudad de México, 1972). Durante el conflicto intervino en múltiples actividades culturales y propagandísticas en favor de la República y, por ejemplo, colaboró con André Malraux en el rodaje de *L'Espoir. Sierra de Teruel*. Exiliado primero en Francia y luego (y hasta su muerte) en México, entre 1943 y 1967 se dedicó a construir calladamente *El laberinto mágico*, el más completo ciclo literario sobre la contienda, compuesto por los libros *Campo cerrado, Campo de sangre, Campo abierto, Campo del Moro, Campo francés* y *Campo de los almendros*. El relato «El cojo» se publicó en mayo de 1938 en las páginas de la revista *Hora de España* y apareció por primera vez en libro en *No son cuentos* (1944). «La ley» pertenece al volumen *Cuentos ciertos*, publicado en México en 1955. En 1995, Javier Quiñones recogió todos los cuentos de Max Aub sobre la guerra, los campos de concentración y el exilio en el libro titulado *Enero sin nombre*.

De las experiencias de **Francisco Ayala** (Granada, 1906) durante la guerra civil dio cuenta el propio escritor en su autobiográfico *Recuerdos y olvidos* (1982): su trabajo en la Secretaría de las Cortes, su traslado con el gobierno a Valencia, su actividad como miembro de la legación republicana en Praga... En 1939 inició un largo exilio, que le llevó a instalarse primero en Argentina y más tarde en Puerto Rico y Estados Unidos. El relato «El Tajo» pertenece a *La cabeza del cordero*, una colección de cuentos sobre la guerra civil que se editó por primera vez en Buenos Aires en 1949 y que en España, por imposiciones de la censura franquista, no se publicó completo hasta 1978.

Arturo Barea (Badajoz, 1897-Londres, 1957) quedó al frente de la Oficina de Prensa Extranjera de Madrid cuando, en noviembre de 1936, el gobierno se trasladó a Valencia. Sus peripecias durante la dictadura primorriverista, la Segunda República y la guerra civil inspiraron su obra principal, *La forja de un rebelde* (1941-1944), en cuyo volumen tercero, titulado *La llama*, relata su experiencia durante el conflicto hasta que en febrero de 1938 (sintiéndose acosado por elementos estalinistas que desconfiaban de las posibles simpatías trotskistas de su mujer, Ilsa Kulcsar) cruzó la frontera francesa. Instalado en Londres, la mayor parte de su obra fue inicialmente publicada en inglés y sólo años después traducida al español. En ese aspecto, el libro de cuentos *Valor y miedo*, editado en 1938 por las Publicaciones Antifascistas de Cataluña, constituye una excepción. En opinión de Nigel Townson, editor de sus *Cuentos completos* (2001), muchos de los relatos del libro son en gran parte «*sketches* propagandísticos que exaltan la causa republicana en conflicto con las fuerzas "fascistas" de Franco». El cuento «El sargento Ángel» forma parte de *Valor y miedo*.

Pere Calders (Barcelona, 1912-1994) es uno de los clásicos del relato breve en lengua catalana. En 1937 ingresó como voluntario en el ejército republicano y fue destinado como cartógrafo a la zona de Teruel. De esa experiencia surgió sin duda su inspiración para el relato «Las minas de Teruel» («Les mines de Terol»), que fue publicado por primera vez en la revista *Amic* en marzo de 1938. De ese año es también *Unitats de xoc*, un personal libro de crónicas sobre la guerra civil. Acabada la contienda, Calders se exilió en México, de donde salió en 1962 para instalarse definitivamente en Cataluña.

Jorge Renales Fernández firmó todos sus libros como **Jorge Campos** (Madrid, 1916-El Espinar, Segovia, 1983). Al inicio de la guerra civil se incorporó al ejército republicano con las milicias de la Federación Universitaria Escolar (FUE), a la que pertenecía desde sus años de estudiante de Magisterio. Durante el conflicto se ocupó de la organización de colonias escolares en la zona levantina y formó parte de la redacción de *La Hora*, órgano de las Juventudes Socialistas Unificadas (JSU). A finales de marzo del 39, mientras trataba de salir de España, fue apresado en el puerto de Alicante y recluido en el campo de concentración de Albatera, del que salió el 30 de abril. A lo largo de los años fue tomando notas sobre sus experiencias de esa época, pero sólo tras la muerte de Franco se decidió a convertirlas en relatos. El resultado de ese trabajo son los *Cuentos sobre Alicante y Albatera*, escritos por un Jorge Campos ya ciego y enfermo y publicados dos años después de su muerte. A ese volumen pertenece «Campo de los almendros».

Manuel Chaves Nogales (Sevilla, 1897-Londres, 1944) fue un conocido periodista de tendencia azañista. Los cuentos «¡Masacre, masacre!» y «La gesta de los caballistas», escritos en Francia a comienzos de 1937, forman parte del libro *A sangre y fuego*, que se publicó ese mismo año en Chile y no tuvo edición española hasta el año 1993. Ferviente republicano, Chaves Nogales abandonó España a finales de

1936, después de que el gobierno legítimo dejara Madrid para instalarse en Valencia. En el prólogo a *A sangre y fuego* explica los motivos: «Me fui cuando tuve la íntima convicción de que todo estaba perdido (...). En mi deserción pesaba tanto la sangre derramada por las cuadrillas de asesinos que ejercían el terror rojo en Madrid como la que vertían los aviones de Franco, asesinando mujeres y niños inocentes». Permaneció en Francia hasta poco antes de que, en 1940, las tropas alemanas ocuparan París, y de allí se trasladó a Londres, donde vivió hasta su temprana muerte.

Miguel Delibes (Valladolid, 1920) se disponía a ingresar en la Escuela de Comercio de su ciudad natal cuando estalló la guerra. En 1938, para evitar ser llamado a filas por el ejército de Tierra, se alistó como voluntario en la Marina. El último año de la contienda lo vivió como miembro de la tripulación del crucero *Canarias*. La guerra civil está presente en su novela *377A, madera de héroe* (1987). El relato «El refugio» pertenece al libro *Viejas historias de Castilla la Vieja* (1964).

El estallido de la guerra cogió a **Jesús Fernández Santos** (Madrid, 1926-1988) y a su familia veraneando en la Estación del Espinar, cerca de San Rafael. De allí fueron evacuados a Segovia, aislada de Madrid por la línea del frente. En Segovia estudió Jesús Fernández Santos dos cursos académicos y permaneció hasta el final de la contienda. Las experiencias de aquellos años le inspirarían varios de los relatos de *Cabeza rapada* (1958) y *Las catedrales* (1970). «El primo Rafael» y «El final de una guerra» aparecieron publicados en el primero de esos dos libros.

El relato «Carne de chocolate» de **Juan García Hortelano** (Madrid, 1928-1992) fue publicado por primera vez por Josefina Aldecoa en el volumen colectivo *Los niños de la guerra* (1983). La narración está inspirada en los recuerdos de guerra del autor y recupera algunos personajes y atmósferas que en 1967 habían aparecido en sus cuentos de *Gente de Madrid*.

Francisco García Pavón (Tomelloso, Ciudad Real, 1919-1989) vivió la guerra en su pueblo natal. Los recuerdos de aquellos días en Tomelloso le inspirarían años después todos los relatos de *Los liberales* (1965) y algunos de *Los nacionales* (1977). El cuento seleccionado («Donde se trazan las parejas de José Requinto y Nicolás Nicolavich con la Sagrario y la Pepa, respectivamente, mozas ambas de la Puerta de Segura, provincia de Jaén») pertenece al primero de esos dos libros.

Rafael García Serrano (Pamplona, 1917-Madrid, 1988) vivió la guerra civil como alférez provisional en las filas de Falange. Sobrellevó la larga convalecencia provocada por una herida de guerra escribiendo la novela *Eugenio o la proclamación de la primavera* (1938), que en 1982 se reeditó acompañada de siete relatos sobre la contienda. Uno de ellos es «Cristo nace hacia las nueve». De los narradores del bando nacional es el que más libros dedicó al conflicto. Junto a la novela ya mencionada, los más conocidos son *La fiel infantería* (1943), *Plaza del Castillo* (1951) y *Diccionario para un macuto* (1964).

Cèsar-August Jordana, que solía firmar sus obras como **C.A. Jordana** (Barcelona, 1893-Buenos Aires, 1958), fue un traductor y narrador admirado por Mercè Rodoreda. Autor de varios trabajos sobre gramática catalana, durante la Segunda República ocupó el cargo de director de la Oficina de Correcció de Textos en la Generalitat de Catalunya, por lo que se vio forzado a escapar a Francia cuando, a finales de enero de 1939, las avanzadillas del ejército franquista entraron en la ciudad de Barcelona. Las experiencias de esos días inspiraron el relato titulado «Pan francés» («Pa francès»), que fue escrito en Toulouse en mayo de 1939 y publicado dos meses después en la revista *Catalunya*. Hasta su muerte vivió en el exilio en Chile y Argentina, país en el que en 1940 publicó *Tres a la reraguarda*.

Con su marido, el poeta Rafael Alberti, compartió **María Teresa León** (Logroño, 1903-Madrid, 1988) la militancia comunista y una firme vocación de agitadores culturales. Secretaria de la Alianza de Escritores Antifascistas, durante la guerra civil impulsó, particularmente en el campo del teatro, diferentes iniciativas que buscaban aunar propaganda política y arte. Sus vivencias de esos tres años le inspiraron las novelas *Contra viento y marea* (1941) y *Juego limpio* (1959). Su obra más conocida es la autobiográfica *Memoria de la melancolía* (1970), en la que la contienda ocupa un lugar preeminente. Tras la derrota republicana se exilió con Alberti en Francia, y más tarde en Argentina e

Italia. Regresó a España, ya enferma, en 1977. El relato «Morirás lejos...», que da título a uno de sus libros, aparecido en Buenos Aires en 1942, no se publicó en España hasta 1979, dentro del volumen titulado *Una estrella roja*.

De antecedentes familiares ligados a la milicia, **Luis López Anglada** (Ceuta, 1919-Madrid, 2007) se incorporó al ejército nacional como alférez provisional. Acabada la guerra, siguió la carrera militar en el arma de Infantería, hasta retirarse en 1985 con el empleo de coronel. Prolífico autor de poesía, entre sus escasas incursiones en el terreno de la narrativa están los relatos que, inspirados con frecuencia en sus propios recuerdos del conflicto, publicó en la revista militar *Empuje*. En 1981 reunió esos relatos en el volumen titulado *Los cuentos del coronel*, al que pertenece «La charca».

Ana María Matute (Barcelona, 1926) pasó la mayor parte de la guerra en su ciudad natal. La guerra civil y el consiguiente envilecimiento de la sociedad española están presentes en novelas como *Los hijos muertos* (1958), *Primera memoria* (1959) o *Los soldados lloran de noche* (1964), y también en algunos de los relatos del volumen *El arrepentido* (1961), al que pertenece «El maestro».

Xosé Luís Méndez Ferrín (Orense, 1938) es uno de los renovadores de la literatura gallega de las últimas décadas. El tema de la represión en Galicia durante la guerra civil aparece en varios de los relatos de *Arraianos* (1991), que reúne diez historias protagonizadas por gente de la zona fronteriza entre Portugal y Galicia. El cuento «Ellos» forma parte de ese libro.

El cineasta y escritor **Edgar Neville** (Madrid, 1899-1967), conde de Berlanga del Duero, hubo de pagar caras las simpatías republicanas que había expresado a comienzos de los años treinta. Al poco de comenzar la guerra sintió amenazada su vida por parte de elementos revolucionarios y, aprovechando su condición de diplomático, salió de España para ponerse a disposición de las autoridades franquistas. En *Una arrolladora simpatía*, Juan Antonio Ríos Carratalá ha reconstruido el arduo proceso de depuración al que Neville tuvo que someterse para purgar sus pasadas veleidades republicanas. No es ajeno a ese proceso su trabajo como realizador de películas de propaganda del bando franquista. La naturaleza inevitablemente maniquea de esas películas puede asimismo rastrearse en los textos que por esa época escribió sobre el conflicto. En *Frente de Madrid* (1941) reunió varios relatos sobre la guerra civil. Uno de ellos es «Las muchachas de Brunete», que se había publicado por primera vez en la revista falangista *Vértice*.

Por motivos económicos, **Lino Novás Calvo** (As Grañas do Sor, La Coruña, 1903-Nueva York, 1983) fue enviado por su familia a Cuba cuando sólo era un niño. En 1931 regresó a España, donde vivió de hacer reportajes y traducciones. Partidario de la República, combatió durante un tiempo en las filas del Quinto Regimiento. Consumada la derrota republicana, salió de España y se instaló en La Habana, donde vivió hasta que, tras el triunfo de la revolución castrista, pidió asilo en la Embajada de Colombia y logró salir hacia los Estados Unidos. El cuento «El tanque de Iturri» apareció publicado en octubre de 1938 en la revista *Hora de España*.

Juan Antonio Olmedo (Málaga, 1951), autor de varios libros de poemas, no ha hecho demasiadas incursiones en el campo de la narrativa. El relato «La emisora» apareció publicado en el volumen *El balcón de Azaña* (2000).

Antonio Pereira (Villafranca del Bierzo, León, 1923), autor de casi una veintena de libros de cuentos, pasó los tres años de guerra en su localidad natal. Sus experiencias de esa época le inspiraron bastantes de los relatos de *Las ciudades de poniente* (1994) y *Cuentos de la Cábila* (2000). Al primero de estos dos libros pertenece «El hombre de la casa».

A lo largo de más de medio siglo, la narrativa de **Ramiro Pinilla** (Bilbao, 1923) ha venido componiendo un gran fresco de la reciente historia del País Vasco, casi siempre desde el microcosmos vizcaíno de Getxo. Sus colecciones de cuentos y sus novelas, habitadas muchas veces por los mismos personajes, se han centrado a menudo en el tema de la guerra civil. Ésta aparece en sus libros más recientes (la monumental trilogía *Verdes valles, colinas rojas*, de 2004 y 2005, y la novela *La higuera*, de

2006) y también en algunas de sus obras anteriores, como el volumen de relatos *Primeras historias de la guerra interminable* (1977), al que pertenece el cuento «Julio del 36».

Fernando Quiñones (Chiclana de la Frontera, Cádiz, 1930-Cádiz, 1998) vivía en Cádiz con sus abuelos cuando estalló la guerra civil, que en esa ciudad duró sólo unos días. De esos primeros días de guerra trata su relato «El final», que se publicó por primera vez en *Viento sur* (1987). Es el único de sus cuentos (casi un centenar) que toca el tema de la guerra, y parece que Quiñones estaba orgulloso de él, porque lo incluyó en todas sus antologías.

El relato «La lengua de las mariposas» («A lingua das bolboretas») de **Manuel Rivas** (La Coruña, 1957) forma parte del libro *¿Que me queres, amor?* (1996) y fue llevado al cine por el realizador José Luis Cuerda y el guionista Rafael Azcona. La guerra civil está también presente en dos de sus obras más celebradas: *O lapis do carpinteiro* (1998) y *Os libros arden mal* (2006).

El cuento «Las calles azules» («Els carrers blaus») de **Mercè Rodoreda** (Barcelona, 1908-Girona, 1983) se publicó por primera vez en marzo de 1937 en la revista *Companya*, y Maria Campillo lo incluyó en 1982 en su antología *Contes de guerra i revolució*. De esta antología forman parte asimismo otros relatos de la autora escritos también durante la guerra. Un tema recurrente de varios de ellos es el de la irrupción de las circunstancias históricas (la guerra) en la pasión amorosa. El año 37 es precisamente el de la ruptura con Joan Gurgui tras nueve años de matrimonio. Por esas mismas fechas, según algunas fuentes, Mercè Rodoreda habría mantenido una breve relación amorosa con Andreu Nin, intelectual catalán y líder del POUM (Partido Obrero de Unificación Marxista) que muy poco después sería asesinado por los servicios secretos de Stalin. Tras la guerra, la escritora se exilió en Francia y más tarde en Suiza, de donde no regresó a Cataluña hasta 1972. Su obra más conocida es, sin duda, *La plaza del diamante* (*La plaça del diamant*), una novela en la que las vivencias de los protagonistas durante la guerra civil ocupan buena parte de la historia. El libro se publicó en 1960 en Club Editor, la editorial de Joan Sales, autor a su vez de una de las novelas más importantes sobre la guerra civil, *Incerta glòria*

(1956). La contienda inspiraría también *Quanta, quanta guerra...* (1980), última novela que la escritora barcelonesa publicó en vida.

El hispano-mexicano **Tomás Segovia** (Valencia, 1927) salió de España con su familia durante la guerra civil. Reconocido poeta, es también autor de varias colecciones de cuentos. El relato «Combustión interna» forma parte de su libro *Otro invierno* (2001) y está inspirado en sus propias experiencias infantiles.

Anarquista en su juventud y próximo al comunismo desde 1933, **Ramón J. Sender** (Chalamera, Huesca, 1901-San Diego, California, 1982) combatió como capitán en el 5º Regimiento a las órdenes del comunista Enrique Líster, quien, treinta años después, le acusaría de haber desertado tras la ofensiva de Seseña del 29 de octubre de 1936, acusación definitivamente rebatida por la profesora Donatella Pini. Su alejamiento del comunismo se precipitó tras la persecución en junio de 1937 del POUM, algunos de cuyos dirigentes eran amigos suyos. Pero los acontecimientos que más le marcaron fueron dos viles asesinatos a manos de elementos del franquismo local: el de su hermano Manuel en Huesca (ciudad de la que había sido alcalde durante la República) y el de su mujer, Amparo Barayón, en Zamora. Este asesinato sería investigado por su hijo, Ramón Sender Barayón (que a la sazón tenía dos años), para escribir el estremecedor libro *Muerte en Zamora* (1990). No es, pues, de extrañar que la guerra civil esté muy presente en la obra de Sender, tanto en el reportaje *Contraataque* (1938) y la muy celebrada novela *Réquiem por un campesino español* (1953) como en diversos textos de carácter autobiográfico y en algunos relatos nunca recogidos en libro. Uno de ellos es «La lección», que se publicó el 18 de julio de 1938 en *Voz de Madrid*, la revista que el propio Sender dirigía entonces en París.

El novelista y traductor **Manuel Talens** (Granada, 1948) ha tratado el tema de la guerra civil en varios de los relatos del libro *Venganzas* (1994), al que pertenece «Jesús Galarraza».

Andrés Trapiello (Manzaneda de Torío, León, 1953) es autor de *Las armas y las letras* (1994), uno de los ensayos de referencia sobre el tema de los escritores y la guerra civil. Ésta está también presente en sus novelas *La tinta simpática* (1988), protagonizada por un ex brigadista italiano, y *Días y noches* (2000), que narra el viaje del buque *Sinaia*, en el que unos mil quinientos republicanos españoles consiguieron llegar a México en junio de 1939. Asimismo, *La noche de los Cuatro Caminos* (2001), aunque ambientada en los años cuarenta, cuenta una historia de maquis urbanos para los que la guerra civil aún no había terminado. El relato «La seda rota» (2006) fue publicado con unas fotografías de Juan Manuel Castro Prieto que documentan cómo el pasado pervivía en la casa de los Daza cuando el escritor la visitó en 2005.

Juan Eduardo Zúñiga (Madrid, 1929) vivió la guerra en su ciudad natal. En aquel Madrid sitiado ambientó la acción de su primera y nunca reeditada novela (*Inútiles totales*, 1951), y a él volvería en los relatos reunidos en *Largo noviembre en Madrid* (1980) y *Capital de la gloria* (2003). «Los deseos, la noche» y «Ruinas, el trayecto: Guerda Taro» pertenecen a este último libro.

AGRADECIMIENTOS

Como responsable de esta antología, quiero dar las gracias a aquellas personas e instituciones que me han ayudado a localizar algunos de los textos. Entre ellas no puedo dejar de mencionar a Juan Bonilla (de uno de cuyos volúmenes de poesía he tomado prestado el título del libro), Manuel Borrás, Agustín Cerezales Laforet, Juan Cerezo, Paula Cifuentes, José Domingo Dueñas, Julià Guillamon, Instituto de Estudios Altoaragoneses, Xesús Fraga, Fundación Fernando Quiñones, Abelardo Linares, José Luis Melero, Juan Antonio Ríos Carratalá, Juan Ramón Santos y Fernando Valls. A todos ellos, muchas gracias.